홀리데이

THE HOLIDAY
by TM Logan

홀리데이

T. M. 로건 장편소설

천화영 옮김

arte

나의 형 랠프와 올리에게

친구를 용서하는 일보다 적을 용서하는 일이 더 쉽다.

—윌리엄 블레이크

|차 례|

파리 한 마리가 원을 그리며 돌다가 내려앉는다.

차갑게 식어가는 피부 위로 거리낌 없이 기어 다닌다.

죽 뻗은 손가락 위로.

붉게 얼룩진, 펼친 손바닥 위로.

바위에 뼈가 부러져 뒤로 꺾인 팔 위로.

더 많은 파리가 머리 주위를 빙빙 돈다. 죽음의 냄새에 이끌려.

산산이 부서진 두개골 주위로 짙게 고이는 피에 이끌려.

아래 보이는 산속 맑은 개울로 피가 뚝뚝 떨어진다.

위로 보이는 완벽히 파란 하늘을 배경으로 절벽 끝이 날카롭다.

토요일

1

우리는 해안에서 멀어지며 북쪽으로 차를 몰았다.

베지에의 변두리를 지나 랑그도크 속으로 더 깊숙이 들어갔다. 열매가 주렁주렁한 포도밭이 도로 양쪽으로 죽 늘어서, 짙고 푸른 지중해 하늘 아래 키 작은 초록의 포도나무가 저 멀리까지 행진하고 있었다. 운전석에 앉은 숀의 눈은 조종사 선글라스에 가려져 있었다. 뒷좌석의 아이들은 수하물을 사이에 두고 앉았다. 루시가 꾸벅꾸벅 조는 사이 대니얼은 휴대전화를 갖고 놀았고, 나는 흘러가는 창밖 풍경을 응시했다. 렌터카의 에어컨 바람이 오후 중반의 끈적끈적한 열기를 겨우 막아내고 있었다.

무엇이 다가오고 있는지, 우리가 무엇을 향해 차를 몰고 있는지 그때 알았더라면, 나는 숀에게 차를 세워 곧장 우리를 다시 공항으로 데려가도록 했을 것이다. 운전대를 틀어쥐어, 차를 도로에서 벗어나도록 한 다음 바로 거기서 유턴을 시켰을 것이다.

하지만 나는 알지 못했다.

여름휴가를 준비하던 지난 몇 주간, 본능은 내게 무언가 일이 일어나고 있음을 말해주었다. 무언가 잘못되었음을. 숀은 언제나 밝은 면을 보는 사람이었다. 아이들을 웃게 하고, 내게 응원이 필요할 때면 진토닉을 한 잔 가져다주던 사람이었다. 우리가 결혼생활에서 무의식적으로 나눈 역할을 보면 나는 계획하고 준비하는 사람, 규칙을 정하는 사람, 선을 지키는 사람이었다. 숀은 내 그늘에 빛을 비추는 사람이었다. 늘 마음이 열려 있고, 재미있고, 참을성이 있으며, 가정 내 낙천주의자를 맡고 있었다.

숀은 이제 방어적이고, 비밀스럽고, 심각하다. 무언가에 정신이 팔린 채, 계속해서 휴대전화만 본다. 어쩌면 회사 일이 감당하기 힘들어지고 있는지도 몰랐다. 새로 온 상사가 성가시게 하나? 숀은 일 때문에 이번 주 집에 남아야 할 수도 있음을 반은 직접적으로, 반은 간접적으로 말했다. 어쩌면 곧 마흔이 된다는 두려움 때문일지도 몰랐다. 숀은 생일이 다가올수록 두려움을 점점 더 강하게 느끼는 듯했다. 중년의 위기 같은 건가? 숀에게 기분이 우울하냐고 물었다. 어디가 잘못됐는지 알면 함께 헤쳐 나갈 수 있으니까. 하지만 숀은 괜찮다면서 내 물음을 털어냈다.

숀이 내 허벅지에 손을 대자 나는 움찔했다.

"케이트?"

"미안, 잠깐 다른 생각을 좀 했어." 억지로 미소를 지었다.

"이 도로를 벗어나려면 얼마나 남았지?"

휴대전화를 확인했다.

"한 10분만 더 가면 돼."

숀은 내 허벅지에서 손을 떼어 다시 운전대에 올렸다. 숀의 손끝이 남긴 온기가 잠시 머물렀다. 숀의 손길을 마지막으로 느꼈던 때가 언제인지 기억하려 애썼다. 숀이 내게 다가온 때가 언제였던지. 몇 주 전이던가? 한 달 전이었나?

숀의 손길에 어떤 의미가 있다고 생각하는 것 자체가 잘못됐어, 로언이 말했잖아. 이번 휴가는 로언의 아이디어로, 계획에만 2년이 걸렸다. 로언과 제니퍼, 이지와 나, 이 절친한 친구들의 마흔 번째 생일을 기념하는 휴가였다. 프랑스 남부에서 각자의 남편과 아이들을 동반하여 일주일간 함께 즐기는 휴가였다.

"훌륭해. 당신은 괜찮은 거야?" 숀이 말했다.

"괜찮아. 얼른 도착해서 짐을 풀고 싶을 뿐이야."

"제니퍼랑 앨리스터한테 연락은 없고? 우리를 놓친 후로?" 숀은 뒷거울을 흘끗 보았다.

"없어. 그래도 제니퍼랑 앨리스터가 많이 뒤처진 건 아닌 것 같아."

"내가 앞장설 테니 따라오기만 하면 된다고 말했건만."

몸을 돌려 남편을 보았다. 제니퍼 부부를 걱정하다니 숀답지 않았다. 숀은 제니퍼 부부와 잘 지내긴 했지만, 나 말고는 그들과 공감대를 형성할 만한 것이 거의 없었다.

"앨리스터가 어떤 사람인지 알잖아. 자기네 집 정원에서도 길을 잃는 사람인걸."

"그렇지. 당신 말이 맞는 거 같네."

나는 다시 창밖으로 시선을 돌렸다. 무성한 초록의 포도밭이 흘러가고 있었다. 여름날의 열기 속에서 포도가 짙게 익어가고 있었다. 저 멀리 고대 대저택의 검은 원뿔형 탑들이 하늘을 배경으로 윤곽선을 선명히 드러내고 있었다.

16킬로미터 정도 지났을까. 우리는 구글 지도가 안내하는 대로 주요 도로를 벗어나 작은 마을 속으로, 또 다른 작은 마을 속으로 계속 차를 몰아 올라갔다. 퀴미송, 생제니, 카브레롤. 정적에 잠긴 마을을 지나갈 때는 길이 좁았고 바닥에 깔린 돌들은 고대 유물 같았다. 노인들이 그늘 아래 무표정으로 앉아 지나가는 우리를 지켜보고 있었다. 우리는 훨씬 더 작은 도로로 접어들었다. 전보다 더 높은 오르막을 이루는 도로는 언덕까지 구불구불 나 있었다. 언덕에 다다르자 포도밭은 사라지고 색이 짙은 소나무들이 이어졌다. 마침내 언덕마루에 올라서니 밑으로는 오티냐크 마을이 있었다. 회반죽을 바른 높다란 벽이 도로 측면에 둘러져 있었다. 벽의 끝에 다다르자 윗부분을 가짜 창끝으로 장식한 검은 철문이 나타났고 내 휴대전화는 우리가 목적지에 도착했음을 알려주었다.

숀이 차의 속도를 늦추며 안쪽으로 돌자 검은 철문이 소리 없이 활짝 열렸다. 안으로 진입하여 별장으로 향하는 사이 바퀴 아래 자갈이 부드럽게 으드득거렸다. 키 큰 사이프러스 나무가 긴 진입로를 따라 의장병처럼 늘어서 있었다. 얇고 곧으며, 완벽하게 가지치기가 된 모습이었다. 양쪽에는 푸른 풀이 빽빽이 들어선 잔디가 무성히 깔려 있었고, 오후 중반의 열기 속에서 살수기가 나른하게 회전하며 물을 뿌리고 있었다.

숀은 별장의 활처럼 굽은 돌계단 앞에 먼저 주차된 로언의 랜드로버 디스커버리 옆으로 차를 세웠다.

나는 앉은 자리에서 몸을 돌렸다. 뒷좌석의 루시는 늘어난 면 티셔츠 앞면을 얼굴까지 끌어 올린 채 아직 자고 있었다. 금발의 긴 머리칼이 앞으로 쏟아지고 있었다. 루시는 10대에 들어선 이후로 어디에서나, 하루 중 어느 때나 바로 잠들 수 있는 듯했다. 10분 넘게 앉아 있는 경우라면 어김없이 잠들어 있었다. 루시는 공항에 가는 길에도, 비행기에서도 잠이 들었고 지금도 푹 자고 있다. 루시가 잠든 모습을 바라보는 건 언제나 좋았다. 루시가 아기일 때도 그랬지만 지금도 다르지 않다. 루시는 언제나 내 아가일 것이다. 이제 열여섯에, 나보다 키가 클지라도.

"루시, 우리 딸. 다 왔어." 나는 부드럽게 깨웠다.

루시는 꿈쩍도 하지 않았다.

루시의 남동생 대니얼은 옆자리에서 헤드폰을 낀 채 휴대전화로 게임에 흠뻑 빠져 있었다. 대니얼은 많은 면에서 루시와 정반대였다. 갓 태어났을 때나, 쉽게 들뜨는 아홉 살인 지금이나, 잠에는 도통 관심이 없는 에너지 덩어리였다. 대니얼은 헤드폰의 한쪽을 벗고 처음으로 창밖을 내다봤다.

"다 왔어요?"

"누나를 좀 살짝 찔러봐."

대니얼은 짓궂게 씩 웃더니 루시의 팔을 쿡 찔렀다.

"다 왔어, 잠꾸러기야. 휴가를 보낼 집이라고."

루시가 아무런 반응을 보이지 않자, 숀은 자신의 안전띠를 풀었다.

"5분 더 자도록 두는 게 좋겠어. 그사이에 우리는 짐들을 안에 들여놓자. 시작하자!"

나는 문을 열고 밖으로 나가서 여정의 끝을 알리는 기지개를 켰다. 에어컨의 냉기는 순식간에 사라졌고, 7월 하순의 열기가 담요처럼 나를 감쌌다. 공기에서 올리브와 소나무, 여름 열기에 구워지다시피 한 검은 흙의 내음이 났다. 저 높이 사이프러스 나무에서 부드럽게 쉬익 소리를 내는 미풍 외에는 소리도, 차도, 사람도 없었다. 우리 차의 엔진이 식어가면서 조용히 공회전하고 있었다.

우리는 그대로 선 채 한바탕 기지개를 켰고, 눈부신 태양 속에서 눈을 깜박거리며 별장을 보았다. 로언의 말이 거짓이 아니었다. 회반죽을 바른 돌과 테라코타 타일로 된 넓은 3층짜리 건물. 원형으로 된 주차장에는 올리브 나무 그늘이 드리워져 있었고, 널찍한 돌계단은 짙은 색 참나무에 금속 조각을 박아 만든 쌍여닫이 현관으로 이어졌다.

"우와." 숀이 내 옆에서 감탄했다. 잠시나마 행복해 보였다. 그의 원래 모습대로, 예전 모습대로.

나는 숀의 허리에 슬며시 팔을 둘렀다. 숀과 나란히 서서 감탄을 연발하며 별장을 눈에 담는 사이, 잠시나마 그의 물리적 존재를 느끼고 싶었다. 그의 온기를, 피부의 촉감을, 셔츠 아래 탄탄한 근육을 느끼고 싶었다. 손을 내게 묶어두고 싶었다.

하지만 숀은 몇 초 만에 몸을 움직여 내 손에서 벗어났다.

2

돌계단 꼭대기에 모습을 드러낸 로언이 손을 내밀며 인사했다.

"코르비에르 별장에 오신 걸 환영합니다! 기막히게 좋지 않니?" 로언은 활짝 웃었다.

로언은 우리를 향해 계단을 내려왔다. 값비싸 보이는 샌들의 굽이 계단에 닿으며 또각또각 소리를 냈다. 로언은 자기 사업을 시작한 후로 늘 흠잡을 데 없이 완벽한 모습이었다. 오늘은 옅은 크림색 캐미솔 원피스를 입고 적갈색 생머리에 카르티에 선글라스를 꽂고 있었다. 학생 때는 살짝 사교성이 부족하던 내 친구, 치아 교정기를 달고 벽에는 테이크 댓[1] 포스터를 붙여놓

1) 1990년대 인기를 끈 영국의 남자 아이돌 그룹.

던 로언이, 우리가 처음 만났을 때와 비교하면 얼마나 많이 달라졌던가. 우리 모두 달라졌겠지만, 확실히 로언이 과거의 모습으로부터 가장 멀어진 것처럼 느껴졌다. 로언은 나를 껴안았고, 나는 잠시 눈을 감은 채 그녀의 값비싼 향수 냄새가 나를 에워싸도록 두었다.

"사진에서 본 것보다 훨씬 더 크네!" 나는 억지로 웃음을 지으며 곁눈으로 숀을 주시했다. 키가 큰 숀은 상체를 수그려 차 안에 넣고는 휴대전화를 확인하고 있었다.

"아직 내부도 못 봤잖아. 어서 들어와. 내가 한 바퀴 구경시켜 줄게." 로언이 말했다.

내부는 온통 흰 대리석과 매끄러운 돌벽으로 되어 있었다. 가구를 공들여 비치한 방이 이어졌고, 빛이 가득했으며, 요란하지 않은 추상화로 여기저기 아름답게 장식되어 있었다. 에어컨 덕에 쾌적하게 시원하기도 했다.

"고객이 소유한 곳이야. 이 고객이랑 최근에 유난히 사이가 좋거든." 로언은 내게 공모자의 미소를 보냈다.

"굉장하다." 정말 그랬다. 응접실에 놓는 화려한 잡지에나 나올 법한 곳이었다. "다른 애들한테는 연락이 왔어?"

"제니퍼네는 한창 오는 중이래. A9고속도로에서 길을 잘못 들었다나 봐. 이지가 탄 방콕발 비행기는 파리 경유로 내일 아침에 도착하고. 내가 마중 나가려고."

우리는 브리스틀의 한 대학 입학식에서 만났다. 우리 네 사람은 같은 기숙사 건물에 사는 이웃이 되었고, 그러다가 셰어하우스로 옮겨 가 3년의 대학 과정을 마치고 졸업할 때까지 함께 살았다. 잠시 나는 다시 우리의 셰어하우스로 돌아가 있기를 바랐다. 그 바람은 너무도 강력해서, 그 시절에 이지가 만들던 요상하지만 맛있는 채식 요리의 내음이, 제니퍼의 방에 밴, 그녀가 테니스를 마치고 바르던 딥히트[2] 냄새가, 우리가 금요일 밤을 즐기러 나갈 준비를 할 때 로언의 방에서 풍기던 향수와 매니큐어와 로제와인이 뒤섞인 냄새가 나는 것만 같았다. 그때만 해도 우리 네 사람이 본질적으로 다 같은 존재인 줄 알았다. 시작점이 같고, 같은 대학에 다니고, 미래에 대한 같은 희망과 꿈을 품으며, 그저 삶이 우리 앞에 펼쳐지기만을 기다릴 뿐이었다. 우리 모두 원하는 바가 같았다. 그러다 어느새 졸업을 했고, 뱀이 허물을 벗듯 젊음을 뒤에 남겨둔 채 떠나오게 됐다.

대학을 졸업하고 10년이 넘는 시간 동안, 우리는 여름이면 언제나 다른 어딘가로 길게 주말여행을 떠나곤 했다. 더블린이나 프라하, 에든버러나 바르셀로나로. 우리는 아기와 일과 중요한 일정들을 제쳐놓고 이 전통을 계속 이어나갔다. 그러다 로언이 오데트를 품어 만삭의 몸이던 어느 해 여름, 우리는 일정 조율에 실패했고 그렇게 그냥…… 그때부터 함께 보내는 휴가를 떠나지 않았고 결국 5년 동안이나 여행을 중단하게 되었다. 왜 그렇게 되어버렸는지, 정말 모르겠다.

이번 휴가를 계기로 전통을 다시 이어나가기로 했다. 우리가

---

2) 파스 대용으로 쓰는 통증 완화제.

모두 마흔이 된 해를 기념하기 위해 무언가를 함께하기로 한 것이다. 마흔. 이제는 무엇이든 우리끼리만 함께할 수는 없는 것처럼 느껴졌다. 앞으로는 절대 그럴 수 없을 터였다. 그래서 우리는 처음으로 전통을 깨기로 했다. 아이도, 남편도 모두 다 데려와서 주말만이 아닌 일주일을 통째로 함께 보낼 예정이다. 다 같이 뜻깊은 시간을 보내려 한다.

그렇게 우리는 지금 여기, 처음 만난 후로 인생의 절반을 지난 시점에 와 있다.

로언 옆에 작은 여자아이가 나타나 로언을 향해 양손을 들어 보였다. 구불구불한 붉은 머리는 양 갈래로 묶었고, 통통한 볼은 주근깨로 생기가 돌았다.

"엄마, 안아줘!"

로언은 이 작은 아이를 들어 올려 한쪽 골반에 얹었다.

"오데트, 이제 안아주기에는 너무 큰데."

"나는 엄청 크지는 않단 말이야."

"안녕, 오데트. 정말 많이 컸는걸. 이제 몇 살이니?" 내가 작은 아이에게 말했다.

오데트는 커다란 녹갈색 눈으로 나를 살폈다. 손으로는 로언의 여름용 원피스 끈을 꼭 쥔 채로. 나는 모녀가 거의 똑같은 옷을 입고 있다는 사실을 알아차렸다.

"다섯 살."

"대니얼이 여기 어디 있을 텐데. 대니얼 오빠가 너랑 놀고 싶어 할 거야."

"나 남자애들 안 좋아해." 오데트는 단호하게 말했다.

때마침 대니얼이 방으로 뛰어들어 우리 앞에 미끄러지듯 멈춰 섰다. 희멀건 얼굴이 붉게 달아올라 있었다.

"TV 봤어요? 엄청 커요." 경외에 찬 목소리였다.

로언은 대니얼에게 함박웃음을 지어 보였다.

"체력 단련실도 있고, 오락실도 있고, 사우나랑 수영장까지 있단다."

"엄마, 이따가 캠코더 빌려줄 수 있어요? 홈비디오 찍게요."

"그래, 그런데 우선 네 아빠한테 물어봐야 해."

"좋아요. 그럼 이제 수영장에 가볼래요!" 대니얼은 다시 깡충깡충 뛰어나갔다.

"조심해." 나는 대니얼의 멀어지는 뒷모습에 대고 말했다.

로언은 두 짝으로 된 유리문을 열고 너른 석조 발코니로 앞장서 나섰다. 긴 탁자와 의자 열두 개가 모두 파라솔 아래 그늘져 있었고, 우리에게서 멀어지며 부드럽게 경사진 언덕을 따라 넓은 포도밭이 내다보였다. 낮은 밭과 숲 너머로 구불구불 언덕들이 펼쳐졌다.

"1세기부터 여기에 사람이 살았대. 처음에는 로마 저택이 있었고, 그다음에는 중세시대 성이 들어섰는데 폐허가 되고 이 건물이 들어선 거야. 서향이라, 여기서 보는 석양이 참 장관이야."

나는 발코니에 서서 눈앞에 펼쳐진 프랑스의 풍경을 넋을 잃고 바라보았다. 다채로운 초록빛 위로 밝은 갈색의 테라코타 지붕이 점점이 박혀 있고, 별장과 농가 들이 간격을 넓게 두고 있었다. 포도밭과 올리브 과수원이 보였고, 밀밭을 따라 과실나무들이 늘어서 있었다. 내 안에서 약간의 통증이 느껴졌다. 부자의 삶이란 게 이런 거구나. 우리는 보통 때라면 이런 장소에 머무르는 여유 따위 누릴 수 없었다. 어림없는 일이었다.

"로언, 여기 정말 절경이다. 이번 휴가를 계획하고 우리 모두를 여기로 불러줘서 너무 고마워. 여기서 일주일을 묵는 데 얼마가 들지 상상조차 못 하겠는데 말이야."

로언은 내 팔을 꽉 쥐고는 내 시선을 따라 완벽한 풍경을 바라봤다.

"성수기에는 한 2만 파운드 정도 될 텐데, 일반한테는 빌려주지 않아. 기업의 공식 행사나 비공식적 모임, 인맥 쌓기에 쓰이는 곳이지. 무슨 말인지 알지?"

나는 고개를 끄덕였지만, 사실 알지 못했다. '모임'이니 '인맥 쌓기'니 하는 것은 사실 내 직업 생활과는 동떨어진 이야기였다. 게다가 로언과 함께 서 있자니, 우리 둘의 세계가 얼마나 동떨어져 있는지 새삼 실감나 속이 살짝 쓰리기까지 했다. 나는 내 일을 사랑했다. 13년째 런던경찰청에서 범죄과학수사관으로 일하고 있다. 어쩌면 나는 나를 제외한 모두가 변하고 있다는 사실을 이제야 겨우 알아차린 것일 수도 있었다. 몇 년째 그래 왔듯, 똑같은 일과 똑같은 집, 똑같은 길에 붙박여 있는 듯한 기분이었으니까. 어쩌면 이 모든 게 관점의 문제일지도 몰랐다.

어쩌면 이 모든 게 손과 관련된 문제일지도 몰랐다.

"포도밭이랑 정원, 벽이 있어서 완전히 우리만의 공간이 될 거야. 벽 안쪽에 있는 저 포도밭 있잖아. 저기 나무들 쪽으로 경사진 거 말이야. 저게 전부 다 이 건물의 일부야." 로언은 오데트를 타일이 깔린 바닥에 내려놓고 아이의 불평을 모른 체하며 나무들을 가리켰다. 나무들은 180여 미터 떨어진 곳에 여러 줄로 두텁게 늘어서 있었다. "이따가 우리 모두 내려가서 한번 봐야 해. 나무들 너머로 최고의 장관을 이루는 협곡이 있대. 바위 표면에 작게 길이 나서 그 아래 물웅덩이로 내려갈 수 있어. 어딜 가도 이렇게 깨끗한 물에선 수영 못 할걸. 산에서 바로 떨어져 내려오는 물이라고."

"나한테는 좀 찰 것 같은데." 말이 입 밖으로 나온 순간, 고마움을 모르는 것처럼 들린다는 사실을 깨달았다. 로언은 의식하지 않는 듯 보였지만 말이다. 나, 도대체 왜 이러는 거니? 나는 여기서, 이 대단한 별장에서, 내가 사랑하는 사람 모두와 일주일을 보내며 행복해야 했다.

"우리 왼편에 말이야, 발코니 아래 저기가 수영장이야." 로언이 나를 왼쪽으로 끌어당기며 완벽하게 정돈된 손으로 가리켰다.

발아래로 인피니티풀[3]이 보였다. 테라스 가장자리까지 뻗은 잔잔하고 완벽한 파란색의 물이 일광욕 의자와 파라솔로 둘러싸여 있었다. 믿어지지 않을 만큼 멋졌다.

"우와. 잡지에서 본 것 같아." 그날만 열 번째로 탄성을 내뱉

3) 수영장 끝이 지평선이나 수평선과 맞닿은 것처럼 보이게 설계된 수영장.

은 듯했다.

로언이 교회 첨탑을 가리켰다. "저기가 오티냐크야. 걸어서 10분 거리지. 광장에 가면 빵집도 있고, 작은 슈퍼마켓이랑 사랑스러운 작은 식당도 있어. 수요일 아침이면 아주 훌륭한 장이 서. 지역 농산물이랑 음식, 음료랑 공예품을 많이 만날 수 있지. 네가 정말 좋아할 거야."

그러고는 저 아래 검은색 머리의 키 큰 남자를 가리켰다. 남자는 흰 리넨 셔츠와 치노 바지를 입고 전화 통화를 하면서 수영장 언저리를 서성이고 있었다.

"오데트, 봐봐. 저기 아빠 있다."

"아빠!" 오데트는 소리치며 두 손으로 발코니의 돌난간을 짚었다.

키 큰 남자는 계속 서성이며 통화를 했고, 담배 한 개비를 입술까지 들어 올렸다.

"아빠! 아빠! 아빠!" 오데트가 또 한 번 크게 소리쳤다.

남자는 여전히 듣지 못한 듯했다. 오데트의 외침이 메아리쳐 산비탈을 따라 굴러가는데도.

"아빠!" 오데트가 또다시 소리쳤다. 귀청을 찢을 듯한 목소리에 나는 몸을 뒤로 뺄 수밖에 없었다.

남자가 드디어 딸을 알아봤다. 하지만 반쯤 미소를 지으며 건성으로 담배를 흔들어 보일 뿐, 다시 통화에 집중했다.

나는 본능적으로 손을 뻗어 오데트의 팔을 잡으며 아이의 커져가는 분노를 가라앉히려 했다. 하지만 오데트는 내 손을 뿌리치더니 다시 로언의 원피스를 잡아당기기 시작했다.

"러스는 늘 회사랑 연락이 닿아야 하는 거니?" 나는 팔꿈치를 난간에 댔다. 매끄러운 돌이 머금은 온기가 피부로 전해졌다.

"일주일에 7일, 하루 24시간 내내 그렇지 뭐. 돈은 결코 잠들지 않는다, 뭐 그런 고든 게코[4]의 대사를 상사가 입에 달고 산대."

나는 러스의 직업에 대해 지극히 모호한 용어들로만 알고 있었다. 헤지펀드와 통화, 런던 트레이딩과 관련된, 책임이 막중한 어떤 일이었다. 많은 돈이 걸린 일이라는 건 알았지만, 자세한 사정은 전혀 알지 못했다.

휴대전화가 삑 소리를 내며 메시지 수신을 알려 로언은 화면을 확인했다.

"엄마! 나 다시 안아줘!" 오데트는 아직도 로언의 원피스를 잡아당기고 있었다. 아름다운 옷감에 땀으로 얼룩진 손자국이 조그맣게 남았다.

로언은 두 엄지로 휴대전화 화면에 빠르게 답장을 입력하기 시작했다.

"너 좀…… 가서 아빠가 뭐 하는지 보는 게 어떠니?"

"싫어! 안아줘!" 오데트는 핑크빛 샌들을 신은 발을 돌바닥에 쿵쿵 굴렀다. 천사 같고 작은 얼굴이 일그러지고 있었다.

---

4) 1987년 영화 「월스트리트」의 주인공으로, 미국 금융가의 탐욕을 상징하는 냉혹한 투자자이다.

"엄마 팔 아파." 로언은 계속해서 문자를 입력했다.

"엄마!"

"얘야, 잠시만." 로언은 다시 집 안에 들어가 광활한 거실을 가로지르기 시작했다.

오데트는 마지막으로 한 번 더 소리치더니 엄마를 따라 집 안으로 달려갔다. 오데트의 길고 연한 적갈색 갈래머리가 성난 리듬에 맞춰 통통 튀고 있었다.

나는 오데트가 성질을 부리는 모습에 절로 지어지는 미소를 억눌러야 했다. 오데트는 걷기도 전부터 대단한 떼쟁이였고, 잠잠해질 기미도 보이지 않았다. 오히려 자랄수록 투정이 심해지는 눈치였다.

내 딸이 발코니로 어슬렁거리며 나왔다. 손에 휴대전화를 쥔 채로 하품하며 기지개를 켰다.

"일어났구나! 루시, 이리 와서 기막힌 경치를 좀 봐봐. 굉장하지 않니?"

루시는 내 옆으로 와서 흘끗 풍경을 보았다. 한 1초나 봤을까.

"멋지네요." 루시가 나를 향해 몸을 돌렸다. "엄마, 와이파이 비밀번호 알아요?"

3

1층과 2층에 열 개의 침실이 있었다. 우리 부부의 침실은 2층 층계참 근처였다. 크림색이 도는 대리석 바닥과 고풍스러운 원목 가구가 눈에 띄었고, 기둥이 네 개인 커다란 침대는 네 귀퉁이에 얇게 비치는 모기장이 묶여 있었다. 숀이 여행가방을 침대에 올리자 우리는 짐을 풀기 시작했다.

대니얼이 수영복을 입고 나타났다. 깡마른 팔과 다리, 희멀건 영국인의 피부가 드러났다. "나는 준비 다 됐어요! 아빠, 수영장에 갈 준비 됐어요?" 대니얼은 눈에 물안경을 장착하고는 양손의 엄지를 들어 보였다.

숀이 미소를 지으며 고개를 저었다. "아직."

"내가 제일 처음으로 들어가고 싶단 말이에요!"

“쥐 프레스크 피니.” 숀이 티셔츠 한 무더기를 서랍장에 넣으며 말했다.

“네?”

“프랑스어로 ‘거의 다 됐어’라는 뜻이야.”

“잠깐만요, 여기 프랑스 말 써요?”

루시는 팔짱을 낀 채 문틀에 몸을 기댔다. “저런, 그러니까 여기를 프랑스라고 부르겠지?”

대니얼이 얼굴을 찡그렸다. “나는 프랑스어 정말 못하는데. 아빠는 해요?”

“하다마다. 그리고 우리 아일랜드인은 언제나 우리 프랑스인 형제자매들과 공통점이 많단다.”

“어떤 게요?”

“우리 모두 영국인을 못 견뎌하지.”

나는 숀에게 수건을 던졌다.

“농담이야.” 수건은 숀의 가슴팍에 부딪혀 떨어졌다.

나도 모르게 웃음이 났다. “대니얼, 아빠가 그냥 엉뚱한 소리를 하시는 거야. 우리는 프랑스 사람들이랑 아주 잘 지내. 그러니 너도 학교에서 불어를 배우지.”

“배운 말 중에 봉주르랑 폼 프리츠[5] 말고는 진짜 하나도 기억이 안 나요.”

숀은 여행가방에서 수영복을 찾아내 셔츠 더미에서 끄집어

---

5) 프렌치프라이의 프랑스 명칭.

냈다.

"갈 길이 멀어, 대니얼. 그런데 프랑스 사람이 왜 아침으로 달걀 하나만 먹는지 아니?"

"모르겠어요, 아빠."

"왜냐하면 달걀 하나는 어 너프니까!"

대니얼은 아주 잠시 웃다가 멈췄다. "무슨 말인지 이해가 안 돼요."

"어 너프? 이너프[6]? 프랑스어로 달걀 하나가……."

"맙소사, 아빠. 내가 들어본 농담 중에 그야말로 최악이에요." 루시가 눈을 굴렸다.

숀은 침실에 딸린 욕실로 후퇴했다.

숀이 문에 대고 물었다. "대니얼, 프랑스의 치즈 공장이 폭발한 얘기, 들어봤니?"

"아니요."

"드 브리만 남았대."

"하! 이번 것도 이해를 못 하겠어요." 우리 아들이 고개를 저었다.

"드 브리와 데브리. 드 브리[7]만 남았대." 숀이 다시 한번 말해주었다.

---

6) 프랑스어의 '달걀 하나(un oeuf)'와 영어의 '충분하다(enough)'가 발음이 유사한 것을 이용한 말장난이다.

7) 프랑스어의 '브리 지방에서 나는 치즈(de brie)'와 영어의 '잔해(debris)'가 발음이 유사하다.

"세상에나." 루시가 넌더리를 내더니 몸을 돌려 자기 방으로 돌아갔다.

대니얼은 코를 찡긋했다. "브리가 뭔데요?"

"도대체 학교에서 뭘 배우는 거니? 브리? 세상에서 가장 유명한 프랑스산 치즈잖아!"

"그럼 다시 말해봐요."

숀은 맨가슴을 드러낸 채 수영복을 입고 나오면서 브리 농담을 반복했다. 농담은 침대 위 옷더미에 청바지와 셔츠, 지갑과 열쇠를 던지는 사이에도 계속됐다. 숀은 지난 몇 달 동안 헬스장을 다니면서 규칙적으로 운동하기 시작했다. 가슴과 어깨가 떡 벌어지고 윤곽이 뚜렷해지며 허리는 더 잘록해졌음을 쉬이 알 수 있었다. 전에도 나쁘지 않은 몸이었지만, 최근 눈에 띄게 효과를 보고 있었다. 나는 번뜩 불안감을 느꼈고, 거기엔 다른 무언가가 섞여들었다. 말하자면, 질투 같은 것? 숀이 다른 사람의 마음을 끌기 위해 운동을 하고 있기라도 한 듯했다. 내가 아닌 다른 사람을 위해.

대니얼은 우리 침실에서 깡충거리며 나와 복도로 달려가면서 또다시 웃고 있었다.

우리 아들이 잠시 자리를 비운 사이 숀의 얼굴에서 미소가 흐려지다가 사라졌다. 그리고 한순간 어둡고 심각해졌다. 저렇게 심각한 얼굴은 본 적이 없었다.

나는 양손에 신발을 한 짝씩 들고 얼어붙었다. 어떻게 반응해야 할지 확신이 들지 않았다. 숀의 표정은 전혀 예상 밖이었고,

조금 전과 너무도 달라서 나는 완전히 당황했다.

나의 시선을 알아챈 숀이 다시 미소를 머금었다. "그럼 나는 아쿠아보이랑 수영장에 다녀올게."

"그래. 괜찮겠어, 당신?"

"훌륭해. 더할 나위 없지."

"나는 여기 정리하던 것 좀 마무리하고 갈게. 간단히 샤워한 다음에 합류할 거야."

"그렇게 해."

나는 숀이 침실 밖으로 걸어 나가는 모습을 지켜보았다. 숀은 대니얼과 계단을 내려가면서 또다시 농담을 시작했다. 저음의 아일랜드 억양이 복도를 따라 울렸다.

"대니얼, 왜 익룡이 화장실에 가는 소리는 들을 수 없게?"

대니얼의 대답은 알아들을 수 없었다.

나는 몸을 돌려 다시 옷가지를 옷장에 넣기 시작했다. 내 안에 두려움과 메스꺼움이 너무도 빠르게 차올라, 그대로 침대에 주저앉고 말았다. 나는 그 누구보다 숀을 잘 알았다. 기분이 좋지 않을 때, 불안을 감추려 농담을 할 때, 거짓말을 할 때를 알았다. 숀이 훌륭하다고 말할 때의 얼굴은 또 어떻고? 숀의 그런 모습을 마지막으로 본 게 언제인지 기억도 나지 않는다. 아마도 숀의 아버지 장례식에서였던 것 같다.

내 휴대전화에서 들릴 듯 말 듯 단조로운 메신저 수신음이 울렸다. 자리에서 일어나 반바지 주머니에서 휴대전화를 꺼내 엄지손가락 지문으로 잠금을 해제했다.

새로운 메시지 없음.

나는 인상을 찌푸리고는 휴대전화를 다시 주머니에 넣었다.

또다시 삐 소리가 났다. 여전히 들릴 듯 말 듯한 소리, 방 안 어디선가 울리는 소리였다.

침대 위인가? 숀이 거기 벗어놓고 간 반팔 셔츠와 청바지를 살폈다. 나는 별 생각 없이 청바지를 들어 주머니를 만져봤다. 동전 몇 개가 잡혔지만 휴대전화는 없었다. 청바지를 다시 침대 위로 떨어뜨리고 나를 둘러싼 별장의 고요에 귀를 기울였다. 아래층에서, 밖에서, 수영장에서 희미한 소리가 들려왔다. 첨벙대며 웃는 대니얼의 신이 난 목소리가.

들릴 듯 말 듯한 메신저 수신음이 세 번째로 들려왔다.

숀의 머리맡 서랍.

서랍은 내가 서 있는 지점에서 손이 닿을 만한 거리에 있었다. 한 손을 뻗었다가, 다시 와락 뒤로 뺐다. 꼼짝 않고 얼마간 앉아 있었다. 그러다가 다시 손을 뻗어 천천히 서랍을 당겨 열었다.

숀의 휴대전화만 덩그러니 놓여 있었다. 화면을 바닥 쪽으로 해서 엎어둔 상태였다. 숀은 언젠가부터 어딜 가든 휴대전화와 함께였다. 마치 휴대전화와 눈에 보이지 않는 탯줄로 연결이라도 되어 있는 것처럼. 그리하여 나는 지난 며칠간, 얼마간 의식적으로, 숀이 휴대전화를 들 때마다 곁눈질로 그를 지켜보기 시작했다. 도대체 무엇이 그의 시간과 관심을 그토록 빼앗고 있는지 알아내려 애썼다. 그가 화면에 그리던 잠금 해제 패턴을 파악하려 애썼다. 내가 정말 미쳐가고 있는 것인지, 아니면 차마 상상도 하기 싫은 그런 일이 시작되고 있는 것인지 알아내려 애썼다.

내 손이 서랍 안쪽에 닿아, 숀의 휴대전화를 들어 올리고 있었다. 엄지가 전원 버튼을 누르고 있었다. 화면이 밝아지면서 우리 가족이 함께 떠났던 지난 휴가에서 찍은 아이들의 사진이 나타났다.

잠깐만 보는 거야, 안심하려고 보는 거야, 스스로에게 말했다.

하던 일을 중단하라고 스스로 설득하기도 전에, 어느새 나는 그의 잠금 해제 패턴을 그리고 있었다. 심장이 마구 뛰었다.

보지 말았어야 한다는 걸 안다. 잘 알고 있다.

하지만 나는 보았다.

그리고 그때가, 옷의 솔기가 터지듯 모든 것이 잘못되기 시작한 때였다.

4

이런 기분이다. 추락하는 기분.

발밑으로 작은 문이 열려 그 속에 떨어지는 기분. 한순간, 모든 것에 아무 문제가 없고 수년간 해왔던 대로 거침없이 나아간다. 다음 순간, 떨어지고, 추락하고, 어둠 속으로 곤두박질친다. 바닥도 보이지 않고, 추락을 멈출 수도 없다. 주변 모든 것이 함께 추락한다. 그동안 쌓아 올린 그 모든 것이.

바로 여기에서 시작된다. 아직 읽지 않은 메시지가 세 개 있음을 나타내는, 메신저 화면의 작고 파란 숫자로부터.

나는 숫자를 클릭했다. 화면 상단에 '코럴 걸'이라는 이름의 누군가와 주고받은 새 메시지가 있었다.

나중에 가능할 때 메시지 보내.
우리가 얘기한 대로 이번 주는 조심할 필요가 있겠어.
읽자마자 메시지 삭제하는 거 잊지 말고.

나는 스크롤을 내려 어제 주고받은 일련의 메시지를 밑에서부터 읽어나갔다. 첫 번째 메시지는 숀이 보낸 것으로, 다섯 어절이 내 심장을 멎게 했다.

당신이 한 말이 계속 생각나.
한마디, 한마디가 다 진심이었어.
나랑 다시 얘기하자.
K가 뭔가 의심하지는 않고?
K는 전혀 모르고 있어. 하지만 계속 이렇게 갈 수는 없어.
우리, 프랑스에서 결정하는 거야. 어떻게 할지 생각해보자.
K에게 알려야 해. 빠른 시일 내로.
그 얘기는 이미 했잖아. 비밀로 하는 게 낫다고.
알아. 하지만 K에게 거짓말을 하는 게 너무 마음이 안 좋아.

메시지를 읽기가 견딜 수 없이 힘들었지만, 그렇다고 멈출 수도, 화면 위 작은 글자들에서 눈을 뗄 수도 없었다. 글자 하나하나가 내 결혼생활의 수면 아래에서 터지고 있는 폭탄이었다.

스크롤을 올려 메시지를 다시 읽었다.

K가 뭔가 의심하지는 않고?

K는 전혀 모르고 있어. 하지만 계속 이렇게 갈 수는 없어.

무언가가 휴대전화 화면 위로 후드득 떨어졌고, 내가 울고 있음을 깨달았다.

그 순간 내가 누구이고, 어떻게 살아왔는지 하나도 기억나지 않는 것처럼 느껴졌다. 우리에게 하나의 삶이, 우리의 삶이 있었는데, 별안간 그 삶이 허구처럼 느껴졌다. 내가 누군가가 벌여놓은 판에 놓인 장기짝 취급을 받고 있다는 사실을 까맣게 모르고 있었다. 떨리는 손으로 코럴 걸 계정의 '프로필 보기'를 클릭했다. 사진도 이메일도 없는 기본 상태였다. 런던 거주. 여성. 그게 다였다.

나는 서둘러 최신 메시지를 읽지 않은 상태로 바꾸고 휴대전화를 잠근 다음 다시 서랍에 넣었다. 외국의 한 낯선 집 안, 익숙하지 않은 침대에 앉아 눈앞의 벽을 바라보고만 있었다.

추우면서도 더웠다. 배신감에 화가 났고 눈에 눈물이 그렁했으며 속이 메스꺼웠다.

어둠 속으로 거꾸로 곤두박질치고 있었다.

수십 가지 질문이 있었다. 아니, 수백 가지 질문이 있었다.

진지한 관계일까?

숀은 왜 그런 거지?

나는 어쩌면 이리도 숀을 잘못 볼 수 있었던 거지?

그러나 가장 큰 질문, 도대체 그 여자는 누구지?에 대한 답은 이미 반쯤 나온 상태였다. 화면상의 작디작은 글자에 바로 단서가 있었다.

우리, 프랑스에서 결정하는 거야.

프랑스.

한 단어. 그 단어를 본 순간, 나는 즉시 그 의미를 알았다. 이번 주는 우리 네 사람의 시간이니까. 로언과 제니퍼, 이지, 그리고 나.

내 남편이, 영혼의 단짝이자 내 전부라고 생각했던 사람이, 내 가장 소중하고 오래된 친구 세 사람 중 한 명과 바람을 피우고 있다.

5

바람을 피울 사람은 아니야, 나는 혼잣말을 했다.

나의 숀은 아니지. 얼마나 다정하고, 사랑스럽고, 재치 있는 남편인데. 바보 같은 농담을 하고, 아이들을 업어주고, 아기 때는 자장가를 불러주던 내 남편인데.

하지만 지난 몇 주 사이 그 모든 징후가 곳곳에 있었다. 숀은 점점 더 비밀이 많아졌고 어딘가에 정신이 팔려 있었다. 심각한 얼굴이 되었고, 가끔은 방어적이기까지 했다. 휴대전화를 손에서 놓지 않고 헬스장에 가고 외모에 더 신경을 쓰고.

바로 내 눈앞에서 벌어지고 있는 일을 어떻게 보지 못할 수 있었을까?

도대체 누구지? 내 친구 가운데 누가 나를 배신한 거야?

심장이 쿵쿵댔다. 어떤 보이지 않는 위험 때문에 내 인생이 위기에 처한 것만 같았다. 싸울 것인가, 떠날 것인가. 내 휴대전화를 들고 방에 딸린 욕실로 들어가 문을 걸어 잠갔다. 뚜껑을 닫은 변기에 앉아 사진첩을 불러와, 지난번 우리가 모두 함께 모였을 때 찍은 사진첩을 선택했다. 치스윅에 있는 로언과 러스의 집에서 열린 파티에서였다. 사진첩에서 내가 찾는 사진을 발견할 때까지 스크롤했다.

여기 있다. 우리 넷의 자연스러운 모습이 찍힌 사진. 대니얼이 찍은 몇 장의 사진 가운데 한 장이다. 로언. 아이폰으로 통화하며 얼굴을 찌푸리고, 다른 손은 놀리고 있다. 제니퍼. 10대인 두 아들에게 선탠로션을 발라준다며 야단을 떤다. 이지. 벽에 등을 댄 채 이 모든 장면을 눈에 담고 있다. 얼굴에 쓴웃음을 띤 채로.

그리고 나. 사진 한구석에서 카메라를 심란한 얼굴로 바라보고 있다.

우리는 서로의 비밀을 알아, 나는 생각했다. 영원히 우리를 함께 묶어줄 비밀스러운 일들, 추억과 연관된 공통의 언어. 남자친구나 남편에게 털어놓지 못한 일들도 그들과는 나누었다. 다른 누구와도 공유하지 않을 이야기였다. 나는 그들을 안다고 생각했다. 알고 보니, 그들 중 누구도 전혀 알지 못했다.

하지만 이 사실만은 알았다. 어떤 식으로든 나는 그들 모두를 모욕해왔다. 그게 내가 생각할 수 있는 전부였다. 우리 우정이 수년째 이어지는 사이, 나는 의도적으로든 아니든 내 친구 세 명 모두에게 괴로움과 고통과 슬픔을 안겨줄 말을 한 적도 있고 실수를 저지른 적도 있다.

어쩌면 나는 이런 일을 당해 마땅했다.

성인이 되어 이룩한 모든 것이 사라지고 다시 열다섯으로, 불안과 스스로에 대한 의심으로 온전치 못하던 때로 돌아간 것만 같았다. 마치 지난 25년은 꿈이었다는 듯이. 나는 기계적으로 옷을 벗어 바닥 옷 더미에 던지고는 샤워 부스에 들어갔다.

물을 틀고 눈물이 흐르도록 두었다. 쏟아지는 물에 흐느낌이 묻어가도록.

* * *

물론 나도 알았다. 내가 무엇을 해야 했는지. 수영장으로 직행해 숀에게 메시지에 대해 물어야 했다. 그 의미가 무엇인지, 누가 보낸 건지 물어야 했다. 그 여자가 누구야?

하지만 나는 그러지 않았다.

샤워기에서 떨어지는 물줄기가 목덜미를 툭툭 치는 사이, 지금 가진 증거만으로는 충분하지 않다는 생각이 들기 시작했다. 우리가 살아온 세월이 얼만데. 경솔한 질문 하나로 함께한 20년이 흔들릴 수 있었다. 숀에게 이 빈약한 미사일을 던지는 일을 정당화하기에는, 질문에 충분한 무게가 실려 있지 않았다. 우리가 가진 것을 침몰시키는 일을 정당화하는 것이 부당해 보일 정도였다. 왠지 모르게…… 무책임한 행동처럼 느껴졌다. 우리의 결혼생활이 완벽한 건 아니었다. 하지만 완벽한 결혼생활을 누리는 사람이 있긴 한가? 나는 충분히 행복했고, 숀도 그럴 것이다. 내가 무언가를 조금 더 알아낼 수 있다면, 해결할 수도 있을 것이다. 무모한 질문 하나로 부부 사이를 파괴하는 것보다는 나을 터였다.

물론, 겁도 났다. 숀이 나와 아이들을 떠날까 봐, 새로운 무언가를 위해 우리를 버릴까 봐 무서웠다. 이런 일이 현실이길 바라지 않았다. 현실로, 이미 현실이 된 것 이상으로 만들고 싶지 않았다.

그래서 당장 달려가 묻지 않았다. 물을 수 없었다. 그런 말을 어떻게 입 밖에 낼 수 있단 말인가?

이게 어떻게 된 거냐면, 숀, 내가 당신 휴대전화 잠금 해제 패턴을 외웠는데, 당신이 방심해서 휴대전화를 놓고 가기만을 기다렸지 뭐야. 아무튼, 그 여자가 누구야? 누구니? 도대체 어떻게 된 거니?

나한테 어떻게 이럴 수 있어? 우리 가족을 두고 어떻게?

머릿속으로 연습을 해보았다. 입속에서 말의 형태를 빚어보았다. 내가 내 말을 듣는 상상을 해보았다. 하지만 내 귀에조차, 전부 미친 소리처럼 들렸다. 그래서 아무 말도 하지 않았다. 그대로 서서 물줄기가 내 눈물과 섞이도록 두었다.

몇 주 전에 인터넷 검색을 한 기억이 났다. 머리가 지끈거리는 게 그저 두통인지, 아니면 뇌종양에 걸린 건지 판단을 내리려는, 흔한 21세기 건강염려증 환자처럼 말이다. 검색 결과, 진지한 관계의 약 3분의 1에서 상대의 부정이 발생한다는 사실을 알게 되었다. 말하자면, 통계적으로 볼 때 이번 휴가에 온 우리 일행 중 한 사람은 피해자가 될 것이라는 말이 된다.

이미 피해자이거나.

물론 또 다른 선택지도 있었다. 메시지를 보지 못한 체하는 것. 휴대전화를 본 적조차 없는 체하는 것. 아무 일도 없는 듯, 그저 흘러가는 대로 두는 것. 왜 굳이 타고 있는 보트를 흔드는가? 숀은 좋은 남편이고 나는 남편의 휴대전화를 염탐하는 일 따위는 하지 않는 좋은 아내라고 상상해버리는 편이 나을 수도 있었다. 이미 봐버린 것을 보지 못했다고 말하는 좋은 아내라고. 그러나 나는 알지 못하는 채로 있는 걸 견디지 못했다. 진실과 그 밖의 모든 것 사이에 있는 회색지대를 싫어했다. 흑백논리가 내게는 가장 잘 맞았다. 회색에는 잘 대처하지 못했다. 단 한 번도 그런 적이 없었다. 어떤 식으로든 확실히 알고 싶었다. 앞으로 어떻게 해야 할지를 결정하기 전에.

숀이 내 절친한 친구 중 한 명과 함께 나를 배신했음을 아는 상태에서, 일주일 동안 행복한 가족의 모습을 연기하기란 고역일 것이다. 연기가 아닌 현실 속 결혼생활이 슬로모션으로 박살나고 있는 지금은 더더욱 곤혹스럽다. 그래도 나는 알아야 했다. 숀을 관찰하면, 그를 지켜보면, 그가 나 대신 선택한 여자가 누구인지 알 수 있으리라는 확신이 들었다. 나는 어떤 식으로든 매일 증거와 싸우는 사람이었다. 수집하고, 기록하고, 검토하고, 모든 조각을 맞춰보는 식이었다. 내가 먹고살기 위해 하는 일이 바로 그런 것이었다. 내 남편이 부정을 저질렀다는 증거를 찾아서, 그 출처를 추적하기만 하면 되었다.

내가 너를 찾아낼 거야. 너희 중 누가 나를 배신했는지, 너희 중 누가 내 가정을 파탄 내려는지 알아낼 거라고.

정확히 무슨 일이 벌어지고 있는지 알아낼 수 있다면, 어쩌면 너무 늦기 전에 중단시킬 수도 있을 것이다. 진실을 찾기까지, 결혼생활에 무슨 일이 벌어지고 있는지, 가정을 지킬 수 있는지 알아내기까지, 내게는 일주일의 시간과 일련의 메시지가 있다. 우리 사이에 놓인 일련의 메시지는 지표면 바로 아래 도사린 보이지 않는 단층선과도 같았다. 틈을 크게 벌려 나를 한쪽에, 숀을 다른 한쪽에 떨어뜨리려고 기다리는 단층선이었다. 내 안의 깊은 곳에서는 알고자 하는 역겨우면서도 자기 파괴적인 욕구가 일었다. 전부 다, 추악한 사실 하나하나 속속들이 다 파헤치고 싶었다. 두 눈으로 직접 보고 싶었다. 그 전까지는 아무 문제도 없는 듯 행동해야 할 것이다. 정상적으로, 어렵다면 최대한 정상에 가깝게 행동해야 할 터였다.

샤워기를 잠갔다. 그 어느 때보다 더 혼자라고 느꼈다. 절벽 끝 바위에 서서, 어둠 속으로 뻗은 줄 위로 발을 내딛기 직전인 기분이었다. 예전의 내 삶, 내가 안다고 생각했던 삶과 앞으로 펼쳐질 삶 사이에 놓인 줄이었다. 이 줄 끝에는 무엇이 있을까? 아마도 슬픔과 참담함이겠지. 그럼에도 제정신과 자존심을 온전히 지켜내려면 떠나야 할 여정이었다. 나는 옷을 입고 미소를 지은 다음 다 함께 일주일을 보낼 준비를 할 것이다. 그리고 진실을 찾을 것이다.

누군가가 욕실 문을 두드린다. 한 번, 또 한 번.

"엄마? 거기 있어요?" 대니얼의 목소리였다. 높고 활기찼다.
"응, 나갈 준비 중이야."
"로언 이모가 문자 받았다고 전해주래요. 제니퍼 이모네가 거의 다 왔다고요."

6

나는 서둘러 무난한 꽃무늬 원피스를 입고 샌들을 신었다. 아래층에서 제니퍼의 도착을 알리는 소리가 들려왔다. 로언의 인사는 늘 그렇듯 시끄럽고 활기가 넘쳤다. 나는 화장대에 앉아 빠르게 화장을 고쳤다. 우느라 퉁퉁 부은 눈을 감추기 위함이었다. 생각을 정리하려고도 애썼다.

평상시와 다름없이 행동해.

그때 제니퍼가 침실 입구에 나타났다. 찢어진 청바지에 끈이 없는 핑크색 튜브톱 차림으로, 긴 금발에 선글라스를 꽂고 한 손에는 휴대전화를 쥐고 있었다. 화장기가 전혀 없었다(제니퍼는 화장이 필요한 경우가 드물었다). 목에 두른 작은 십자가 모양의 은 목걸이 말고는 장신구도 거의 하지 않았다. 맨발인데도, 나보다 최소한 머리의 반만큼은 더 컸고 183센티미터인 숀과는 5센티미터밖에 차이가 나지 않았다. 제니퍼는 (숀이 예전에 한번 말했듯이) 아마존 여전사처럼 키가 컸으며, 솔직히 말해서 예뻤다. 운동하는 사람들에게서 흔히 관찰되는 건강한 아름다움이었다.

"똑똑." 제니퍼가 두 팔을 뻗으며 말했다.

나는 자리에서 일어나 제니퍼와 포옹했다. 그리고 우리는 날씨 얘기며 차를 타고 오는 길이 어땠는지 하는 얘기, 제니퍼 남편이 구글 지도도 못 따라가더라는 얘기 들을 주고받았다.

"어때? 별장이 참 멋지더라, 그렇지 않니? 가이드 투어는 했어?" 제니퍼가 물었다.

"로언이랑 한 바퀴 돌았어. 발코니에서 보는 전망이 끝내줘."

"그러게 말이야. 꼭 「엑스 팩터」[8]에 나오는 심사위원의 집 같아." 제니퍼는 별장 주인이 듣고 있기라도 한 것처럼 조용히 말했다.

캘리포니아에서 자란 제니퍼는 신이 나거나 스트레스를 받을 때면 모음을 길게 늘이는 말투가 두드러져서, 반평생 이상을 영국에서 살고 있음에도 밸리 걸[9] 면모가 아직 어딘가에 남아 있음을 우리에게 일깨워주곤 했다. 제니퍼가 열네 살이던 때, 다국적 기업의 CEO인 아버지를 따라 그녀의 가족은 로스앤젤레

---

8) 영국에서 인기리에 방영된 오디션 프로그램.

9) 1980년대 캘리포니아 샌페르난도 밸리의 고급 주택가에 사는 10대 소녀를 가리키는 말에서 유래. 발랄하고 쇼핑을 즐기며 독특한 억양을 구사하는 것이 특징.

스에서 영국으로 이주했다. 이후 영국을 벗어난 적이 없지만, 대서양 건너편에서 날아온 콧소리가 억양에 남아 있어, 미국인은 제니퍼를 영국인으로, 영국인은 그녀를 미국인으로 혼동하곤 했다.

나는 잠시 그녀를 살폈다. 약간 정신없어 보였다.

"애들은 잘 적응하고 있고?"

"탐색 중인 거 같아." 제니퍼는 복도를 쓱 살피더니 내 쪽으로 더 가까이 몸을 기울이며 목소리를 낮췄다. "애들이 아직 나를 다 용서하지는 못해서."

"뭘 용서해?"

"지난밤에 짐을 싸면서 좀 다퉜거든. 애들이 엑스박스 게임기를 가져가고 싶어 했어. 이선은 벌써 자기 가방에 싸놓기까지 했더라고. 그래서 내가 가방에서 다시 꺼내라고, 어두컴컴한 방안에 틀어박혀서 형편없는 **콜 오브 듀티**니, **포트나이트**니, 뭐니 하는 게임을 하느라 이번 주를 낭비해서는 안 된다고 말했지. 바로 눈앞에 지중해가 있는데!"

"애들이 수긍을 못 했구나?

제니퍼가 손을 내저었다. "말도 마. 그래도 여기서 할 게 얼마나 많은지 알게 되면 괜찮아지겠지."

제니퍼는 숨기려 했지만, 나는 그녀가 아이들과 다퉜다는 사실에 마음을 쓰고 있음을 알 수 있었다. 제니퍼는 아이들을 상대로 절대 목소리를 높이지 않고, 절대 소리를 지르지 않으며, 절대 비꼬지 않았다. 결단코 손을 올리는 일도 없었다. 제이크가 일곱 살 때 성냥을 가지고 놀다가 위험천만하게도 집을 홀랑 다 태울 뻔했을 때도 마찬가지였다. 제니퍼네 주방 벽에는 시 한 편이 걸려 있었다. 부모들에게 모든 부정적인 감정을 물리치고 칭찬과 격려, 인정과 수용으로만 아이들을 키우라고 권유하는 내용이었다.

제니퍼의 두 아들은 그녀 인생의 과업이고 과제였다. 단 11개월 차이로 태어난 제이크와 이선은 아이들이 흔히 그러하듯 그녀의 체력과 에너지를 온통 빼앗아버렸다. 제니퍼는 결국 일을 그만두고 다시는 복직하지 않았다. 열광에 가까운 열정으로 전업 엄마 역할에 몸을 던졌고, 두 아들을 엄청나게 자랑스러워하면서도 지독히 보호하려 들었다. 형에 이어 이선까지 초등학교에 들어간 뒤에도, 제니퍼는 물리치료사 경력을 다시 이어가는 대신에 학교 행정실의 시간제 일자리를 얻었다.

숀이 들어왔다. 수영장에서 오는 길이라, 허리에는 수건을 두르고 머리가 젖은 채였다. 숀의 휴대전화에서 메시지를 발견한 이후로 첫 대면이었다. 숀을 보자마자 내 얼굴이 붉게 달아오르는 게 느껴졌다. 타오르는 분노와 두통에, 그리고 100만 가지 질문에 얼굴은 식을 줄을 몰랐다. 발견한 메시지는 너무도 노골적이었는데, 내 마음을 다스릴 시간조차 거의 없었다. 내 표정을, 감정을 가다듬어야 했다. 지금 내 안에 차오르는 독기 가득한 비밀이 순간적으로 드러나지 않도록.

남편을 보기가 견딜 수 없이 힘들었지만, 그렇다고 고개를 돌릴 수도 없었다.

숀은 제니퍼의 뺨에 가볍게 입을 맞추며 인사했다. 지금 돌아가는 상황으로 볼 때, 이상하리만치 순수한 동작인가? 아닌가? 그러고는 다시 여행가방 앞에 자리를 잡고 짐을 풀기 시작했다.

"아래층에 오락실이 있어. 당구대도 있고, 테이블축구랑 이것저것 다 있더라. 애들이 할 만한 게 있을 거야." 스스로 듣기에도 이상하리만치 부자연스러운 말투였다.

제니퍼는 고개를 주억거렸다. 내 목소리에 실린 긴장을 알아채지 못한 듯했다.

"나는 정말이지 애들이 밖에서 많은 시간을 보냈으면 좋겠어. 이곳은 공기가 런던이랑은 비교도 안 되게 깨끗하잖아. 게다가 애들은 평소에 그 빌어먹을 엑스박스에 너무 많은 시간을 쏟아부어."

제니퍼의 남편 앨리스터가 그녀 옆에 나타났다. 머리부터 발끝까지 여름휴가 느낌을 물씬 풍겼다. 배에 딱 들러붙는 민소매옷에 스피도[10]를 입어, 털이 수북한 어깨와 허벅지를 드러내고 있었다. 나는 늘 이 두 사람을 최소한 외형적으로는 어울리지 않는 조합으로 생각했다. 그리고 두 사람은 각자 다른 속도로 늙어가는 부부가 되었다. 제니퍼에게는 여전히 키가 크고 팔다리가 긴, 캘리포니아 사람의 우아함이 깃들어 있었다. 지난 세월을 거슬러 올라가, 대학 시절 끊이지 않던 그녀의 남자친구들을 매혹시킨 것도 그 우아함이었다. 반면 앨리스터는 예전보

---

10) 몸에 딱 붙는 남자 수영복.

다 더 땅딸막하고 칠칠맞게 보였다. 수염은 들쭉날쭉 삐곡히 자랐고, 오렌지색과 갈색으로 얼룩덜룩한 뿔테안경을 쓰고 있었다.

"아하! 두 사람, 엑스박스 사태를 이야기하고 있었군." 앨리스터가 말했다.

제니퍼는 한숨을 쉬었다. "그렇게 부르지 말라니까. 찻잔 속 작은 폭풍일 뿐이었어."

"제니퍼가 애들이 엑스박스를 가져오도록 내버려둬야 했다는 게 내 생각이에요. 어느 시점이 되면 누구나 스스로 결정을 내리기 시작해야 하잖습니까. 왜 지금 당장은 안 되나요? 아들 녀석들은 현재 각자의 인생에서 한계를 밀어붙이고, 자기 자신과 타인을 시험하는 단계에 있어요. 우리는 그걸 아동기에서 초기 성년기로 넘어가는 과정으로 보고 격려해줘야 해요. 더는 꼬마가 아니죠."

제니퍼가 팔짱을 끼며 말했다. "아직은 내 꼬마야. 그리고 당신이 가끔 한 번씩은 내 편을 좀 들어줬으면 좋겠어. 나만 늘 나쁜 경찰로 만들지 말고."

"당신은 착한 경찰의 역할도 똑같이 잘하잖아. 몽 셰리[11]." 앨리스터가 나에게 공모자의 윙크를 보냈다. "당신은 착한 경찰 역할도 똑 부러지게 잘한다니깐."

"그래도, 나는 당신이 제이크랑 이선을 우리 자식으로 다뤘으

11) 프랑스어로 '내 사랑', '여보' 등을 뜻하는, 사랑하는 사람을 부르는 애칭.

면 좋겠어. 연구하고 조언할 환자가 아니라."

대니얼이 숨을 헐떡이며 머리가 젖은 채로 불쑥 나타났다. 두 발에 신은 크록스가 바닥을 철썩철썩 때리고 있었다.

"아빠, 캠코더를 빌려주실 수 있어요? 조 서그처럼 집을 소개하려고요!"

숀이 서랍장으로 가서 작은 카메라를 건넸다.

"조심히 다루렴."

"'조심히'는 제 가운데 이름인걸요!" 대니얼은 방 밖으로 달려 나갔다.

"조 서그? 그게 누구지?" 제니퍼가 물었다.

"유튜버야. 구독자가 800만 명이래."

"역시 그렇구나."

앨리스터가 값비싸게 장식된 주변을 가리키며 말했다.

"대단히 멋진 별장입니다, 안 그렇습니까? 잠깐 수영하러 갈 사람 있습니까?"

"저는 조금 이따가요. 물이 아직도 따뜻하다면 말이에요."

"29도 정도 되는 것 같던데요. 딱 더운물로 목욕하는 정도죠. 제니퍼, 당신은 안 갈래?"

"제이크는 못 봤어?"

"두 녀석 모두 각자 방에 들어간 후로는 못 봤는데."

"수영장에 내려가서 제이크가 있는지 확인 좀 해줄래?"

"여보, 애들은 괜찮을 거야."

"확인해 줄 거지?"

"알았어." 앨리스터가 빠른 걸음으로 나갔다. 타일이 깔린 바닥에 플립플롭의 뒤축이 닿으면서 철썩 소리를 냈다.

"수영장에서 보는 거지?" 제니퍼가 내게 말했다.

"물론."

대화가 오가는 동안 한마디도 하지 않던 숀은 여행가방에서 마지막 짐을 몇 가지 꺼내놓고 있었다.

"나도 이 짐만 다 정리하면 한 번 더 갈 수도 있겠어요. 수영장이 아주 훌륭하거든요."

제니퍼는 숀의 말을 못 들었거나, 못 들은 체했다.

바로 여기에 무언가 이상한 점이 있었다. 마치 누구도 인정하려 하지 않는 방 안의 지독한 냄새처럼. **제니퍼는 숀이 여기 없는 것처럼 행동하고 있어. 이유가 뭘까?**

"케이트, 지금 갈 거니?" 제니퍼가 말했다.

"나는 조금 이따가."

"그러면 이따 봐. 나는 가서 우리 아들을 좀 찾아봐야겠어."

제니퍼가 방문을 나서 계단을 향해 걸어갔다.

나는 숀을 흘끗 보았다. 숀은 옷장에 셔츠를 걸고 있었다.

제니퍼가 가니까 당신도 수영장에 가려는 거야? 몇 분이라도 함께 있으려고? 제니퍼는 왜 당신을 못 본 체하는 건데? 왜 당신이랑 눈도 못 마주치는 거냐고!

어쩌면 답은 명백할지도 몰랐다.

티가 날까 봐 눈을 맞추지 못하는 거겠지. 간단하잖아, 안 그래?

그렇다면, 그 여자는 제니퍼인 거니?

머릿속에 섬광이 번쩍이는 것처럼 학창 시절 제니퍼와 숀이 몇 달간 사귀었다는 사실이 떠올랐다.

그리고 두 사람이 헤어진 후, 숀이 나와 만났다는 사실을.

시기는 전혀 겹치지 않았다. 최소한 우리는 늘 그렇게 주장했다. 사연을 단순하게 끌고 가는 편이 최선이었다. 관련된 모든 사람을 위해서라도.

그러자 무언가가 내 마음에 되살아났다. 숀이 내게 했던 최악의 말, 그가 입 밖에 낸 가장 아팠던 말이다. 기억 속에 너무도 오래 묻어두어서, 잊었다고 생각했던 말이다. 사귀고 몇 달이 채 되지 않아 진실게임을 할 때였다. 숀은 만취해서 몸을 제대로 가누지도 못했다. **지금껏 최고의 섹스? 당연히 제니퍼와의 섹스지, 하하. 내 첫사랑이자 그 모든…….**

그날 우리는 심하게 다퉜다. 나는 엉엉 울면서 진실게임에서 꼭 진실을 말할 필요는 없는 거라고, 특히 방금 그가 한 말처럼 상처가 되고 끔찍한 말이라면 솔직하지 않아도 된다고 토로했다. 특히 키 크고 몸매가 탄탄한 미국인 전 여자친구, 내 절친한 친구 중 한 명이기도 한 그녀에 대한 일이라면 솔직하지 않아도 된다고. 숀은 나를 올려다보며 술에 찌든 두 눈을 끔뻑거렸다. **미안해, 미안해, 미안해,** 숀은 몸을 양옆으로 흔들면서 내게 빌고 또 빌었다. 그저 농담이었다고, 어리석은 농담일 뿐이었다고, 진심이 아니었다고 했다.

우리는 2주간 헤어졌다가, 결국 내가 계속 잘못을 비는 숀에게 노여움을 풀고 다시 받아주면서 인연을 이어갔다. 이후 진실

게임 사건이 다시 언급되는 일은 없었고, 너무도 오래전 일이기에 나는 그때의 일이 다시는 수면 위로 떠오르지 않기를 바랐다. 나는 제니퍼에게도, 다른 두 명에게도 이 일을 절대 알리지 않았다.

어때, 제니퍼? 너랑 숀이니? 너희 둘의 두 번째 판인 거니? 그도 그럴 것이, 숀은 최고의 섹스였다잖아. 첫사랑의 불을 다시 지핀다, 뭐 그런 거니? 페이스북에서 10대 시절 남자친구를 다시 만나서, 결국엔 남편을 떠나는 그런 사람들처럼?

지난 세월 네 남자친구를 뺏긴 것에 대한 해묵은 복수인 거니?

아니다. 그럴 리가 없다.

아니, 그럴 리가 있나?

7

머릿속을 정리해야 했다.

나만을 위한 약간의 시간과 공간이 필요했다. 무엇보다도 밖으로 나가서, 여기서 벗어나서, 한동안 혼자 있고 싶었다. 하지만 이번 주에 누릴 수 없는 단 한 가지가 있다면 바로 혼자가 되는 일이다.

준비를 마친 나는 충전기에서 휴대전화를 분리하고 내 원피스 주머니에 들어갈 만한 작은 티슈를 하나 찾았다. 가는 길에 아무도 마주치지 않기를 바라며 계단을 내려가는 사이, 심장이 빠르게 뛰었다. 거실을 가로지르는데, 로언이 부엌에서 나왔다. 로언은 민소매 맥시원피스로 갈아입은 모습이었다. 원피스는 물로 짠 비단인 양 치르르 흐르며 찰랑거렸다. 두 손에는 목이

긴 샴페인 잔이 하나씩 들려 있었다. 로언은 내게 잔을 하나 건넸다.

“시작부터 제대로 해야지. 건배, 케이트.” 로언이 두 잔을 서로 부딪쳤다.

“건배.” 나는 잔을 받아 들며 있는 힘껏 미소를 끌어 올렸다.

“무슨 일 있어?”

“여독으로 좀 피곤해서 그래.”

“다시 힘을 내는 데는 훌륭한 샴페인 한 잔만 한 게 없지.”

나는 샴페인을 한 모금 홀짝였다. 혀에 닿는 맛이 씁쓸했다.

“확실히 그러네.” 나는 휴대전화를 들어 보였다. “정원에 내려가서 엄마한테 전화하려던 참이었어. 잘 도착했다고 알려드리려고.”

거짓말이다. 엄마에게는 벌써 도착해서 짐을 풀고 있다고 문자를 보내 두었다. 혼자 있을 이유가 필요했을 뿐이다.

“식당을 예약해 뒀어. 한 시간 정도 후에 모두 불러 모아야 할 거야.”

“알겠어.”

유리로 된 미닫이문을 열고 발코니로 나갔다. 초저녁의 강렬한 열기가 순식간에 나를 휘감았다. 빠르게 뛰고 있는 맥박이 다시 한번 속도를 내기 시작했다. 널찍한 돌계단이 보였다. 계단을 내려가면 인피니티풀이 나오는데, 지금은 사람이 없어서 적막했다. 오른쪽으로 돌면 무성한 잔디밭이 나왔다. 잔디밭은 건물의 전체 넓이만큼 뻗어 있었는데, 그늘을 드리우는 야자수와 포도밭을 굽어보는 벤치가 있었다. 풍겨 오는 냄새가 나를 취하게 했다. 화단에서 피어나는 백합, 유칼립투스와 소나무, 여름날의 열기로 구워진 흙이 어우러진 냄새였다. 정원은 단정하게 손질한 산울타리를 두르고 있었다. 울타리 중앙에는 포도밭으로 통하는 철문이 있었다. 흘끗 별장을 돌아봤다. 2층 발코니 중 한 곳에서 작은 형상이 보였다. 나는 어디서든 저 검은 더벅머리를 알아볼 터였다. 대니얼이었다. 숀의 오래된 캠코더를 앞으로 뻗고 있었다. 휴가를 보내러 온 별장을 영상에 담으면서 해설을 입히는지, 입술을 달싹거리고 있었다. 제작에 매진하고 있는 어린 유튜버의 모습이었다. 내 작은 기적과도 같은 아이. 세 번의 유산 끝에 둘째 아이는 결코 갖지 못하겠구나 스스로 단념할 무렵 뜻밖에 찾아와준 아이였다.

벌써 등허리와 겨드랑이에 땀이 송골송골 맺히기 시작했다. 공기가 너무 더워 숨이 목구멍에 달라붙으며 목을 막고 조이는 듯했다. 샴페인을 한 모금 더 마시고 철문을 향해 걸어가 대니얼의 시야에서 벗어났다. 포도밭에 진입해 바로 오른쪽으로 몸을 틀어 별장에서 먼 곳으로, 눈에 띄지 않을 어딘가로 향했다. 포도나무의 맨 가장자리 줄을 따라 걸었다. 포도나무는 옆줄과 1미터 정도 간격을 둔 채로 흐트러지지 않고 곧은 줄을 이루고 있었다. 1분 정도 걷고는 다시 한번 뒤를 돌아봤다. 발코니에 선 대니얼이 더는 보이지 않았다. 그 누구도 보이지 않았다.

계속해서 걸었다. 걸으면 걸을수록, 파도가 해안을 들이덮치듯 더 많은 감정이 내 가슴을 휩쓸었다. 별장에서 멀어질수록 혼란스러워지면서 심장이 요동쳤다. 싸울 것인가, 떠날 것인가.

곧장 숀과 대면해야 하는 게 아닐까 하는 생각이 다시금 고개를 들었다. 위층으로 가서 숀에게 내가 다 알고 있다고, 당신의 비밀을 발견했다고 말하는 것이다. 내게 사실을 말하지 않으면 지금 당장 짐을 싸서 아이들을 데리고 당신을 떠나겠다고, 가장 빠른 항공편으로 곧장 영국으로 돌아갈 거라고 통보하는 것이다. 하지만 이게 현명한 처사인지 확신할 수 없었다. 이런 걸 용기 있는 행동이라고 할 수 있을까? 멍청한 선택일 수도 있었다. 내가 고를 수 있는 최악의 선택지일지도? 이곳에 서 있자니 그 행동이 현명하면서도 용감하고 멍청한 선택처럼 느껴졌다. 어쩌면 어느 것도 아닐 수 있었다. 더는 정답이란 없으니까. 다른 답보다 살짝 덜 잘못된 답만이 존재했다. 더는 흑백논리가 아니었다. 회색지대만이 남았다. 전부 다 잿빛이었다.

멈춰 서서 두 손을 들어 펼쳐보았다. 두 손이 흔들리고 있었다. 통제할 수 없을 정도로 떨리고 있었다. 떨림을 멈추기 위해 내가 할 수 있는 일은 아무것도 없었다.

처음 겪는 일이지만 이 증상이 무엇인지, 어떤 의미인지 알고 있었다. 공황발작이다.

포도나무에 기대어 털썩 주저앉아 두 눈을 감았다. 다시금 눈물이 흘러나왔다.

8

우리는 구불구불한 언덕길을 천천히 내려가 식당으로 향했다. 귀뚜라미의 부드럽게 윙윙대는 소리가 저녁 공기를 채우고 있었다. 우리 앞으로는 루시가 로언과 제니퍼, 앨리스터와 대화하고 있었고 러스는 오데트를 등에 업고 있었다. 남자아이 세 명은 멀찍이 앞질러 가고 있었는데, 대니얼은 관심을 갈구하는 강아지처럼 두 호리호리한 10대를 종종걸음으로 따라가고 있었다.

나는 길을 나서기 전에 화장을 수정하고 두 잔째 샴페인을 마시며 신경을 안정시킨 상태였다. 숀과 나는 이 작은 무리의 맨 뒤에서 걸으면서, 앞서거니 뒤서거니 했다.

"무슨 일인지 말해줄 참이야? 아니면 내가 맞혀야 하나?"

숀이 두 손을 양 주머니에 넣고 팔꿈치 안쪽을 벌렸다. 나는 마지못해 그와 팔짱을 꼈다.

"아무 일도 없어."

"당신이 여기 오면 좋아할 거라고 생각했는데."

"좋아. 정신이 없어서 그래." 나는 숀을 보지 않고 말했다.

"어디 몸이 안 좋은 거야? 비행기에서 먹은 샌드위치가 안 좋았나?"

"나는 괜찮아."

숀은 잠시 골똘히 생각했다.

"정말로, 케이트. 무슨 일이야?"

우리 결혼에 당신이 폭탄을 던진 일 말고?

"아무 일도 없다니까."

"오후 내내 당신은 통 보이지도 않던데."

"그냥 조금 피곤해서 그래. 그게 다야."

"더위 때문인가 보다." 대수롭지 않은 투로 말했지만 숀은 신중히 말을 고르고 있었다. "오늘은 무슨 용광로 속에 들어와 있는 것 같아."

"그러게."

한순간, 그 자리에서 바로 숀에게 물어볼까 하는 생각을 했다. 그냥 털어놓는 거야. 확 당겨서 단번에 반창고를 뜯어내듯 끝내버리는 거야.

누구니? 로언과 제니퍼, 이지 중에 누구니?

하지만 아직은 때가 아님을 알았다. 아직 구체적인 증거도 없었다. 숀의 휴대전화 속 메시지는 지금쯤 사라진 지 오래일 터였다.

증거를 손에 쥐기 전까지는 안 돼. 증거 없이는 숀이 부인하면 그만이니까.

숀은 내가 입을 열도록 또 다른 방법을 썼다.

"휴가를 보내기에 참 훌륭한 곳이야."

"완벽하지."

"당신, 이런 생각 해본 적 있어? 이런 곳에 매년, 그러니까 여름마다 오면 어떨까, 얼마나 멋질까 하고?" 숀이 생각에 잠겨 말을 이었다.

"숀, 우리는 매년은커녕 일생에 한 번도 이런 데 올 형편이 못 돼잖아."

"내 말이 그거야. 그래서 기분이……." 숀이 말꼬리를 흐리며 팔짱을 끼지 않은 손을 내저었다. "아, 모르겠다."

"기분이 어떤데?"

"지금쯤이면 여기 올 형편 정도는 되어야 할 것만 같은 기분? 애들에게 좋은 걸 해줄 수 있어야 하는데, 이런 데서 여름휴가를 보낼 여유 정도는 있어야 하는데, 이런 생각."

"그런 생각 들 수도 있지."

"있잖아, 내가 조금 전에 수영장에서 별장을 보고, 또 발코니랑 포도밭을 보는데 이런 생각이 들더라. 젠장, 난 이제 마흔이 되는데 로언의 도움 없이는 이런 곳에 그야말로 발을 디딜 수조차 없다니." 숀은 술을 몇 잔 걸치면 아일랜드 억양이 더욱 강해지곤 했다. 지금 그 억양이 쉼 없이 흘러나오고 있었다. "그러니까, 여기가 천년만년 내 손이 닿지 않는 곳에 있냐는 거지. 세상에는 보고 싶은 장소가 100만 곳쯤 있는데, 이제 겨우 발을 떼기 시작한 것만 같아. 내 시간은 이미 반이나 지나갔는데 말이지. 난 도대체 어떤 인생을 살아온 걸까?"

"맥주를 얼마나 마신 거야?"

"더 마셔야 해." 숀이 한숨을 내쉬었다.

우리는 잠시 침묵 속에 길을 걸었다.

내가 조용히 입을 뗐다. "나는 우리가 여기에 한 번이라도 올 수 있다는 게 그저 고마운 일이라고 생각해."

"물론 그렇지. 나도 알아. 그냥 우리 보통의 삶 속에서 그게 얼마나 능력 밖의 일인지를 절감한 거야. 내가 조금은 실패자가 된 것처럼 느껴지거든."

"당신은 실패자가 아니야."

"그렇다고 성공했다고 볼 수도 없지. 중견 IT기업의 네트워크 보안 관리자라. 젊은 사내라면 누구나 꿈꾸는 일이잖아, 안 그래? 아니야, 아니지." 목소리에 날이 서면서 비꼬는 투가 묻어났다.

"당신은 사람들에게 중요한 것을 보호해주잖아."

"나는 데이터를 보호하는 거야. 뭐 그런 엇비슷한 거."

"그래. 하지만 이런 말도 있잖아. 인생은 목적이 아니라 여정이다."

"아이고. 나한테 에어로스미스[12]의 가사를 인용하는 거라면 당신도 취한 게 분명해." 숀이 웃음을 터뜨렸다.

"랠프 월도 에머슨[13]이 한 말 같은데. 어쨌든 내 말뜻은 알잖아."

"이런 기분이야. 30대의 전부를 무언가에 쏟아부은 거지. 그게 뭐냐 하면……." 숀이 두 손을 공중에 띄웠다. "내가 뭘 해온 건지 모르겠다. 우리가 미처 알아채기도 전에 30대는 영원히 지나가 버렸고, 이제 몇 년 안에 루시는 집을 떠나 대학에 가겠지. 비록……."

"걔는 괜찮은 것 같아?"

"누구?"

"루시."

숀이 머뭇댔고, 내 팔에 닿은 그의 팔이 약간 경직되는 게 느껴졌다.

"괜찮지 그럼. 왜 묻는데?"

나는 멈칫거리며 우리의 걷는 속도를 늦추고, 다른 일행이 조금 더 앞서가도록 놔두었다.

"루시가 요새 좀…… 루시답지 않아서. 평소보다 조용한데, 더 툭툭대."

"여보, 루시가 평소보다 조용한 동시에 더 툭툭댈 수는 없을 것 같은데."

---

12) 1980년대 미국을 주름잡은 인기 록밴드.

13) 미국의 철학자이자 시인.

"무슨 말인지 알잖아. 평소보다 더 어딘가에 정신이 팔린 것처럼 보여. 온종일 휴대전화만 붙들고 있고."

"루시는 늘 휴대전화만 붙잡고 있어. Z세대인지 뭔지한테는 필수잖아."

"GCSE[14]가 걱정되는 것 같아."

숀도 걸음을 멈추었다. 잠시 골똘히 생각하는 듯했다.

"일리가 있네."

"루시는 자기가 전 과목에서 좋은 성적을 받으리라고 예상하고 있는데도?"

"루시는 언제나 조금 예민하잖아. 그리고 10대들이 어떤지는 당신도 잘 알 테고." 숀은 갑자기 고개를 젓더니 우리가 조금 전에 나눴던 대화의 끈을 다시 부여잡았다. "세상에, 루시를 유아용 시트에 넣어서 병원에서 데려와 처음으로 기저귀를 갈아준 게 불과 5분 전 일 같은데. 이제 나는 마흔의 문을 두드리고 망할 놈의 머리는 빠져가네. 도대체 조금 전에 무슨 일이 벌어진 거지? 이런 기분이야."

"숀, 나는 당신의 머리가 빠져도 상관없어."

"매일 거울을 볼 때마다, 탈모가 서서히 진행되는 게 보여. 글쎄 저번 주에는 거리를 걷다가 상점 유리에 비친 늙은 친구를 보고는 생각했지 뭐야. 저 나이 든 놈은 누구지? 누가 봐도 젊어 보이려고 너무 애쓰고 있잖아. 그러다가 그게 나라는 걸 깨달았지.

---

14) 영국의 중등학력인정시험.

빌어먹을."

"무슨 말을 하려는 거야?"

"그러니까 그게…… 모르겠다. 맥주를 너무 많이 마셨나 봐. 그게 다야. 아무튼, 로언은 정말 성공했네, 안 그래?"

나는 팔짱을 풀었다. 가슴이 뻥 뚫린 듯 공허함이 느껴졌다.

"성공했지. 그래, 로언은 성공했지." 내가 조용히 읊조렸다.

새로운 생각이 고개를 들었다. 어쩌면 숀은 내가 받을 충격을 완화하려는 거야. 이렇게 로언에 대해 말하면서. 내 앞에서, 살짝 술 기운을 빌려 자기가 저지른 일을 정당화하는 거지. 엄두가 나는 범위 안에서 솔직하게 말하고 있는 거야. 나를 준비시키려고, 다가올 그 모든 고통에 앞서 나를 조금이라도 마취시키려고.

그 여자가 로언이었나? 숀이 내가 아닌 로언을 선택한 건가? 로언이 프랑스 남부의 고급 별장으로 숀의 환심을 사려고 이번 휴가를 계획한 건가?

나는 두 눈을 비볐다. 숀의 휴대전화에서 메시지를 본 후로 줄곧 이런 상태였다. 일상의 불안, 이따금 우리 모두를 괴롭히는 작은 것들은 괴물과도 같은 형상이었다. 그것들은 어느새 훌쩍 자라서 모든 것에, 모든 생각에, 모든 말에, 모든 깨어 있는 순간에 그림자를 드리우고 있다. 언제나. 불안은 늘 거기 있다. 내 귀에 속삭이며, 그의 모든 행동을, 지난날 그가 해온 모든 것을 해부하고 분석하라고 강요한다.

첫 생각이 지나가자 또 다른 생각이 전속력으로 달려와 내게 닿았다.

어쩌면 다 내 잘못일 수도 있어. 어쩌면 내가 그를 이 지경까지 내몬 걸 수도 있어. 여기까지 밀어붙인 걸지도 몰라. 어쩌면 내가 그에게 충분히 관심을 기울이고 사랑해주지 않아서 그런 걸지도 몰라. 어쩌면 섹스가 충분하지 않았을 수도 있어. 어쩌면 더 많은 것을 하고 더 열심히 노력해야 했는지도 몰라. 어쩌면 내가 날씬하고, 흥미롭고, 똑똑하고, 돈이 많지 않아서 남편의 관심이 식어버린 건지도 몰라.

나에게 또 어떤 문제가 있을까?

어쩌면 나는…….

그만해. 그냥 그만해. 자기 연민은 적이야. 자기 연민은 정말 아무 도움도 안 돼.

진실은 이랬다. 나를 둘러싸던 평온한 결혼생활이라는 세상에 금이 가 넓게 벌어지더니 산산조각이 나버린 것이다. 확신과 안정, 안전은 사라지고, 나는 이제 새로운 곳에 와 있었다. 내가 서 있는 곳이 어디인지 전혀 알지 못한 채. 오후의 대면을 피해 버리고, 메시지를 보자마자 그에게 묻는 대신 꽁무니를 사린 데 대해 백 번쯤 자책했다. 지금, 그 어느 때보다 더 옛말의 진짜 의미를 알 것 같았다. 얕은 지식은 위험할 수 있다는 말.

어쩌면 와인 때문일 수도 있지만, 그저 그와 나란히 걷고 있을 뿐인데, 우리가 늘 그러했듯 함께 이야기를 나누고, 내 피부에 닿은 그의 피부가 느껴질 뿐인데, 우리가 함께했던 모든 일이 다시 떠올랐다. 좋았던 그 모든 일이, 예전에도, 그리고 지금도.

우리가 잃게 될 그 모든 일이.

우리의 상황이 좋지 않다는 것은 알지만, 숀은 여전히 내 남편이었다. 그리고 어쩌면 아직 그를 잃지 않으려 싸워볼 만할 수도 있었다.

9

오티냐크의 마을 광장에 들어서자, 우리 머리 위로 주렁주렁 십자를 그리며 걸린 꼬마전구가 눈에 들어왔다. 어스름에 젖어 들며 길게 드리운 그림자를 배경으로 따스한 빛을 내고 있었다. 광장의 한쪽은 마을 교회가 채우고 있었는데, 로마네스크 양식으로 복원한 첨탑이 어둑한 밤하늘을 배경으로 솟아 있었다. 빵집과 정육점, 수제 돼지고기 가공품 판매점. 광장의 다른 한쪽에 나란히 선 이 세 가게의 덧문은 내려져 캄캄했다. 삐쩍 마른 얼룩무늬 고양이가 2층 창틀에 앉아, 어둠 속에서 눈동자를 노랗게 빛내며 끔뻑끔뻑 우리를 내려다봤다.

식당은 밝고 붐볐다. 우리는 광장에 마련된 10여 개의 나무 식탁 중 하나에 자리를 잡았다. 마을 인근 별장과 콘도에 머무르는 관광객들을 상대로 장사하는 곳이다. 8시가 다 됐지만, 공기는 여전히 따뜻했고, 립아이 스테이크와 오리 구이, 기름진 소스와 프랑스산 레드와인 냄새가 짙게 깔려 있었다. 양초와 잔과 반쯤 빈 병 들이 우리가 앉은 식탁에 늘어서 있었다.

나는 와인을 홀짝이며 숀과 메시지, 그 모든 것의 의미를 애써 생각하지 않으려 했지만 마음대로 잘되지 않았다. 저녁 내내 모든 것을, 모든 대화와 모든 모습을, 모든 침묵을 분 단위로 살폈다. 매 순간을 내 손에 쥐고 모든 각도에서 살펴보면서, 조개에서 진주를 비틀어 빼내듯 진실을 따로 떼어내려 애썼다.

예를 들면, 지금처럼.

숀은 로언과 그녀의 사업에 대해 다정하게 이야기를 나누고 있었다. 진정으로 흥미를 보이면서, 미소를 짓고 적극적인 자세로, 로언과 연신 눈을 맞추면서. 숀은 사람들을 즐겁게 해주는 사람이었다. 언제나 그랬다. 누군가의 마음에 들기 위해 어떤 말을 해야 하는지 정확히 아는 듯했다. 사람들에게서 언제나 좋은 점을 찾고자 했다. 불륜도, 그 시작도 이런 식이었을까? 내 친구 중 한 명이 그에게 너무도 강하게 다가와서, 단지 거절의 말을 할 수 없었던 걸까? 그녀의 마음을 불편하게 할 수 없었던 걸까?

어쩌면 무슨 일이 벌어지고 있는지 설명할 수 있는 실마리가 내게 있는 건지도 몰랐다.

숀은 벌써 나보다 레드와인을 한 잔 앞서고 있었다. 외출 전에 집에서 마신 맥주는 논외로 한다면 말이다. 러스는 자기 잔을 채울 때마다 모두의 잔을 다시 채우기를 반복했다. 술기운에 진홍빛 홍조로 두 뺨이 얼룩덜룩했다. 로언의 남편이 우리와 함께 있기가 싫은 건지, 아니면 그저 술을 좋아할 뿐인지 판단이 서지 않았다. 아마도 둘 다 조금씩은 이유가 되겠지. 러스는 잠시 자리에서 일어나 돌을 깎아 만든 교회의 현관 지붕 밑에 서서 담배를 한 모금 한 모금 천천히 길게 빨아들였다.

밝은 노랑의 원피스를 입은 오데트는 긴 나무 식탁 주위로 뛰어다녔다. 손님이 떨어뜨린 음식 조각을 주워 먹으려고 이따금 그림자 속에 모습을 드러내는 고양이를 쫓는 중이었다. 오데트는 웨이터와 부딪칠 뻔했지만 아슬아슬하게 피했고 다시 두 식탁 사이 공간으로 팔짝팔짝 뛰어 들어갔다. 얼굴에는 반항기 어린 미소가 씩 번졌다.

로언이 세 번째인가 네 번째로 딸을 불렀다. "오데트, 이리로 와서 좀 앉아. 금방 음식이 나올 거야."

오데트는 고개를 저었다. 연한 적갈색의 긴 갈래머리가 좌우로 달랑거렸다. 오데트는 킥킥거리며 다른 손님의 식탁으로 요리조리 피하면서 다시 달아났다.

식탁 저편에서는 대니얼이 『해리 포터』를 읽고 루시는 의자에 조용히 축 늘어져 휴대전화에 몰두하고 있었다.

제니퍼의 두 아들 역시 각자의 휴대전화에 사로잡혀 있었다. 그 둘이 특별히 닮아 보인 적이 없긴 하지만, 10대 중반에 접어들면서 외모의 격차가 더 크게 벌어지는 듯했다. 형 제이크는 누가 보아도 딱 자기 어머니의 아들이었다. 금발에 회색빛을 띤 푸른 눈, 길게 뻗은 아름다운 속눈썹과 큐피드의 화살 같은 입술. 제니퍼처럼 키가 크고 늘씬하며 팔다리가 길었다. 훗날 사람들의 마음을 애태울 터였다. 반면 동생 이선은 자기 아버지의 유전자만 물려받은 듯했다. 검은 머리에 올리브색 피부, 검은색에 가까운 진갈색 눈. 이제 겨우 열다섯인데도 어깨부터 허리까지 몸이 다부졌고 다리에는 털이 무성했다.

사람들은 가끔씩 제니퍼에게 그 둘이 형제처럼 보이지 않는다고 말했다.

내 눈에는 영락없는 형제야. 그때마다 제니퍼는 흠모의 미소를 지으며 대꾸하곤 했다.

러스가 자리에 돌아오자 음식이 속속 도착했다. 버섯 크림소스를 버무린 치킨과 카망베르 치즈를 곁들인 앙트르코트[15], 칠면조 에스칼로프[16], 프라이팬에 볶은 감자 요리, 샐러드 파스타, 산처럼 쌓인 폼 프리츠가 김을 폴폴 내뿜고 있었다. 라그랑드 시갈 블랑도 두 병 더 나왔다.

그제야 오데트는 자리로 돌아와 앉더니 질색하며 작은 얼굴을 찡그렸다.

"이거 싫어. 저것도." 오데트는 작은 손가락으로 자신의 접시를 가리켰다.

로언이 몸을 기울여 오데트의 음식을 썰어주기 시작했다.

---

15) 프랑스식 꽃등심살 스테이크.

16) 얇게 저민 살코기에 빵가루를 발라 튀긴 요리.

"너 이거 좋아하잖아. 집에서 먹던 치킨 같은 거야."

"냄새 이상해. 엄마 거 먹을래." 오데트는 로언의 샐러드 파스타를 가리켰다.

"얘야, 네 것은 따로 있잖아. 봐봐, 이거 치킨이야, 맞지? 너 맨날 치킨 먹잖아."

"엄마 거 먹을래! 치킨 싫어" 오데트가 날카롭고 거슬리는 목소리로 빽 소리를 질러대서 대화가 제대로 들리지 않을 지경이었다.

"오데트, 너는 엄마 것도 싫어할 거야. 안에 마늘이 들었어."

"내 치킨은 고약한 냄새가 난단 말이야." 오데트는 자리를 박차고 일어나 식탁에서 한 걸음 뒤로 물러났다.

"다시 앉아요, 오데트." 로언이 차분히 타일렀다.

"싫어!"

모녀가 언쟁을 벌이는 모습을 보고 있자니, 우리 일행 중 두 사람을 제외한 모두가 약속이라도 한 듯이, 이 대치 상황을 보면서도 보지 않는 체하고 있음이 느껴졌다. 고속도로를 달리다가 연쇄 충돌을 발견하고는 얼빠진 듯 창문을 내다보는 운전자들처럼, 가정사의 한 단면을 슬쩍 목을 길게 빼고 구경하고 있었다.

오데트는 홱 고개를 젖히더니 자리를 떠나 걷기 시작했다.

로언은 차분한 어조를 유지한 채 말했다. "오데트, 얘야, 치킨을 조금 먹으면 이따가 푸딩을 먹을 수도 있단다."

"푸딩도 싫어."

"그러면 감자튀김을 좀 먹는 건 어떠니? 치킨이 싫으……."

러스가 앉은 자리에서 갑자기 몸을 틀었다. 얼굴에 붉으락푸르락 분노가 어려 있었다.

"오데트! 이리로 와서 앉지 못해? 당장!" 러스가 굵은 목소리로 내지른 고함이 오래된 돌벽에 부딪쳐 메아리쳤다.

식사를 하던 다른 손님들이 돌아보면서 작은 마을 광장에 침묵이 덮쳤다. 10여 건의 대화가 문장을 끝맺지 못한 채 중단됐고, 포크가 허공에서 그대로 얼어붙었으며, 와인은 따르다가 말았다. 이 조그마한 아이와 키 큰 남자를 사이에 두고 여러 시선이 휙휙 오갔다. 손님과 웨이터 모두가 이 교착 상황을 가만히 지켜보고 있었다.

잠시간 들려오는 소리라고는 식당 어디에선가 식기류가 숨죽여 쟁그랑 하는 소리가 전부였다.

러스가 내 옆에 앉아 있었기에, 나는 그의 주위로 정전기처럼 발산하는 분노를 느낄 수 있었다. 시선을 어디에 두어야 할지 판단이 서지 않았다. 확실히 로언을 볼 수는 없었다. 그때 맞은편에 앉은 제니퍼와 눈이 마주쳤다. 거울을 보는 기분이었다. 지금 내가 저런 표정을 짓고 있겠지.

오데트가 천천히 자리로 돌아왔다. 의자에 털썩 등을 기대고 앉아 팔짱을 꼈다.

로언이 딸의 접시 한쪽에 케첩을 푹 짜주었다.

"고마워, 러스. 하지만 꼭 그렇게까지 할 필요는 없었던 것 같아, 안 그래?" 로언이 나지막이 말했다. 조용한 가운데 비꼬는 뉘앙스가 노골적으로 드러났다.

러스는 로언의 말을 무시하고 딸의 의자를 식탁에 최대한 가까이 당겨 왔다.

"이제 먹어." 딸을 향한 러스의 목소리는 낮고 딱딱했다.

서서히 주변 여러 식탁에서 소곤소곤 대화 소리가 들려오기 시작했다. 사람들은 다시 각자의 식사에 집중했다.

오데트는 눈물을 한 방울 흘리며 감자튀김을 하나 집어서 조심조심 케첩에 찍은 다음 야금야금 먹기 시작했다.

10

어색한 침묵이 식탁에 내려앉았다. 포크와 나이프가 그릇을 톡톡 두드리고 쨍그랑대는 소리, 오데트가 눈물을 삼키며 코를 훌쩍이는 소리, 웨이터들이 부산하게 움직이는 소리만이 이따금 침묵을 깼다. 러스는 포크와 나이프를 들고 스테이크를 사납게 썰기 시작했고, 그를 제외한 우리 일행도 말없이 식사를 재개했다. 걸쭉한 수프만큼이나 밀도 높은 공기가 무겁게 깔렸지만, 누구도 먼저 이 교착 상태를 깨고자 하지 않았다.

결국 앨리스터와 제니퍼가 동시에 말을 꺼냈다.

"얘들아……."

"너희들……."

제니퍼가 멋쩍은 미소를 짓더니 남편을 향해 계속하라는 손짓을 했다.

앨리스터가 칠면조 에스칼로프를 앞에 두고 몸을 굽히면서 두 아들에게 말했다. "애들아, 이 광장을 '플라스 뒤 14 쥐예'라고 부르는 이유를 아니?"

"아뇨." 제이크가 자신의 접시에서 눈을 떼지 않은 채 말했다.

"7월 14일을 기념하려는 거야. 프랑스에서는 중요한 날이거든. 왜일까?"

"몰라요."

"추측해볼래?"

제이크는 폼 프리츠를 입에 퍼 넣으면서 아버지의 시선을 애써 피했다.

"아뇨."

"프랑스 혁명 기념일. 바스티유 데이거든." 앨리스터가 두 손을 들어 보였다.

"바스터드 데이[17]요?" 제이크가 씩 웃으며 말했다.

이선은 입에 한가득 음식을 머금고 킬킬거렸다.

"제이크! 욕하면 어떻게 된댔지?" 제니퍼가 날카롭게 쏘아붙였다.

"아빠가 먼저 시작했어요."

앨리스터가 다시 한번 말했다. "바스티유 데이. 혁명가들이

---

17) 프랑스 혁명이 촉발된 장소인 '바스티유 감옥(Bastille)'과 영어의 '사생아(bastard)'가 발음이 유사한 것을 이용한 말장난이다.

파리의 가장 큰 요새를 습격한 날이지. 위대한 승리였어. 그건……."

제이크가 보란 듯이 하품을 하고는 다시 자신의 접시로 시선을 돌렸다.

"……민중의 승리였지." 앨리스터는 하던 말을 끝맺었다.

제니퍼가 바통을 이어받아, 대화는 어느 부부에 대한 이야기로 옮겨 갔다. 로라와 데이비드인가 하는, 나도 학부모회를 통해 어렴풋이 아는 부부였다. 학기 마지막 주에 터진 교내 스캔들의 소용돌이 속 당사자였다.

제니퍼가 공모자의 말투로 이야기를 시작했다. "듣자하니, 남자가 제한속도 30인 구간에서 36으로 달리다가 단속카메라에 적발됐대. 그렇게 위험한 행동은 아니었지. 그런데 이미 벌점이 9점이나 쌓여 있었고, 그 지루한 과속방지 재교육도 받은 상태라 면허가 취소될 처지에 놓인 거야. 문제가 있다면, 그가 한 대형 식품회사의 영업부장으로 있어서 매일 운전을 해야 한다는 거였지."

"그래서 부인더러 대신 벌점을 받아달라고 한 거야? 남편이 아니라 부인이 운전한 걸로 해달라고?" 로언이 끼어들었다.

"나는 그렇게 들었어. 여자도 동의했는데, 어쩌다가 그날 브라이튼에 있었다는 사실이 발각됐대. 페이스북에 올린 게시물 때문이라나. 결국 경찰도 알게 됐고, 그다음 일은 다들 아는 그대로야."

"끔찍하다. 그러면 여자가 벌을 받는 거야?" 로언이 말했다.

"둘 다 벌을 받는 거지. 남자는 결국 면허를 잃었고, 여자는 경찰에 거짓말한 걸로 곤경에 처했어. 두 사람 다 서로의 탓으로 돌렸대."

"끔찍해." 로언이 되뇌었다.

"그렇지? 결국 두 사람은 별거에 들어갔고 남자가 이사를 나갔다고 들었어."

그때 앨리스터가 한마디 거들고 나섰다. "아마도 그건 낙타 등을 부러뜨린 최후의 지푸라기에 지나지 않았을 거예요. 분명 그 부부의 결혼생활에 다른…… 걱정거리가 쌓여 있었겠지요. 우리가 모르는 무언가가."

제니퍼가 몸을 앞으로 숙였다. "소문은 이래. 현재 두 사람은 변호사 선임, 이혼, 양육권, 뭐 그런 걸 전부 논의하고 있대."

변호사, 이혼, 양육권. 단어 하나하나가 내 얼굴을 휘갈기는 듯했다. 제니퍼는 뭘 안다고 저러는 거지? 무슨 권리로 잘 알지도 못하는 사람에 대해 뒷말을 하는 거야? 다른 사람의 결혼생활에 코를 박고 참견할 권리라도 있다는 건가? 나는 상당한 노력을 들여 간신히 침묵을 지켰다.

로언은 고개를 저었다. 얼굴에는 거짓 없는 슬픔이 깃들어 있었다.

"이게 다 그 엉뚱한 과속 딱지 하나를 두고 벌어진 일이잖아. 너무 부당한 것 같아. 불쌍한 애들은 또 어떻고."

"그러게 말이야. 여자는 그저 곤란한 상황에서 남편이 빠져나오도록 도와주려 한 것뿐인데. 나라도 그렇게 했을 거야."

“나도 마찬가지야. 어떻게 생각해요, 남자들은?” 로언이 숀과 앨리스터를 건너다보았다.

“어쩌면 나도 그랬겠죠.” 앨리스터가 연극 조의 과장된 몸짓을 하며 말했다.

“아마 나도 그랬겠죠.” 숀이 와인 잔을 다시 채우며 말했다.

이번에는 제니퍼가 나를 건너다보았다. “케이트, 너는 어떻게 생각해?”

“나?”

“로라와 데이비드 일 말이야.”

나는 어깨를 으쓱했다. “소문은 언뜻 들었는데, 별거한 줄은 몰랐어.”

“아니, 너라면 어떻게 했겠느냐고. 여자가 남편의 벌점을 대신 받은 게 옳았다고 생각하니?”

“옳은 일이냐고? 당연히 아니지.” 나는 고개를 저었다.

“남편을 보호하고 일을 계속할 수 있도록 도와주려던 거였는데도? 가족 모두를 위해 최선의 선택을 한 거 아니니?”

“그렇다고 옳은 일은 아니지. 법을 어겼고, 스스로 거짓말쟁이가 됐잖아.”

“그렇지만 옳은 이유로 그런 거잖아.”

“제니퍼, 이건 옳은 일이냐 옳지 않은 일이냐, 둘 중 하나의 문제잖아. 복잡할 게 없어. 세 번째 답이란 없다니까.”

나는 평정을 가장하기가 점점 어려워졌다. 숀의 배신을 알게 된 이후로 부글부글하던 분노가 끓어넘치려 했다.

여기에서는 안 돼. 지금은 안 돼! 마음을 가라앉혀야 했다. 숀이 내게 가끔 부드럽게 제안하던 대로 해야 했다. 가끔은 흘러가는 대로 살기도 하고, 굽힐 땐 굽히고, 웃으며 고개 한번 휘휘 저어 주고 넘어가기도 하고. 숀은 가끔 농담 삼아 묻곤 했다. "케이트, 남들보다 큰 말을 타고 높이 올라서 보는 경치는 어때?" 숀이 내게 건넨 충고는 내가 발견한 그의 불륜 증거로 볼 때 특히나 역설적으로 다가왔다.

"진실, 온전한 진실, 오로지 진실만을." 숀이 와인을 마시며 중얼거렸다.

또다시 어색한 침묵이 덮쳐 왔다.

제니퍼가 포크를 쥐더니 잔의 옆면에 부딪쳐 소란스레 땡땡 소리를 냈다. "우리, 건배할까요? 여기 온 첫날밤이잖아요." 제니퍼는 밝게 외치며 자신에게 가까이 놓인 잔에 일일이 부드러운 프랑스산 와인을 따랐다.

일행들 가운데 중얼중얼 동의하는 소리가 퍼지고, 다들 잔을 위로 들었다. 나도 잔을 들면서 억지로 미소를 지었다.

제니퍼가 말했다. "로언을 위해, 우리 모두가 이 훌륭한 곳에 머물 수 있게, 우리 모두를 한데 불러 모은 데 감사를 표하며."

어른들은 모두 서로의 잔을 딸강 부딪치고 와인을 마셨다.

"로언, 너희 회사에 좋은 소식이 있을 거라는 얘기가 들리던데?" 제니퍼가 밝게 말했다.

"행운을 빌어줘."

"그러면 진짜란 얘기야? 정말 진행 중인 거야?"

로언이 천천히 고개를 끄덕이며 미소를 지었다. 자랑스러운 자식을 바라보는 부모가 이런 미소를 지으리라.

"현재로서는 모든 조짐이 좋아 보여."

로언의 회사는 윤리적 홍보를 전문으로 하는 곳이었다. 회사 운영과 고객 업무에서 완전한 투명성과 최고의 윤리규범을 지킬 것을 약속했다. 이로써 다른 경쟁 업체들과 차별화할 수 있었고, 지난 10년에 걸쳐 인상적인 고객 명부를 확보할 수 있었다. 고객은 주로 IT와 소셜 미디어 업체로, 페이스북 등을 덮친 사생활 침해와 가짜뉴스의 오명을 피하고자 로언의 회사를 찾았다. 그리하여 로언은 윤리 분야에서 세계를 선도하는 한 미국 소재 기업의 눈에 들어, 인수 제안을 받기에 이르렀다. 인수가 성사되면 공동 설립자이자 CEO인 로언은 어마어마한 부를 거머쥐게 될 터였다.

"잘하면 다음 달 즈음에 성사될 것 같아."

또 한 번 담배를 피우러 나갔던 러스가 돌아왔다. 담배는 다 피운 다음인데도 러스가 아내의 맞은편, 내 옆 고리버들 의자에 긴 몸을 접으며 앉는 사이 퀴퀴한 공기가 퍼져나갔다.

"당신이 전혀 흠잡을 데 없이 깨끗하다는 확신만 준다면야. 그렇지, 여보?"

러스가 오데트를 향해 폭발한 후로 사실상 처음 듣는 그의 목소리였다. 우렁찬 목소리에는 티가 나게 억지로 끌어올린 호쾌함이 묻어나 있었다. 나는 로언이 시선을 남편에게로 돌리는 모습을 지켜봤다. 로언의 눈에는 내가 알 수 없는 무언가가 담겨 있었다. 로언이 살짝 눈을 찌푸렸다. 두 사람의 이런 대화가 처음이 아닌 듯했다.

"기업 실사는 아주 철저히 이뤄졌어. 샅샅이 다 들춰봤다고."

러스는 와인을 죽 들이켜 단번에 잔의 절반을 비워냈다.

"흠잡을 데 없이 깨끗하다." 러스가 되뇌었다.

"이번 거래가 성사되면 너는 백만장자가 되는 거야? 너무 신난다. 마흔에 은퇴할 수 있다니, 얼마나 멋진 일이니?" 제니퍼가 감탄했다.

로언이 다시 미소를 되찾았다.

"아직 남은 문제들을 해결해야 해. 서로의 변호사랑 주거니 받거니 해야 할 게 여전히 많아. 그런데 그쪽에서 나를 이사회에 올리려고 할 거야. 내 '승부 근성'을 높이 평가한다고 했거든."

로언은 '승부 근성'을 말할 때 활짝 웃으며 허공에 대고 따옴표를 그렸다.

***

별장으로 돌아가는 길, 다시 침묵이 시작됐다.

가로등이라고는 없었지만, 여름 달이 별장으로 가는 작은 길을 환하게 비춰주고 있었다. 로언은 러스가 말을 더 걸려고 할 때마다 일부러 못 들은 체했고, 오데트의 손을 잡은 채 먼저 성큼성큼 걸었다. 오데트는 로언의 걸음을 따라가느라 깡충깡충 뛰듯이 걸었다. 제니퍼는 남편과 느슨하게 팔짱을 낀 채, 언덕을 따라 비틀비틀 걷는 러스에게 불편한 시선을 쏘아 보냈다. 루시는 뾰로통해서 나와 눈을 맞추길 거부했다. 팔짱을 낀 루시는 10대 남동생들과 앞서거니 뒤서거니 하면서 걷고 있었다.

숀의 등에 업힌 대니얼은 꾸벅꾸벅 졸면서 반쯤 잠이 들었다. 한쪽 볼을 아버지의 어깨에 올린 채였다. 숀은 잠에 빠져들고 있는 우리 아들을 향해 미소를 짓고 고개를 끄덕이면서 여러 번 나의 시선을 잡아두려 했다.

하지만 나는 앞에 펼쳐진 길에 두 눈을 단단히 고정한 채 걷기만 했다.

11

잠이 오지 않았다.

한 시간쯤 전부터 숀의 부드럽게 코고는 소리가 숙면을 알리는 느린 규칙성을 띠고 있었다. 숀에게는 늘 베개에 머리를 대자마자 잠에 드는 짜증 나는 능력이 있었다. 에어컨의 낮게 윙윙대는 소리도 거슬리지 않는 모양이었다. 하지만 나를 깨어 있게 한 건 찬 공기가 순환하면서 내는, 들릴 듯 말 듯한 소음이 아니었다.

눈만 감으면 속이 울렁거렸다. 그래서 어둠을 응시하는 편을 택했다. 빳빳한 면으로 된 홑이불이 피부에 닿아 시원했고, 머릿속에서는 여러 가능성이 컨베이어벨트를 타고 끝없이 흘러나왔다. 돌고 또 돌고, 그러다 또 돌고 또 돌고. 한 바퀴를 돌 때마다 내 부족함은 더욱 분명해졌다. 여자로서, 아내로서, 엄마로서 부족하다. 어째서 전에는 알지 못했던 걸까? 지금 와서 생각해보면 너무도 명백한데.

내 친구들.

로언. 나보다 똑똑하다. 늘 그랬다.

제니퍼. 나보다 예쁘다. 예나 지금이나.

이지. 나보다 재미있다. 언제나 숀을 웃게 할 수 있다.

어떻게 내가 경쟁이 되겠는가? 나는 무얼 잘하지? 내가 무엇을 주지? 친구들에 비해, 나는 어디에 적합하지? 중간 어디쯤이겠지. 뒤쪽 배경 어딘가에.

돌고 또 돌고, 컨베이어벨트는 계속됐다.

내 친구들.

로언. 숀이 늘 열망했지만 결코 영위하지 못한 생활을 안겨줄 수 있을, 부자가 되기 직전인 그녀.

제니퍼. 숀의 대학 시절 연인이자 첫사랑. 게다가 숀은 1) 취중진담으로 또는 2) 웃기려다 선을 넘는 바람에 내게 이런 말을 한 적이 있다. 지금껏 최고의 섹스였다고.

이지. 숀의 가장 오랜 이성 친구. 이제 정착하리라는 계획을 품고 갑자기 우리 인생에 다시 나타난 그녀. 이지는 숀에게 어떤 의미일까? 자유, 결혼 서약 따위 없음, 아이 없음, 속박 없음. 청춘을 되찾을 기회. 다시 시작할 기회.

로언과 제니퍼, 이지. 우리는 모두 몇 년 전부터 한데 얽혀 있었다. 나는 각자의 삶이 우리를 서로 다른 방향으로 데려가면서 우리가 멀어지고 있다고 걱정했다. 하지만 현실은 그 반대였다. 적어도 세 사람 중 한 명은 그랬다. 셋 중 한 명은 내가 원했던 것보다 훨씬 더 내 가족과 가까워졌다.

그런데 도대체 세 사람 중 누구란 말인가? 누가 이 정교한 게임을 벌이고 있는가? 생각하면 할수록 더욱더 잠을 이룰 수 없었고, 1시가 되자 결국 잠을 포기하고 말았다.

얇은 여름용 가운을 걸치며 침실 밖으로 종종 걸어 나갔다. 맨발바닥에 닿는 대리석 타일이 시원했다. 먼저 대니얼 방에 갔다. 최대한 소리를 내지 않고 문을 연 다음 잠시 두 눈이 어둠에 적응할 때까지 기다렸다. 대니얼은 에어컨을 꺼두었다. 낮은 바람 소리가 잠을 방해할 거라고 했다. 어떻게 하든 대니얼은 새로운 곳에서 보내는 처음 몇 밤 동안 잠을 잘 자지 못하는 편이었다. 자기 침대로부터, 자기 베개로부터, 자신의 것들로부터 멀리 떨어진 낯선 곳에서는 쉽사리 잠들지 못했다. 하지만 오늘 밤만은 이불 속에서 몸을 둥글게 말고 곤히 잠들었다. 나는 더 가까이 다가가 대니얼을 굽어보며 방 안 어둠 속 아이의 가슴이 올라갔다 내려갔다 하는 모습을 지켜봤다. 숨을 참은 채 꼼짝 않고 서서, 한쪽 귀를 대니얼 쪽으로 돌려 느리고 안정된 숨소리를 들었다. 들이쉬고 내쉬는…… 들이쉬고 내쉬는.

루시가 아기였을 때 갖게 된 습관이다. 루시에게 문제가 없다는 확신이 들기 전까지는 잠을 이룰 수 없던 어느 밤, 피로로 정신을 차리지 못하는 상태로 아기 바구니를 지키고 서서 적막 속 루시의 숨이 들고 나는 소리에 귀를 기울였다. 16년이 지난 지금, 나는 여기, 루시의 남동생에게 여전히 같은 행동을 반복하고 있다. 여전히 귀를 기울인다. 여전히 확인한다. 전적으로 이성적인 행동은 아님을 알고 있지만 말이다. 대니얼은 무사하다. 잠자리에 들 때도 무사했고, 아침에도 무사할 것이다.

그래도 깨기 어려운 습관이었다.

방 안이 열기로 후끈한대도 대니얼은 여전히 잠옷을 벗지 않고 있었다. 나는 손끝으로 가볍게 대니얼의 이마를 만져보았다. 많이 덥지는 않은가 보다. 안심한 나는 방문을 조용히 닫고 복도를 가로질러 큰아이 방으로 건너갔다.

루시는 깨어 있었다. 휴대전화 화면에서 나오는 빛이 얼굴만 환히 밝히고 있었다. 문을 조금 더 열었다.

"루시, 새벽 1시야. 휴대전화를 끄고 이제 좀 자야지." 내가 속삭였다.

"아직은 안 돼요."

방 안으로 한 발 더 들어서니 루시의 얼굴에서 눈물이 보였다. 눈물이 아이폰이 내뿜는 차가운 불빛을 받아 반짝 빛났다.

"루시, 무슨 일이야?"

루시는 나를 등지고 옆으로 돌아누웠다. 여전히 휴대전화에 얼굴을 처박다시피 한 채였다.

침대 가장자리에 걸터앉아 한 손을 루시의 어깨에 얹었다. 방 안에 감도는 에어컨의 냉기에도 살갗이 뜨거웠다. 내일 루시가 선탠로션을 충분히 바르는지 확인해야겠다고 마음먹었다.

"루시, 무슨 일인데?"

"아무 일도 없어요, 엄마. 괜찮아요."

"안 괜찮아 보여. 신경 쓰이는 일이라도 있니? 아까 남자애들이 한 말 때문에 그래?"

"아니에요."

"엄마한테는 뭐든 다 말해도 된다는 거, 알고 있지?"

루시는 손바닥의 불룩한 부분으로 눈물을 훔치면서 고개를 끄덕이고 코를 훌쩍였다. "알아요, 엄마."

"뭐든 다. 그게 뭐든 상관없어."

루시는 나를 향해 반쯤 몸을 돌렸지만 내 눈은 보려 하지 않았다. "그게…… 나쁜 거여도요?"

"나쁜 것일 때 특히나 더."

"끔찍한 거여도요?"

침대 옆 탁자에 놓인 상자에서 티슈를 한 장 뽑아 루시에게 건넸다. 루시에 대해 내가 모르는 사실이 많고, 날이 갈수록 점점 더 늘어나는 듯했다. "루시, 엄마가 도와줄 수 있어. 그게 무엇이든."

루시는 티슈로 두 눈을 닦았다. 나는 잠시 우리 사이에 흐르는 침묵을 바라보며 기다렸다.

"나 자신이 싫을 때가 있어요." 루시가 조용히 말했다.

가슴 깊은 곳에서 통증이 느껴졌다. 손가락에 잔뜩 힘을 주어 가슴을 부여잡았다. "왜?"

"왜냐하면 나는…… 보잘것없으니까요. 나는 끔찍한 사람이에요."

"루시, 절대 아니야! 도대체 무슨 일이니?"

"상관없어요. 어쨌든 이제는 그 일에 대해 할 수 있는 게 없으니까."

"그 일이라니? 남자 이야기니?" 나는 부드럽게 물었다.

루시는 아무 말도 하지 않았다.

"네 친구 중에 한 명이 못되게 구는 거야?" 나는 10대 소녀들이 서로에게 끔찍할 수 있다는 사실이 늘 놀라웠다. 친구 사이라고 하면서도 서로를 비참하게 만드는 데에서 즐거움을 찾는 소녀들. 나 역시 10대 시절에 그러했을까? 가장 가까운 사람들을 괴롭히고 자극하고 아프게 하는 그 능력을 우리는 지금도 여전히 지니고 있을까? 성인의 품위라는 얇디얇은 허울에 가려져 있을까?

루시가 작게 고개를 저었다. 두 눈에 새로 눈물이 고이고 있었다.

"또 포피 먼로야?" 빌어먹을 포피 먼로. 숀과 나는 그 아이를 그렇게 불렀다. 그 아이는 우정으로 뭉친 무리를 매일같이 갈라놓는 그 모든 갈등과 다툼과 논쟁에서 빠지지 않고 등장했다. "이번에는 걔가 뭐라고 한 건데?"

루시는 아무 말도 하지 않고 벌떡 일어나 앉더니 나를 껴안았다. 바싹, 격렬히, 어린아이였을 때 그랬던 것처럼 나를 단단히 붙잡았다. 루시는 특히 기분이 좋지 않을 때 포옹하길 좋아하곤 했다. 하지만 이제 열여섯의 루시는 심드렁하고 새치름해서, 루시가 껴안았을 때 나는 깜짝 놀랄 수밖에 없었다. 포옹은 루시가 친구들 앞에서, 사람들 앞에서 더는 내켜하지 않는 행동 중 하나였다. 정확히 언제부터인지는 확실하지 않지만, 몇 년 전 어느 날 문득 루시는 나를 창피하게 여기기 시작했다. 루시가 하루하루 쑥쑥 자라고 점점 아름다워지면서 우리 사이의 친밀감은 사라지는 듯했다. 가끔은 루시가 나를 볼 때, 두 눈에 노골적인 경멸이 어려 있다는 생각이 들기도 했다.

하지만 지금은 아니었다. 이 순간만은 아니었다. 지금의 이 포옹은 진짜였다. 진짜 루시였다.

우리는 잠시 그렇게 앉아 있었다. 루시의 머리를 쓰다듬으며 괜찮다고 토닥이며, 내 마음은 충만해졌다. 루시의 뜨거운 눈물이 내 어깨로 떨어졌다. 나는 속으로 스스로를 질책했다. 드러난 결혼생활의 비밀 앞에서 자기 연민에 사로잡힌 나머지 루시의 신호를 더 빨리 알아채지 못하다니. 루시가 더 말해주리라고, 무엇이 자신을 괴롭히는지 내게 말해줄 거라고 생각했지만, 루시는 그저 침묵 속에 나를 껴안고 있을 뿐이었다. 준비가 되면 말해주겠지. 문제를 말하라고 재촉하면 루시는 입을 더욱 꼭 다물 터였다. 그 정도는 나도 알았다.

루시가 속삭임에 가까운 목소리로 나지막이 말했다. "그냥 알렉스 때문이에요. 그게 다예요."

알렉스?

루시의 무리에 알렉스라는 이름의 아이가 있었다. 한때는 루시와 모든 것을 공유하는, 떼려야 뗄 수 없는 절친한 친구였다가, 꼬박 일주일 동안 루시를 싹 무시한 적이 있었다. 둘이 또 다퉜나? 루시가 내게 말한 적은 없지만, 둘의 다툼이 처음은 아닐 터였다.

"알렉스가 왜? 너를 또 끼워주지 않는 거야?"

"아니요. 그게 아니에요." 루시가 한쪽 뺨을 내 어깨에 기댔다.

"우리 딸, 그런 거 신경 쓰지 마. 끌려다니지 마."

"흠……."

무언가를 더 물어볼 기회를 노리기도 전에, 루시는 다시 뒤로 누워 휴대전화를 끄고는 베개 밑에 밀어 넣었다.

"잘 자요, 엄마."

루시의 이마에 입을 맞춘 다음 침실을 빠져나왔다. 아래층으로 가니 거대하게 탁 트인 거실이 으스스할 정도로 조용했다. 에어컨의 윙윙대는 소리만이 늘 거기 있었다. 타일이 깔린 바닥에 보름달이 긴 그림자를 드리우고 있었다. 거실은 달빛에 잠겨 천상의 빛으로 빛났고, 그랜드피아노의 검은 표면에도 은은한 광택이 돌고 있었다. 나는 주방에서 물 한 컵을 떠 다시 위층으로 올라가려다 말고 멈춰 섰다. 또 다른 소리가 있었다. 정원에서 들려오는 귀뚜라미 소리였다. 누군가가 발코니로 난 미닫이 유리문을 살짝 열어 둔 모양이었다.

올리브 나무와 소나무, 비옥한 적토가 어둠 속에서 차갑게 식어가는 냄새에 이끌려 밖으로 걸음을 내디뎠다. 귀뚜라미 울음소리는 끊이지 않는 부드러운 배경음으로 다른 모든 것 아래에 깔렸고, 먹색 하늘은 하나의 지평선에서 다른 지평선으로 뻗어나가는 별들이 박힌 완벽한 담요가 되었다. 내가 기억하는 영국의 별보다 더 많은 별이 거기 있었다.

눈을 다시 아래로 내리자, 어둠 속 깊은 곳에서 작은 움직임이 번쩍하는 게 보였다. 오렌지색 불빛이었다.

발코니에 나만 있는 것이 아니었다.

12

무언가가 어둠 속에서 날아와 머리 가까이로 퍼덕여 나는 움찔했다.

“오늘 밤에는 박쥐가 많네요.” 낮은 목소리였다.

소리가 나는 쪽으로 몸을 돌렸다. 담배 끄트머리가 어둠 속 반딧불처럼 오렌지색 불빛을 깜빡이고 있었다.

“곤충을 잡아먹으러 나오죠.” 목소리가 이어졌다.

“러스?” 나는 가운을 더욱 단단히 여몄다.

“안녕하세요. 잠이 안 오나요?” 그의 목소리는 낮고 느렸다.

“물을 좀 마시려고요.” 두 눈이 점차 어둠에 적응하면서 로언의 남편이 발코니 가장자리에 놓인 커다란 고리버들 의자 중 하나에 푹 늘어져 앉아 있는 모습이 보였다. 긴 다리는 벌린 채였고, 그 옆 작은 탁자에는 병 하나와 브랜디 잔이 놓여 있었다. 브랜디 잔에는 호박색 액체가 몇 센티미터가량 담겨 있었다.

"한잔할래요?"

"전 물이면 됐어요. 고마워요."

러스가 병을 들었다. "잠이 드는 데 도움이 될 겁니다. 20년 숙성한 코냑이죠. 돈으로 살 수 있는 가장 훌륭한 신경 안정제랄까."

"전 정말 괜찮아요."

"효과가 없던 적이 없어요. 보장하죠." 러스가 비우지도 않은 자신의 잔에 브랜디를 콸콸 따랐다.

또 다른 박쥐 한 마리가 머리 위에서 펄럭대더니, 어두운 하늘을 배경으로 작고 검은 형체로 날아갔다. 나는 가슴 앞으로 팔짱을 낀 채 뒤쪽의 별장을 보았다. 모든 창문이 검었다. 다들 잠든 것이다. 아직 깨어 있는 사람은 우리 둘뿐이었다. 마지막으로 러스와 일대일 대화를 한 게 언제인지 기억도 나지 않았다. 바비큐 파티나 새해 전야 파티에서 몇 분간 어색하게 주고받은 말이 아니라, 대화를 했던 때가. 사실 나는 로언 부부의 집에서 러스보다는 오데트의 입주 보모인 이네스를 훨씬 더 자주 봤다.

여기서 벗어나 다시 잠을 청하고 싶었지만, 내 일부는 흥미를 느끼기도 했다.

"여기에 오래 나와 있었나요?" 내가 물었다.

러스는 담뱃갑에서 새로 담배를 하나 뽑더니 피우던 담배 끝에 대어 불을 붙이고는 엄지와 검지로 익숙하게 톡 꽁초를 튀겨 날렸다. 오렌지색 불빛의 꽁초는 높이 호를 그리며 빙글빙글 회전하다가 아래 수영장에 떨어지면서 어둠 속에서 치익 소리를 냈다.

"사랑하는 내 아내에게는 그리 긴 시간이 아니죠."

어떻게 반응해야 할지 알 수 없었다. 다툰 모양이었다. 아무 소리도 못 듣긴 했지만.

"이 시간에도 이렇게 따뜻하다니 믿기지가 않네요. 이따 들어갈 때 미닫이문을 좀 닫아주시겠어요?" 말을 마친 내가 몸을 돌려 거의 문 앞까지 왔을 때, 다시 러스의 목소리가 불쑥 들려왔다.

"아마 이렇게 생각하시겠죠, 저녁때 내가 오데트한테 너무 가혹했다고, 안 그래요?"

나는 멈춰 서서 다시 러스를 향해 몸을 돌렸다. "어린애들을 상대하는 게 가끔은 정말 어렵다는 거, 저도 알아요."

"그 망할 보모가 뭐든 그냥 넘어가거든요. 훈육도 뭣도 없이. 오데트는 또 고집이 어찌나 센지, 꼭 자기 엄마 같다니까요. 원하는 건 꼭 얻어야 하죠. 시키는 대로는 절대 하지 않아요."

"그저 하나의 단계일 뿐이에요. 아이라면 다 겪는 단계."

러스는 끙 소리를 내며 브랜디를 한 입 더 꿀꺽 삼켰다. "나를 부인이 돈을 더 많이 버는 걸 견딜 수 없어 하는, 그런 사내로 보는군요."

"아니에요." 완전히 솔직한 대답은 아니었다.

"당신이랑 당신의 반쪽과는 다르다는 거군."

"무슨 뜻이죠?"

"당신네는 완벽한 부부라고 할 수 있잖아요, 안 그래요?"

"잘 모르겠는데요."

러스는 긴 손가락으로 나를 가리켰다. "로언이 내게 그러던걸요. '왜 당신은 숀처럼 못 해?' 로언이 가장 즐겨 하는 말이랍니다. 그러면 나는 이렇게 대꾸하죠. '뭐, 아일랜드 사람처럼 되라는 거야?'" 러스는 걸걸한 목소리로 억지웃음을 웃어 보였다.

"그랬어요?"

러스는 잔에 브랜디를 몇 센티미터 더 부었다. "그럼요. 당신 남편이 롤 모델이나 다름없는 것 같던데." 그가 잔을 내게 내밀었다. "정말 안 마실래요?"

코냑을 마시고 싶다는 생각은 전혀 들지 않았지만, 러스가 계속 말을 이어가게 하고 싶었다.

왜 당신은 숀처럼 못 해?

"그럼 조금만 주세요."

재빨리 물을 마셔 비워낸 잔을 그에게 건넸다. 잠시 후 잔을 다시 받았을 때는 호박색 액체가 바닥 부근을 채우고 있었는데, 양이 꽤 넉넉했다. 적어도 트리플 샷일 거라고 생각했다. 나는 러스 옆에 놓인 의자 가장자리에 걸터앉았고, 우리는 어둠 속에서 저 멀리 은빛 달빛에 휩싸인 언덕을 응시했다. 아래쪽 어디에선가, 마을의 개 한 마리가 짖더니 다시 조용해졌다.

코냑을 홀짝이자 불같은 액체가 식도로 내려가면서 속이 타는 듯한 느낌이 들었다. 그러자 10대 시절 파티가 생각났다. 부모님의 술 보관함을 털어 디저트 리큐어와 그리스 전통주 우조, 체리 브랜디를(이런 술이 있다는 것조차 까맣게 잊고 있었다!) 마시면서 얼굴을 찡그리던 때가.

"로언이 당신더러 숀처럼 했으면 좋겠다고 말할 때, 그게 무슨 뜻이라고 생각하나요?"

"누가 알겠어요. 오데트한테 더 잘해라, 집에서 더 잘해라, 그저…… 더 잘하라는 거겠죠."

한순간 무모하게도 내가 알아낸 사실을 그에게 말해버릴까 하는 생각을 했다. 그 메시지에 대해서. 이 짐을 누군가와 나눠지고 싶었다, 다른 관점을 얻고 싶었다. 중립적 관점에서 상황을 봐주지 않을까. 어차피 러스는 지금 많이 취한 상태라 아침이 되면 기억도 하지 못할 테지만, 그렇다고 위험을 감수할 수는 없었다. 적어도 지금으로서는 나 혼자 비밀을 간직해야 했다.

"숀은 완벽함과는 거리가 멀어요. 그건 확실히 말씀드릴 수 있네요."

"아 뭐, 어쨌든 이제 너무 늦었을 수도 있다는 생각이 드네요."

"무슨 말씀이세요?"

러스는 의자의 머리 받침대에 머리를 기댔다. 별을 올려다보는 눈이 게슴츠레 깜박거렸고, 가슴은 느린 리듬으로 오르락내리락했다.

"최근 좀…… 의심이 들어요."

"무슨 의심요?"

러스가 다시 입을 열었을 때, 목소리는 한층 또렷하고 부드러웠으며 비꼬던 기색은 온데간데없었다. 조금 전 센 척하고 수컷 냄새 내뿜던 남자가 순식간에 사라지고 없었다.

"로언이 바람을 피우는 것 같아요."

13

갑자기 현기증이 일었다. 급하게 일어서기라도 한 것처럼.

"바람요?"

"네."

"러스, 저는 로언이 그럴 사람이 아니라는 거, 확신해요."

"확신하세요?"

확신하니? 정말 확신해?

"네."

러스가 손가락으로 나를 가리켰다. 입꼬리를 비틀어 올리며 웃고 있었다. "하지만 '네'라고 답하기 전에 망설였잖습니까. 망설였다고요."

"아직 반수면 상태라 그래요."

"케이트, 당신은 망설였어요. 그만 인정해요."

러스가 알게 된 비밀과 내가 알게 된 비밀을 맞춰보고픈, 내가 숀의 배신에 대해 아는 바를 공유하고픈 충동이 강하게 일어나 원심력처럼 나를 잡아당겼다. 내 남편에게서 나를 떼어내는 듯한 느낌이 들 정도로 강한 충동이었다.

숀에 대해 아는 것을 말해.

네가 알아낸 사실을 말해.

그에게 말해.

나는 숨을 깊이 들이마신 다음, 답변 대신 질문을 던졌다. 마음이 바뀌기 전에 얼른, 나지막한 목소리로.

"누군데요? 로언이 누구랑 만나고 있다고 생각하시는 거죠?"

제발 숀이라고는 하지 마. 제발 숀이라고 말하지 말라고. 제발, 숀은 안 돼.

러스는 어깨를 으쓱했다.

"로언이 한동안 알던 사람 같아요. 새로운 인물이 아니라."

"왜 그렇게 생각하세요?"

"직감이죠. 당신은 로언의 친구잖아요. 두 사람이 서로를 안 게……." 러스는 잔을 살짝 흔들며 마셨고, 브랜디가 입가로 번져 흘렀다. "열여덟 살 때부터인가 그렇죠. 로언이 이 일에 대해 말하지 않았나요?"

"아니요."

"귀띔도 없었나요?"

"전혀요."

러스는 코웃음을 쳤다. "말했더라도 아니라고 하겠죠, 안 그래요?"

"저한테는 아무 말도 안 했어요. 솔직히 로언은 비밀을 말한다면 저보다는 제니퍼한테 털어놓을 거예요. 우리가 더 어렸을 때 그 둘은 항상 붙어 다녔으니까."

나는 내 친구를 보호하고 싶은 마음과 러스가 자신의 의심에 대해 털어놓게 하는 싶은 마음 사이에서 어찌할 줄을 몰라 괴로움을 느꼈다. 모르는 게 약인 채로 지나가고픈 마음과 전부 다 알고 싶은 마음이 충돌했다.

나는 천천히 말했다. "왜 그런 말을 하는 건데요, 로언에 대해서요."

"뭔가가 있어요. 나는 그냥 알 수 있어요."

"뭔가가 있다고 의심하는 거라면, 로언이 썩 비밀을 잘 감추지는 못하고 있다는 말이네요."

"로언은 내가 전혀 모른다고 생각하죠. 내가 로언한테 단도직입적으로 물어야 한다고 보나요?"

내가 품고 있던 의문에 대한 답을 얻을지도 모르는 상황에 맞닥뜨리자 갑자기 조심스러워졌다. 러스가 지금 섣불리 움직여 아내에게 바람을 피웠냐며 비난한다면, 내가 알고 싶은 진실을 추적해낼 기회를 잃게 되는 셈이었다. 이번 주 휴가가 끝날 때까지 로언이 경계를 풀지 않을 테니까.

"러스, 제 생각에는…… 조심하는 게 좋을 것 같아요."

러스는 코웃음을 치더니 브랜디를 한 모금 더 마셨다. 브랜디가 일부 그의 턱을 따라 흘러내렸다.

"내가 왜 조심해야 하죠? 조심하지 않은 건 로언인데."

"로언에게 묻는 순간, 발설하는 순간, 그 일은 언제나 당신 부부를 따라다닐 거예요. 램프의 요정 지니는 절대 다시 램프 안으로 들어갈 수 없어요."

그리고 단 한 번의 의심만으로도 얼마나 큰 피해가 발생할 수 있는지 당신은 모르잖아.

하지만 나는 알아. 로언도 알고.

나는 브랜디를 한 모금 더 홀짝이면서 러스에게 진실을 들려줘야 하나 고민했다. 그가 이미 진실을 알고 있는지 궁금했다. 내가 몇 년 전에 묻어둔 추악하고 불쾌한 진실을.

러스, 당신이 로언을 만났을 때 로언이 왜 혼자였는지 궁금해한 적 있어요? 첫 남편과 왜 갈라섰는지? 완벽하게 좋은 관계가 왜 분노와 눈물과 씁쓸함으로 끝이 났는지?

바로 의심 때문이랍니다.

나 때문이죠.

러스가 의자 등받이에 몸을 기대며 무겁게 숨을 내뱉었다.

"그렇게 말할 줄 알았어요."

"왜요?"

"분별력이 뛰어난 케이트. 늘 과학적인 머리를 팽팽 돌리죠, 안 그래요?"

"그건 잘 모르겠네요."

"아무튼 당신 말이 맞을지도 몰라요. 나는 '좋은 남편' 역할을 해야 하죠." 러스는 허공에 대고 손가락으로 따옴표를 그려 보이며 '좋은 남편'을 강조했다. "로언의 큰 거래가 성사되는 데 방해가 되어서는 안 되니까요."

나는 어둠 속에서 얼굴을 찌푸렸다. 뭔가를 놓친 것만 같았다.

"도대체 어느 부분이 로언의 거래에 영향을 준다는 거죠?"

러스는 담배를 한 모금 빨아들였다. 어둠 속에서 담배 끄트머리가 선홍색 빛을 냈다.

"로언이 잠재 고객에 대해 얼마나 얘기했습니까? 로언이 흡수될 부서 말고, 맨 꼭대기에 있는 진짜 주인에 대해서요."

기억을 더듬었다. 로언은 이 거래가 자신의 경력에 엄청난 도움이 될 텐데도, 내게 그다지 많은 이야기를 해주지 않았다. 왜 그랬을까? 우리가 최근 몇 년 사이 얼마나 멀어졌는지를 보여주는 또 하나의 사례처럼 느껴졌다. 로언은 고객에 대해, 사업에 대해 일반적인 수준에서만 말했지, 거래의 일환으로 누구와 동침하는지는 말하지 않았다.

나는 속으로 흠칫했다. **동침**이 맞는 것 같았다.

"미국에 기반을 둔 다국적 기업이라고 했던 것 같은데요?"

"맞습니다. 개리슨 주식회사는 3대째 이어져 내려오는 가족회사예요. 1950년대부터 운영했고, 시가 총액이 180억 달러가 넘는데도 지난 70년간 오클라호마시티의 본사를 유지해왔죠. 그리고 개리슨가의 3대는 공통점을 지니고 있어요."

"그게 뭔가요?"

"하나님."

나는 몸을 약간 앞으로 숙이며 부연 설명을 기다렸지만, 러스는 또다시 담배만 깊이 빨아들일 뿐이었다. 콧구멍으로 두 개의 짙은 연기 기둥이 뿜어져 나왔다.

"하나님?"

"하, 나, 님." 러스는 담배에 붙은 재를 떨어내고 빛나는 끄트머리를 허공에 찍으며 글자 하나하나를 강조했다. "다들 엄청난 복음주의자, 그러니까 근본주의 기독교인이고, 종교적 신념에 따라 사업을 운영하죠. 굉장히 보수적인 복음주의자들이라, 자기네 최고 경영진에게는 어떤 기대를 품고 있어요."

"사생활 면에서요?"

"모든 면에서요. 현재 계약서 서명을 앞두고 실사가 진행 중인데, 녀석들이 참 철저해요. 영국 국세청 따위는 빌어먹을 아마추어처럼 보이게 하거든. 과학수사를 하듯 모든 걸 세세히 살피고 있죠. 사업과 회사의 재무계획뿐만 아니라, 20년을 거슬러 올라가는 과거 기록, 앞으로 있을 수 있는 인력 관련 문제, 가족 내 골칫덩어리, 고객과의 관계, 앞으로 있을 수 있는 부정적 뉴스 등 벽장 속 케케묵은 비밀까지 다 캐내죠. 새로 동업자가 될 사람이 섹스를 하고 돌아다닌다는 기미만 보여도 오클라호마시티에 위험 신호가 가죠. 확실해요."

"그쪽이 손을 뗄까요?"

"로언이 집 밖에서 놀아나고 있다는 걸 알게 된다면 그들은 의문의 여지 없이 위험 요인을 줄이려 할 거예요. 스캔들의 아주 희미한 낌새만 보여도 인수는 물 건너가고, 보상도 안녕이죠. 잘 가라, 800만 파운드여."

나는 브랜디를 한 모금 더 홀짝였다. "로언도 그걸 알고요?"

러스가 코웃음을 쳤다. "알다마다. 하지만 로언은 자기가 상대보다 더 똑똑하다고 생각해요."

"그렇다면 로언은 천문학적인 위험을 감수하고 있는 거네요."

"내 아내가 그렇죠 뭐. 항상 너무 열정적이에요. 늘 위험에 뛰어들지."

"불륜이 사실이라면 말이죠."

러스는 지금까지 무엇을 들은 거냐고 묻는 듯 화가 치미는 표정이 되었다. "뭔가 있다고요. 빌어먹을, 난 확신해요."

살금살금 다시 침실로 돌아온 나는 기둥이 네 개 달린 커다란 침대에 기어들어 베개에 머리를 올려두었다. 에어컨이 부웅부웅 소리를 내며 시원한 공기를 꾸준히 내보내고 있었다. 옆에서 숀의 숨소리가 낮고 느리게 들려왔다.

나는 홑이불을 목까지 끌어 올린 다음 가만히 천장을 응시했다.

10개월 전

"이번 학년이 진짜 학교생활이 시작되는 해야."

어머니는 여름 내내 말하곤 했다. 그녀는 아랑곳하지 않았다. 그녀는 언제나 열심히 했으니까. 초등학교 때부터 줄곧 상위 5퍼센트 안에 들었고, 늘 경쟁심이 강한 그녀였다. 그녀는 대학 입시를 앞둔 선배들의 말도 무시했다. 선배들은 GCSE 점수는 입시에 전혀 반영되지 않는다고, 최고점을 받는 건 중요하지 않다고, A레벨[18]로 나아가는 발판일 뿐이라고 했다. 대부분의 사람에게는 맞는 말이겠지만, 의사를 꿈꾸는 사람에게는 해당되지 않는 조언이었다. 의과대학은 GCSE 점수를 **본다**. 누구를 합격시키고 누구를 떨어뜨릴지 결정하

---

18) 영국의 대학입학자격시험. 최상위권 대학을 목표로 하는 학생들이 치른다.

기 위해 모든 것을 살펴본다. GCSE는 엉망으로 봐놓고 그저 요행으로 A레벨에서 좋은 점수를 받은 건 아닌지 확인하려는 것이다.

그리고 어차피, 어머니가 11학년에서 '진짜' 학교생활이 시작된다고 말한 건, **사실** '이제 한눈을 팔 때가 아니다'라는 의미였다.

어머니의 눈으로 볼 때, 한눈을 판다는 건 남자를 뜻했다.

남자는 네가 곁길로 새도록 할 거야.

남자는 네가 잘못된 것에 몰두하게 해.

남자는 학교에서 여자만큼 공부를 잘하지 못하잖아, 괜히 그러는 게 아니야.

어쩌고저쩌고, 이러쿵저러쿵.

그녀도 다 안다. 이해하고 있다. 성적을 내려면 열심히 공부해야 한다는 것을 알고, 많은 시간을 쏟을 만반의 준비가 되어 있다.

하지만, 하지만…… 새 학년이 시작되자 새로운 남학생이 눈에 들어온다.

그리고 그는 다른 애들과는 다르다.

일요일

14

신선한 커피 내음이 나를 깨웠다. 숀이 옆으로 와서 머리맡 탁자에 조심스레 컵을 내려놓았고, 나는 팔꿈치에 체중을 싣고 몸을 살짝 일으켜 숀과 눈을 맞추지 않은 채 고맙다고 중얼거렸다. 얼마나 잤을까? 몇 시간 정도? 피로로 기진맥진하여 껍데기만 남은 기분이었다. 나는 커피를 들고 발을 질질 끌면서 욕실로 향했다.

옷을 입고 아래층으로 내려가보니 로언이 공항에서 막 데려온 이지와 수다를 떨고 있었다. 두 사람이 앉은 주방은 에어컨 바람으로 시원했다. 우리는 서로를 끌어안고 인사를 나눴으며, 나는 이지에게 방콕에서부터 이곳까지 오는 여정이 편했는지 물었다.

"너를 보니까 너무 좋다. 다들 다시 봐서 너무 좋아."

"나도 그래." 나는 커피를 두 잔째 홀짝이며 말했다.

마지막으로 봤던 게 몇 달 전인데도, 이지는 예전 모습 그대로였다. 결코 나이 들지 않는 듯했다. 이지는 기본 반팔 블라우스에 베트남이나 뭐 그런 비슷한 곳에서 사 온 헐렁한 칠부바지를 입고 있었고, 더운 나라가 제 집인 양 편안해 보였다. 검은 머리는 느슨하게 포니테일로 묶었으며 목에 두른 가죽끈에서는 초록색 크리스털이 빛나고 있었다. 여기에 더해, 이지가 즐겨 착용하던 팔찌가 긍정적인 기운을 내뿜고 있었다. 이지는 우리 중 유일하게 아이가 없었고 결혼을 하지 않았다. 내가 보기에는 그 결과로 이지가 우리보다 열 살은 젊어 보이는 듯했다. 소모될 일도, 임신선도, 그 모든 잠 못 들던 밤이 남긴 주름도 없으니까. 이지는 우리 네 사람 중에 가장 작아서, 요정 같은 157센티미터 키에 가냘프고 아담했는데, 이런 체형 역시 이지를 젊어 보이게 하는 데 한몫했다. 오목조목 섬세한 이목구비, 빨간 테를 두른 안경 너머의 고양이 같은 두 눈, 거의 항상 웃고 있는 입도.

"케이트, 너는 어떻게 지내?"

"잘 지내. 좋아."

이지는 장난기 넘치게 씩 웃어 보였다.

"엄청난 첫날 밤이었구나, 그렇지?"

"그렇지도 않아."

"엄청 피곤해 보여, 이 여자야."

고개를 저으면서도 나도 모르게 웃음이 나왔다. 이지는 늘 에두르지 않고 있는 그대로 말하는 사람이었다.

"고맙다. 너는 언제나 내 기분 띄우는 법을 안다니까."

"그냥 하는 말이야. 그게 다야. 네가 걱정돼서."

"사실 엄청 피곤해. 잠을 그다지 잘 못 잤어." 나는 그럴듯한 거짓말을 찾았다. 약간의 진실을 담고 있는 거짓말을. "사실 루시가 좀 걱정되거든."

나는 세 친구에게 루시가 곧 발표될 GCSE 결과에 대한 압박으로 최근 들어 말이 부쩍 없어졌으며, 감정 기복이 눈에 띄게 심해졌다고 대략적으로 들려주었다. 지난밤에야 이런 징후들을 알아차렸다고도 덧붙였다.

어느새 합류한 제니퍼가 공감을 담아 고개를 끄덕였다.

"그럴 만해. 자청해서 이 고생을 하고 있으니."

나는 어깨를 으쓱했다. "나만 힘든 일도 아닌데 뭘."

"하지만 너한테는 쉬울 리가 없잖아. 그 모든 걸 다 챙기는 게 말이야. 네 그 모든…… 할 일을."

"무슨 뜻이니?"

"그러니까, 너는 직업이 있잖아."

목덜미 털이 쭈뼛 서는 기분이었다. "그게 왜?"

"육아를 하면서 회사도 다니는 건 정말 힘들 거야."

"아니야. 그런 게 아니야. 전혀 아니야." 나는 목소리를 차분하게 유지하려 애썼다.

"내 말은, 그래 뭐 다 좋다 이거야. 다만 시간을 내서 그걸 다

한다는 게 쉬울 리가 없다는 거지. 너희들이 어떻게 일이랑 육아를 병행하는지 나는 도통 모르겠다니까."

잠을 얼마 못 자서일 수도 있지만, 제니퍼의 목소리에서 내가 좋아하지 않는 어떤 뉘앙스가 느껴졌다. 로언도 똑같이 느꼈는지, 우리가 본격적인 논쟁에 접어들기 전에 불쑥 끼어들었다.

"있잖아, 제니퍼? 내가 오데트한테 약속했거든, 오늘 아침에 네가 오데트를 수영장에 데려가 개헤엄치는 걸 봐줄 거라고. 지금 가줄 수 있니?"

"물론이지." 제니퍼는 로언을 따라 주방을 나섰다.

두 사람이 모습을 감추자 이지와 나는 눈길을 주고받았다. 우리는 제니퍼다운 발언이야라고 말하는 듯 웃으며 고개를 저었다. 우리는 발코니로 나가 탁자 끝에 자리를 잡았다. 커다란 파라솔이 그늘을 드리우고 있었다.

"아, 좋다. 꼭 옛날 같아." 이지가 미소를 머금고 말했다.

"유럽에 다시 돌아온 소감이 어때?"

"애초에 떠난 적도 없던 것만 같아." 이지는 작게 웃으며 말했다. "예전 그대로네. 그건 그렇고, 케이트, 너 정말 어떻게 지내? 솔직히 말이야. 이제 우리 둘뿐이니까, 나한테는 말해도 돼."

"나? 나는 잘 지내는데. 전과 다름없지 뭐." 나는 어깨를 으쓱해 보이며 이지에게 미소를 보냈다.

"정말이야?"

"물론이지. 말했잖아, 그냥 루시 때문이라고."

이지는 커피를 한 모금 마시고 잠시 나를 살폈다. 이지는 언제나 우리 중 가장 통찰력이 뛰어난 사람이었다. 숨겨진 것을 가장 잘 꿰뚫어 보곤 했다. 게다가 해야 할 말이 있으면 절대로 그냥 넘어가는 법이 없었다. 어려운 대화가 예상된다 할지라도.

"그냥 네가 좀…… 뭐랄까, 너답지 않아 보여."

"알다시피 어제 바쁘게 보냈어. 여행지에 처음 도착한 날은 항상 좀 고돼잖아, 안 그래?"

"그 말은 네가 여행을 더 자주 다녀야 한다는 뜻이야, 이 여자야. 연습이 필요해."

이지는 20대 후반과 30대의 대부분을 여행하고 해외에서 일하며 보냈다. 먼저 사하라 사막 이남의 아프리카에서, 그다음은 태국, 베트남, 캄보디아를 비롯한 동남아시아 지역에서 영어를 가르쳤다. 몇 년 전 이지는 티베트에서 장기 체류를 하면서 불교 신자가 되었는데, 그러면서 더 차분해지고, 더 행복해하고, 대부분의 사람들이 오랜 시간 고민하는 그 모든 것에서 조금 해방된 된 보였다.

이지는 여행자이자, 세계 시민이었다. 우리 세 명이 가본 여행지를 모두 합친 것보다 더 많은 곳을 이지는 경험했다.

이지는 늘 이지였지, 이소벨이 아니었다. 대학 입학 첫날 우리 네 친구가 뉴오차드 홀의 복도에서 처음 만났을 때를 제외하면. 우리는 눈을 휘둥그레 뜨고 기대에 찬 얼굴로(앞날에 대한 두려움이 없진 않았지만 애써 감추고 있었다!) 이소벨에게 미소를 짓고 있었고, 이소벨은 왜 아무도 자신을 세례명으로 부르지 않는지 설명하고 있었다. "내 여권상의 이름은 이소벨이지만, 다른 데서는 안 써. 이소벨은 원래 내 증조할머니 이름인데, 할머니는 정말 따분한 여자야. 어딜 가도 우리 할머니 같은 사람은 못 만날걸. 나는 이지라고 해. 만나서 반가워." 사랑스럽고 경쾌한 아일랜드 억양이었다.

"그래서, 왜 다시 돌아온 거니?" 내가 물었다.

이지는 어깨를 으쓱하며 내게 미소를 보냈다.

"어쩌면 이제 내가 정착해야 할 때일 수도 있다는 생각이 들어."

"만나는 사람이 있는 거야?"

"아직 시작하는 단계야."

"너 지금 되게 아리송하게 나온다."

이지는 한 손을 내저었다. 손목에서 다채로운 팔찌가 서로 부딪히며 쟁그랑 소리를 냈다.

"혹시나 부정 탈까 봐 그래."

이지는 숀과 마찬가지로 아일랜드 리머릭 출신이었고, 숀과 내가 대학 시절 사귀게 된 데 간접적인 책임이 있었다. 이지가 숀을 우리의 작은 무리에 소개시킨 순간, 나는 어깨가 넓은 이 아일랜드 남자에게 곧바로 마음을 빼앗겼으니까. 항상 웃는 얼굴에, 누구와도 쉽게 대화할 수 있으며, 바보같이 춤을 추고, 우리가 처음 키스할 때 심장이 너무도 세게 뛰어서 가슴 밖으로 튀어나올 것만 같던 그 남자에게 나는 홀딱 반했다. 숀은 다른 남자에게서는 보지 못한 눈빛으로 날 보았다. 정말로 나를 봐주었다. 숀이 내게 처음으로 데이트 신청을 했을 때, 나는 놀랄 수

밖에 없었다. 늘 그가 내게 과분하다고 생각했으니까. 숀은 가장 잘난 여자를 골라잡을 수도 있었다.

나의 숀.

숀과 이지는 중등학교 때 잠시 사귄 적이 있지만, 숀이 그 이야기를 그다지 하고 싶어 하지 않아서 나는 그 끝이 어떠했는지 잘 알지 못한다. 숀이 내게 말한 적이 있긴 하다. 기네스 맥주와 레드와인을 상당히 많이 마신 어느 날, 숀은 자신과 이지가 열여섯이던 해에 약속을 하나 했다고 했다. 마흔이 되도록 두 사람 다 미혼으로 남아 있다면, 둘이 결혼하기로. 10대 시절에 장난으로 던진 재미난 약속 같은 것이겠지만, 둘 중 한 사람에게는 그 이상을 의미할 수도 있었다. 두 사람이 인정하든 아니든.

이지는 내 친구 가운데 숀과 가장 잘 지내는 사람이었다. 두 사람은 내 다른 친구들과는 달리 언제나 서로 연락을 주고받았다. 이지가 해외에서 일하는 동안에도 마찬가지였다. 두 사람은 공통의 관심사가 있어서, 스포츠와 영화, 고향의 추억담에 대해 재미난 문자를 주고받곤 했다. 그럴 때면 나는 주변부에 머물렀고, 결코 두 사람의 대화에 제대로 끼지 못했다.

이지는 결국 숀의 가장 친한 친구인 마크와 약혼했지만 결혼까지는 가지 못했다. 그리고 나는 그 일에 대해, 마크에게 일어난 일에 대해 생각하고 싶지 않다. 지금은 아니다.

나는 커피를 홀짝였다.

"언제 우리가 그 남자를 만날 수 있는 거니? 그 새로운 친구 말이야."

"당장은 안 돼. 좀 복잡해." 내게 윙크하는 이지의 눈이 반짝거렸다.

"또 그런다, 아리송하게 구는 거."

이지는 목걸이를 만지작거렸다. 초승달에 둘러싸인 탁한 초록빛의 돌이 이지의 손길에 따라 가는 가죽끈을 타고 이리저리 흔들리고 있었다.

"조금 조심스럽게 다룰 필요가 있어서 그래. 그게 다야."

"남자가 수줍음이 많고 내성적인 편이야?

"그런 건 아니야. 우리 고향 사람 중에 내성적인 사람이 많지는 않아."

"남자도 리머릭 출신이야?"

이지가 고개를 끄덕였다. "소름 끼치지 않니? 사람 일이라는 게? 인생의 절반을 해외에서 보내고는 결국 집에서 1.5킬로미터 떨어진 곳에서 자란 사람과 만나는 거야."

불현듯 그 말의 의미를 깨달은 나는 심장이 발등에 털썩 떨어진 기분이었다. 물론 이지가 그렇게 뻔뻔할 리는 없었다. 그렇지 않은가? 내 앞에서, 나한테 말할 수 있을까? 하지만 다른 누구도 아닌 이지였다. 이지는 늘 그랬다. 늘 직설적으로 말하고, 사탕발림하는 법이 없고, 타협이란 절대 없으며, 결코 쉬운 길을 택하지 않았다. 진리를 얻으려는 길에서 사람이 저지를 수 있는 실수는 단 두 가지다. 끝까지 가지 않거나, 시작하지 않거나. 그게 바로 이지의 방식이었다. 불교 신자로서 이지가 가진 신념이었다.

저러니 남자를 붙들지 못하는 거야, 예전에 러스가 기분이 팍 상해서 그런 말을 내뱉은 적이 있다.

나는 이지를 따라 웃으려 애썼다. 그저 계속 웃으려 했다. "맙소사, 이지."

"뭐가?"

나는 애써 침착한 목소리로 말했다. "유부남인가 보구나, 그렇지?"

이지는 눈썹을 치켜세우면서 이상한 표정으로 나를 뚫어져라 보았다. "대답은 도저히 못 하겠다."

"진짜 유부남인 거야?"

"그런데 왜 남자라고 생각해?"

"뭐, 우선 너는 지금껏 남자를 만났잖아."

"그건 그래."

"그러니까, 결혼한 사람이라는 거야?"

"그 질문은 경찰로서 하는 거니?"

"당연히 아니지. 우리 범죄과학수사관은 민간인이기도 하고. 나는 네 친구로서 묻는 거야."

"아직은 말해줄 수 없어. 곧 말할게."

"그 남자의 부인도 알고 있니?"

이지는 코를 찡긋했다. "어느 정도…… 의심은 할 수도 있다고 생각해."

이지가 제대로 대답하지 않은 질문이 내게 되돌아와 머릿속을 헤집어놓았다.

이지, 왜 영국에 돌아온 거니? 하필 지금?

불현듯 나는 그 질문을 완전히 새로운 각도에서 보고 있었다.

이지가 털어놓은 비밀에 대해 어떻게 생각해야 할지 판단이 채 서기도 전에, 오데트가 얼굴에 결연한 의지를 담고 우리에게 다가왔다. 반짝이는 수영복 차림이었는데, 온통 핑크빛이었다. 두 팔에는 핑크색 튜브를 완장처럼 차고, 머리에는 핑크색 물안경을 쓰고, 몸통에는 핑크색 튜브를, 겨드랑이에는 역시 핑크색 돌고래 풍선을 끼우고 있었다.

오데트는 양발을 벌린 채 서서 엉덩이에 두 주먹을 갖다 댔다.

"자! 나랑 해변에 갈 사람?" 우리의 대화를 가로지르는 오데트의 새된 목소리였다.

15

카프다그드 해변은 사람들로 붐볐다.

지중해는 훌륭했다. 푸른 물이 반짝이고 육지로 불어오는 부드러운 미풍에 작은 파도가 넘실거렸다. 미풍은 무자비한 한낮의 햇살에 서늘함을 가미해주었다. 지난밤 이후 우리 일행의 분위기는 가라앉아 있었다. 한 쌍의 커다란 파라솔 주위로 수건이 모여 있고 가방과 책과 파란색 대형 아이스박스가 우리의 야영지 중앙에 쌓여 있었다. 바다에서 불어오는 짭짤한 미풍과 근처의 한 프랑스인 커플에게서 날아오는 담배 연기가 선탠로션 냄새와 뒤섞였다. 루시가 한 손으로 긴 금발을 잡고 다른 한 손으로는 엄지를 이용해 휴대전화에 글자를 입력하는 사이, 나는 루시의 등과 어깨에 선탠로션을 발라주었다. 여기에 있을 수 있어서 기뻤다. 여러 일이 한창 벌어지고 있는 와중에 신경을 분산할 수 있어서 다행이었다. 별장에 돌아가 내 마음이 어두운 곳으로 흘러가도록 놔두는 것보다는 나았다. 마치 내가 어느 텔레비전 드라마 속에 살아서, 내가 어디로 시선을 돌리건 카메라가 내 절친들의 얼굴을 하나하나 클로즈업으로 비추면서 차례차례 추궁하는 것처럼 느껴졌다.

너니? 아니면 너야? 너였구나?

숀은 평소보다 더 마음을 쓰고 있었다. 가방을 옮기고, 파라솔을 세우고, 나와 아이들이 먹을 차가운 물과 간식을 가져왔다. 자기가 저지른 일 때문에 더 애를 쓰는 걸까? 아직 끝나지 않은 그 일 때문에?

제니퍼는 커다란 돗자리를 깔고 내 옆에서 팔꿈치를 괸 채 엎드려 있었다. 우리 주위로 사람이 빽빽이 들어찬 해변을 살피는 모습이었다. 제니퍼 옆으로는 짐짓 심각해 보이는 책 『낙관적인 아이: 회복력이 뛰어난 아이를 길러내는 혁명적 방법』이 손을 대지 않은 채로 놓여 있었다. 우리가 처음 만났을 때 제니퍼는 전국 대학 경기에서 테니스와 하키 선수로 뛰던 스타였다. 178센티미터의 제니퍼는 우리 네 사람 중 가장 컸고, 매주 꾸준히 테니스와 필라테스, 조깅을 이어가며 호리호리하면서도 탄탄한 체격을 유지했다. 해변이나 수영장, 아니 수영복 차림이라면 어디든 제니퍼 옆에 서는 게 별로 내키지 않던 때가 있었다. 나는 살빛이 희멀건 영국인으로, 결혼식 당일의 몸무게로 돌아가려 늘 애쓰지만 결코 성공하지 못하는 그런 여자였다.

내 옆에 있는 이 탄력 넘치는 구릿빛 살결의 캘리포니아 여자는 0.5킬로그램도 찌는 법이 없는 듯했다.

이런 유의 불안감은 극복한 줄 알았는데 아니었나 보다. 불안감이 오늘 다시 맹렬히 되살아났다.

"우리가 해변에 오는 날을 잘못 선택한 것 같아. 베지에 사람 절반은 여기 다 모인 거 같잖아." 내가 말했다.

"카프다그드 해변은 원래 누드비치 아니니?"

"누드비치는 조금 더 위로 올라가서 바다로 뻗은 곶 근방으로 가야 해. 왜, 가보고 싶어?"

제니퍼가 웃음을 터뜨렸다. "장난해? 자기 물건을 축 늘어뜨리고 다니는 늙은 남자들 천지일 텐데. 웩."

"그렇다면 누드비치보다는 사람들에 치이는 여기가 차라리 낫지?"

"확실히 낫지. 우리 애들도 좋아하고." 제니퍼가 작은 만을 가리켰다. 제이크와 이선이 분주히 모래를 파고 있었다. "애들이 한 번이라도 제대로 노는 모습을 보니까 너무 좋다. 어릴 때 놀던 방식대로 말이야. 애들이라면 저렇게 놀아야 해. 어두컴컴한 방에 틀어박혀서 화면만 뚫어져라 볼 게 아니라."

제니퍼의 두 아들은 바다로 흘러드는 작은 물줄기를 따라 댐을 짓고 있었다. 제이크가 무릎을 꿇고 앉아 모래를 쌓아 올리는 사이, 이선은 형 주위를 빙빙 돌면서 손가락질하며 작업 지시를 내리고 있었다. 둘 다 이 놀이에 흠뻑 빠져 있었다. 이상했다. 보기 좋긴 했으나, 그래도 살짝 이상했다. 이 두 껑충한

10대가 해변에 와서 겨우 걸음마를 뗐을 때나 했을 법한 놀이를 하다니.

루시의 등에 선탠로션을 다 바르자, 루시는 내게 고맙다는 미소를 보낸 다음 수건에 얼굴을 묻고 누웠다. 햇살에 그녀의 살갗이 반짝였다. 우리 두 사람 중 누구도 전날 밤 우리가 나눈 대화를 언급하지 않았지만, 루시는 어제보다 조금 나아 보였고, 조금 차분해 보였다. 제이크와 이선과도 잘 지내는 모습이 보기 좋았다. 루시가 여러 문제를 잠시 잊을 수 있도록, 지나치게 곱씹지 않도록 할 터였다.

"가끔은 네 두 아들이 아직 10대밖에 되지 않았다는 사실을 잊어버리곤 해. 키가 저렇게 크잖아."

"제이크는 벌써 앨리스터보다 큰걸. 이선도 자기 아빠를 따라잡을 날이 멀지 않았고. 갑자기 가족 중에서 가장 작은 사람이 되어버리니 너무 기분이 이상한 거 있지."

숀은 대니얼에게 아이스크림을 사주러 해변 카페에 가고 없었다. 러스는 대형 파라솔이 드리운 그늘 아래 똑바로 누워 얼굴에 밀짚모자를 덮고 있었다. 땀구멍에서 그야말로 브랜디가 흘러나오는 듯했다. 지금껏 누군가의 땀에서 알코올 냄새를 맡을 수 있으리라고는 생각해본 적 없었는데, 그 일이 오늘 실제로 일어났다. 러스에게서 파도처럼 밀려 나온 역한 땀 냄새가 주위를 맴돌고 있다가, 그에게 가까이 가면 코에 훅 끼쳐왔다.

제니퍼가 몸을 일으켜 앉더니 한쪽 뺨을 무릎에 올렸다. "아까는 미안했어. 내가 가끔…… 뭐랄까, 생각 없이 입을 여나 봐."

"괜찮아. 네가 무슨 말을 하려던 건지 알아."

제니퍼는 미소 지으며 모래사장의 두 아들을 건너다보다가 나직이 물었다. "저 아이들 없는 삶을 상상할 수 있니?"

"누구?"

"네 아이들."

"아니. 못 살 것 같아."

"불가능한 일처럼 느껴지지 않아? 한때는 우리가 그저 우리였다는 게? 그러니까, 혼자였다는 게 말이야. 애들도, 남편도 없이 단독 비행을 하던 때가 있었다는 게."

이지가 눈을 뜨지 않고 목소리를 높였다. "우리 중에는 아직 혼자인 사람도 있어."

제니퍼가 놀라서 살짝 움찔했다. "아! 네가 자는 줄 알았어. 미안해, 이지. 무슨 뜻이 있는 말은 아니야."

이지는 빙긋 웃더니 몸을 뒤집어 배를 대고 누웠다. "괜찮아. 단독 비행에는 장점이 있거든."

제니퍼는 당황스러운 웃음을 지었고, 마음이 진정될 때까지 잠시 기다렸다.

"우리가 처음 만났을 때의 삶은 지금이랑은 또 다른 것 같아. 지금과 다른 삶의 시간이랄까. 삶이 우리를 변화시켰다고 생각하니?"

나는 어깨를 으쓱했다. "물론이지. 피할 수 없는 일이잖아, 안 그래? 우리가 지금 20년 전과 다를 바 없다면, 그건 또 그거대로…… 이상할 거야. 삶이 우리를 빚는 거잖아, 안 그래?"

좋은 식으로든 나쁜 식으로든, 나는 생각했다. 제니퍼가 이 대화를 어디로 끌고 가려는지 파악하려 애쓰며.

"내 말은, 삶이 모든 걸 바꿔놓느냐는 거야."

"그건 잘 모르겠다. 나는 아직도 내가 20년 전의 나처럼 느껴지거든. 그냥 조금 더 회의적이 됐을 뿐."

"제이크가 요만했을 때, 생후 6개월 정도 됐을 땐가, 내가 막 이선을 임신했던 때가 기억나. 우리 세 사람은 바다를 보러 크로머에 가서 일주일을 있었어. 거기서 하루는 해안선을 따라 보트 여행을 나갔지. 딱 한 시간 정도만 타려 했어. 나는 제이크를 안고 있다가 앨리스터를 보았는데, 그 순간 확실히 알았어. 이 보트가 물속에 가라앉고 구명조끼는 부족해서 둘 중 한 사람밖에 구할 수 없는 상황이 닥친다면, 나는 단 1초의 망설임도 없이 제이크를 구하리라고. 단 1초의 망설임도 없이 말이야. 내 아기를 구할 수만 있다면, 눈앞에서 남편이 익사하는 모습도 지켜보리라고. 그건 과학적 사실과도, 중력과도 같았어. 반박할 수도, 부정할 수도 없는 거야. 그러고는 나도 모르게 앨리스터에게 이런 내 가상의 선택에 대해 말하고 말았어. 말하고 있다는 사실조차 인지하지 못하는데 그냥 입에서 바로 나와버린 거야. 끔찍한 기분이었지만, 그래도 사실은 사실이었어."

제니퍼는 잠시 입을 다물었다. 바다에서 불어오는 미풍이 그녀의 금발을 흐트러뜨리고 있었다.

내가 입을 열었다. "자연스러운 일인 것 같아. 엄마의 본능이지."

"맞아. 그런데 앨리스터가 뭐라고 했는지 아니? 마침 자기도 똑같은 생각을 하고 있었다는 거야. 우리 중에 단 한 사람만 구할 수 있다면, 제이크를 선택하리라고. 그러니까 우리 두 사람 다 같은 순간에 아기를 구할 수만 있다면 상대방을 희생시키리라는 걸 인정한 거지." 제니퍼는 이제 살짝 웃으며 고개를 젓고 있었다. "그 순간, 크로머 항구에서 보트에 앉아 약간의 뱃멀미를 느끼던 그 순간, 나와 앨리스터 사이에 무언가가 변한 것처럼 느껴지더라. 나와 앨리스터를 중심으로 돌아가던 세상이 다른 무언가로 바뀐 기분. 마치 내 인생의 한 장이 끝나고 또 다른 장이 시작되는 것처럼 말이야."

나는 어떤 말로 반응해야 할지 판단이 서지 않았다. 이번 주말, 숀의 휴대전화에서 메시지를 본 후로 나도 내 인생의 한 장이 곧 끝나겠구나 하는 느낌을 받았다. 나는 엄지와 검지 사이로 모래알을 굴리며 제니퍼가 그 원인일지 궁금해했다. 이 키 크고 아름다운 제니퍼가, 10대 시절 우리가 처음 만났을 때 숀을 돌아보게 했던 제니퍼가, 우리가 프랑스에 도착한 이후로 줄곧 툭 건드리면 파르르 떨 것 같은 불안감을 발산하던, 어딘가 긴장한 모습에 걱정이 많아 보이는 제니퍼가 그 원인일까.

제니퍼가 물었다. "너도 그런 생각 해본 적이 있어? 숀에 대해서?"

나는 어깨를 으쓱했다. 저기 만에 있는 아주 작은 섬을 차지하고 있는, 이제 폐허가 된 요새에 시선을 두었다. "네가 말한 상황을 그대로 생각해본 적은 없지만, 우리 모두 같은 결론을 내리지 않을까? 우리 모두에게는 아이가 우선이야. 그렇게 하도록 프로그램된 거잖아."

"나는 그냥 아이들 걱정을 너무 많이 해. 늘 그래. 신경을 끌 수가 없어. 노력해봤는데, 안 돼."

"나도 마찬가지야. 그래도 루시나 네 두 아들은 곧 스스로 알아서 할 수 있을 정도의 나이가 되잖아."

"상상도 못 하겠다. 우리 두 아들은 언제나 내 아가일 거야. 언제나."

나는 잠시 주위를 둘러보며 혹시 우리의 대화를 엿듣고 있는 사람이 있는지 살폈다. 이지는 다시 깜빡 잠든 듯했다. 러스도 모자로 얼굴을 덮은 채 세상모르고 자고 있었다. 앨리스터는 사진을 찍으러 어딘가로 자리를 떴다. 그 밖의 사람들은 아이스크림을 사거나 페달 보트를 어떻게 빌릴 수 있는지 알아보러 가고 없었다.

살짝 바다 쪽을 보니 작은 비행기 한 대가 천천히 낮게 비행하면서 루나파크 놀이공원을 광고하는 긴 현수막을 늘어뜨리고 있었다.

나는 제니퍼 쪽으로 한층 몸을 기울이고 목소리를 낮추며 말했다. "다…… 괜찮은 거야?"

제니퍼가 나를 올려다봤다. "물론이지. 다 좋아. 왜 묻는 건데?"

"그냥 좀, 뭐랄까…… 네가 아까 삶이 사람을 변화시킨다느니 뭐 그런 얘기를 했잖아. 너한테 뭔가 걱정거리가 있는 것 같아서."

내 말에 제니퍼는 고개를 돌리고 입을 앙다물었다. 제니퍼가 다시 돌아보기에 답을 하려나 보다 하고 기다리는데, 이선이 등장했다. 털이 숭숭 난 다리는 모래에 하얗게 뒤덮여 있었다.

"엄마, 먹을 거 좀 있어요? 배고파 죽겠어."

제니퍼는 아이스박스에 손을 넣어 둘째 아들에게 사과를 하나 꺼내주었다.

이선이 얼굴을 찌푸렸다. "다른 거 없어요? 비스킷은?"

"과일이랑 물뿐이야." 제니퍼는 몸을 앞으로 기울여 이선의 손에 사과를 올려주었다.

로언도 카페에서 돌아왔다. 포장을 뜯지 않은 막대 아이스크림 세 개가 손에 들린 채였다. 로언이 주위를 둘러봤다. "오데트는 어디에 있니? 너랑 네 형이랑 놀고 있었니?"

"아니요. 못 봤는데요."

"나는 오데트가 너희랑 있는 줄 알았는데."

"잠깐 같이 있었는데, 걔가 자꾸 우리 댐에 구멍을 내는 거예요. 지루하다면서요. 여기로 다시 온다고 했어요." 이선은 사과를 크게 한 입 베어 물었다.

"그럼 오데트는 어디에 있는 거야?" 로언은 바닥에 수건을 깔고 잠든 남편을 보았다. "러스?"

이선은 사과를 한 입 더 베어 물면서 손 그늘을 만들어 해변을 훑어보았다. "저기 오데트 아니에요? 물가에?"

16

오데트였다. 물가에 서 있는 오데트의 핑크색 수영복에 달린 반짝이는 금속 장식에 햇빛이 반사돼 번득이고 있었고, 발목 높이로 파도가 철썩이고 있었다. 썰물이 빠져 이제 바닷물은 해변의 우리 자리로부터 50~60미터 정도 멀어진 상태였다. 오데트가 물가에 혼자 나와 있는 걸 보니 불안한 마음이 들었다.

"왜 저렇게 혼자 있는 거야?" 로언이 한 손을 가슴에 얹더니 목소리를 높이고 두 손을 머리 위로 흔들었다. "오데트!"

우리가 지켜보는 사이, 어떤 키 큰 형체가 오데트에게 다가갔다. 몸을 굽혀 오데트에게 뭐라 말을 하더니 오데트의 손을 잡았다. 야구 모자와 선글라스를 착용하고 셔츠 단추는 풀어 헤친 남자였다. 남자가 누구인지 알아보는 데는 1초의 몇 분의 1도

걸리지 않았다. 그의 걸음걸이, 옆얼굴, 어깨가 움직이는 모습, 오데트의 손을 잡는 방식.

숀이었다.

숀은 오데트의 손을 잡고 수건이 쌓인 우리의 작은 야영지로 데려왔다. 대니얼이 숀 옆에서 커다란 물병 두 개를 들고 종종걸음으로 따라오고 있었다.

로언이 한쪽 무릎을 꿇고 딸의 어깨를 부드럽게 잡았다.

"오데트, 너 때문에 엄마가 놀랐잖아." 꾸짖는 말투가 되었다. "너를 돌봐줄 사람 없이는 다시는 바다에 들어가지 않겠다고 약속해. 알겠니? 약속할 거야?"

"바다에 안 들어갔는데. 작은 파도만 맞았는데." 오데트가 발끝으로 모래를 툭툭 차면서 웅얼거렸다.

"러스? 왜 오데트랑 같이 있지 않았어?" 로언의 얼굴은 근심스러운 기색이 가득했다.

러스가 몸을 일으켜 앉았다. "어? 오데트는 남자애들이랑 댐을 만들고 놀기로 했어. 내가 오데트한테 나 없이는 바다에 들어가지 말라고 했는데, 제길, 오데트가 말을 들어먹어야지." 러스는 햇빛이 눈부신지 눈을 깜박였다.

"당신이 숙취로 잠만 자지 않았어도 오데트가 혼자 바다에 있는 걸 알아차렸을 거 아냐! 어쩌면 그렇게 무책임할 수 있어!" 로언의 목소리가 높아지고 있었다.

"이번에도 전부 다 나 때문이지, 그렇지?"

그때 오데트가 로언의 귀에 대고 무언가를 속삭였다.

로언이 얼굴을 찌푸렸다. "얘야, 그게 무슨 말이니?"

그 답으로, 오데트는 제이크와 이선을 돌아보며 작은 검지로 그들을 가리켰다. "남자애들 때문이야." 작은 목소리였다.

"얘야, 뭐가?"

"남자애들 잘못이라고."

로언은 두 10대를 보며 얼굴을 찌푸렸다.

"어째서?"

"쟤네랑 놀고 싶었는데 이선이 안 된다고 했어. 나는 안 된대. 이선이 나한테 가서 혼자 놀라고 했어. 물에서." 오데트가 집게 손가락으로 허공을 찌르며 자신의 말을 강조했다.

이선의 얼굴은 차분함 그 자체였다. "사실이 아니에요." 흔들림 없는 목소리였다. "우리한테 계속 이거 해라, 저거 해라 시키려 들더니 댐 말고 동화에 나오는 성을 짓고 싶다는 거예요. 오데트가 자꾸 댐에 구멍을 내서 그 안으로 물이 들어찼어요. 그러더니 자기는 이제 안 놀 거라고 쿵쾅대며 갔어요."

"아니야!"

오데트의 반박에 제이크가 큰소리를 냈다. "그랬잖아! 쟤는 그냥 우리를 곤란하게 하려는 거라고요."

여러 목소리가 서로 다른 주장을 하며 충돌하자 숀이 두 손을 위로 들었다.

"알았어, 알았어. 중요한 건 오데트가 이제 안전하다는 거야, 그렇지? 그러니 우리 모두 아이스크림이나 먹는 건 어때?"

로언이 자리에서 일어나 숀에게 다가갔고, 그를 꼭 껴안았다.

숀의 넓은 등에 두른 로언의 팔에 힘이 들어가더니 갈라진 목소리가 나왔다. "고마워요, 숀. 정말 고마워요. 무슨 말을 해야 할지 모르겠어요. 오데트를 지켜봐줘서 고마워요."

숀도 로언을 껴안았다. 로언의 등에 닿은 그의 이두박근이 팽팽해졌다.

"걱정 말아요. 아무 일도 아닌걸요." 숀이 나지막이 말했다.

숀과 로언은 그렇게 다른 말은 하지 않은 채, 그저 서로를 꼭 껴안을 뿐이었다.

두 사람이, 한 어머니와 한 아버지가 어린아이의 안전을 두고 감사 인사를 주고받고 있었다.

서로를 껴안은 채.

조금은 너무 오래.

두 사람이 서로 떨어지려는 순간, 내게서 반쯤 돌아선 바로 그 순간, 로언이 고개를 돌려 까치발을 하더니 입술을 숀의 귀에 가까이 가져갔다. 아주 잠깐, 숀이 머리를 아래로 기울여, 귀가 로언의 입술에 닿을 뻔했다. 로언은 두 손을 숀의 목 뒤로 두르고 있었다. 숀의 표정이 부드러워지더니 이내 미소가 번졌다. 몇 초, 딱 몇 초뿐이었다. 이윽고 두 사람은 포옹을 풀었고, 둘 사이에 어색한 침묵이 감돌았다.

내 상상이었나?

로언이 어떤 말을 속삭인 건가?

무슨 말을 했지?

방금, 도대체 뭐였지?

마침내 두 사람이 떨어졌다. 로언은 내 남편에게, 그녀의 영웅을 향해 미소를 지어 보였다.

내 남편, 삶에서 길을 잃은 듯한 남자.

중년의 위기가 눈덩이처럼 커져 불륜으로 이어진 남자.

몇 주 동안, 어쩌면 몇 달 동안 내게 거짓말을 해온 남자.

나는 또다시 로언이 그의 마음을 끌기 위해, 내 남편의 환심을 사기 위해 이곳으로 우리를 데려온 건지 궁금해졌다. 실제 벌어지고 있는 일은 그게 다일까? 공짜 휴가와 별장과 샴페인은 모두 숀의 마음을 끌기 위한 것이었다. 오로지 두 사람만 알고 있는 장난 같은 것이었다. 두 사람은 함께 휴가를 떠날 방법을 생각해냈고, 남은 우리는 그저 곁다리로 초대됐을 뿐이었다.

멈춰.

그만해.

러스가 손을 내밀었고, 숀은 그 손을 잡고 흔들었다. 두 남자는 어색하게 고개를 끄덕이고 있었다.

숀은 손힘이 강했다. 나는 그의 손을 사랑했다. 숀의 두 손은 지중해의 태양에 노출되면서 이미 그을리기 시작했다. 숀이 물을 마시려 물병에 손을 뻗을 때, 나는 다른 무언가를 알아챌 수 있었다. 그의 왼손 네 번째 손가락을 둘러싼 희미한 선.

결혼반지가 있어야 할 자리였다.

17
이선

이선은 검게 익은 포도 송이를 나무에서 뜯어내 가장 굵은 낱알을 골라 입에 넣었다. 낱알을 베어 물자 혀에 닿는 즙이 달콤하고도 날카로웠다. 천천히 포도알을 씹으며 맛을 음미했다. 제이크에게서 몸을 돌려 땅에 씨를 뱉은 다음 낱알을 하나 더 뽑아, 이 사이에서 톡 터지는 포도의 맛을 음미했다. 뽑고, 씹고, 뱉고, 반복. 포도밭은 처음이었다. 포도를 나무에서 바로 따서 먹기도 처음이었다. 늘 슈퍼마켓에서 포장되거나 씻겨진 포도를 먹었다. 왜냐하면 젠이(이선이 엄마 대신 젠이라고 부르면 제니퍼는 바짝 약이 오르곤 했다) 포도는 씻어 먹어야 하며, 포도가 약간이라도 무르거나 냉장고 밖에 나와 있었거나 주위로 초파리가 꼬인다면 결코 먹어서는 안 된다고 주장했기 때문이다.

바람 한 점 없는 오후의 열기는 잔혹했다. 이선과 형은 별장에서 언덕을 따라 내려오면 보이는 포도밭 한가운데에 있었다. 초록 잎과 통통한 붉은 포도로 무성한 포도나무들이 한 줄로 서서 그늘을 드리우고 있었다. 사람들 눈에 좀처럼 띄지 않는 곳이었다. 일어서지만 않는다면 별장의 발코니 어디에서도 형제를 볼 수 없을 터였다.

이선은 한쪽 팔꿈치를 괴고 가장 가까운 줄기에서 포도를 한 송이 더 뜯었다.

"그러면, 그 여자한테 물어볼 거야?" 이선이 말했다.

"뭘 물어?" 제이크가 말했다.

"알잖아."

"몰라."

이선은 입술 사이로 포도 한 알을 쏙 넣었다.

"누구 만나는 사람이 있는지."

"제기랄, 네가 뭘 안다고 그래? 여자에 대해 알아? 뭐라도 알아?"

이선은 어깨를 으쓱했다. 여자 이야기는 형을 약 오르게 하는 확실한 방법 중 하나였다. **형을 약 올려서 자리를 뜨게 하자.** 제이크가 버럭 화를 낼 때 이선이 옆에 붙어 있으면, 어쩌면 이선도 엄마 눈에 띌 수 있었다. 이선은 몇 가지 선택지를 빠르게 살펴보았다. 바로 본론으로 들어간다. 아니면 로지의 파티에 대한 루머부터 시작한다. 아니면 그 럭비 하던 부자 남자 이야기부터, 아니면 가장 극단적인 방법을 쓸까? 아니다. 그건 나중을 위해 아껴두는 게 최선이었다. 바로 본론으로 들어가는 편이 나았다.

"그 여자한테 반했냐?"

"꺼져." 제이크가 말했다.

"반했지, 그렇지?"

"꺼지라고 했다."

"반했다는 뜻이구나."

"넌 정말 아무것도 몰라. 내 생각을 네가 어떻게 안다는 거야."

"그러네."

"넌 등신이야."

"아, 내가 등신이야? 그거 괜찮네." 이선은 형에게 타격을 줄 만한 거짓말을 찾았다. "11학년의 모든 남자랑 잔 여자를 두고 등신짓을 하는 건 내가 아닐 텐데."

제이크가 목을 좌우로 꺾으며 툭툭 소리를 냈다.

"다시 말해봐."

이선이 다시 어깨를 으쓱했다.

"나는 들은 이야기를 말한 것뿐이야."

"잘못 들은 거야. 한참 잘못됐어. 네가 그 여자에 대해 들은 이야기는 완전히 개소리야."

"좋아, 그렇다고 치자." 이선은 잠시 말을 멈췄다. "그러니까, 그 여자한테 반한 게 맞지?"

제이크가 자리에서 일어났다. 두 주먹을 불끈 그러쥔 채였다. "제기랄, 넌 언제 입을 닥쳐야 하는지를 전혀 모르는구나, 그렇지? 넌 멈춰야 할 때를 몰라." 제이크는 손에 들린 반쯤 먹다 만 포도송이를 덤불 속에 던졌다.

자리를 뜨게 해야겠다. "그거 웃긴다, 형. 말 한번 잘했네. 다른 사람도 아닌 형이 그런 말을 하다니."

이선은 첫 주먹을 감당할 준비를 했다.

지금보다 어렸을 때 형제는 자주 싸웠다. 이선은 어린 나이에 싸움의 심지에 불을 붙이는 법을 익혔다. 트집—도발—분노—대치—싸움으로 이어지는 과정을 알았다. 팔의 감각이 잠시 사라지고, 살이 비틀리고, 정강이가 까지고, 귀가 얼얼하고, 머리가 잡아당겨지고, 손가락이 구부러지고, 고환에 멍이 들고 하는 게 일상이었다. 그러다 형제가 거의 동시에 몸집이 커지기 시작했고, 몇 달 전에는 둘 중 누구도 알아차리지 못한 채 상황은 훨씬 더 심각해져, 되돌리기에는 너무 늦은 지점까지 와버렸다. 형제는 다음 단계의 싸움을, 성인 크기의 주먹으로 제대로 된 전면전을 벌이고 말았다. 젠장, 이선은 무엇을 두고 싸웠는지 싸움의 원인조차 기억나지 않았다. 싸움은 갈라진 입술과 멍든 눈, 코피와 상처 난 손가락 마디를 남긴 채 끝이 났다. 엄마가 그만두라며 비명을 지르고, 아빠가 아래층으로 달려와 힘으로 제이크를 이선에게서 떼어내 벽에 밀어붙였을 때, 제이크는 미친 사람처럼 눈이 휘둥그레져 있었다. 정말 단단히 화가 났을 때 보이는 모습이었다. 이선은 피 묻은 치아를 드러내며 제이크를 향해 씩 웃어 보였다. 주먹의 타격으로 어지러웠지만, 의기양양했다. 두 번째 판을 치를 준비가 되어 있었다. 형제가 모두 피를 흘려, 옷에도, 손가락 마디에도, 크림색 카펫에도 커다란 핏방울이 군데군데 묻었다. 엄마는 완전히 입에 거품을 물었다. 엄청 웃겼다.

그날 이선은 자신이 입에서 나는 피 맛을 좋아한다는 걸 깨달았다.

하지만 그날 이후로 암묵적인 휴전이 이어졌다. 형제는 서로에게 어떤 유의 타격을 가할 수 있는지를 알았다. 제이크는 키가 더 크고 팔을 더 길게 뻗을 수 있었지만, 이선에게는 체력과 힘이 있었다. 이제 형제는 제대로 싸우기만 하면, 누가 이기든 결국 두 사람 모두 피를 흘리리라는 걸 알았다.

"일어나." 제이크가 말했다.

"왜?"

"제길, 일어나보라고. 일어나보면 알 거 아니……."

제이크는 문장을 끝맺지 못하고 언덕 위를 빤히 바라보았다.

"뭔데?" 이선이 형의 시선을 따라가며 말했다.

평행의 줄로 늘어선 포도나무들 사이로 루시가 형제를 향해 걸어오고 있었다. 이선은 루시를 제대로 보려고 몸을 일으켜 앉았다. 루시는 하얀 조끼에 짧은 면치마를 입고, 머리에 선글라스를 얹은 모습이었다. 해변에서 오는 길이라 금발이 아직 축축했다. 하얀 조끼는 몹시도 하얘 밝은 햇살 속에서 눈이 부실 지경이라, 루시를 제대로 보기가 어려웠다. 루시가 참 괜찮은 외모를 지녔다고 이선은 생각했다. 괜찮은 정도 이상이었다. 루시는 섹시했다. 큰 키에 말끔한 얼굴, 날씬한 몸매와 큰 가슴. 사실 흠잡을 데가 많지 않았다. 감히 제이크가 넘볼 수 없는 여자였다. 제이크 자신은 깨닫지 못하고 있는 듯하지만. 이선은 그 사실을 꽤나 재미있어했다.

루시는 남의 시선을 의식하지 않은 채 밀짚모자를 벗으며 걸어와 형제 앞에 다다랐다.

"무슨 일이야?" 루시가 말했다.

"별일 아니야." 제이크는 애써 태연한 척하고 있었다.

"너 괜찮니?"

"좀 지루해. 누난?"

"으, 맞아. 더워도 야만적이야, 안 그래?"

"나는 더운 건 좀 좋아. 그러면 누나는 어떻게 생각하는데?" 제이크는 손으로 자신의 금발을 쓸어 넘겼다.

"뭐가?"

"이곳 말이야."

"꽤 멋지지. 수영장도 끝내주고."

"맞아."

이선도 동의할 수밖에 없었다. 전반적으로 나쁘지 않은 곳이었다. 전혀 나쁘지 않았다. 여름휴가 때마다 견뎌야 했던 형편없는 숙박시설보다 훨씬 나았다.

루시는 밀짚모자로 부채질을 하면서 한 손으로는 얼굴로 흘러내린 긴 금발을 쓸어 넘긴 다음, 모자를 다시 머리에 얹고 챙을 뒤로 젖혔다.

루시는 제이크에게 활짝 미소를 지어 보였다. "그저 밖은 너무 더운데, 그늘이 하나도 없을 뿐이야. 안 그래?"

"마실 것 좀 줄까?"

"어떤 게 있어?"

제이크는 검은색 카고 반바지 주머니에서 250밀리리터짜리 보드카 병을 꺼내더니 뚜껑을 돌려 열어 루시에게 건넸다. 루시는 보드카를 한 모금 입에 넣고 삼키면서 얼굴을 찌푸렸다. 병을 다시 제이크에게 돌려줄 때는 콜록대기까지 했다.

"콜라를 좀 넣어 마시는 게 낫겠어." 루시가 헐떡거리며 말했다.

"원한다면 별장에서 콜라를 가져올게."

"아냐, 아니야. 괜찮아." 루시는 웃으며 한 손을 들어 올렸다.

제이크는 보드카를 한 모금 마신 다음 자신과 루시 사이에 병을 내려놓았다.

이선은 자기도 한 모금 마시게 해달라고 할까 생각했지만, 형에게 안 된다고 말할 기회를 주고 싶지 않았다. 루시 앞에서 망신만 당할 테니. 이선은 두 사람이 대화를 나누는 모습을 지켜보았다. 음흉한 형과 이 섹시한 여자. 여자의 가슴은 조끼를 팽팽히 늘리고 있었다. 아름다운 사람들. 둘은 함께 웃고 함께 즐거워했으며, 심지어 루시는 이번만은 그녀가 때때로 보이던 가식을 떨지 않았다. 세 사람은 가족끼리 아는 사이이기도 했지만, 같은 종합 중등학교를 다니기에 학년은 달라도 학교 친구로서 서로를 알았다. 제이크는 시원시원하고 태연한 모습을 보이려 애쓰고 있어, 이선은 마른 땅에 포도 씨를 하나 더 뱉으며 생각했다. 자신이 여기 있는 걸 형이 원하지 않는다는 건 명백했다. 뭐, 안 됐네. 나는 아무 데도 안 갈 테니까.

제이크가 이선에게 등을 돌려 그의 시야를 막았다. "자, 요즘은 별일 없어?"

루시는 고개를 끄덕였다. "응. 그냥 GCSE 결과가 나오는 날만 빨리 지나갔으면 좋겠어."

"나도 그래. 그래도 누나는 전 과목에서 최고점이 나올 거야."

루시는 콧방귀를 뀌었다. "그거야 모르지."

"다른 건…… 괜찮고?"

"응, 아주 좋아." 루시는 보드카를 한 번 더 벌컥 들이켰다.

루시의 말투에 이선의 귀가 쫑긋 섰다. 잠시 10대 누나와 형 사이에 침묵이 감돌았다. 그들 사이로 무언가가 말없이 지나가기라도 하는 듯. 이선이 두 사람을 보려 몸을 이쪽저쪽으로 기울였지만, 너무 늦었다. 그 순간은 지나고 없었다.

루시가 언덕을 따라 더 멀리 내려다보았다. "좋아, 이제 숲에 내려가볼 사람?"

루시는 기다리지도 않고 출발했다. 형제는 허둥거리며 일어나 루시의 양옆에 섰다.

"좀 이상해. 우리가 다 같이 이렇게 휴가를 왔다는 게, 안 그래?" 루시가 말했다.

"그래도 누나가 있어서 다행이야. 누나가 없었으면 형편없었을 거야." 제이크가 앞에 놓인 돌멩이를 운동화 신은 발로 차서 치우며 말했다.

"나도 너희가 있어서 다행이야."

"정말?"

"응, 너희가 내 짜증 나는 남동생이랑 놀아줄 수 있잖아, 안 그랬으면 하루 종일 날 귀찮게 굴었을 텐데 말이야." 루시는 미소를 지었다.

"문제없지."

이선도 말을 보탰다. "루시 누나, 우리가 대니얼이 누나 근처에 가지 않도록 할게."

"고마워. 아, 이선, 네 생일은 어땠어?"

"괜찮았어. 난도스 치킨에서 친구들이랑 보냈어. 지난주부터 나는 이제 공식적으로 제이크랑 같은 나이야."

제이크가 코웃음을 쳤다. "아니거든, 이선. 너는 아니야."

이선이 혼자 웃었다. 이게 바로 형의 이상한 점 중 하나였다. 지난 10년간 둘은 매년 이런 말도 안 되는 논쟁을 해왔던 것 같은데, 그때마다 형은 화를 내지 않고 지나가는 법이 없었다. 이선이 지루함을 느껴서 무언가 놀이가 필요할 때면 나이 논쟁은 늘 꺼내 쓸 수 있는, 케케묵었지만 효과는 확실한 핑계 가운데 하나였다.

"엄밀히 말하면, 같은 나이가 맞아."

"닥쳐, 이선. 이 얼간아. 나는 너보다 한 살이 더 많아."

이선은 미소를 띠며 루시를 향해 반쯤 돌아선 채로 계속해서 언덕을 내려갔다.

"우리 둘 다 열다섯이야. 제이크의 생일은 8월 19일이고 내 생일은 7월 17일이니까, 매년 33일 정도는 우리가 같은 나이가 되는 거지. 맞지?"

루시는 형제를 번갈아 바라봤다.

"그러네."

"그렇지만 **진짜** 같은 나이는 아니잖아. 그러면 우리가 같은 학년이어야 하는데, 아니잖아." 제이크가 자신의 말을 강조하려 두 손을 마구 놀렸다.

세 사람은 잠시 침묵 속에 부드럽게 경사진 포도밭을 걸었다. 발아래로 마른 땅이 흠지고 있었다.

"나는 9월이면 열일곱이야. 생일 선물로 운전 교습을 받게 해 달라고 해뒀어." 루시가 말했다.

"누나는 엄청 잘할 거야." 제이크가 말했다.

"우리 아빠는 내가 시험을 통과하면 아빠 차의 보험에 날 넣어줄 거래. 친구들 중에서 제일 처음으로 차를 모는 사람이 되고 싶어."

"멋지다. 그거 알아? 누나가 원한다면 여기서 한번 해볼 수도 있어."

"뭐?"

"렌터카를 하나 가져가면 돼. 엄청 재미있을 거야."

루시는 얼굴을 찌푸리며 몸을 돌려 제이크를 바라봤다.

"진심이야?"

"안 될 건 또 뭐야? 여기 주변은 도로에 차도 거의 없는데. 연습하기 딱이지."

"그런데…… 어른들은 어쩌고?"

루시가 뒤편의 별장을 가리켰다.

"어른들한테 말 안 하고 가면 되지."

루시는 제이크를 건너다보며 농담을 하고 있는 건지 살폈다.

"어…… 글쎄, 나는 잘 모르겠어."

세 사람은 포도밭 끝에 다다랐다. 이제 포도나무는 얕은 풀과 울창한 잡목 숲에 길을 내주었고, 참나무와 소나무, 그리고 이선이 영국에서는 보지 못한 다른 나무들 사이로 구불구불 길 하나가 나 있었다. 셋은 나뭇가지가 드리운 그늘 속으로 기꺼이 발을 디뎠다. 루시가 밀짚모자를 벗어 다시 부채질했다.

"그러면 여기가 경계선인가? 별장 대지인지 뭔지의 끝?"

"아니야, 이 숲도 다 대지의 일부야." 이선이 말했다.

"저 안에는 뭐가 있어?"

이선은 넓은 어깨를 으쓱해 보였다. "모르지. 우리가 알아보자. 어때? 가자."

이선이 나무 사이로 난 길에 홀로 들어섰다.

제이크가 루시를 향해 고개를 돌렸다. "누나 갈 거야?"

"물론이지. 여기 바깥보단 숲속이 더 시원할 테니."

18

내 책은 무릎 위에 읽지 않은 채로 놓였다. 책을 들어서 몇 줄 읽을 때마다 남편의 불륜이라는 고통스러운 진실, 그러니까 우리 결혼의 심장부에 던져진 폭탄과 씨름하면서 내 마음은 또 다른 방향으로 미끄러져 벗어났다.

숀은 우리가 해변에서 돌아온 후로 위층에서 낮잠을 자고 있었다. 그가 자신이 저지른 일이자 여전히 진행 중인 그 일 앞에서 완벽히 정상적으로 행동할 수 있다니, 정상으로 보일 수 있다니, 믿을 수가 없었다. 숀은 이제 결혼반지도 끼지 않으면서, 어쩌면 그렇게 뻔뻔스레 아닌 척을 할 수 있을까? 해변에서 로언이 그에게 속삭인 말은 무엇이었을까? 러스가 로언이 바람을 피우고 있다고 의심하는 건 합리적인 걸까? 온종일 이런 생각을 하는 건 몹시도 지치는 일이었다. 나는 일광욕 의자에서 몸을 일으켜 앉아 주위를 둘러봤다. 러스는 수영장에서 핑크색 에어매트에 올라탄 오데트를 밀어주고 있었다. 로언은 어디에도 보이지 않았다. 앨리스터는 정원을 거닐면서 휴대전화로 사진을…… 어떤 사진을 찍고 있는지는 사실 잘 알 수 없었다. 앨리스터는 내 쪽으로 등을 돌려 다시 휴대전화를 들어 올렸고, 무언가를 클로즈업하고 있었다. 나무에 내려앉은 새일 수도? 앨리스터는 조금 멀리 떨어져 있었다.

의자 등에 몸을 기대고 눈을 감았다. 밝은 햇살이 비쳐 들어와 감은 눈 안을 오렌지색으로 물들였다. 오늘 밤, 로언과 제니퍼, 이지, 나, 이렇게 네 사람은 저녁을 먹으러 외출할 예정이었다. 나는 감정을 자제하는 데 주의를 기울여여야 할 것이다. 지금 당장은 내가 입을 열 때마다 울어버리거나 전부 다 털어놓거나 할 것만 같았으니까. 누가 따뜻한 말 한마디만 해줘도 건잡을 수 없어질 것이다. 걱정과 두려움과 우울감이 나를 똘똘 감고 있어서, 어느 순간에라도 내게서 비밀이 터져 나올 것만 같았다. 하지만 무슨 일이 벌어지고 있는지 파악할 때까지는 그 모든 것을 감추고 있어야 했다. 내가 유리한 고지에 설 수 있다면, 숀이 저지르고 있는 짓이 무엇인지 알아낼 수 있다면, 앞으로 벌어질 일에 대해 스스로를 대비시킬 수 있을 터였다. 그건 어쩌면 가정을 지킬 가능성이 높아진다는 의미일 수도 있었다.

어떤 형체가 빛을 막아서면서 내게 그림자를 드리웠다.

"케이트?" 제니퍼였다. 태양이 그녀의 머리 주위로 둥그런

빛의 띠를 그려내고 있었다.

나는 눈을 뜨며 입꼬리를 한껏 끌어 올렸다.

“안녕, 무슨 일이야?”

“제이크 봤니? 이선이나?”

“최근에는 못 봤는데. 우리가 해변에서…….”

“우리가 해변에서 돌아온 후로 애들이 안 보여.”

“전혀 안 보여?”

“응.”

“문자는 보내봤어?”

“응, 그런데 답이 없어.”

“각자 방에 있거나 아니면 오락실에 있지 않을까?”

제니퍼가 고개를 저었다. “이미 확인했어. 어디에도 애들의 흔적이 없어.” 제니퍼는 수영장 한쪽 끝에 있는 로언에게 시선을 던진 다음, 내가 누운 일광욕 의자를 굽어봤다. “제이크가 좀 화가 난 것 같아.”

“왜? 무슨 일이 있었어?”

“오데트가 해변에서 남자애들이 자기랑 놀아주지 않았다고 말했잖아. 그 일 때문에.”

나는 목소리를 낮췄다. “아무 의미도 없는 말 같던데, 안 그래? 오데트는 그냥 좀 혼란스러웠던 것 같아.”

“제이크는 거짓말쟁이를 싫어해. 제이크는 사람들이 자기에 대해 이러쿵저러쿵하거나 자기가 코너에 몰릴 것 같으면 불같이 화를 내거든.”

"제니퍼, 내 생각에는 오데트가 일부러 그런 것 같지는 않아. 이제 겨우 다섯 살인걸."

"거짓말이 뭔지 알 만한 완벽한 나이지."

나는 몸을 일으켜 앉았다. "제니퍼, 애들 찾는 거 도와줄까?"

제니퍼의 표정이 부드러워졌다. "그래줄 수 있어?"

"물론이지. 나도 루시를 한참 못 봤어. 애들이 어딘가에서 다 같이 놀고 있을지도 몰라."

＊＊＊

늦은 오후의 태양은 여전히 강렬했다. 민소매 티셔츠가 땀으로 등에 달라붙기 시작했다. 제니퍼와 나는 세 명의 10대 아이를 찾아 포도밭을 걸었다. 양옆으로 초록빛 덩굴 식물이 높다랗게 자라 있었다. 우리는 숲을 향해 걸으며 아이들의 이름을 불러댔다.

포도밭 끄트머리에 다다르자 아무런 표지도 없는 흙길이 나무 사이로 나 있는 게 보였다. 세월에 비틀리긴 했지만 우뚝 솟은 한 쌍의 참나무 주위를 휘감다가, 소나무와 키 크고 가느다란 사이프러스 나무, 땅에 낮게 우그러든 올리브 나무를 지나는 길이었다. 들어갈수록 나무가 무성해졌다. 우리는 길이 움푹 파인 지점에서 곡선으로 꺾어 들어갔다가 다시 올라오고, 다시 돌고, 꿈쩍도 하지 않는 커다란 바위와 쓰러진 나무 한 그루를 지나쳤다. 드러난 나무뿌리는 상처에서 쏟아져 나오는 창자처럼 뒤틀려 있었다. 허리 높이의 표지판도 보였다. 세월에 빛바래고 벗겨진 표지판에는 붉은색으로 크게 '**주의**!'라고 쓰여 있었다. 글자 밑에는 내가 잘 모르는 프랑스어로도 뭐라 뭐라 쓰여 있었다. 또 그 밑으로는 절벽과 양옆으로 굴러떨어지는 돌멩이가 간단히 그려져 있었다.

여기에 다다르니 한층 더 시원했다. 머리 위로 높이 지붕을 이루며 우거진 나뭇잎의 속삭임 외에는 이따금씩 들려오는 새의 울음만이 유일한 소리였다. 우리는 계속 걸었다. 제니퍼가 발걸음을 재촉했고, 나는 따라가기 바빴다. 어느새 우리 앞으로 나무들이 성글어지더니 빈터가 나타났다. 탁 트인 공간이라 태양이 더욱 강렬한 그곳은 나무가 갑자기 끊긴 듯 보이는, 먼지 자욱한 언덕의 돌출부였다. 햇살 한 줄기가 듬성해지고 있는 나무 지붕을 뚫고 들어왔고, 나는 잠시 눈이 멀었다. 눈을 깜빡이고 한 손을 들어 햇빛을 가리며 고개를 들었고, 나무 사이로 얼핏 붉은색이 보였다. 티셔츠인가?

제니퍼가 느닷없이 달리기 시작했다. 두 아들의 이름을 조금 더 크게 부르면서.

"제이크? 이선?"

나도 합류했다.

"루시?"

우리는 작은 빈터에 들어서다가, 돌연 미끄러지듯 멈춰 섰다. 오른쪽에 표지판이 하나 있어서, 아래 협곡을 향해 구불구불 내려가는 경사로를 안내하고 있었다. 표지판 바로 앞에는 올리브 나무가 두 그루 있었다. 서로 4.5미터 정도 거리를 두고 떨어진 두 나무줄기에는 다 해진 오렌지색 플라스틱 그물망이 흐물흐물 걸려 있었다. 두 나무 사이로 허공을 향해 돌출된, 먼지 자욱한 암석의 노출부가 보였다. 선반 모양의 이 노출부가 이끄는 길은 오직 아래 협곡으로의 수직 낙하밖에 없었다.

제이크가 우리에게 등을 보이고 있었다.

제이크는 바로 그 끝에 서 있었다.

"제이크! 움직이지 마!" 제니퍼가 소리쳤다.

제니퍼의 날카로운 외침에, 우리 머리 위로 지붕을 이룬 나뭇가지에 앉아 있던 새들이 푸드덕 흩어져 날아갔다.

이선은 암석의 노출부에서 1미터 정도 떨어진 지점에 책상다리를 하고 앉아 있었다. 휴대전화를 높이 들어 형의 사진을 찍고 있었다.

나는 미친 듯이 주변을 둘러보며 루시를 찾았다. 심장이 흉곽을 치며 빠르게 뛰었다.

저기. 루시는 협곡 측면에 있는 거대하고 평평한 바위 위에 앉아 있었다. 제이크가 카메라를 향해 자세를 취하고 있다는 사실도 잘 모르는 듯했다. 나는 루시 옆자리에 걸터앉았다.

"다 괜찮니?"

"그럼요, 왜 안 괜찮겠어요." 루시는 나를 보지 않은 채로 말했다.

나는 아무 말 없이 제이크를 가리켰고, 우리는 제니퍼가 마치 쉽게 겁을 먹는 동물에 접근하듯, 아들을 향해 천천히 걸음을 내디디며 손을 내미는 광경을 지켜봤다.

"제이크, 얘야, 뒤로 한 걸음만 물러나렴." 제니퍼의 목소리가 공포로 떨리고 있었다.

그러자 제이크는 새로운 자세를 취했다. 두 팔을 양옆으로 어깨 높이만큼 뻗어, 뛰어내릴 준비가 된 다이버처럼 보였다. 제이크는 머리를 뒤로 젖혀 하늘을 보았다.

"위를 올려다보면, 마치 하늘을 나는 듯한 기분이 들어." 딱히 누군가를 향해 하는 말은 아니었다.

"제이크, 제발, 제발 뒤로 물러나." 제니퍼의 목소리가 갈라지고 있었다.

산들바람이 불어와 제이크의 붉은색 티셔츠가 펄럭였고, 아이가 신은 플립플롭의 끝이 허공으로 비죽 튀어나와 있었다.

"이번 휴가는 정말 따분할 거라고 생각했는데, 그런데 여긴, 꽤나 멋져." 제이크는 발아래 협곡을 가리켰다.

"제이크, 내 말 들어. 두 걸음만 뒤로 물러나, 응? 엄마 쪽으로 두 걸음만."

제이크는 살짝 고개를 돌려 제니퍼를 보았다. 살짝 발을 헛디딘 듯, 중심을 잡으려 두 팔을 마구 흔들었다.

"워! 아슬아슬했다." 제이크가 웃으며 말했다.

제니퍼가 한 걸음을 더 내디뎠다. 얼굴이 공포로 뒤덮여 있었다. "제이크, 엄마가 이렇게 빌게. 한 걸음만 뒤로 물러나."

제이크는 한 손을 뻗고 손바닥을 펼쳐서 매끈하고 둥그런 돌을 아래로 떨어뜨렸다. 영원처럼 느껴지는 순간 동안 아무런 소리도, 아무런 충격도 없었다. 그러다 돌이 바위에 부딪치면서 퍽 하는 소리가 날카롭게 메아리쳤다.

"굉장해." 제이크가 말했다.

제니퍼는 아들을 향해 한 걸음 더 가까이 다가갔다. "제이크, 엄마가 너 부르는 거 못 들었어? 아까부터 찾았잖아."

제이크는 몸을 살짝 앞으로 기울이며 아래 협곡을 가만히 내려다보았다.

"이선, 저 아래 바위 사이로 작은 웅덩이가 있어. 가서 확인해 보자."

나는 제이크를 향해 한 걸음을 내디뎠다. 절벽 끝에 가까워지자 속이 요동치며 메스꺼워졌다. 제이크 대신 느끼는 현기증이었다.

제니퍼가 침묵 속에 기겁하며 두 손을 들었다. 나는 그대로 얼어붙었다.

제니퍼는 다시 아들 쪽으로 몸을 돌렸다. "제이크, 아래를 보지 마." 목소리에 떨림이 묻어나지 않도록 애쓰고 있었다.

제이크가 다시 고개를 돌려 제니퍼를 보았다. 금빛 앞머리가 한쪽 눈 위로 흘러내리고 있었다.

"왜 안 돼요?"

"자칫 중심을 잃을 수도 있으니까. 고개를 들고 저기 지평선을 보는 편이 나아."

"싫은데요."

"제발, 제이크. 아래만 보지 마, 응?" 제니퍼는 잔뜩 긴장한 목소리였다.

제이크는 루시를 향해 허세 가득한 미소를 씩 지어 보인 다음, 고개를 돌려 바로 협곡을 내려다보았다.

19

제이크는 살짝 몸을 숙여 아래를 내려다보더니 다시 홱 몸을 일으켰다. 두 무릎이 휘청대고, 두 팔은 균형을 잡으려 양옆에서 풍차처럼 돌고 있었다.

제니퍼가 비명이 나오려는 입을 얼른 틀어막았다. "제이크!"

제이크는 불쑥 뒤로 물러나더니 몸을 돌리고는 살짝 고개를 숙였다.

"짜잔! 봤죠? 안전해요."

제니퍼는 아이의 팔을 붙잡아 절벽에서 멀찍이 끌어냈다.

"제이크, 다시는 그러지 마! 너무 위험한 행동이야. 엄마가 얼마나 놀랐는데."

"젠, 과민반응하지 마요. 그냥 재미로 그런 건데."

제이크는 제니퍼의 손을 뿌리치고 휴대전화를 들고 있는 이선 옆에 섰다.

"이거 잘 나왔다. 몇 장은 올려야겠어. 나한테 보내주라, 알았지?" 제이크는 동생이 찍은 사진을 스크롤하며 훑었다.

나는 루시의 어깨에 팔을 둘렀다.

"루시, 너는 여기 절벽 근처로는 절대 오지 않겠다고 약속해야 해. 알겠니? 사실 그물망이 고쳐질 때까지는 이쪽으로 아예 발도 디디면 안 돼."

루시는 내 팔을 뿌리치고 자리에서 일어났다.

"나를 다섯 살짜리 애처럼 다루지 않아도 돼요."

"그냥 네가 걱정돼서 하는 소리야. 그게 다야."

루시는 제이크를 향해 걸어갔다. 제이크는 여전히 이선이 찍어준 절벽 끝 자신의 모습을 확인하고 있었다.

제니퍼와 나는 언제라도 제이크를 다시 절벽에서 끌어내야 할 수도 있다는 듯 아이에게 더 가까이 다가갔다. 엄마 호랑이는 잘못된 행동을 하는 새끼 주변을 빙빙 도는 법이다. 나는 제니퍼의 팔을 부드럽게 쓰다듬었다.

"괜찮아?"

"응." 제니퍼의 목소리는 무미건조했고, 두 눈은 아들에게 고정돼 있었다.

제니퍼는 괜찮아 보이지 않았다. 얼굴에 띤 짙은 홍조가 목과 가슴, 아드레날린으로 바들바들 떨리는 몸 전체에 퍼져 있었다.

"절벽이 꽤나 아찔하네."

"여기는 너무 위험해! 어떻게 로언은 우리한테 말 한마디를 안 할 수 있었던 거지? 애초에 이런 곳에 들어오는 게 허가되어서는 안 되잖아." 제니퍼가 목소리를 높였다.

"우리 모두 무사하잖아. 우리 모두 무사하면 됐어. 제이크가 무사하잖아." 나는 황급히 제니퍼를 껴안았다.

나는 천천히 조심스레 절벽을 향해 조금씩 움직였다. 보폭을 좁혀 먼지가 피어나는 땅을 밟아나갔다.

우리가 선 곳은 아득한 허공 속으로 돌출된 절벽이었다. 나는 절벽 끝에 왼발을 비스듬히 디디고 조심스레 협곡을 내려다봤다. 매끈하게 노출된 암석을 따라 수직 낙하할 지점이었다. 암석 표면에는 여기저기 키 작은 관목들이 튀어나와 있었다. 바닥에는 하나의 바위 웅덩이에서 또 다른 웅덩이로 물줄기가 가늘게 흐르고 있었다. 맑고 푸른 물이 늦은 오후의 햇살을 받아 반짝거렸다.

나는 또다시 갑작스레 강한 현기증을 느꼈다. 속이 심하게 뒤집혀서, 뒤로 물러나 먼지 자욱한 바닥에 주저앉고 말았다. 손끝에 흙이 만져졌다.

"맙소사, 바닥이 까마득해. 30미터쯤 되는 거 같아." 나는 숨을 헐떡였다.

"빌어먹을, 애들 근처에 이런 데가 있다니 정말 끔찍한 일이야." 제니퍼가 말했다.

"성인인 나도 무서웠는걸."

"로언이 우리한테 아무 말도 안 했다는 게 믿기지가 않아. 애들 모두에게 출입 금지령을 내려야 해. 아니면 무언가로 여기에 울타리를 두를 수 있을까?" 제니퍼는 숫제 비난조였다.

"로언한테 아침에 유지보수 회사에 연락해달라고 할게. 곧바로 사람을 보내줄 수 있는지 알아봐달라고."

"애들아, 그물망을 다시 고칠 때까지는 너희들끼리만 이곳에 오면 안 돼. 알겠니?" 제니퍼가 두 아들에게 당부했다.

이선이 제니퍼를 향해 빠르게 고개를 끄덕이고는 미소를 지었다.

제이크는 제니퍼의 말을 들은 건지 못 들은 건지, 아무 반응도 보이지 않았다.

20
제니퍼

제니퍼는 단단히 팔짱을 낀 채 침실의 대리석 바닥 위를 서성거렸다. 약을 한 알 먹은 후였지만, 아무런 효과도 없는 듯했다. 그럴 때가 있었다. 그녀가 좋아하는 포근한 담요를 두른 느낌(앨리스터는 약의 복용 효과를 그렇게 설명하곤 했다) 대신, 불안감이 약간 무뎌지긴 했지만 약간 멍해지고 그게 전부였다. 그 이상의 효과는 없었다. 이걸로는 충분하지 않았다.

이번 휴가는 좋은 생각이 아니었다고 제니퍼는 결론 내렸다. 더 길게 얘기할 것도 없다.

어쩌면 그 자체로 나쁜 생각은 아니었을지도 모른다. 이론상으로, 이번 휴가는 멋진 생각이었다. 지금 현재 멋진 생각이 아닐 뿐이었다. 벌어진 상황으로 볼 때 좋은 생각이 아니었다. 사실, 현재 제니퍼에게 가장 필요하지 않은 게 바로 휴가였다. 온갖 일이 벌어지고 있는 지금 이때, 10대 아들을 둘이나 둔 삶이 앞길에 던져놓을 수 있는 그 모든 복잡한 문제가 산재한 지금 이때.

제이크와 이선은 10년 이상을 살아온 각자의 인생에서 이제 한계를 밀어붙이고 자기 자신과 타인을 시험하는 단계에 와 있었다. 제니퍼를 엄마가 아닌 젠이라고 부르는 것도 다 그 일환이었다. 제니퍼는 새로운 호칭이 조금도 마음에 들지 않았지만, 앨리스터는 호칭 변화가 아동기에서 초기 성년기로 넘어가는 과정이라며 오히려 긍정적으로 부추겼다. 앨리스터는 제니퍼에게 이렇게 말하곤 했다. "그건 성숙의 척도야. 애들이 자율권을 갖게 되는 거지. 아이가 성년기로 넘어갈 때부터 더는 부모를 '부모'로 보지 않고 동등한 존재로 보게 되거든." 때때로 제니퍼는 남편이 아이들을 부부의 아이로, 남과는 다른 특별하고 독특한 존재로 봐주기를 바랐다. 그저 전공 서적을 바탕으로 면밀히 조사하고 상담해야 할 두 명의 추가 환자로서가 아니라. 두 아들은 아직 10대 후반에 접어들지 않았는데도, 이미 둥지 밖으로 목을 길게 빼고 킁킁거리며 바깥 공기의 냄새를 맡고 있는 듯했다. 머지않아 날개를 펼치고 날아갈 터였다.

상상조차 하기 싫은 일이었다.

제니퍼는 걸음을 멈췄다.

"제이크가 절벽 끝에 이만큼이나 가까웠다고." 그녀는 엄지와 검지를 1밀리미터만큼 벌렸다. "내가 제이크를 제때 잡았으니

망정이지…… 아슬아슬했어."

"그러게." 앨리스터가 말했다.

"그런데 당신은 어쩌면 그렇게 태평할 수가 있어? 숲에 가보기나 했어?" 제니퍼는 포도밭과 그 너머로 숲이 펼쳐진 방향을 가리켰다. "30미터 아래로, 곧장 협곡으로 떨어질 절벽이 있다니까. 애들이 그곳에 가면 무슨 일이든 벌어질 수 있어. 그런데도 로언은 우리가 이곳에 올 때까지 아무 말도 안 한 거야. 게다가 제이크는 전혀 무섭지 않다는 듯이 그 끝에 서 있었어."

앨리스터는 안락의자에 몸을 깊이 파묻고 앉아 한쪽 다리를 다른 쪽 다리 위로 꼬았다.

"제이크가 두려워하지 않은 건, 10대의 뇌는 결과에 대한 인식이 미발달한 상태라 그래. 제이크는 충동적이고 열성적이야. 또 무모하다 싶을 정도까지 즉흥적일 때도 있지. 우리 아들에 대해 그 정도는 이미 알고 있잖아."

"그래, 그것참 도움이 되는 소리네. 덕분에 기분이 훨씬 나아졌지 뭐야." 제니퍼의 목소리에는 비꼬는 기색이 역력했다.

"내 말은, 나는 태평하지 않다는 거야. 나도 관심을 쏟고 있어. 해결책을 찾고 있다고."

"해결책은 간단해. 애들이 포도밭이랑 숲에 들어가는 걸 금지하는 거야."

"금지해? 정확히 어떻게 애들을 막겠다는 거야?"

"나도 몰라, 앨리스터. 그래도 우리가 뭔가 해야 할 거 아냐! 나는 제이크가 걱정돼. 애들이 다 걱정된다고. 대니얼은 이제 겨우 아홉 살이잖아. 외부 자극에 쉽게 휩쓸리는 애야."

"이선은 몸은 어리지만 어른의 머리를 달고 있는 녀석이야. 분별력이 있으니 어떤 일도 일어나지 않도록 할 거야. 또, 탐험은 성장의 자연스러운 부분이야. 신체와 지능, 정신 측면에서 말이지. 애들은 자신이 누구인지, 자신이 세상 어디에 들어맞는지를 알아내야 해."

"맙소사! 정말 구제 불능이구나, 당신? 우리는 지금, 여기, 현재의 우리 애들에 대해 이야기하고 있는 거야. 당신이 6개월 후에 학회에서 발표할 사례 연구가 아니라."

"제니퍼, 이리로 와서 잠깐 앉아봐."

제니퍼는 앨리스터의 말을 무시하고 다시 서성거리기 시작했다. 제이크가 그녀의 말을 듣던 때가, 정말로 듣던 때가 간절했다. 작은 얼굴로 제니퍼를 올려다보며, 그녀의 입에서 나오는 모든 말을 흡수하던 때가. 아이의 인생에서 제니퍼가 유일한 여자이던 때가.

갈수록 더더욱, 제니퍼는 두 아들이 어렸을 때를 그리워하는 자신을 발견하게 됐다. 끝없는 가능성이 펼쳐진 충만한 황금빛 나날들. 놀아주고, 이야기를 들려주고, 씻겨주고, 낮잠을 재우고, 2인용 유모차를 끌며 공원에 가던 나날들. 순수하고 단순하고 처음부터 끝까지 계획대로 흘러가던 나날들. 내 품에 안긴 졸리면서도 만족스러운 표정의 아름다운 아기를 세상 그 무엇과 견줄 수 있을까? 아무것도 없다. 전혀 없다.

당시에 다른 엄마들은 판에 박힌 일상을 불평했다. 긴 육아

시간을, 잠 못 드는 밤을 불평했다. 하지만 제니퍼만은 예외였다. 그녀는 그 시절을 그리워하며 가슴 깊은 곳에서 통증을 느꼈다. 때때로 밤중에 그녀를 깨어 있게 하는 육체적 고통이었다. 두 아들이 있기 전 삶은 흐릿했다. 마치 오롯이 타인의 삶이었던 것처럼. 마치 두 아들이 있기 전의 삶은 사실 기억할 만큼 중요하지 않다는 듯이. 제니퍼는 가끔 두 아들의 어릴 때 모습을 담은 홈비디오를 보곤 했다. 두 아들이 카메라를 향해 아장아장 걸어오고 웃으며 장난치는 모습을 보고 있으면 두 뺨을 타고 눈물이 흘러내렸다.

제니퍼는 두 아들이 그녀에게 전적으로 의지하던 날들을 갈망했다. 두 아들의 세계에서 그녀가 중심에 있던 날들을. 지난 몇 년 사이, 두 아들은 더 커졌고, 더 자랐으며, 더 멀어졌다. 마치 그녀 안의 빈 곳이, 제이크와 이선이 더는 차지하려 들지 않아 뻥 뚫린 채 남은 그곳이 점점 더 커지는 듯한 기분이었다.

제니퍼는 다시 완전함을 느낄 수 있기를, 남겨진 빈 곳을 채울 무언가를 간절히 바랐다.

휴대전화가 핑 하고 새로 도착한 메시지를 알려 오자, 화면을 확인한 제니퍼는 빠르게 답장을 보낸 다음 휴대전화를 주머니에 집어넣었다.

"앨리스터, 나는 이 문제에 소극적일 수가 없어. 그저 구경꾼처럼 앉아서 관망만 할 수는 없다고."

"왜 그러는 건데?"

"당신도 알잖아. 무슨 일이 있었는지."

"그럼 제이크에 대해 얘기해 보자. 제이크의 행동을 분석해서 어떻게 하면 우리가 가장 잘 대응할 수……."

"빌어먹을, 늘 그렇게 분석적으로 나와야 해? 좀 아버지처럼 생각할 순 없니? 상담심리사로서가 아니라?"

"내가 아는 전문 지식을 활용한다면 아버지로서 더 잘할 수 있는 거야."

제니퍼는 몸을 돌려 남편을 바라봤다. 남편은 적갈색 조끼와 파란색 반바지를 입고 살짝 땀을 흘리고 있었다.

"나는 당신이 주차 단속원이나 부동산 중개인, 아니면 빌어먹을 버스 운전기사였으면 할 때가 있어."

"여보, 내가 버스 운전기사였다면 아마 우리는 만나지도 못했을 거야."

그건 사실이라고 제니퍼는 인정했다. 졸업 후 어느 가을, 그렇게 두 사람의 인연이 닿았으니까. 처음에 그녀는 우울하고 자꾸 기분이 저조해지는 게 대학을 졸업한 후에 찾아오는 슬럼프 같은 거라고 생각했다. 새로 사귄 세 명의 훌륭한 친구들과 3년을 함께 살면서 절친이 됐는데, 그 시간이 끝나버렸으니 기분이 가라앉는 게 당연하다고. 세 친구 모두 각자의 고향으로 돌아갔으니까. 적어도 처음에는 그랬다. 이윽고 제니퍼는 너무도 근본적이고, 너무도 중요한 무언가를 잃어버려서 다시 찾을 수나 있을지 알 수 없는 듯한 느낌을 받았다. 캘리포니아에 있는 중학교 친구들이 그립다거나 한 것은 아니었다. 그쯤 캘리포니아는 그녀 뒤로 한참 멀리 있었고, 이미 제니퍼는 스스로를 미국인이라기보다는 영국인으로 인식하고 있었다. 그저 인생에서 최고의 3년이 끝난 기분이었다. 검은 구름이 걷히지 않은 채 여름이 왔다가 갔고, 자주 가던 보건소를 찾았다가 결국 눈물을 터뜨렸다. 가슴이 미어지도록 서럽게 흐느끼던 그녀는 상담을 권유받기에 이르렀다.

첫눈에 반한 사랑은 아니었다. 앨리스터가 그녀에게 스며든 건 그런 식이 아니었다. 다만 서서히, 몇 주, 몇 달이 흐르면서 제니퍼는 점점 그를 만날 날을 기다리기 시작했다. 이 차분하고 친절한 남자와의 수요일 상담 시간이 돌아올 때면 제니퍼는 약간은 들뜨고 살짝 밝아진 기분이었다. 모든 답을 알고 있는 듯한 남자, 그녀의 긴장을 풀어줄 수 있는 남자, 그녀의 말을 제대로 들어준 첫 남자였다. 그녀를 이해해준 첫 남자였다. 제니퍼보다 열 살이나 많고 결혼 경력이 있는 이혼남이지만, 스스로를 잘 알고 평온한 사람이었다. 제니퍼는 그런 앨리스터의 지혜와 평정심에 매혹됐다. 그는 학자였고, 사색가였으며, 사람의 마음을 연구하는 데 평생을 매진한 학생이기도 했다. 제니퍼가 스스로 품고 있는지조차 모르던 의문에 답을 제시하는 남자였다.

그러던 어느 2월의 수요일, 제니퍼는 마음의 결정을 내렸다. 가진 옷 중에서 가장 두꺼운 코트와 장갑, 스카프, 부츠로 몸을 꽁꽁 싸맨 채 앨리스터의 상담센터 맞은편에 있는 공원으로 건너가 벤치 하나에 자리를 잡았다. 그녀의 상담 시간이 끝난 후였다. 점심시간이 되자 앨리스터가 시내 중심가에 있는 작은 가게에서 샌드위치를 사려고 밖으로 나왔고, 제니퍼는 앨리스터를 따라가 창가 자리에서 호밀빵 파스트라미 샌드위치를 들고 있는 그와 그저 '우연히' 마주쳤다.

그렇게 시작됐다.

앨리스터의 직업 윤리라는 관점에서 봤을 때,두 사람은 꽤 아슬아슬한 줄타기를 했다. 초반에 살짝 걱정에 휩쓸린 순간이 있었기 때문이다. 하지만 앨리스터는 제니퍼를 다른 상담심리사에게 배정하도록 해서 문제를 피했고, 두 사람은 막 싹트기 시작한 관계를 더는 비밀에 부칠 필요 없이 당당할 수 있었다. 그 후로는 모든 것이 빠르게 진행됐다. 앨리스터의 아파트로 이사, 작은 집과 아기, 둘째 아기, 더 큰 집, 그리고 모두가 꿈꾸는 가장 귀여운 화동 두 명과 함께한 결혼식. 제이크. 사랑스럽고 예민하고 까다로운, 금발의 첫 아이. 그리고 이선. 이선은…… 분별력 있는 둘째 아이.

제니퍼는 어머니로서 더 좋아하는 자식의 존재를 인정해서는 안 된다는 걸 알았다. 물론 엄마들은 더 좋아하는 자식 같은 건 없다고 말한다. 하지만 마음 깊은 곳에서는 알고 있다. 엄마들은 그저 소리 내어 그 말을 할 수 없을 따름이다. 더 좋아하는 자식은 없다는 부모들의 주장은 세심히 짜인 소설의 일부이니까. 이를 테면, 어린이집이 부모의 양육과 똑같다고 말할 때도 마찬가지다. 마치 자신의 아기를 생판 모르는 사람의 손에 맡기는 것도 아기를 직접 돌보는 것만큼이나 좋다는 듯, 아기의 발달에, 사회화와 운동기술과 언어 습득에 좋다는 듯. 이 주장에 논리가 있긴 한가? 반쪽짜리 진실이라도 되는가?

지금 이 순간, 그 어느 때보다 더, 제니퍼는 제이크와 이선을 홈스쿨링하지 않기로 했던 10년 전 일을 뼈저리게 후회하고 있었다. 그것은 논리적이지 못한 결정이었다. 하지만 앨리스터는 일생에 딱 한 번 두 아들 문제에서 단호히 자신의 의견을 밀어붙였는데, 그것은 바로 두 아들이 정규 학교에 다녀야 한다는 주장이었다. 그래서 제니퍼는 차선책으로 학교 행정실에서 일자리를 구해 아이들과 가까이 있을 수 있었다. 아이들을 돌봐주고 싶어서.

왜냐하면 당연히 어머니의 돌봄이 낯선 이의 돌봄보다 낫다는 점은 사실이니까. 그리고 당연히 모든 어머니에게는 더 좋아하는 자식이 있다는 것도 사실이었다.

형이 벌이는 일이 엄마의 관심을 끄는 게 이선의 잘못은 아니었다. 원래 인생은 그런 법이었다. 제니퍼는 어디에선가 둘째 아이는 첫째 아이보다 회복력이 뛰어나다고 읽은 적이 있었다. 결코 유일한 자식이 되어본 경험이 없기 때문이라고 했다. 이선은 자기 아버지처럼 현실적인 아이였다. 뭐든 스스로 알아서 했다. 아기일 때도 똑같았다. 관심의 중심에 놓이지 않아도 신경 쓰지 않았다. 제이크보다 훨씬 더 자립적이었다.

제이크는 제니퍼의 특별한 아이였다.

처음에는 앨리스터의 태평스러운 양육 방식이 그저 제니퍼와 균형을 맞추려는 것인 줄로만 알았다. 부모 사이에 평형을 이루려는 것이라고. 제니퍼의 책임감 있는 양육 방식이 저울의 한쪽을, 앨리스터의 애들이 알아서 하게 내버려둬 방식이 다른 한쪽을 차지하고 있는 것이라고. 하지만 시간이 지나면서 제니퍼는 앨리스터에게 어떤 의도가 있지 않음을, 그저 원래 그런 사람임을 알게 됐다. 꼭 양육만이 아니라 모든 면에서 태평한 사람이었다. 두 아들이 어릴 때는 그래도 괜찮았다. 그런데 이제는 앨리스터가 무책임하게 보일 지경이었다.

앨리스터는 앉은 자리에서 몸을 앞으로 빼고 깍지를 꼈다.

"좋아, 이건 어때? 우리가 함께 내려가보는 거야. 우리 네 사람 모두. 협곡까지 같이 가서 애들한테 말하고, 녀석들이 어떻게 생각하는지 알아보는 거지. 지형이 위험하다는 걸, 그 정도 높이에서 추락하면 어떻게 되는지를 알게 하자고. 애들한테 설명하고 분명히 알려주어서 모든 사실을 완전히 인지하도록 하는 거지. 애들한테 위험과 거리를 두라고 하자. 이게 실제로 우리가 할 수 있는 일의 전부야."

"그것만으로는 안 돼."

"그럼 당신은 어떤 생각인데? 애들은 이제 나보다 커. 우리 두 사람보다 크다고. 애들이 별장에서 못 나가도록 물리적으로 막을 수가 없다니까. 이제 거의 성인이니까 그에 맞게 대우해줘야지. 하루 24시간 내내 애들 꽁무니만 쫓아다닐 수는 없잖아."

"그럴 수는 없겠지. 그래도 그냥 말만 하는 것보다는 훨씬 나은 방법이 있다니까!"

제니퍼는 방을 나서며 문을 쾅 닫았다.

21

일요일 밤은 우리의 밤이었다. 아이들과 남자들을 별장에 두고 여자끼리만 갖는 식사 시간이었다. 우리 네 사람이 누구의 방해도 없이 밀린 이야기를 주고받을 기회, 몇 시간 동안 맛있는 음식과 와인을 즐기면서 제대로 이야기를 나눌 기회였다. 나로서는 지금 상황에서 전혀 내키지 않았지만 피할 길이 없었다.

새 원피스로 갈아입고 화장대에 앉아 무의식적인 움직임으로 빗질을 하며 엉킨 머리카락을 풀었다. 빗질하고, 빗질하고, 또 빗질하고. 거울 속에서 잔뜩 지친 모습의 내가 나를 바라보고 있었지만, 과연 나인지 알아보기 어려웠다. 눈 밑 그늘은 컨실러로 최선을 다해 감추려 했음에도 여전히 검었고, 피부는 지중해의 햇살 속에서 하루를 꼬박 보냈음에도 전혀 그을리지 않은 듯 창백했다.

꼬박 하루였다. 이 침실에서, 바로 여기에서 숀의 거짓말을 알게 된 후로 24시간이 지났다. 숀의 거짓을 안다는 사실이 내 가슴을 무겁게 짓눌렀다. 어떤 큰 슬픔처럼 느껴졌다. 결혼생활이 끝났다는 슬픔, 우리가 이미 무언가를 잃었고, 아마도 결코 되찾을 수 없으리라는 슬픔이었다. 나와 숀, 우리가 함께한 세월, 한때는 함께였던 사이가 이렇게 전락해버렸다는 게 슬펐다. 가장 친한 친구를 한 사람 잃었다는 것도 슬펐다. 로언이 숀의 마음속 내 자리를 빼앗으려 한다는 생각을 떨칠 수가 없었으니까. 어쩌면 이미 내 자리를 차지했을 수도 있었다.

이제는 루시에 대한 슬픔도 있었다. 루시가 똑똑하고 훌륭한 여자로 성장해가는 모습을 지켜보는 일이 내 인생에서 맛볼 수 있는 가장 큰 기쁨 가운데 하나였다. 하지만 지난밤 루시가 내 어깨에 눈물을 떨어뜨리며 했던 말에서, 협곡에서 루시와 제니퍼네 두 아들을 찾았을 때 루시가 날 보던 시선에서, 마치 지금 루시 안에 두 사람이 있는 듯한 느낌을 받았다. 서로 우위를 점하려 싸우는 듯했다. 원래의 루시, 그러니까 사랑스럽고 유쾌하며 낙관적인 내 딸과 지금 내 눈앞에 있는 새로운 사람, 내가 모르는 비밀을 간직하고 더는 나를 끼워주지 않는, 나와 거리를 두며 따지려 드는 젊은 여자가 루시 안에서 싸우고 있었다. 나는 추상적이고 과학적으로 10대는 다 그렇다는 걸, 10대의 뇌는 그렇게 작동한다는 걸 알았다. 하지만 바로 가까이에서 경험하니 내가 바보 같고 무능력하게 느껴졌다. 루시에게 내가 모르는 비밀이 생기기 시작했고, 비밀은 우리 사이를 갈라놓은 것이다.

이 두 가지 생각의 열차가 서로 충돌하는 사이 어떤 깨달음이 스쳤다. 나는 화장대에 머리빗을 내려놓았다.

이리도 명백한데, 어째서 전에는 생각조차 하지 못했을까? 어쩌면 그리도 어리석을 수 있었나? 어쩌면 루시의 태도는 우리를, 숀과 나를, 내 등 뒤에서 숀이 벌이는 일을 향하고 있는 건지도 몰랐다. 내가 그러했듯 루시도 우리 결혼생활의 수면 아래에서 벌어지고 있는 무언가를 감지했지만, 어떻게 말을 꺼내야 할지 판단이 서지 않는 것이다. 지금 루시는 자신의 방식대로 생각과 감정을 표현하고 있다. 혼란스럽고, 화가 나고, 자신이 느끼는 두려움을 어머니한테도, 아버지한테도 말할 수 없다고 생각하는 것이다. 정말 우리 때문인 걸까? 아니면 최소한 일부라도 우리에게 원인이 있을까? 나는 루시와 이야기를 해봐야겠다고 마음을 먹었다. 아직은 안 되지만, 곧, 내가 조금 더 알아내게 되면.

우리에겐 아이들이 우선이어야 했다. 그 밖에 모든 것이 엉망이 된다 하더라도.

나는 자리에서 일어나 창가로 갔다. 창문을 활짝 열자 에어컨을 켜둔 침실로 오븐처럼 뜨거운 열기가 밀려들어 나를 감쌌다. 전망은 숨이 멎을 만큼 멋졌다. 훤히 트인 하늘과 바로 수확해도 될 만큼 푸른 밭, 여기저기 점점이 박힌 황토색 지붕의 작은 농가가 보였다. 아래로는 살짝 불어오는 산들바람에 올리브 나무의 잎이 부드럽게 움직였고, 인피니티풀의 수면 위로 잔물결이 작게 일었다.

대니얼이 아래 정원에 있었다. 숀의 캠코더를 들고 이리저리 깡충거리며 수영장과 별장 뒤편을 찍고 있었다.

이곳에 온 후 처음으로, 잠시나마 평화를 느꼈다. 잠시나마 마음이 물러졌다. 밝고 유쾌한 내 아들. 순수한 마음으로 웃긴 영상과 몸 개그, 실없는 농담을 좋아하는 아이. 수면 아래에서 벌어지고 있는 이 모든 일을 알지 못하는 아이. 대니얼은 나를 발견하고는 멈춰 서서 손을 흔들었다. 아이의 높은 목소리가 고요한 정원을 가로지르며 메아리쳤다.

"엄마! 안녕!"

대니얼이 내 쪽으로 카메라를 돌렸고, 나는 손을 흔들며 최선을 다해 미소를 지어 보였다. 잠시 후 대니얼은 다시 손을 흔들더니 별장 옆쪽으로 사라졌다. 카메라를 앞에 들고 재잘거리면서.

나는 미소를 거두고 시계를 보았다. 이제 가야 할 시간이었다.

22

공기는 특별했다. 해가 언덕 쪽으로 가라앉으면서 저녁 빛은 부드러웠고 달콤하게 따뜻했다.

로언은 우리를 레스피누즈산맥의 작은 언덕을 지나, 올라르그라는 작은 마을로 데려갔다. 폐허가 된 중세 성이 드리운 그림자의 끄트머리에 우리의 목적지인 레자미 식당이 있었다. 우리 테이블은 땅거미 속으로 은은하게 잠기는 조르 계곡의 절경이 내려다보이는 자리에 있었다. 우리 밑으로는 퐁뒤디아블라, 즉 악마의 다리에서 곡선을 이루는 석조 아치가 보였다. 이 지역의 전설에 따르면, 악마의 다리는 악마가 이 다리를 처음으로 건너는 자의 영혼을 대가로 받기로 하고 지었다고 한다.

음식을 주문한 우리는 전채 요리로 홍합과 가리비와 토마토

갈레트[19]를 기다리고 있었다. 보통 우리가 함께 있을 때는 대화가 끊임없이 흘러나왔다. 일과 자녀와 학교 이야기, 브리스틀에서 보낸 대학 생활과 떨어지고는 못 사는 네 명의 친구 무리가 함께 공유했던 집, 파티와 밤 외출에 대한 추억담을 나누곤 했다.

하지만 오늘 밤은 아니었다. 제니퍼는 저녁 내내 로언에게 거의 한마디도 하지 않았다. 나는 몇 분 만에 대화의 맥락을 놓쳐버렸고, 친구 각각이 하는 말과 보이는 모양새에서 단서를 찾으려 애쓰다가 다시 딴생각을 하기 시작했다. 이지는 우리가 대학 신입생 때 처음 레스토랑에 식사를 하러 갔던 때를, 우리가 모이면 단골로 등장하던 재미있는 이야기를 하나 꺼내면서 용감히 대화를 이어나가고 있었다. 그날 밤, 제니퍼와 내가 화장실에 갔다가 돌아와보니 나머지 두 사람은 술에 잔뜩 취해 키득거리며 문밖으로 나가는 길이었다. 거리 중간쯤 왔을 때에야 로언은 돈을 내지 않고 도망 나왔음을 인정했다. 그때 나는 친구들을 다시 식당에 끌고 가면서 돈을 내야 한다고 주장했다.

"로언이 출구 근처로 자리를 잘 잡았네. 늘 써먹던 기술을 쓸 수 있도록 말이야. 오랜 습관은 쉽게 사라지지 않아, 안 그래, 제임스 부인?" 이지가 미소를 머금고 말했다.

로언이 두 손을 들었다.

"확실히 말해두는데, 내가 그런 짓을 한 건 그때가 처음이었

---

19) 프랑스에서 간식으로 애용하는 팬케이크 형태의 빵과자.

고 유일했어." 로언은 나를 가리켰다. "여기 성인군자님한테 또 다시 굴욕을 당할 수는 없지."

나는 로언을 보며 미소를 지으려, 어떤 말이라도 생각해내려 했지만 떠오르는 것이라고는 오늘 오후 해변에서 숀의 귀에 속삭이던 로언의 모습뿐이었다. 조금은 너무 오랫동안 숀을 껴안던 로언.

"너한테 굴욕을 줬다고? 내가 어떻게 그럴 수 있겠니." 나는 경직된 미소를 띤 채 말했다.

로언은 음료를 한 모금 홀짝이며 나를 짓궂게 쳐다봤다.

이지가 불쑥 잔을 들었다. "우리 건배해야지."

"뭘 위해서?" 로언이 말했다.

"마흔이 된 걸?"

"맙소사, 진심이니? 그건 너무 우울하잖아."

"요즘 마흔은 새로운 서른이래. 오프라가 그러더라."

"우리 모두가 다시 모인 거에 건배하는 건 어떠니?"

우리는 잔을 쨍 소리가 나게 부딪치고 마셨다. 얼음같이 찬 샴페인 거품이 목구멍에서 톡톡 터질 때면 결혼식 날이 떠오르곤 했다. 저녁 식사가 시작되기 전 하객들에게 인사를 돌던 숀과 나의 손에 들린 아름다운 첫 잔. 해 질 무렵의 뭉근한 햇살이 막 식을 올린 우리를 비추고 있었다. 하지만 오늘 밤은 샴페인이 쓰디썼다.

나는 거의 줄지 않은 잔을 테이블에 내려놨다.

제니퍼는 아주 조금씩 몇 모금 홀짝이더니 미간을 찌푸리며 의자에 등을 기댔다.

"제니퍼, 왜 그래? 무슨 일이야?" 이지가 물었다.

"아직 좀 놀란 상태라 그래. 그게 다야."

"아. 그래, 그럴 거야."

"오후에 애들한테 일어난 일 때문에 그래." 제니퍼는 로언을 향해 고개를 돌렸다. "왜 우리한테 협곡에 대해 말해주지 않았니?"

"내가 너무……."

"제이크가 죽을 수도 있었어." 제니퍼가 말을 잘랐다. "애들 중 누구라도 죽을 수 있었다고. 숲속 그곳을 거닐다가 말이야. 너무 위험해."

로언이 미안한 기색으로 고개를 끄덕이며 잔을 내려놓았다. "네 말이 맞아. 미안해. 고객이 프랑스 사람들은 건강과 안전에 좀 느슨한 태도를 보인다는 말은 했는데 구체적으로는 얘기해주지 않았어. 첫날 내가 직접 내려가서 확인하려 했는데 짐을 풀고 이것저것 준비하고 하느라 다 잊어버렸지 뭐야."

"어떻게 이게 허용될 수 있는 거니? 이런 별장을 어떻게 사람들한테 빌려줄 수 있느냔 말이야."

"사유지라서 그래. 표지판이 있긴 한데, 법적으로 울타리를 칠 의무는 없어. 사실 일반인에게 빌려주는 곳은 아니니까. 미안해, 애들아."

"떨어진 사람도 있었니?"

"모르겠어. 그런 것 같지는 않아. 고객이 구체적으로 얘기해주지는 않았어. 별장의 맨 끝 아랫부분에 장관을 이루는 암벽이 있다고만 했지."

"제이크가 미끄러지기라도 했다면 무슨 일이 벌어졌을지 상상도 할 수 없어. 생각만 해도 너무 끔찍해." 제니퍼가 한 손으로 입을 막았다.

"이해해. 우리 모두 같은 배를 탄 처지잖아, 제니퍼."

"하지만 전업주부인 나는 상황이 달라. 내게는 제이크와 이선이 세상의 전부야. 두 아이의 안전을 지키는 일이 전부라고."

로언이 자세를 낮추고 팔꿈치를 테이블에 댔다.

"**나도** 오데트에게 똑같은 마음이야."

"알아. 하지만 **똑같은** 건 아니야. 넌 네 회사 일이 잔뜩 있잖아. 집중을 방해하는 그 모든 일 말이야. 그리고 네 고객이라는 사람이 협곡에 대해서, 그 위험한 곳에 대해서 말하지 않은 건 정말 무책임한 것 같아. 또……."

나는 제니퍼의 두 손에 내 손을 포갰다.

"제니퍼, 이제 됐어. 우리가 애들을 다 지켜볼 거야. 우리가 서로를 보살필 거야."

"우리가 늘 그래왔듯 말이야." 로언이 힘주어 말을 보탰다.

제니퍼는 살짝 고개를 끄덕였지만 우리 가운데 누구에게도 시선을 주지 않았다.

나는 샴페인을 한 모금 더 마시며 또다시 쓴맛을 삼켰다.

이지가 침묵을 깨며 핸드백에 손을 집어넣었다. "아, 깜빡할 뻔했다. 내가 뭘 찾았게? 오빠가 차고를 정리하고 있었거든. 내가 없는 동안 오빠가 맡아둔 내 옛 물건이 상자로 몇 개가 나오더래. 몇 년 동안 못 본 물건들이지."

이지가 얇은 책을 한 권 꺼냈다. 버지니아 울프의 『댈러웨이 부인』이었다. 이지는 책 사이에서 사진 한 장을 뽑았다. 꼬깃꼬깃하고 가장자리가 접힌 컬러 사진이었다.

"19년 전."

로언이 사진을 집었다.

"맙소사! 내 머리 좀 봐. 도대체 무슨 생각으로 그랬지?"

"네가 한창 제니퍼 애니스턴을 따라 하던 때 같은데. 졸업 무도회잖아. 기억나?"

로언은 사진을 제니퍼에게 넘겼다. 제니퍼는 사진을 이리저리 돌리며 살펴보았다. 결국, 제니퍼는 스스로 작은 미소를 허락하고 말았다.

"이지, 너는 참 변한 게 없다. 비결이 뭐니?"

이지는 어깨를 으쓱했다.

"애가 없는 거?"

내 차례가 되자 나는 테이블 중앙에 놓여 깜빡거리는 촛불에 사진을 비추어 보았다. 서로 가까이 붙어 서서, 어깨를 맞대고, 허리에 팔을 두른 우리였다. 파티 원피스 차림에 활짝 웃으며 벅스 피즈[20]를 들고 있는 우리. 풍선과 색색의 장식 리본이 발 근처에 흩뿌려져 있고, 뒤쪽에는 턱시도를 입은 남학생들이 서

20) 샴페인과 오렌지주스를 섞은 칵테일.

성거리고 있었다. 건물에 에워싸인 사각형 모양의 안뜰 중앙에 흰색 대형 천막이 펼쳐져 있었다.

사진은 로언이 웃는 순간을 포착했다. 「프렌즈」의 배우와 같은 머리 모양과 염색을 하고 진홍색 원피스를 입고 있었다. 로언 옆은 제니퍼였다. 연두색 민소매 원피스를 입어 몸의 곡선이 한껏 드러났다. 그리고 이지. 밤색 머리를 바짝 짧게 자르고 검은색 칵테일원피스를 입은 모습이 깜짝 놀랄 정도로 멋졌다. 내가 기억할 수 있는 원피스 차림의 이지는 그때가 유일했다. 산뜻한 파란색 원피스를 입은 나는 맨 끝에 있었다.

세상에, 우리는 그토록 어렸다. 하지만 우리는 행복해 보였다. 무엇이든 가능하다는 듯이.

이지가 내 손에 들린 사진을 한 번 더 보려고 몸을 숙였다.
"제니퍼가 드디어 대런 버턴이랑 진하게 키스를 한 게 이날 밤이지?"

제니퍼가 발끈했다. "그건 너였어. 기억이 틀리지 않는다면. 나는 아직 실연의 아픔에서 벗어나지 못한 상태였다고."

"누구한테 실연을 당했는데?"

제니퍼는 주저하더니 목소리를 낮추며 나를 빠르게 힐끗 보았다.

"알잖아, 숀."

"아, 그건 잊고 있었네." 이지가 말했다.

숀의 이름이 언급되자 나는 그대로 얼어붙었다. 제니퍼가 숀과의 관계를 실연이나 아픔과 같은 단어를 써서 표현한 건 처음이었다. 졸업 무도회는 5월이었고 두 사람은 한 달 전, 부활절 연휴를 앞두고 헤어졌다. 한 달이 지나서도 여전히 이별에 괴로워하며 실연의 아픔 속에 있었다고?

왜 하필 지금 그런 말을 하는 건데?

로언이 사진 배경 속에 있는 포니테일 머리의 남자를 가리키며 이지에게 말했다.

"그리고 대런 버턴이 토한 후에 넌 대런의 하우스메이트에게로 옮겨 갔지."

"맙소사, 맞아! 살짝 기억이 난다. 그 남자 이름이 뭐였더라? 내 얼굴을 흡입해버릴 듯이 키스했는데."

"제법인데." 로언이 웃었다.

이지가 손가락을 튀겨 딱 소리를 내더니 날 가리켰다. 다른 무언가가 막 기억나기라도 한 것처럼.

"진짜 기억나는 게 있어. 그날 밤이었잖아, 맞지? 너랑 손이 사귀기 시작한 날."

나는 고개를 끄덕였다. 사실이었다. 어떤 면에서는. 그날 밤 우리는 처음으로 함께했다. 적어도 공개적으로는. 주위에 다른 사람이 있는 가운데 우리는 처음으로 손을 잡고, 함께 춤을 추고, 키스를 했다. 그의 심장이 흉곽에 부딪치는 게 느껴질 정도로 나를 처음으로 꼭 끌어안은 날이다. 우리가 더는 다른 사람의 시선을 신경 쓰지 않던 그때.

한 치의 거짓도 없는 진실은 그보다 조금 더 복잡했다.

진실은 브리스틀에서 대학 신입생으로 보낸 한 해가 끝나갈 무렵부터 나는 숀과 사랑에 빠진 것이었다. 숀이 나보다 예쁘고, 똑똑하고, 자신만만한 여러 여자와 데이트하는 사이, 나는 먼발치에서 그를 동경했다. 나는 제니퍼의 연인인 그를 한 달하고도 3주, 나흘 동안 사랑했다. 그럴 의도는 없었지만, 그렇게 되어버렸다. 그리고 숀이 서서히 내 마음을 알아차리기 시작했다. 숀은 제니퍼에게 시험공부 때문에 정신이 없고 대학에서 쫓겨날까 봐 걱정된다며, 시험에 집중할 시간이 필요하다는 말로 제니퍼에게 이별을 고했다. 적어도 부분적으로는 사실이었지만, 그 이상이 있었다. 훨씬 더 많은 사실이.

바로 나였다.

숀은 나 때문에 제니퍼와 헤어졌다. 우리 둘 사이에 커져가던 감정 때문에.

진지하게 사귄 첫 남자친구가 관계를 끝낸 이유를 이해할 수 없어서 가슴이 무너진 제니퍼를 위로하던 나 때문이었다. 자신이 너무 직설적이고, 예민하고, 신경을 많이 써줘야 하는 여자친구였다고 믿기에 이른 제니퍼였다. 그녀에게 위로의 말과 와인과 기대어 울 수 있는 어깨를 내준 나 때문이었다. 그러는 내내 나는 제니퍼가 겪는 고통의 원인이 나라는 죄책감과 싸워야 했다.

당시 내가 제니퍼에게 정말 좋은 친구이긴 했을까? 진정한 친구였을까? 이제 그 답을 알 것만 같다.

"그래, 맞아. 그날 밤이 숀과 내가 마침내 마음을 확인한 날이었지." 나는 미소를 지어 보였다.

"애들아. 우리 셀카 찍자, 이 사진이랑 똑같이." 이지가 말했다.

“이때에 비해서 우리가 얼마나 초췌하고 구린지 알 수 있도록 말이니?”

“쉿, 로언. 너 엄청 예쁘거든? 자, 다들 일어나.” 이지는 휴대전화를 꺼냈고 우리를 한데 모이도록 해서 자세를 잡기 시작했다. 옛 사진 속 우리와 똑같은 순서로, 맨 왼쪽에는 로언이, 그 옆에는 제니퍼가, 그다음에는 이지, 그리고 내가 맨 끝에 섰다. 우리는 파티오 가장자리의 낮은 벽에 등을 대고 서로 허리에 팔을 두른 채 카메라를 향해 미소를 지었다. 19년 전과 다름없이.

“치즈!” 이지가 한쪽 팔을 들어 올려 우리를 한 화면에 다 담았다.

카메라가 찰칵 소리를 한 번, 두 번 내자 이지는 휴대전화 화면을 우리에게 내밀어 찍은 사진을 확인시켜주었다.

“완벽해.”

나도 사진을 확인했다. 여느 때와 다름없는 우리 네 사람이었다. 어느 맑고 따뜻한 저녁, 아래로는 어둠 속에서 반짝이는 계곡물이 흐르는 가운데 즐기는 멋진 식사 자리였다. 내 가장 소중한 친구들과 보내는 멋진 시간이었다. 내 인생의 절반이 넘는 세월 동안 알아온 사람들, 거의 가족이라 할 만큼 가까운 사람들과 보내는 시간이었다.

이 시간은 완벽해야 했지만, 이 중 한 사람이 거짓으로 바꿔놓았다.

그리고 어쩌면 내가 당해야 마땅한 거짓일 수도 있었다.

23
숀

숀은 몽당연필로 자신의 게임 점수표에서 상자 하나에 추가로 줄을 그었다. 빅스트레이트와 풀하우스, 야찌[21]는 이제 나오지 않았다. 꼴찌만 면해도 다행이라 해야 할 지경이었다. 숀은 한숨을 내쉬며 주사위와 주사위 컵을 러스에게 건넸다. 러스는 자못 진지하게 건네받았다.

숀은 잠시 두 남자, 러스와 앨리스터를 살펴보았다. 두 사람

---

21) 주사위 다섯 개를 던져서 점수를 획득하는 '야찌'라는 보드게임을 하고 있다. 빅스트레이트는 주사위 다섯 개의 수가 1, 2, 3, 4, 5처럼 연속적으로 나오는 경우로 점수는 40점, 풀하우스는 주사위가 세 개, 두 개씩 짝을 이뤄 같은 수가 나오는 경우로 점수는 25점, 야찌는 주사위 다섯 개에서 모두 같은 수가 나오는 경우로 점수는 50점에 해당한다.

은 손의 맞은편 커다란 소파에 앉아 있었다. 이런 어색한 조합을 본 적이 있던가. 러스는 온몸에 각이 져 있고 팔꿈치가 뚜렷이 드러날 정도로 말랐으며, 광대뼈는 도드라져 조직의 우두머리와 같은 인상을 주었다. 그 옆 앨리스터는 온몸이 둥글둥글했고 어깨는 축 처졌으며, 맥주를 즐겨 마시는지 배가 볼록 나왔고 턱수염은 덥수룩했다. 두 사람 중 누구라도 알고 있나? 무슨 일이 벌어지고 있는지, 두 사람 중 아주 조금이라도 눈치를 챈 사람이 있나? 러스는 반나절은 휴대전화 게임을 하면서, 남은 반나절은 술을 마시며 보내는 듯했다. 주변에서 벌어지는 일에는 그다지 관심을 주지 않았다. 반면, 앨리스터는 대부분의 시간을 조금 더 주변을 관찰하며, 집중하며 보내는 듯했다.

제이크와 이선은 또 다른 소파의 양 끝에 널브러져 있었고, 그 사이에는 루시가 다리를 꼰 채 앉아 있었다. 세 아이는 모두 자기 차례가 오면 게임에 임하고, 그 외에는 각자의 휴대전화에 몰두하면서 집중력을 쪼개어 쓰고 있었다. 저녁 식사를 마친 후였고, 어린 두 아이는 재운 후였다.

러스가 주사위를 굴리자 바로 풀하우스가 나왔다.

"됐다!" 러스는 승리의 주먹을 쥐고 자신의 표에 점수를 기록했다.

다음 차례인 앨리스터가 주사위를 던지자 1이 세 개, 4, 6이 나왔다.

"자, 이제 간다, 아들아. 아빠가 야찌를 던질 참이다."

앨리스터가 주사위를 두 번 더 굴렸다. 결국 최종 기록은 1이

세 개, 2, 3이었다. 실패작이었다.

제이크가 고개를 저으며 동생과 흘끗 시선을 교환했다.

"아빠, 진짜 게임 못하네요."

"아들아, 이건 운이 좌우하는 게임이야. 하지만 다음 종목인 체스는 조금 더 내 분야에 가깝다고 할 수 있지."

"체스는 세상에서 가장 지루한 게임 아니에요?"

"제이크, 체스는 말이다, 운이 아닌 오로지 기술에만 성패가 갈린단다. 게임은 그래야 하는 법이지. 내가 네 나이였을 땐 말이다……."

위층에서 귀청이 찢어지는 외침이 들려왔다.

"아빠! 아빠!"

숀이 다시 음악을 줄이고 러스를 건너다봤다.

"그쪽 딸인가요, 내 아들인가요?"

러스는 소리가 나는 쪽으로 고개를 돌리며 눈을 가늘게 떴다. 잠시 후, 또다시 외침이 들려왔다.

"아빠!"

"내 딸 같네요. 하지만 곧 그칠 겁니다." 러스는 맥주를 한 병 더 따더니 죽 들이켰다.

뒤이어 제이크와 이선이 차례대로 주사위를 던지는데 위층에서 또다시 외침이 들려왔다.

"아빠!"

숀이 러스에게 미소를 지어 보이며 계단을 가리켰다.

"확실히 그쪽 딸이네요."

이선은 작은 플라스틱 컵에 주사위를 모아 담아 루시에게 건넸다. 루시는 한 손으로 휴대전화 화면을 스크롤하며 컵을 받아 들었다.

계단을 다 내려온 오데트는 잠옷 차림에, 머리에는 까치집을 짓고 있었다. 핑크빛으로 달아오른 얼굴을 잔뜩 찌푸려, 이마에 주름이 잡히고 있었다.

"아빠아아! 불렀는데 왜 안 와?" 오데트는 과장되게 아랫입술을 삐죽 내밀었다.

"못 들었어."

"부르고 또 불렀는데 안 왔잖아! 잠이 안 온단 말이야."

"아주 조용히 누워서 좋은 생각을 떠올리는 거, 해봤니?"

오데트가 팔짱을 꼈다. "아빠가 책 읽어줘."

"우리 귀염둥이, 아빠가 아까 하나 읽어줬잖아. 사실 두 권이나 읽어줬어."

"또 해줘."

"안 돼."

"그러면 엄마가 읽어줘."

"엄마는 저녁을 먹으러 나갔잖아."

"그러면 아빠가 읽어줘야겠네. 내가 잠들 때까지 같이 있어야 해. 악당이 나를 잡아가면 어떡해."

"오데트, 악당은 너를 안 잡아갈 거야."

오데트는 작은 발을 하얀 타일이 깔린 바닥에 쿵쿵 굴렀다. "책 읽어줘! 내가 잠들 때까지 같이 기다려주고!"

러스는 한숨을 쉬며 자리에서 일어났다. 탁자에 놓인 맥주를 집어 들고 다른 팔로는 딸을 안아 든 채 계단을 올랐다. 그날 저녁에만 두 번째로 오르는 계단이었다. 숀은 러스의 뒷모습을 지켜보고 잠시 기다렸다가 그를 따라 널찍한 대리석 계단을 올랐다. 대니얼의 방은 오데트 방과 통로 하나를 사이에 두고 마주보고 있었다. 대니얼은 이 작은 여자아이가 외치는 소리를 들었을 터였다.

숀은 대니얼의 방문을 최대한 조용히 열고 발끝으로 걸어 들어가 눈이 어둠에 적응하기를 기다렸다. 숀은 아들을 가까이 굽어보며 율동적인 숨소리에 귀를 기울였다. 자는구나. 착하기도 하지. 숀은 다시 방에서 나와 문을 당겨 닫았고, 딸에게 또 다른 책을 읽어주는 러스의 낮은 웅얼거림을 들었다.

거실로 돌아오자, 제이크가 게임의 흐름이 끊겼다며 불만을 드러내고 있었다. "우리 계속하는 거예요, 마는 거예요?"

"아무래도 기다려야 할 것 같아. 러스가 선두를 달리고 있었으니까." 숀이 말했다.

"얼마나 걸리는데요?"

"오래 걸리진 않을 거야."

제이크는 시선을 다시 휴대전화에 돌렸다.

숀은 맞은편 소파에 앉은 10대 세 명을 바라보았다. 그의 딸은 제이크보다 고작 한 살, 이선보다는 두 살 더 많았지만, 세 아이 사이에는 하늘과 땅만큼의 차이가 있었다. 딸은 젊은 성인 여자처럼 보였다. 화장을 하면 최소 열여덟 살로 보일 터였다. 제이크는 성인 남자의 몸집을 지녔지만 얼굴은 소년이었다. 마치 너무 빨리 자라서 이목구비가 그 속도를 다 따라잡지 못한 것처럼. 아니다, 엄밀히 말해 소년은 아니었다. 이도 저도 아닌 기이한 혼종이었다.

제이크가 자리에서 일어나 기지개를 켜며 크게 하품했다. "엄청 지루해. 아래층에서 당구나 칠 사람?"

이선도 소파에서 접은 몸을 일으켜 섰다. "형, 원한다면 내가 참패를 안겨주지."

숀의 예상과는 달리 루시도 자리에서 일어났다.

"승자는 나야."

"그건……내가 될 거야." 이선은 한쪽 입꼬리를 올리며 씩 웃었다.

세 사람은 떼를 지어 복도로 나갔다. 지하로 난 계단을 내려가는 세 사람의 플립플롭 소리가 철썩철썩 울려 퍼졌다.

앨리스터는 머리 뒤로 깍지를 끼고는 안락의자에 몸을 기대며 말했다.

"이제 둘만 남았군요."

"게임은 끝났다고 봐야죠."

"그런 것 같군요."

"뭐, 어차피 질 것 같았어요." 숀이 말했다.

낮은 탁자에 놓인 러스의 아이폰이 조용히 울리기 시작했다. 화면에 모르는 번호가 떠 있었다.

숀은 못 본 체하고 탁자에 흩어진 야찌 점수표와 주사위를 주워 모으기 시작했다.

"우리가 질 것 같다는 말을 했던 거 같네요. 그나저나 여자들은 언제쯤 온대요?" 숀이 시계를 봤다.

"최소 한 시간은 더 있어야 할 겁니다. 지금쯤 **남자들은 도대체 왜 그래** 단계에 접어들었을 거예요."

"틀림없네요."

숀이 게임 도구 정리를 끝내고 남은 맥주를 다 마시는 동안 둘 사이에 어색한 침묵이 감돌았다.

"한 잔 더 하실래요?"

"아, 그러시죠, 정 그러시다면야." 앨리스터가 대답했다.

숀은 주방에 들어가 거대한 냉장고에서 크로넨버그 맥주를 두어 병 더 꺼냈고, 돌아가는 길에 계단 근처에 잠시 멈춰 서서 귀를 기울였다. 지하에서 당구공이 **탁, 탁** 부딪치는 소리가 희미하게 들려왔지만, 위층은 잠잠한 듯했다. 좋은 신호였다.

숀은 다시 앨리스터의 맞은편에 앉아 그에게 맥주를 한 병 건넸다. 두 사람은 병을 쨍그랑 부딪쳤고, 앨리스터는 아이팟을 꽂은 스피커 위로 몸을 숙여 선곡 목록을 스크롤했다. 아이들이 틀어둔 최신 가요가 돌연 핑크 플로이드의 「편안한 무감각」으로 바뀌었다.

"자, 숀, 가장 늦게 도착한 우리 일행에 대해 말해봐요." 앨리스터가 의자 등받이에 기대며 말했다.

"이지 말인가요?"

"두 사람은 함께 자란 사이 아니던가요? 이지는 전에 어떤 사람이었나요?"

"아, 대단했죠. 에너지가 넘쳤어요. 재미있기도 하고요. 그 당시에 우리 둘은 참 많이도 웃었죠."

"결혼한 적은 없고요?"

숀은 잠시 주저하더니 맥주를 한 모금 더 꿀꺽 삼켰다. 손바닥에 닿는 병이 얼음처럼 차가웠다. 앨리스터가 내막을 알고 있던가? 어쩌면 잊었을 수도, 그의 기억 속 어딘가에 어렴풋이 남아 있을 수도 있었다. 숀은 이 남자가 무슨 생각을 하고 있는 건지 전혀 알 수 없었다.

약혼했지만, 결혼은 아니었지.

"없죠. 한 번도 없어요."

앨리스터가 두 손을 비스듬히 세워 손가락 끝을 맞부딪쳤다.

"참 매력적이던데요."

숀은 얼른 말을 받았다. "맞아요. 정말 멋진 여자죠. 삶이 이지에게 던져놓은 그 모든 것에도 불구하고, 참 강해요. 이지가 이번 주에 여기 올 수 있어서 정말 기뻐요."

그만 말해. 횡설수설하고 있잖아. 그냥 좀 닥쳐.

숀은 문득 자기보다 나이가 많은 이 남자가 자신을 어떻게 바라보고 있는지 알아차렸다. 두 주먹으로 턱을 괴고, 숀을 자신의 환자 중 한 사람인 양 대하고 있었다. 상담심리사인 앨리스터가, 타인의 문제를 들어주는 게 하루 일과인 이 공인된 전문가가 자신을 속속들이 파헤치는 듯한 기분이었다. 숀이 무슨 말을 하고, 어떻게 말하며, 무엇을 빠뜨리는지에 주목해서 그가 어떤 사람인지 정의하고, 그의 결점을 진단하려는 것만 같았다. 세상이 다 볼 수 있도록 내보이려는 것만 같았다.

그렇다면 앨리스터, 당신은 어떠한가? 그 꿰뚫어 보는 듯한 시선을 스스로에게 돌린 적이 있는가? 옳지 않은 줄 알면서도 어떤 일을 저지른 적은 없나? 단 한 번이라도 거울을 들여다보며, 남자로서, 아버지로서, 남편으로서 당신 자신의 결함과 실패를 자세히 살펴본 적이 있는가?

숀은 달콤한 죄책감으로 찌릿했다. 늘 그를 따라다니는 감정이었다.

그 문제와 관련해서라면, 우리 중 누구라도 스스로를 들여다본 사람이 있긴 할까?

탁자에 놓인 러스의 아이폰이 다시 부드럽게 울리기 시작했다. 숀은 몸을 숙여 화면에 로언의 번호가 뜨는지 확인했지만, 모르는 번호였다. 몇 번 더 울리던 벨소리가 멈췄다가, 거의 곧바로 다시 울리기 시작했다.

앨리스터는 계속해서 울리는 휴대전화를 향해 고개를 까딱해 보였다.

"러스를 찾는 사람이 많나 보네요."

숀이 자리에서 일어났다. "급한 건일 수도 있어요. 러스에게 가져다주고 올게요."

숀은 러스의 휴대전화를 쥐고 최대한 태연히 복도로 걸어 나갔다. 계단을 반 정도 올라 앨리스터의 시야에서 벗어나자, 숀은 휴대전화의 전원 버튼을 눌렀다. 혹시…….

혹시 뭐?

혹시 잠겨 있지 않을 수도 있으니까. 로언이 전화한 것일 수도 있으니까.

휴대전화 화면이 살아나며 잠금 해제 코드를 요청했다.

젠장.

숀이 전원 버튼을 눌렀고 화면은 다시 캄캄해졌다. 다시 발걸음을 재촉해 2층 층계참에 도달했고, 조용히 통로를 따라 걸어 오데트 방으로 갔다. 문이 살짝 열려 있어서 아주 살짝 노크한 다음 문을 조금 더 밀어 열고 침실의 어둠을 들여다봤다. 침대 옆에 놓인 등에서 새어 나오는 빛만이 유일했다.

싱글침대 두 개 가운데 하나에 오데트가 누워서 엄지손가락을 빨고 있었다. 오데트의 작은 주먹에서 하얀 거즈 천이 빠져나와 있었다. 오데트 옆으로는 러스가 바닥에 등을 대고 누워 있었다. 녹초가 된 그의 가슴 위로 동화책이 펼쳐진 채 옆에는 빈 맥주병이 놓여 있었다.

두 사람 모두 곤히 잠든 모습이었다.

24

우리가 식당에서 돌아왔을 때 별장의 불은 대부분 꺼진 상태였다. 숀과 앨리스터는 거실에서 대형 스크린으로 「에일리언 2」를 시청하고 있었다. 탁자 위에 모아놓은 맥주병들 옆에 발을 올려놓은 채였다.

나는 문 옆에 재킷을 걸고 주위를 둘러봤다.

"다들 어디 갔어?"

숀이 영화를 멈추고 일어나서 기지개를 켰다.

"러스는 오데트한테 책을 읽어주다가 잠이 들었어. 대니얼도 자. 10대 녀석들은 아래층 오락실에 있고." 숀은 하품까지 했다.

이지가 곧바로 위층으로 향하는 사이, 제니퍼는 지하로 난 계단으로 향했다.

"가서 우리 애들 좀 보고 올게."

숀이 내게 다가와 뺨에 가볍게 입을 맞추었다. 면도를 걸러 까칠하게 자란 수염 때문에 뺨이 간질간질했다.

"좋은 밤 보냈어?"

"좋았어. 고마워."

"밤술 한잔할래?"

"왜 아니겠어?"

숀이 고개를 돌려 로언을 보았다. "로언도 한잔할래요?"

로언은 숀에게 살짝 미소를 보내며 고개를 끄덕였다. "숀은 늘 양 조절을 못하더라. 내가 위스키는 어떻게 따라야 하는지 보여줄게요."

숀이 로언을 따라 주방에 들어섰고, 나는 잠시 두 사람을 눈으로 좇으며 무슨 말을 하는지 들으려 안간힘을 썼다. 조용했다. 찬장이 열리고 닫혔다. 방금 속삭임이 들린 것 같은데? 두 사람이 귓속말을 하고 있나? 아니면 수돗물 흐르는 소리인가?

숀은 늘 양 조절을 못하더라. 왜 늘이라고 하지? 도대체 몇 번이나 내 남편이 로언에게 밤술을 만들어줬기에?

제니퍼가 지하로 난 계단 맨 위에 다시 모습을 드러냈다. 잔뜩 인상을 쓰고 있었다. "앨리스터, 밑에 애들이 없잖아. 벌써 자러 간 거야?"

앨리스터는 어깨를 으쓱하더니 시계를 봤다. "10시에? 그럴 것 같진 않은데."

"그러면 애들은 어디에 있는 건데?"

"나야 모르지, 여보."

"딱 몇 시간만 당신한테 애들을 맡겼는데, 그새 잃어버린 거야?"

"잃어버린 게 아냐."

제니퍼가 두 손을 엉덩이에 가져다 댔다. "글쎄, 애들이 여기에 없는데? 안 그래?"

"분명 멀리는 못 갔어."

"확신한다, 이거지? 아, 당신이 그렇다면 다 괜찮은 거겠지." 제니퍼가 비꼬는 말투를 숨기지도 않은 채 목소리를 높이고 있었다.

숀이 양손에 크리스털 잔을 하나씩 들고 주방에서 나와 내게 하나를 건넸다.

"내 사랑스러운 아내에게 밤술을 한 잔."

"숀, 10대 녀석들은 어디에 있어? 루시는 어디에 있어?"

"모르겠는데. 하지만 멀리는 못 갔을 거야. 문자 보내봤어?" 숀은 술을 한 모금 마셨다.

"아마 날 싹 무시할 거야."

"루시가 나한테만 그러는 줄 알았더니."

나는 발코니로 나갔다. 수영장과 정원은 텅 비어 있어 고요했다. 10대의 목소리는 들려오지 않았다. 루시에게 전화를 걸었지만 음성사서함으로 넘어갔다. 다시 걸어도 마찬가지였다. 나는 메시지를 남기지 않았다. 그때 목덜미가 이상하게 서늘했다. 불안감이 엄습했다. 뭔가가 잘못됐다. 바로 여기, 바로 지금.

숀도 발코니로 나와 내 옆에 섰다.

"내가 가서 찾아볼까?"

나는 고개를 끄덕였다. "그 전에 이거 먼저 해보고."

나는 휴대전화에서 '아이폰 찾기' 앱을 불러와 루시 정보로 로그인했다. 루시에게 GPS칩을 심어두지 않는 한, 딸을 찾는 가장 확실하고 빠른 방법이었다. 루시는 절대 휴대전화와 떨어지지 않으니까.

숀이 눈썹을 추켜세웠다. "당신이 앱으로 감시한다는 거, 루시도 알아?"

"아니. 그리고 이건 감시가 아니야. 21세기 양육법이지."

"아, 그래. 그 작은 앱으로 또 누구를 추적하고 있어?"

"애들만이야."

숀은 잠시 주저했다. "다른 사람은 없고?"

다른 사람도 감시할걸 그랬어, 나는 생각했다.

"말했잖아. 루시랑 대니얼만이라고."

"그래."

"왜 묻는데?"

"그냥 궁금해서."

지도에 우리 위치가 확대되고 있었다. 마을, 밖으로 나가는 도로, 그리고 교차로가 있었다. 화면 중앙에 루시의 휴대전화 이미지가 나타났다. 남서쪽으로 약 75미터 지점이었다. 나는 그 지점을 좀 더 확대했다가 다시 축소하는 동시에 주위를 둘러보며 내가 있는 곳의 정확한 위치를 파악하려 했다.

"루시는 정원에 있어. 정원 맨 끝, 정자가 있는 곳 말이야. 루시가 저기서 뭘 하고 있는 거지?" 나는 숀을 보았다.

"내가 가서 데려올게."

숀은 탁자에 놓인 자신의 휴대전화를 집어 들고 손전등 앱을 켠 다음, 자리를 떴다. 제니퍼가 뒤따랐고, 나는 맨 뒤에서 정원으로 난 계단을 내려갔다. 외부 전등이 인피니티풀에 부드러운 빛을 던지고 있었지만, 울타리 너머로는 어둠이 짙게 깔려 숀의 휴대전화 불빛에 의지해 길을 확인해야 했다.

나는 멈춰 서서 휴대전화를 다시 확인했다. 50미터 남았다.

우리가 별장 측면을 돌아 나오는데, 정원 저편에 점점이 박힌 작은 불빛이 보였다. 석조 정자였다. 푹신한 안락의자가 네 개 있고, 낮을 위한 붙박이 선풍기와 밤을 위한 가스버너가 구비된 곳이었다. 우리가 가까이 갈수록 담배 연기와 화이트와인 냄새가 따뜻한 저녁 공기를 타고 전해졌다. 점차 10대 아이 셋의 형체를 알아볼 수 있었다. 안락의자에 비스듬히 기대어 축 늘어진 모습이었다.

제니퍼가 제이크를 봤다가 이선을 보고, 또다시 형제를 번갈아 보았다.

"여기서 뭐 하는 거니?"

"아무것도 안 하는데요." 제이크가 대답했다.

"그냥 얘기 중이었어요." 이선이 조금은 목소리를 높이며 대답했다.

"무슨 얘기?"

"이런저런 얘기요."

나는 고개를 들었다가, 어둠에 가려진 숀과 제니퍼의 얼굴에서 흘끗 주고받는 눈빛을 포착했다. 그저 흘끗하고 사라진 시선이었다.

제니퍼가 과장된 몸짓으로 공기를 들이마셨다. "너희 담배 피웠구나." 질문이 아닌 단언이었다.

"아니요."

"좀 늦은 시간 아니니? 남은 이야기는 들어가서 하는 게 어때?" 제니퍼가 말했다.

"우리가 여기에 있는 건 어떻게 아셨어요?"

제니퍼가 자신의 이마를 톡톡 두드렸다. "어머니의 직감."

제이크는 아무 말 없이 그저 천천히 성의 없는 미소를 지어 보였다. 그러고는 살짝 휘청대며 자리에서 일어나 정자의 기둥 하나에 몸을 기댔다. 제니퍼는 제이크를 잡기라도 하려는 듯 성큼 가까이 다가갔다.

"술 마셨니?"

제이크가 흐리멍덩한 눈으로 고개를 끄덕였다. "괜찮아요. 아빠가 괜찮댔어요."

"아빠가?"

"점심 먹을 때요."

"지금은 점심시간이 아니잖아. 잘 시간이지."

"코 잘 시간이지." 제이크가 높고 여린 목소리로 따라 하자, 뒤에서 이선이 키득거렸다.

"별장으로 돌아가자. 이선, 너도."

제이크는 끙 소리를 내더니 안락의자에 다시 몸을 맡기며 중얼거렸다. "우리 모두 잠자리에 들 시간이야."

제니퍼는 허리를 숙이고 한 팔을 안락의자와 제이크 사이에 집어넣어 장남의 허리를 감쌌다.

"숀, 나 좀 도와줄래요?"

숀은 제이크의 다른 팔을 잡아당겨서 일으켜 세웠다.

"이선, 너도 일어나. 걸을 수 있겠어?" 제니퍼가 말했다.

"나는 괜찮아요." 이선이 자리에서 일어났다.

나는 루시에게 손을 내밀었다. "자, 모두 안으로 들어가자."

루시는 천천히 일어나 내 손을 잡았고, 우리는 다른 사람들을 뒤따라 별장으로 향했다.

9개월 전

그녀는 아직도 그를 처음 본 날을 기억한다.

그녀의 인스타그램 피드에 그날을 담은 것처럼, 원하면 언제든 다시 가서 볼 수 있는 것처럼. 그저 눈을 감고 그를 떠올리면 머릿속에 이미지가 휙 나타난다. 고화질 이미지처럼 생생하고 선명하고 뚜렷하다.

학교 식당에서 줄을 서고 있다. 그리고 그가 보인다.

그는 키가 크다. 최소 180센티미터로 보인다. 그녀의 눈에 처음 들어온 모습이다. 넓은 어깨와 각진 턱, 제대로 난 수염. 그녀와 같은 학년의 다른 남자들처럼 우스운 솜털 수염이 아니다. 소매를 말아 올려 드러난 팔뚝은 근육이 잡혀 굵다. 그리고 그는 특유의 방식으로, 주위를 둘러보며 서 있다. 마치 모두가 자신을 쳐다보고 있음을 안다는 듯이, 익숙한 일이기에 전혀 아무렇지 않다는 듯이. 양옆은 짧게, 윗부분은 조금 길게 잘라 앞으로 내린 밤색 머리칼을 털자 눈이 드러난다.

그의 눈. 밝게 빛나는 푸른 눈. 진지하면서도 유쾌하고, 위험하고 깊은 눈.

그의 두 눈에 빨려 들어간다.

그는 숀 멘데스와 크리스 헴스워스를 훌륭히 섞어놓은 것 같기도 하다. 게다가 그녀의 변변찮은 의견으로는 이 유명 가수와 배우를 조금은 별 볼 일 없는 존재로 만들기까지 한다. 그는 정말 말도 안 되게 멋지다. 그의 옆에 서면 꼬마처럼 보이는, 같은 학년의 다른 모든 남자들에게는 불공평할 정도로 멋지다.

그도 그녀에 대해 같은 생각일까, 궁금하다.

월요일

25

물은 얼음처럼 차가웠고, 몸을 마비시킬 듯이 살벌한 추위였다. 마치 얼어붙은 불과 같은 작은 바늘 수백만 개가 동시에 내 피부를 찌르는 듯했다. 산에서 쏟아져 내려오는 물은 깨끗하고 아름답게 맑았지만, 수영은커녕 발만 담그고 걷는 일조차 상상할 수 없었다. 나는 개울에 담갔던 두 발을 꺼내고 바위에 앉았다. 7월의 태양이 내 발을 녹여 다시 살아나게 하자, 달콤한 안도감이 밀려왔다.

가라앉는 배의 갑판 위에 서서 물이 자신을 휩쓸어 가길 기다리는 선장이 된 기분이었다.

오늘 우리는 북쪽으로 차를 몰아 헤릭 협곡으로 이어지는 언덕에 들어섰다. 헤릭 협곡은 붉은 화강암이 반짝이는 깊은 골짜

기였다. 길을 따라 1.5킬로미터를 오르니 어느새 완벽한 양지에 들어서 있었다. 참나무로 뒤덮인 가파른 계곡이 보였다. 계곡 양옆으로는 들쭉날쭉한 바위 끝이 파란 하늘을 찌르고 있었다. 상류에서는 작은 폭포가 산속 맑고 깊은 물웅덩이로 흘러들고 있었다. 양쪽에는 바위가 수직으로 튀어나와 있었다.

우리는 좀 더 작은 바위 웅덩이의 가장자리에 자리를 잡았다. 작은 모래사장이 갖춰져 있었다. 우리는 수건을 널찍하고 평평한 바위에 펼쳐놓았다. 화강암에 얼룩덜룩 점점이 박힌 작은 석영이 햇빛을 받아 반짝였다. 나는 숀이 바위 웅덩이에 고인 얕은 물에서 대니얼, 오데트와 놀아주는 모습을 지켜봤다. 숀이 두 아이에게 산속의 차가운 물속으로 더 깊이 들어가라며 부추기자, 아이들은 즐겁게 꽥꽥 소리를 지르며 첨벙거렸다. 검은색 비키니를 입고 재키오 선글라스를 쓴 루시는 해가 내리쬐는 방향으로 기울어진 바위에 누웠다.

제니퍼는 두 아들을 찾아 협곡을 따라 위쪽으로 올라갔다. 로언은 떴다 사라졌다 하는 단 하나의 휴대전화 수신 막대기를 찾아 길에서 벗어나 더 높은 곳으로 올라갔다.

이지가 걸어오더니 옆쪽 바위에 수건을 펼쳤다. 수건에 엎드린 이지는 팔꿈치로 몸을 받치고 해를 바라봤다. 이지가 입을 열었을 때, 그녀의 목소리는 작고 부드러웠다.

"그래서 케이트, 나한테 말해줄 거야?"

"뭘 말해?"

"내가 여기 온 후로 네가 웃는 모습을 거의 못 본 것 같아. 무슨 일이야?"

"아무 일도 없어. 그냥 좀 정신이 없어서. 그게 다야."

"이 여자야, 나는 못 속여. 네가 여기에 있는 것 같지도 않다니까. 어딘가 정신이 나간 것처럼 보인다고." 이지가 잠시 말을 멈췄다. "루시 때문이니?"

"왜 그렇게 생각해?"

이지는 어깨를 으쓱해 보였다. "어려운 나이잖아. 남자애들이랑 호르몬이랑 시험에 못된 친구들까지. 쉬울 리가 없잖아."

"넌 열여섯 살 때 어땠니?"

이지가 미소를 지었다. "나? 끔찍했지. 악몽이었어. 아빠랑 매일같이 싸웠거든. 아빠는 내가 말을 안 들으면 방문을 떼어버리겠다고 했지만, 나는 아랑곳하지 않았어. 어느 날 학교에서 돌아와보니 내 방문이 없어진 거야. 경첩까지 다. 나는 그렇게 몇 주 동안 오빠들이 내 침실을 지나갈 때마다 방 안을 들여다보고, 내가 없을 때면 내 물건을 맘대로 쓰는 걸 견뎌야 했지."

"그러면 대학에 갈 즈음에 네가 좀 누그러진 거야?"

"마크는 나한테 이탈리아 주부의 성질이 있다고 말하곤 했어. 좋은 의미로 말이야." 이지의 미소가 옅어졌다. 나는 보통은 감춰져 있지만 실제로는 결코 사라진 적 없이 여전히 남아 있는 고통의 메아리를 엿볼 수 있었다. "올해로 15년이네, 그렇지?"

아침의 열기 속에서도, 서늘한 기운이 나를 훑고 지나갔다. 기억과 슬픔과 죄책감의 한기였다. 불현듯 떠오른 삶의 기억이 나를 가로막았다. 그 이름이 언급된 순간, 준비되지 않은 상태에서 갑작스레 기어가 전환된 듯했다. 그때 이후로 수년간 벽을 쌓아둔 채 잊고 있던 과거로 휘청 빨려 들어간 기분이었다.

"사고가 있은 후로?" 내가 말했다.

사고라고 했다. 그 일이 일어난 후, 그가 죽은 후가 아니라. 네 약혼자가 죽임을 당한 후라고는 결단코 말할 수 없다.

사고.

이지가 말했다. "있지, 나는 아직도 가끔 그 사람을 생각해. 이상한 것들 있잖아. 차에 설탕을 세 개 넣는다든가, 알 파치노한테 이상하게 집착한다든가. 우스꽝스러운 유행어를 지어내던 것도. 그 사람도 여기를 좋아했을 거야. 이곳을."

여러 말이 목구멍 속에서 들끓었다. 늘 불충분할 말들이. 내가 아니었더라면, 이지는 지금 여기 마크와 함께 앉아 있을 터였다. 아이도 둘 정도 있을 수 있었다. 나처럼 여자아이 하나, 남자아이 하나를 두고, 바위 웅덩이에서 첨벙대는 남매를 지켜보고 있을 수도 있었다. 그녀의 인생이 매우 다른 경로로 진행됐을 수도 있었다.

두 사람이 결혼을 불과 일주일 앞둔 시점이었다. 미래 계획이 마련되고, 함께 살 아파트가 있었다.

나만 아니었더라면.

15년 전 그날 밤, 마크가 죽임을 당했다.

결혼식 대신 장례식이 치러졌다.

정의는 결코 실현되지 않았다.

이후 며칠, 몇 주를, 나는 그날 밤을, 이지의 처녀 파티를, 그 일이 벌어지기까지 이어진 사건을 기억하려 애썼다. 식사 자리가 기억이 났다. 술을 몇 잔 마셔 기분 좋게 알딸딸했지만, 통제가 안 되거나 넘어질 정도로 취한 건 아니었다. 나이트클럽에 걸어 들어간 건 기억이 났다. 바에서 어떤 모르는 남자들이 내게 샴페인을 한 잔 사겠다고 고집했다. 그리고 그 후로는 아무것도 기억나지 않는다. 백지 상태다. 내 기억에 검은 구멍이 났다. 한참 후에야 내가 마신 샴페인이 술에 약을 탈 때 주로 쓰이는 것임을 알게 됐다. 뒷맛을 거품에 감출 수 있기 때문이다.

다른 세 명이 나를 클럽 밖으로 데리고 나온 일도, 내가 너무 심하게 구토한 나머지 어떤 택시 기사도 날 태우려 하지 않은 일도 기억나지 않는다.

이지가 약혼자인 마크에게 문자 메시지를 보내서 우리 네 사람을 태우러 와달라고 했던 일도 기억나지 않는다.

마크가 도착해서, 길 건너편에 차를 세우고, 손을 흔들고 미소를 보내며 길을 건너는 모습을 보지 못했다.

마크가 차에 치여 콘크리트 바닥에서 죽어간 모습을 보지 못했다.

하지만 그 후 이지가 모든 것으로부터 스스로를 차단한 모습은 생생히 기억한다. 친구와 가족을 멀리하고, 아파트를 팔고, 직장을 그만두고, 다른 세계로 떠난 이지를. 이지는 이후 줄곧 여행하고 가르치는 삶을 이어왔다. 그 세월 동안 이지는 그 어느 때보다 더 강해졌고 회복력이 커졌으며, 우리들 중 가장 자립적이 되었다.

지난 몇 주 동안 억눌러온 감정이 수면 위로 솟구치면서, 갑자기 눈물이 날 것만 같았다. 마크가 내 약혼자가 아니라 이지의 약혼자였다는 점을 생각하면 이런 내 반응은 우스꽝스러운 일이었다. 하지만 나는 멈출 수 없었다.

"미안해, 이지. 다 미안해. 그날 밤 마크를 나오게 한 것도……." 마른침을 삼키는 내 목소리가 갈라지고 있었다.

"쉬이." 이지가 한 손을 내 손 위에 포갰다. "이미 지난 일이야. 들어야 할 말도, 해야 할 말도 다 들었고 다 했어. 오래전에 말이야. 더는 미안해하지 않아도 돼."

아, 하지만 나는 미안한 마음이다. 미안할 뿐이다.

그리고 어쩌면 손을 잃는 게 속죄하는 길일 수도 있다.

어쩌면 이건 복수이자 업보일 수도 있다. 15년 전 일을 되갚아주기 위한.

26

"우리는 지금 그날 밤 일을 이야기하는 게 아니야. 너랑 루시 이야기를 하는 거라고." 이지가 억지 미소를 지으며 말했다.

나는 냅킨으로 눈가에 고인 눈물을 닦아냈다.

"루시 이야기…… 아, 모르겠어. 예전처럼 나한테 말하려 들지를 않아."

"커가는 거야."

"너무도 빨리."

이지는 물병에 입을 대고 물을 마셨다. "그런데 그게 다가 아니지, 그렇지?"

"왜 그렇게 생각해?"

이지에게 다 털어놓고 싶은 충동이 거센 파도처럼 나를 덮쳐

왔다.

하지만 그 여자가 이지라면? 이지가 바로 그 상대라면?

이지는 나를 꼬박 1분간 바라보았다. 다음에 할 말의 무게를 재는 듯했다. 결국 이지는 내게 슬픈 미소를 옅게 지어 보였다.

"내가 너한테 뭐라고 할 처지도 아니고, 혹시 거슬리면 나한테 입 닥치고 내 일이나 신경 쓰라고 말해줘. 그런데 나는 네가 좀 걱정돼."

"내가?"

"숀이랑 무슨 일 있니?"

가슴이 철렁 내려앉았다.

"뭐?"

"지금 널 괴롭히는 게, 숀이랑 관련된 일이야?"

"왜 그렇게 생각해?"

"두 사람 사이에 긴장이 좀 감도는 것 같아서. 무언가 이상한 기운이 느껴져."

이지는 그저 내 머릿속에 들어가보려는 걸까? 내가 어디까지 알고 있는지 알아내려? 아니면 정말 날 도우려는 마음일까?

나는 보온병을 들어 커피를 컵의 절반 지점까지 따랐다. 커피는 독하다 싶을 정도로 진했지만, 이틀 밤을 잠들지 못한 후에 만난 카페인의 급습이 반갑기만 했다.

이지에게 다 털어놓고 싶은 충동은 나를 거의 압도하고 있었고, 나도 모르는 사이에 말들이 내게서 쏟아져 나오고 있었다. 이지는 숀을 나보다, 우리 가운데 그 누구보다 더 오래 알고 지낸 사람이었다.

"너한테 말한 적이 있는지 모르겠는데, 내가 대니얼을 임신했을 때 전국출산재단[22]에서 만난 조라는 여자가 있었어. 우리는 애들이 태어난 후에도 계속 연락을 주고받았지. 조의 남편은 정말 다정하고, 매력적이고, 재미있는 사람이었어. 아내와 아기를 애지중지했지. 무언가가 잘못됐다는 징후는 전혀 없었어. 그런데 작년에 말이야, **쾅!** 조의 남편이 일을 하면서 만난 사람 때문에 조를 떠났어. 청천벽력이었지. 어느 날 조가 집에 와보니까 남편이 자동차 트렁크에 자기 짐을 잔뜩 실어서 떠난 후였대. 조에게 메모 한 장만 남겨놓았더래. 그게 다였어."

"남편은 돌아왔어?"

"아니. 그리고 남편이 떠난 후에야, 조는 모든 것을 되돌아보면서, 그러니까 **제대로** 보면서, 몇 달 내내 곳곳에 징후가 있었다는 걸 깨달은 거야. 남편은 딴 데 정신이 팔려 있었고, 석연치 않은 일들이 많았고, 헬스장을 일주일에 네 번 가는 등 외모에 더 신경을 썼던 거지. 상대가 바람을 피운다는 전형적인 징후잖아. 조는 그냥 무시하기로, 아무 문제 없는 척하기로 했던 거야. 하지만 문제가 있었지." 나는 잠시 말을 멈추고 고개를 저었다. "나랑 숀한테도 같은 일이 벌어지고 있는 기분이야. 그리고 나도 조처럼, 어쩌면 징후를 너무 늦게 알아차린 걸지도 모르지."

이지는 내 눈을 똑바로 보았다. "숀이 그런 짓을 할 것 같지

---

22) 임신과 출산 관련 의료 서비스를 제공하는 영국의 자선 단체.

않아. 숀은 아니야."

하지만 나는 증거를 봤어. 메시지를 봤다고. 숀이 무슨 짓을 하는지는 내가 알아.

"나도 그렇게 생각했어. 출산재단에서 만난 내 친구도 그렇게 생각했다고." 나는 작은 목소리로 말했다.

"케이트, 나는 숀을 초등학교 때부터, 우리가 다섯 살일 때부터 알았어. 그리고 나는 너한테 정말 솔직하게 말할 수 있어. 숀은 내가 아는 사람 중에 가장 정직한 녀석이야." 이지는 미소를 지으며 그녀의 작은 손을 내 손 위에 포갰다. "숀은 정말 정직해서 가끔은 우스꽝스러울 정도라니까. 우리가 세인트주드에 다닐 때 같은 반이 된 적이 있는데, 숀은 자기가 하지 않은 일뿐만 아니라 자기가 했을 리가 없는 일까지 자기가 했다고 인정하곤 했어. 그게 바로 네 남편의 이상하면서도 훌륭한 점 중 하나야."

네가 본 것을 이지에게 말해.

하지만 이지가 바로 그 상대라면?

그냥 말해.

잃을 건 또 뭐가 있니?

"메시지가 있었어." 내가 말했다.

이지가 불쑥 고개를 들었다.

"뭐? 어디에?"

"숀의 휴대전화에."

이지가 잠시 나를 살폈다. 미소가 흐려지고 있었다.

"네가 봤다고?"

"응."

"정확히 뭘 봤는데?"

"몇 초밖에 못 보긴 했는데, 오고간 대화가 있었어. 숀이 그 여자에 대한 생각을 멈출 수가 없다고, 나한테 계속 거짓말을 할 수는 없다고, 내가 무언가를 의심하지는 않느냐고……."

"또?"

"두 사람이 함께 다음 단계를 생각해볼 거라고 했어. 이번 주, 프랑스에서 말이야."

"메시지를 누가 보냈는지는 모르고?"

"몰라."

이지는 의자에 등을 기대고는 두 손을 비스듬히 세워 손가락 끝을 맞부딪혔다.

"이게 논리적으로 말이 되려면, 메시지 주인공은 우리 중 한 사람이어야 하네?"

"그렇지."

"로언 아니면 제니퍼?"

"응." 아니면 너.

"맞아. 그러네."

"숀이랑 로언이나 제니퍼 사이에 무언가 이상한 걸 본 적이 있니? 우연히 무슨 말을 들었거나? 어떤 낌새라도 챈 건 없니?"

"아니, 전혀." 이지는 고개를 들어 잠시 계곡을 바라보았다. 헐벗은 잿빛 봉우리들이 파란 하늘을 들쑥날쑥 찔러대고 있었다. "다만 또 다른 가능성이 존재하는 것 같아."

"또 다른 가능성?"

"로언도 제니퍼도 아닐 가능성."

나는 천천히 고개를 돌려 이지를 보았다. 이건 뭐지? 고백을 하려는 건가? 실토하려는 건가? 바로 지금, 여기에서? 결국 모든 것이 고백을 하기 위함이었나?

나는 목소리에 감정이 묻어나지 않게 하려 애썼다. "둘 다 아니라면, 누구?"

"로언이랑 제니퍼가 다는 아니잖아. 남자들은 어떻고?" 이지가 조심스레 말했다.

"남자들?"

"러스랑 앨리스터도 여기 있잖아."

당황한 나는 눈을 깜빡였고, 입도 살짝 벌어졌다.

뭐?

"러스랑 앨리스터? 하지만 그 둘은 남자…… 숀은 동성애자가…… 그러니까 내 말은, 다들 결혼했잖아. 동성애자가 아니야."

"케이트, 인간의 마음은 오래전부터 이상한 거였어."

"메시지는 코럴 걸이라는 사람한테 온 거여서, 나는 발신인이 여자라고 생각했어."

"나는 일부러 악역을 맡고 있어. 문제를 모든 각도에서 살펴보려는 거지."

"이지, 사실 나는 거기까지는 전혀 생각하지 못했어."

이지가 어깨를 으쓱했다.

"그저 하나의 가능성이라는 거야. 그게 다야."

"맙소사, 당시에는 제대로 생각할 시간도 없었던 것 같아."

"다른 일은 없고? 다른 증거는?"

나는 다시 수백만 파운드 규모의 거래를 떠올렸다. 로언이 이 관계를 끝까지 비밀에 부칠 수 있느냐에 달린 거래. 술에 취한 러스가 발코니에서 내게 폭로한 이야기.

로언이 바람을 피우는 것 같아요. 뭔가 있다고요. 빌어먹을, 난 확신해요.

"전혀…… 결정적인 증거는."

"숀한테는 물어봤어?"

"물어볼 수 없었어. 묻고 싶지 않았어. 메시지가 너무 큰 충격이어서, 나는 그저 어떻게 하는 게 최선인지 답을 찾으려고만 했어."

"아, 케이트. 안쓰러워서 어떡하니. 화도 많이 났겠다." 이지가 나를 끌어안고 등을 쓸어주었다.

나는 고개를 끄덕였다. 목에 뭐가 턱 걸린 듯 고통스러웠다. 또다시 울지 않으려 안간힘을 썼다. 다시는 울지 않으리라. "이번 주만큼 최악인 때가 없었어."

"네가 상황을 잘못 해석했을 가능성은 없어? 어쩌면 섣불리 잘못된 결론에 도달한 것일 수도 있잖아?"

여전히 숀을 변호하고 있어.

"이 상황에서 잘못 해석하는 게 가능할까? 어떤 다른 결론이 있을 수 있을까?"

"나도 모르겠어, 케이트. 나도 알고 싶다. 숀이 바람을 피울 수 있다는 게 정말 믿기지 않아서 그래."

"내가 어떻게 해야 한다고 생각하니?"

"네 마음이 좀 편해지려면?"

"어느 쪽인지 알려면."

"솔직히 모르겠어, 친구야. 하지만 할 수 있다면 널 도울게."

나는 포옹을 풀었다. "날 도와준다고?"

"돕고 싶어."

대니얼이 바위 웅덩이에서 나를 불렀다. "엄마?"

"얘야, 잠깐만."

나는 다시 이지를 향해 고개를 돌리고 목소리를 낮게 유지했다. "그런데 너는 아직도 숀이 바람을 피우는 것 같지는 않다고 보는 거지?"

"숀은 타고나길 그렇게 거짓말을 할 수 있는 사람이 아니야."

"그런데 네가 그걸 어떻게 아니? 우리 가운데 누구라도 정말 알 수 있는 사람이 있긴 할까?"

이지는 어깨를 으쓱해 보였다. "나는 그냥 알아."

이지를 믿고 싶었다. 정말 믿고 싶었다. 하지만 한 가지 생각이 미친 듯이 번쩍대는 불꽃놀이처럼 머릿속에서 튀어 오르고 있었다.

너는 그렇게 말하겠지. 그렇지 않니, 이지? 네가 바로 그 여자라면?

"엄마." 아들이 한층 목청을 높여서 다시 나를 불렀다.

"무슨 일이니, 대니얼?"

"폭포 아래 저 웅덩이가 얼마나 깊을 것 같아요?"

"잘 모르겠는데…… 한 2미터 정도? 그런데 왜?"

대니얼이 팔을 높이 들어 가리켰다. "제이크 형이 뛰어내리려는 참이거든요."

나는 몸을 일으켜 앉았다. 대니얼은 상류 쪽을 가리키고 있었다. 수직으로 선 두 암벽 사이로 물이 쏟아지면서 아래의 커다란 웅덩이로 모여들고 있었다. 웅덩이에서 6미터쯤 올라간 지점에 바위로 된 절벽이 있었고, 그 끝에 제이크가 수영복 차림으로 서 있었다. 제이크 아래로 물은 얼음처럼 맑았지만, 뛰어내리기에는 아찔했다. 양쪽에 돌출부가 있었고, 내려가는 길은 온통 들쑥날쑥한 화강암투성이었다.

이지와 내가 허둥지둥 일어섰다.

"맙소사." 이지가 조용히 내뱉었다.

러스까지 몸을 일으켜 앉았다. 러스는 암벽에 걸터앉은 10대 소년을 실눈을 뜨고 바라봤다.

"10대들이란…… 빌어먹을, 자기들이 천하무적인 줄 알지, 안 그래요?" 러스의 목소리에 살짝 질투가 묻어났다.

제이크는 경기를 마친 권투 선수처럼 두 주먹을 들어 올리며 스스로에게 경의를 표하고는 소리쳤다. "수직 다이빙!"

그때 제이크 뒤로 보이는 나무 사이에서 제니퍼가 나타났다. 얼굴에 분노와 두려움이 덧씌워져 있었다. "제이크! 너, 그 발 떼기만 해 봐!" 제니퍼가 소리치며 앞으로 나아갔다.

흘끗 시선을 내렸더니, 뜻밖에도 이선이 휴대전화를 들고 형을 찍고 있었다.

"수직 다이빙이 뭐니?" 나는 그저 무슨 말이라도 해보려고 물었다.

"애들이 바위에서 뛰어내리는 거야, 보통은 바다로." 이지가 나직한 목소리로 대답했다.

"세상에, 제이크가 정말 뛰어내리려는 건 아니겠지, 그렇지?"

실수가 허용될 여지가 별로 없었다. 너무 멀리 뛰어내리면 건너편 바위에 부딪칠 터였다. 너무 가까우면 아래 돌출부에 등을 부딪칠 것이다. 적당한 간격을 두고 뛰어내린다 해도, 웅덩이 바닥에 다리가 부딪쳐 부러질 수도 있다. 혹시나 웅덩이가…….

제니퍼가 아들의 팔을 붙잡아 뒤로 끌어냈다.

27
러스

러스는 딸이 점수를 계산하는 사이 자신의 휴대전화를 슬쩍 훔쳐보았다. 이메일 몇 통을 대강 확인하고, 영국 FTSE 100 지수를 빠르게 훑었다. 오늘 주식시장에 별다른 특이점은 없었다.

누구인지 모르지만 엄청난 사디스트가 '배고픈 하마'를 별장의 보드게임 목록에 포함시킨 모양이었다. 성인이라면 다 알겠지만 배고픈 하마는 게임 역사상 가장 시끄러운 게임이다. 일단 게임이 시작되면, 선수들이 각자의 하마가 상대보다 더 많은 구슬을 먹어치우게 하려고 바삐 움직인다. 이 과정에서 플라스틱이 플라스틱과 마구 부딪치며 **탕 탕 탕 탕** 40초 동안 귀청을 찢을 듯 극악스레 울려댔다. 기관총이나 착암기 소음이 이럴까. 마치 머리를 양동이에 집어넣고 있는데 사람들이 그 안에 골프

공을 던져 넣는 것 같았다. 그것도 오데트가 하듯이 극악스레 경쟁적이었다. 아직 러스에게는 지난 크리스마스 아침에 딸과 배고픈 하마 게임을 했던 고통스러운 기억이 남아 있었다. 새벽 5시 30분, 실로 재앙적인 수준의 숙취에 시달리면서 듣는 소음이란 마치 누군가가 두개골 안에 연이어 폭죽을 터뜨리는 것 같았다.

오데트는 여전히 배고픈 하마를 좋아했다. 그게 문제였다.

"내 하마는 구슬 아홉 개를 먹었고 아빠 하마는 열두 개를 먹었어. 아빠가 또 이겼네." 오데트가 슬픈 목소리로 말했다.

러스는 게임에서 딸에게 져줘야 한다고 생각하지 않았다. 로언은 오데트에게 져줬다. 로언의 부모도 오데트에게 져줬다. 망할 보모도 늘 져줬다. 모든 것을 다 져줬다. 하지만 져주는 것은 다섯 살배기 오데트에게 도움이 되지 않았다. 오데트에게서 경쟁력과 성공의 동력을 앗아 갔다. 접시에 담겨진 성공을 건네받는 데에는 진정한 기쁨이 없다. 반면, 어렵게 싸워 얻어내어 누려야 마땅한 성공보다 기분 좋은 것은 없는 법이다.

물론 단점도 있었다. 오데트는 매번 **정말** 이길 때까지 게임을 계속하려 들었다.

"한 판 더 해요?" 오데트가 말했다.

오락실의 타일이 깔린 바닥에 대자로 누웠던 러스가 끙 하며 몸을 일으켰다 관절 마디마디에서 소리가 났다. 러스는 긴 다리를 접어 양반다리를 만들었다.

"하마 게임을 다시 할래, 아니면 다른 걸 찾아볼까?"

"하마! 엄마도 같이 하자. 그런데 엄마는 어디 있어?" 오데트가 주위를 둘러봤다.

러스가 시계를 확인했다. 로언은 정말 어디 있지? 세 사람은 이번 휴가를 같이 보내야 했다. 하지만 로언은 또 도중에 사라져버렸다. 휴대전화의 전원을 끄고 두어 시간 정도 위층 침실에 두겠다고 약속까지 해놓고 말이다. 요전 날 밤 케이트에게 다 털어놓은 후로 그의 의심은 확신으로 굳어졌는데, 집에서보다 여기서 아내를 추적하기가 훨씬 더 어려웠다. 로언에게 분명 무슨 일이 벌어지고 있다. 지난 몇 주 동안 아내는 점점 더 비밀이 많아졌고, 더 꽁꽁 숨었다. 그래, 미국인들과의 사업 거래는 큰 건이다. 인생을 바꿀 수 있는 돈이 걸렸으니까. 하지만 그게 다가 아니었다. 다른 무언가가 있었다. 러스는 꽤 확신했다.

러스가 몸을 앞으로 기울였다. "좋은 질문이야, 오데트. 나도 엄마가 어디 갔는지 모른단다. 오데트, 아빠한테 좋은 생각이 있어. 우리 숨바꼭질하는 게 어때?"

오데트의 작은 얼굴이 밝아졌다. "신난다! 내가 숨을래! 내가 숨을 거야!"

"아직은 안 돼, 귀염둥이야."

"하지만 내가 먼저 숨고 싶은걸!"

"넌 다음 차례로 하면 돼. 엄마가 먼저 숨었다고 치고 우리가 엄마를 찾는 거야. 대신 엄청나게 조용히 움직여야 해. 엄마가 알아차리지 못하게 살금살금 다가가야 하니까."

오데트가 팔짝 뛰며 소리쳤다. "좋아! 엄청나게 조용히!"

러스가 미소를 지으며 한 손가락을 그의 입술에 가져다 댔다.

"쉬잇." 오데트가 조용하겠노라고 약속했다.

"어부바해줄까?"

"응." 오데트는 속삭이며 두 팔을 내밀었다.

러스가 몸을 돌려 무릎을 꿇었고, 오데트를 들어 올려 등에 업었다. 오데트는 작은 팔을 러스의 어깨에 두르고 목덜미에 입을 맞췄다. 러스는 살짝 밀려오는 애정과 자부심과 부모로서의 기쁨을 느꼈고, 얼굴에 활짝 번지는 웃음을 막을 도리가 없었다. 오데트는 너무도 작고 가벼워서 그의 너른 등에 거의 아무것도 걸려 있지 않은 듯했다.

"나 이제 아빠만큼 크다." 오데트가 속삭였다.

"그러네, 귀염둥이야. 나무만큼 크다."

러스는 계단을 올라가 거실에 이르렀고, 한 층을 더 올라가 침실에 도착했다. 로언은 어디에도 없었다. 다시 내려가 주방을, 발코니를, 수영장과 정원을 확인했다. 여전히 아무 수확도 없었다. 제니퍼네 아들 녀석 중 한 명이, 그 금발에 이쁘장하지만 무례한 녀석이 내게 별장 측면을 가리켰다. 러스는 그 길을 따라 문을 하나 통과해 앞뜰에 들어섰다. 주차 구역을 통해 나무가 늘어선 진입로부터 정문까지 내다보였다.

로언이 있었다. 러스에게 등을 보인 채 렌터카에 기대어 있었다. 휴대전화로 통화하면서.

찾았다.

"쉿." 오데트의 숨결이 러스의 귀에 뜨겁게 와 닿았다.

러스는 고개를 끄덕이고 자갈길을 벗어나 잔디 위로 더 조용히 움직였다. 잔디를 가로질러 천천히, 숨을 죽인 채 아내에게 접근했다.

로언은 여전히 그의 인기척을 듣지 못했다.

러스는 고개를 돌려 등에 업힌 딸에게 윙크했다. 오데트는 엄마를 놀라게 할 생각에 신이 나서 싱글벙글거리고 있었다. 재미난 게임이었다. 러스는 이제 속도를 늦추며 로언에게 좀 더 가까이 살금살금 다가갔고, 로언의 말소리를 겨우 알아들을 수 있게 된 지점에서 멈춰 섰다.

로언이 말했다. "내 말이 그거예요. 그러니까, 말했잖아요. 내게 주어진 선택지를 다 알고 싶다고요. 모든 일이 벌어졌을 때 말이에요."

러스는 한 걸음 더 가까이 다가가며 로언이 하는 말을 단 한 마디도 놓치지 않으려 안간힘을 썼다.

로언은 여전히 러스와 오데트에게 등을 보인 채 단호히 말했다. "아니요, 아니요. 당연히 그 사람한테는 아직 말 안 했죠."

로언이 휴대전화를 다른 손으로 바꿔 들며 짙은 적갈색 머리칼을 귀 뒤로 넘겼다.

"나도 알아요. 안다고요! 내 기분은 어떨 것 같아요?" 로언은 잠시 말을 멈추고 듣기만 했다. "적당한 때가 오면 그 사람한테 말할 거예요. 결정을 내릴 시간이 있을 때, 결정의 근거를 내……."

오데트가 더는 참지 못하고 키득거렸다.

로언이 빙글 돌아 두 사람과 마주 보았다. 눈이 휘둥그레졌다.

"이게 뭐……."

"워! 우리가 엄마를 찾았다!" 오데트가 소리쳤다.

로언은 잠시 두 사람을 빤히 쳐다봤다.

"제가 다시 전화드릴게요."

통화를 끝낸 로언은 반바지 주머니에 휴대전화를 쓰윽 넣고는 팔짱을 꼈다.

"뭐 하는 거야?"

"누구야?" 러스가 물었다.

오데트가 두 사람을 향해 소리쳤다.

"엄마, 우리 지금 숨바꼭질하고 있어!"

"일 때문이지 뭐."

러스는 믿지 못하겠다는 듯 얼굴을 찌푸렸다.

"일 얘기를 하는 것 같지 않던데."

"당신이랑 이런 대화 안 할래. 지금은 싫어."

"왜 싫은데? 우리가 지금 만끽하고 있는 훌륭한 휴가 분위기를 망칠까 봐 걱정하는 거야?"

신이 난 오데크가 아빠 등 위에서 이리저리 촐랑거렸다. "엄마……."

"설명할 건 아무것도 없으니까."

"또 허튼소리로 넘어가려 들지 마. 당신이 그 남자랑 있을 때 어떤 모습인지 똑똑히 봤으니까."

"누구랑?"

"숀. 어제 해변에서. 숀한테 아주 홀딱 빠져 있더군."

"우리 딸을 지켜줬잖아. 당신이 또 숙취로 정신없이 자는 사이에 말이야."

"왜 이러는 거야? 나를 꼭 망신 줘야 해?"

"개의치 않아 보이던데 뭐."

"무슨 뜻이야?"

"식사할 때마다 꼭 그렇게 술을 마셔야겠어?"

"휴가 온 거잖아! 빌어먹을. 마음껏 즐겨야 하는데 내가 일행을 고른 게 아니잖아, 안 그래? 당신 친구들이지 내 친구가 아니라고."

"그래도, 당신이 우리 딸이랑 놀아주면 좀 좋아. 오후만 되면 태양 아래 술에 취해서 곤드라질 게 아니라."

오데트가 두 손뼉을 마주쳤다.

"엄마, 이제 내가 숨을 차례야!"

로언이 딸에게 팔을 뻗으며 미소를 보냈다. "우리 아기, 이리 오렴." 로언은 러스의 등에서 오데트를 뽑아 들어 아장아장 걸을 때 그러했듯 오데트를 골반 한쪽에 얹었다. "숨을 곳을 찾아보자."

"그러면 우리 둘 다 숨을 수 있는 거예요?"

"그렇지. 우리 둘 다 아빠한테 안 보이게 숨는 거야. 아빠가 생각도 못 할 곳에 숨자." 로언은 몸을 돌려 길을 따라 별장 뒤편으로 향했다. 오데트가 골반 위에서 통통 튀고 있었다. "우리를 절대 찾지 못할 곳으로 가자."

28

나는 충분히 지켜봤고, 충분히 들었다. 이제 행동에 나설 차례다. 뭔가를 할 차례다.

발끝으로 살금살금 2층 복도를 따라 걸었다. 아무 소리도, 아무 목소리도 들리지 않았다. 무거운 참나무 문을 밀어 열어 로언과 러스의 침실을 들여다보았다. 우리 방처럼 로언네 방도 크림색이 도는 대리석 바닥과 고풍스러운 원목으로 장식되어 있었다. 네 모서리에 기둥이 있고 덮개가 달린 큰 침대와 아름답게 깎은 책장이 보였다. 발코니로 난 미닫이 유리문이 살짝 열려 있었다. 밖에서 불어오는 산들바람에 얇게 비치는 커튼이 흔들렸다.

내가 뭘 찾고 있는 거지? 아니, 여기서 뭐 하는 거야?

나도 정말 몰랐다. 하지만 무언가가 있어야 했다. 이 미로에서 벗어날 길을 찾는 데 도움이 될 어떤 단서가 나와야 했다. 나라면 무언가를 어디에 숨길까? 여기가 내 방이라면?

옷장 문도 열려 있었다. 원피스와 윗옷 10여 벌을 한쪽으로 밀어젖히자 뒤쪽에 쌓아놓은 빨간색 쌤소나이트 여행가방 두 개가 보였다. 커플 가방이었는데 하나가 다른 하나보다 약간 더 작았다. 작은 가방을 골라 지퍼를 열자 빈 비닐봉지와 충전기, 역시 비어 있는 면 재질의 회색 세탁 주머니가 나왔다. 가방의 뚜껑 안쪽으로 달린 주머니에는 로언의 회사와 관련된 것으로 보이는 서류 몇 장이 들어 있었다. 도통 알 수 없는 숫자와 회계 용어가 빼곡한 도표들이 있었다.

방을 가로질러 침대 옆 서랍을 당겨 열었다. 말보로 열 갑으로 구성된 상자 하나가 뜯겨 있었는데, 여섯 갑만 남아 있었다. 여분 라이터도 보였다. 약 모음, 주머니칼, 50유로짜리 지폐로 두둑이 채운 투명한 봉투, 휴대전화 충전기, 전원을 끈 아이패드와 구글 픽셀폰이 있었다. 러스가 눕는 쪽이었다. 조금 이상한 점은 그의 휴대전화가 여기에 전원이 꺼진 채 있다는 사실이었다. 늘 갖고 다니는 것처럼 보였는데.

살금살금 침대를 빙 둘러 가서 반대편 서랍도 당겨 열었다.

여권 세 개, 렌터카 서류, 투명한 지갑에 담긴 비행정보, 로언의 회사와 관련된 서류, 약 상자, 고데기, 가위, 수첩, 펜, 립밤, 선탠로션이 있었다.

약 상자를 한쪽으로 옮기고 서랍 안쪽으로 더 깊숙이 손을 뻗었다. 약 상자를 제외한 다른 물건은 처음 발견한 위치에서 틀어지지 않게 하려 애썼다.

하지만 내가 알 만한 물건은 없었다. 어떤 의미가 있는 물건도 없었다. 이거다 싶은 게 없었다.

잠깐.

기다려.

저기 있다.

내가 알아볼 수 있는 무언가. 내가 아주 잘 알고 있는 무언가. 어쩌면 사실 이 방에서 발견할 거라고는 결코 예상하지 못했을 무언가.

무얼 하는지 깨닫지 못한 채, 내가 내린 결정을 자각하지 못한 채, 안으로 손을 뻗어 그 물건을 꺼냈다. 고개를 저으며 엄지와 검지로 그것을 들어 올렸다. 눈 뒤로 뜨거운 눈물이 따끔거렸다.

누군가가 내 뒤통수를 가격하기라도 한 듯 어지러웠다. 지금까지 나는 의심하고, 두려워하면서도, 어쩌면 이 모든 것이 어떤 식으로든 오해일 수 있다는 아주 작은 희망을 품었을지도 모른다.

이제 그 희망은 사라졌다.

이제 나는 안다.

하지만 지금 그 물건을 가져가면, 로언은 그것이 없어졌다는 사실을 알아차릴 테고 누군가가 여기 머물렀다는 사실도 알게 될 터였다. 어쩌면 그 사람이 누구인지 알아낼 수도 있을 것이다. 원래 있던 자리에 돌려놓아 발각될 위험을 피하는 게 현명한 처신일 터였다.

물건을 다시 내려놓는 대신 내 주머니에 쓰윽 넣었다.

잠시 지금 내가 어디 있는지, 무얼 하는지 잊었다. 나를 둘러싼 이 공간이 빙빙 도는 듯했고, 울음을 참아내려 애쓸수록 시야에 들어오는 온갖 색깔이 출렁거렸다. 이 물건을, **다른 것도 아닌** 이것을 발견했다는 사실이 모든 것을 더 나쁘고 더 절망적으로 만들었다.

아래 수영장에서 루시의 목소리가 들려와 나를 다시 현실로 되돌려놓았다. 첫날 밤 우리가 나눈 대화가 아침 내내 머릿속을 맴돌았다. 루시를 도울 길을 찾아내려 애쓰는 사이 한 가지 생각이 튀어 올라 다음 생각으로, 그다음 생각으로 옮겨 가곤 했다. **내 딸**. 이제 루시가 내게 숨기는 일은 너무도 많았고, 너무도 많은 것을 내 손이 닿지 않는 범위에 두어서 가끔은 내가 루시를 염탐하는 것처럼 느껴지기도 했다. 하지만 나는 돕고 싶었을 뿐이다. 얇은 커튼을 걷고 미닫이 유리문을 조금 더 열어 러스와 로언의 발코니에 슬며시 들어섰다.

별장의 이쪽 측면은 눈부시게 빛나는 태양이 직접적으로 내리쬐는 곳이었다. 열기 속에 두 팔과 얼굴의 살갗이 바로 구워지는 느낌이었다. 이 지점에 서니 인피니티풀 전체와 맞은편 거실에 튀어나온 중앙 발코니가 훤히 들여다보였다. 루시는 물속에 있었다. 매끄럽고 우아한 평영으로 수영장 끝에서 끝까지 여러 번 왕복하고 있었다. 왔다가, 갔다가. 고개를 들면 바로 내가 보일 터였다. 나는 발코니 구석에 쭈그리고 앉아 난간에 걸린 수건 두 개 사이 틈으로 밖을 내다봤다.

잠시 루시의 매끄러운 동작을 지켜봤다. 물 표면에 잔물결도 거의 일지 않고 있었다.

루시가 배영으로 자세를 바꿨을 때, 발코니로 올라가는 돌계단 아래 그늘진 구석에서 잽싸게 움직이는 무언가가 내 시선을 사로잡았다. 처음에는 그것이 작은 조각상, 돌로 된 고양이 형상이라고 생각했다. 하지만 그때 조각상의 머리가 홱 돌아가더니 내가 있는 방향으로 고개를 들었다. 연한 적갈색과 흰색이 섞인 작은 고양이였다. 사실 조금 큰 새끼 고양이라 하는 편이 더 적절했다. 고양이는 노란 눈을 천천히 끔뻑이며 나를 보았고, 나도 내려다보며 고양이와 눈을 맞췄다. 고양이는 거부감이 느껴지지 않을 정도까지 차분하고 태연했다. 세상 풍파를 겪지 않은 모습이었다. 그저 수영장 근처를 어슬렁거리며 시간을 보낼 뿐. 길고양이거나, 어쩌면 근처 농가에서 키우는 아이일 수도 있었다. 짧지 않은 순간이 지난 후, 고양이가 나와의 눈 맞춤을 풀고 시선을 아래로 떨어뜨렸다. 나는 고양이가 이제 어디를 보는지 확인하려, 발코니에 늘어선 난간에 이마를 바짝 붙였다.

앨리스터였다. 바로 내 밑에 있었다. 일광욕 의자에 몸을 쭉 뻗고 누운 채였다. 수영장에 갈 때 그의 공식 의상처럼 보이는, 스피도와 조끼, 검은 양말과 샌들 차림이었다. 물론 휴대전화도 함께. 나는 다시 발코니의 난간 사이로 실눈을 뜨고 바로 아래에 있는 앨리스터를 내려다봤다. 앨리스터는 정확히 무얼 하고 있나? 나는 앨리스터에게 들릴까 봐 숨을 참고 더 가까이 들여다봤다. 그사이 앨리스터가 무릎에 올려놓은 휴대전화 위치를 바꾸어 약간 위쪽으로 각도를 틀고 무언가를 확대했다.

그는 휴대전화를 들어 사진을 한 장 찍었다. 그리고 또 한 장, 또 한 장.

29
앨리스터

앨리스터는 최근 가짜 소셜 미디어 계정을 시작했다. 전적으로 타당한 이유에서였다. 인스타그램과 스냅챗에서 두 아들의 활동을 추적해, 아이들에 대한 존중을 해치지 않을 만큼 거리를 두면서 지켜보기 위해서였다. 특히 제이크가 한 차례 아프고 난 후로는 아이들을 지켜봐야겠다는 마음이 더 강해졌다. 제니퍼가 늘 두 아들이 무슨 일을 벌이는지 전전긍긍하고 있기도 하고. 처음에는 자신의 진짜 아이디로 두 아들을 팔로우하려 했지만(초보들이 흔히 하는 실수다!), 아이들은 소셜 미디어 계정이 없다고 주장할 뿐이었다. 앨리스터가 두 아들의 아이디를 찾아냈지만, 아이들은 앨리스터의 친구 신청을 가볍게 무시해 버렸다.

조금 더 정교한 접근법이 필요했다.

그래서 앨리스터는 가짜 계정을 두어 개 만들었다. '스카이블루청년99'라는 아이디에, 사진 공유 사이트에서 다운 받은 흔한 10대 소년의 프로필 사진을 사용했고, 역시 흔한 차와 음식, 축구 선수 사진과 유명인에 대한 잡담으로 계정을 채웠다. 아니나 다를까, 두 아들은 그의 친구 신청을 수락했고 그를 맞팔했다. 제이크와 이선은 소셜 미디어상에 친구가 수백 명 있었지만, 대부분 현실에서는 거의 알지 못하는 사람들이었다. 이런 배경 속에 섞여 들어가기란 꽤나 쉬웠다.

오래지 않아, 앨리스터는 가짜 계정이 아이들의 상황을 전체적으로 보여준다는 사실을 알게 됐다. 두 아들이 겪는 모든 일의 배경을, 두 아들이 살고 교류하고 평가받는 환경을, 두 아들이 헤엄치는 바다를 볼 수 있었다. 두 아들은 앨리스터 앞이라면 100만 년이 지나도 결코 하지 않을 말들을 소셜 미디어상에서 마음껏 했다. 이제 앨리스터는 인스타그램과 스냅챗, 트위터에서 두 아들 말고도 많은 사람을 팔로우하고 있었다. 그야말로 어떤 것이든 보고 사진을 찍으면서도 아무도 알아채지 못한다는 데 휴대전화의 묘미가 있었다. 다른 사람들 눈에는 앨리스터가 그저 이메일을 확인하거나 페이스북을 스크롤하며 훑어보고 있는 것으로 보일 터였다.

자, 오늘은 어린 친구들이 인스타그램에 무엇을 올리고 있으려나? 앨리스터는 두 아들의 계정부터 시작했다. 절벽 끝에서 찍은 토요일 사진을 스크롤하며 살폈다. 제이크가 두 팔을 벌리고 절벽 끝에 서 있었다. 제이크는 늘 저런 행동을 했고, 이선은 늘 제이크를 부추겼다. 그 자체로 흥미로운 역학관계였다. 앨리스터는 제이크의 프로필에서 나와 게시물로 넘어갔다. 같은 학교에 다니는 사람들과 친구들의 사진이 가득했다. 세계 다양한 장소에서 찍은 햇빛 쨍쨍한 휴가 사진이 방대했고, 주말에 열여섯 번째 생일 파티를 연 렉시라는 이름의 여자아이와 관련된 게시물도 많았다. 클럽에서 춤추는 어떤 남자아이들이 담긴 흔들리는 영상, 슬픈 얼굴과 키스 이모티콘과 함께 올린 비보이라 불리는 누군가에 대한 게시물, 퀴즈, 늘 있는 개와 고양이, 음식, 음료 사진들, 웃긴 짤, 다이어트 게시물, 그리고 앨리스터가 죽었다 깨어나도 이해할 수 없을 10대들의 단편이 마구잡이로 올라와 있었다.

가벼운 스토킹을 몇 분 더 이어나간 후, 두 아들에게 벌어지는 일 중 그가 모르는 건 그리 많지 않다는 데 만족한 앨리스터는 검색창에 루시루핀22를 입력해 계정을 선택했다. 별장 발코니에 선 루시의 셀카가 화면을 채웠다. 루시의 발아래로 풍경이 펼쳐져 있었다. 해변과 포도밭, 오늘 아침에 찍은 협곡 사진도 다채로웠다. 앨리스터는 그보다 전에 올린 게시물을 확인하려 스크롤했다. 루시와 다른 두 명의 여자아이가 동물 우주복을 입고 있었다. 각각 양과 기린, 판다였다. 며칠 전 밤샘 파티를 한 듯했다.

좋다. 모두 괜찮아 보였다.

앨리스터는 자신의 진짜 계정으로 옮겨 가 몇 분 전에 찍은 사진들을 불러왔다. 아름답고 매끄러운 생명체. 완벽한 이목구비, 자연스럽기 그지없는 몸가짐. 그저 바라보기만 해도 미소가 절로 지어졌다. 앨리스터는 가장 잘 나온 사진을 하나 골라 별장을 찾은 또 다른 손님 #고양이스타그램이라는 설명과 함께 자신의 인스타그램 계정에 올렸다. .

앨리스터는 언제나 사진 찍는 일을 사랑했다. 영원히 남을 모습을 보고, 포착하고, 간직하고, 손에 쥐거나 주머니에 넣어 언제든 꺼내볼 수 있다는 전율이 있었다. 한번은 브라질 정글에 사는 한 원시 부족에 대한 글을 읽은 적이 있다. 이 부족은 사진 찍히기를 싫어했는데, 사진이 영혼의 일부분을 앗아 간다고 믿기 때문이라고 했다. 다른 사람들은 이런 유의 생각을 비웃었지만, 앨리스터는 아니었다. 그는 이해했다. 부족 사람들의 주장이 옳으니까. 누군가의 사진을 찍는다는 것은 그 사람의 아주 작은 일부를 갖는 것과 같았다. 누군가의 머리카락이나 의류품을 가질 수는 없지만, 그 사람의 모습을 높은 해상도와 완벽한 컬러로 영원히 소유할 수는 있다. 아무도 모르게.

회사에서 유난히 힘들었던 날에는, 직접 찍은 아름다운 사진을 보는 일이 도움이 되었다. 상담심리사이자 행복 치료사로서 좋은 날도 괴로운 날도 있다. 자신의 직업이 보람 없는 일처럼 느껴지고 사람들이 도움받길 거부하는 괴로운 날이면, 사진첩을 보며 보내는 약간의 느긋한 시간이 더없이 행복한 위로가 되었고, 감압밸브의 역할을 했다. 문을 걸어 잠근 서재에서 홀로 보내는 시간이었다. 앨리스터는 사진 수천 장을 분류하고 색인을 달아서 집 안 서재의 컴퓨터에 백업까지 해두었다. 아무도 모르는 그만의 모음집이었다. 두 아들 중 한 명이 한 번 이상 모음집을 봤을 수도 있다는 의심이 들긴 하지만 말이다. 앨리스터는 자신이 어디에 있든, 늘 그의 모음집을 늘려갈 수 있길 바랐다.

정원은 조용했다. 무성한 초록빛 잔디 위로 회전 살수기가 천천히 원을 그리며 나른하게 **착 착 착** 물을 뿌리는 소리만이 들려왔다. 앨리스터는 이런 때가 좋았다. 무자비하게 내리쬐는 태양 아래 몸을 완전히 드러내고 있는 것쯤 아무렇지 않았다. 정말 굉장한 장면을 포착할 수만 있다면. 조끼가 땀으로 흠뻑 젖어 등에 달라붙었고, 가죽끈에 달린 목걸이 장식 밑으로 땀이 고였다.

요즘 썩 괜찮은 휴대전화에 달린 카메라는 훌륭했다. 그가 1990년대에 처음으로 가져본 휴대전화에 달린 투박한 쓰레기와는 달랐다. 그의 삼성 S9 휴대전화는 12메가픽셀 카메라를 장착했고, 저장을 무제한으로 할 수 있으며, 듀얼 조리개 탑재에, 초당 약 1000개 프레임의 슈퍼 슬로 모션 영상을 촬영할 수도 있었다. 어두운 곳에서 찍어도 화질이 최상이었고, 줌 렌즈도 썩 괜찮아 확대해도 화질이 그리 많이 떨어지지 않았다.

물론 휴대전화 카메라에는 다른 이점도 있었다. 다른 장치에 쉽고 빠르게 사진이나 영상을 보낼 수 있고, 클라우드에 쉽게 백업할 수 있으며, 원한다면 필터를 쓰고, 편집하고, 영상을 실시간으로 재생할 수도 있었다. 이 모든 게 주머니에 쏙 들어갈 만큼 작은 장치 하나로 가능한 것이다.

그리고 가장 좋은 점은? 모두가 휴대전화를 달고 산다.

과장이 아니었다. 길을 걷거나, 버스 정류장에 줄을 선 사람들을 지켜보거나, 심지어 공원에서도, 단 한 명도 빠짐없이 휴대전화를 손에 들고 있는 때가 많았다. 10년 전만 해도, 망원 렌즈가 달린 커다란 니콘 카메라를 휙 들어 올리기만 해도 관심을 한 몸에 받았다. 모두가 저 사람이 사진을 찍는구나 하고 바로 알았다. 설사 알지 못한다 하더라도, 사진을 찍으리라고 추정은 했다. 사람들은 반사적으로 경계 태세에 들어갔다. 모두가 자신을 향한 렌즈를 좋아하는 것은 아니니까.

하지만 요즘은? 자신도 휴대전화를 꺼내놓고 있는 이상, 아무도 자신이 찍히리라는 생각을 하지 않았다. 모두가 휴대전화를 내놓고 있으니까. 모두가 휴대전화를 손에서 놓지 않으니, 누구도 타인의 손에 들린 휴대전화를 이상스럽게 보지 않았다.

그 말인즉슨, 그야말로 어떤 것이든 사진을 찍을 수 있다는 뜻이었다.

어떤 것이든.

앨리스터는 휴대전화를 내려놓고 일광욕 의자에 등을 기댔다. 루시는 여전히 물살을 헤치며 앞으로 나아가고 있었다. 배영으로 수영장 끝에서 끝까지 여러 번 왔다 갔다 했다. 수영복 차림의 루시를 마지막으로 본 건 제이크의 열 번째 생일에 부부가 연 여름 파티에서였다. 그때 루시는 빼빼 마른 체형에 팔다리가 길고, 가슴이 납작한 열한 살이었다. 정원을 가로질러 회전 살수기가 물을 내뿜으며 눈부신 호를 그려내는 사이사이로 펄쩍펄쩍 뛰어다녔다. 그 나이대의 아이들은 놀랍게도 전혀 남의 눈을 의식하지 않았다. 그에겐 얼마나 다행스러운 일인지! 아이들은 어른들의 세계에서 무슨 일이 일어나는지도 모르는 채, 그저 행복하게 놀기만 했다. 누가 자신을 보고 있거나 말거나 걱정하지 않았다.

그런데 이제 루시는 뭐랄까…… 아예 다른 생명체처럼 보였다. 마치 종이 다른 것만 같았다. 아름다운 사람들을 보면 그런 생각이 들었다. 루시는 여자처럼, 그것도 다 자란 여자처럼 보였다. 이제 겨우 열여섯인데, 굴곡이 모두 알맞은 위치에 자리 잡고 있었다. 가는 허리에, 끝없이 쭉 뻗은 다리, 비키니 브래지어가 겨우 담아내고 있는 가슴하며. 셀룰라이트도, 나이도, 주름도, 그 외에 결국 여성을 망치고 마는 모든 것으로부터 자유로운 모습이었다.

루시는 제이크가 즐겨 보는 만화, DC나 마블에 등장하는 주인공처럼 보였다. 어린 여신의 모습이었다.

하지만 루시는 속내를 알 수 없는 사람이기도 했다. 앨리스터는 이미 그만큼은 파악할 수 있었다.

루시가 수영장 밖으로 나왔다. 그녀의 레몬처럼 노란 비키니를 따라 물이 흘러 떨어지고 있었다. 루시는 태양을 향해 얼굴을 들고 두 손을 이용해 긴 머리를 등 뒤로 쓸어내렸다. 앨리스터는 이렇게 다 같이 있는 곳에서 그 모습을 보게 되어서 좋았다. 루시가 살아온 짧은 인생 동안 내내 알아온 친구들 사이에서라면, 그녀는 여전히 남의 눈을 의식하지 않고 경계를 풀 수 있었다. 보기 좋았다. 앨리스터는 루시의 인스타그램 계정을 통해 그녀가 다른 친구들과 함께 입술을 불룩 내밀고 자세를 취할 수 있다는 것을 알고 있었다. 사진에 필터를 입히고 자신이 돋보일 수 있는 적당한 각도와 최고의 빛을 찾을 수 있음을 알았다. 하지만 루시는 아무도 자신을 지켜보는 사람이 없다고 생각할 때만은 여전히 자연스러울 수 있었다. 그건 정신건강 측면에서 봤을 때 건강하다는 신호였다. 앨리스터가 보기에 소셜 미디어에는 의도적으로 조작된 내용이 너무 많아서 문제였다.

이지가 실크 사롱[23) 차림으로 수영장으로 난 계단을 내려와 루시 옆 일광욕 의자에 앉았고, 미소를 지으며 루시에게 인사했다.

이지는 또 한 명의 흥미로운 인물이었다. 아주 솔직하고 권모술수 따위는 쓰지 않았다. 가식도 없었다. 여행을 많이 다녔다. 자식도, 짐도, 임신선도 없었고, 여자들이 엄마라는 마피아 집단의 일원이 되면서 자연스레 받아들이게 되는 과체중도 비껴갔다. 자그마해서 루시의 어깨 정도밖에 오지 않았다.

이지는 사롱을 벗어 의자에 떨어뜨리고 선탠로션을 바르기 시작했다. 잠시 후, 이지가 루시에게 로션 병을 건네더니 등을 돌렸다. 루시는 이지의 양어깨에 로션을 푹푹 짜고는 문지르기

---

23) 말레이시아, 인도네시아 등지에서 남녀 구분 없이 허리나 가슴에 둘러 입는 기다란 천.

시작했다.

앨리스터는 또다시 진갈색과 흰색이 뒤섞인 새끼 고양이를 발견했고, 이번에도 휴대전화를 들었다.

30

할 수 있을 거라 생각했다. 진실을 알아낼 때까지, 숀이 부정할 수 없을 증거를 손에 쥘 때까지 일주일을 잘 버틸 수 있을 줄 알았다.

하지만 그럴 수 없었다.

나는 그리 강하지 못했다. 바로 내 앞에서 일이 벌어지고 있는데 숀과 함께 행복한 가정을 연기할 수는 없었다. 이제 어떤 식으로든 숀이 진실을 털어놓도록 만들어야 했다. 내가 알아야겠다. 하지만 이곳에서는 안 된다, 모두가 우리 대화를 들을 수 있고, 언제 아이들 중 한 명과 맞닥뜨릴지 알 수가 없다. 무엇보다도 그녀가 개입할 수 있다. 그녀는 이 별장을 잘 알고 있을 테니까. 별장의 비밀 장소까지 속속들이 알고 있을 테니까.

여기, 별장이 아닌 다른 곳이어야 한다. 그리고 나는 완벽한 장소를 알고 있었다.

숀은 우리 침실에 딸린 욕실에 있었다. 갓 샤워를 마친 모습이었다. 셔츠를 입지 않아 드러난 넓은 가슴과 등이 벌써 거뭇거뭇해지고 있었다. 뜨거운 태양 아래 사흘을 보낸 까닭이었다.

"안녕." 내가 문틀에 기대며 말했다.

"당신도 안녕." 숀이 애프터셰이브를 뿌리며 말했다.

"저녁 먹기 전에 잠깐 산책할래?"

숀은 살짝 머뭇거리며 나를 보았다. "산책?"

"저 아래 포도밭으로. 지금 이 시간에 가면 해가 뉘엿뉘엿 지는 모습이 정말 장관이거든."

"애들은 어쩌고?"

"대니얼은 곧 형들이랑 놀러 나갈 거야. 이지한테 루시를 좀 지켜봐달라고 얘기해뒀고."

"그래, 그러자. 금방 준비할게." 숀은 내게 조심스러운 미소를 지어 보였다.

나는 침대 끝에 앉아 숀이 옅은 파란색 셔츠의 단추를 채우는 모습을 지켜봤다. 문득 지난밤 우리 딸과 나눈 대화가 다시 떠올랐다.

"루시가 당신한테 알렉스라는 친구 이야기를 한 적이 있어?"

"그 별난 애?"

"키 크고 빼빼 마른 여자애 있잖아. 클라리넷 연주한다는. 루시네 무리 중 한 명이고."

"별다른 이야기는 없었는데. 왜, 또 싸웠대?"

"루시가 요전 날 밤에 알렉스 얘기를 언뜻 했거든. 분명 무언가에 마음이 불편한 것 같은데, 그게 무언지 말하려 들지를 않더라."

숀은 어깨를 으쓱하며 돌아서서 옷장 문을 닫았다.

"나한테는 아무 이야기도 안 했어."

복도 너머에서 대니얼의 방문이 딸깍 닫히는 소리가 들려왔다. 우리 아들은 무언가에 늦기라도 한 듯 서두르고 있었다.

"대니얼?" 내가 아들을 불러 세웠다.

아들의 얼굴이 문간에 나타났다.

"왜요? 지금 제이크 형이랑 이선 형을 만나러 가는 길인데."

나는 억지로 미소를 지었다. "좋겠네. 루시 누나가 너한테 무슨 말을 하진 않았니?"

"무슨 말요?"

"알렉스. 누나의 학교 친구인데."

"엄마, 누나는 나한테 말 안 해요. 여자들 이야기는 안 알려줘요." 대니얼이 시계를 들여다봤다. "아니면 12학년의 큰 알렉스를 말하는 거예요?"

"모르겠어. 그 여자애는 누구니?"

"남자예요. 그런 게 있었던 사람."

"그런 거라는 게 뭐니?"

"아주 예전에 말이에요."

나는 얼굴을 찌푸렸다. 때로 학교를 주제로 한 대화는 이런 식으로 흘러갔다. 친구 무리의 변동과 소문, 매주 (때로는 매일같이) 일어나는 듯한 다툼과 화해에 충분히 주의를 기울이지 않으면, 도통 무슨 말을 하는 것인지 알아듣기 어려울 때가 있었다.

"그 남자애도 루시 친구니?"

대니얼은 어깨를 으쓱했다.

"몰라요."

"뭔가가 있었다는 게, 파티 말하는 거니?"

누구인지는 확실히 모르겠지만, 제이크와 이선 중 한 명이 아래층에서 대니얼을 불렀다. 대니얼이 홱 고개를 돌렸다. 형들이 대니얼을 찾고 있었다.

"가야 해요. 안녕!" 대니얼이 후다닥 자리를 떴다.

우리도 대니얼을 따라 아래층에 내려가 발코니로 나갔다. 밖은 여전히 지독히도 더웠다. 습기를 머금은 공기가 무거웠다. 정원에 발을 내딛자 숀이 내 손을 잡았고, 나는 빼지 않았다.

"우리 어디로 가는 거야?" 숀이 물었다.

"보여줄게."

"신비감이 넘치는군."

우리는 포도밭을 걸었다. 머리 위 저 높은 곳에서 새들이 부드럽게 지저귀고 있었다. 우리가 서로를 알아온 긴 세월을 생각하면, 앞으로 나눌 대화는 어색하기 그지없을 것이다. 하지만 앞으로 닥쳐올 일들을 생각하면 대화가 그나마 제일 쉬운 부분일 터였다. 무엇보다 아이들의 안위가 우선시되어야 했다. 우리는 부부이기 이전에 부모이니까. 그리고 나는 내심 이기적이게도, 아이들에 대한 걱정으로 숀이 정신을 차릴 수 있지 않을까 하는 기대도 조금은 품고 있었다. 그가 다시 나에게로 돌아설 수 있지 않을까.

"당신에게 할 이야기가 있어. 다른 사람이 없는 데서." 내가 입을 열었다.

"알겠어. 잠깐 사이에 신비감과 불길함을 넘나드네. 이거 불안한데?"

"어떤 일이…… 아까 어떤 일이 있었는데 당신이 알아야 할 것 같아서."

앨리스터가 수영장에서 루시의 인스타그램 게시물을 살피는 모습을 보았노라고 말해주었다. 목격 당시 내가 어디에 왜 있었는지는 대강 얼버무리고 넘어갔다. 앨리스터의 휴대전화 화면에 우리 딸 사진이 여러 장 등장했다고 설명하는 사이, 숀의 두 눈썹 사이에 잡힌 주름은 한층 더 깊어졌다. 우리가 나무들을 지나쳐 협곡 근처 빈터에 다다를 때까지 숀은 아무 말도 하지 않았다.

숀이 마침내 입을 열었다. "그것참 이상하네. 그 자리에서 앨리스터한테 따졌어?"

"그러려고 했는데, 수영장에 내려가보니 앨리스터는 벌써 사라졌고 어디에도 보이지 않았어."

"그랬구나. 내가 앨리스터한테 한마디 할게."

숀이 이렇게 나오리라 예상했다. 숀의 반응은 내가 그를 별장에서 떨어진 곳으로 데려온 이유 중 하나이기도 했다.

"그러지 마. 아직은 안 돼."

"농담이지?"

"일을 크게 만들고 싶지 않아. 또 루시가 수치스러워할 거야. 내가 루시를 지켜보고 있다가, 필요하다면 개인정보를 바꾸라고 하면 돼. 하지만 루시가 이번 일은 몰랐으면 좋겠어. 너무 소름 끼치잖아."

"루시도 알아야 해."

"루시에게 평생 지워지지 않을 상처가 될 거야. 내 말 들어."

"앨리스터와 조용히 이야기만 한다니까."

"숀, 제발 그러지 마. 지금은 안 돼. 나는 그저 당신도 알았으면 했어. 그게 다야. 아마 아무 일도 아닐 거야."

"앨리스터가 루시의 인스타그램 계정을 보고 있었잖아!"

"내가 본 바로는 루시 말고도 많은 계정을 보고 있었어."

"좋아. 하지만 내 눈에 띄기만 해 봐. 그 휴대전화를 뺏어다가 바로 그 자식의……."

"숀."

숀이 한 손을 쳐들었다.

"알겠어, 알았다고. 앨리스터에게 조금 이상한 구석이 있다는 생각은 항상 해왔어. 내 이럴 줄 알았다고. 빌어먹을, 어쩌면 이번 휴가는 전혀 좋은 생각이 아니었을지도 몰라."

"어쩌면."

루시 일은 쉬운 축에 속했다. 어려운 부분은 이제부터였다.

가슴 앞으로 팔짱을 끼며 내게 남은 힘을 모두 그러모으려 애썼다. 내 안에서 두려움이 끓어오르고 있었다. 땅이 어디쯤인지 전혀 알지 못한 채 어둠 속으로 풀쩍 뛰어들려는 참인 것만 같았다. 나는 적어도 가끔씩은, 어떤 의문에 대한 답을 얻으려면 소리 내어 물어야 한다고 스스로를 상기시켰다.

"숀, 내가 할 말은 다 했어." 마른침을 꿀꺽 넘기자 목에 걸린 응어리가 고통스럽게 느껴졌다. "이제 당신이 나한테 하고 싶은 말은 없어?"

31

숀이 잠시 나를 빤히 보았다. 이마에 주름이 잡히고 있었다.

"무슨 말을 해, 여보?"

"알잖아."

숀은 고개를 저었다. "아니, 몰라. 다짜고짜 무슨 말이야?"

숀은 거의 아무것도 내놓지 않고 있었다. 숀이 지금 연기하는 것이라면, 가히 훌륭한 실력이었다. 하지만 나는 전에도 숀이 사람들 앞에서 연기하는 모습을 본 적이 있다. 아일랜드인의 매력이 철철 흘러넘치다 못해 아예 주변을 흠뻑 적실 지경이었다.

오래전 나도 그런 식으로 그에게 매혹되었다.

나는 뒤로 보이는 별장을 가리켰다. "원한다면 당신이 아닌 그 여자한테 물어볼 수도 있어."

"누구한테 물어?"

"내가 지금 누구 이야기를 하는 건지 너무 잘 알잖아!"

"도대체 무슨 말을 하는 거야?"

"우리가 여기 도착한 첫날 밤, 러스가 내게 말해줬어. 로언이 바람을 피우는 것 같다고."

"뭐?"

"바람이 났다고."

"그렇군. 여보, 나 지금 좀 혼란스러워. 누구랑 바람이 났다는 거야?" 숀이 머리를 긁적였다.

"그 질문에 대한 답은 당신이 알 것 같은데."

숀의 주름이 한층 깊어졌다. "뭐? 왜 나한테 이 이야기를 하는 건데?"

나는 전략을 바꿨다. "로언이 해변에서 당신한테 한 말, 뭐였어? 당신이 오데트를 바다에서 데려온 후에 말이야."

"그게…… 기억 안 나. 고맙다고 했겠지?"

"당신한테 뭐라고 속삭였잖아."

숀은 잠시 당황한 듯 보였지만, 덧문이 내려지듯 금세 얼굴에 침착함의 가면이 덧씌워졌다.

"아니, 안 그랬어."

"틀림없이 속삭였어. 숀, 거짓말하지 마!"

"로언은 딸을 잃어버린 줄 알았다가 내가 찾아주니까 고마워했을 뿐이야. 그게 다야."

"당신을 껴안았잖아."

"그래서? 로언은 크게 놀란 직후였고, 나한테 고마웠으니까. 루시가 사라졌는데 러스가 나서서 찾아줬다면 당신도 똑같이 했을 거야."

"그 이상이었어. 그건…… 로언이 당신한테 무슨 말을 했어. 내가 봤다고."

숀은 한숨을 내쉬고 고개를 저었다. "케이트, 지금 뭐 하자는 거야?"

"결혼반지는 또 어떻고?"

"결혼반지가 왜?"

"로언이랑 있을 땐 반지를 빼놔? 늘 그런 식이야?"

숀은 아무것도 끼지 않은 왼손 네 번째 손가락을 만지작거릴 뿐이었다.

"아니."

"반지 어디에 있어?"

숀은 자리에서 일어나 절벽 끝 쪽으로 더 가까이 다가갔다. 디딜 자리가 1~2미터밖에 남지 않은 지점에서야 멈춰 섰다.

"가봤는지 모르겠는데, 지하 오락실 옆에 작은 체력 단련실이 하나 있어. 요전 날 웨이트 트레이닝을 하는데 금반지가 긁힐까 봐 걱정되더라. 그래서 반지를 빼서 옆에 놓인 스피커 여러 대 중 한 대에 올려놨어. 운동을 끝내고 가져가는 걸 깜빡했나 봐. 금방 찾을 수 있을 거야."

그저 슬쩍 던졌을 뿐인 질문에 대한 길고 복잡한 대답이었다.

진실은 간단하고 거짓은 복잡한 법이지, 나는 생각했다.

"체력 단련실에는 언제 간 건데?"

"모르겠어…… 어제, 우리가 해변에 가기 전에?"

"모른다는 거야, 아니면 어제라는 거야? 어느 쪽이야?"

"어제야. 확실해." 숀이 고개를 주억거렸다.

"그러면 지금 반지는 어디 있는데?"

"누가 주웠겠지."

"누가?" 나는 비꼬는 말투를 감출 수 없었다.

"반지가 있을 만한 장소가 몇 곳 안 돼. 근처 어딘가에 있을 거야."

나는 주머니에서 숀의 결혼반지를 꺼내 주인에게 내밀었다. 금반지가 늦은 오후의 햇살을 받아 반짝이고 있었다.

"내가 이걸 어디서 찾았을까?"

"아마 체력 단련실이겠지."

결정타가 될 다음 말을 꺼내기에 앞서 잠시 숨을 골랐다.

"로언이 묵는 침실에서, 로언 머리맡에 놓인 서랍에서 발견한 거야."

숀은 잠시 나를 빤히 보았다.

"친구의 머리맡 서랍은 왜 뒤진 거야?"

"찾는 게 있었으니까! 그리고 결국 찾았고!" 내 목소리가 점점 커지고 있었다.

나는 주저하지 않고 숀을 향해 냅다 반지를 던졌다. 반지는 숀의 가슴에 부딪쳐 튕겨 나와 바닥에 떨어졌고, 절벽 끝을 향해 굴러갔다.

숀은 몸을 굽혀 반지를 주운 다음, 먼지와 흙을 털어내 손가락에 끼웠다.

"로언이 체력 단련실에서 주웠겠지. 또 안전하게 보관하려 갖고 있었을 테고."

"고작 생각해낸 게 그런 말도 안 되는 변명이니?"

"케이트, 점점 터무니없는 방향으로 가고 있어."

"그래?"

"당신은 지금 완전히 잘못 생각하고 있어."

"거짓말! 빌어먹을, 거짓말만 늘어놓고 있잖아!"

숀이 시선을 떨구었다.

"아니야." 부드러운 목소리였다.

아무 소득이 없었다. 숀은 아무것도 내놓지 않고 있다. 이제 비장의 카드를 쓸 차례였다.

"당신 휴대전화에서 메시지를 봤어."

그때 숀의 자세에서 변화가 감지됐다. 몸이 이곳저곳 서서히 움직이기 시작했다. 싸움을 시작하기라도 하려는 듯 팔뚝에 근육이 단단히 잡혔고, 타격을 예상한 권투 선수처럼 턱이 내려갔다.

"무슨 메시지?"

"메신저에서 코럴 걸에게 보낸 거 말이야. 그 여자에 대한 생각을 멈출 수 없다고 했잖아. 내게 거짓말을 하는 게 마음이 안 좋다고, 얼마나 더 오래 계속할 수 있을지 모르겠다고 했잖아."

숀은 손가락에 낀 반지를 빙빙 돌렸다.

"언제?"

"그게 중요해? 며칠 전이야. 우리가 도착한 날." 뜨거운 눈물이 차오르고 있었다.

나는 숀에게 더 가까이, 협곡의 가장자리로 다가갔다. 그가 진실을 말하길 간절히 바랐다.

제발 거짓말하지 마. 제발. 지금은 안 돼. 내가 틀렸다는 걸, 이 모든 게 다 오해라는 걸, 다 설명할 수 있다는 걸 내게 보여줘.

제발 거짓말하지 마.

숀이 눈길을 돌렸다. 턱에 잔뜩 힘이 들어가 있었다.

"당신이 무슨 말을 하는 건지 모르겠어."

"당신 휴대전화 메시지. 당신이 우리가 프랑스에 있을 때 해결할 거라고 했잖아. 이번 주에 말이야."

"그러니까, 내 휴대전화 잠금을 풀었다는 거네."

"응."

그의 눈 밑 근육이 씰룩거렸다.

"내 휴대전화를 봤다는 거네. 내 개인적인 것을."

"로언이지, 맞지? 당신이…… 만나는 사람이?" 말하면서도 가슴이 무너지는 기분이었다.

숀이 수치심과 후회와 분노가 뒤섞인 눈으로 나를 바라봤고, 나는 잠시 그가 내게 말하리라고 생각했다. 다 털어놓으리라고. 바로 여기, 이 낯선 곳에서, 아무것도 모르는 우리 아이들이 근처 어딘가에 있을 바로 지금. 미안하다고, 그럴 의도가 아니었다고, 끝낼 거라고, 남자들이 거짓말을 하다 걸렸을 때 늘어놓게 마련인 그런 모든 말들을 하리라고. 그의 두 눈에는 다 털어 놓고 싶다고, 고백하고 싶다고, 하지만 차마 그럴 수는 없다고 내게 말하는 무언가가 담겨 있었다.

나는 고개를 들어 숀을 보았다. 숀의 뒤에서 비추는 태양이 머리 주위로 후광을 만들어내고 있었다.

"응? 말해봐."

"당신은 내 휴대전화를 보지 말았어야 했어."

"내게 맹세해."

숀이 주머니에서 두 손을 빼내며 내게 한 걸음 더 가까이 다가왔다. "뭐?"

"당신이 로언이랑 바람을 피우는 게 아니라고 맹세해."

"빌어먹을, 이건 정말 말도 안 돼."

"왜? 왜 이게 말도 안 되는데? 왜 그냥 말하지 못하는데?" 내 목소리가 최고조로 높아지고 있었다.

숀은 한숨을 쉬고 나를 보았다. 나를 똑바로 쳐다보며, 그의 시선과 내 시선을 맞추었다. 떨림도, 깜빡임도, 거짓의 흔적도 보이지 않았다.

숀이 입을 열었다. "좋아, 나는 로언과 아무 관계가 아니라고 맹세한다. 자, 말했어. 이제 만족해?"

"그러면 메시지는 누구한테 보내고 있는 거야? 코럴 걸이 누구야?"

숀이 눈을 한 번, 두 번 깜빡이더니 눈길을 돌렸다.

"당신이 무슨 이야기를 하는 건지 모르겠어."

"정말 그게 최선이야?"

"그게 진실이야."

"진실? 당신은 진실이 뭔지 모르는 것 같은데."

내가 조금 더 주의를 기울였더라면, 조금 더 조심했더라면, 조금 덜 속상해하고 덜 분노하고 덜 당황했더라면, 우리가 절벽 끝에 얼마나 가까웠는지 알아차렸을 것이다. 불과 1~2미터 떨어져 있었다는 것을.

숀이 내게 한 걸음 더 다가왔다.

32

대니얼

형들이랑 놀아, 엄마는 말하곤 했다.

하지만 엄마는 형들을 몰랐다. 잘 몰랐다. 제이크와 이선은 주위에 어른이 있으면 괜찮지만, 자기들끼리 있을 때는 약간 좀…… 제정신이 아니었다. 뭐랄까, 무서운 쪽으로 제정신이 아니었다. 대니얼의 학교에서 조회 시간에 폭죽을 터뜨려 퇴학당한 메이슨 리스와도 같았다. 그리고 어른들은 나이 차를 제대로 이해하지 못했다. 어른들은 이렇게 말하곤 했다. 아, 너는 거의 열 살이고 이선은 이제 막 열다섯 살이 됐으니 몇 년밖에 차이가 안 나네. 고만고만하네. 하지만 이건 큰 차이였다. 엄청난 차이였다. 대니얼이 살아온 인생의 거의 절반만큼이었다. 게다가 제이크는 동생 이선보다 거의 한 살이 더 많았다.

형제는 검은색과 카키색 조합의 반바지와 티셔츠 차림에, 발에는 플립플롭이 달랑거리고 있었다. 이번 휴가를 보낼 별장에 모두가 도착한 후로 대니얼은 형제와 그다지 많은 말을 나누지 않았다. 형제 모두 최소한 대니얼에 비해서는 거대했고, 껑충했고, 여드름이 숭숭 난 데다, 발 크기는 295밀리미터에, 목소리는 개가 짖는 소리처럼 낮고 우스꽝스러웠다.

솔직히 말하자면, 대니얼은 형제를 살짝 무서워했다.

대니얼과 형제는 별장 뒤편의 거대한 밭을 어슬렁거렸다. 엄마는 이곳을 포도덩굴 밭이라고 불렀다. 직접 와보니 좀 지루한 곳이었다. 모두 같은 방향으로 줄줄이 늘어선 포도나무들이 다였다. 대니얼은 누나를 찾으러 갈 수도 있었다. 누나는 늘 어떤 식으로든 장난을 치기에 좋았으니까. 누나는 보통 수영장에 있었고, 선탠에만 관심이 있었다. 대니얼은 가끔 아빠 캠코더로 누나 모르게 웃긴 영상을 찍곤 했다. 그러면 대개 누나는 반응을 보였다. 최근 들어서는 전보다 훨씬 떽떽거리고 짜증 내고 재미없어지긴 했지만.

대니얼은 형제가 커다란 야외 가스히터를 켜려 애쓰는 모습을 지켜봤다. 세 사람이 자리를 잡은 석조 정자에는 커다랗고 반짝이는 금속 히터가 두 대 있었다. 대니얼보다 크고 높은 히터였다. 아직 이렇게 푹푹 찌는 듯이 더운데, 두 형은 왜 히터를 켜려는 건지 정말 알 수 없었다. 하지만 대니얼은 형들이 자신을 잘난 체하는 아이로 생각하기를 바라지 않았다. 그래서 기꺼이 안락의자에 기대앉아 형들이 무엇을 하든 내버려두었다. 두 형은 제어장치를 누르고 쿡 찌르고 돌리며 불을 일으키려 애쓰는 사이사이 서로 욕을 주고받고 있었다.

대니얼은 여기 위쪽에, 별장과 가까이 있는 게 더 좋았다. 피할 수만 있다면, 당분간 숲으로 내려가고 싶지 않았다. 숲이라기보다는 형들이 말해준 절벽이 싫었다. 추락을 막아줄 울타리도, 난간도 없는 무서운 절벽. 들은 대로라면 정말 제대로 위험한 곳이었다. 엄마는 대니얼이 어른 없이 그곳에 가는 건 허락할 수 없다고 했다. 오데트의 아빠가 이게 다 망할 놈의 프랑스 녀석들이 건강과 안전에 대해서는 쥐똥만큼도 신경 쓰지 않기 때문이라고 말하는 것도 들었다. 오데트 아빠는 욕을 많이 했다. 주위에 그가 있으면 약간 무서우면서도 웃겼다. 욕을 정말 많이 했기 때문이다. 오데트 아빠가 내내 고래고래 소리를 질러대지만 않는다면 정말 웃길 터였다. 게다가 담배를 피워서 고약한 냄새를 풍겼다. 대니얼은 담배 연기가 가까이 올 때면 숨을 참았다. 암에 걸리고 싶지 않았다.

오데트도 나쁜 말을 많이 했다. 어제는 어른들이 아무도 들을 수 없을 때 대니얼을 빌어먹을 개자식이라고 불렀다. 대니얼이 오데트가 물놀이용 공을 가지고 놀지 못하게 해서였다. 개자식이 무슨 뜻인지, 진짜 의미가 무엇인지 정확히 확신할 수는 없었지만 좋은 의미가 아니라는 건 알았다. 대니얼이 쓰면 엄마와 아빠에게 크게 혼날 말이었다. 대니얼은 가능한 한 문제에 휘말리지 않으려 하는 아이였다.

시야에 한 형체가 들어왔다. 숲에서 나와 빠르게 걷고 있었다.

아빠였다. 어쩌면 엄마도 같이 있을지 몰랐다. 조금 전에 두 사람이 함께, 손을 잡고 숲에 내려가는 모습을 봤으니까. 대니얼은 엄마와 아빠가 손을 잡는 게 좋았다.

대니얼이 계속 지켜보는 사이 아빠는 언덕을 올라와 별장으로, 대니얼과 형제가 있는 방향으로 오고 있었다. 아빠는 화가 났을 때 으레 그러듯 성큼성큼 빠르게 걷고 있었다. 아빠는 화를 잘 내는 편은 아니지만, 한번 화가 나면 엄마가 분노의 걸음걸이라고 이름 붙인 특유의 방식으로 걷곤 했다. 그럴 때면 대니얼은 아빠를 따라가느라 살짝 뛰어야 했다. 또 아빠는 꽤 무서울 수도, 큰소리를 낼 수도 있었다. 아빠는 지금 분명 화가 나 보였다. 깊은 주름이 이마를 가로지르고 있었고, 입은 일자로 굳게 다문 모습이었다.

아빠는 뒤돌아보지 않았다.

대니얼은 다시 숲을 내다보았다. 엄마가 거기 있기를, 아빠를 따라오는 길이기를 바라며.

하지만 엄마는 오고 있지 않았다.

엄마가 어디 있는지 궁금했다.

"대니얼." 제이크 목소리였다.

대니얼의 고개가 홱 돌아갔다.

"응? 뭔데?" 대니얼이 안락의자에서 몸을 일으켜 앉았다.

형들은 가스히터를 포기하고 이제 대니얼을 찬찬히 살피고 있었다.

"그래서, 어때?" 이선이 음흉한 미소를 지었다.

"뭐가 어때?"

"범생이로 사는 거. 그러니까, 학교에서 말이야"

대니얼은 어깨를 으쓱해 보였다.

"몰라. 정말로."

"너한테 뭐라고 하는 게 아니라, 그냥 묻는 거야."

"알아."

대니얼은 안경을 벗어서 티셔츠로 렌즈에 묻은 땀을 닦아냈다. 엄마가 좋아하는 안경이었다. 이 안경을 쓰면 대니얼이 살짝 해리 포터처럼 보인다고 했다. 대니얼은 해리 포터처럼 보인다고 생각하면 기분이 좋았다.

제이크가 말했다. "누나가 있다는 건 어떤 거냐?"

대니얼은 얼른 안경을 다시 썼다.

"별로야. 누나는 늘 감정 기복이 심하고 못됐어. 이제는 나랑 놀아주지도 않아. 화장이나 남자나 시시한 학교 얘기만 해." 대니얼이 대답했다.

"누나 남자친구 있냐?"

"몰라."

"그 럭비 한다는 녀석, 알렉스는? 네 누나가 걔 좋아하잖아. 그렇지?"

대니얼은 고개를 끄덕였다.

"우리 집에도 몇 번 왔어. 엄마랑 아빠가 퇴근하기 전에."

제이크가 몸을 일으켜 주머니를 뒤적였다.

"야, 너한테 줄 거 있어."

제이크가 대니얼에게 보라며 무언가를 내밀었다. 속이 다 비치는 밝은 노란색 플라스틱이었다. 맨 위는 은색이고, 플라스틱 내부로 출렁이는 액체가 보였다. 한 번도 손에 쥐어본 적은 없지만 그게 뭔지는 알았다.

"네 거야. 마을에 있는 담배 가게에서 세 개 샀어."

제이크와 이선도 똑같이 생긴 라이터를 가지고 있었다. 각각 빨간색과 초록색이었다.

"아, 그 담배 가게. 내 거도 하나 사 온 거야?" 대니얼이 활짝 웃었다.

"가질래?"

"응." 대니얼과 형들이 하나씩 가진다면 정말 멋질 터였다. 마치 세 사람이 대등해진 것 같았다. 뭐, 완전히 대등하지는 않겠지만. 어쨌든 대니얼은 패거리의 일원이 된 기분이었다.

제이크가 말했다. "금속 부분을 굴려서 불꽃을 만들어. 그다음 엄지로 눌러서 불길이 나오게 해."

제이크가 시범을 보였다. 라이터에 불꽃을 일으켜 긴 불길을 만들어냈다.

"한번 해봐."

대니얼은 제이크에게 라이터를 건네받다가 불이 나왔던 뜨거운 금속에 엄지를 데었다.

"윽!" 대니얼이 라이터를 달칵 떨어뜨렸다. 이선이 코웃음을 쳤다.

제이크가 타일이 깔린 정자 바닥에서 라이터를 주워 들었다.

"이걸 갖고 싶으면, 영원히 갖고 싶으면, 시험에 통과해야 해."

"무슨 시험?" 대니얼이 덴 엄지를 빨면서 물었다.

제이크는 바지 주머니에서 담뱃갑을 하나 꺼냈다. 앞면에 연기 속에서 춤추는 여인이 그려져 있고, 파란색으로 크게 지탄[24]이라고 쓰여 있었다.

"한 대 피워야 해."

하지만 암에 걸리고 싶지 않은걸, 대니얼은 생각하면서 담뱃갑 앞면의 그림을 물끄러미 보았다.

"하나를 다?"

"응. 해볼래?"

"어떻게 피우는지 정말 몰라." 대니얼이 기어드는 목소리로 말했다.

"우리가 보여줄게."

이선이 한 손을 형에게 내밀었다.

"하나 피우자."

제이크가 뒤를 흘끗 내다보더니 서둘러 라이터 두 개와 담배를 바지 주머니에 다시 밀어 넣었다.

"얼른 치워." 제이크가 낮게 말했다.

이선은 얼른 형이 시키는 대로 했다.

대니얼이 고개를 들자 제이크와 이선의 엄마가 보였다. 챙이 넓은 밀짚모자를 쓰고 작은 물병을 두 개 들고 있었다. 대니얼

---

24) 프랑스의 담배 브랜드로 집시 여인이라는 뜻이다.

은 형제의 엄마가 좋았다. 억양이 조금 재미있었는데, 그저 영국식 억양을 흉내 낼 뿐인 미국인처럼 들릴 때가 있었다.

"얘들아. 좋은 시간 보내고 있니?" 제니퍼가 말했다.

제이크가 대답 대신 끙 소리를 냈다.

제니퍼가 물병을 내밀었다. "돌아다닐 때 마시라고 물을 가져왔지."

"목 안 말라요." 제이크가 말했다.

"곧 목마르게 될 거야. 이렇게 더운데."

"아닌데. 뭐, 감사."

제니퍼가 둘째 아들에게로 몸을 돌렸다. "이선, 너도 물을 좀 마셔. 안 그러면 일사병이 나고 말 거야."

"나는 괜찮아요." 이선이 웅얼거렸다.

"먹을 거는 없어요? 배고파 죽겠는데." 제이크가 말했다.

대니얼이 곁눈으로 제이크를 봤다가 다시 제니퍼를 보았다. 제니퍼는 치마에다 조끼 같은 것을 입은 게 전부라, 음식을 가져온 행색으로는 보이지 않았다. 게다가 옷에는 주머니 하나도 달려 있지 않았다. 물어보나 마나 제니퍼에게는 제이크가 먹을 만한 것이 없었다.

"이게 다야, 제이크, 물만 가져왔거든." 제니퍼가 다시 물을 권했다.

제이크는 됐다며 한 손을 내저었다.

"나는 괜찮아요."

"그러면 엄마가 별장에 가서 간식을 좀 챙겨 올게. 과일이 들어간 시리얼 바나 아니면…….”

“됐어요. 안 먹어도 돼요.”

“아, 그래.” 제니퍼가 대니얼에게 몸을 돌렸다. 마치 그제야 대니얼의 존재를 알아차렸다는 듯 물병을 내밀었다. “대니얼, 물 마실래?”

대니얼은 정말 목이 말랐다. 점심에 사과주스를 마신 후로 다른 음료는 한 모금도 마시지 못했고, 형들과 지금껏 뛰고 돌아다니고 하느라 목이 정말 말랐다. 엄마가 배가 아플 수 있으니 여기서는 수돗물을 마시지 말라고 말하기도 했고, 프랑스의 오렌지주스는 괴상한 맛이 나서 몇 시간째 아무것도 마시지 않은 터였다. 대니얼은 한 번 더 슬쩍 제이크를 보았다. 제이크도 곁눈으로 대니얼을 보았다.

“아니에요, 제니퍼 이모. 전 괜찮아요.”

“그래? 알겠어. 자, 너희들 오늘 어떻게 보내고 있니?” 제니퍼가 말했다.

“이것저것.” 제이크가 말했다.

“여기저기 돌아다녔구나, 그렇지? 멋져. 하지만 엄마가 협곡에 가지 말라고 한 건 기억해야 해, 제이크. 알겠니?”

“으응.”

“여기 주변이라면 어디든 가서 놀아도 좋아. 하지만 협곡으로 이어지는 숲은 안 돼. 절벽이 있는 곳 말이야. 알겠니? 이번 주에 절벽 울타리를 고쳐줄 사람이 오긴 하는데, 고치기 전까지는 그 근처에도 가면 안 돼. 아예 숲에 발을 들이지 마.”

"알겠어요." 제이크가 끙 소리를 냈다.

"그러면 엄마는 너희들이 알아서 잘할 거라 믿고 갈게. 재미있게 놀아."

제니퍼가 돌아서서 다시 정원을 가로질러 별장으로 향했다. 제니퍼가 떠나자 두 형은 킬킬거렸다.

"친구 구걸." 제이크가 작은 소리로 말했다.

이선이 코웃음을 웃었다.

"진짜 쪽팔려."

"친구 구걸이 뭐야?" 대니얼이 물었다.

제이크가 저 위 언덕을 가리켰다. 제니퍼가 등을 보이며 멀어지고 있었다.

"너무 애쓰는 거, 늘 잘해주려 하는 거, 자기랑 같이 할 수밖에 없도록 모든 것을 다 알려 드는 거. 한마디로, 지랄 맞게 짜증 나."

"정말 질척거린다니까." 이선도 거들었다.

그때 정문에 도착한 제니퍼가 뒤돌아 손을 흔들었다. 대니얼도 살짝 손을 흔들어주다가, 형들은 엄마에게 손도 까딱하지 않고 있다는 것을 깨닫고는 손을 떨어뜨렸다.

제니퍼가 시야에서 사라지기가 무섭게 제이크가 자리에서 일어났다.

"가자."

제이크가 먼저 언덕을 내려가기 시작했다. 동생 이선이 뒤를 따랐다.

뒤처진 대니얼이 물었다. "어디 가는데?"

제이크가 고개를 돌려 어깨 너머로 씩 웃어 보였다. "당연히 숲이지. 너 라이터 갖고 싶잖아, 아니야?"

33

숀

K가 의심해

젠장. 뭐라고 하던?

무슨 일이 있다는 걸 알아.

구체적으로?

아직은 아니야. 우리 만나자.

응, 하지만 오늘은 안 돼.

그러면 언제?

다시 연락할게

더는 K에게 거짓말을 할 수 없어. 뭔가를 알고 있다니까.

진정 좀 해. 뭐가 걸린 문제인지 잊지 마.

뭐가 걸린 문제인지 알아. 그러니 진정이 안 되는 거야.

내일 만날까?

언제?

메시지 보낼게.

알겠어. 빠를수록 좋아.

읽자마자 메시지 다 지우는 거 잊지 마.

34
로언

로언에게는 시간이 많지 않았다.

문을 잠그고 침실에 딸린 욕실을 빠르게 훑어보았다. 욕실은 로언의 영국 집 침실보다도 컸다. 대리석 욕조의 가장자리에 걸터앉아 수신함을 빠르게 스크롤하며 조용히 메시지를 확인했다. 처리하거나, 다른 사람에게 전달하거나, 삭제한다. 로언은 여섯 단어로 이메일을 작성해서 보내는 데 선수였다. 긴급히 처리해야 할 일을 해결한 다음 메시지 앱 두어 개를 확인하고, 이곳에 도착해 짐을 푸는 사이 들어온 음성메시지를 들었다. 답으로 아홉 단어짜리 이메일을 보냈다. 끝.

돌아가는 상황을 보면, 지금 그녀의 인생에서 일어나고 있는 그 모든 일을 생각해보면, 이번 휴가가 하고많은 날 중에 이번 주로 정해진 건 꽤나 불편한 일이었다. 친구들과의 재회는 정말 좋은 일이었다. 무리가 다시 뭉치면, 케이트와 제니퍼, 이지를 보면, 늘 함께 누렸던 좋은 시절이 고스란히 떠오르곤 하니까. 하지만 시기가 좀…… 아쉬웠다.

지금 장난하나? 몇 달 동안 이번 휴가를 목이 빠지게 기다린 로언이었다. 시기는 좋지 않았지만, **젠장**, 어쩔 수 없었다.

게다가, 완벽한 때라는 게 있긴 했나? 회사를 쉬기에, 사업에서 한발 물러나기에 완벽한 때라는 게 있었나? 없었다. 결혼하거나 이혼하기에 완벽한 나이가 있었나? 어떤 결혼이냐에 따라 다를 것이다. 아이를 갖기에 완벽한 때가 있었나? 없었다, 정말로 없었다. 특히 새로 회사를 차리려 하는 지금은, 부부가 모두 무리하게 초과근무를 하며 대출금을 갚아나가고 터무니없는 교육비를 감당하는 것도 모자라 매일 보모에게 저지방 캐러멜 마키아토까지 대령해야 하는 지금은 결코 완벽한 때가 아니다.

완벽한 때를 기다린다면 영원히 기다려야 할 터였다. 그러니 원하는 무언가가 눈에 들어오면, 나가서 손에 쥐어 와야 했다. 그저 직감을 믿고 바로 뛰어들어야 하는 때가 있었다.

로언의 직감은 늘, 그러니까 첫 번째 남편을 선택한 때만 제외하면, 잘 맞았다. 그리고 로언은 **빠르게 움직여 틀을 깨라**는 사업 방식을 신봉했다. 이 말을 누가 했더라? 마크 주커버그, 아니면 다른 페이스북 임원 중 한 명이겠지. 고객이 뉴욕에서 주최한 행사에서 주커버그를 만난 적이 있었다. 그와 관련해 기억나는 점이라고는 말도 안 되게 어려 보이더라는 정도밖에 없었다.

키는 또 어찌나 작던지. 그래도 주커버그의 신조는 마음에 들었다. 옳은 말이니까. 직접 회사를 경영한다면 계속해서 움직여야 했다. 마치 상어처럼. 상어가 너무 오래 가만히 머물러 있다고 한다면 그건 죽은 상어일 터였다. 바로 죽지는 않더라도, 서서히 죽어간다. 전보다 느려지는 자신을 그대로 두면, 판에 박힌 단조로운 삶에 젖어들고, 나쁜 습관이 붙어, 머지않아 경쟁자에게 산 채로 잡아먹히고 말 터였다. 먹히기보다는 잡아먹는 쪽이 되는 편이 낫다. 로언의 오랜 철학이었다.

결코 가만히 머물러 있을 수 없었다. 사업에서, 관계에서, 인생에서. 무엇에서든 계속 움직여야 했다. 특히 지금, 너무도 많은 것이 걸려 있는 지금은.

빠르게 움직여 틀을 깨라.

그 모든 단점을 고려하더라도(러스의 단점은 몇 개 없었다. 고맙기도 해라!) 러스가 이 신조를 다른 사람들보다 더 잘 이해한다는 점은 높이 평가할 만했다. 두 사람이 함께한 약 8년의 세월은 로언이 맺어온 관계 중에서 가장 긴 것이었다. 러스를 만나기 전에는 이 정도로 오래 관계를 유지한 적이 없었다. 하지만 삶은 때로 이런저런 것들을 던져놓는다. 대비할 수 없는 복잡한 것들을. 그럴 때면 계속해서 맞서기보다 그저 끌어안고 굴러가야 했다. 특히 좋게 복잡한 것들이라면. 이런 생각을 마음에 새기며, 욕조 가장자리에 앉은 채로 엄지로 빠르게 마지막 메시지를 작성한 후 발송을 눌렀다.

로언은 늘 비밀을 숨기는 데 능했다.

그래도 러스에게 말할 것이다. 머잖아.

시기는 그녀가 선택할 것이다. 다른 사람이 아니라.

작은 발소리가 문을 뚫고 그녀에게 전해졌다. 카랑카랑한 목소리도. 한 단어로, 두 음절로, 질문 같기도 하고 요구 같기도 한 말소리가 커지고 있었다.

로언이 겨우 한숨을 돌린 5분의 휴식이 이제 끝나야 한다는 다섯 살배기의 요구였다.

"엄마?"

"무슨 일이니, 오데트?"

"이제 나오는 거야?"

"금방 나갈게, 우리 딸."

잠깐의 침묵.

"나오고 있지, 엄마?"

"응. 금방 가."

"엄마가 책 읽어줘."

"아빠가 안 읽어줬어?"

"아빠가 이제 엄마 차례래."

"아, 아빠가 그랬니?"

"응."

또 한 번의 짧은 침묵.

"그러면 『공주와 완두콩』 읽어줄 거야?"

"물론이지, 우리 딸."

로언은 휴대전화를 잠그고, 그저 볼일을 본 척하려고 깨끗하기 그지없는 변기의 물을 내리고, 한술 더 떠 수도꼭지 두 개를 모두 틀어 이태리제 대리석 세면대에 시끄럽게 물을 흘려보냈다.

욕실 문의 잠금을 풀고 손잡이를 향해 손을 뻗었다.

35

협곡 끝에서 얼마나 오래 있었는지 모르겠다. 어느새 해가 서서히 지평선을 향해 가라앉고 있었다. 눈부신 흰빛이 타는 듯한 금빛으로, 그러다 이글이글 짙은 오렌지색으로 바뀌는 사이 어두컴컴한 언덕이 여기저기 솟아나며 해와 맞닿으려 하고 있었다.

바람을 피우지 않는다는 숀의 주장은 말이 되는 걸까?

당신이 무슨 이야기를 하는 건지 모르겠어.

나는 로언과 아무 관계가 아니라고 맹세한다.

그게 진실이야.

내가 어떻게 숀을 믿을 수 있단 말인가? 불길은 보지 못했을지언정, 분명 매캐한 내음을 맡았는데. 그 맛까지 느낄 수 있을 정도였는데. 목에서 느껴지는 쓴맛이었다. 설명하길 거부하고,

침묵을 지키는 숀의 태도는 많은 것을 말해주는 동시에 그에게 잘못이 있다는 인상을 주었다.

그제야 시계를 보았다. 시간이 늦어지고 있었고, 아이들은 곧 저녁 식사를 찾을 터였다. 자리에서 일어나 다시 언덕을 오르기 시작했다.

별장에 도착해보니 주방은 와글와글했다. 앞치마를 둘러맨 앨리스터가 파에야[25]를 만들고 있었고, 러스는 음료를 따르고 이지는 식탁을 차리고 있었다. 로언이 내 손에 화이트와인 잔을 쥐여주며 아주 완벽한 온도로 차갑게 식힌 프랑스산 와인이라고 일러주었다. 나는 한 모금 홀짝이며 로언을 찬찬히 살폈다. 혀에 닿는 포제르 와인이 얼음처럼 차가웠다. 로언의 두 눈에 어떠한 기만이나 배반의 빛이 담겨 있는지 찾으려 했지만, 아무것도 없었다. 나는 로언이 홍보 분야에 몸담고 있으며, 어떤 이야기나 어떤 이미지를 세상에 내놓는 일이 그녀에게는 일상임을, 또 그녀가 자기 일을 매우 잘한다는 점을 떠올렸다.

"케이트, 너 괜찮니? 그 정도 와인 가지고는 턱도 없다는 사람처럼 보여."

나는 분노를 억누르고 억지로 미소를 끌어 올렸다.

"그냥 좀 더워서 그래. 그런데 네 말이 맞아. 이 와인은 정말……."

대니얼이 우당탕 계단을 올라와 꽥 소리를 지르고는 나를 지

25) 넓고 얕은 팬에 쌀과 닭고기, 생선, 채소를 넣고 볶은 스페인 요리.

나쳐 발코니로 향했다. 잔뜩 열이 오른 루시가 그 뒤를 쫓았다.

"엄마! 아빠! 도와줘요! 누나가 미쳤어!"

대니얼을 바짝 따라온 루시는 화가 나는지 얼굴이 빨개져 있었다.

"내놔! 당장!" 루시가 소리쳤다.

나는 둘 사이에 서서 심판이 권투 시합을 중단시키듯 두 손을 들었다.

"얘들아! 도대체 무슨 일이야?"

"쟤가 나를 찍고 있잖아요!" 루시가 소리치며 손가락으로 동생을 가리켰다. 루시는 나를 사이에 두고 떨어진 동생에게서 캠코더를 빼앗으려 팔을 휘둘렀다.

대니얼이 재빨리 루시의 손을 피했다. 초조해하면서도 웃음을 머금은 얼굴로 계속 꽥꽥거리고 있었다.

"누나는 미쳤어요!"

"쟤한테 나 좀 그만 찍으라고 해요!"

"대니얼, 동의 없이 사람을 찍어서는 안 돼. 엄마한테 카메라를 주렴." 내가 타일렀다.

"누나는 괜히 기분이 안 좋아서 저러는 거예요. 누나 말고는 내가 찍는다고 뭐라 하는 사람이 없다고요."

"어쨌든 누나가 싫다고 하잖니. 누나한테 허락은 받고 찍은 거야?"

"네. 그런 셈이죠."

"거짓말하지 마! 찍고 있다는 말조차 없었잖아! 나는 그저 일광욕을 하고 있을 뿐이었는데 네가 카메라를 들고 나타났다고!" 루시가 반박했다.

"대니얼, 누나가 찍지 말라는데 왜 찍은 거니?"

"나는 그냥 웃긴 영상을 만들고 있던 거였어요. 재미로 그랬을 뿐이라고요."

"루시 누나는 재미가 없다잖아!"

루시의 목소리가 떨려 나왔다. 금방이라도 울음이 터질 것 같았다.

"엄마, 쟤한테 영상을 지우라고 해요."

나는 아들 손에서 카메라를 빼앗았다. "대니얼, 가서 이지 이모가 식탁 차리는 걸 도와드려. 이따가 나랑 이야기 좀 하고."

대니얼은 미끄러지듯 자리를 떠서 주방으로 향했다. 빠르게 흘끗 뒤를 돌아봐 루시가 또 쫓아오지는 않는지 확인했다. 하지만 루시는 싸울 힘이 다 빠져버린 듯 의자에 주저앉았다. 그러고는 두 손에 머리를 묻고 눈물을 쏟기 시작했다.

나는 의자 팔걸이에 걸터앉아 한 팔로 루시를 감쌌다. "루시, 왜 그래. 그냥 동생이 아직 철이 없어서 이러는 거잖니."

"사람들이 내 사진을 찍는 게 싫어요. 나도 모르는 내 사진이잖아요."

"루시, 대니얼이 뭘 찍었는지 확인하고 엄마가 지울게. 아무도 영상을 못 보게 될 거야."

"아무도요?"

"약속할게."

루시가 속삭임에 가깝게 목소리를 낮췄다. "고마워요, 엄마."

"그럼 된 거니, 루시? 다른 문제는 없고?"

루시는 고개를 저을 뿐, 아무 말도 하지 않았다.

"확실해?"

루시는 포옹을 풀고 손바닥 끝으로 눈물을 훔쳐냈다. "잠깐 내 방에 가 있을게요."

자리를 뜨는 루시를 보면서, 나는 여전히 딸아이의 반응이 의아하다고 생각했다. 루시와 대니얼 사이의 마찰은 흔한 일이었다. 보통의 남매와 다를 바 없었고, 대니얼은 누나를 약 올리는 데서 재미를 얻을 따름인 듯했지만, 이번 루시의 반응은 평소와 조금 달랐다.

나는 위층에 올라가 비디오카메라를 든 채로 내 침대에 앉았다. 작은 외부 화면을 옆으로 젖혀 열고 재생 단추를 누른 다음, 되감기를 했다. 테이프가 뒤로 감기며 화면이 살아 움직였고, 수영장과 거실, 레몬처럼 노란 비키니를 입은 루시가 차례로 등장했다. 나는 테이프가 몇 초 더 뒤로 감기도록 두었다가, 다시 재생 단추를 눌렀다. 대니얼은 일광욕을 하는 누나의 배꼽을, 오른발의 엄지발가락을 극단적으로 확대해 찍었고, 불쑥 그녀의 코로 올라가 한쪽 콧구멍을 확대해 잡았다. 이리저리 갑작스럽고도 빠른 전환으로 확대되는 신체 부위를 보는 것만으로도 어지러웠다. 결국 대니얼을 발견한 루시가 벌떡 일어나 대니얼을 쫓기 시작했다. 대니얼이 달아나면서 화면은 미친 듯이 좌우로 흔들렸다. 당황한 대니얼이 꽥꽥 내지르는 소리도 섞여 들었다.

그다지 기분이 좋을 만한 일은 아니지만, 루시가 조금 과민 반응을 보인다 싶은 것도 사실이었다.

그럼에도 영상을 모조리 삭제해야 했다. 대니얼이 너무 많이 찍지 않았기만을 바랄 뿐이었다. 대니얼은 일종의 의식의 흐름 기법으로 한 번에 20분을, 어떤 때는 30분을 내내 촬영하기로 유명하다. 숀보다 영상을 더 많이 찍을 때도 있었다.

나는 정지 단추를 누른 다음 영상을 지우기 위해 다시 되감기를 했다. 테이프가 뒤로 감기면서 윙윙 소리를 냈고, 화면에 뜬 디지털시계가 거꾸로 가고 있었다. 나는 흘끗 창밖을 내다보았다. 여기 침실에서는 수영장 측면이 보인다. 그곳에서 숀이 대니얼을 일광욕 의자에 앉히고 무언가 한참을 이야기하고 있었다. 대니얼은 이따금 자못 진지한 표정으로 고개를 끄덕였다.

늘 이런 식은 아니었다. 우리가 처음 대니얼을 병원에서 데려왔을 때만 해도, 당시 여섯 살이던 루시는 동생이 생겼다며 황홀해했다. 루시가 침대에 일렬로 늘어놓고 매일같이 먹이고 책을 읽어주고 목욕시켜주던 각종 장난감 인형에 더해, 진짜 아기가 생긴 것이다. 하지만 대니얼이 말하는 법을, 말대꾸하는 법을 배울 즈음 동생이 생겼다는 신기함은 시들해졌고, 남매는 매일같이 마지못해 참거나 전면전을 벌이는 관계가 되어버렸다. 대니얼은 누나를 약 올리는 데서 즐거움을 찾았고, 루시는 화를 내는 데서 즐거움을 찾았다. 루시가 10대가 되면서 갈등은 한층 심해졌다. 보는 사람을 진 빠지게 하는 조합이었다.

하지만 나는 남매가 떨어져 자라기를 원치 않았다. 서로 갈라져서 주말마다, 또는 양육권 조정에서 정한 방식에 따라 부모 한쪽에서 다른 부모 한쪽으로 옮겨 다니기를 원치 않았다. 그리고 루시와 대니얼이 아무리 싸운다 해도, 두 아이 역시 서로 떨어지길 원치 않을 것이다. 두 아이는 함께여야 한다.

테이프가 시작 지점까지 다 감기자 카메라에서 딸깍 소리가 났다. 재생 단추를 누르자 대니얼의 활짝 웃는 얼굴이 나타나며 별장 소개가 시작됐다.

"언덕 위의 커다랗고 하얀 별장에 오신 걸 환영합니다. 이곳이 바로 우리가 휴가를 보낼 프랑스의 집이에요." 대니얼은 텔레비전에 나오는 어느 진행자의 진지한 어투를 흉내 내며 덧붙였다. "대니얼의 영상 일기를 찾아주신 것도 환영합니다. 오늘은 제 침실부터 시작할게요."

기분이 바닥이었음에도, 대니얼의 해설을 듣는 사이 나도 모르게 절로 미소가 지어졌다. 대니얼은 방을 한 바퀴 돌면서 침대에 입을 벌린 채 누운 여행가방과 그의 작은 디지털시계 옆에 가지런히 쌓아둔 책, 침대 옆 탁자에 올려둔 슈퍼히어로 레고를 카메라로 비추며 쫑알쫑알했다. 대니얼이 지금껏 찍어온 휴가 영상을 떠올려봤을 때, 이런 식으로 꽤 오랜 시간을 더 이어갈 수도 있었다. 나는 빨리 감기 단추를 눌렀다. 화면 속 모든 것이 속도를 냈고, 장면 장면이 휙휙 지나갔다. 복도, 우리 부부 침실, 루시 방, 복도를 따라 난 다른 방들, 계단을 내려가 오락실로, 계단이 더 나오고, 와인 저장실 같은 공간이 보인다. 그러다

다시 올라가 거실로, 발코니로. 이곳에 도착한 첫날의 로언과 나의 모습. 우리 두 사람 역시 극단적인 클로즈업이라는 촬영 기법을 피하지 못했다. 카메라는 다시 빠르게 홱홱 움직여 거실로, 미친 듯이 계단을 올라가 2층에 진입했다. 이번에도 여러 침실의 문을 열어젖히고, 복도 끝 발코니로 나가, 저 멀리 공터와 언덕을 찍고, 다시 아래로 확대해 들어가 두 칸짜리 차고 옆을 비추자 낮은 흰색 벽 뒤로 반쯤 가려진 누군가가 보였다. 그때 화면이 다시 흔들리더니 다시 인피니티풀로…….

잠깐. 정지 단추를 푹 눌렀다. 목뒤로 이상하게 얼얼한 감각이 일었다. 테이프를 1분 정도 되감은 다음 재생 단추를 눌렀다.

대니얼의 해설이 다시 시작되면서 카메라는 저 멀리 언덕을 비추었다. 언덕은 아지랑이 속에서 아른아른 일렁이고 있었다.

대니얼의 높고도 가냘픈 목소리가 이어졌다. "여기 지루한 시골의 모습을 더 보여드릴게요. 나무랑 언덕이랑 또다시 지루한 나무만 계속 나올 뿐이죠. 별로 재미없어요. 근처에 맥도날드나 KFC도 없다니까요."

카메라가 다시 뒤로 물러나며 공터를, 별채를, 진입로 맨 위에 자리 잡은 두 칸짜리 차고의 지붕을 쭉 훑었다.

저기. 낮은 벽 건너편.

화면에 숀의 상반신이 등장했다. 카메라가 그의 가슴께부터 위로 올라갔다. 숀은 선글라스를 낀 채 누군가에게 말하고 웃으며 두 손을 내밀고 있었다. 그의 대화 상대는 차고 벽에 가려 보이지 않았다.

대니얼은 화면에 나오지 않고 목소리만 흘러나왔다. “우리 아빠예요. 안녕, 아빠!”

숀은 아들의 목소리를 듣지 못한 듯했다. 여전히 차고에 가려 보이지 않는 사람을 향해 계속해서 열심히 말하고 있었다.

나와, 내가 볼 수 있게 한 발 앞으로 나오란 말이야.

나와.

“아빠는 귀먹었어. 늘 그렇지 뭐.” 대니얼이 혼잣말로 투덜대는 소리가 영상에 입혀 나왔다.

카메라가 다시 방향을 휙 돌리는 바로 그 순간, 숀이 몸을 움직여 저 알 수 없는 인물과 포옹했고, 나는 번쩍 스치는 무언가를 보고 숨이 목에 턱 걸리고 말았다.

영상을 되감기 하고 다시 재생 단추를 눌렀다. 동시에 손가락으로 정지 단추를 누를 준비를 했다.

카메라의 작은 화면 속에서 숀이 다시 포옹하려 다가가고 있었다.

정지 단추를 눌렀다. 저기. 저거다. 긴 금발이 번쩍 스쳤고, 찰나의 순간 옆얼굴이 포착됐다. 너무도 익숙한 얼굴.

제니퍼였다.

36

말이 되지 않았다. 나는 영상에서 숀과 함께 있는 모습이 발각될 사람은 로언이라고 확신하고 있었다. 바람을 피우고 있는 사람도 (그녀 남편의 주장대로라면) 로언이었고, 숀의 결혼반지를 갖고 있던 사람도, 해변에서 그에게 귀엣말로 속삭인 사람도 로언이었다. 영상 속 인물은 로언이어야 했지만, 아니었다.

마음속 아주 어두운 한구석에서 또 다른 생각이 서서히 고개를 들었다.

어쩌면 로언만이 아닐 수도 있었다. 어쩌면 로언과 제니퍼가 어떤 식으로든 내 등 뒤에서 작당하고 있는 것인지도 몰랐다. 맙소사, 그 가능성까지 염두에 둔다면, 결국 세 사람 모두가 얽힌 문제일 수도 있었다. 세 사람이 3인조로 무언가에 연루된 것인가? 그렇다면 나만 제외되어 싸늘함 속에 남겨진 건가? 딱 학창 시절처럼, 항상 모든 것의 변두리로 밀려나 마지막으로 선택받던, 늘 바깥에서 안을 들여다보던, 또…….

그만. 전형적인 편집증 증상이었다. 하지만 나는 갈수록 현실과 현실이 아닌 것 사이에 그어진 선을 찾지 못해 버둥거리고 있었다.

휴대전화를 꺼냈다. 카메라의 초점을 캠코더의 작은 화면에 맞추어 확대하고 화면 속 정지 장면을 찍었다. 그런 다음 캠코더에서 테이프를 꺼내 내 침대 옆 서랍에 깊숙이 밀어 넣었다.

영상이 필요할 때가 올 수도 있겠다는 느낌이 들었다. 그리 멀지 않은 시점에.

* * *

하늘은 짙은 남색으로 흐려지고 있었다. 어둠을 배경으로 콕콕 박힌 아주 작은 별들이 벌써부터 가장 밝은 빛을 내고 있었다. 저녁 식사를 마친 나는 정원의 벤치로 가서 내 딸 옆자리에 앉았다. 하얀 돌은 아직 낮의 온기를 엷게나마 품고 있었다.

"루시, 영상은 엄마가 처리했어."

루시가 고개를 끄덕였다. "고마워요."

"네 동생이 미안하단다. 다시는 안 그럴 거야."

"아, 네, 다음번에 또 그럴 때까지는 안 그러겠죠." 루시는 콧방귀를 뀌었다.

"엄마랑 약속도 했어."

루시는 또다시 고개를 끄덕였지만 입은 꾹 다물었다.

나는 앉은 자리에서 살짝 몸을 돌려 루시를 바라보았다. "루시, 화를 낸 진짜 이유가 뭐였니? 대니얼이 저러는 게 하루 이틀이야? 대니얼이 어떤 아이인지 잘 알잖아. 대니얼은 나한테도, 아빠한테도 똑같이 그래. 그런데 네가 이런 반응을 보인 건 처음이잖아."

루시는 어깨를 한번 으쓱했다. "찍히는 게 싫을 뿐이에요."

"그게 다야? 그 이상의 뭔가가 있는 것 같은데."

루시는 침묵을 지켰다. 손가락으로 황금빛 머리 가닥을 빙빙 꼬고만 있었다. 아주 어릴 때부터 몸에 밴 습관이었다.

나는 손끝을 루시의 팔을 올려놓았다. "엄마한테 말해주지 않을 거구나, 그렇지?"

루시는 잠시 나를 바라보다 고개를 돌렸다. "의미 없어요."

"엄마는 아무한테도 말하지 않는 거, 알지? 아빠한테도, 이지나 다른 이모들한테도, 네 선생님한테도, 아무한테도 말 안 해."

"엄마는 이해하지 못할 거예요."

"그래. 어쩌면 이해 못 할 수도 있겠지. 하지만 노력해볼게."

루시가 몸을 앞으로 숙였다. 커튼처럼 드리운 긴 금발에 얼굴이 가려졌다. 침묵이 길게 이어졌다. 마침내 입을 열었지만 나를 보려 들지는 않았다.

"무언가를 촬영할 때 말이에요, 사람들은 그걸 그냥 재미로 여겨요. 그날, 그 순간에 하는 무언가로만 여기죠. 그 후의 일에 대해서는 생각하지 않아요, 안 그래요?"

"그 후에 어떤 일이 벌어지는데?"

"촬영한 결과물이 밖으로 나돌잖아요, 안 그래요? 영원히 말이에요. 인터넷에, 어딘가에 나돌죠. 심지어 죽은 후에도, 여전히 어딘가를 떠돌아다닐 거예요. 10대 때 했던 일이, 어떤 바보 같은 행동이나 말을 했든, 언제까지나 영원히 남아요."

마음속 깊은 곳에서 불편한 감정이 피어오르기 시작했다.

동료 수사관이 즐겨 하던 말이 무심코 입 밖에 나왔다. "인터넷은 절대 잊는 법이 없지."

"맞아요. 제 말이 그 말이에요."

나는 다음 질문을 어떻게 꺼내야 좋을지 몰라 주저했다.

"무언가 네가 한 일이 밖에 나도는 거니? 알려지지 않았으면 하는 무언가가?"

루시는 잘 관리된 잔디밭과 그 너머 어둠에 잠기고 있는 포도밭을 가만히 내다봤다. 루시의 시선이 다시 내게로 향했을 때, 두 눈에는 눈물이 고여 있었다.

"네." 루시가 조용히 말했다.

"무슨 일인지 조금 더 얘기해줄 수 있니?"

루시는 고개를 저었다. "아니요."

"왜 안 돼?"

"못 해요."

"누가 말하면 안 된대?"

"엄마는 이해 못 할 거예요."

"엄마가 최선을 다해볼게, 우리 딸."

루시는 다시 고개를 저었다. "말했잖아요, 말 못 한다고요."

"루시, 억지로 말하게 하지는 않을 거야. 하지만 널 도울 수 없다고 생각하니 엄마가 너무도 쓸모없는 존재처럼 느껴진다. 아빠랑 엄마는 언제나 널 위해 모든 것을 다 했는데, 이제 우리 손에 닿을 수 없는 것들이 있다는 기분이 들어. 네 곁에 있을 수 없다는 게 너무도 싫어."

루시가 멍하니 언덕을 바라보았다. 눈물 한 방울이 또다시 뺨을 타고 흘러내렸다.

"엄마는 날 도울 수 없어요. 아무도 날 도울 수 없어요."

나는 한쪽 팔을 루시의 어깨에 둘렀다. 우리 사이가 틀어져버렸다는 것이 실감나 가슴이 무너지고 있었다. 내 훌륭한 딸이, 내 첫아이가, 똑똑하고, 재미있고, 다정한 내 아이가 하루하루 내게서 멀어지고 있었다. 그런데도 루시를 다시 돌려놓기 위해 내가 할 수 있는 일은 아무것도 없는 듯했다.

"그…… 그 인터넷에 나돈다는 거 말이야. 영상이니?"

루시는 눈을 감고 고개를 한 번 끄덕였다. 단 한 번, 아주 작은 몸짓이었다.

내 속에서 희미한 불안감이 스멀스멀 피어오르기 시작했다.

"네가 나오는 영상이니? 엄마가…… 엄마가 보지 않았으면 하는 그런 거니?"

이어지는 침묵. 그리고 또 한 번의 아주 작은 끄덕임.

"우리가 할 수 있는 일들이 분명 있을 거야."

"없어요."

"영상을 내릴 수 있는 방법이 틀림없이 뭐든 있을 거야. 어떤 사이트에 올라갔든 삭제할 길이 있을 거야."

루시가 자리에서 일어나 거칠게 눈물을 훔쳐냈다.

"말했잖아요. 엄마는 날 도울 수 없다고요! 아무도 날 도울 수 없어!"

루시는 더는 말하지 않고 별장으로 걸어가버렸다.

나는 루시에게 잠시 시간을 준 다음 뒤따라갔다. 이 일은 숀과 공유해야 할 문제였다. 우리가 함께 논의하고, 대처 방안을 생각해낼 수 있도록 말이다. 보통의 날이라면 그렇게 했을 터였다. 하지만 보통의 날은 이제 먼 기억이 되어버렸다.

오늘 일이 있은 후로 대화는커녕 숀의 얼굴을 제대로 볼 수조차 없었다.

거실로 가니 낮은 탁자에 대니얼의 아이패드가 아무렇게나 놓여 있었다. 나는 아이패드를 집어 들고 주방에 들어가 문을 닫고는 긴 식탁의 끝에 놓인 거치대에 올려놓았다. 속이 요동치고 메슥메슥했다.

내 어린 딸이 벌거벗은 모습으로 인터넷 어딘가를 떠돌고 있어. 연약하고 아무것도 모르는 내 딸이.

나는 자리를 잡고 앉아 아이패드의 잠금을 풀었다가, 문득 어디서부터 시작해야 하는지 전혀 모르겠다는 생각을 했다. 어떤 내용인지는 알 수 없지만, 내 아이의 영상이 다른 사람도 볼 수 있는 어딘가에 나돌고 있다. 다른 사람이 발견할 수 있는 어딘가에. 이 사실을 떠올리자 어느 때보다 더 큰 무력감을 느꼈다.

10대 사이에서 심심찮게 벌어지는 일 중 하나였다. 나는 영상 촬영이 이뤄지고 있다는 사실은 알았지만, 그 구체적 내용은 잘 알지 못했다. 유튜브에 영상이 게시되는 건가? 그런 유의 영상이 허용되나? 그런 것 같지는 않았다. 나체와 섹스 영상을 삭제할 관리자가 있지 않나?

나는 다시 구글로 넘어가 '섹스팅'을 검색했다. 맨 위에 뜬 항목은《코스모폴리탄》에 실린 기사였다. 독자들에게 섹시한 문자와 메시지를 보내는 법을 조언하는 내용이었다. 그 아래로는 파트너에게 보낼 수 있는 색다른 메시지를 제안하는 위키피디아 페이지가 있었다. 그다지 도움은 되지 않았다.

아이들은 이런 영상을 찍을 때 주로 스냅챗을 쓰는 듯했지만, 스냅챗에 게시되는 모든 자료는 10초 안에 사라진다고 했다. 그러니 루시가 스냅챗에 무엇을 올렸든 이미 삭제됐을 터였다. 나는 스냅챗 계정도 없었고, 있다 하더라도 루시가 내 친구 요청을 수락할 가능성은 거의 없었다.

나는 구글 검색창에 다시 '섹스 영상은 어디에 게시되나?'를 입력했다. 일련의 결과가 나열됐다. 대부분은 섹스 영상을 찍었다가 훗날 그 영상이 인터넷에 업로드 되어 얼굴도 모르는 수백만 명이 그 영상을 보는 처지에 놓인 유명인에 대한 것이었다. 제니퍼 로페즈, 파멜라 앤더슨, 킴 카다시안, 콜린 파렐. 위키피디아 화면에는 이런 유명인의 목록이 알파벳순으로 끝도 없이 나열되어 있었다.

하지만 내게는 아무런 도움이 되지 않았다.

사실 나는 루시가 무엇을 올렸는지, 또는 어디에 올렸는지, 또는 그 게시물을 어떻게 내려야 할지 감도 잡지 못하고 있었다. 그리고 루시도 영상을 내릴 수 없다면, 내가 할 수 있는 일은 도대체 무엇이 있을까? 우리는 잠시 페이스북 친구였지만, 루시가 페이스북은 어른들과 괴짜들 천지라면서 자신의 계정을 삭제하고 말았다. 사실 루시의 주장은 반박할 수 없는 것이었다.

어쩌면 IT 분야에 몸담고 있는 숀이 이런 유의 문제에 대해 아는 게 있을지도 몰랐다. 하지만 오늘 우리 부부 사이에 그런 일이 벌어진 마당에 그에게 물을 수는 없었다.

한 시간에 걸쳐 소득 없는 검색을 마친 나는 아이패드의 전원을 끄고 위층으로 향했다.

침대에 올라가 전등을 끄면서도 잠 못 드는 밤이 앞으로 더 이어지리라는 것을 알았다. 답이 나오지 않는 의문이 너무도 많았다.

나는 숀이 잠들었다고 생각했다가, 우리 사이의 어둠을 가르며 들려온 그의 낮은 목소리에 화들짝 놀라고 말았다.

"잘 자. 사랑해." 숀이 나직이 말했다.

밤마다 그가 늘 마지막으로 하는 말이었다.

나는 아무 대꾸도 하지 않았다.

6개월 전

그녀가 그와 제대로 대화를 나눈 건 데이지 마셜의 열여섯 번째 생일파티에서다.

그녀는 프랜과 에마, 메건과 함께 정원에 앉아 있다. 모두가 보드카 샷을 마시고 있다. 그녀는 그도 초대받았음을 알고 있었다. 미리 확인했으니까. 하지만 그가 실제 나타날지는 누구도 확신할 수 없다. 그는 사라센 럭비 아카데미에서 평일 저녁과 주말마다 고된 훈련을 한다. 사라센 럭비 아카데미는 어린 선수들 중 최고만을 데려오는 곳이다. 사라센은 영국 내 최대 규모의 팀 가운데 하나로, 그는 주로 등번호 10번을 달고 플라이하프[26]를 맡는다.

---

26) 럭비에서 공격의 중추적 역할을 담당하는 포지션.

그녀가 알아본 바에 따르면.

저녁이 중반을 향해 달려갈 즈음, 그가 친구들과 함께 나타난다. 그 어느 때보다 더 매력이 넘치는 모습이다. 빳빳하게 다린 흰 셔츠가 어깨선을 따라 팽팽히 당겨져 있고, 갓 샤워를 마치고 나온 듯 머리칼이 아직 젖어 있다. 다른 남자아이 중 한 명이 그의 손에 맥주병을 툭 쥐여준다.

제이크가 손짓으로 그를 부르고, 서로 소개를 시켜준다. 딱 그녀가 부탁한 그대로.

그녀는 너무 많이 웃지 말라고, 관심이 있다는 티를 너무 내지 말라고, 너무 빠르다고, 스스로 되뇔 수밖에 없다. 얼굴로 내려온 금발을 쓸어 넘긴다.

그녀는 한 손을 들어 살짝 흔들고 입을 뗀다.

"안녕, 나는……."

그런데 그가 미소를 띤 채 그녀의 말을 자른다.

"나 너 알아."

"정말? 나를 알아?"

쿨함과는 100만 킬로미터쯤 멀어지고 있다.

"나랑 제이크가 둘 다 주전으로 뛰고 있잖아. 제이크가 너에 대해 다 말해줬어."

그의 연한 푸른색 눈이 그녀의 눈을 향하고 있다. 긴 속눈썹을 깜박인다. 한 번, 두 번.

"제이크 말이 맞네."

"뭐가 맞아?"

"11학년 중에 네가 **진짜** 제일 예쁘다."

별이 폭발하듯 기쁨이 터져, 그녀의 가슴 정중앙에서 강렬한 빛을 내고 있다.

그녀 안의 작은 태양이 뜨겁게 타오르고 있다.

화요일

37

교회 첨탑에 올라 마을 광장을 내려다보고 있었다. 첨탑의 맨 윗부분을 두르고 있는 좁은 통로에 서서 루시를 찾으려 애쓰고 있었다. 루시가 사라졌다. 무언가 나쁜 일이 벌어지기 전에 루시를 찾아야 했다. 끝이 검은 첨탑을 둘러 갔더니 루시가 다시 나타났다. 하지만 내게 화가 난 모습이다. 보통의 루시를 찾으려 반대쪽으로 둘러 갔더니 루시는 사라져버렸다. 나는 화가 난 루시에게 다시 갈 수밖에 없다. 왔다 갔다를 반복하다 돌로 된 난간에 기대어 아래를 깊이, 더 깊이 굽어보며 저 아래 루시가 있는지 찾는다. 이내 나는 균형을 잃고, 삐끗해 앞으로 거꾸러져…….

잠에서 깨었을 때 침실은 여전히 어두웠다. 암막커튼이 아주

가는 한 줄기 빛만을 들여보내고 있었다. 나는 이집트산 면으로 된 홑이불을 목까지 끌어 올린 채 잠시 그대로 누워 꿈을 떠올리려 했다. 자세를 바꿔 한쪽 다리를 손이 닿는 쪽으로 뻗었는데, 아무것도 닿지 않았다. 한쪽 팔을 뻗었더니 침대 자리가 서늘했다. 옆자리가 비어 있었다.

머리맡 탁자에 놓인 디지털시계가 8시 14분을 가리키고 있었다. 몸을 일으켜 눈을 비볐다. 침실에 딸린 욕실도 비었고, 거실로 나가니 날은 이미 눈부시게 밝았다. 별장 전면으로 난 커다란 창을 통해 아침 햇살이 들어오고 있었다. 눈 위로 손 그늘을 만들고 블라인드를 살짝 내려 눈이 덜 부시도록 했다.

대니얼이 잠옷 차림으로 커다란 가죽소파에 걸터앉아 있었다. 시리얼을 한 그릇 먹으며 대형 텔레비전으로 영화를 즐기는 중이었다. 무너진 뉴욕시를 배경으로 트랜스포머 두 대가 주먹다짐을 벌이고 있었다. 나는 대니얼 옆에 앉아 아이 옆통수에 입을 맞췄다.

"좋은 아침, 대니얼. 잘 잤어?"

"음음."

"아빠는 어디 있니?"

"나갔어요."

"어디 갔어?"

"빵이나 뭐 그런 거 사러 갔어요. 마을로요."

"언제 나갔니?"

대니얼은 어깨를 으쓱했다.

"몰라요. 30분 전쯤? 둘이 빵을 사러 간대서 내가 초콜릿 맛 시리얼도 사다 줄 수 있느냐고 물어봤는데, 뭐라더라, 그런 시리얼은 아마 없을 거라고 했어요. 왜냐하면 여기는 다 다른……."

"둘이?"

"네?"

"아빠 혼자 간 게 아니었어? 누구랑 같이 간 거니?"

"아, 네. 제이크 형이랑 이선 형네 엄마요." 대니얼은 수저로 우유를 떠서 후루룩 마시더니 얼굴을 찡그렸다. "엄마, 나는 정말 프랑스 우유가 싫어요. 보통 우유는 없어요?"

"프랑스에서는 그게 보통 우유란다. 세균을 몽땅 죽이려고 초저온으로 살균해서 맛이 좀 다를 뿐이야." 나는 자리에서 일어나 빈 주방을 들여다봤다. "그러면 두 사람만 나간 거니? 네 아빠랑 제니퍼 이모만?"

"네. 나도 가고 싶었는데 아빠랑 이모가 조금만 사러 가는 거라고 했어요. 뭐, 내가 잠옷 차림이기도 했고요." 대니얼은 계속해서 시리얼을 우적우적 먹었다. "우리 오늘은 뭐 해요?"

"아직 몰라. 좋은 거 할 거야." 나는 멍하니 말했다.

이지가 계단 끝에 모습을 드러냈다. 잠옷 차림으로 크게 하품을 하고 있었다. 이지는 한 손을 들어 무언의 인사를 건네고는 조용히 주방으로 향했다.

나도 이지에게 고개를 끄덕여 보이고는 손의 휴대전화로 전화를 걸어보기로 했다. 점심으로 먹을 페이스트리와 케이크도

사 와야 한다는 이유를 댈 참이었다. 신호음이 가는 사이 별장을 돌아다니며 발코니에 나가보기도 하고 다이닝 룸에 고개를 내밀기도 했다. 아직 일어난 사람은 더 없는 듯했다.

숀의 휴대전화는 음성사서함으로 넘어갔다. 전화를 끊고 다시 걸어, 두 번째로 짧은 메시지를 남겼다.

나는 별장 전면에 난 창으로 가서 진입로를 내다봤다. 차가 세 대 모두 그대로 있으니 두 사람은 마을까지 걸어갔을 터였다. 마을까지 10분, 줄을 섰다고 가정하면 빵집에서 10분, 돌아오는 데 10분. 모두 합해서 약 30분이니까, 지금쯤 돌아오는 길이어야 했다. 어쩌면 손을 잡고 한가로이 걸어오고 있을지도? 마을 광장의 작은 카페에 앉아 커피 한 잔을 나눠 마시고 있나? 둘만이 보내는 은밀한 순간순간을 즐기고 있나? 다른 사람의 눈에 띄지 않을 어딘가에서?

어쩌면 그럴 수도, 어쩌면 아닐 수도. 하지만 내가 서두른다면 두 사람을 잡을 수 있을 것이다.

나는 침실에 가서 서둘러 운동복을 챙겨 입었다.

"대니얼, 이지 이모랑 있어. 엄마는 좀 뛰고 올게."

아들은 텔레비전 화면에서 눈을 떼지 않은 채로 고개만 끄덕였다.

"제대로 된 우유 좀 사다 줘요. 혹시 있으면."

나는 열쇠를 와락 잡아채고 밖으로 향했다.

* * *

달리기는 애초에 숀의 아이디어였다.

중년 위기의 일환이라고 숀은 말했다. 숀은 새로운 취미와 새로운 목표, 인생을 바꿀 자기 계발 계획을 잔뜩 마련한 채로 서른아홉 번째 생일을 맞이했다.

헬스장에 등록하고, 로드바이크를 새로 장만하며, 살을 빼고 주중에 마시던 술을 끊으려 노력하는 식이었다. 또 오래된 셔츠와 청바지를 쓰레기봉투에 가득 담아 자선 단체에 가져다주고는 새 옷을 사고, 까칠하게 자란 수염을 면도하며, 머리를 전보다 짧게 자르는 등 전반적으로 외모에 더 신경을 썼다.

그리고 바람을 피웠다.

그 모든 것이 바람의 징후였다고, 나는 추측했다. 그의 인생에서, 그의 머릿속에서, 그의 가슴속에서 무언가가 일어나고 있음을 말해주는, 크고 번쩍이는 네온사인이었다. 어떤 변화가 일어나고 있었다. 분명 징후가 있었지만, 나는 그 징후를 잘못 해석했다. 긍정적으로만 봤던 것이다. 긍정과는 전혀 거리가 먼 징후였음에도. 숀은 이미 몇 주 전부터 달리기를 하지 않았다. 그냥 그만둬버렸다. 에너지를 모두 다른 데 쏟아야 했으리라.

나무가 늘어선 별장 진입로 끝에서 오른쪽으로 돌았고 좁은 길을 따라 오티냐크로 향했다. 아직 이른 시간이었지만, 구름 한 점 없는 하늘에 해가 벌써 높이 떠 있었다. 내리쬐는 뙤약볕에 눈이 반쯤 먼 채로 달렸다. 서둘러 나오느라 깜빡하고 선글라스를 챙겨 오지 않아서, 별장 경계를 따라 이어진 길을 달리는 내내 눈을 가늘게 떠야만 했다. 잠에서 깬 지 얼마 안 되어 아직 뻣뻣하고 무거운 팔다리를 움직이려 애썼다. 습기를 머금은 공기가 후텁지근해 겨우 높다란 흰색 돌벽을 지났을 뿐인데도 겨드랑이와 목뒤로 땀이 맺혔다.

초반만 해도 숀과 내가 함께 달릴 때가 있었다. 아이들이 더는 집에만 있으려 하지 않아, 달리기에 관심을 붙인 우리에게 함께 달릴 기회가 생긴 것이다. 하지만 곧 숀은 하프 마라톤을 준비하기 시작했다. 대니얼이 잠든 후 저녁 늦게까지 달렸다. 그 시간에 나는 가운을 걸치고 잠깐 텔레비전 시청을 하면서 긴장을 풀고 쉬고플 따름이었다. 아무튼 숀은 나에 비해 너무 빨랐고, 내가 마치 그를 앞으로 나아가지 못하도록 잡아두고 있는 것만 같았다.

내가 지금도 그런 걸까? 숀을 잡아두고 있는 건가? 이 길의 굽이를 돌아 서로 팔짱을 끼고 엉덩이를 부딪치며 걸어오는 숀과 제니퍼를 보게 된다면 나는 어찌 해야 하나? 혹은 두 사람이 벤치에 앉아 은밀히 키스를 나누고 있다면 어떻게 해야 하나? 물론 나는 무엇을 해야 할지 알았다. 바로 저 길가에서 두 사람이 다 털어놓도록, 지금 벌어지고 있는 일을 인정하도록, 고백하도록 해야 했다.

계속해서 달렸다.

마을에 도착할 즈음 티셔츠가 땀으로 흠뻑 젖어 등에 달라붙었고, 축축한 열기 속에서 숨이 가빴다. 광장은 조용했다. 빵집

밖에서 노년의 여성 두어 명이 담소를 나누고 있고, 또 다른 몇 명은 시청 건물이 드리운 그늘 아래 이른 커피를 즐기고 있었다. 숀과 제니퍼의 흔적은 보이지 않았다. 나는 광장의 중심부 너머 마을 저편까지 빙 둘러본 다음 다시 별장으로 이어진 좁은 길에 들어섰다.

별장 뒤편으로 난 작은 언덕을 반쯤 올랐을 때, 다리가 너무 무거워 잠시 멈춰야 했다. 길 한쪽에서 엉덩이에 두 손을 올린 채 잠시 서 있었다. 참나무와 소나무, 올리브 나무가 빽빽했고, 내 위로 언덕의 머리 부분에 자리 잡은 별장의 흰 벽이 겨우 보였다. 나는 남은 길을 걸어갔다.

돌아와보니 숀은 주방에 있었다. 불룩한 쇼핑백 세 개에서 바게트와 크루아상, 마카롱, 페이스트리가 담긴 종이봉투를 꺼내 놓고 있었다. 숀 옆에 선 제니퍼는 그녀 나름대로 커피 기계를 작동시키느라 분주했다. 흰 치마바지에 옅은 핑크색 조끼를 입은 제니퍼는 시원하고도 편안해 보였다. 아직 밀짚모자를 쓴 채였다.

새삼 땀범벅에 얼굴은 붉게 익은 내 모습이 의식됐다.

"아, 여기 있었네. 어떻게 왔어?" 내가 말했다.

어제 오후 협곡에서 대립한 후로 숀에게 처음 건넨 말이었다. 우리의 대립이 아주 오래전 일인 것만 같았다.

숀은 어깨를 으쓱했다.

"마을에서 걸어왔지."

나는 고개를 저었다.

"방금 그 길을 뛰고 왔는데 당신은 안 보이던걸."

"언덕을 따라 작게 난 길이 하나 있어. 지름길이지. 꽤 가파르긴 해."

"당신 휴대전화에 전화도 걸어봤는데."

"여기 두고 갔어. 미안."

"꽤 오래 걸렸네."

숀은 엄지손가락을 홱 젖혀 어깨 너머 마을 방향을 가리켰다.

"길거리 시장이 열렸는데 제니퍼가 한번 가보고 싶다고 해서. 멋진 공예품을 팔더라."

"내가 광장도 돌고 왔는데 시장은 없었어."

숀은 나와 눈을 맞추려 들지 않았다. 쇼핑한 짐을 푼다는 핑계로 내게 계속 등만 보이고 있었다.

"교회 저편 공설 운동장 옆에서 열렸어."

우리가 처음 도착한 날 로언이 시장과 관련해 뭐라고 말을 하긴 했다. 시장이 어느 요일에 열린다고 했는지 확실히 기억할 수는 없었지만, 오늘 같지는 않았다.

"현지 와인 시식 행사도 하더라고. 그러니 안 먹어볼 수가 있나." 숀이 말했다.

나는 페이스트리가 담긴 종이봉투를 열었다. 갓 구운 크루아상 냄새가 코로 한가득 들어왔다. 그 냄새에 배가 고파야 마땅했지만, 지난 며칠 사이 식욕은 온데간데없이 사라져버렸다.

"애들 먹게 크루아상을 좀 데울게. 당신도 먹을래?"

"조금 이따가. 샤워 먼저 얼른 하고 올게."

"아."

샤워. 몸에서 그녀의 냄새를 씻어내려는 건가.

"아까는 당신이 깰까 봐 못 했거든. 그런데 밖은 이미 살을 태워버릴 듯이 더운 거 있지."

대니얼이 어슬렁어슬렁 주방에 들어와 나를 위아래로 훑어보았다.

"엄마, 제대로 된 우유는 찾았어요?"

38
이지

이지는 그랜드피아노 소리를 따라나섰다. 완벽한 리듬을 타고 점점 커지며 휘몰아치는 음이 별장 1층과 밖으로 난 발코니까지 울려 퍼졌다. 오르락내리락하는 음에는 감정이 풍부히 실려 있었고, 복잡한 소나타 연주는 흠잡을 데 없었다. 이지는 수영장에서 계단을 올라와 발코니를 가로질러 거실에 들어섰고, 소파 팔걸이에 걸터앉아 루시가 피아노를 연주하는 모습을 지켜봤다.

어쩌면 이지가 정착해서 자신의 집을 마련하면, 다시 피아노를 가져볼 수도 있을 터였다. 이지도 어릴 때 피아노를 연주했다. 루시만큼은 아니더라도, 꽤 괜찮은 실력이었다. 바로 이런 게 돌아갈 집이 없다는 사실에서 오는 가장 아쉬운 점 가운데 하나였다. 이지의 세 친구가 지난 몇십 년 사이 소유물을 점점 더 늘려간 반면, 이지는 정반대의 방향으로 가서 아마도 지금은 스물한 살 때보다도 가진 게 없을 터였다. 옷도, 책도, 장비도, 이런저런 물건 전부가 전보다 줄었다. 늘어난 건 없었다. 돌아가신 부모님 집에 있던 가구는 대부분 팔리거나 자선 단체로 갔다. 부모님을 떠올리게 해 창고에 보관하기로 한 몇 가지 유품만 빼고는. 이지가 가진 것의 대부분은 그녀가 15년 전 아일랜드를 떠날 때부터 메어 낡을 대로 낡은 70리터짜리 배낭에 들어갈 만한 것이었다. 그런데 어쩌면 이제 그녀가 사랑해 마지않는 버그하우스[27)]에서 벗어나야 할 때가 된 것일 수도 있었다.

애초에 1년이나 2년 정도의 예정으로 떠난 일정이었다. 하지만 떠나 있는 시간이 길어질수록 유대감이 약해졌다. 이지는 솔직히 정반대의 경우를 예상했다. 한 달, 또 한 달이 지날수록 집에 가고픈 마음이 커지고, 해가 갈수록 빚에 이자가 붙듯 향수병이 깊어질 줄 알았다. 그러나 실제로는 시간이 갈수록 한층 더 수월해졌다. 1년이 2년이 되고, 5년이 되고, 그러다 10년이 됐다. 그리고 이제 여기까지 왔다.

이지는 매년 한 번씩 로언과 제니퍼, 케이트와 모임이 잡힐 때면 늘 돌아와 참석했고, 가끔씩 고향 아일랜드도 찾았지만, 고향에 머무는 시간의 대부분을 언제 다시 떠날 수 있을지 궁리하며 보냈다. 그리고 점차 세월이 흐를수록 고향 방문은 뜸해졌

27) 영국의 아웃도어 의류 및 장비 브랜드.

다. 그녀와 고국을, 고향을, 그녀가 뛰어 놀며 자란 거리를 연결해주던 끈이, 11월 2일이 왔다가 지나갈 때마다 점점 더 느슨해졌다.

마크가 죽은 달이 다가올 때면 이지는 몹시도 두려웠다. 고통이 조금이라도 무뎌지기를 바라면서도, 동시에 잊길 원하는 스스로를 증오했다.

잊는다는 것이 이기적으로 느껴졌으니까. 기억을 간직해 마크를 계속 살려두는 것은 그녀에게 달려 있었다. 마크를 기억하는 게 옳은 일이다. 더 길게 얘기할 것도 없다. 하지만 기억은 고통을 의미했다. 이지는 너무도 오래 그 고통을 짊어지고 있었기에, 어쩌면 이제 고통을 벗어던져야 할 때가 되었을 수도 있었다. 그렇다고 잊겠다는 건 아니었다. 이지는 결코 잊지 않을 터였다. 그저 이제 앞으로 나아가야 할 때라는 뜻이었다.

이지는 얼마 전만 해도 돌아오고 싶지 않았다. 돌아올 이유가 없었으니까. 부모님 두 분 다 돌아가셨고, 오빠는 캐나다로 이주했다. 남매가 모두 아일랜드를 뒤로하고 집에서 이리도 멀리 떨어져 있다는 사실이 이상한가? 두 사람 다 더 나은 무언가를 찾아 리머릭을 벗어나고자 했다는 사실이? 어쩌면 그건 자연스러운 본능일 수도 있었다.

하지만 이제 이지에게 돌아갈 이유가 생겼다.

이지는 주머니에서 휴대전화를 꺼내 일련의 메시지를 다시 확인하면서 가장 최근의 것까지 스크롤을 내렸다. 그들이 함께 보낸 시간을 떠올릴 때면 저절로 미소가 지어졌고, 그럴 때면 이지는 웃음을 거두고 빠르게 주변을 둘러보며 누군가 보고 있는 사람이 있는지 살폈다. 왜 그렇게 바보처럼 웃음이 나는지 의아할 따름이었다. 이지는 빠르게 답장을 입력한 다음 전송 버튼을 눌렀다.

떠돌던 나날에 끝이 보여서 다행이었다. 이제 보금자리로 돌아갈 때였다. 집이라기보다는, 집에 가까운 곳으로. 이제 이지에게 최고의 이유가 생겼으니까. 모든 것을 고려했을 때 유일하게 말이 되는 이유였다.

이제 정착할 때였다. 영원히.

새로운 보금자리에서 배낭을 피아노와 맞바꿀 것이다. 새 출발의 일환으로 다시 피아노를 배울 것이다. 언젠가 루시만큼 피아노를 잘 치게 될지도 모를 터였다.

이지는 건반 위를 날아다니는 10대의 섬세한 손을 보려 더 가까이 다가갔다.

그때 루시가 고개를 돌렸다. 화들짝 놀란 모습으로 양 볼에 흐르는 눈물을 훔쳐내고 있었다.

"미안, 계속해. 방해하려던 건 아니었어. 네가 하루 종일 연주한다 해도 듣고 싶을 정도인걸." 이지가 말했다.

"아니에요, 괜찮아요. 어차피 거의 다 쳤어요. 정말로요."

이지는 미소를 지었지만 무언가 문제가 있음을 곧바로 알아챘다. 루시에게는 사랑스러운 면이 많이 있었는데, 그중 하나가 거짓말을 잘 못한다는 점이었다. 감정도 잘 숨기지 못했다.

꼭 자기 아버지처럼.

이지가 목소리를 낮추었다.

"루시, 괜찮은 거니?"

"네, 그럼요." 루시가 떨리는 숨을 깊이 들이마셨다. 황급히 옷소매를 움직여 눈물 자국이 다 사라질 때까지 두 뺨을 닦았다. "이 곡을 연주할 때면 가끔 좀 감정적이 되어서 그래요."

"참 놀라운 재능을 가졌더구나."

"감사해요. 매일 연습해야 하거든요."

"어디서 많이 들어본 곡 같은데, 생각이 안 나네."

"슈만의 「킨더스체넌」요. 그러니까……."

"「어린이 정경」."

루시가 미소를 지었다. "정확히 몇 개국어를 하시는 거예요?"

"내 약혼자도 그 곡을 연주하곤 했어. 너만큼 잘 치지는 못했지만."

이지는 루시의 얼굴에 잠시 스쳤다가 사라지는 그늘을 보았다고 생각했다.

"8학년 때 이 곡으로 시험을 봤어요. 전곡을 연주한 건 아니지만요."

"그러면 다음 시험은 뭐가 남았지? A레벨, 맞니?"

루시가 고개를 끄덕였다.

"GCSE에서 필요한 점수를 얻는다고 가정하면요."

"그건 걱정하지 않아도 될 것 같은데, 안 그러니? A레벨 과목은 어떤 걸 선택했어?"

"수학이랑 물리, 화학, 생물학요."

"와, 참 쉬운 길로도 간다." 이지가 미소를 지었다.

"의대에 가려면 필요한 과목이어서요."

"의대에 가기로 마음을 굳혔구나?"

"네."

"네가 아니면 누가 해낼 수 있겠니. 넌 아주 훌륭한 의사가 될 거야."

루시가 수줍게 웃어 보였다.

"아직 갈 길이 멀죠."

이지는 의자 하나를 끌어다가 그랜드피아노를 앞에 둔 루시 옆에 앉고는 몸을 가까이 기울였다. 갓 태어났을 때부터 알아온 아이였다. 태어난 지 일주일이 되었을 때 처음 안아본 아이는 완벽하게 작고 새로운 사람이었다. 놀라울 정도로 밝은 금발에 머리숱도 빽빽했다. 이지는 루시가 자라는 모습을 지켜보았고, 해외에서 일하다 돌아올 때면 조금 더 똑똑하고, 조금 더 자란 루시를 마주하곤 했다. 열두 살의 루시는 맨발로 섰을 때 157.5센티미터인 이지의 키를 따라잡았고, 이후 두 사람의 키 차이는 훨씬 더 크게 벌어졌다. 이지는 다시 돌아온 만큼, 태어난 직후부터 지금껏 봐온 이 여자아이와 다시 제대로 교감하고픈 충동이 강하게 이는 것을 느꼈다. 관계를 재정립하고 싶었다.

루시와 대니얼에게 다시 가까이 다가가고 싶었다. 그들의 내부 집단으로 편입되고 싶었다.

"너 정말 괜찮은 거니, 루시?"

"흐음."

"나한테 뭐든 다 말해도 된다는 거, 알고 있지? 나는 중립적 위치에 있잖아." 이지가 웃어 보였다. "나는 스위스나 다름없어. 누구 편도 아니야. 네 엄마나 아빠에게 말할 수 없는 게 있다면 대신 나한테 말해도 돼. 나는 그냥 듣기만 할 거고 그 내용이 다른 사람에게 결코 새어 나가지 않도록 할 거야."

루시는 긴 금발 한 가닥을 귀 뒤로 넘겼다.

"그게…… 모르겠어요. 아마 아무 일도 아닐 거예요."

"그 일 때문에 마음이 어수선하다면, 아무 일도 아닌 게 아니지. 네 휴가를 망치고 있는 일이라면, 널 그렇게 신경 쓰이게 하는 일이라면 말이야, 안 그러니?"

"그러네요."

"루시, 나는 그냥 네 기분이 좀 나아지면 좋겠어."

이지는 그 말이 잠시 그대로 붕 떠 있도록 두었다. 루시가 정적을 채우리라는 것을 알았다. 잠시 후, 이지의 예상대로 루시가 나섰다.

"엄마랑 아빠가…… 둘 사이에 뭔가 이상한 일이 벌어지고 있어요."

이지는 상체를 더 꼿꼿이 세우며 인상을 찌푸렸다.

"정확히 어떻게 이상한데?"

그 순간, 전날 헤릭 협곡에서 케이트가 했던 말이 고스란히 떠올라 마음이 불안해졌다. 케이트는 숀 때문에 걱정하고 있었다. **메시지가 있었어.**

루시가 조용히 말했다. "모르겠어요. 엄마랑 아빠가 서로에게 이상하게 굴어요. 전에는 이런 모습을 본 적이 없거든요. 아빠는 내가 아무것도 눈치채지 못한 줄 알지만, 전 알아요. 많은 것을 알아챘어요. 이모도 뭔가 느껴졌죠?"

"응. 그랬어." 이지가 고개를 끄덕였다.

"그러면 이모가 보기에는 무슨 일인 것 같아요?"

이지는 그녀의 선택지를 살펴보았다. 가장 고통이 적은 쪽을 선택하려 했다. 루시에게 아버지가 다른 여자와 메시지를 주고받는다고 말해야 할까? 어머니가 제기한 의혹을? 케이트가 숀에게 품고 있는 의심을? 루시에게 진실을 말해야 하나?

그런데 내가 정말 말할 처지가 되는가?

"솔직히 말이지? 나도 모르겠어, 루시. 하지만 어찌 된 일이든, 두 사람이 금방 잘 해결하리라 확신해. 어떻게든 말이야." 이지가 루시의 팔을 쓸었다.

39

숀과 나는 아무 말 없이 아침을 보냈다. 다친 동물들처럼 서로의 주위를 빙빙 돌면서, 아직 날것 그대로인 어제의 대립을 떠올렸다.

오래지 않아 루시가 눈치를 채고 말았다. 욕실에서 눈 밑 그늘을 감추려 애쓰고 있는데 반쯤 닫힌 문 뒤로 우리 딸의 목소리가 들렸다. 하던 일을 멈추고 가만히 서서 귀를 기울였다.

"아빠?"

"그래, 루시."

"무슨 일 있어요?"

"오늘? 그냥 수영장에서 열이나 식힐 것 같은데."

"그게 아니라, 두 사람 사이에 무슨 일이 있냐고요." 루시가 목소리를 낮췄다.

"무슨 뜻이니?"

"아빠는 내가 아무것도 모르고 나 자신에게만 관심이 있는 걸로 생각한다는 거, 알아요. 하지만……."

"우리 딸, 아빠는 그렇게 생각하지 않아."

"아빠가 말하는 걸 들었어요."

"언제?"

"10대들은 자기만 알고 자기 일에만 몰두한다고 했잖아요."

"네 얘기가 아니었어! 네 나이대의 내가 어땠는지 떠올렸을 뿐이야."

"아무튼, 저도 이런저런 것들을 알아챌 때가 있어요."

"이를테면?"

"아빠랑 엄마가 서로 말을 안 한다든가."

잠깐의 침묵.

"언제부터 말이니, 우리 딸?"

"우리가 이곳에 온 후로요. 아빠랑 엄마 사이에 도대체 무슨 일이 벌어지고 있는 거예요?"

"아무것도 아니야. 아무 일 없어."

"엄마한테 화가 났다든가, 뭐 그런 거예요?"

"아니야, 루시."

"그러면 엄마가 화난 거예요? 아빠가 한 일에 대해서?"

"아니야."

또 한 번의 침묵.

"그거 알아요, 아빠?"

"뭐가, 우리 딸?"

"아빠는 정말 거짓말을 못해요."

"루시……."

루시가 자리를 떴다. 복도를 따라 걷는 발소리가 멀어지고 있었다. 나는 은신처에서 나와 숀을 보았지만, 숀은 나와 눈을 맞추려 들지 않았다. 우리 사이로 뻗어나가던 침묵은 아래층에서 점심이 준비됐다고 알리는 이지의 외침으로 깨졌다.

발코니로 나가니 소규모 부대가 다 먹고도 남을 음식이 긴 식탁에 차려져 있었다. 음식과 음료가 2.5센티미터 정도의 간격을 두고 체크무늬 식탁보를 뒤덮고 있었다. 10여 종류의 치즈로 가득한 나무 식기가 식탁 정중앙 가장 눈에 잘 띄는 자리를 차지했고, 그 옆으로는 토마토와 올리브, 사과와 포도를 담은 우묵한 그릇들이 있었다. 칼로 썬 바게트와 갓 구운 페이스트리를 높이 쌓아둔 도마도 보였다. 마을 시장에서 사 온 꿀과 진한 잼도, 황금빛 버터 한 조각도, 두툼하게 썰어낸 햄 조각도, 구운 닭 가슴살도 있었다. 사과주스를 담은 항아리 모양의 주전자와 초록빛 뭉툭한 맥주병이 있었고, 화이트와인도 두 병 나와 있었다.

"우리 열두 명. 와인과 빵이 있으니 이제 은전 30냥이 담긴 주머니만 있으면 되겠군." 식탁 상석에 앉은 앨리스터가 말했다. 스스로 매우 만족한 모습이었다.

"유다도요." 러스가 덧붙이며 부드럽게 생시니앙 병의 코르크 마개를 펑 뽑았다.

"어째서?" 제니퍼가 물었다.

"알잖아, 다빈치의 「최후의 만찬」." 앨리스터가 두 손을 활짝 펼치며 말했다.

대니얼이 바게트를 한 조각 집었다.

"「최후의 만찬」이 뭐예요, 아빠?"

숀이 과장된 쾌활함을 내보이며 두 손을 꼭 맞잡았다.

"아하! 드디어 우리 아들이 성서에 관심을 보이는구나. 네 할머니 콜린이 널 자랑스러워하실 게다. 최후의 만찬은 예수가 제자들과 먹은 식사란다. 유다에게 배반당하기 직전의 일이지. 그리고 로마인들이 예수를 골고다 언덕으로 끌고 가서……."

"피와 폭력이 난무하는 이야기를 그렇게 세부적으로 묘사할 필요는 없을 것 같아요. 어린애들 앞에서 말이죠." 제니퍼가 오데트를 향해 고개를 까딱했다. "안 그래요, 숀?"

"피와 폭력이 난무하는 이야기가 뭔데요?" 대니얼이 말했다.

"로마인들이 아기 예수를 나무에 못 박았어." 오데트가 진지한 얼굴로 말하며 끈적거리는 페이스트리를 한 조각 찢어 입에 넣었다.

"십자가였지. 그리고 예수는 아기가 아니었어. 성인 남자였다고 전해진단다." 러스가 말했다.

"멋지다. 그렇게 죽는 데는 얼마나 걸려요?" 휴대전화를 보던 이선이 고개를 들었다.

"몇 시간, 어쩌면 며칠이 걸릴지도 모르지. 확인할 길은 없지만." 러스가 말했다.

"공개적으로 그런 거였어요? 그러니까, 관중이 있었어요?"

제니퍼가 목을 가다듬었다.

"점심을 먹으며 대화할 소재로는 정말 적절치 않다고 보는데. 안 그래요, 여러분?"

"어른들이 늘 말하는 지루하고 구린 얘기보다는 흥미로운데요." 제이크가 투덜거렸다.

"제이크, 말 가려서 하렴."

모두가 각자의 접시를 채우느라 분주했다. 오데트만 빼고. 오데트는 콧살을 찡그리며 싫어하는 음식을 하나하나 가리키기 시작했다.

"저거 싫어. 이것도, 저것도. 이건 정말 싫어. 좀 정상적이고 제대로 된 빵을 잘라둔 건 없어?"

로언이 딸의 접시에 바게트와 햄을 올려주고 사과를 작게 쐐기 모양으로 깎았다.

나는 고개를 들다가, 긴 나무 식탁을 사이에 두고 서로 마주 보고 앉은 숀과 제니퍼가 와인 병을 향해 동시에 손을 뻗는 모습을 보았다.

숀의 손이 제니퍼의 손을 스쳤다. 두 사람이 눈을 마주치는 사이, 두 손은 잠시 서로 닿은 그대로 머무는 듯했다. 그런데 제니퍼가 마치 전선을 건드려 전기가 통하기라도 한 것처럼 반응했다. 두 사람은 서로가 거울인 양, 똑같이 미소를 지으며 당황한 기색을 내비쳤고, 서로에게 먼저 가져가라며 손짓했다.

"드세요." 숀이 말했다.

"아니에요, 먼저 들어요." 제니퍼가 말했다.

숀은 미소를 지으며 제니퍼 잔부터 채워주었고, 그다음으로 러스 잔을, 그 후 자신의 잔을 채웠다.

제니퍼가 고개를 반쯤 돌려서 나를 슬쩍 보더니 금세 시선을 다시 식탁에 떨구었다.

내가 눈치를 챘는지 확인하는 건가?

그래, 눈치를 챘고말고. 방금, 뭐였니?

정확히, 뭐였니?

제니퍼가 다시 나와 눈을 맞추기를 바랐다. 그녀의 표정을 읽을 기회를 노렸다. 거기에 무엇이 쓰여 있는지 보고 싶었다.

모두가 다 보는 앞에서 내 남편의 손을 건드리는 게 어색하게 느껴지는 거야? 그런 거야?

제니퍼는 와인을 한 모금 홀짝일 뿐, 나와 다시 눈을 맞추려 들지 않았다.

내 마음이 새로운 의혹으로 덜컥하며 불꽃을 일으키는 것도 잠시, 눈길을 돌리다가 새로 딴 생시니앙을 루시의 와인 잔에 따라주고 있는 앨리스터를 발견했다.

"저기, 미안하지만 루시가 점심에 와인을 마시지 않았으면 하네요." 내가 앨리스터에게 말했다.

루시는 방금 나한테 한 대 맞기라도 한 듯한 표정이었다. 앨리스터는 그저 빙긋이 웃더니 제이크 잔으로 옮겨 갔다.

"그래요? 괜찮다고 할 줄 알았는데."

"수영장에도 들어갈 테고, 더위에다 탈수증도 걱정되니 애들은 오랑지나[28]만 계속 마시는 편이 나아요." 또 당신이 루시의 인스타그램 계정을 확인하고 있다는 사실을 생각하면 말이지. "그렇지 않아, 숀?"

"맞아." 숀이 성의 없이 답했다.

루시가 팔짱을 꼈다. 두 뺨이 붉게 달아오르고 있었다.

"데이지 마셜은 열세 살부터인가 집에서 와인을 마셔요. 데이지네 부모님도 별말 안 하는걸요."

"그건 그쪽 부모의 선택이지. 하지만 네가 조금 더 클 때까지, 너한테 뭐가 최선인지는 우리가 결정해."

"내 선택은요?"

나는 본능적으로 튀어나오려는 대답을 꾹 눌러 참고는 잠시 숨을 돌리며 말을 골랐다.

"성인이 되면 선택할 수 있어. 그때는 네가 하고 싶은 대로 할 수 있단다."

"가끔은 엄마를 못 믿겠어요. 화이트와인은 10도나 될까 말까 해요. 독하지도 않다고요." 루시는 도끼눈을 뜨고 나를 노려보았다.

앨리스터가 와인 병을 들지 않은 손으로 손짓했다. "유너 거시드 뱅 푸어 르 앙팡. '아이들에게 와인을 한 모금'이라는 뜻이죠. 아시다시피, 여기 프랑스에서는 사회적으로 아무 문제 없이 용인되는 일이에요."

28) 프랑스의 오렌지 맛 탄산음료.

"양의 불알을 먹는 것도 그렇고." 러스가 중얼거렸다.

앨리스터는 러스의 말을 못 들은 듯했다.

"케이트, 우리가 하는 일이란 말이죠, 우리 아이들이 경계를 시험하도록 늘 북돋워주는 겁니다. 경계를 탐색하는 건 갈등을 줄이고, 소통을 개선하며, 관계에서 신뢰를 구축하는 정말 강력한 방법이 될 수 있어요. 당신의……."

루시가 말을 잘랐다.

"엄마는 언제 처음으로 술을 마셨는데요?"

"10대 때. 하지만 그건 다른 경우야." 나는 어깨를 으쓱해 보였다.

"어떻게 달라요?"

"부모님 앞에서 마시지는 않았거든."

"엄마는 정말 위선자예요! 그러니까 엄마가 모르게만 하면 와인을 좀 마셔도 괜찮다는 거예요?" 루시가 나를 가리켰다.

"그런 말이 아니잖니."

"우리는 지금 휴가를 온 거잖아요! 빌어먹을 포도밭 한가운데에 있고요! 또 엄마는 매일같이 술을 마시잖아요!"

"루시, 그만 소리 질러."

루시는 자리에서 일어나 잔을 움켜쥐었다.

"애 취급 좀 그만하라고요!"

루시는 의자를 뒤로 밀치고 자리를 떴다. 돌계단을 내려가 수영장으로 향하는지, 루시의 플립플롭이 내는 분노의 철썩, 철썩 소리가 점점 멀어지고 있었다.

나는 루시를 따라가려 일어섰다.

"내버려둬. 우선 좀 진정하게 두자." 숀이 나직이 말했다.

"뭐라도 먹여야 해."

"조금만 시간을 줘."

물론, 숀의 말이 옳았다. 루시와 나는 너무도 많은 면에서 닮았고, 우리가 한번 논쟁을 벌이면 나는 좀처럼 빠져나올 길을 찾지 못했다. 좀 더 부드러운 접근이 필요한 양육 문제에서 지나치게 내 기준대로 판단을 내렸고, 지나치게 흑백논리에 사로잡혔으며, 지나치게 빨리 분석 태세에 들어섰다. 숀은 그걸 내가 일할 때 쓰는 뇌라고 부르곤 했다.

다시 자리에 앉은 나는 그제야 식탁의 모든 눈이 나를 향하고 있음을 깨달았다. 제니퍼만 빼고. 제니퍼는 바게트 조각에 버터를 바르며 애써 시선을 자신의 칼질에 고정하고 있었다.

"나만 그런가요, 하루하루 날이 더워지는 것 같아요." 앨리스터가 커다란 햄 조각을 포크로 찍으며 경쾌하게 말했다.

40

나는 점심 식사를 마친 후 접시에 빵과 치즈, 과일을 담아 수영장으로 내려갔다. 어느 정도 물 밑 작업이 있어야 루시가 내 말을 들을 터였다. 우리에게는 대화가 필요했다. 사실 어디서부터 시작해야 할지, 어떻게 하면 다 털어놓지 않고도 루시를 이해시킬 수 있을지 감도 잡히지 않았지만, 그래도 해봐야 했다. 열여섯의 루시는 여전히 자신이 세상에 대해 알아야 할 모든 것을 안다고 생각하는 단계에 있었다. 실제로는 거의 아무것도 알지 못하면서 말이다. 이러한 루시의 착각은 때로는 귀엽고 즐거움을 주기도 했지만, 때로는 살짝 무섭기도 했다.

루시는 수영장 저쪽 끝에 놓인 일광욕 의자에 내 쪽을 바라보고 앉아 있었다. 나는 밝은 햇살에 눈을 가늘게 뜨고 계단을 내려오면서 루시에게 미안함을 담은 미소를 보냈다.

다음 순간, 입가의 미소가 그대로 얼어붙었다.

앨리스터가 루시 뒤에 앉아서 아이의 어깨에 선탠로션을 바르고 있었다.

다른 사람은 모두 위층에서 점심상을 치우고 있었다. 지금 이곳에는 저 두 사람밖에 없다.

나는 걸음을 재촉했다. 루시는 포니테일로 묶은 머리를 들어올리고 고개를 앞으로 숙여 목덜미를 드러내고 있었다. 언제나처럼 검은 스피도 차림의 앨리스터는 손에 로션을 더 짜낸 다음 루시의 쇄골을 문질렀다.

"루시, 엄마가 점심을 좀 가져왔어." 내가 딸에게 말했다.

루시는 멋쩍은 미소를 지으며 접시를 받아 들었다.

"고마워요."

앨리스터는 계속해서 루시의 어깨와 등 위쪽에 로션을 문질렀다. 밝은 햇살 속에서 루시의 피부가 빛나고 있었다.

나는 선탠로션 병을 집어 들었다.

"루시, 이제 엄마가 해줄까?"

앨리스터는 손에 남은 로션을 자신의 허벅지에 닦았다.

"이제 끝." 앨리스터가 씩 웃어 보였다.

"고마워요, 삼촌." 루시가 와인을 홀짝이며 말했다.

나는 음식이 담긴 접시를 가리켰다. "점심도 먹어야지."

"물론이죠."

앨리스터가 끙 소리를 내며 일어서더니 다시 자신의 의자로 돌아갔다.

"여기서 내가 할 일은 다 끝났어. 선탠로션을 바를 일이 생기면 언제든 불러만 다오." 앨리스터는 루시에게 미소를 보냈다.

나는 잠시 주저하다 말했다. "저기 루시, 엄마랑 잠깐 얘기 좀 할까?"

"무슨 얘기를요?"

"위층으로 갈래? 접시를 들고 가도 좋아."

"왜요?"

"너한테 보여주고 싶은 게 있어."

"보여줄 게 뭔데요?"

"그게 좀…… 사적인 거라."

"아, 여자들 일이군요. 이 시점에서 나는 한 발짝 뒤로 성큼 물러나겠습니다." 앨리스터가 두 손을 들어 보였다.

앨리스터는 의자에 등을 기대며 휴대전화를 들었다.

루시는 과장된 한숨을 내쉬며 자리에서 일어나 나를 따라 발코니까지 올라왔고, 거기서 다시 다이닝 룸으로 들어섰다.

내가 문을 닫자 루시는 긴 식탁을 따라 늘어선 나무 의자 가운데 하나에 털썩 앉았다. 높은 등받이에 세세하게 조각이 된 의자였다.

"뭔데요? 저한테 뭐를 보여주고 싶으신 거예요?"

"아무것도 없어."

"와인을 한 모금 마셨다고 또 설교하려는 거예요?"

"아니야."

루시는 접시에 담긴 점심 식사를 깨작대기 시작했다. 바게트 껍질에서 하얀 빵 덩어리를 작게 뜯어냈다. "그러면 뭐 때문인데요?"

"앨리스터 삼촌 때문이야. 엄마는 네가 앨리스터 삼촌을 좀 조심했으면 좋겠어."

"무슨 뜻이에요?"

"최소한 네가 삼촌과 단둘이 있을 때는 말이야." 말이 제대로 나오지 않았다. "아니, 내 말은, 가능하다면 네가 삼촌과 단둘이 있게 되는 상황을 피해야 할 것 같다는 거야."

"왜요?"

"그냥 새겨들어. 그게 다야."

"엄마, 지금 무슨 얘기를 하시는 거예요? 앨리스터 삼촌은 좋은 분이에요. 내 말을 잘 들어준다고요. 엄마도 알다시피, 삼촌은 훈련받은 상담 전문가잖아요. 그러니까, 상담심리사잖아요? 방금 전에도 삼촌에게 이런저런 얘기를 하고 있었어요. 삼촌은 정말 친절하고 사려 깊은 데다 내 문제를 잘 들어준다고요."

"엄마도 그렇잖아."

"삼촌이랑은 달라요."

"다를 수도 있겠지. 하지만 나는 네 엄마야. 아까 앨리스터가 왜 너한테 선탠로션을 발라준 거니?"

루시는 어깨를 으쓱했다. "삼촌이 내 어깨가 붉게 익었다면서 자외선 차단지수 30짜리를 발라줄까 물었어요."

"그렇구나."

"뭐가 궁금하신 거예요?"

"그냥 앨리스터 삼촌이 왜 그랬는지 알고 싶었어. 그게 다야."

루시는 바게트 한 조각을 베어 물고 찬찬히 씹었다.

"엄마는 삼촌이 왜 싫어요? 제이크와 이선의 아빠인 데다가, 우리가 알고 지낸 지도 오래됐잖아요, 안 그래요?"

"그렇지. 하지만……."

"삼촌이 뭘 어쨌는데요?"

말해야 하나? 루시가 질겁하고 무서워할 텐데? 자신의 몸을 부끄러워하게 될 텐데? 아니면 그저 내가 시키는 대로 루시가 따라주기를 바라고만 있어야 하나?

"엄마가 부탁한 대로 해줄 거지? 조금 더 거리를 둘 거지?"

루시가 어깨를 으쓱해 보였다. "좋아요."

나는 안도의 웃음을 지으며 루시의 무릎을 쓰다듬었다. "고마워, 우리 딸."

"하지만 먼저 삼촌이 뭘 어쨌는지 말해주셔야 해요."

나는 입을 열려다 다시 닫았다. "구체적인 내용은 중요하지 않아."

"에이, 뭔가 있는 거잖아요. 삼촌이 사실 소아 성도착증이라거나 뭐 그런 얘기예요?"

"아니야."

"그게 아니면 뭔데요?"

"엄마가 너한테 뭔가를 부탁한다는 사실만으로 충분하지 않니?"

루시는 접시에서 사과를 집어 한 입 베어 물었다. "엄마가 나를 애 취급 하니까 그렇죠."

"너는 아직 애야."

루시가 눈을 굴렸다. "또 시작이네요."

"널 가장 생각해주는 사람이 엄마라는 걸, 가끔은 너도 받아들여야 해." 나도 모르게 높아진 목소리를 차분히 가라앉히려 안간힘을 썼다. "엄마는 경험이 너보다 몇 배는 더 많은 사람이고, 넌 그런 엄마의 말을 들어야 한다는 걸 말이야."

루시는 접시에 사과를 떨어뜨리고는 자리에서 일어섰다.

"이제 가봐도 돼요?"

"조금 더 얘기할 수는 없을까?"

루시는 아무 말 없이 밖으로 나갔다.

"루시?"

루시는 이미 사라진 뒤였다. 나는 몇 걸음 따라나서다가, 창문을 통해 그녀가 다시 정원으로 내려가는 모습을 지켜봤다.

41
루시

루시는 정원 한쪽 구석에 그늘이 드리운 돌벤치로 걸어가 털썩 주저앉았다. 두 뺨이 분노로 달아오르고 있었다. 루시는 이 벤치가 좋았다. 별장과 떨어져 있으면서도 잘하면 와이파이도 잡혔다. 휴대전화의 잠금을 풀고 손가락에 분노를 실어 스크롤하며 자신의 인스타그램 게시물을 살폈다.

너무도 **불공평**했다. 이런저런 일을 잠시나마 잊으려, 날 선 감정을 무디게 하려 그저 약간의 와인을 원했을 뿐이다. 하지만 **허락되지 않았다**. 엄마가 끼어들면 상황은 언제나 극으로 치달았다. 엄마는 법적으로 술을 마실 수 있는 나이가 따로 있다는 둥, 시키는 대로 하라는 둥 헛소리만 잔뜩 늘어놓았다. 빌어먹을, 엄마는 늘 똑같았다. **법이 그래. 원래 그런 식이야.** 루시가 무언가에 속상해하면 엄마는 그녀를 전적으로 돕겠다고 하면서도, 그녀가 마음을 푸는 데 도움이 될 아주 약간의 와인조차 마시지 못하게 했다. 그리고 이어진 앨리스터에 대한, 그와 거리를 유지해야 한다는 설교는 특히 더 이상했다. 게다가 엄마는 그 이유조차 제대로 말해주지 않았다. 줄곧 어린아이 취급을 당하니 분노가 치밀어 올랐다.

그때 제이크가 불쑥 옆에 와 앉아 루시를 화들짝 놀라게 하더니, 솔레로 아이스크림을 두 개 건넸다.

"오렌지? 딸기?"

루시는 한숨을 내쉬며 딸기 맛 막대 아이스크림을 받아 들었다. "고마워, 제이크."

"이거 가지고 뭘."

"네 동생은 어디에 있니? 네 작은 그림자 말이야."

"몰라. 따돌렸나 봐."

루시는 아이스크림 포장을 벗기고 한 입 베어 물었다. 혀에 와 닿는 서늘한 감각이 기분 좋았다. "미치겠어, 정말. 너무 위선적이야."

"누가?"

"우리 엄마."

"무슨 일 있어?"

루시는 깨끗한 정원을 건너다보았다. 인피니티풀과 야자수와 밝은색의 꽃들이 어우러져 있었다.

"그건 중요하지 않아."

"중요하다는 소리처럼 들리는데."

"아, 다른 얘기 하자."

제이크도 아이스크림을 베어 먹었다. "뭐 들은 얘기는 없어? 영국에서 말이야."

"무슨 얘기?"

제이크가 곁눈으로 루시를 훔쳐보았다. "알잖아."

루시가 휴대전화를 들었다. "인스타그램에 올라온 내용까지만 알아."

"다른 얘기는 더 들은 게 없어? 가족한테나 뭐 다른 데서?"

"내가 왜 그래야 하는데?"

"나는 그냥 누나가……."

"내가 뭘?"

제이크는 어깨를 으쓱했다. 양 볼이 붉어지는 게 느껴졌다. "몰라, 지난번에 누나한테 물어보려고 했는데 이선이 같이 있었잖아. 이선은 항상 모든 사람에 대해 안 좋게 얘기를 하니까 걔 앞에서 말하고 싶지 않았어. 나는 누나가 괜찮은지 확인하고 싶었을 뿐이야. 그게 다야." 제이크는 조용히 말하며 땅만 보았다.

"괜찮냐고? 아니, 별로 안 괜찮은데." 루시는 코웃음을 쳤다.

두 사람 사이에 침묵이 감돌았지만 이내 루시가 사과의 표시로 한 손을 들었다.

"미안해, 제이크. 너한테 화를 내는 게 아니야. 하지만 나는 정말 그 누구보다도 아는 게 없어, 알겠니?"

"누나를 소개시켜준 사람이 나라서 마음이 좀 안 좋아."

"네 잘못이 아니야. 네 잘못은 아무것도 없어."

제이크가 목을 가다듬으며 루시를 빠르게 힐끗 봤다가 고개를 돌렸다. "누나는 누군가를 사랑해본 적이 있어?"

루시는 고개를 돌려 제이크를 빤히 쳐다보았다. 그의 입에서 그런 질문이 나오리라고는 전혀 예상하지 못했다. "사랑?"

"응."

"모르겠어. 어쩌면 있겠지."

"확신은 못 하는 거야?"

"한 번은 있었던 것 같아. 그러는 너는?"

"나는……."

제이크가 말을 멈췄다. 그의 어머니가 어깨에 리넨 토트백을 메고 성큼성큼 잔디밭을 가로질러 두 사람을 향해 다가오고 있었다.

"여기 있었구나, 제이크. 널 찾느라 안 다닌 데가 없어." 제니퍼가 말했다.

"그래서요?"

"너희 둘, 무슨 얘기를 하고 있었니?"

"아무것도 아니에요."

제니퍼가 미소를 지어 보였지만, 그 안에 온기는 거의 담겨 있지 않았다. "내 눈에는 깊고도 의미심장한 그런 대화로 보였는데."

"뭐예요, 우리를 감시한 거예요?"

"우리는 협곡에 내려갈 거야, 제이크. 우리 네 사람, 네 아빠랑 나랑 네 동생이랑 다 같이 말이지. 얼른 가자."

"싫어요. 저 빼고 다녀오세요."

"제이크, 다 같이 가야지. 엄마는 우리가 함께 탐험했으면 좋겠어. 얼른 가자. 아주 멋질 거야."

"안 갈래요. 지금 루시랑 얘기하고 있잖아요."

"얼른, 다들 기다려. 우리가 여기 온 후로 함께 한 게 거의 없잖니. 우리 네 사람을 담은 멋진 가족사진도 한 장 찍고 싶고." 귀에 거슬리는 목소리였다.

어머니와 아들은 서로를 빤히 바라보았다. 누구도 물러서려 하지 않았다.

결국 루시가 자리에서 일어나 팽팽한 접전을 끝냈다.

"괜찮아, 제이크. 얼른 가. 나도 잠깐 수영장에 들어가려고. 나중에 다시 얘기하자, 응?"

제이크는 한숨을 쉬며 아이스크림 막대를 덤불에 던지고는 마지못해 자리에서 일어났다.

"응, 다시 얘기하자."

제이크는 루시를 마지막으로 한 번 더 본 다음 돌아서서 어머니를 따라 정원을 벗어났다.

42

나는 일광욕 의자에 앉아 정원 맞은편에서 펼쳐지는 장면을 지켜보고 있었다.

제니퍼는 루시와 제이크를 떼어놓으려고, 아니면 적어도 두 아이가 함께 보내는 시간을 최소한으로 줄이려고 작정한 듯 보였다. 두 아이가 아이스크림을 나눠 먹는 모습을 보는 것조차 견딜 수 없어 했다. 도대체 뭘까? 일종의 미묘한 모자 관계 문제인가? 또 다른 여자가 그녀를 대체하는 것을 견딜 수 없는 걸까? 더는 아들의 인생에서 1순위 여성이 아니라는 사실을 감당하기 어려운 걸까? 그런 감정이 존재하긴 할까? 나도 몇 년 후에는 대니얼에게 똑같은 감정을 품게 될까? 아니다. 어쩌면 아주 조금은 그럴 수도.

읽지 않은 책 한 권이 무릎에 놓여 있었다. 오후 중반의 열기가 땀으로 범벅인 내 피부에 깔끄럽게 와 닿았다. 나는 한쪽 눈은 딸에게, 다른 한쪽 눈은 아들에게 고정하고 있었다. 대니얼은 수영장 가장자리의 물이 얕은 지점에서 오데트와 첨벙거리고 있었다. 두 아이 주변에는 각종 튜브가 둥둥 떠다녔다. 수영장 반대편으로 우리와 마주 보고 앉은 로언과 러스는 각자 휴대전화를 들여다보고 있었다. 다른 사람들은 협곡의 바위 웅덩이를 탐색하러 가고 없었다.

숀과 나는 여전히 말을 거의 섞지 않지만, 그는 지금 내 옆 일광욕 의자에 누워 있었다. 아이들을 위해 불안하게나마 휴전을 맺은 셈이었다. 나는 24시간 전 그와의 대치 국면에서 그가 내게 했던 말을 하나하나 되짚고 있었다. 발밑의 땅이 계속해서 흔들리는 느낌이었다.

나는 로언과 아무 관계가 아니라고 맹세한다.

그게 진실이야.

숀은 눈 한 번 깜박이지 않고 딱 잘라 부인했다.

이제 그 이유를 알 것도 같다. 사실은 **사실이니까?**

로언이 아니라, 제니퍼인 거지.

벌써 몇 번째, 나는 그의 휴대전화에서 처음 메시지를 발견한 토요일에 바로 그에게 진실을 추궁하지 않은 나 자신에게 화를 냈다. 그때 그 자리에서 그와 대면할 용기가 있었더라면, 진실에 닿을 수 있었을지도 모른다. 지금의 이 불신과 의심의 괴로움을 피할 수 있었을지도 모른다. 숀에게 가서 곧장 메시지를 보여주기만 했어도, 그가 불륜을 부정할 길은 없었을 텐데.

메시지가 곧 증거였다. 열쇠였다.

다음 날에도, 그다음 날에도 나는 그의 휴대전화 잠금을 다시 풀고 싶었지만, 휴대전화가 숀의 시야에서 1초 이상 벗어나는 법이 없었다. 지금 휴대전화는 그와 함께 있었다. 일광욕 의자 위, 한껏 뻗은 그의 손에서 몇 센티미터 떨어진 지점에 있었다. 숀은 눈부신 태양을 정면으로 받으며 등을 대고 누워 있었다. 선글라스를 꼈고, 자외선 차단지수 30짜리 크림을 바른 피부가 번들거리고 있었다. 여름만 되면 아일랜드인 특유의 희멀건 살갗이 타곤 했지만, 여전히 숀은 햇볕을 쬐는 행위를 즐기는 듯했다.

나는 사자자리야, 우리 사자들은 햇볕이 필요하지, 그는 활짝 웃으며 말하곤 했다.

나는 살짝 고개를 돌려 그의 관심을 끌지 않고도 그를 더 잘 볼 수 있도록 했다. 숀은 꽤나 가만히 있었다. 넓은 가슴팍이 느린 리듬으로 오르락내리락했다. 그 리듬이란, 한 침대에서 수천 번의 밤을 보낸 나로서는 너무도 익숙했다.

숀이 잠든 것이다.

그의 휴대전화는 바로 저기, 손에 닿을 거리에 있었다.

수영장 맞은편의 러스와 로언은 여전히 각자 휴대전화에 몰두하고 있었다.

나는 천천히, 숀을 깨우지 않도록 소리를 내지 않으려 조심하며 몸을 옮겼다. 상체를 일으키고, 책을 바닥에 내려놓고, 다리를 스윽 돌려 의자에서 내린 다음 그를 향해 몸을 기울여 휴대전화를 더 잘 볼 수 있도록 했다. 휴대전화는 의자 가장자리에 앞면을 위로 한 채 놓여 있었다. 그의 손은 휴대전화에 닿아 있지 않았다.

나는 조금 더 가까이 몸을 숙여 전원 버튼을 눌렀다. 잠금 화면이 나타나 해제 패턴을 입력하라는 표시가 떴다.

숀은 뒤척이지 않았다.

나는 숨을 참고, 검지에 최대한 힘을 뺀 채 그의 해제 패턴, 'J'를 그렸다.

J는 어쩌면 제니퍼를 뜻하는 것일 수도?

화면이 양옆으로 흔들리며 **패턴을 잘못 입력했습니다**라는 문장이 나타났다. 다시 그려보았다. **패턴을 잘못 입력했습니다.**

젠장.

숀이 패턴을 바꾼 것이다. 아마도 어제 우리가 다툰 후에 변경했을 터였다. 그에게 메시지에 대해 말하다니, 내가 어리석었다. 숀에게 귀띔해준 거나 다름없으니, 이제 새로운 패턴을 추측할 길도 없었다. 전혀 없었다. 다른 조합이 수천 개는 될 터였다. 어쩌면 숀이 네 자릿수 숫자로 암호를 변경했을 수도 있었다.

어쩌면…… 어쩌면…… 둘 다 아닐 수도 있었다. 어쩌면 패턴이나 숫자가 아닌, 개인적이면서도 쉽게 입력할 수 있는 무언가로 바꿨을 가능성이 있었다. 유일무이해서 다시는 내가 추측해낼 수 없는 무언가로. 왜 아니겠는가? 한번 시도해볼 만했다. 나는 그의 휴대전화를 들었다. 심장이 쿵쿵대는 소리가 들렸다.

숀의 오른손이 의자 가장자리에 걸쳐 있었다. 부드럽게, 정말 정말 부드럽게, 나는 휴대전화 홈 버튼을 그의 엄지에 가져다 댔다.

휴대전화가 즉시 엄지손가락 지문을 인식하더니, 살아났다.

43

휴대전화 잠금이 풀리자, 나는 서둘러 파란색과 흰색이 섞인 작은 메신저 아이콘을 선택했다. 메뉴 화면이 뜨자 대화 목록이 보였다.

코럴 걸

케이트

폴

브렌던

어머니

축구 모임

동네 사람들

바로 저기, 그녀가 있었다. 목록 맨 위에, 그러니까 숀이 가장 최근에 나눈 대화 속에 그녀가 있었다. 코럴 걸.

빠르게 흘끗 숀을 살폈다. 아직 잠에서 깨지 않은 듯했다. 코럴 걸과 나눈 대화를 선택하자 이미 닷새 전에 발견한 메시지가 그대로 보였다.

당신이 한 말이 계속 생각나.

한마디, 한마디가 다 진심이었어.

담즙이 목구멍까지 뜨겁게 차올랐다. 금방이라도 구토가 나올 것만 같았다.

내가 지금 뭘 하는 거지? 전에는 상상도 못 했잖아. 숀의 불륜은 여전히 진행 중이고 처음부터 지금까지 죽 제니퍼였던 걸로 보여. 제니퍼가 코럴 걸이야.

그런데 내가 어떻게 확신할 수 있을까?

숀의 머리가 살짝 내 쪽으로 돌아갔지만 가슴은 계속 안정된 리듬으로 오르락내리락하고 있었다. 숀은 여전히 꾸벅꾸벅 졸고 있었다.

막상 메시지를 발견하고 보니 이제 무얼 해야 할지 마음을 정할 수 없었다. 스크린샷을 찍어서 내 휴대전화에 보내놓을까? 숀을 깨워서 따질까? 그의 얼굴에 휴대전화를 들이밀고 해명해보라고 할까?

숀, 이건 어떻게 설명할래? 이 여자 누구니? 나는 줄 수 없는 것을 이 여자가 주니? 그게 도대체 뭔데?

나는 그 단계를 밟을 준비가 되었나? 결코 넘고 싶지 않았던 선을 넘을 준비가?

멀지 않은 시점에 마음의 준비가 될 수도 있겠지만, 아직은 아니다.

더 좋은 생각이 있었다.

나는 말 상자에 새로운 메시지를 작성했다.

급히 할 말이 있어. 15분 후에 협곡 위 빈터로 나와.

나는 곁눈으로 휙 하는 움직임을 포착했다. 대니얼이 날아가는 포탄처럼 무릎을 가슴에 바짝 붙여서 감싸 안고 수영장에 뛰어들었다. 물이 첨벙하며 숀의 발에 튀었다.

숀이 몸을 뒤척이며 고개를 내 쪽으로 돌렸다.

휴대전화 전원 버튼을 누르고 허겁지겁 휴대전화를 다시 그의 손 옆에 내려놓고는 선탠로션에 손을 뻗었다.

"당신, 조심하지 않으면 살갗이 다 타겠어."

숀은 선글라스를 이마 위로 밀어 올리며 눈부신 햇살에 눈을 깜빡였다.

"에? 지금 뭐 하는 거야, 여보?"

죄책감에 두 뺨이 붉어졌다. 현장에서 잡히다니.

나는 숀에게 로션을 건넸다. "그냥 당신한테 로션 주려고. 어느 정도는 햇빛을 차단해야 해. 애들을 좀 봐줄 수 있어? 나는 안에 들어가서 열도 식히고 수영복으로 갈아입고 올게. 나도 수영이 하고 싶거든."

숀은 손바닥에 선탠로션을 푹 짜서 어깻죽지에 문지르기 시작했다.

"좋았어. 나는 물에 뛰어들 준비가 거의 다 됐어."

나는 샌들과 사롱을 집어 들고 천천히, 가능한 한 태연하게 발코니로 이어지는 계단을 향해 걸어가면서 시계를 확인했다. 계단을 다 오른 후 흘끗 뒤를 보자마자 비어 있는 러스의 옆자리가 눈에 들어왔다.

로언이 사라졌다.

별장에 들어선 나는 곧장 주방으로 가 벽에 걸린 고리에서 열쇠를 빼내 거실로 나갔다. 이곳 에어컨은 높이 걸려 있었고, 바깥의 맹렬한 햇빛을 받고 온 터라 피부에 닿는 시원한 바람에 이제야 살 것 같은 기분이 들었다. 나는 사롱을 두르고 넓은 대리석 계단이 시작되는 지점으로 갔다.

꼼짝 않고 서서 귀를 기울였다.

바깥 수영장에서 꽥꽥대는 소리만이 희미하게 들려올 뿐이었다. 그보다 가까운 곳에서 들려오는 소리는 없었다.

"로언?" 정적 속에 그녀를 불러보았다.

아무 반응도 없었다. 별장 내부와 부지 모두 엄청나게 넓었지만, 몇 분 사이 그녀가 갈 만한 장소는 몇 곳 되지 않았다. 나는 계단을 올라 로언의 침실 앞에 다다랐다. 커다란 참나무 문이 살짝 열려 있었다. 문을 한 번 두드려봤다, 똑.

"로언?"

문을 밀어 열고 안으로 한 발짝 들어갔다.

깔끔하게 정돈된 방에는 가구가 공들여 배치돼 있었다. 로언의 값비싼 향수 냄새가 공기 중에 희미하게 남아 있었다.

하지만 아무도 없었다. 로언은 여기 없었다.

어쩌면 결국, 제니퍼가 아닐지도 모른다.

어디 있니, 로언? 내 남편을 만나러 가는 길이니? 문자로 불러낸 대로?

내가 두 사람을 깜짝 놀라게 한다면 어떨 거 같아?

다시 계단을 내려가 숀과 나의 침실로 들어섰다. 신고 있던 플립플롭을 벗어 던진 다음, 옷장 바닥에서 끈 달린 샌들을 집어 들고 침대에 앉아 신었다. 별장 주변을 다닐 때는 플립플롭도 괜찮지만, 숲속을 살금살금 돌아다니려면 그보다 나은 신발이 필요했다. 일어서자 문 옆에 놓인 거울 속 내가 보였다. 혼란스러워 보였고, 얼굴이 붉게 상기되어 있었다. 근심 걱정이 이마에 주름을 그리고 있었다. 나를 바라보는 눈 속에는 두려움도 담겨 있었다. 그저 두려움이 아니었다. 공포였다. 내가 곧 알게 될 사실에 공포를 느꼈다. 그 사실이 나와 내 가정에 미칠 영향을 눈앞에 그려볼 수 있었다. 내 인생에 미칠 영향을.

우리 모두의 인생에 미칠 영향을.

그대로 내버려둘 수도 있었지만, 너는 내버려두지 않는 편을 택했어. 시동을 거는 편을 택했어. 네가 이 덫을 놓았고, 이제 누가 덫에 걸리는지 확인할 차례야. 음악이 멈출 때 선 채로 남을 사람이 누구인지 확인할 차례야.

나는 침실 문을 당겨 닫고 시계를 보았다. 약속 장소까지 가는데 12분이면 되었다. 시간은 충분했다. 지체하지만 않는다면.

"엄마?"

복도에서 등 뒤로 들려오는 아들의 목소리에 화들짝 놀라고 말았다.

"대니얼? 엄마 놀랐잖아." 나는 한 손을 가슴에 댔다.

"엄마 겁먹었네요. 뭐 하고 있었는데 그러세요?" 대니얼이 씩 웃었다.

"네가 오는 소리를 못 들었을 뿐이야. 무슨 일이니?"

"아빠 물안경을 찾는 거 도와줄 수 있어요?"

"지금?"

"내 거는 부러졌어요. 이제 수영장 물 때문에 눈이 다 빨개요." 대니얼이 짐짓 슬프게 말하며 고무줄이 끊어진 자신의 물안경을 들어 보였다.

"나중에 찾으면 안 될까?"

"아빠도 그렇게 말하던걸요."

"엄마가 지금 좀 바빠서 그래."

대니얼이 나를 가만히 보았다. 나는 휴대전화 말고는 두 손에 아무것도 들지 않은 채였다. "뭐 하느라 바쁜데요?"

"이것저것."

"제발요, 엄마." 대니얼은 작은 손으로 내 손을 잡고 나를 올려다봤다. 그러고는 잔뜩 기대에 찬 미소를 지어 보였다. "나 혼자서는 아무것도 못 찾는단 말이에요."

"그거야 네가 꼭 네 아빠 같으니까 그렇지. 뭐든 제대로 보는 법이 없잖아." 시계를 확인했다. 약속 시간까지 11분 남았다. "조금 이따가 도와줄게. 먼저 해야 할 일이 있어서 그래."

막 지나치려는데 대니얼이 두 팔로 내 다리를 붙잡았다. 바위에 단단히 들러붙는 삿갓조개처럼 내 옆구리에 얼굴을 파묻었다.

"제에에에바알요오! 엄마가 최고로 잘 찾잖아요."

"대니얼, 다리 좀 놔줘."

대니얼은 팔에 힘을 좀 더 주었다. "엄마는 세계 최고의 엄마예요."

"퍽도 그렇겠다." 투덜대는 말투가 나왔다.

"완전 최고예요."

한숨이 나왔다. 대니얼은 나를 놓아주지 않을 터였다. "가보자 그럼, 얼른 찾자."

"네!"

"아빠가 물안경을 어디에 뒀는데?"

"몰라요. 아빠 물건 어딘가에?"

대니얼은 내 다리에서 팔을 풀고 나를 따라 침실로 들어섰다. 대니얼은 안락의자에 앉았고 그사이 나는 옷장과 침대 옆 서랍, 침대 밑을 빠르게 확인했다.

"아빠가 어디에 뒀는지 말 안 해줬니?"

대니얼이 고개를 끄덕였다.

여행가방은 드레스 룸에 있었다. 손의 가방을 끌어 내리는데 가볍고 안이 텅 빈 것처럼 느껴졌다. 어쨌든 우선 가방부터 바닥에 눕혔다.

무릎을 꿇고 앉아 지퍼를 열고 윗부분을 휙 젖혔다. 역시나 비어 있었다. 비행기에 들고 탔던 짐으로 넘어가려는 참에, 가방 윗부분의 안감에 지퍼로 여닫는 주머니가 두 개 있는 것이 생각났다. 첫 번째 큰 주머니는 납작하게 비어 있었지만, 두 번째 작은 주머니에는 무언가 작은 것이 들어 있었다. 거의 눈에 띄지도 않았다.

"아하."

"찾았어요?" 등 뒤에서 대니얼의 신난 목소리가 들려왔다.

나는 작은 주머니에 손을 집어넣었다. 손가락에 닿는 무언가 매끄럽고, 비닐 재질의, 신축성 있고, 유연한…….

콘돔이었다.

44

금방이라도 토할 것처럼 속이 요동치고 무력한 느낌이 몰려들었다.

낱개 포장한 콘돔 여섯 개. 처음 보는 브랜드였다. 정사각형 비닐 포장지의 작은 묶음을 바들바들 떨리는 손바닥에 올려놓고 이게 여기 왜 있는지, 합당한 이유를, 납득할 수 있는 설명을 생각해내려 애썼다. 우리 결혼이라는 관에 못 하나를 더 박는 일이 아니길.

하지만 아무것도 생각나지 않았다. 명백한 하나의 사실 말고는 다른 설명이 없었다. 우리 아들이 태어난 후로 줄곧 내가 피임약을 먹었으니까.

대니얼이 등 뒤에 나타나자 나는 빠르게 콘돔 하나를 주머니에 밀어 넣고 나머지는 다시 숀의 여행가방에 넣은 다음 지퍼를 닫았다.

"물안경 있어요?"

"잘못 본 거였어. 계속 찾아보자." 나는 가방을 다시 선반에 올렸다.

물안경은 결국 숀이 비행기에 들고 탔던 짐에서 찾았다. 충전기 꾸러미 밑에 있었다. 대니얼이 곧바로 물안경을 쓰고 끈을 조이더니 개구리눈이 되어 내게 엄지를 치켜들었다.

"엄마가 찾을 줄 알았어요."

대니얼이 다시 숀에게 가는지 확인하려 발코니까지 함께 걸었다. 수영장으로 난 계단을 내려가던 대니얼이 나를 향해 등을 돌렸다.

"수영장에 가장 늦게 도착하는 사람이 바보! 얼른 와요, 엄마!" 대니얼이 활짝 웃어 보였다.

나는 그대로 있었다. "좀 이따가 내려갈게."

"어디 가세요?"

"가냐고? 아무 데도 안 가."

대니얼이 얼굴을 찌푸렸다. "그러면 엄마가 바보가 되는데!"

대니얼은 남은 계단을 내달려 수영장에 첨벙 뛰어들었다. 수심이 깊은 쪽에 있던 누나를 간발의 차로 비껴갔다. 나는 조금 더 오래 머물며 대니얼이 물속에 머리를 쏙 집어넣고 가장자리까지 헤엄쳐 가는 모습을 지켜보았다. 숀이 저기 있었다. 러스도. 대니얼은 안전할 터였다.

가자.

나는 서둘러 다시 별장 내부를 가로지르고 현관을 빠져나와 조용히 문을 닫았다. 커다란 곡선 계단을 내려가고, 주차된 차들을 지나, 자갈길에 접어들어 잘 정돈된 잔디에 다다랐다. 보랏빛 꽃들이 휘감은 아치 모양의 철문을 열자 포도밭이 펼쳐졌다. 이제 수영장은 보이지 않았다.

햇볕이 따가워 손 그늘을 만들고 눈을 가늘게 떠 포도밭 맨 안쪽으로 나무들이 울타리처럼 늘어선 쪽을 보았다. 근처에 아무도 없었다. 양옆으로 폭 넓은 경사면을 훑어보았지만 움직임이 없었다. 저기로 내려가는 다른 길이, 숲에 닿는 다른 길이 있을 테지만, 나로서는 알지 못했다. 분명 협곡 쪽에서 올라올 수도 있고(로언이 우리에게 바위 표면에 작게 난 길을 보여준 적이 있다), 어쩌면 별장 부지 저편에도 길이 있을지 몰랐다. 하지만 지금은 확인할 시간이 없었다.

다시 시계를 보았다. 내가 코럴 걸에게 만나자고 한 시간까지 6분이 채 남지 않았다. 나는 반쯤 뛰기 시작했다. 늘어선 포도나무들 사이로 난 헐벗은 길은 울퉁불퉁해, 샌들을 신고 언덕을 **탁 탁 탁** 내려가다가 여러 번 넘어질 뻔했다. 구름 한 점 없는 하늘에 높게 걸린 태양은 수영장보다 여기에서 더 따갑게 느껴졌다. 그 맹렬한 열기로 마치 완력을 써서 내 머리와 어깨를 짓누르는 듯했다. 여기 산비탈에서는 그늘을 전혀 찾아볼 수 없었다. 키가 1.2미터 정도인 포도나무는 오후의 열기를 막아주지 못했다. 허리를 잔뜩 숙이고 구부정한 자세로 달리지 않는 이상, 포도나무가 나를 감춰주지도 못했다. 하지만 숨고 말고 할 시간이 없었다.

1미터씩 달릴 때마다 완전히 노출된 기분을 느끼며 서둘러 별장에서 멀어졌다.

어쩌면 지금 그녀가 나를 지켜보고 있을지도 몰라. 내가 오는 걸 보고 있는 거지.

숲이 시작되는 지점에 다다라서야 멈춰 서서 엉덩이에 두 손을 올리고 가쁜 숨을 몰아쉬었다. 눈부신 햇살에 여전히 눈을 제대로 뜨지 못한 채 최대한 숨을 차분히 가라앉히려 애썼다. 허리의 잘록한 부분과 겨드랑이에 땀이 찼지만, 최소한 이곳에는 그늘이 어느 정도 드리워 있었다. 울퉁불퉁한 흙길이 커다란 참나무, 단풍나무 들을 굽이돌고 있었다. 이리저리 파인 나무껍질에 세월의 흔적이 엿보였다. 길이 움푹 꺼져 들어갔다가 다시 올라와 커다란 바위와 쓰러진 나무를 지났다. 한쪽으로 기울어진 채 땅에 박힌 표지판이 보였다. 붉은 글씨로 쓰인 '**주의!**'가 빛바래 있었다. 이제 절벽으로 이어지는 빈터에 다다른 것이다. 약속 장소였다. 길에서 한발 벗어나 나무들 사이로 들어갔다. 몸을 그렇게 잘 숨길 수 있는 곳은 아니지만, 낮게나마 덤불이 있고 머리 위 무성한 나뭇잎이 지붕을 이룬 덕분에 숲의 대부분이 따뜻한 갈색 그늘 아래 잠겨 들었다.

덤불 속으로 조금 더 들어가자 나뭇가지가 팔을 긁고 나무뿌리를 덮은 마른 잎이 발아래로 바스락거렸다. 쓰러진 나무 뒤로 무릎을 꿇어 최대한 몸을 낮추고 허벅지 위로 사롱을 더 단단히 여미였다. 아주 좋은 장소였다. 여기에서라면 바로 빈터를 가로질러 나무가 듬성듬성해지다가 절벽 끝으로 이어지는 지점까지 볼 수 있을 터였다. 게다가 몇 분 내로 이곳에 누가 오든, 그들이 나를 발견하기 전에 내가 먼저 제대로 볼 수 있을 터였다. 손에 들린 휴대전화가 따뜻해 벌써 땀으로 미끌미끌했다. 카메라를 켜고 빠르게 연속으로 사진 수십 장을 촬영하는 '버스트' 기능을 선택했다. 사진을 찍을 시간이 몇 초밖에 주어지지 않을지도 모르니.

새삼스레 숲이 아름답도록 평화롭다는 생각이 들었다. 머리 위로 지붕을 드리운 나뭇가지에 새가 한 마리 앉아 노래를 불렀고, 협곡에서 불어오는 희미한 산들바람에 잎이 바스락거렸다.

다시 자리를 잡고 기다렸다. 한 손은 무의식적으로 반바지 주머니 속 콘돔의 윤곽을 더듬고 있었다.

누가 메시지에 응답할 것인가? 알게 되면 나는 어떤 마음이 들까? 과연 아는 편이 나을까?

어쩌면 아직 내게 자리를 뜰 시간이 남아 있을까?

아니다. 전부 지켜봐야 한다. 여기 그대로 있는 편이…….

시야 한구석에서, 내 오른쪽, 숲속 더 깊은 곳에서 작은 움직임이 나타났다. 바스락, 잔가지가 툭 부러지는 소리가 났다. 짐승인가? 아니면 누가 숲속에서 속삭이고 있는 건가?

더 잘 보려고 자세를 살짝 바꾸었다.

이번에는 오른편으로 더 가까운 지점에서 또다시 바스락거리는 소리가 들렸다. 시야 끝에 또다시 휙 하는 움직임이 들어왔다. 눈을 가늘게 뜨고 숲속을 살폈다. 새인가? 고양이인가?

적막이 감돌았다. 목덜미에 땀이 맺히며 따끔거렸다.

다시 시계를 확인했다. 15분이 다 되었다.

어쩌면 안 올지도 몰라. 숀이 메시지를 발견해서 그녀에게 가지 말라고 했을 수도 있어.

어떤 소리가, 발소리가 들렸다. 아래 협곡에서 종종걸음으로 길을 따라 올라오는 소리.

어떤 형체가 나타났다. 자그마한 여자였다. 포니테일로 느슨하게 묶은 검은 머리에 챙이 넓은 밀짚모자를 쓰고, 손에 휴대전화를 들고 있었다.

이지였다.

45

이지는 빈터에 다다르자 멈춰 서서 누군가를 찾는 듯 뒤돌아보며 숲속을 좌우로 살폈다. 가쁜 숨을 몰아쉬고 있었다.

숲을 내다보며 두 손을 엉덩이에 댔는데, 숨을 들이마시고 내쉴 때마다 어깨가 오르락내리락했다. 협곡 저편 암석지대에서 시작해, 들판과 숲과 그 너머로 저 멀리 솟아오르는 언덕을 눈에 담는 사이 그녀의 머리가 살짝 반원을 그렸다.

몇 초간, 나는 망연자실해 아무것도 할 수 없었다.

코럴 걸이 이지여서는 안 됐다. 제니퍼여야 했다, 아니면 로언이어야 했다.

그런데 이제 와 생각해보니, 이름 자체가 단서였다. 코럴 걸. 코럴섬은 (본래 이름이 뭐였는지는 기억나지 않지만) 태국에 있는 곳이었다. 이지는 태국에서 1년간 교사로 일했다. 오래전 일도 아니었다.

나는 휴대전화를 들고 줌인을 한 다음 버튼을 눌러 사진을 찍었다. 카메라가 찰칵 소리를 냈다. 젠장. 나는 몸을 숙였지만 이지가 소리를 들은 것 같지는 않았다.

잠시 이지를 살폈다. 속에서, 가슴에서, 목구멍에서 분노가 끓어올랐다.

이지! 로언도 아니고 제니퍼도 아닌 이지라니. 이게 말이 돼? 물론, 말이 된다. 이지가 영국으로 돌아오는 이유에 대해 이런저런 의심을 품었잖아. **이게** 바로 이지가 돌아온 이유야. 이지는 나보다, 우리 가운데 그 누구보다 더 오래 숀을 알아왔어. 두 사람은 함께 자랐고, 함께 학교를 다녔고, 언제나 그들에게는 같은 추억이, 그들끼리만 통하는 농담과 서로 겹치는 아일랜드 친구가 있었어. 바보 같은 10대 시절 약속은 또 어떻고. 마흔 살이 되어도 두 사람 다 여전히 혼자라면, 함께하기로 했다던 그 약속.

이지, 그거 아니? 숀은 혼자가 아니란다.

나는 길로 나와 이지 앞에 섰다.

놀란 이지가 한 발 뒤로 물러났다.

"깜짝이야! 아, 케이트, 놀랐잖아." 이지의 손이 붕 뜨더니 가슴에 내려앉았다.

"미안."

이지는 불안한 웃음을 웃었다. "뭐 하는 거야, 사람 앞에 불쑥 튀어나오고?"

"걷고 싶었어."

나는 이지의 눈을 들여다보며 그녀가 포기하기를, 굴복하기를, 지금 여기서 무얼 하는 건지 털어놓기를 바랐다. 이지가 패배를 인정한다면, 우리 두 사람 모두에게 일이 한결 수월해질 터였다. 이지에게 강요하고 싶지는 않지만, 어쩔 수 없는 상황에 몰린다면 나도 다른 선택의 여지가 없었다. 나는 길 한가운데에 서서 이지의 길을 막았다.

"누구 기다리는 사람이 있는 것처럼 보이던데?"

"내가? 아니야, 그냥 협곡에서 올라오느라 숨 좀 돌리고 있었어."

"나는 네가 뭘 하고 있었는지 알아, 숀을 찾고 있었잖아." 내가 무덤덤하게 말했다.

이지는 몹시 놀라 어쩔 줄 모르는 듯 보였다. 이마에 깊게 주름이 가고 있었다.

"숀이라니? 아니야. 숀은 위쪽 별장에 있는 줄 알았는데?"

"그랬지. 아니, 지금도 별장에 있어." 나는 가슴 앞으로 팔짱을 꼈다.

"그러니 더더욱 내가 여기선 숀을 만날 수 없겠네, 안 그래?"

"분명 그렇지."

이지는 아무것도 흘리지 않고 있었다. 눈 한 번 깜박이지 않았다. 내게 거짓말을 들켰다는 일말의 티도 나지 않았다.

"케이트, 너 괜찮은 거야?"

"네가 빈터에 들어서서 멈춰 서는 걸 보고 누군가를 찾고 있다고 생각했어."

이지는 밀짚모자를 벗어 들어 부채질했다. "잃어버린 젊음을 찾고 있었나 봐. 20년 전이라면 저 절벽 길을 땀 한 방울 흘리지 않고 펄쩍펄쩍 뛰어올랐을 텐데. 이제는 심폐소생술이 필요한 것처럼 느껴진다니까. 아주 사람을 죽이는 길이야. 그래도 저 아래 협곡의 바위 웅덩이는 엄청나게 아름다워. 아직 안 가봤지?"

"아직. 나는 네가 제니퍼네 가족과 함께 있는 줄 알았는데?"

이지가 고개를 끄덕이며 엄지로 아래 협곡을 가리켰다.

"그랬지. 그러다 저녁 식사 준비를 시작하러 먼저 돌아가겠다고 자원했어. 괜찮으면 너도 나랑 같이 가서 준비할래?" 이지가 시계를 확인했다.

나는 뚫어져라 이지의 눈을 쳐다보았다.

털어놓지 않을 셈이구나, 그렇지? 그렇다면 내가 직접 숀에게 묻겠어.

"물론이지."

이지는 내 어깨를 건너다보며 누군가 다른 사람이 있는지 살폈다. "너 혼자 온 거야?"

"애들은 숀한테 맡겨뒀어. 너도 지난 30분 사이에 로언은 못 봤겠네?"

"너랑 별장에 있는 줄 알았는데?"

"어딘가로 자리를 떴더라고."

우리는 다시 별장을 향해 발길을 돌렸다. 샌들에 닿는 포도밭 땅이 딱딱하고 울퉁불퉁했다. 이지는 끊임없이 안절부절못하며 이런저런 이야기를 떠들었지만, 나는 이지의 말에 집중할 수 없었다.

조금 전만 해도 나는 확신하고 있었다. 그런데 이제 확신이 달아났다.

이지가 거기 있었어. 이지가 약속 장소에 나타났어. 그 메시지를 숀이 보냈다고 생각하고 응답한 거야. 아니면 그저 우연의 일치였을까? 정말 식사 준비를 하러 협곡에서 일찍 올라온 걸까? 이지가 그런 일에 자청해서 나서는 편이기는 해. 그나저나 로언은 또 어디로 사라진 거야?

우리가 별장으로 돌아가는 길을 절반쯤 왔을 때, 이지가 한 손을 부드럽게 내 팔에 대고 호기심 어린 눈으로 나를 보았다.

"케이트, 너도 그렇게 생각하지 않아?"

"뭐가? 미안, 다른 생각에 좀 빠져 있었어."

"제니퍼네 큰아들 말이야. 좀 이상한 애 같지 않아?"

"제이크?"

"뭐랄까 좀…… 특이해. 일반 사람과는 다른 기준으로 움직인다고 해야 하나?"

"10대 남자애들이 그렇지 뭐."

"루시가 넘볼 수 없는 상대라는 건 아는 것 같디?"

놀란 내가 이지를 향해 고개를 돌렸다. 이지가 내 남편과의 비밀 약속으로부터 관심을 돌리려고 머리를 굴리는 건가 싶어 혼란스러웠다.

"루시?"

"응."

"그런 생각은…… 나는 늘 두 아이가 남매나 다름없다고 생각했는데."

"케이트, 제이크가 루시를 바라보는 모습을 못 본 거야?"

"루시를 어떻게 보는데?"

이지가 웃었다.

"거의 항상 혀를 축 내밀고 보더라."

"진짜야?"

"물론 전적으로 이해할 수 있는 일이지. 내가 10대 남자라도 똑같이 그럴 테니까. 다만 네가 루시를 잘 챙겨야 해. 제이크가 그런…… 그러니까, 별종만 아니라면 귀엽게 봐줄 수도 있을 텐데 말이야."

지난 몇 년 사이 루시가 활짝 핀 게 사실이었다. 예쁜 소녀에서 심장이 멎을 만큼 아름다운 10대로 변모했다. 하지만 숀과 내게는 그런 변화가 하루하루, 한 주 한 주 서서히 점진적으로 일어난 것이어서, 우리만큼 루시를 자주 보지 않는 사람들에게 그토록 놀라운 영향을 미친다는 사실을 잘 인식하지 못했다. 특히 남자아이들에게 말이다.

"정말? 나는 아직도 애들을, 루시랑 제이크랑 이선이 모두 발가벗은 채 물놀이장에서 놀고 뒤뜰에서 뛰어다니던 그때의 자그마한 아이들로 생각하는걸."

"내 말 들어. 제이크가 루시한테 심하게 반했다니까." 이지가 포도나무에서 포도 송이를 뜯어 한 알을 입에 넣었다. "우리가 여기 온 후로 제이크는 루시의 환심을 사려고 잔뜩 허세를 부리고 있어. 헤릭 협곡의 암벽을 오르고, 우리가 도착한 날 절벽 끝에 서 있던 게 다 뭐겠니? 루시의 환심을 사려는 거야. 그게 아니라면 도대체 왜 그런 짓을 하겠어?"

"제이크는 늘 조금 이상했던 것 같은데."

"대니얼을 자기네 패거리에 곁다리로 끼워준 건 또 뭐고?"

"대니얼을 끼워준 건 꽤 고마운 일이라고 생각했는데."

"단지 루시에게 잘 보이려고 그런 건 알지?"

"아, 그냥 대니얼에게 잘해주려는 건 줄 알았어." 아들을 보호하지 못했다는 생각을 하니 마음이 아파왔다. 어느 팀에나 마지막으로 선택받는 내 아들.

"아닌 것 같아. 호르몬이 다지 뭐." 이지는 포도를 한 알 더 입에 넣었다.

46

나는 밀짚모자로 얼굴에 부채질하며 이지의 말을 잠시 생각했다.

"있잖아, 루시는 아직 완전히 자각하지는 못하고 있어. 자기가 남자아이들에게 어떤 영향을 미치는지 말이야."

이지가 눈썹을 치켜세우고 내게 고개를 돌렸다. 우물우물 포도를 씹고 있었다.

"확실해?"

"응, 루시가 어린 소녀에서 벗어나려면 아직 몇 년 더 남았어. 루시는 여전히 내 작은 아이란 말이야. 그런데 사람들은 루시의 현재 외모를 기준으로 판단해. 루시가 아직 어린아이라는 사실을 잊어버리곤 하지." 나는 실제 느끼는 정도보다 더 큰 확신을 담아 말했다.

포도밭에서 정원으로 이어지는 지점인 아치형 입구에 다다라, 우리는 각자의 길로 갈라섰다. 이지는 별장에 올라가 주방으로 직행할 참이었다. 나는 숀과 아이들을 확인한 뒤 합류하겠다고 약속하고 오른편의 하얀 자갈길을 따라 수영장으로 향했다. 20분 넘게 자리를 비웠기에 내가 어디에 갔는지 남편이 분명 궁금해할 터였다.

숀은 수영장에 있었다. 대니얼과 루시, 오데트에 더해 온갖 튜브와 함께 첨벙대고 있었다. 아이들은 공 뺏기 놀이를 하며 꽥꽥대며 웃고 있었다. 나는 인피니티풀을 멀리 우회하여 러스 옆을 지났다. 러스는 일광욕 의자에 몸을 뻗고 누워 존 그리샴 소설과 초록색 병에 든 프랑스 맥주를 즐기고 있었다.

"애들이 저렇게 같이 노는 걸 보니 좋네요." 내가 말했다.

"흠." 러스가 맥주를 한 모금 벌컥 들이켰다.

"아, 로언은 어디에 있나요? 물어볼 게 있는데."

"전화를 몇 통 하러 간 것 같아요. 일 관련 전화겠죠." 러스는 별장 방향을 모호하게 가리켰다.

나는 맞은편에 있는 내 일광욕 의자로 돌아갔다. 숀은 수영장의 수심 깊은 지점에서 수면 위로 올라와 이마에 달라붙은 머리를 뒤로 털어 넘겼다.

"늦게 왔네, 케이트." 숀은 비치볼을 다시 아이들 쪽으로 던졌다.

"침대에 좀 누워 있었어. 열을 식히느라."

숀은 목까지 물에 잠긴 채 꼬박 1분 동안 나를 쳐다보았다.

"여보, 아직도 좀 더워 보이는데."

나는 한 손을 볼에 가져다 댔다. 피부에서 뿜어져 나오는 열기가 느껴졌다. 서둘러 다시 언덕을 올라오느라 아직도 덥긴 했다. 하지만 이제는 내가 무엇을 해야 할지 알 수 있었다. 며칠 전 처음 숀의 휴대전화에서 메시지를 발견했을 때 했어야 할 일이었다. 그가 내게 보여주도록, 모든 것을 말하도록 할 것이다.

나는 최대한 차분히 물었다. "숀, 당신 휴대전화는 어디 있어?"

대니얼이 찡찡거리며 숀의 등에 기어올라 한 손으로는 숀을 붙잡고 다른 한 손으로는 물을 첨벙거렸다.

숀이 말했다. "내 뭐?"

"당신 휴대전화."

"왜?"

"벨소리를 들은 것 같아서."

숀이 다시 나를 바라보았다. 나로서는 꽤나 파악하기 어려운 무언가가 그의 두 눈에 담겨 있었다.

"몰라. 거기 어디 있겠지. 의자 밑이든가?"

의자 밑을 확인했다.

"없어."

"탁자에 둔 책에 깔려 있나?"

나는 탁자에 놓인 책과 모자와 티셔츠를 들춰보았다.

"여기도 없어, 숀."

"어허, 안 돼. 이런 바보가 다 있나." 숀의 목소리에서 낙담한 기색이 묻어났다.

"누가 바보라는 거예요?" 대니얼이 씩씩대며 말했다.

"나 말이야. 내가 무슨 짓을 했는지 상상도 못 할 거다."

여전히 수심이 깊은 지점에 서 있는 내 남편이 수면 아래로 손을 뻗어 수영복 주머니를 뒤지더니 휴대전화를 꺼냈다.

* * *

"여기 이렇게 나와 있어요. 대접에 쌀을 한가득 담아서 그 안에 휴대전화를 열여덟 시간 동안 넣어두면 살아난대요. 쌀이 수분을 다 가져간다나요." 대니얼이 아이패드에서 눈을 떼지 않은 채 말했다.

숀의 휴대전화가 주방 식탁에 죽은 듯이 놓여 있었다. 수영장에 잠긴 후로 전원이 켜지지도 않고, 충전도 안 되고, 아무것도 되지 않았다. 숀이 휴대전화를 집어 들고 다시 전원 버튼을 눌렀다. 아무 일도 일어나지 않았다.

"그렇게 해결할 수 있는 단계를 넘어선 것 같구나, 대니얼."

"그런데 우리한테 쌀이 있어요? 여기 보면 생쌀이어야 한대요. 아니면……." 대니얼이 단어 하나를 놓고 주저했다. "이걸 '카우스코스'라고 읽나? 하여튼 뭐 그걸 써도 된대요. 소한테 나오는 거예요?"

숀이 아이의 어깨 너머로 아이패드 화면을 보았다.

"쿠스쿠스[29]라고 읽는단다. 안 될 거야. 아빠 생각에는 아빠의 삼성 휴대전화가 수명을 다한 것 같구나." 숀이 말했다.

"그리고 진공청소기로 충전 구멍이랑 이어폰 잭이랑 다른 모든 구멍에서 물을 빨아들여야 한대요. 그리고 헤어드라이어도요. 엄마 헤어드라이어를 빌릴 수 있죠?"

숀이 고개를 저었다.

"걱정하지 마, 대니얼. 없어도 괜찮을 거야."

"그래도 휴대전화가 있어야 하잖아요, 아빠. 휴대전화 없이 어떻게 살아요."

"아빠가 네 나이 때는 휴대전화가 없었어. 그래도 잘 살아남았잖니."

"하지만 그건 옛날이잖아요."

"1980년대야."

"바이킹 전이에요, 후예요?"

"뉴로맨틱스[30]라고 아니? 애송이 같으니라고."

"우리 반 오스카는 휴대전화를 변기에 떨어뜨렸는데 쌀로 다시 살렸대요."

"걔는 몇 초 만에 건져냈겠지. 주머니에 휴대전화를 넣고 10분이나 물속에서 수영한 나랑은 좀 다르잖아."

"휴대전화를 가지고 수영장에 뛰어들다니, 믿을 수가 없어

---

29) 쿠스쿠스(Couscous). 밀가루를 비벼서 좁쌀 모양으로 만든 알갱이를 가리킨다.

30) 1980년대 영국의 클럽에서 확산해 유행한 패션과 뉴웨이브 음악.

요.” 우리 아들이 내게 고개를 돌리며 미소 지었다. “엄마는 믿을 수 있겠어요?”

숀이 왜 그랬는지 나는 알았다. 숀도 알았다. 하지만 그건 중요하지 않았다. 지금 우리의 가식적인 태도는 모두 아이들을 위한 것이었다.

“사실 좀 아빠다운 행동이잖아.” 나는 온 힘을 다해 쾌활하게 말했다.

우리 두 사람 모두 사고가 아니었음을 알았다. 이제는 그에게 메시지에 대해 물을 수 없었다. 그걸로 끝이었다. 휴대전화가 망가져버렸으니, 이제 숀의 온라인 메신저 아이디와 비밀번호를 알아내지 않는 이상 메시지에 접근할 수 없었다. 숀의 아이디와 비밀번호를 알아내는 일은 영영 불가능할 터였다. 추측하기로는, 내가 수영장을 떠난 뒤 숀이 휴대전화를 확인해 메시지를 보았을 것이다. 하지만 이지에게 가지 말라고 경고할 타이밍을 놓친 모양이었다.

그렇지만 나는 대니얼을 부부 갈등이 깊어지는 과정에 노출시키고 싶지 않았다. 아직은 아니었다. 가능한 한 오래 대니얼을 보호해야 했다.

47
숀

"시간이 얼마나 있어?" 숀이 뒤를 힐끔 돌아보며 말했다.

"별로 없어. 목소리 낮춰."

"얘기 좀……."

"여기서는 안 돼. 케이트는 어디 있어?" 그녀가 부드럽게 말했다.

"애들이랑 바빠."

"아래층 와인 저장실에서 얘기하자. 따라와."

그녀는 주방을 가로질러 식료품 단지와 통이 늘어선 벽감으로 숀을 이끌었다. 그 끝에 문이 하나 있었다. 그녀는 다가가 문을 당겨 연 다음 불을 켜고 숀에게 따라오라며 손짓했다.

콘크리트 계단을 내려가 별장의 가장 깊은 곳에 들어섰다. 저녁의 맹렬한 열기가 비껴간 이곳은 공기가 시원하고 흙냄새가 났다. 바위를 깎아 만든 긴 통로를 나란히 걷는 두 사람의 손이 닿을락 말락 했다. 한쪽에는 바닥부터 천장까지 선반이 들어차 있고 그 위에는 먼지투성이 와인 병들이 놓여 있었다.

그녀는 어둠 속으로 한 발 물러서며 숀에게 가까이 오라고 손짓했다.

"그래서, 어떻게 되어가고 있어?"

숀이 그녀에게 다가가면서 둘 사이 거리가 좁혀졌다. 숀은 한 손을 그녀의 팔에 댔다. 그의 손가락에 닿는 살갗이 따뜻하고 매끄러웠다.

"케이트가 알아." 숀이 말했다.

그녀는 고개를 저었다.

"아니, 몰라."

"어떻게 그렇게 확신할 수 있지?"

"나는 그냥 알아."

"케이트는 무슨 일이 있다고 굳게 믿고 있어."

그녀가 더 가까이 다가와 목소리를 낮췄다.

"그건 아는 거랑은 달라. 전혀 다르지. 케이트가 뭐랬는데?"

"그냥 점점 더 복잡해지고 있어. 내가 일을 개판으로 만들 것만 같은 기분이 계속 들어. 다 무너져버릴 것만 같다고."

"그런 일은 없을 거야."

"내가 얼마나 더 오래 이렇게 갈 수 있을지 모르겠어. 죄책감이 너무 커."

"케이트는 당신한테 비밀이 없을 거 같아?"

"없어. 이런 비밀은 없다고."

"그래? 숀, 이건 당신 잘못이 아니야." 그녀가 두 손으로 숀의 손을 감쌌다.

"엄밀히 말해서 내 잘못이 아닌 건 아니잖아, 안 그래?"

"우리, 그러니까 당신과 나도 인간이야. 그들처럼, 다른 모든 사람처럼 말이야. 인간은 실수를 하지. 우리는 그저 이번 실수를 어떻게 처리하면 좋을지 결정해야 하는 거고."

"이게 실수라고 생각해? 우리가 저지르고 있는 이 일이?"

그녀는 숀을 올려다보며 미소를 지었다.

"이 일이? 아니."

"나는 우리가 실토해야 한다고 생각해. 관련된 모두가 최소한의 고통만을 겪고 앞으로 나아갈 수 있는 방안을 마련해야 해."

"그 이야기는 이미 했잖아. 이게 최선의 방안이야."

"이렇게 케이트를 깜깜속에 두다니. 정당하지 않아. 옳지 않아." 숀이 고개를 저으며 반발했다.

"정당해? 누가 인생이 정당하대?"

"영원히 비밀에 부칠 수는 없어."

"왜 못 해? 왜 그러면 안 되는데?"

"머지않아 케이트가 알아낼 테니까. 누군가는 알아낼 테니까. 알아내는 건 시간문제일 거야."

"케이트는 알아낼 수가 없어. 그리고 우리가 조심하면 알아내려 들지도 않을 거야."

"말했잖아, 나는 거짓말에 소질이 없다고. 특히 케이트 앞에서는 더 그래."

"숀, 거짓말은 하면 느는 거야. 하면 할수록 더 잘하게 돼." 그녀가 미소를 지었다.

"나는 잘 모르겠어."

"우리가 왜 케이트한테 말해야 해? 모든 게 복잡해질 뿐이야. 우리는 지금 이대로 계속 가야 해. 괜찮잖아. 다 좋다고."

"그러면 얼마나 더 가야 하는데? 케이트가 혼자 힘으로 알아낼 때까지?"

"케이트가 알아낼 이유가 없어."

"나는 그저 마치 모든 게 다 정상인 것처럼 얼마나 더 갈 수 있는지 확신이 들지 않을 뿐이야. 전에는 이런 적이 없으니까."

"나 역시 상습적으로 그러는 사람은 아니야."

"다행이네."

그녀는 더 가까이 다가와 한 손을 숀의 가슴에 댔다. 손끝에 닿는 근육은 탄탄하고 탄력이 넘쳤다.

"그냥 하던 걸 계속하자. 다른 걸 하기에는 걸리는 게 너무도 많아. 분명 당신도 알고 있을 텐데, 숀?" 그녀가 말했다.

"알아, 너무도 잘 알아." 숀이 나직이 말했다.

4개월 전

바보 같은 생각이었다, 정말. 그녀 스스로 생각하기에도 바보 같은 생각이었다. 이런 식은 아니었다.

하지만 하루에 백 번쯤 드는 생각을 멈출 수는 없었다. 그와 함께 있을 때면 자꾸만 상상하게 되었다. 두 사람이 함께일 때 그가 그녀에게 팔을 두르고 가까이 끌어당기면 그 생각을 멈출 수가 없었다. 그가 그녀를 가슴팍까지 꼭 끌어안을 때면, 그가 그녀에게 키스할 때면 전기가 치직, 그녀의 척추를 타고 오르내리는 기분이 들었다.

엄마도 그를 보면 이해할 것이다. 납득할 것이다. 그래도 아직은, 엄마가 전혀 모르는 편이 낫다. GCSE 시험이 점점 더 가까이 다가오면서, **이제부터 진짜 학교생활이 시작되는 것**이니 **집중을 잃지 말라고** 엄마가 단단히 일러두었다. 그리고 그녀는 비밀을 품은 자신이 싫지 않다. 사실, 제대로 된 비밀을 하나 보유하고 있다는 게 조금 멋지게 느껴지기도 한다. 아무도 모르게, 집 안에 비밀스러운 물건으로 가득 찬 비밀의 방을 두고 있는 듯하다. 집에 비밀로 하는 건, 사실 그녀가 남자친구를 사귀는 일이 **금지되었기** 때문은 아니다. 단지 엄마와 아빠가 남자아이들에 대한 고정관념을 가지고 있기 때문이다.

하지만 그는 대부분의 남자아이들과는 다르다. 훨씬 더 성숙하다. 그녀는 그와 어떤 이야기든 나눌 수 있다. 학교와 시험, 가족, 형제자매, 친구, 또 학교에서 그가 비보이라고 불리는 진짜 이유에 대해서. 그녀는 장차 의사가 될 것이며, 열한 살의 나이로 사라센 팀에 발탁된 그는 열여덟이 되면 프로 팀에 진출해 훗날 영국 대표로 럭비 경기를 뛰고자 한다는 이야기를. 트로피를 손에 쥐리라는 포부를.

단 한 가지, 그녀가 그에게 말하지 않은 것이 하나 있었다.

바보 같은 생각.

정말 바보 같은 생각이었다. 그녀도 어느 정도는 알고 있었다.

그래도 여전히 그 생각을 멈출 수는 없었다. 그녀가 이 남자아이와 결혼하리라는 생각을.

수요일

48
대니얼

엄마가 옳았다고, 대니얼은 생각했다. 큰 형들과 노는 건 정말 이지 좋았다.

제이크는 키가 컸다. 180센티미터가 넘는 대니얼의 아빠만큼 컸다. 동생 이선도 그에 뒤지지 않았다. 대니얼이 보기에 이 두 사람은 미니 어른처럼 보였다. 선생님이나 부모님만큼 커서 소년과 성인 남자 사이의 거대한 사람처럼 보였다. 함께 휴가를 온 다른 아이들이라고는 누나 루시와 어린 여자아이 오데트가 다였다. 루시는 남동생과 노는 걸 죽어라 싫어하고, 오데트는 이미 대니얼의 얼굴에 대고 남자아이들이 싫다고 말한 적이 있다. 오데트는 조금 미친 아이처럼 보였다.

하지만 제이크와 이선, 두 사람은 대니얼을 돌려보내지 않았다. 게다가 둘 다 멋져 보였다. 학교에서 보는 멋진 남자아이들 같았다. 모두가 함께 어울리고 싶어 하면서도 동시에 조금은 무서워하는, 축구를 잘하고 재미있고 여자들에게 말을 걸 때 꼭 필요한, 그런 남자아이들 말이다.

대니얼은 축구에 관심이 없었다. 마인크래프트를 좋아했다. 레고 스타워즈도, 유튜브에 올라오는 웃긴 영상도.

그런데도 제이크와 이선은 별장 부지를 탐색할 때 대니얼이 졸래졸래 따라붙어도 뭐라고 하지 않았다. 세 사람은 온갖 곳을 다 돌아다녔다. 오락실에도 내려가보고, 체력 단련실도, 바깥 차고도, 사우나도 가봤다. 숲과 작은 정자에도 진출했다. 그들은 탐색에 소질이 있었다. 수영장 아래에서 파이프와 이런저런 통이 가득한 비밀 공간을 발견하기도 했고, (대니얼은 말렸지만) 포도밭에서 포도를 따 먹기도 했다. 그러다 이선이 도마뱀을 잡을 뻔했는데, 떨어진 꼬리만 손에 남았다. 그 모습은 혐오스러운 동시에 웃겼다. 이선은 잘린 꼬리를 들고 뛰어다니며 꼬리가 아직 살아 있다는 듯 제이크와 대니얼의 얼굴에 대고 흔들어 보였다. 대니얼도 따라 웃었지만, 제발 도마뱀의 꼬리가 살갗에 닿지 않기를 바랐다.

경외와 공포. 위험한 조합이었다.

세 사람은 포도밭 끄트머리, 키 큰 참나무가 드리운 그늘 아래 널브러졌다. 태양이 강렬했다. 쉴 새 없이 쏟아지는 뜨거운 열기에 대니얼은 티셔츠가 등에 달라붙고 안경은 콧잔등으로 미끄러져 내려왔다.

제이크가 몸을 앞으로 기울이자 긴 앞머리가 쏟아져 내려 음침하게 눈을 가렸다. "멋진 거 보여줄까?"

"응." 대니얼이 반사적으로 말했다.

"여기서 말고. 따라와."

맏형이 자리에서 일어나 두 동생을 숲속 깊은 곳으로 이끌었다. 이선이 형의 뒤를 따랐고 대니얼이 맨 끝에서 따라갔다.

세 사람이 안으로 더 깊이 들어가 별장에서 볼 때 이들이 나무에 완전히 가려진 지점에 다다르자, 제이크는 뒷주머니에 손을 넣어 쐐기 모양의 단단하고 검은 플라스틱을 꺼냈다. 플라스틱 길이만큼 금속으로 선이 하나 그어져 있었다. 제이크는 손바닥에 그것을 올리고 앞으로 내밀었다.

"이게 뭔지 알아?"

대니얼은 사실 확실히 알지 못했지만, 두 형 앞에서 바보처럼 보이고 싶지는 않았다.

"음…… 주머니칼?"

"주머니칼은 어린 애들이나 쓰는 거지. 이건 잠금장치가 있는 칼이야. 봐봐."

제이크가 손잡이에 붙은 작은 단추를 누르고 칼날을 빼내자 딸깍 소리와 함께 칼날이 제 위치에 고정됐다. 번쩍이는 강철은 대니얼의 검지보다 조금 긴 정도였지만, 넓고 날카로우며 곡선을 그리다가 끝이 섬뜩하게 뾰족한 것이 꼭 짐승의 송곳니 같았다.

"어디에 쓰는 거야?"

제이크가 인상을 썼다.

"특수 작전용 칼이야, 이 멍청이. 사냥하고, 동물 가죽을 벗기고, 물건을 날카롭게 깎고, 뭐 이런 데 쓰지. 한번 쥐어볼래?"

대니얼은 날카로운 칼날을 보고 생각했다. 아니, 싫어. 손도 대기 싫어.

"물론이지." 대니얼이 손을 내밀었다.

제이크가 표정을 바꾸더니 불쑥 달려들었다. 칼을 얕게 휘두르는 폼이 흡사 칼끝으로 대니얼의 손바닥을 찌르려는 듯했다.

놀란 대니얼이 외마디 비명을 지르며 움찔했다.

제이크는 마지막 순간에 다다라서야, 대니얼의 손에 칼을 꽂기까지 몇 센티미터 남은 지점에 와서야 뒤로 물러났다. 제이크와 이선이 키득키득 웃음을 터뜨렸다.

"야, 장난이야, 그냥 장난이었어!" 제이크는 칼을 휙 뒤집어 칼날의 평평한 부분을 잡고 손잡이를 대니얼 쪽으로 해서 다시 내밀었다. "그런데 네 표정, 볼 만하더라. 내가 정말 널 찌를 거라고 생각한 거냐?"

대니얼은 금세 눈 뒤로 고이는 뜨거운 눈물을 느꼈지만 힘겹게 삼키며 밀어냈다.

"당연히 아니지."

울지 마. 지금은 안 돼. 형들 앞에서는 안 돼.

눈물을 쏟는 대신, 대니얼은 간신히 한 손을 내밀어 칼을 받아 들었다. 손은 여전히 바들바들 떨리고 있었다. 플라스틱 손잡이는 그의 손바닥 모양대로 곡선을 이루고 있었고 검지를 넣는 작은 구멍이 있었다. 무게는 거의 느껴지지 않았다.

손에 넣으니 기분이 좋았다. 강해진 듯했다. 이 칼만 있으면 무엇이든 할 수 있기라도 한 것처럼.

제이크가 칼날을 가리켰다.

"아주 예리하고 티타늄으로 코팅한 거야. 무엇이든 다 가를 수 있어."

"멋지다." 대니얼이 말했다.

"뭐든 다. 한번 해봐."

"응?"

"해보라고. 나무에다가."

대니얼은 옆에 있는 올리브 나무의 껍질을 조심스레 칼로 그었다. 울퉁불퉁하고 비틀린 나무에 아주 가느다란 금이 갔다.

제이크가 대니얼에게서 칼을 빼앗았다.

"이렇게 해야 더 잘 들어가지." 제이크는 칼을 쥔 손을 어깨 위로 들어 올려 칼날을 나무껍질에 찔러 넣었다. 나무에 1센티미터 남짓 박힌 칼날이 휘청거렸다.

"그래도 살이 훨씬 더 쉽게 들어가."

"살?"

제이크가 나무에서 칼을 확 비틀어 뽑더니 잠시 칼끝을 살폈다. "야, 비밀 하나 지켜줄 수 있냐?"

"응."

제이크가 잠시 멍하니 대니얼을 살폈다. "우리는 사실 패거리야. 나랑 이선 말이야."

대니얼이 제이크와 이선을 번갈아 보았다.

"사람이 두 명인 패거리?"

"너까지 세 명이 되는 거야. 네가 제대로 된 완전한 구성원이 되고자 한다면."

"어떻게 들어가는 건데?"

"신고식을 치러야 해."

"신…… 뭐?"

"신고식. 시험 같은 거야. 우리 둘은 이미 치렀어." 이선이 한 손을 대니얼의 어깨에 얹으며 말했다.

"내가 뭘 하면 되는데?"

이선이 대니얼 뒤쪽 움푹 팬 땅바닥으로 손을 뻗더니 빈 페트병을 들어 올렸다. 윗부분이 잘려 나간 병이었다.

"내가 덫을 만들었어. 봐봐."

대니얼이 조심조심 몸을 숙여 페트병 안을 들여다봤다. 역한 냄새가 났다. 바닥에는 곰팡이가 핀 오래된 과일과 나뭇잎, 이런저런 것들, 또…….

병 바닥에서 무언가가 움직였다. 재빠르고 검고 반짝이는 무언가였다.

대니얼이 움찔하며 뒤로 물러났다,

"윽! 이게 뭐야?"

이선이 씩 웃었다.

"사슴벌레. 제법 큰 녀석이 잡혔네. 이리 와서 제대로 봐봐."

대니얼은 다시 몸을 숙이며 이선이 이 375밀리리터 페트병을 자신의 얼굴에 들이밀리라고 예상했다. 하지만 이선은 그저 병을 안정적으로 잡고 대니얼이 안을 잘 볼 수 있도록 해줄 뿐이었다. 다른 손으로는 병을 톡톡 두드리며 벌레가 병의 측면을 타고 너무 많이 올라오지 않도록 조절해주었다. 사슴벌레의 길고 검은 몸통은 총알 모양이었다. 다리는 여섯 개, 커다란 머리에는 거대한 집게발이 두 개 달려 양쪽으로 뻗어나가고 있었다. 집게발마다 세 개씩 뾰족하게 튀어나온 부분은 보기만 해도 몸이 간지러웠다.

몹시도 불쾌한 생김새였다.

"우리가 무대를 만들었어. 한번 봐봐." 제이크가 말했다.

제이크가 쓰러진 통나무 뒤쪽 땅을 깨끗하게 치워 만든 작은 구역을 가리켰다. 주위에 돌을 둘러쌓아 마치 아직 불을 피우지 않은 화덕 같았다.

"뭐 하려고 만든 거야?"

"네 신고식."

대니얼이 두 형을 번갈아 바라보았다. 불안감이 스멀스멀 척추를 타고 올라오고 있었다. 「나는 유명인…… 나를 여기서 나가게 해줘!」[31]에서 역겨운 장면을 몇 번 본 적이 있었다. 이를테면 어떤 유명인은 자신을 뒤덮은 곤충들이 바지 속으로, 귓속으로, 여기저기로 기어오르는 것을 견뎌야 했다. 끔찍했다. 그

---

31) 영국의 리얼리티 TV 프로그램으로, 유명인들이 정글에서 생활하며 '정글의 왕/여왕'이 되기 위해 경쟁하는 내용이다.

리고 여기 이 사슴벌레는 거대했다. 조금도 가까이 가고 싶지 않았다.

"내가 뭘 해야 해?"

이선이 조악한 무대에 병 입구를 대고 톡톡 두드렸다. 사슴벌레가 굴러떨어져 나와 좌우로 뛰기 시작했다.

"간단해. 이걸 죽이면 돼." 이선이 막대기로 사슴벌레를 탁탁 쳐 무대 밖으로 못 나가게 막았다.

"사슴벌레를?"

"그래, 이 멍청이. 사슴벌레 말이다."

"아."

대니얼은 두 손을 말아 단단히 주먹을 쥐고는 주머니에 넣었다.

제이크가 손잡이를 대니얼 쪽으로 해서 칼을 내밀었다. "할 거지?"

"그게…… 잘 모르겠어."

"겁쟁이냐?"

"아니야."

대니얼도 제이크와 이선이 하는 일에 함께하고픈 마음이 절실했다. 두 사람의 말대로 그들 무리의 일원이 되고 싶었다. 이번에는 자신도 멋진 아이들 중 한 명이 되어보고 싶었다. 그리고 무엇보다도 바깥쪽에 있고 싶지 않았다. 그들의 친구가 되지 않는다면 공격 대상이 될 게 뻔했다.

사슴벌레는 대니얼이 가장 좋아하는 동물은 아니지만, 그래도 다치게 하고 싶지는 않았다.

이선이 형에게서 칼을 빼앗아 손잡이를 대니얼의 오른손에 꾹 쥐여주었다.

"얼른 해. 그냥 딱정벌레일 뿐이야. 얘도 할 수만 있다면 너한테 똑같이 할걸? 그럴 만큼 크다면 말이야."

"정말?"

"당연하지. 죽이느냐, 죽임을 당하느냐. 그냥 해."

갑자기 이선이 아주 커 보였다. 키고 크고 어깨도 떡 벌어진 것 같았다. 두 눈에는 이상한 빛이 서려 있었다.

대니얼은 선 자리에 그대로 얼어붙었다. 지금 이 순간, 그 무엇보다도 아빠와 수영장에서 놀던 때로 돌아가고 싶었다. 아니면, 엄마가 저녁을 먹기 전에 손을 씻으라고 잔소리하던 때로. 그것도 아니면, 누나라도 옆에 있었으면 했다. 대니얼에게 못되게 굴고 그를 못 본 체하는 누나라도. 손에 쥔 칼을 내려다보고 있는 이곳만 아니면 어디라도 좋았다.

"나는 피가 싫어." 대니얼이 작은 목소리로 말했다.

이선이 어깨를 으쓱했다. "우리는 다 피야. 우리 모두 피를 담은 커다란 주머니에 불과하다고. 그게 다지. 네 안에도 피가 몇 리터나 들어 있다니깐. 사실 우리는 뼈와 근육과 피, 그게 전부야."

"다음에 해도 될까? 내일이나?"

"뭐야? 너 겁먹었냐?"

"아니야."

"그럼 해."

"다치게 하고 싶지 않아."

대니얼은 조롱 섞인 웃음과 욕설을 잔뜩 들을 준비를 하며 슬쩍 언덕 위 별장 쪽을 바라보았다. 지금 당장 어른 한 명이 숲속으로 걸어와 다들 저녁을 먹으러 들어오라고 말해주길 바랐다. 여기서 그를 구해주길 바랐다.

그런데 제이크와 이선은 웃지도, 욕을 하지도 않았다. 그저 한번 서로를 봤다가, 다시 대니얼에게 시선을 돌렸다.

이선이 고개를 저으며 대니얼의 손에서 칼을 빼냈다. 이선은 단 한 번의 재빠른 손놀림으로 사슴벌레에 칼끝을 꽂았다. 껍데기가 갈라지면서 가볍게 **짝** 소리가 났다. 그는 칼끝을 더욱 깊숙이 찔러 넣어 사슴벌레의 몸통을 관통하고는 칼을 들어 올려 벌레를 찬찬히 살폈다. 사슴벌레는 최후의 몸부림으로 다리를 마구 허우적대고 있었다.

대니얼이 움찔 뒤로 물러섰다.

이선이 칼날을 좌우로 돌리며 말했다. "이게 싫다면, 네가 신고식을 할 또 다른 방법이 있지."

대니얼이 이선을 올려다보며 눈을 끔뻑거렸다. 혼란스러웠다. 속임수를 쓰는 건가?

"다른 방법, 뭐?"

이선은 죽어가는 벌레를 덤불에 털어내고 반바지에 칼날을 문질러 닦았다.

"가자. 우리가 보여줄게."

49
대니얼

절벽 끝은 들쭉날쭉하고 울퉁불퉁했다. 밖으로 튀어나온 부분들이 조금 있었고 일부는 뭉그러져 떨어져 나간 듯 보였다. 절벽의 가운데 지점, 숲이 빈터에 자리를 내어주고 빈터는 다시 절벽 끝에 자리를 내어주는 그 지점에, 들쑥날쑥 자란 보잘것없는 나무 두 그루 사이로 초승달 모양의 틈이 있었다. 100만 년 전쯤 반원형의 땅이 떨어져 나와 저 아래 협곡으로 떨어진 것 같은 모양새라고, 대니얼은 생각했다.

초승달 모양의 틈은 폭이 150센티미터 정도로, 대니얼이 가늠하기에 자신의 키만 했다.

이선이 절벽 끝 바위가 뾰족하게 튀어나온 두 지점 사이 가장자리에 서서 말했다. "이건 체육 시간에 멀리뛰기를 하는 거랑 똑같은 거야."

체육은 대니얼이 학교에서 제일 싫어하는 과목이었다. 축구 팀원을 고를 때면 늘 마지막에 선택을 받았고, **너무도 싫은** 태그 럭비[32]를 해야 할 때면 으레 공이 있는 곳과 정반대 방향에서 뛰곤 했다. 그래도 달리기와 멀리뛰기 정도는 괜찮았다. 달리기와 멀리뛰기는 할 수 있으니까. 뭐, 모두가 할 수 있는 것이긴 했다. 달리기와 멀리뛰기는 사실 <u>스포츠</u>라고 볼 수도 없었다. 그렇지 않은가?

"멀리뛰기?" 대니얼은 목소리가 높아지는 것을 애써 눌렀다.

혼자라면 이 정도 벌어진 틈을 감히 뛰어넘으려 하지 않을 터였다. 100만 년이 지나도 없을 일이었다. 하지만 지금은 혼자가 아니었다. 그의 친구들, **무리**와 함께였다. 대니얼보다 훨씬 더 키가 크고 덩치도 산만 하고 멀리뛰기도 잘하는 친구들이긴 하지만 말이다.

"여기서부터 뛰어야 해." 제이크가 자신이 서 있는 쪽을 가리켰다. "그리고 저기까지. 우리는 육군사관생도 체험훈련에서 이렇게 뛰어본 적이 있어. 물론 그때는 거리가 더 멀었지만."

"멋지다." 대니얼이 시간을 벌기 위해 질문을 던졌다. "사관생도 체험훈련은 몇 살부터 할 수 있는 거야?"

"몰라. 나는 이제 안 해."

---

32) 몸에 붙인 꼬리표를 떼면 태클을 한 것으로 간주하여 몸싸움이 없이 즐길 수 있는 럭비.

"왜?"

제이크가 어깨를 으쓱했다. "나한테 소리를 지르고 이래라저래라 하는 게 싫어서."

"쫓겨난 거야." 이선이 히죽거렸다.

"아니거든!" 제이크가 동생의 팔을 주먹으로 쳤다. "행군같이 지랄 맞은 것만 계속 시키니까 지루하잖아. 총은 거의 쏘지도 않고."

대니얼은 혹시 근처에 어른이 있을까 봐 뒤를 흘끗 보았다. 자기도 모르게 나온 습관이었다. 누군가 욕을 하는 사람이 있으면 대니얼은 늘 주위를 살피곤 했다.

"어렵지 않아. 내가 보여줄게." 제이크가 말했다.

제이크는 짧게 도움닫기를 한 다음 뛰어올랐고, 틈을 가로질러 반대편에 쿵 하고 착지했다. 그가 신은 운동화에 먼지구름이 일었다.

이선도 뒤를 이었다. 그는 아슬아슬하게 허공을 피해 착지하면서 털썩 무릎을 꿇었다. 빠르게 몸을 일으킨 다음 몸에 묻은 흙을 털고 형 옆에 섰다. 두 사람은 이제 대니얼을 빤히 보고 있었다.

"네 차례야." 제이크가 말했다.

대니얼은 가장자리에 몇 센티미터 가까이 다가가 아래 협곡을 내려다보았다. 푸른 개울물이 반짝였다. 태양 아래 다이아몬드처럼 햇빛이 반사되고 있었다.

"아래가 엄청 깊다, 안 그래?"

"거기서 떨어지면 확실히 죽는 거지." 이선이 말했다.

"겁먹었냐?" 제이크가 말했다.

"아니."

"겁먹었네. 겁먹은 게 꼭 닭 같다, 너. 대니얼 닭!" 이선이 돌연 잔인한 미소를 지었다.

이선이 꼬꼬댁꼬꼬댁 소리를 내면서 두 팔을 양옆으로 벌려 퍼덕거리기 시작했다. 그의 형도 동참했다.

"대니얼 닭! 대니얼 닭! 꼬꼬댁 꼬꼬!" 형제는 팔을 퍼덕거리며 신나게 원 모양으로 뛰어다니기 시작했다.

대니얼은 두 뺨에 열이 오르는 것을 느꼈다. 갑자기 몹시도 오줌이 마려웠다. 학교에서 겪는 최악의 순간순간이 하나로 합쳐진 것만 같았다. 체육 시간과 집단따돌림과 교실 내 권력 서열과 축구팀에 늘 마지막으로 선택받았던 일 등이 뇌리를 스치고 지나갔다.

대니얼은 무서워했을지 모르나, 그렇다고 겁쟁이는 아니었다. 절대 아니었다.

두 사람에게 보여줄 것이다.

"나는 닭이 아니야."

이선이 푸드덕거리던 팔을 내렸다. 미소가 차갑게 변했다.

"꼬맹아, 아무래도 너는 닭인 것 같아."

"아니야!"

"그럼 증명해봐."

대니얼은 여섯 걸음 뒤로 물러난 다음 두어 번 깊게 숨을 들이마셨다.

대니얼은 겁쟁이가 아니었다.

틈을 향해 달렸다. 불끈 주먹을 쥔 두 손을 아래위로 흔들며, 먼지투성이 땅을 두 발로 탁탁 내디디며, 저 멀리 반대편에 두 눈을 고정한 채…….

뛰어올랐다.

50

우리 세 사람은 커피를 주문한 다음 마을 광장에서 그늘이 드리운 지점에 자리를 잡았다. 우리 말고는 구레나룻을 기른 노인 둘이 손님의 전부였다. 두 노인은 나무벤치에 지팡이를 기대어 놓은 채 앉아 있었다. 식당 옆 시청에 프랑스 삼색기가 맥없이 걸려 있었다. 이른 오후의 열기 속에 바람 한 점 불지 않아, 국기는 조금도 흔들리지 않았다.

"고백할 게 있어." 내가 말했다.

각자의 커피에 집중하던 로언과 제니퍼가 고개를 들어 나를 보았다.

"뭔가 거창하게 들리는걸." 로언이 말했다.

"괜찮은 거야?" 제니퍼도 거들었다.

나는 고개를 저었다.

"아, 그런 게 아니야. 괜찮으냐 아니냐의 문제는 아니야." 나는 시선을 아래에 두었다.

"무슨 일 있어? 도대체 무슨 일인데 그래." 제니퍼가 걱정이 되는지 부드러운 목소리로 물었다.

나는 한 노년 여성이 광장 맞은편 작은 교회에서 나오는 모습을 지켜봤다. 딱 붙는 검은 원피스 차림에 손에는 지팡이가 들려 있었다. 아주 천천히 카페 쪽으로 발걸음을 옮기고 있었다.

"사과도 겸한 고백이야."

나는 지나치게 세세한 이야기는 하지 않도록 주의하면서, 뜸들이지 않고 두 사람에게 지난 닷새간 벌어진 일을 이야기했다. 숀을 의심하게 된 계기부터 시작해, 의심이 엄연한 사실로 확인되어 처음에는 상대 여성을 로언으로 의심했다가, 그다음으로 제니퍼를 의심하게 되었지만, 어제 어떤 사건을 통해 두 사람 다 무관하다는 것을 확신할 수 있었다고 말했다.

로언이 입을 열었다. "그 반지는 내가 체력 단련실에서 발견한 거였어. 그게 숀의 반지라는 것도 몰랐어. 그저 전에 체력 단련실에 들른 사람이 두고 간 거라고 생각해서, 주워다가 서랍에 보관했을 뿐이야. 주인이 누구인지 모두에게 물어볼 생각이었는데 깜빡 잊어버렸지 뭐야."

"알아. 그리고 너희 둘에 대해 나쁜 생각을 품었던 거, 사과할게. 정말 미안해. 나무만 볼 뿐 숲을 보지 못했어. 또 최악이 뭔지 알아? 빌어먹을, 내가 이번 주 초에 이지한테 말했다는 거야.

이지는 숀이 절대 나를 속일 사람은 아니라고 자신 있게 말했어. 다름 아닌 자기가 바로 상대 여성이라면 정확히 그런 말을 하지 않겠어? 내가 바보였어."

내 고백에 두 사람은 잠시 침묵으로 반응했다.

마침내 침묵을 깬 로언이 고개를 저었다. "말도 안 돼. 믿을 수가 없다. 요 며칠 새 너희 부부가 좀 이상하다고 생각은 했지만 그게 뭔지 콕 집어 말할 수 없었거든. 네가 너무 안쓰러워."

"나도 마찬가지야. 뭔가가 잘못됐다는 느낌을 받아서 네게 물어보려던 참이었어. 너한테 참 끔찍한 일이었을 거야, 그런 식으로 알게 되다니 말이야." 제니퍼가 말했다.

로언이 커피를 저었다.

"너, 얼마나 확신하는 거니? 확실한 사실이야?"

"상당히 확신해. 숀은 딱 잘라 부인했지만, 나는 숀이 뭔가를 숨기고 있다는 걸 알아. 다만 이제 어떻게 해야 할지 모르겠어."

제니퍼가 선글라스를 머리 위로 밀어 올렸다. "우리가 이지한테 말해볼까? 우리 둘이?"

그래서 뭐라고 말하게? 물러나라고? 다른 남자를 찾으라고? 그 방법이 효과가 있겠니?

"모르겠어. 그것도 방법일 수 있지만, 지금은 아니야. 이지는 요전에 내게 만나는 사람이 있다고 털어놓았는데, 유부남이라 아직은 우리한테 알리고 싶지 않다고 했어. 이혼 절차를 밟고는 있는데, 그래도 우리가 인정해줄 것 같지 않다고." 내가 말했다.

"남자 이름이 뭐라던?"

"말 안 하려고 하더라."

"아니면 우리가 숀을 만나서 이야기해볼 수도 있어." 로언이 말했다.

"아니야. 그건 안 돼. 나도 이미 시도해본 일이기도 하고."

"어쩌면 숀이 곧 정신을 차릴 수도 있어. 숀에게 조금만 시간을 줘봐."

나는 고개를 저었다. "너무 늦었어. 뭐라도 하지 않으면 내가 미쳐버릴 것만 같아. 다만 잘못 판단하고 싶지 않을 뿐이야." 나는 콕 집어 로언을 보았다. "다시는 오판하고 싶지 않아."

로언은 이해한다는 듯이 고개를 작게 끄덕였다. 그녀는 내가 지금 누구를 말하고 있는지 알았다.

"헨리 때와는 상황이 달라." 로언이 부드럽게 말했다.

"그래?"

헨리는 로언의 첫 남편이었다. 내 마음이 다시 우리가 정반대 입장이었던 때로, 그녀의 첫 결혼이 파탄에 이르는 데 내가 모종의 역할을 했던 때로 흘러갔다. 그때 내가 그녀의 입장이었더라도, 알고 싶었을까?

이런 의문이 들자 정신이 번쩍 들었다. 내가 바로 로언의 입장이 되어 있었다. 이제 내 차례였다.

나는 천천히 커피를 저었다.

10년 전, 거의 딱 이맘때 일이다. 로언과 나는 런던 북부에 있는 나의 작은 테라스하우스 거실에 앉아 커피를 마시고 있었다. 선데이로스트[33]를 즐기고 설거지도 다 끝낸 다음, 숀과 헨리를 루시와 함께 공원에 보낸 후였다. 루시는 여섯 번째 생일에 선물로 받은 새 자전거에 올라 뒤뚱거리며 따라갔다. 손잡이에 달린 반짝이는 핑크색 장식 리본이 땅에 끌리고 있었다. 나와 학군과 유치원에 대한 이야기를 나누던 로언이 최근 피임약을 끊고 대신 엽산을 먹고 있음을 알렸다. 그 말에 나는 주저하며 마음을 바꿨다가, 또다시 생각을 돌이켜 커피잔을 내려놓으며 말을 꺼냈다. 결국 로언의 삶의 경로를 틀어놓게 될 일곱 어절이었다.

헨리가 다른 여자랑 놀아나고 있는 것 같아.

나는 헨리가 바람을 피운다는 이야기를 매우 믿을 만한 소식통으로부터 들었고, 로언에게 이 사실을 알릴지 말지 몇 주 동안이나 고심했다. 어렵더라도 무엇이 최선인지, 과연 어떻게 하는 게 옳은 일인지 판단하려 애썼다. 그런데 아무것도 모르는 로언은 첫 아이를 가지려 한다는 이야기를 하고 있었다. 내가 아는 정보를 어떻게 하면 좋을까? 모두가 그녀의 등 뒤에서 떠들어대고 있는데, 그저 잠자코 보고만 있어야 하나? 로언이 스스로 알아내도록 두어야 하나? 로언이 남편에게 기만당하는 걸 그대로 보고 있어야 하나? 숀은 내게 신중하라고 조언했지만, 결국 그의 충고를 무릅쓰고 로언에게 내가 들은 사실을 말했다. 순전히 선의로 헨리를 두고 떠도는 소문을 전해주었다.

알고 보니 소문은 사실이 아니었다. 악의적인 거짓말이었다. 헨리의 옛 연인이 나름의 의도를 갖고 퍼뜨린 소문이었다. 내가

---

33) 영국 가정에서 전통적으로 일요일 점심에 먹는 구운 소고기 요리를 가리킨다.

생전 본 적도 없는 여자의 소행이었다.

하지만 소문에 악의가 있었는지 여부와는 상관없이, 그 결과는 파국을 초래했다. 잔뜩 폭발한 로언이 남편을 몰아붙이면서, 두 사람의 결혼생활은 극으로 치달았다. 충실한 남편이던 헨리는 자신을 믿어주지 않는 아내에게 마음이 떠났고, 결국 진짜 불륜을 저지르고 말았다. 로언이 따져 묻기 전까지만 해도 결백했던 그였다.

3개월 후, 두 사람은 별거에 들어갔다.

"다시 한번 미안하다는 말을 하고 싶어, 로언. 헨리 일, 그런 일이 일어나게 된 거 말이야, 내가 말을 전하지 말았어야 했어." 내가 말했다.

"무슨 소리. 너는 그때 옳다고 생각한 일을 한 것뿐이야."

"내가 너한테 말하기 전에 알아봤어야 했어."

로언이 몸을 숙여 한 손을 내 팔에 가져다 댔다. "너한테 정보를 듣고 어떻게 행동할지는 내게 달린 일이었어. 헨리가 어떻게 반응할지는 그에게 달린 일이었고. 그러니 네 잘못이 아니야. 너는 그저 말을 전달한 사람일 뿐이야. 아무튼, 어쩌면 결국 잘된 일일지도 몰라."

"어째서?"

"사실 헨리는 아이를 그다지 원하지 않았어. 내가 아직 그와 함께라면, 오데트를 만나지 못했겠지."

"상황을 그렇게 보는 것도 한 방법인 것 같다."

"과거를 되풀이할까 봐 걱정하는 거지?"

"응, 너무 두려워."

과거에 틀린 적이 있는 만큼, 또다시 틀리면 감당할 수 없을 터였다.

51

우리가 마을에서 돌아왔을 때 별장은 을씨년스럽게 조용했다. 숀과 러스, 이지는 여자아이들을 인근 마을 뮈르비엘레베지에의 공예품 시장에 데려갔고, 앨리스터는 자청해서 별장에 남아 남자아이들을 보기로 했다. 그런데 막상 돌아와보니 아무도 흔적조차 보이지 않았다. 나는 정원과 수영장과 정자, 오락실을 확인했다. 모두 비어 있었다.

결국 자기 방에 홀로 남은 대니얼을 발견했다. 방에 들어서자 내게 등을 보이고 누운 대니얼이 보였다.

"대니얼?"

"네." 대니얼은 나를 돌아보지 않고 말했다.

"뭐 하고 있었어? 괜찮니?"

"흐음."

나는 침대를 빙 둘러 가 앉았다. "와, 책을 거의 다 읽었나 보구나. 그러면 우리……."

나는 손으로 입을 틀어막았다. 대니얼의 팔뚝에 베이고 긁힌 상처가 가득했고, 무릎과 정강이는 피와 흙으로 뒤범벅이었다. 손톱 밑과 반바지 앞면에도 흙이 잔뜩 묻어 굳어 있었다. 턱은 피로 얼룩졌고, 계속 울었는지 두 눈이 벌겠다. 대니얼이 가장 좋아하는 해리 포터 티셔츠의 목둘레가 찢기고, 겨드랑이도 거의 허리까지 길게 뜯어져 있었다.

누구와 싸우기라도 한 듯한 모습이었다.

"대니얼, 도대체 무슨 일이 있던 거야? 괜찮아?"

"괜찮아요."

"몸이 아주 엉망이잖아. 상처는 다 어쩌다 생긴 거야?"

"넘어졌어요."

"어디서?"

"밖에서요."

"아이고, 너 정말 몰골이 말이 아니야. 잠깐 일어나봐. 엄마가 제대로 좀 보게."

대니얼이 일어서자, 나는 어디 삐거나 부러진 곳은 없는지 얼른 확인했다.

"가자. 엉망인 거 정리 좀 하자."

나는 대니얼을 침실에 딸린 욕실로 데려가 목욕 수건으로 흙을 일부나마 씻겨내고, 베이고 긁힌 상처를 깨끗이 닦아낸 다음 손톱 끝으로 소독제를 톡톡 발라주었다. 티셔츠는 도저히 살릴 수 없었다.

내가 분주히 움직이는 내내 대니얼은 멍하니 아무 말 없이 서 있었다.

"어쩌다 이렇게 다쳤는지 엄마한테 얘기해 줄 테야?"

"말했잖아요. 넘어졌다고." 풀죽은 눈빛이었다.

"제이크랑 이선이랑 같이 있었니?"

대니얼은 잠시 주저하더니 대답했다. "말하지 않겠다고 약속하라고 했어요."

"누가?"

너무도 작아서 거의 알아들을 수 없는 목소리였다. "형들요."

"형들은 지금 어디에 있는데?"

"몰라요."

"너희들 친구 아니었니?"

"형들이 내가 더는 자기들이랑 못 논다고 했어요. 그러더니 어딘가로 가버렸어요."

"너를 여기 혼자 내버려뒀다고?"

대니얼은 애처롭게 고개를 끄덕였다. 사블론[34]의 맵싸한 냄새에 코를 찡긋거렸다.

나는 대니얼을 욕조 가장자리에 앉혔다.

"무슨 일이 있던 거니, 대니얼?"

---

34) 영국의 소독 연고 브랜드.

"내가 넘어져서 좀 속상해했더니 이선 형이 화가 나서 자기랑 제이크 형은 어딘가로 나갈 거라고 했어요. 나는 그냥 형들이 밖에 있겠다는 뜻인 줄 알았어요. 숨바꼭질이나 뭐 그런 것처럼 말이에요. 그래서 형들을 찾으러 정원에 나갔는데 찾을 수가 없었어요. 한참을 찾았는데 형들은 보이지 않아서, 나는 형들이 차를 타고 나갔을 수도 있겠다고 생각했어요. 안 가본 곳이 없어요." 대니얼의 목소리가 낮아졌다. "하지만 아무도 없었어요."

"앨리스터 삼촌은?"

"어디 있는지 몰랐어요."

걱정이 분노로 바뀌었다.

"앨리스터 삼촌도 안 보였다고?"

"네, 여기저기 다 돌아다녔는데 모두가 나만 남겨두고 가버린 것 같았어요. 나만 혼자 남았고 모두가 나를 잊어버린 거죠. 그러고 나니까 무서워져서 내 방에 와서 창문을 보면서 누구 돌아오는 사람이 없나 살폈어요. 그다음에는 책을 읽었고요. 좀 슬펐어요."

"앨리스터 삼촌은 여기 있어야 했는데. 널 돌봐주기로 했어."

대니얼은 살짝 고개를 끄덕였지만 여전히 나를 보려 들지 않았다.

"나는……." 대니얼이 말꼬리를 흐렸다. 목소리가 점점 더 작아지고 있었다.

"우리 아들, 말해보렴."

"모두가 나만 빼고 집에 갔다고 생각했어요. 영국으로 말이에요. 별장에 나만 혼자 남겨둔 거라고요. 어떻게 해야 할지 몰랐어요. 「나 홀로 집에」의 케빈이 된 것만 같았어요. 케빈하고는 반대의 상황이긴 하지만요."

나는 미소를 짓고 고개를 저었다. 「나 홀로 집에」는 대니얼이 가장 좋아하는 영화 중 하나였다.

"이 바보! 우리는 절대 너를 혼자 두고 가지 않아. 엄마는 절대 널 떠나지 않아."

"화났어요, 엄마?"

"조금. 하지만 너한테 화가 난 게 아니야." 나는 대니얼을 안아주었다.

"제이크 형이랑 이선 형이 혼나는 거예요?"

"너를 혼자 두고 자기들끼리만 노는 건 옳지 않아. 그러니 형들이 왜 너를 두고 가버렸는지, 또 앨리스터 삼촌은 어디 있었는지 알아봐야겠어."

대니얼이 빳빳하게 굳었다.

"엄마! 제발 그러지 마요! 제이크 형이 내가 엄마한테 말한 걸 알게 될 거라고요, 말하지 않기로 약속했는데."

"그럼 제니퍼 이모에게 말할게."

"제발, 엄마." 대니얼의 목소리가 갈라져 나왔다. 금방이라도 울음을 터뜨릴 기세였다. "그냥 집에 가고 싶어요. 이제 이곳이 싫어요. 별장이 싫어요. 처음에는 정말 멋졌는데 이제 무섭기만 해요."

"토요일이면 집에 가잖아, 대니얼. 며칠밖에 안 남았어. 그사이 형들을 피하고 별장 근처에만 있는 게 좋겠어." 나는 슬쩍 눈길을 피하며 말을 이었다. "아빠랑 놀면 되잖아, 그렇지?"

"나쁜 일이 또 일어나면요?"

"대니얼, 더는 나쁜 일이 일어나지 않을 거야. 엄마가 약속할게."

대니얼은 자리에 앉아 두 손을 무릎에 올려놓고 엇갈리게 잡았다. 내 얼굴을 보지 않으려 했다.

"그냥 집에 가고 싶어요. 평범한 우리 집으로, 평범한 상황으로 돌아가고 싶어요." 자그마한 목소리였다.

나는 한 번 더 대니얼을 안고 머리에 입을 맞춰주었다.

"곧 돌아갈 거야."

"제이크 형이랑 이선 형한테 말하지 않겠다고 약속해요."

"약속해."

나는 대니얼에게 갈아입을 깨끗한 티셔츠를 건네주었다.

"엄마, 내 해리 포터 티셔츠는 어디 갔어요?"

"다 망가져서 버릴 수밖에 없었어."

대니얼이 다시 얼굴을 일그러뜨렸다. "제발, 엄마가 고쳐주면 안 돼요?"

"옆이 다 찢어졌는걸. 엄마가 새로 하나 사줄게."

"제발요? 내가 가장 좋아하는 티셔츠란 말이에요." 대니얼의 크고 푸른 눈이 나를 올려다보고 있었다.

"글쎄……."

"제발요?"

나는 자리에서 일어났다.

"알았어. 제니퍼 이모가 반짇고리를 사 왔으면 한번 해볼게."

나는 욕실 한구석에 놓인 페달식 휴지통에 가서 대니얼의 티셔츠를 건져낸 다음 다시 뚜껑을 닫으려 했다. 그때, 저 밑바닥에 있는 무언가가 내 눈을 사로잡았다. 10년 이상 손에 쥐어본 적이 없다 하더라도 한눈에 알아볼 수 있는, 그런 물건이었다.

그것을 꺼내 손바닥에 올려놓고 뒤집어보았다. 현기증이 일어 잠시 시야가 흐려졌다. 이건…… 아니다, 지금 당장은 생각할 여유가 없었다. 그 의미를 생각할 수조차 없었다. 이미 너무 많은 일이 벌어지고 있었다. 너무 많은 접시를 동시에 돌리고 있었다. 걱정과 의심과 두려움이 너무도 컸다. 청바지 뒷주머니에 그것을 밀어 넣었다.

특별할 것 없는 흰색 플라스틱 조각에 불과하지만, 쓰임새는 단 하나인 물건이었다.

그런데 이게 도대체 왜, 여기 있는가?

루시가 돌아오면 바로 물어야 했다.

52

제니퍼는 발코니에서 포도밭을 내려다보고 있었다.

"제니퍼, 잠깐 이야기 좀 할 수 있을까?"

제니퍼가 뒤돌아서며 내게 동정의 미소를 지어 보였다.

"물론이지. 괜찮은 거야?"

"좀 더 사람이 없을 만한 곳으로 가도 될까?"

"물론이지."

제니퍼는 나를 따라 야외 계단을 내려가 정원에 들어섰다. 발 아래 풀이 부드러웠다. 우리는 매끈한 흰색 돌로 만든 벤치의 양 끝에 앉았다.

"제니퍼, 일을 크게 만들고 싶지는 않지만 오늘 오후에 남자 아이 셋이 사이가 크게 틀어졌다나 봐. 정말 애석한 일이지. 대니얼이 그러는데, 제이크랑 이선이 대니얼을 혼자 별장에 두고 가버렸대. 또……." 나는 잠시 주저했다. 다음에 나올 주장의 근거는 더욱 부족하다는 점을 알았으니까. "대니얼이 다른 이야기도 했어."

"뭔데?"

"확실한 건 아닌데, 제이크랑 이선이 너희 렌터카를 타고 드라이브를 간 것 같대."

제니퍼는 얼굴을 찌푸렸다.

"드라이브?"

"대니얼은 제이크랑 이선을 어디에서도 찾을 수 없었는데, 방에 있다가 차가 진입로에 멈춰 서는 소리를 들었고 그 후 제이크랑 이선이 들어오더래."

"차 소리를 들었다고?"

"그렇다고 하더라."

"뭘 본 건 아니고?"

"보지는 못했대. 대니얼 방에서는 진입로가 아닌 정원이 내다보이니까."

"흐음. 글쎄, 제이크와 이선이 할 법한 행동은 아닌 것 같은데. 우선, 제이크는 어려서 운전을 못 하거든. 우리 두 아들이 그런 짓을 했을 리가 없어."

아니, 네 두 아들이 그런 짓을 했어. **딱** 네 두 아들이 할 법한 행동인걸. 제니퍼가 자기 아들을 어쩌면 이리도 모를 수 있는지 의아했다.

"제이크랑 이야기를 좀 해볼래?"

"그건 좋은 생각이 아닌 것 같아."

"왜 아니야? 프랑스 시골길을 운전하고 다니게 두어서는 안 되잖아. 무슨 일이 생길 줄 알고."

"사실 제이크는 자기가 혼날 것 같은 느낌이 오면 엄청 화를 낼 때가 있거든. 엄청나게 화를 내. 자기가 하지도 않은 일로 혼날 때는 특히 더해."

"이해해."

"그리고 제이크는 대니얼이 주장하는 일을 하지 않았어. 그런 일을 한 적이 없다고." 꽤나 확신에 찬 목소리여서 꾸며낸 느낌은 들지 않았다.

"대니얼은 꽤나 구체적으로……."

"오해한 거야. 대니얼이 속상한 건 알겠어. 그건 정말 유감이야. 하지만 우리 아들은 대니얼이 주장하는 일을 하지 않았다고 나는 전적으로 확신해. 별장 부지가 좀 넓니? 숨을 만한 장소가 백 군데는 될 거야. 내 생각에는 그저 숨바꼭질 같은 거였는데 조금 정도를 벗어났을 뿐인 것 같아."

"그래도 제이크에게 한번 물어봐줄 수 있니? 뭐라고 말하는지 들어라도 보게? 대니얼은 자기가 버려졌다고 생각해서 정말 속상해했어. 앨리스터도 안 보였다더라."

"이미 말했듯이, 제이크는 무언가를 문제 삼으면 좋은 뜻으로 받아들이지 않아." 제니퍼의 목소리는 한층 냉정해져 있었다.

"나 역시 말했듯이, 대니얼의 설명은 꽤나 구체적이었어."

제니퍼는 잠시 머뭇거리더니 주위를 둘러보며 엿듣는 사람은 없는지 살폈다.

"네게 해줄 이야기가 있어. 들으면 너도 이해할 거야."

"좋아."

"아무에게도 말하지 않겠다고 약속해야 해. 숀에게도 말하면 안 돼. 네 아이들에게는 특히나 더 안 되고."

"물론이야."

"네가 내 소중한 친구니까 말하는 거야. 네가 이해해줬으면 좋겠어."

나는 수영장에서 루시의 소셜 미디어 계정을 보고 있던 앨리스터를 떠올렸다. 제니퍼가 앨리스터에 관해 뭔가 말할 참인지 궁금했다. 남편이 그런 짓을 하고 있다는 걸 알았다고, 그에게 따끔하게 한마디 하겠다고 말하려는 걸까. 어쩌면 앨리스터는 수년째 그런 짓을 해왔을 수도 있었다.

하지만 제니퍼는 내게 남편에 관한 이야기를 하려던 게 아니었다.

"작년에, 제이크가 뇌염에 걸렸던 때를 기억해?"

나는 고개를 끄덕였다. "지금은 괜찮잖아, 그렇지?"

제니퍼는 희미하게 슬픈 미소를 지었고 시선을 떨구었다. "평소에는, 그렇지."

"지난 1년 사이에 키도 엄청 컸잖아. 벌써 앨리스터의 키를 따라잡다니……."

"뇌염이 아니었어."

내가 제대로 들은 게 맞는지 생각하면서 잠시 기다렸다. "오진이었다는 뜻이야?"

"아니."

"제니퍼, 무슨 말인지 모르겠어."

"뇌염은 우리가 사람들에게 둘러댄 병명일 뿐이었어. 제이크에게 낙인이 찍히는 걸 원하지 않았거든."

제니퍼는 시선을 돌려 정원을 응시했다. 눈에 눈물이 고여 있었다. 나는 제니퍼가 말을 계속 이어가길 기다렸지만, 그녀는 할 말을 잃은 듯 보였다.

나는 한 손을 제니퍼의 팔에 가져다 댔다. "괜찮아."

제니퍼는 내 눈치를 보고는 별장을 건너다보며 말이 들릴 만한 범위에 누가 있지는 않은지 다시 한번 확인했다.

"진짜 이유는 제이크가 한동안 치료를 받으러 우리를 떠나 있어야 했기 때문이었어." 한 줄기 눈물이 제니퍼의 뺨을 타고 흘러내렸다. "케이트, 제이크가 자해하려 했어. 직접 겪어보지 않는 이상 넌 절대 이해 못 해. 어느 날 나랑 제이크가 말다툼을 했어. 평소와 다를 바 없었지. 방을 절대 치울 생각이 없어 보여서 청소를 좀 하라고, 대수롭지 않은 잔소리를 좀 했어. 그런데 제이크가 마치, 마치 내가 자기한테 끔찍한 범죄를 뒤집어씌우기라도 한 것 같은 반응을 보이는 거야. 길길이 날뛰었어. 그러다 어느 순간 창틀에 앉아 있는 거야. 걔 침실이 3층인 거, 너도 알지?"

나는 고개를 끄덕였다. "다락방이니까."

"뛰어내리지 말라고, 장장 두 시간을 설득했어. 1초가 지날 때마다 심장이 목구멍까지 올라오는 듯했지. 그날 이후 사흘 밤을 못 잤어. 다음 주가 되자 제이크가 또 그러는 거야. 그리고 그다음 주에는 우리 집 뒤로 난 철도 선로를 따라 걷고 있는 걸 발견했지. 끔찍했어. 상상할 수 있는 가장 끔찍한 일이었지. 매일같이 제이크가 다음에 무슨 짓을 할지만 걱정했으니까. 경찰의 전화를 받게 되지는 않을까, 경찰이 찾아오면 어쩌나, 혹은 그보다 더 나쁜 상황이 벌어지지는 않을까 걱정했지. 우리는 제이크의 외출을 금지했는데, 그래도 어떻게든 나가더라. 방문도 잠가봤는데 늘 탈출구를 찾아냈어. 애를 집에 죄수처럼 가둘 수는 없는 일이니까. 특히나 제이크는 우리 부부보다 몸집도 크고." 제니퍼가 다시 목소리를 낮추어 귓속말이나 다름없는 소리로 말했다. "결국 우리는 너무 무서워서 그래서……." 말꼬리가 흐려졌다.

나는 제니퍼가 말을 이어가기를 기다렸다.

"제니퍼, 무슨 일이 있었던 거야?"

제니퍼가 눈물을 훔쳐냈다. "우리가 제이크를…… 제이크를 정신과에 입원시켰어. 치료를 받을 수 있도록 말이야."

"어머나, 제니퍼, 이런 일이 있는 줄은 꿈에도 몰랐어! 어쩌면 좋아." 나는 제니퍼를 끌어안고 그녀의 등을 쓸어주었다.

"우리 부부가 아무에게도 말하지 않았으니까. 여러 의사가 제이크랑 많은 시간을 보냈고 결국 경계선 인격장애라는 진단을 내렸어. 충동적이고 위험한 행동을 하고, 감정이 폭발하는 등의 증상을 보이는 거래. 하지만 나는 대부분 말도 안 되는 쓰레기 같은 진단이라고 생각해." 제니퍼는 서둘러 덧붙였다. "우리도 제이크가 학교에서 말썽을 일으킨다는 건 알았어. 친구들과 싸우고 물건도 훔치고 수업을 빠지곤 했지. 그래서 제이크랑 이선을 루시네 학교로 전학시킨 거야."

기억 하나가 돌아왔다. 제니퍼는 제이크와 이선이 학교에서 왕따를 당하고 있다고 말했다.

"그러니까, 왕따를 당한 게 아니었네?"

제니퍼가 고개를 끄덕였다.

"우리는 제이크가 새로 시작하면, 예전 학교의 나쁜 영향을 전부 깨끗이 끊어내면, 새 출발이 한층 수월할 거라고 생각했어. 뭐, 앨리스터가 한 말이기는 하지만. 이런 일은 앨리스터의 전문 분야잖아."

"아 제니퍼, 어쩌면 좋으니. 나는 네가 이 모든 일을 감당하고 있는 걸 전혀 몰랐어."

"그러니 보다시피, 나는 정말 조심할 수밖에 없어. 마치 제이크가 칼날 위에 올라서서 좀처럼 내려오려 하지 않는 것만 같으니까. 어떤 날은 과도하게 신이 나서 모든 것에 관심을 보이고 뭐든 해보려 하다가도, 또 어떤 날은 기분이 바닥이거든. 제이크는 이렇게 자주 화가 잔뜩 나고 별거 아닌 일에도 무너져 버려. 특히 자기가 하지도 않은 일로 지적을 받으면 더욱 그렇지. 그리고 제이크는 내 아기야. 내 첫 아이. 내가 제이크를 지켜야 해."

"알아, 제니퍼. 이해해."

"너도 루시에게 똑같이 그럴 거야."

"맞아. 나도 분명 똑같을 거야."

나는 다음 질문을 어떻게 꺼내면 좋을지 몰라 말을 멈추었다.

"혹시 어떤…… 어떤 치료를 했니? 제이크가 이겨내는 데 도움이 될 만한?"

"약을 처방받는데, 제이크가 그 약을 먹는 걸 싫어해. 약을 먹으면 좀비가 된 기분이라나. 제이크가 침대 밑에 숨겨둔 약을 발견한 적도 있어. 먹고 있는 체하더니 사실 숨기고 있던 거야. 그런데 나는 너무 무서웠어. 제이크를 다시 자극하는 일이 될까 봐, 뭐라고 하고 싶지 않았어. 그래서 그냥 약을 침대 밑에 그대로 뒀지. 나, 참 한심하지?" 제니퍼는 손가락에 낀 결혼반지를 엄지와 검지로 빙글빙글 돌려댔다.

"아니야. 네가 한심하다니, 전혀 아니야."

"누구에게도 말하지 않겠다고 약속해줄래?"

"물론이지. 아무에게도 말 안 해."

"숀한테도?"

"숀에게도."

제니퍼는 벤치에서 일어나 두 눈을 닦았고, 깊이 숨을 들이마신 다음 크게 내쉬었다. "이선에게 말해 볼게. 오후에 대니얼과 무슨 일이 있었든 간에 말이야. 앞으로 대니얼에게 좀 더 잘해주라고 부탁할게."

"고마워, 제니퍼. 너는 좀 괜찮니?"

"괜찮아. 나는 늘 괜찮아." 제니퍼는 애써 불안한 미소를 지어 보였다.

나는 제니퍼가 잔디를 가로질러 별장을 향해 멀어지는 모습을 지켜보며 그녀의 말을 곰곰이 생각했다. 자식을 두려워한다는 건, 자식이 해를 입을까 봐 두려워한다는 건 끔찍한 일이다. 자신의 핏줄이 어떤 식으로든 결국 스스로 해를 입히고 말 수도 있다는 건, 모든 부모가 감히 꿈에도 상상할 수 없는 악몽이다. 불안, 우울, 고립, 자해. 애써 고통을 잊으려 마약에 손을 대고, 남의 눈에 흉터가 보이지 않을 부위의 살점을 칼날로 베어내고. 아이가 남몰래 고통을 겪고 있다는 생각만으로도 견딜 수 없어진다.

나도 다 알았다. 나 역시, 내 아이들에게 같은 마음이니까.

53

루시 침실에 노크했을 때 루시는 휴대전화를 들고 커다란 안락의자에 푹 늘어져 있었다.

나는 등 뒤로 문을 밀어 닫고 침대 가장자리에 앉았다.

"쇼핑은 어땠어?"

"나쁘지 않았어요. 더웠어요." 루시는 휴대전화에서 고개를 들지 않은 채 말했다.

"싸게 산 것 좀 있니?"

"조금요. 새 모자랑 샌들을 샀어요."

"잘했네. 나중에 엄마한테도 보여줘야 해."

"좋아요."

"루시?"

"네?"

"잠깐 휴대전화를 내려놔봐. 너한테 묻고 싶은 게 있어."

루시는 한숨을 내쉬고 무릎에 휴대전화를 내려놓았다. "뭔데 그래요?"

"남자애들이, 그러니까 제이크랑 이선이 어른들 모르게 렌터카를 몰고 드라이브를 간다는 말을 한 적이 있니?"

루시는 과장된 몸짓으로 어깨를 으쓱해 보였다. "몰라요. 아닐 것 같은데요."

"확실해?"

"둘 다 어려서 운전을 못 하지 않아요? 제이크는 아직 열여섯도 안 됐는데."

우리는 서로를 바라보았다. 우리 둘 다 이건 대답이 아닌 말돌리기임을 알고 있었다.

"그러니까, 제이크랑 이선이 너한테 그런 얘기를 한 적은 없다는 거지?"

루시는 고개를 들고 내 어깨 너머를 보았다. "제이크랑 이선은 이런저런 이야기를 많이 해요. 온갖 얘기를 다 한다고요. 서로 자랑하기 바쁘죠. 왜 묻는 건데요?"

"그냥 궁금해서."

루시는 다시 휴대전화를 들고 화면을 스크롤하기 시작했다. "알았어요."

"하나 더 묻고 싶은 게 있어."

루시가 한숨을 내쉬었다. "또 와인 이야기예요? 그 후로는 한

잔도…….”

“옆방 욕실 쓰레기통에서 발견한 게 있어. 너랑 네 동생이 쓰는 욕실 말이야.”

“쓰레기통에서요?”

“그래.”

루시가 다시 휴대전화에서 고개를 들고 얼굴을 찌푸렸다. “우리 쓰레기통을 뒤지다니, 하나도 이상한 행동이 아니네요. 완벽히 정상적인 행동이죠.”

“뒤진 게 아니라, 네 동생의 찢어진 티셔츠를 도로 꺼내다가 본 거야.”

“그래서, 쓰레기통에서 뭘 발견했는데요?”

나는 주머니에 손을 넣어 발견한 물건을 꺼냈다. “이게 뭔지 아니?”

루시는 내 손에 들린 짧은 흰색 플라스틱 막대기를 흘끗 보았다. 눈을 한 번, 두 번 깜박이더니 이내 시선을 거두었다.

“알아요. 생물 시간에 배웠어요.”

“그래서?”

“테스트하는 거잖아요. 임신 테스트기.”

“맞아. 어떻게 쓰는 건지 아니?”

“정확히는 몰라요. 거기에 오줌을 싸야 하나?” 루시는 앉은 자리에서 불편한 듯 몸을 뒤틀었다.

“이번에도 맞아. hCG라는 호르몬을 검출하는 거지. hCG는 수정란이 자궁에 착상하면 분비되는 호르몬이야.” 나는 테스트기를 뒤집어 투명한 플라스틱 창 뒤로 난 파란 평행선 두 줄을 보여주었다. "두 줄은 임신을 의미해."

"그건 알아요."

나는 잠시 다음 질문을 어떻게 꺼내야 하나 고민했다.

천천히 말을 이어갔다. "그러면 혹시…… 어쩌다 이게 네 욕실에서 나왔는지 아니?"

"전혀요. 누가 거기에 버렸겠죠."

나는 몸을 앞으로 기울여 루시에게 미소를 지어 보였다. 표정을 부드럽게 하려 애썼다. "엄마한테 하고 싶은 말은 없니? 무슨 이야기라도 괜찮아. 우리는 충분히 대화를 나눌 수……."

"나는 아니에요!" 발끈한 루시가 가슴 앞으로 팔짱을 꼈다.

"뭐가 아닌데?"

"임신 말이에요. 테스트기는 내 것이 아니라고요. 내 것이었다면 그렇게 멍청하게 내가 쓰는 욕실 쓰레기통에 버리지 않았겠죠. 누구든 발견해서 질문을 쏟아낼지 모르는 곳인데요. 대니얼이 발견할 수도 있고요."

나는 어깨에 짊어진 무거운 짐을 조금 내려놓은 기분이었다. "확실하니?"

"내 말을 믿어도 좋아요, 엄마. 나였다면 그보다 훨씬 더 교묘히 숨겼을 거예요. 엄마는 절대 모르게요."

54
제니퍼

아래층 욕실의 잠긴 문 뒤에서, 제니퍼는 두 눈을 닦고 코를 푼 다음 티슈를 한 장 더 뽑아 망가진 아이라인을 고쳤다. 잠시 거울 속 얼굴을 응시했다. 두 손으로 화강암 세면대를 움켜잡은 채, 배운 대로 열 번 심호흡을 했다. 코로 들이마시고, 입으로 내뱉고.

침착해. 머리를 비워. 해야 할 일을 해.

제니퍼는 주방에 들어가 세면대 밑에서 천을 하나 찾았고 냉장고에서 작은 물병을 하나 꺼냈다. 현관에 난 창을 통해 별장 앞 진입로에 혹시 누가 있지는 않은지 살폈다. 아무도 없다는 사실에 만족한 그녀는 현관 옆 고리에서 열쇠를 빼내 바깥 진입로로 구불구불 이어지는 석조 계단을 내려갔다. 제니퍼네가 빌린 포드 피에스타는 껑충한 두 10대 남자아이를 얼추 다 태우고도 짐까지 실을 수 있는 선에서 가장 싼 렌터카였다.

제니퍼는 천천히 원을 그리며 차를 빙 둘러보았다. 페인트칠과 범퍼, 테두리를 재빨리 훑었다. 오른쪽 뒷바퀴 부근 아래쪽으로 페인트가 벗겨진 자국이 두어 군데 있었다. 나흘 전 공항에서 차를 받을 때만 해도 없던 자국이었다. 제니퍼는 그 자리에 쪼그려 앉아 자국을 더 자세히 살피며 파여서 드러난 금속 부분을 집게손가락으로 쓸어보았다. 차체에 평행으로 긁힌 여러 줄. 낮은 담이나 도로변 바위에 긁힌 듯했다. 그래도 깊이 파이지는 않았다. 감추기에 그리 어렵지 않았다.

제니퍼는 화단 흙에 물을 부어 만든 진흙을 가져온 천에 톡톡 묻힌 다음, 긁힌 자국에 펴 발랐다. 새로 생긴 흔적을 가릴 수 있을 만큼만 살짝 발랐다. 프랑스의 시골길을 따라 운전하다 보면 으레 흙이 묻게 마련이니, 딱 그 정도로 보이도록 세심히 작업해야 했다.

피상적인 것들은 이렇게 감출 수 있었다. 사흘 후 차를 반납할 때 렌터카 업체의 점검을 가볍게 통과할 수 있을 것이다. **엄청난 수리비를 얻어맞고 싶지는 않으니까, 안 그런가?** 무조건 바가지를 씌울 게 뻔한데. 렌터카 업체는 아주 살짝 팬 자국에도 수백 유로를 부과하려 들었다. 긁힌 자국이 조금만 더 깊었더라도 토요일에 차를 반납하기 전 정비소에 들러야 할 터였다.

다행히, 여기 긁힌 자국은 꽤나 잘 가린 것처럼 보였다. 제니퍼는 자리에서 일어나 흙으로 얼룩진 부분을 바라보며 자신의 솜씨에 감탄했고, 앞바퀴 부근에도 진흙을 조금 더 발라 자국이 조금 더 일관성을 띠도록 했다. 흙이 다 마르면, 긁힌 자국은 겉으로 티가 나지 않을 것이다.

작업을 마친 제니퍼는 주머니에서 자동차 전자키를 꺼내 문의 잠금을 풀었다. 운전석 문을 열고 좌석을 다시 그녀가 평소 앉는 위치로 당겼다. 그런 다음 다시 피에스타를 잠그고 별장으로 돌아갔다.

55

내가 저녁 설거지를 할 차례였다. 정신을 딴 데로 돌릴 수 있어서 다행이었다. 잠시라도 다른 사람들과 떨어져 있을 수 있으면서, 격식을 차린 대화 따위 집어치우고, 모든 것이 다 정상인 체하지 않을 수 있었다.

숀과 떨어져 있을 수 있는 기회였다.

싱크대에 물을 채운 다음 냄비와 팬을 문지르기 시작했다. 물이 너무 뜨거워서 손과 팔을 델 뻔했다. 지금 내 가슴속은 상처와 혼란과 절망이 뒤섞여 엉망이었다. 상황을 다시 바로잡을 수 있기는 할지 절망스러웠다. 아무리 애를 써도 머릿속에서 이지의 모습을 떨쳐낼 수 없었다. 내 남편의 휴대전화로 보낸 메시지가 이끄는 대로, 숲속 빈터로 걸어 올라오던 이지. 그 모습을 떠올리면 떠올릴수록, 이지가 바로 그 여자라는 생각이 분명해졌다. 처음부터 이지였던 것이다. 이지는 우리 가운데 유일하게 결혼을 하지 않았다. 숀과 고향이 같다는 연결 고리가 더욱 은밀한 무언가로, 더욱 위험한 무언가로 바뀌고 말았다. 더욱 파괴적인 무언가로.

이지가 이곳에 처음 온 날 나와 나눈 대화가 떠올랐다. 이지가 내게 인정한 거나 다름없다는 역겨운 깨달음이 찾아오는 순간, 온몸의 힘이 탁 풀렸다.

"유부남인가 보구나, 그렇지?"

"대답은 도저히 못 하겠다."

"그 남자의 부인도 알고 있니?"

"어느 정도…… 의심은 할 수도 있다고 생각해."

나는 어쩌면 그리도 눈치가 없을 수 있을까?

답을 찾아내겠다고, 숀의 배신이 어디서부터 시작됐는지 찾아내겠다고 다짐했다. 그리고 나는 이제 안다. 알고자 했던 것 이상을 안다.

단 하나의 의문만 남았다.

이제 어떻게 할 것인가?

하지만 나는 이미 그에 대한 답을 알고 있었다.

숀이 싱크대 옆자리에 나타났다. 손에 마른 행주를 들고 있었다. 그의 숨결에서 맥주 냄새를 맡을 수 있었다. 보이지 않는 구름처럼 그를 둘러싸고 있었다. 다른 냄새도, 더 강한 어떤 냄새도 풍겨왔다. 데킬라였다. 내 몸이 뻣뻣하게 굳는 게 느껴졌다.

"도와줄까?" 숀이 물었다.

나는 그를 보지 않았다.

"원한다면."

숀은 선반에서 물을 뚝뚝 떨어뜨리고 있는 프라이팬 중 하나를 집어 행주로 닦아내기 시작했다. 느리고 과장된 동작이었다. 마치 절대 떨어뜨리지 않으려 열심히 집중하고 있기라도 한 것처럼.

"대니얼은 이불을 꼭 덮고 책을 읽고 있어. 10분 후에 불을 끌 거야." 숀이 말했다.

"잘했네."

내가 팬에 눌어붙은 파스타 파편을 거칠게 문질러 닦아내는 사이, 긴 침묵이 감돌았다. 온 힘을 끌어모아 숀에게 분노를 퍼붓고, 몰아붙이고, 욕을 하고 싶었다.

왜 이지니? 나한테 없는 뭐가 이지에게 있기에? 도대체 무슨 생각이니?

어떻게 나한테 이럴 수 있니? 아이들한테 어떻게 이럴 수 있냐고?

그것도 내 가장 친한 친구 중 한 명이랑?

숀이 프라이팬을 제자리에 집어넣고 선반에서 새로 하나를 조심스레 꺼내 들었다.

"케이트, 당신 괜찮은 거야?"

"신경이 쓰이긴 하니?"

잠깐의 침묵.

"그럼. 당연히 신경 쓰이지." 숀이 부드럽게 대답했다.

"나는 괜찮아."

숀이 시선을 거두었다.

"미안해." 나직한 목소리였다.

나는 팬을 문지르는 동작을 멈췄다.

"뭐가?"

"말다툼한 거."

나는 싱크대 속 세제 거품이 일고 있는 물을 가만히 보았다.

숀에게 말해. 다 안다고 말해. 이 자리에서 그에게 따져 물어.

"또 뭐가 미안한데?"

"자, 어디 보자. 시간 많지?" 유쾌한 척 꾸며낸 목소리였다.

고개를 돌려 흘끗 보니 그가 애써 끌어 올린 입꼬리가 서서히 처지고 있었다.

"이럴래? 농담이 나오니?"

그의 미소는 이제 완전히 자취를 감추었다.

"미안해, 케이트. 미안해."

마지막으로 남은 냄비 몇 개를 싱크대에 던져 넣었다. 물이 옆으로, 내 발 위로 첨벙 튀었다. 아까보다 훨씬 더 세차게 냄비를 문질러댔다.

"그나저나, 당신 휴대전화는 어떻게 됐어?"

옆자리에 선 숀이 덫을 감지하기라도 한 듯 자세를 바꾸었다.

"완전히 망가졌지. 켜지지도 않아."

"거참 안 됐네, 안 그래? 휴대전화 없이 어떻게 지낼 셈이야?"

창문이 드리운 어두운 그림자 속에서 숀의 두 눈이 휙 움직여 나와 눈을 맞추었고, 이내 다른 곳을 보았다.

"괜찮아."

"그래도 메시지는 계속 받아보고 있지? 다 확인하고 있지?" 비꼬는 말투를 숨길 수가 없었다.

"그건 어렵지 않아. 영국에 돌아가서 정리하면 돼." 숀이 조용히 말했다.

설거지를 마친 나는 싱크대에서 물을 빼내고 손을 말렸다.

숀이 반 걸음 더 내게 다가와 나를 안을 듯 손을 뻗었지만, 나는 고개를 저었다.

"하지 마. 시도조차 하지 마." 목소리에 경고를 담았다.

"케이트, 나는……."

"당신이 뭐?"

숀이 머뭇거렸다. 말의 무게를 재는 듯했다. "내 거짓말 실력은 늘 형편없었다는 거, 당신도 알지."

"최근에는 실력이 많이 는 것 같던데."

"그렇지 않아."

나는 가슴 앞으로 단단히 팔짱을 꼈다. "그냥 나한테 말하는 게 어때?"

숀은 무언가를 말할 듯하다가, 이내 생각이 바뀌었는지 두 눈을 바닥에 떨구었다.

"말할 게 없어."

"거짓말! 왜 나한테 그냥 말하지 못하는 건데? 그게 너무 싫어. **싫다고!**" 의도한 것보다 언성을 높이고 말았다.

숀이 내 눈물을 보기 전에, 뭐라 다른 말을 하기 전에 주방에서 뛰쳐나왔다. 그의 주변에 있는 것만으로도, 그와 대화를 나눠야 하는 것만으로도 고통스러웠다. 나는 위층 우리 침실로 올라가 침대에 걸터앉았다. 에어컨 바람이 시원했다. 티슈로 눈물을 닦으며, 심장 박동이 잠잠해질 때까지 앉아 있었다.

특별한 종류의 고문이었다. 숀은 왜 그냥 털어놓지 않는 걸까? 속 시원하게 알려주지 않는 걸까? 내가 미쳐가고 있는 걸까? 이성을 잃어가고 있는 걸까? 그럴 리가. 내게는 증거가 있었다. 내가 보고 들었다. 그가 아무리 애쓴들 부인할 수도, 해명할 수도 없는 증거였다. 머리가 지끈거렸다. 침대 옆 서랍을 열어 책과 충전기와 여권을 한쪽으로 밀고 뒤쪽으로 손을 뻗어 파라세타몰[35]을 찾았다. 나는 늘 약을 서랍 안쪽 깊숙한 곳에 보관했다. 혹시나 아이들이…….

찾았다. 파라세타몰 한 상자가 손에 잡혔다. 그런데 무언가가 잘못됐다. 제자리에 있지 않았다. 아니, 정확히 말하자면 없었다. 이틀 전에 여기 넣어둔 물건이 사라졌다.

숀과 제니퍼가 찍힌 캠코더 테이프가 사라졌다.

35) 해열진통제의 일종.

56

서랍 속 물건을 이리저리 옮겨 가며 다시 확인했다. 역시나 없었다. 누군가가 테이프를 옮겼다, 가져갔다. 숀인가? 침실 문을 밀어 닫은 다음 침대를 빙 둘러 가서 그가 눕는 쪽 서랍을 빠르게 살폈다. 그의 여행가방 안주머니도, 티셔츠와 반바지를 깔끔히 포개어 놓은 서랍장도. 하지만 미니 DV 테이프는 없었다. 사라져버렸다.

아래 수영장에서 깔깔대는 웃음소리가 여기 침실까지 들려왔다. 이곳에 영원히 숨을 수는 없었다. 거울 속 얼굴을 빠르게 살핀 다음 심호흡을 하고 복도로 난 문을 열었다. 대니얼의 방문이 살짝 열려 있었다. 나는 들릴 듯 말 듯 노크를 하고 문을 밀어 열었다.

아이는 옆으로 웅크리고 누워 『해리 포터』에 푹 빠져 있었다.

"불을 끄려던 참이었어요." 대니얼이 책을 내려놓고 안경을 벗었다.

"원한다면 10분 더 읽어도 좋아."

"괜찮아요. 졸려요, 어차피."

나는 침대 가장자리에 걸터앉아 대니얼의 이마에 내려온 머리칼을 쓸어 넘겨주었다.

"괜찮아? 아까 그런 일도 있었는데. 할퀴고 긁힌 데가 아프지는 않니?"

나는 두 팔을 뻗어 대니얼을 감싸 안았다. 내게 닿는 대니얼의 작은 가슴이 따뜻했고, 어린아이 냄새가 달콤했다. 내게 두른 대니얼의 가는 팔에 힘이 들어갔다. 앞으로 얼마나 더 오래 대니얼을 안을 수 있을까. 아들이 남의 시선이 창피하다며 더는 안지 못하게 할 때까지 시간이 얼마나 남았을지 문득 궁금했다. 숀과 나 사이의 일로 대니얼이 나를 원망하면 어쩌나 하는 데까지 생각이 미치자, 눈 뒤로 뜨거운 눈물이 차올랐다.

울지 마. 대니얼이 속상해할 거야.

"엄마, 괜찮아요?"

"그럼. 왜 안 괜찮겠니?" 나는 마른침을 삼키며 목소리를 떨지 않으려 애썼다.

"아빠도 괜찮아요?"

"응."

"아."

"그건 왜 묻니, 대니얼?"

"몰라요. 이번 주에 아빠가 좀 웃기게 보였거든요." 아이가 내 어깨에 작은 턱을 올린 채 말했다.

"어떻게 웃긴데?"

"그냥 좀 이상해요."

나는 포옹을 풀고 침대 옆 램프에 비친 대니얼의 얼굴을 제대로 보았다. "이지 이모랑 있을 때 웃겼어?"

"글쎄요, 아빠가 제이크 형을 안 좋아하는 것 같아요." 대니얼이 어깨를 으쓱했다.

"왜?"

"우리가 탐험을 가서 뭘 했냐고 계속 물어봐요. 내키지 않으면 형들이랑 놀지 않아도 된다는 말도 했고요."

"아빠는 단지 네가 안전하기를 바랄 뿐이야. 제이크 형은 좀 저돌적이잖아, 안 그래?"

"흐음. 우리 내일은 뭐 해요?" 대니얼이 하품을 했고 나는 아들 이마에 입을 맞춰주었다.

"좋은 거. 잘 자, 대니얼. 사랑해."

루시는 방에 없었다. 충전기에 꽂힌 휴대전화만 보였다. 영국에서 친구들이 끊임없이 소식을 전해 오면서, 어둠 속 휴대전화가 쉴 새 없이 깜박거리고 있었다. 저녁 식사를 하는 도중에 배터리가 완전히 나갔을 때, 나는 남몰래 기뻐했다. 덕분에 잠시나마 휴대전화에 매이지 않은 루시의 얼굴을 보고 대화를 나눌 수 있었다. 루시의 관심을 놓고 그녀의 손에 들린 아이폰과 경쟁한다는, 그리고 매번 지고 만다는 열패감을 계속 느끼지 않을 수 있었다.

주방에 돌아와 와인 잔을 다시 채운 다음 돌계단을 내려가 수영장으로 향했다. 저녁 공기는 여전히 뜨거웠고 견딜 수 없을 만큼 습했다. 일광욕 의자에 드러누운 러스가 보였다. 늘어뜨린 손가락 사이로 담뱃재가 5센티미터 남짓 타들어가고 있었다. 그 옆에 숀이 맥주를 들고 앉아 있었다. 탁자에는 선글라스와 과자 그릇, 빈 맥주병과 와인 병, 반쯤 남은 데킬라 병이 흐트러져 있었다. 숀이 내 쪽으로 고개를 돌려 나를 보려 하는 모습이 시야 한구석에 들어왔다. 숀은 나와 눈을 맞추려 애썼다.

나는 와인을 홀짝이며 시선을 계속 수영장에 두었다. 루시와 로언, 거기에 앨리스터와 제이크, 이선까지, 양 끝에 걸린 작은 그물망을 향해 비치발리볼을 던지고 있었다. 물 밑에는 벽면마다 조명이 깊숙이 박혀 있어, 밤이 드리운 어둠 속에 천상의 빛을 아른아른 비추고 있었다. 물이 티 없이 맑은 덕분인지 수영장 바닥에 돌고래 세 마리를 이루고 있는 모자이크 타일이 한층 밝고 다채로워 보였다.

"케이트, 들어올래요? 수구를 하려면 여섯 번째 선수가 필요해요." 앨리스터가 나를 보며 손짓했다. 작은 물방울이 송송이 맺힌 턱수염이 반짝이고 있었다.

"오늘 밤은 됐어요. 다음에 할게요." 나는 최대한 유쾌하게 말했다.

"거참 아쉽네요. 그러면 숀은 어때요?" 앨리스터는 과장스럽게 씩 웃었다.

남편도 고개를 저었다.

"맥주를 너무 많이 마신 것 같아요. 가라앉고 말걸요."

"말도 안 되는 소리. 저녁 식사 후 잠깐의 수영이야말로 딱 의사들이 권장하는 겁니다, 활기 북돋워주지, 원기 회복시켜주지." 앨리스터가 소리쳤다. 알코올이 들어가서 그런지 유쾌한 목소리였다.

"고맙지만, 나는 그냥 구경할게요."

"지중해의 열기를 식히는 완벽한 요법이기도 한데요."

숀은 고개를 젓고 일광욕 의자에 몸을 기댔다.

"친구, 그 말 믿을게요."

루시가 손바닥으로 수면을 철썩 내리쳐 숀에게 물을 튀겼다.

"그러지 말고요, 아빠. 우리 팀에 아빠가 필요하다고요."

"글쎄다……."

"제에에에바알요? 수영복도 이미 입고 있잖아요."

숀은 한숨을 내쉰 다음 맥주를 길게 한 모금 마시고 수영장 옆에 내려놓았다. 머리 위로 셔츠를 당겨 벗은 다음, 발을 차서 플립플롭을 벗더니 비틀비틀 걸어 수영장에 첨벙 들어가며 사방으로 물을 튀겼다.

"훌륭해. 게임 시작!" 앨리스터가 머리 위로 공을 올렸다.

57

나는 일광욕 의자에 몸을 기대고 앉아 인피니티풀의 반짝이는 물속에서 우리 일행이 첨벙거리고 뛰어놀며 웃는 모습을 지켜보았다. 공이 앞뒤로 왔다 갔다 하고 있었다. 모두가 세상에 근심거리 하나 없는 듯 보였다. 그저 저녁 수영일 뿐이었다. 넌더리가 나는 더위로부터 벗어나, 술을 마시다 기분을 전환할 겸 물에 뛰어들었을 뿐이었다. 숀은 수심이 깊은 지점에 서서 나와 눈을 맞추고 미소를 보내려 했다. 우리가 처음 만났을 때 내 가슴을 요동치게 했던, 바로 그 미소였다. 마치 우리 둘만 아는 농담을 주고받는 것처럼 느끼게 하는, 매력적이고 반짝이는 미소였다. 다른 누구도 들어올 수 없는 비밀 모임을 결성한 듯했다.

하지만 더는 아니었다. 이제 숀이 미소를 지으면, 내 가슴은

쿵 내려앉을 뿐이었다. 너무도 깊고 어두운 곳까지 내려가버려 바닥이 어디인지 보이지도 않는 기분이었다. 30분 전 주방에서, 숀이 내게 고백하기 직전까지 갔다는 사실만은 확신할 수 있었다. 다 털어놓으려다, 막판에 발을 뺀 것이다. 도대체 왜? 왜 시간을 낭비하지? 왜 해치워버리지 않고? 어쩌면 숀은 우리가 집을 떠나 있는 동안은, 친구들이 다 보는 앞에서는 말하고 싶지 않은지도 몰랐다. 그렇다. 숀은 홈그라운드로, 익숙한 터전으로 돌아가기를 기다리고 있는 것이다.

숀의 말이 머릿속을 울렸다.

미안해.

숀이 여기 내 앞에, 우리 딸과 함께 수영장에 있다는 사실은 최소한 그가 그녀와, 이지와 있을 수 없음을 의미했다. 문득 두 사람의 계획이 무엇인지, 앞으로 어떻게 할 참인지 궁금했다. 나는 그저 기다려야 하는 걸까? 숀이 내게 말하기로 결심할 때까지? 두 사람의 비밀 메시지를 더 발견할 때까지? 두 사람이 현장에서 발각되기까지? 이제 내 결혼생활은 끝났다는 말을 듣기까지 그저 앉아서 기다려야만 하는 걸까?

아니다. 그런 일은 일어나지 않을 것이다. 숀이 고백할 용기를 내지 못한다면, 내가 결정을 재촉할 것이다. 이지와 대면해 인정하도록, 공개적으로 다 털어놓도록 할 것이다. 오늘 밤, 이지가 돌아오면. 이지가 지금 무슨 꿍꿍이속이건 간에.

내 마음과 상관없이 수구 게임은 계속 진행되었다. 숀과 루시, 로언이 한편이었고 앨리스터와 그의 두 아들이 상대편이었다. 숀과 앨리스터가 수영장 양 끝의 골문을 담당했고 로언과 세 명의 10대가 공을 막고, 피하고, 사이사이 보이는 공간에 슛을 던졌다. 숀은 경기에 집중하지 못했다. 두 눈은 여전히 나를 찾아 헤매고 있었지만, 나는 그가 원하는 대로 눈을 맞춰줄 생각이 없었다. 내 눈은 루시에게 고정되어 있었다. 금빛 머리칼을 물속에 펼쳐놓은 채 헤엄치고 다이빙하고 회전하는 루시는 마치 아름다운 인어 같았다. 내 딸, 루시. 제이크와 이선이 두고 간 휴대전화가 탁자에서 알림과 함께 핑 소리와 삐 소리를 거의 끊임없이 내고 있었다. 끊임없이 이어지는 소셜 미디어 업데이트는 10대를 기준으로 보아도 과도하게 잦은 듯했다. 그래도 루시가, 여기 세 아이 모두가 휴대전화와 관련 없는 무언가에 열중하는 모습을 보니 참 좋았다. 끝없이 사진을 올리고 상태를 공유하며 친구들과 비교하고, 뭐라도 놓치지 않을까 하는 무언의 두려움 때문에 매일같이 연결되어 있어야 하는 상황에서 벗어나니 참 좋았다.

***

미묘했다, 처음에는.

너무도 미묘해서 알아차리지 못할 뻔했다.

하지만 공이 앞뒤로 던져지고 선수들이 첨벙거리며 깔깔 웃는 사이, 불안감이 두 팔을 타고 스멀스멀 올라오기 시작했다. 득점할 때마다, 슛을 막을 때마다, 중앙에 있는 특정 선수들, 정확히 말하자면 루시와 제이크, 이선 사이의 거리가 점점 더 좁혀졌다. 그렇게 조금씩 가까워지더니 어느새 세 사람 사이의 간격은 1미터도 채 되지 않았다. 형제는 점점 더 물속 깊은 곳으로, 루시가 있는 지점으로 이동했다.

지켜보는 나의 목덜미가 불안감으로 오싹했다. 루시가 공을 잡았고, 높이 들어 골문에 던지려 했다. 이선이 루시를 향해 물을 헤치며 나아가, 그녀에게서 공을 빼앗으려 두 팔을 높이 들고 몸을 앞으로 던졌다. 루시에게 달려들며 자신의 몸을 밀어붙여 이제 두 사람 사이에는 공간이 없었다. 두 얼굴 사이의 거리는 불과 몇 센티미터로 팔이 닿고, 손이 닿고, 가슴과 가슴, 피부와 피부, 코와 코가 맞닿았다. 몸을 완전히 접촉한 태클로 밀어붙이고 손을 뻗으며 붙잡는 이선의 어깨와 팔은 루시의 가녀린 체형을 압도하고 있었다. 결국 이선이 공을 낚아채 들어 올리는 순간, 나는 알았다. 그냥 알았다. 이선이 그 무엇보다 원하는 건, 자신이 방금 그러했듯 루시도 똑같이 덤벼들어 공을 빼앗으려 허우적대는 일이라는 것을.

이선의 바람과 달리, 제이크가 동생에게 달려들어 공을 빼앗아 옆에 던져버리고는 동생의 가슴을 떠밀었다. 루시에게서 동생을 떼어놓았다.

제이크가 화를 내며 소리쳤다. "도대체 뭐야, 이선? 이건 빌어먹을 럭비 라인아웃[36]이 아니라고, 알아들어? 몸을 완전히 접촉하면 안 되는 거라고."

"형, 진정해. 그냥 게임일 뿐이야, 안 그래?" 이선이 형의 얼굴에 물을 튀겼다.

앨리스터가 형제를 떼어놓으려 물을 헤치며 앞으로 나아가다가, 생각을 바꾼 듯 보였다. 그는 공을 향해 손을 뻗고는 자신이 지키던 골대로 다시 몸을 옮겼다.

나는 앉은 자리에서 몸을 일으켰다. 가슴속에서 분노가 뜨겁게 일고 있었다. 딸을 보호하려는 어머니의 본능과 10대 아이에게 망신을 주는 일을 피하려는 부모의 본능 사이에서 어찌하면 좋을지 몰라 괴로웠다. 그때 루시가 수면 아래로 다이빙하더니 1미터 남짓 떨어진 지점에서 내게 등을 보인 채 나왔다. 얼굴에 붙은 머리칼을 떼어내고 두 손을 들어 게임을 계속하려 했다.

어쩌면 내 상상인지도 몰랐다. 루시는 아무렇지 않아 보였고, 내가 내지르려던 소리는 목구멍에서 사라졌다.

루시를 창피하게 하지 마. 또다시 소란을 피우지 마. 이번 주에 이미 충분히 소란을 피웠잖아.

숀은 수영장 가장자리에서 맥주를 한 모금 길게 들이켜고 있었고 아무것도 알아채지 못한 듯했다.

게임은 계속되었다. 루시가 골문을 향하던 공을 가로채 멀리 던지려 팔을 뒤로 빼는데, 이선이 즉시 루시에게 접근했다. 또다시 물을 헤치며 달려드는 모양새가 이미 공은 안중에도 없어 보였다. 두 손을 들어 올린 채, 아까보다 훨씬 더 거칠게 루

36) 공이 경기장 구획 밖으로 나갔을 때 경기를 재개하는 방법. 양 팀 선수들이 두 줄로 늘어서서 공을 서로 다툰다.

시에게 덤벼들었다. 밀어붙이고, 손을 뻗어 루시의 손을 잡아당기고, 루시의 얼굴에 자신의 얼굴을 들이댔다. 이번에는 루시도 쉽게 굴복하지 않고 몸을 돌려 그를 피했다. 그러자 이선은 온몸을 던져 루시와 공을 두고 씨름했고, 깔깔 웃으며 두 손을 그녀의 어깨에 올리고 등에 거의 올라탔다가, 루시를 한 바퀴 돌려 자신을 마주하게 했다. 허우적거리고 몸부림치는 와중에 물이 사방으로 튀면서 한바탕 아수라장이 펼쳐졌다. 그때 제이크가 이선을 떼어내 주먹을 쳐들며 싸울 자세를 취했다. 앨리스터가 다이빙해 와서 두 팔을 뻗어 형제를 떼어놓으려는데, 이선이 손을 피했고…….

앨리스터의 두 손이 정확히 루시의 가슴에 내려앉았다.

놀란 루시의 날카로운 비명.

분노한 숀의 고함.

루시는 다시 수면 아래로 다이빙하더니 세게 발을 굴러 수심 깊은 곳으로 옮겨 가, 숀 옆에서 수면 위로 올라왔다. 숨을 헐떡이는 루시의 한쪽 비키니 끈이 어깨에 느슨하게 걸쳐져 있었다. 팔뚝에는 손가락 자국이 검붉었다. 얼굴은 충격으로 얼어붙은 듯했고, 가쁜 숨에 가슴을 들썩거리며 수영장 벽을 움켜잡았다.

숀이 루시에게 조용히 짧게 무어라 말했다. 그녀의 팔꿈치를 부드럽게 감싸 쥔 채였다. 루시는 비키니 끈을 다시 올리고 숀에게 무어라 말했다. 고개를 숙인 그녀가 밖으로 올라와 어깨에 수건을 두르고 가슴 앞으로 단단히 끌어당겼다.

나는 서둘러 루시에게 다가가 두 손을 어깨에 올렸다. 루시는 떨고 있었고 나를 보려 들지 않았다. 우리 둘 다 떨고 있었다.

"루시, 괜찮니?"

"괜찮아요."

"네 방에 올라가 있는 게 어때? 엄마도 금방 갈게."

루시가 고개를 끄덕였고 빠르게 계단으로 가서 발코니에 올랐다. 여전히 고개를 숙인 채였다. 숀은 물을 헤치며 수영장 중앙으로 향하고 있었다. 얼굴이 분노로 어두웠다.

숀은 상황을 나와는 다르게 본 게 분명했다.

"빌어먹을, 당신 도대체 뭐 하는 거야?" 숀이 앨리스터에게 말했다.

공을 회수해 빈 골대에 던지는 앨리스터의 얼굴은 무고함을 주장하고 있었다.

"뭐라고요?"

"내 딸한테 손을 대? 도대체 뭐 하자는 건데?"

"아무도 누구에게도 손대지 않았어요. 수구는 언제나 약간의 난투를 수반하기 마련이죠." 감정이 실리지 않은 목소리였다.

"**난투**?" 되묻는 숀의 목소리에는 내가 지금껏 한두 번밖에 경험하지 못한 날카로움이 서려 있었다. 리머릭 억양이 강하게 실린 목소리로 악을 쓰다시피 물었다. "지금 웃는 거야?"

"숀, 취했네요."

"당신은 망할 변태 자식이고."

앨리스터가 몸을 돌려 수심이 얕은 지점의 계단을 향해 나아갔다. "그 말은 안 들은 걸로 하죠." 그러고는 제이크와 이선에게 고개를 돌렸다. "가자, 게임 끝이다. 나갈 시간이야."

"이봐! 내 말 안 끝났어!" 숀이 앨리스터를 뒤쫓았다.

앨리스터는 숀을 무시한 채 물을 뚝뚝 흘리며 계단을 오르고는 수영장에서 나와 수건을 집어 들었다. 뒤따라온 숀이 그의 어깨를 움켜잡고 돌려세웠다.

"말했잖아. 아직 안 끝났다고. 루시는 이제 겨우 열여섯이라는 거 알지? 그러니까 당신이 뭐가 되는지도 알지?"

숀의 목과 두 팔에 힘줄이 섰다. 분노로 붉게 물든 얼굴로 단단히 주먹을 틀어쥐었다. 숀은 앨리스터보다 키가 크고 어깨가 벌어졌으며 체격이 훨씬 좋았다. 나는 수영장 가장자리를 따라 두 사람에게 달려갔다. 무슨 일이 벌어질까 봐 두려웠다.

"숀, 당신이 오해한……." 내가 말했다.

"내가 봤어. 루시한테 손대는 거."

수건으로 몸을 말리던 앨리스터가 고개를 살짝 옆으로 기울이고는 숀에게 걱정 어린 미소를 지어 보였다. 상담할 때 나오는 얼굴이라고 제니퍼가 말해준 적이 있다.

"내가 손을 댔다고는 할 수 없을 것 같은데요, 숀."

"닥쳐! 내 두 눈으로 똑똑히 봤어."

이선이 수영장에서 올라왔고 제이크도 뒤를 따랐다. 두 아이 모두 실제로 주먹질이 오갈 수도 있겠다 싶었는지, 앨리스터에게서 눈을 떼지 않았다.

나는 앨리스터가 난감한 상황에 놓였음을 알 수 있었다. 그가 뭐라고 말한단 말인가? 숀, 당신 딸의 가슴을 움켜쥔 건 내가 아니었어요. 내 아들이었죠. 나는 또 다른 내 아들이 동생을 때려눕히려는 걸 막으려 했을 뿐이에요, 알아들어요?

나는 한 손을 남편의 팔에 가져다 댔다.

"숀?"

숀은 내 말이 들리지 않는 듯했다. 자신보다 작은 남자의 가슴을 검지로 한 번, 두 번 찌를 따름이었다.

"개소리하지 마."

앨리스터가 숀의 손가락을 내려다보았다.

"이건…… 엄밀히 따지면 날 공격하는 겁니다." 앨리스터의 목소리가 살짝 떨리고 있었다.

"말해두지. 다시 한번 내 딸한테 손만 대봐. 공격이 뭔지 보여줄 테니. 빌어먹을 네 머리통을 정확히 날려줄게. 어때?"

러스가 자리에서 일어나 두 남자 사이에서 두 팔을 벌려 그들을 살짝 떨어뜨려놓았다.

"우리 친구들. 모두 뒤로 물러나서 잠깐 한숨 돌립시다. 어때요?" 러스는 술기운이 도는지 느릿느릿한 목소리였다.

숀은 꿈쩍도 하지 않았다. 분노로 단단히 다져진 183센티미터짜리 벽이었다.

"경고하는데, 루시한테 가까이 가지 마." 숀이 손가락으로 앨리스터를 찌르며 말했다.

러스가 양손을 두 남자의 어깨에 올리며 말했다.

"친구들, 우리 휴가 온 거 아닙니까, 즐겁게 옛 추억을 나누러 왔잖아요. 말다툼하지 맙시다." 그러고는 혼잣말에 가깝게 덧붙였다. "이것도 재미있는 구경거리이긴 합니다만."

앨리스터가 뒤를 돌아 안경을 썼다.

"가자, 애들아. 이제 별장에 가야겠다."

어느새 또다시 휴대전화에 푹 빠진 제이크와 이선은 앨리스터의 말을 듣지 못한 듯했다.

58
러스

러스는 손에 책을 들고 있었지만 사실 그럴 필요가 없었다. 『간식을 먹으러 온 호랑이』는 정말 많이 읽어서 단어 하나하나까지 다 외우고 있을 정도였다. 러스는 아마 오데트도 마찬가지일 것이라고 생각했는데, 오데트는 이제야 고개를 꾸벅꾸벅하기 시작했다. 오늘 밤에만 세 번째로 책을 읽어주고 나서야 잠에 굴복할 기미를 보인 것이다. 러스가 침대 옆 바닥에 앉아 책장을 넘기는 사이, 딸이 눈을 깜빡거리는 간격은 점점 더 길어지고 있었다.

"……호랑이는 불 위에서 요리하던 저녁밥도 몽땅 다 먹었어요. 냉장고 속 음식도 몽땅 다, 찬장 안 과자와 통조림도 몽땅 다……." 러스가 천천히 읽어나갔다.

오데트의 눈이 거의 감겼다.

러스가 잠시 책 읽기를 중단했다. 그 즉시 오데트가 눈을 다시 반쯤 뜨고 깜박였다. 마치 **아빠, 마저 다 읽어요**라고 말하는 듯이.

러스는 미소를 짓고 책을 다시 읽어나갔다. 낮고 부드러운 목소리를 유지했다.

책을 다 읽은 러스는 잠시 그대로 앉아 딸이 숨을 들이쉬고 내쉬는 모습을 지켜보았다. 살짝 취기가 가시는 기분이었다. 익숙한 죄책감도 다시금 고개를 쳐들었다. 하루 중 지금 이 순간이 **좋았으니까**, 오데트가 잠이 드는 순간이 **좋았으니까**. 딸이 깨어 있는 순간을 더 좋아해야 하지 않을까? 왜 낮 동안에 딸과 더 잘 지내지 못하는 걸까? 왜 인내심을 더 발휘하지 못하는 걸까? 왜 외동딸과 보내는 귀중한 시간을 최대한 즐기지 못하는 걸까?

러스는 늘 그랬듯이 내일은 더 잘하기로 다짐했다.

오데트의 이마에 부드럽게 입을 맞추고 천천히 방을 나오며 불의 밝기를 낮추었다.

아래층에 내려와 주방에서 크로넨버그 한 병을 새로 꺼내고 대용량 토르티야 칩을 그릇에 쏟아부은 다음 발코니로 향했다.

"러스?"

목소리가 들리는 쪽으로 고개를 돌려 눈을 가늘게 뜨고 거실 저쪽 끝 어두운 형체를 보았다. 앨리스터였다. 커다란 안락의자에 홀로 웅크리고 앉아 있었다.

"아, 앨리스터."

"잠깐 시간 돼요?"

"물론이죠. 무슨 일이에요?" 러스가 앨리스터에게 다가갔다.

"아까 일 말이에요. 개입해줘서 고맙단 말을 하고 싶었어요."

"아, 그거요? 별말씀을요. 아무 일도 아닌걸요." 러스는 어깨를 으쓱해 보였다.

앨리스터는 거의 바닥을 보이는 와인 잔의 테두리를 훑으며 원을 그렸다.

"그래도 고마워요." 앨리스터는 한층 더 부드러운 목소리로 덧붙였다. "러스가 나서주지 않았더라면 과연 무슨 봉변을 당했을지 모르겠네요."

러스는 잠시 앨리스터를 살피며, 자신보다 나이가 많은 이 남자의 목소리가 살짝 떨리고 있음을 느꼈다.

"공연한 법석이었죠." 러스가 씩 웃어 보이며 흘끗 뒤를 살펴 아무도 없음을 확인했다. "저기…… 앨리스터, 괜찮아요?"

"아, 그럼요, 물론이죠. 아주 좋아요. 이보다 더 좋을 수 없죠."

러스는 탁자에 놓인 와인 병을 집어 들어 말없이 앨리스터의 잔을 가득 채워주었다.

"고마워요. 알다시피 숀이 오해한 거예요. 수영장에서 말이에요. 나는 그런 짓을……."

"알아요. 내가 봤어요. 이선은 그저……." 러스는 적당한 말을 찾으려 머리를 쥐어짰다. "그러니까 이선은 좀 배울 필요가 있어요. 성숙해져야죠. 이 문제에 대해서 이선이랑 한번 이야기를 해보시죠. 그 녀석 아직 어리잖아요, 안 그래요?"

앨리스터가 레드와인을 크게 한 모금 마셨다.

"내면에 폭력성이 많아요."

"이선요?"

"숀 말이에요."

"그렇게 생각해요?"

"아까 다 봤잖아요, 안 그래요? 내면에 긴장도가 상당히 높아요. 해소하지 못한 불안감 때문에 폭력을 휘두를 계기만 찾고 있죠."

"그보다는 술과 더위 때문에 모두가 예민해진 탓으로 보이는데요."

"악화 요인일 수는 있겠죠."

"내 말은 우리는 모두 내면에 폭력성이 있다는 겁니다, 안 그래요? 누군가가 발작 버튼을 제대로 누르기만 한다면 말이죠."

앨리스터는 고개를 저었다. "폭력성이 그렇게 수면 가까이 올라와서는 안 돼요. 이번 주 내가 관찰한 바로는, 숀은 위험할 정도로 쉽게 폭발하고 있어요."

러스는 맥주 한 모금을 죽 들이켜 반을 비워내고는 손등으로 입을 닦았다.

"말해봐요. 그렇게 만나는 사람마다 다 분석하나요?"

"직업병이죠. 미안해요."

"그렇다면 날 분석한 결과는 뭔가요?"

"뭐, 정 원한다면……."

러스가 한 손을 들어 앨리스터의 말을 끊었다. "아니요, 방금 내가 한 말은 잊어버려요. 알고 싶지 않네요. 그냥 술이나 더 마시고 저녁을 즐깁시다. 어때요?"

"좋은 계획 같군요."

"발코니로 나갈래요? 다시 여자들과 합류하는 게 낫겠어요."

"그럽시다. 그래야 할 것 같군요." 앨리스터가 마지못해 고개를 끄덕이고는 자리에서 일어났다.

59

고맙게도 숀은 두 남자가 발코니 저편에서 다시 모습을 드러냈을 때 아무 반응을 보이지 않았다. 나는 숀이 두 사람을 의식하고 있음을 알았다. 두 눈이 주방에서 가져온 술과 과자와 함께 자리를 잡는 앨리스터와 러스를 따라가고 있었다. 숀은 긴장했지만, 행동에 들어가지 않았다. 조금 전 대치 상황에 다시 불을 붙일 수 있는 어떤 말도 하지 않았다. 잠시 후 숀은 다시 카드를 섞기 시작했고 로언과 내게 기계적으로 트럼프 카드를 한 패씩 더 나눠주었다.

이번 판에서 내가 탈락할 위기에 처했을 때 제니퍼가 발코니 계단에 나타났다.

"앨리스터, 애들 못 봤어?"

앨리스터는 어깨를 으쓱하며 토르티야 칩을 입에 넣었다.

"아까 보고 못 봤는데. 애들 방은 가봤어?"

"응, 당연히 가봤지." 긴장으로 딱딱히 굳은 목소리였다.

"근처 어디에 있겠지. 아직 9시도 안 됐잖아, 안 그래?"

"9시 30분이거든! 마지막으로 본 게 언젠데?"

"한 시간 30분 전쯤? 수구가 끝나고 둘 다 휴대전화를 좀 하더니 어딘가로 가버렸어." 앨리스터는 토르티야 칩을 하나 더 우적우적 씹었다.

제니퍼가 두 손을 허리춤에 가져다 댔다. "최소한 당신 아들을 걱정하는 척이라도 해봐."

"걱정할 이유가 있나?"

"맙소사, 당신 정말 구제불능이구나?"

내가 자리에서 일어났다. "제니퍼, 애들 찾는 거 도와줄까?"

"아니야." 거의 뇌를 거치지 않고 나온 반응이었다. "아니야, 괜찮아. 이지가 도와주고 있어."

"괜찮은 거지?"

"모르겠어, 케이트. 너희랑 수구를 하고 나서 애들이 좀 이상해 보였거든. 혹시 애들을 보면 내가 올 때까지 여기 있으라고 말해줄래?"

불쑥 들려온 어떤 목소리에 우리의 대화는 중단되었다. 포도밭으로 난 대문에서 들려오는 소리였다.

"여기요! 누가 좀 도와줄래요?"

모두의 시선이 소리가 나는 쪽으로 향했다. 정원 끝에 두 사람이 서로 팔짱을 낀 채 나타났지만 짙은 그늘에 잠겨 있었다. 한 명이 다른 한 명보다 키가 훨씬 더 컸고, 우리를 향해 언덕을 아주 천천히 올라오고 있었다. 제일 먼저 반응을 보인 사람은 제니퍼였다. 두 사람을 향해 휘청휘청 나아가며 물었다.

"제이크? 제이크, 너니?" 목소리가 높아지고 있었다.

두 사람이 정원 가장자리로 빛이 웅덩이를 이룬 지점에 들어섰다. 이지가 제이크의 가는 허리에 팔을 어설프게 두르고 있었다. 세 번째 형체가 (나는 그게 이선임을 알아보았다) 두 사람의 뒤를 따르다 잔디에 벌렁 드러누웠다.

제니퍼가 내달렸고 내가 바로 뒤따랐다.

"제이크? 맙소사, 제이크! 너 괜찮은 거야?" 제니퍼가 소리쳤다.

제이크는 대답 대신 끙 하는 소리를 냈다. 고개가 축 늘어져 좌우로 흔들리고 있었다. 제니퍼와 내가 이지에게서 제이크를 넘겨받아 한 팔씩 잡았다.

"애들은 아래 협곡에 있었어." 이지가 말했다.

"제이크? 말해봐, 어디 아파?" 제니퍼가 다시 아들을 불렀다.

제이크가 다시 신음 소리를 내더니 두 손을 무릎에 대고 발밑 잔디에 요란하게 토했다.

제이크는 상태가 좋지 않았다. 티셔츠 앞면이 짙은 색 얼룩으로 젖어 있었고, 엎지른 와인과 토사물의 악취가 마치 강한 향수를 뿌린 듯 코를 찔렀다. 제니퍼와 내가 제이크를 일광욕 의자에 털썩 앉히자 아이는 또다시 헛구역질을 했다. 입술에는 침이 여러 가닥 길게 늘어졌다. 앨리스터가 슬렁슬렁 다가와 속상함을 담은 미소를 짓고는 장남을 찬찬히 살폈다.

"아이고, 제이크. 과음을 좀 했구나? 그래도 너랑 네 동생이 유익한 교훈을 하나 얻은 거지, 안 그래? 주방에서 물을 좀 가져다주마."

앨리스터는 다시 별장 쪽으로 발걸음을 옮겼다.

제니퍼가 무릎을 꿇고 앉아 두 손을 제이크의 무릎에 댔다. "우리 아들, 엄마한테 말해봐. 무슨 일이니? 어디 다친 거야? 넘어졌니? 머리를 부딪친 건 아니고?"

로언과 나는 혼란스러운 시선을 교환했다. 제니퍼의 아들이 왜 저렇게 몸이 안 좋은지, 왜 잔뜩 토를 해대는지, 그 이유가 내게는 고통스러울 정도로 분명해 보였다. 왜 제니퍼만 다른 결론을 내리는지, 나로서는 이해하기 어려웠다.

제이크가 끙끙거렸다. 덫에 걸린 짐승처럼 목구멍 깊은 곳에서 끌어 올리는 낮은 소리였다. 다시 속을 게워내려는지 배가 꿀렁거렸다. 하지만 나오는 것이라고는 한 줄기 가느다란 담즙뿐이었다. 제니퍼는 움찔하지도 않았다.

"아이고, 제이크. 널 어떻게 하면 좋으니? 저녁에 먹은 게 잘못된 거야?" 제니퍼가 우리를 향해 고개를 돌렸다. "우리가 저녁에 뭘 먹었더라? 파스타랑 닭고기지? 닭고기가 완전히 익지 않은 건가?"

이지가 한숨을 내쉬고 목소리를 냈다. "제니퍼, 닭고기 때문이 아니야. 생시니앙 때문이지. 저 아래 협곡에 애들이랑 빈 와인 병 두 개가 있었어. 보아하니 제이크가 제일 많이 마신 것 같고 말이야."

제니퍼가 이지를 노려보았다. "확실히는 모르는 거잖아, 안 그래?" 목소리를 한층 낮추고 다시 물었다. "제이크, 약은 먹고 있니?"

이번에도 제이크는 답변을 피하고 끙 하는 소리만 냈다.

"아이고, 안쓰러워라. 안쓰러워서 어떡하니." 제니퍼가 아들의 등을 쓸어주었다.

나는 이선을 살피러 갔다. 이선은 몇 미터 떨어진 지점에 누워 있었다. 거친 잔디에 등을 댄 채 팔다리를 쭉 펴고 누워 밤하늘을 응시하고 있었다. 나는 이선 옆에 무릎을 꿇고 앉았다.

"이선, 괜찮니? 너희 아빠가 물을 가져올 거야. 토하고 싶지는 않고?"

이선은 고개를 돌려 냉랭한 눈으로 나를 보았다.

"나는 괜찮아요."

"정말이야?"

"그냥 좀 잘래요."

"얼마나 마신 거니?"

"조금요. 반병쯤?"

"그래?"

"형이 나보다 훨씬 더 많이 마셨어요. 와인을요." 이선은 천천히 눈을 깜박였다.

"보아하니 제이크는 마신 걸 대부분 게워낸 것 같은데."

"흐음." 이선은 코웃음을 치며 다시 머리 위로 지붕을 드리운 별들을 올려다보았다. "형은 내기하는 중이었거든요."

"너희 둘 다 내기를 한 것 같은데." 나는 10대 시절을 떠올렸다. 부모님 집에서 술을 몰래 빼내 와 공원에서 마시고, 낙엽이 굴러가는 것만 봐도 웃음이 터져 배가 아플 때까지, 눈물이 나올 때까지 깔깔대던 그때를. 제이크와 이선은 웃고 있지는 않았던 것 같은데. "무슨 내기를 한 거니?"

이선의 눈이 길고 느리게 한 번, 두 번 깜박였다. 그러고는 내가 알아듣지 못한 무언가를 중얼거렸다.

나는 몸을 가까이 기울였다. "이선, 뭐라고?"

이선이 두 눈을 감았다. "뭐더라? 바스틸[37]의 노래 제목인데?"

무슨 말인지 도통 알아들을 수가 없었다.

"이선, 무슨 노래 말하는 거야?"

말이 천천히, 한 번에 한 음절씩 나왔다.

"인사불성."

나는 제이크를 건너다보았다. 잔디에 누워 미동도 없었다. 제이크가 내기에서 이긴 것으로 보였다. 앞서 오늘 있던 일에 대해, 대니얼을 별장에 혼자 남겨둔 일에 대해 제니퍼가 제이크에게 뭐라고 타일렀는지는 모르지만, 나는 제이크가 가벼운 꾸지람에 극단적인 반응을 보였으리라고 짐작했다. 아니면 수구 경기 때 있던 일과 관련 있을 수도 있었다.

---

37) 2010년 영국 런던에서 결성된 4인조 얼터너티브 록밴드.

"여기 그대로 있어. 곧 너희 아빠가 오실 거야."

이선은 아주 살짝 고개를 끄덕였다. "서두를 것 없어요."

나는 다시 언덕을 올랐다. 제니퍼와 이지, 러스와 촌, 근심에 찬 어른들이 이제 엉망이 된 제이크를 둘러싸고 반원을 이룬 채 서 있었다. 제이크는 옆으로 누워 있었다.

"이선은 제이크만큼 상태가 나쁘지는……." 나는 제이크를 가리켰다. "푹 자고 파라세타몰 두어 정을 먹으면 해결되지 않을 게 없지."

아무도 아무 말도 하지 않았다. 불현듯 이상하게 격앙된 분위기가 느껴졌다. 두 여자 사이에 이상한 긴장이 감돌고 있었다.

제니퍼가 내게 고개를 끄덕이며 경직된 미소를 보내고는 다시 이지에게 관심을 돌렸다.

"그냥, 네가 여기로 돌아오기까지 시간이 너무 오래 걸린 것 같아서. 내 말은 그게 다야."

제니퍼의 목소리에는 노골적인 비난이 담겨 있었다.

이지는 두 손을 허리춤에 대고 얼굴을 찌푸렸다.

"'고마워'라는 말 한마디면 될 텐데."

"고맙다." 제니퍼가 마지못해 내뱉고는 질문을 던졌다. "그런데 그 시간 동안 대체 뭘 한 거니?"

"무슨 말이 하고 싶은 거야? 우리가 뭘 했다고 생각하는데? 우리 세 사람은 협곡에서부터 여기까지 걸어 올라왔어. 너한테 전화해서 알려주려 했는데 휴대전화 신호가 계속 안 잡히더라."

"그래도 걸어서 30분이나 걸릴 거리는 아니잖아."

"제이크 상태를 보고도 그런 말이 나오니? 완전 술이 떡이 됐잖아. 게다가 제이크가 토할 것 같다며 멈춰 설 때마다 자꾸 대화를 하려고 했다고."

제니퍼가 불쑥 고개를 들었다. "대화를? 너랑?"

"그래. 나랑."

"무슨 대화를?"

"온갖 이야기를 다 했어. 대개는 취해서 의식의 흐름대로 나오는 말이었지."

"헛소리만 잔뜩 늘어놓았겠네."

"어느 정도는."

"그런 이야기는 무시하는 편이 가장 좋을 거야."

이지가 제니퍼를 묘한 표정으로 바라보았다. 이지의 눈에 잠시 연민과 걱정, 실망의 빛이 머무는 듯하다가 이내 사라졌다.

"그러는 편이 좋겠지."

숀이 한 손을 이지의 팔에 가져다 댔다. "가장 중요한 사실은, 이지가 애들을 찾았고 이제 여기 있다는 거야, 안 그래? 그게 핵심이야. 이제 애들을 안으로 들이는 게 어때?"

숀이 저리도 태연히, 아무 일도 없었다는 듯이 이지를 만지는 모습을 보니 질투심이 강하게 일었다. 숀은 내 남편인데 질투심을 느끼는 쪽이 나라는 게 말이나 되나? 아니, 지금 이 상황에서 말이 되는 게 있기나 한가? 어쩌면 이 감정은 질투가 아닐 수도 있었다. 어쩌면 분노라고 하는 편이 옳을 수도 있었다. 어쩌면 저리도 발 빠르게 이지를 두둔하고 나설 수 있을까. 이지 편을 들며 스킨십을 할 수 있을까. 내가 여기, 두 사람 옆에 두 눈을 시퍼렇게 뜨고 있는데 말이다. 어쩌면 그리도 뻔뻔하게 티를 팍팍 낼 수 있을까? 시간이 얼마나 걸리든 결국에 내가 알아낼 거란 생각은 안 해 봤을까?

앨리스터가 500밀리리터 잔 두 개에 물을 가득 채워 나타났다.

"여기." 앨리스터가 제니퍼에게 잔을 건네고는 경쾌하게 말했다. "자, 이제 환자를 실내로 옮기는 걸 누가 도와줄 텐가요?"

러스가 한 손을 들고 새 담배에 불을 붙였다.

"나는 안 되겠어요. 이제 막 똥 기저귀를 뗐는데, 구토물 범벅이 된 10대 애들은 아직 감당 못 하겠네요."

앨리스터가 내 남편을 돌아봤다. 마치 오늘 저녁 둘 사이에 아무 일도 없었다는 듯한 태도였다.

"숀은 어때요? 도와줄 수 있어요?"

숀이 앨리스터를 노려보았다. 얼굴에는 여전히 분노가 아로새겨져 있었다.

"그래요, 갑시다, 그럼." 끙 하고 앓는 소리였다.

두 남자는 제이크를 한 팔씩 잡아 떠받쳐서 조심히 일으켜 세운 다음 별장으로 데려갔다.

60
대니얼

대니얼은 잠을 이루지 못했다. 아빠가 알려준 방법을 모두 써봐도, 1000부터 숫자를 거꾸로 세어보고, 크리스마스 때 받고 싶은 선물 목록을 만들어보고, 레딩에 계신 할아버지 집까지 고속도로를 타고 가는 여정을 상상해봐도 아무 소용이 없었다. 우선 너무 시끄러웠다. 어른들이 와인을 마실 때면 으레 그렇듯이, 정말 시끄럽고 길고 지루한 그런 대화를 나누고 깔깔 웃어대는 어수선한 목소리가 들려왔다. 소리를 질러대는 어른도 있었다.

대니얼은 다리를 휙 돌려 침대에서 내려왔고, 서랍장에서 무언가를 꺼내 터벅터벅 문으로 향했다. 타일이 깔린 바닥이 맨발바닥에 닿아 시원했다.

복도는 어두웠다. 계단 근처 작은 야간 등만이 빛을 내고 있었다. 대니얼은 복도를 가로질러 문 두 개를 지나며 누나의 방문이 조금이라도 열려 있기를 바랐다. 하지만 닫혀 있었다. 대니얼은 걸음을 멈추어 매끄러운 나무에 귀를 붙이고 들었다. 아무 소리도 나지 않았다.

제발 잠겨 있지 않기를.

대니얼이 더 작았을 때 나쁜 꿈을 꾸었는데, 엄마와 아빠는 아직 잠자리에 들지 않았을 때면 가끔 이렇게 하곤 했다. 살금살금 층계참을 지나 누나 침대에 올라가면, 누나는 우스운 이야기를 지어내 대니얼이 나쁜 꿈을 잊고 다시 잠을 청할 수 있도록 해주었다. 다음 날 아침 눈을 떠보면 언제나 다시 자신의 침대 위였고, 마치 마법에 걸렸다 깨어난 기분이었다. 하지만 그것도 다 옛날이야기였다. 누나는 키가 크기 시작한 후로 대니얼을 재워주지 않았다. 방문을 걸어 잠그기 시작한 것도 그때부터였다. 언젠가부터 집에서 누나의 침실에 들어가는 일조차 허락되지 않았다. 침실에 들어가면 누나는 정말 제대로 화를 냈다. 하지만 이곳은 집이 아니니까, 어쩌면 누나도 개의치 않을지 몰랐다.

대니얼이 누나 방의 문손잡이를 밀어 내리자, 부드러운 딸깍 소리와 함께 문이 열렸다.

대니얼은 한 손을 등 뒤에 둔 채 문간에 섰다. 별장 이쪽은 수영장과 거리가 있어서 한결 조용했다. 방은 어두웠고 휴대전화 화면의 은은한 불빛만이 유일하게 빛을 내고 있었다.

"루시 누나?" 대니얼이 속삭였다.

대답이 없었다. 두 눈이 희미한 빛에 적응하면서, 문 쪽으로 등을 보이고 대형 더블베드에 누운 누나의 윤곽을 알아보았다. 늘 그렇듯 누나는 휴대전화에 코를 박고 있었다.

"루시 누나?" 다시 불러보았다.

누나가 몸을 살짝 움직이자 옆얼굴이 보였다. 휴대전화의 희미한 빛이 얼굴을 밝히고 있었다.

"뭔데?" 날카로운 목소리였다.

"자?"

"보다시피 안 자."

"아래층에서 어른들이 소리를 질러대서 못 자겠어."

"어떻게 해줄까, 대니얼?"

대니얼이 누나의 침대를 향해 발걸음을 옮겼다.

"안 된다고 할 줄 알았어."

"내 방에 들어와도 된다고 했니?"

대니얼이 멈춰 섰다.

"누나한테 줄 게 있어. 아까 주고 싶었는데 누나가 좀…… 바빴잖아."

누나가 한숨을 쉬었다.

"뭔데?"

대니얼이 다가가 침대 옆에 섰다.

"저번에 아빠 카메라로 누나 영상 찍은 거, 미안해. 누나를 그렇게 속상하게 하려던 건 아니었어." 과장된 동작으로 등 뒤에서 손을 빼내 딸기 맛 봉봉 한 봉지를 내밀었다. "이거 사 왔어.

사과하려고."

"아."

대니얼은 사탕 봉지를 든 채 그대로 서 있었다. 누나가 손을 뻗어 받기까지 꽤 오랜 시간을 그렇게 있었던 것 같다. 대니얼은 미소를 짓고 두 손을 잠옷 바지 주머니에 넣었다. 이번 휴가에 받은 용돈의 반이 날아갔지만, 그래도 노력을 했다는 사실에 뿌듯함을 느꼈다.

그때 웃긴 일이 벌어졌다.

아주 부드럽게, 아주 조용히, 누나가 울기 시작했다.

대니얼은 어둠 속에서 얼굴을 찌푸렸다. 이런 걸 원한 게 아닌데. 누나가 기뻐해야 하는데.

"그 사탕 싫어해? 좋아한다고 생각했는데. 누나는 늘 딸기 맛을 가장 좋아했잖아."

누나는 마치 처음 본다는 듯이 사탕 봉지를 찬찬히 살폈다.

"좋아해. 가장 좋아하는 맛 맞아." 누나가 나직이 말했다. 눈물 한 방울이 뺨을 타고 흘러내렸다.

대니얼은 침대 가장자리에 걸터앉아 걱정스러운 눈으로 누나를 바라보다 결국 작은 목소리로 물었다. "누나, 왜 울어? 무슨 일 있어?"

누나는 홑이불로 거칠게 눈물을 닦아냈다.

"아무 일도 아니야."

"누나가 우는 거 싫어."

"나도 싫어. 아무튼 사탕 고마워." 누나가 코를 훌쩍였다.

"누나 머리가 젖었네."

"수영장에서 왔으니까."

대니얼이 홑이불에 묻은 핏자국을 가리켰다.

"어디 다쳤어?"

누나가 뻣뻣하게 굳더니 홑이불로 몸을 단단히 감싸고 한 팔을 배에 둘렀다. "그냥 조금 긁혔어."

"어떻게 된 건데?"

"아, 그냥 수영장 벽에 긁혔어. 밖으로 나오다가." 누나가 서둘러 말했다.

"아파?"

누나는 빠르게 고개를 저었다. "별로."

"그러면 사탕 먹을래?"

누나가 아주 살짝 미소를 지었다. "꼬맹아, 너도 하나 줄까?"

대니얼도 미소 지었다. 누나가 꼬맹이라고 부르는 게 좋았다.

"나는 벌써 이 닦았어."

누나가 고개를 저었다. "정말 안 먹어?"

"누나가 먹어야지. 더는 슬프지 않게."

누나는 사탕을 하나 꺼내 입에 넣었다. "네가 조금 더 크면, 걱정거리라고는 양치를 한 다음에 사탕을 먹는 일뿐이던 때를 그리워하게 될 거야."

"흐음." 대니얼은 누나가 하는 말은 다 곧이곧대로 믿었다. "그러면 누나가 지금 걱정하는 건 뭐야?"

"나쁜 일들이 일어나고 있어. 다시 바로잡을 수 없는 나쁜 일들이. 넌 이해 못 할 거야." 누나는 고개를 저었다.

대니얼은 사탕을 하나 얼른 입에 넣었다.

"더는 나쁜 일이 일어나지 않을 거야. 엄마가 그랬어."

"벌써 일어났다면?"

"무슨 뜻이야?"

"나쁜 일이 이미 일어났다고."

"언제?"

"그게 중요해?"

"나한테는 말해도 돼. 엄마한테 말 안 할게."

누나가 미소 지었다. "아니, 넌 말할 거야. 넌 모범생이잖아."

"아니거든."

"모범생 맞아."

잠깐 동안 대니얼은 누나가 자신에게 말해주리라고 생각했다. 하지만 누나는 대니얼에게 사탕을 하나 더 건넬 뿐이었다.

"말해봐."

누나는 고개만 저을 뿐 아무 말도 하지 않았다.

"시험이랑 관련된 일이야?"

"어떤 일이 벌어졌고, 그게 뭐랄까, 내 잘못인 것처럼 느껴져. 그 일이 벌어지기를 원한 것처럼."

남매는 잠시 침묵 속에 사탕을 깨물었다.

"정말 그 일이 벌어지기를 원했어?"

"아니. 전혀 아니야."

대니얼은 잠옷 상의의 풀린 끈을 잡아당겼다. "별장에 있는 게 정말 좋을 거라고 생각했는데 모든 게 잘못되고 있는 것만 같아. 그렇지 않아? 우리가 내일 집에 갈 수 있으면 좋겠어. 누나도 집에 가고 싶어?"

누나는 고개를 숙였다. "아니, 나는 여기 있을래."

"엄마랑 아빠가 이혼할 거라고 생각해?"

루시가 사탕을 깨물어 먹다가 멈칫했다. "뭐?"

"이혼 말이야. 앤트와 덱[38]의 앤트처럼."

"아니, 그런 생각 안 해. 왜 그런 말을 하는 거야?"

"엄마랑 아빠가 요새 서로한테 정말 이상하게 굴어. 그래도 이혼은 안 하겠지? 우리 반의 아이작네 부모님이 이혼하셨는데, 아이작은 아무렇지 않다고 하지만 나는 걔가 슬퍼한다는 걸 알 수 있어."

루시는 잠시 침묵을 지켰다. 아래 놓인 휴대전화 화면에서 나오는 빛이 얼굴을 밝히고 있었다.

"걱정하지 마, 꼬맹아. 나는 엄마랑 아빠가 잘 해결할 거라고 확신해."

"정말?"

"정말."

대니얼이 자리에서 일어나 문을 향해 몇 발자국을 내디디다 멈춰서 뒤를 돌아봤다.

---

38) 영국의 유명 코미디 듀오. 「나는 유명인…… 나를 여기서 나가게 해줘!」의 진행을 맡고 있다.

"엄마랑 아빠한테는 내가 이혼 이야기 한 거 말하지 말아줘."

"알았어. 대신 너도 엄마랑 아빠한테 내가 속상해한다고 이르면 안 돼."

"좋아."

루시는 침대 옆 탁자에 사탕 봉지를 올려두고 다시 베개에 머리를 묻었다. "선물 고마워."

"좋아해서 다행이야. 잘 자." 대니얼이 어둠 속에서 미소를 지었다.

"잘 자, 대니얼."

대니얼은 문을 당겨서 닫고 다시 살금살금 복도를 가로질러 자신의 방으로 돌아갔다. 늘 그렇듯 이불을 목까지 끌어 올리고 몸을 단단히 감싸 자는 동안에 거미나 벌레가 기어들 수 없도록 했다. 어느새 바깥 수영장에서 들려오는 어른들의 소음은 잦아들어, 열린 창문을 통해 들려오는 소리라고는 귀뚜라미 울음소리가 전부였다. 날카로움도, 시작도, 끝도 없는 소리의 벽이 밤을 에워싸고 있었다.

복도 맞은편 방에서는 루시가 눈을 뜨고 누워 있었다. 한 손에는 휴대전화를, 다른 한 손에는 작은 칼날을 쥔 채였다.

한 달 전

엄마가 방문을 두드리고 있다.

"우리 늦겠어."

"상관없어요. 나는 안 가요." 그녀는 울면서 소리쳤다.

"말도 안 되는 소리 하지 마. 당연히 가야지. 모두가 올 텐데."

"나 좀 내버려둬요!"

가든파티 따위 가고 싶지 않다. 아무것도 하고 싶지 않다. 집에서 나가기 싫다. 방을 나설 엄두도 안 난다. 침대에서 벗어나고 싶지 않다. 지금은 싫다. 앞으로도 싫을 것이다. 그가 한 짓을 생각하면.

눈을 감고 무릎을 턱까지 끌어당겼다. 가슴속 고통이 블랙홀처럼 모든 생각을 집어삼키고 있었다. 어쩌면 그리도 바보 같을 수 있었을까? 어쩌면 그리도 그를 잘못 보았을까? 그는 어쩌면 그리도 형편없는 개자식일 수가 있지? 왜 그런 짓을 한 거지? 그녀가 무엇을 잘못 했기에 그런 일이 닥친 거지?

누군가에게 그런 감정을 느낀 건 처음이었다. 그를 위해 모든 것을 했고, 그와의 미래를 그려보기까지 했다. 그런데 그는 그녀가 아무것도 아니라는 듯, 중요하지 않다는 듯 그녀를 버렸다. 최악의 방법으로 차 버렸다.

그녀는 이불에 얼굴을 묻는다.

엄마가 다시 문을 두드리고 있다.

목요일

61

가슴속 깊은 곳에 응어리진 두려움을 느끼며 깨어났다. 하지만 머리로는 이미 오늘 해야 할 일을 떠올리고 있었다. 하루 넘게 그 일을 미뤘고 지난밤의 이런저런 사건으로 주의가 분산됐다. 이제 피할 수 없었다. 멀리 돌아갈 수도 없었다.

나는 아직 잠들어 있는 숀을 침대에 그대로 둔 채 빠르게 샤워를 하고 옷을 입었다. 지난 며칠 사이 내가 알아낸 여러 정보를 되짚으며 머릿속에서 체크 표시를 했다. 이지는 유부남을 만나고 있다고 인정했지만 남자의 이름은 말해주지 않았다. 남자가 숀처럼 리머릭 출신이라는 점만 인정했다. 이지는 숀이 결코 내 신뢰를 저버릴 사람이 아니라고 주장하면서 나를 혼란에 빠뜨렸다. 무엇보다 가장 강력한 증거는 내가 숀의 휴대전화로 코릴 걸에게 메시지를 보냈을 때 나타난 사람이 바로 이지였다는 사실이다. 내가 놓은 덫에 이지가 걸려든 것이다. 이지는 부름에 응답했다.

하지만 다른 증거는 어쩌나? 숀이 해변에서 꽤 오래 로언과 포옹을 나눴고, 로언의 서랍에서 그의 결혼반지가 나온 데다, 러스는 그녀가 바람을 피우고 있다고 확신했다. 물론 숀은 로언과 아무 사이도 아니라며 딱 잘라 부인했다. 숀은 내 눈을 똑바로 보고 맹세했으며, 결코 거짓말을 잘하는 사람도 못 되었다. 거짓말에 서툴다는 점은 내가 그를 사랑하는 여러 이유 가운데 하나였다.

사랑했던 여러 이유 가운데 하나라고 해야겠군, 나는 생각했다. 가슴이 찢어지는 듯한 고통이 밀려왔다.

제니퍼도 있었다. 숀과 함께 찍히고 있다는 사실을 모른 채 대니얼의 영상에 등장했고, 점심을 먹다가 두 사람의 손이 스쳤을 때 이상한 반응을 보였으며, 이른 아침 함께 마을로 '산책'을 나갔다가 주 1회 서는 장에 들르느라 늦게 돌아왔다고 했다. 알고 보니 장은 다른 날에 열렸다.

모두 정황 증거였다. 그리고 이지가 협곡 근처 빈터로 걸어 들어오는 모습을 본 것에 비하면, 이 모든 정황 증거는 힘을 잃었다. 이지의 등장은 반박할 수도, 잘못 해석할 수도 없는 완벽한 증거였다.

끝내버려야 할 때가 왔다. 오늘 아침, 지금 당장. 고민하는 데 너무 긴 시간을 써버리거나, 또다시 마음을 바꾸거나, 겁에 질리기 전에.

사실 나는 세 사람 모두에게 잘못을 했다. 각기 다른 방식으로 잘못을 저질렀다.

대학 시절 제니퍼의 남자친구와 사랑에 빠졌다.

이지의 약혼자를 그가 죽음을 맞이한 곳으로 불러내는 데 일조했다.

악의적인 소문을 전달해서 로언의 첫 결혼을 파경으로 이끌었다.

나는 어떤 친구였는가? 어쩌면 내게 닥친 이 모든 일은 내가 마땅히 겪어야 하는 것인지도 몰랐다.

루시도 마음에 걸렸다. 지난밤 수영장에서 있었던 일에 대해 다시 이야기를 나누고 싶지만 루시는 아직 깊이 잠들어 있었다. 암막커튼 덕분에 루시의 방은 어두웠다. 대니얼 방에서도 아무 소리가 나지 않았다. 사실, 주방에 내려가 커피를 끓이는 내내 별장 전체가 부자연스럽게 조용하고 텅 비어 있었다. 목소리도, 식탁에서 식기가 달그락거리는 소리도, 광이 나는 타일 바닥에 닿는 플립플롭 소리도 없었다. 거실에도 대니얼은 없었다. 보통 아침 이 시간이면 거실에 있었는데. 어쩌면 드디어 대니얼이 늦잠을 자기 시작했는지도 몰랐다. 이틀 후면 우리가 집에 돌아가기로 되어 있지만, 잠을 아예 자지 못한 것보다는 나으니까.

주방 조리대로 가보니 주전자 옆에 메모가 한 장 놓여 있었다.

베지에로 점심을 먹으러 가. 오후에 돌아올게. J&I

베지에는 별장과 가장 가까운 큰 시내였다. 차를 타고 남쪽으로 30분, 해변으로 가는 길목에 있었다. 제니퍼네 가족이 오늘 기분을 전환할 겸 새로운 곳에 가기로 했고 이지가 따라나선 듯했다. 나는 시계를 확인했다. 이제 겨우 9시가 조금 지났을 뿐이었다. 이지와의 마지막 결전은 그녀가 돌아올 때까지 미룰 수밖에 없겠다는 사실에 실망감과 안도감이 동시에 들었다. 무슨 말을 할지 준비할 시간이 주어진 셈이다.

제니퍼와 앨리스터, 두 아들이 별장을 일찍 나선 것은 그리 놀랍지 않았다. 지난밤 앨리스터와 숀이 벌인 소동에 더해, 두 아들이 별장에 돌아왔을 때의 그 몰골을 생각하면, 제니퍼네가 다음 날 어색하게 얼굴 마주칠 일을 피하고 싶어 한 것은 당연했다. 제니퍼가 자주 쓰는 전술이었다. 피하고, 무시하고, 외면하고, 문제가 희미해져 결국 잊힐 때까지 거리를 두는 것. 반면, 이지는 거짓 없이 직설적으로 말하는 경향이 있어서 어떤 사람들은 그녀를 무례하다고 오해하기도 했다. 나는 두 사람의 중간 지점 어딘가에 있을 것이다.

크루아상을 썰어 버터를 바르고 커피와 함께 발코니로 가지고 나갔다. 벌써부터 햇볕은 따갑게 내리쬐었고, 습기를 머금은 공기는 후덥지근했으며, 천둥이 임박했음을 알리는 열기는 밀실공포증을 유발했다. 그런데도 하늘은 여전히 청명한 파란색이었다. 구름 한 점 보이지 않았고 바람도 잠잠했다. 내 머리 위 높은 곳에서 빙그르르 돌고 있는 제비 한 쌍만이 유일하게 소리를 내고 있었다. 끝없이 돌고 쫓으며 춤을 추면서 서로에게 지저귀고 있었다.

솔직히 말하자면, 모두가 몇 시간 동안 따로 떨어져서 각자의 일을 보는 건 좋은 생각으로 보였다. 지난밤의 순간순간이 계속 떠올랐다. 대니얼이 집에 가자고 애원했고, 남편은 주방에서 내게 반쯤 사과했으며, 수구 게임에서 도망치던 루시의 얼굴에는 공포가 어려 있었다. 숀은 앨리스터와 한 판 붙기 직전까지 갔다. 목에 핏대를 세워가며 그 손을 제대로 간수하지 않으면 가만두지 않겠다고 경고했다. 술에 취해 잔디에 드러누운 이선이 중얼대던 말도 떠올랐다. 인사불성.

이번 휴가는 많은 면에서 잘못되어가고 있었다. 어떤 갈등이 있었는지 세다가 잊어버릴 정도였다.

오데트가 발코니로 나왔다. 반짝이는 핑크색 수영복 차림으로 브리오슈를 우적우적 먹고 있었다. 로언이 한 손에는 에스프레소를, 다른 한 손에는 차 열쇠를 쥔 채 그 뒤를 따랐다.

"두어 시간 해변에서 또 놀려고. 너도 갈래?"

"우리 가족은 아직 자는 중."

"루시는 좀 어때? 지난밤 일도 그렇고." 로언이 염려스러운 표정을 지었다.

"꽤 속상해하지."

"나는 숀이 앨리스터를 때려눕히는 줄 알았잖니."

"계속 지켜봐. 아직 가능성이 있어."

"나를 대신해서 루시를 좀 안아줘."

러스가 주방에서 캔버스 천으로 된 비치백을 메고 나왔고, 세 사람은 랜드로버를 타고 떠났다. 이제 별장에는 우리 네 사람만 남았다.

나, 바람난 내 남편, 정신적 외상을 입은 두 아이만이 남았다.

지금이 이지의 방을 확인할 때임을 깨달았다. 의심의 여지 없이 내가 품은 의혹을 확인해줄 무언가를 찾을 수 있을 터였다. 무엇을 찾게 될지는 알 수 없지만, 숀의 물건이 나올 수도 있었다. 메모, 사진, 휴대전화, 뭐든 증거가 될 만한 것이 있을 터였다. 서둘러 위층으로 올라가 이지의 방에 들어서려는데, 아이의 방문이 열리더니 옷을 다 갖춰 입은 대니얼이 책 한 권을 손에 들고 나왔다.

"엄마, 안녕히 주무셨어요? 뭐 하고 있어요?"

"아…… 그냥 엄마가 읽고 싶던 책이 이지 이모한테 있는지 보려고 했지. 신경 쓰지 마."

루시와 숀은 늦잠을 잘 작정인 듯해서 대니얼과 나는 마을로 걸어갔다. 차가 들어가지 못하는 좁고 오래된 길을 이리저리 누비는 사이, 대니얼의 작은 손은 내 손을 꼭 붙잡고 있었다. 길 양옆으로 집집마다 세월의 흔적이 묻어나는 돌담이 무너질 듯 위태하게 솟아 있었다. 우리는 교회 뒤편에서 놀이터를 하나 발견했다. 키 큰 플라타너스가 그늘을 드리운 벤치가 몇 개 있었다. 나는 벤치에 앉아 대니얼이 그네와 미끄럼틀을 타고 정글짐을 오르내리며 회전무대를 타고 도는 모습을 보면서 아이 아버지가 저지른 짓을 어떻게 설명하면 좋을까 생각했다. 그 일이 우리 가족에게 어떤 의미로 다가올까. 아버지의 불륜이 엄청난 파문을 일으킬 수 있다는 걸 내 아들이 이해할 수나 있을까? 대니얼은 아빠를 용서할까? 결국은 나를 원망하게 될까?

대니얼이 놀이터에 싫증이 나자 우리는 마을 광장으로 걸어가 작은 시청 건물이 드리운 그늘 속에서 크로크무슈와 오랑지나를 먹었다. 바 옆에 있는 긴 직사각형의 모래밭에서 노인 두 명이 거푸 페탕크[39] 공을 던지고 있었다.

대니얼이 점심을 먹고 상점에 가자고 해서, 우리는 마을의 허물어져가는 중세 성벽을 우회해서 에어컨 바람이 시원한 작은 슈퍼마켓에 들어섰다. 슈퍼마켓은 부동산과 작은 골동품 가게 사이에 비좁게 자리하고 있었고, 점심시간이라 이웃한 두 가게 모두 문을 닫은 상태였다. 여기 슈퍼마켓은 주로 관광객을 대상으로 하는 곳이었다. 선반에 와인과 맥주, 신선한 과일과 채소, 선탠로션, 물놀이 장난감, 바비큐용 숯이 진열되어 있었다. 몇 가지를 집어 들고 돌아보니 대니얼은 군것질거리 앞에서 양손에 커다란 젤리 봉지를 하나씩 들고 어느 것을 선택할지 재고 있었다.

"점심을 그렇게 많이 먹어놓고 아직 배고플 리가 없는데."

"내 거 아니에요. 루시 누나 줄 거예요."

"그랬구나, 사랑스러운 동생이네? 누나가 되게 좋아하겠다." 나는 대니얼의 검고 가느다란 머리칼을 쓰다듬어주었다.

벌레 퇴치 스프레이도 사야 한다는 생각이 들어 반대편으로

---

39) 프랑스 전통 놀이로 금속 공이 표적에 가까이 가도록 던져 우열을 가린다.

가서 진열된 상품을 살펴보았다. 아무래도 영국 제품보다는 현지 물건이 훨씬 더 강력했다. 영국에서 가져온 스프레이는 이곳 모기에는 거의 아무런 효력을 발휘하지 못하는 듯했다. 내 다리에만 벌써 열 방 넘게 물렸다.

선반 사이의 틈을 통해 대니얼이 말했다. "누나가 힘이 났으면 좋겠어서요."

"착하네."

"누나는 하리보 젤리를 좋아해요. 누나가 이런저런 일로 정말 슬퍼하고 있어요."

나는 성능이 뛰어나 보이는 모기 퇴치제를 한 캔 집어 겨드랑이에 끼웠다.

"그렇구나."

"누나를 촬영해서 누나가 정말 화가 났어요. 시험이랑 뭐 그런 걸 앞두고 있고, 학교 친구들은 못되게 굴고. 또 뭐라더라, 베일리도 그렇고." 대니얼은 잠시 머뭇댔다. "어젯밤 잘 시간에 누나를 봤는데 정말 속상한 모습이었어요."

"뭐라더라 다음에 뭐라고 했어?" 나는 선반 깊숙한 곳에서 모기 퇴치 향초도 발견해 역시 겨드랑이에 끼웠다.

"병원에 있던 알렉스라는 형 있잖아요. 페이스북에 추모 페이지도 있는데."

"넌 어려서 페이스북을 못 하지 않니?"

"확인도 제대로 안 하는걸요. 가입할 수 있는 나이라는 칸에 체크 표시만 하면 돼요."

"계정을 만들려면 열세 살인가 열네 살이 되어야 하는 줄 알았는데."

"다들 그렇게 해요." 대니얼이 선반 위로 젤리 두 봉지를 내밀었다. "누나한테 하리보 스타믹스를 사줄까요, 탱파스틱스를 사줄까요?"

내가 사주겠다고 했지만 대니얼은 남은 용돈을 다 쓰겠다고 고집을 부렸고, 결국 줄무늬가 그려진 비닐봉지에 젤리를 담아 뿌듯한 모습으로 가게를 나왔다.

우리는 작은 상점에서 소프트 아이스크림을 사서 다시 천천히 구불구불한 언덕길을 올랐다. 대니얼은 이선과 다시 친구가 되었다며 신이 나서 내게 떠들어댔다.

별장에 돌아오자 이른 오후가 되어 있었다. 한낮의 더위를 겪고 온 터라 별장 내부는 시원한 오아시스와도 같았다. 루시는 여전히 어디에도 보이지 않았다.

나는 조심스레 루시 방에 노크했다.

"루시?"

루시 방은 암흑과 다름없었다. 암막커튼이 드리워 있었고 에어컨은 10도 중반에 맞춰져 서늘했다.

부드럽게 불러보았다. "루시, 괜찮니?"

아무 반응이 없었다.

서서히 나의 두 눈에 침대에 누운 루시의 형체가 들어왔다. 등을 보이고 누운 채 미동도 없었다.

"우리 딸, 벌써 1시가 지났어. 금방 일어날 거지?"

여전히 반응이 없었다. 루시를 살짝 흔들어보려는데 아래층에서 대니얼의 목소리가 들려왔다.

"엄마! 나 수영하러 갈 건데 엄마도 갈래요?"

나는 다시 루시 방을 나와서 문을 살살 당겨 닫았다.

62

누군가가 나를 굽어보고 있었다. 수영장 가장자리에 늘어선 커다란 파라솔이 드리운 그늘 속에서 머리 뒤에 푹신한 쿠션을 받치고 무릎에 휴대전화를 둔 채 깜빡 잠이 든 참이었다. 사람들의 목소리와 발소리가 들리고, 발코니에서 부산스러운 움직임이 느껴진다 싶더니 옆에 누군가가 서 있었다. 어떤 냄새가 났다. 남자였다.

눈을 떠보니 이선이 나를 내려다보고 있었다. 내가 누운 일광욕 의자에 이선이 지나치다 싶게 가까이 붙어 서 있었다.

"저녁 드세요, 잠꾸러기 이모." 이선이 미소를 지으며 말했다.

나는 시계를 확인하려 했지만 손목이 허전했다.

"지금 몇 시니?"

“5시 다 됐어요.”

하품하며 다리를 휙 돌려 의자에서 내리자 휴대전화가 땅에 툭 떨어졌다. 어디 긁히지는 않았는지 액정을 확인하고 잠금을 풀었다. 아까 대니얼이 언급했던 페이스북의 추모 페이지가 그대로 열려 있었다. 한 시간 사이에 가슴 아픈 추모의 글이 수십 건 늘었다. 앱을 닫고 이선을 따라 발코니로 향하는 계단을 천천히 올랐다. 그늘을 벗어나니 여전히 찌는 듯이 더웠으며 참을 수 없을 만큼 후텁지근했다. 수프처럼 걸쭉한 공기였다. 그나마 바람이 불기 시작했다. 며칠 만에 처음으로 수평선에 걸린 구름을 보았다. 남쪽으로 자욱한 잿빛 벽을 이루며 바다에서 밀려오고 있었다. 지난 며칠 동안 천둥 번개를 동반한 비가 쏟아지리라는 예보가 이어졌다. 이제야 시작되려나 보다.

나는 시선을 정원에 떨구다가 내 남편을 보고 말았다. 정원 한구석에 화려하게 장식된 흰색 돌벤치에 앉아, 올리브 나무가 드리운 그늘에 몸이 일부 가려져 있었다. 그 옆에 이지가 있었다. 너무 가까이 앉아 머리가 서로 닿을 지경이었다.

두 사람은 모두 고개를 숙인 채 몸을 앞으로 기울여 빠르게 말을 주고받았다. 너무 멀리 있어서 무슨 말을 하는지는 알아들을 수 없었지만 활발한 대화가 오가는 것은 분명했다. 숀은 반복해서 고개를 저었고 이지는 힘주어 고개를 끄덕이며 두 손으로 깍지를 꼈다.

저 둘을 봐. 의심스러울 정도로 친밀해 보이잖아. 무슨 이야기를 하는 거야? 어떻게 알릴지, 내게 어떻게 말할지 생각하는 거니?

목구멍으로 울컥 뜨거운 것이 치밀어올랐다.

아니면 그저 언제 터뜨릴까 하는 문제인 거니?

숀은 이지의 말에 동의하지 않는 듯 보였다. 숀은 우리가 집에 돌아갈 때까지 기다렸으면 하는데, 이지가 더는 기다릴 수 없다고 하는 것일지도 몰랐다. 이 충격적인 광경에서 눈을 떼지 못하는 사이 숀이 고개를 들어 나를 발견했다. 우리의 시선이 잠시 서로의 눈에 머물렀고 숀은 뻣뻣이 굳었다가 돌연 시선을 돌렸다. 마치 다른 사람에게 들키고 싶지 않은 곳에 있다가 발각되기라도 한 듯이. 숀은 벌떡 일어나 이지에게서 멀어졌고 돌계단을 올라 저녁이 차려진 발코니에 들어섰다.

나는 대니얼 옆으로 가서 자리를 잡았다.

루시가 긴팔 티셔츠 차림으로 나타났다. 창백한 얼굴에 머리는 빗지 않은 채 말 한마디 없이 내 건너편으로 가서 앉았다. 식탁 중앙에 놓인 병에서 레몬에이드를 목이 긴 잔에 따르고 앉아 홀짝였다. 음식에는 전혀 관심이 없어 보였다. 커다란 식탁에는 냉육과 치즈, 과일, 페이스트리, 갓 자른 바게트 등이 차려져 있었다. 타이어 덮개처럼 커다란 피자도 세 판이나 있었는데, 오븐에서 갓 꺼내 왔는지 치즈가 보글보글 끓고 있었다. 루시를 제외한 모두가 각자의 접시에 조용히 음식을 담기 시작했다. 해변에 다녀온 오데트가 신이 나서 로언에게 떠들어댈 때만 간간이 침묵이 깨질 뿐이었다.

제니퍼와 이지가 마지막으로 도착했는데, 두 사람 모두 무표정한 얼굴에 아무 말도 하지 않았다. 제니퍼는 식탁 끝으로 가서 앨리스터와 두 아들 옆에 자리를 잡았고, 이지는 반대편 끝에 마지막으로 남은 자리를 향해 의자 뒤쪽으로 슬슬 이동했다. 이지는 내가 앉은 자리를 지나다가 멈춰 서서 내 어깨를 가볍게 만졌다.

"케이트? 우리 얘기 좀 하자." 사과라도 하려는 듯, 나직한 목소리였다.

마치 전류가 흐르는 전선을 부여잡기라도 한 것처럼 가슴이 철렁했다.

"그래. 그런데 무슨 얘기?" 목소리가 거의 갈라지고 있었다.

이지는 잠시 내 시선을 붙들었다가 눈을 내리깔았다.

"조금 이따가 말해줄게. 저녁 먹고." 이지는 식탁 상석의 빈 자리로 가서 앉았다.

다시 접시에 음식을 담으려는데 속이 뒤틀렸다.

"저게 오기 전에 얼른 먹는 편이 좋겠어요. 폭풍우가 다가오고 있네요." 앨리스터가 남쪽에서 밀려오는 검은 구름 떼를 가리켰다.

63

식욕이 있을 리 없었다. 그래도 손 놓고 멍하니 있을 수는 없어서 접시에 빵을 두어 조각 담고 날카로운 칼을 잡아 로크포르 치즈를 얇게 썰었다. 먹을 의도는 없었다.

우리 얘기 좀 하자.

올 것이 왔다. 진실의 순간, 고백의 순간이었다. 그녀가 마침내 나에게 비밀을 털어놓아 나를 이 고통에서 벗어나게 해줄 순간이 온 것이다. 마치 몇 달을, 몇 년을 기다려온 일인 것만 같았지만 사실 숀의 휴대전화에서 메시지를 발견한 지 일주일도 채 되지 않았다. 나는 증거를 찾겠다고, 여자를 찾아내겠다고 다짐했고, 결국 여기까지 왔다.

속이 울렁거렸다. 무섭고, 화가 났다. 그냥 멍했다.

식탁에서는 한껏 낮춘 목소리로 대화가 오갔다. 제이크와 이선이 소곤소곤 대화를 했고, 대니얼은 내게 피자 토핑에 대해 물었다. 여느 때처럼 식탁에서 싫어하는 음식과 먹지 않을 음식을 하나하나 지적하는 오데트의 목소리가 귀청을 찢을 듯이 시끄러웠다. 로언 몫으로 접시에 담아놓은 음식만 빼고는 식탁에 오른 거의 모든 음식이 마음에 들지 않는 듯했다. 로언은 오데트를 달래어 작게 썬 토마토를 먹여봤지만, 오데트는 몇 초 씹더니 바로 식탁보에 뱉어버렸다.

숀의 두 눈은 식탁 반대편에 있는 앨리스터에게 고정되어 있었다. 작은 핑계거리라도 찾아낼 기세로 의심의 눈초리를 거두지 않았다. 아주 약간의 도발이라도 나오면 지난밤의 싸움을 재개하려고 벼르는 눈치였다. 이런 숀이 신경 쓰였을 수는 있지만 어쨌든 앨리스터는 티를 내지는 않았고, 포제르 와인 병의 코르크 마개를 뽑아 주변에 보이는 잔마다 와인을 채워주고 있었다.

우리 얘기 좀 하자.

말 한마디 한마디가 납처럼 무거웠다.

와인을 한 모금 홀짝이자 입안에 쓴맛이 감돌았다.

빠르게 접시가 채워지고 비워졌다. 마치 우리 모두 이 부자연스러운 식사가 얼른 끝나기만을 바라는 듯 음식은 빠르게 사라져갔다. 10분 정도 지났을까, 침묵을 깨야 할 필요를 감지하기라도 한 듯, 제니퍼가 포크로 와인 잔을 땡땡 두드리고 목을 가다듬었다. 누구도 제니퍼의 미소에 속지 않았다. 그녀는 늘 관심의 중심에 서는 일을 싫어했으니까.

"자, 모두들, 여기 다 모였으니 하는 말인데, 사실 우리 가족이 공지할 사항이 좀 있어요."

모두의 눈이 제니퍼에게 쏠렸다.

"이런저런 일로……." 제니퍼는 이 대목에서 대놓고 숀을 보았다. "우리는 예정보다 일찍 영국에 돌아가기로 했답니다."

다들 당황했는지 침묵이 흘렀다.

"떠난다고? 언제?" 나는 잠시 이지에 대해 골몰하던 것도 까맣게 잊었다.

"아쉽다. 좋은 시간을 보내고 있는 거 아니었어? 너희 가족 모두?" 로언이 말했다.

제니퍼는 로언의 말을 못 들은 체했다.

"오늘 밤에 비행기가 있어. 짐도 싸고 여기 정리만 좀 되면 바로 떠날 거야."

나는 포크를 내려놓고 접시를 밀어 치웠다.

"제니퍼, 꼭 일찍 갈 필요는 없지 않아? 이제 몇 밤 안 남았는데."

처음으로 어른들의 대화가 귀에 들어온 제이크가 앉은 자리에서 등을 더 꼿꼿이 세웠다.

"잠깐만요, 뭐라고요?"

"항공편을 바꿨어, 제이크. 오늘 밤 10시 베지에에서 출발해."

"왜요?"

"일찍 돌아가는 편이 최선이라는 게 네 아빠랑 내 생각이야."

"누구한테 최선인데요?"

제니퍼의 푸른 두 눈이 다시 숀을 향했다.

"모두에게."

"집에 가기 싫어요. 여기 있고 싶어요. 다 같이 있어야죠." 제이크의 얼굴이 붉게 달아올랐다. 제이크가 얼굴을 붉히는 모습을 나는 처음 보았다.

"저녁 먹고 얘기하자, 응?"

제이크가 자리에서 일어났다.

"개소리예요."

"말조심해, 제이크."

제이크는 의자를 뒤로 밀어젖히고 한 손을 허공에 내저으며 자리를 박차고 나갔다.

"됐어요."

이선도 따라 일어나더니 대니얼을 보았다.

"너도 갈래?"

"그럴까. 가도 돼요?" 아들이 나를 건너다봤다.

"아직 식사 중이잖아."

"나는 다 먹었어요."

"피자 한 조각이 그대로 있는데?"

대니얼의 양 볼도 붉게 달아오르기 시작했다. 내가 대니얼을 형 앞에서 창피하게 만들고 있구나. 대니얼 친구인데.

"제발요? 이번 휴가에서 우리가 함께 놀 시간도 얼마 남지 않았잖아요."

"피자는 어쩌고?"

대니얼은 피자의 반을 베어 물더니 빵빵해진 볼로 우물거리며 말했다. "이제 다 먹었죠?"

나는 한숨을 내쉬었다. "가봐, 그럼."

대니얼은 이선의 뒤를 깡충깡충 따라갔다. 정원으로 내려가나 싶더니 그 너머 포도밭으로 달려가버렸다.

오데트도 의자를 밀어젖히고 일어섰다.

"엄마, 나도 갈래."

"엄마랑 아빠가 다 먹을 때까지 기다려야지."

"불공평해! 다른 애들은 다 내려갔잖아!" 오데트가 작은 발을 콩콩 굴렀다.

"아니거든. 봐, 루시 언니는 아직 여기 있잖아."

"언니는 애들이 아니잖아."

오데트가 아이들을 따라잡으려고 뛰어나가면서 목청껏 외쳤다. "정어리 게임!"

제니퍼도 이미 일어서 있었다.

"애들하고 얘기를 좀 해봐야겠어. 설명해줘야지."

"제니퍼, 그냥 둬. 하고 싶은 대로 하게 두자." 앨리스터가 말렸다.

제니퍼는 남편의 말을 못 들은 체하고 서둘러 두 아들을 쫓아갔다.

어른 여섯 명에 루시가 남았다. 우리는 잠시 침묵 속에 그대로 앉아 있었다. 다들 얼떨떨해서 다음에 무슨 말을 해야 할지 모르는 눈치였다. 마치 폭탄 하나가 터졌고 그 잔해 속에서 천천히 나와 피해 규모를 가늠해보는 중인 것 같았다.

"또 한 번의 멋진 식사로군." 러스가 툴툴대자 로언이 팔꿈치로 그의 갈비뼈를 찔렀다.

"일찍 떠난다니 너무 아쉬워요." 로언이 앨리스터에게 다시 말했다.

앨리스터가 다시 자신의 와인 잔을 채웠다. "뭐, 여기서 할 일도 거의 다 끝나지 않았나요? 더 길게 질질 끌 필요 없지요."

"애들은 잘 지내고 있는 것처럼 보여요. 서로를 제대로 알아가고 있는 거죠."

"그럴 수도요. 하지만 나는 늘 사람은 떠나야 할 때를 알아야 한다고 말하죠." 앨리스터가 숀에게 시선을 던졌다.

다시 침묵이 내려앉았고 우리는 식사를 이어나갔다. 멀리서 포도밭을 달리는 아이들의 고함이 들려왔다. 몇 분이 지나자 루시가 의자를 밀어젖히고 말 한마디 없이 정원 쪽으로 향했다.

얼마 후 남자들이 각자 아이를 찾으러 나가고 우리가 상을 다 치웠을 때, 이지가 나와 눈을 맞추었다.

때가 되었다.

64
대니얼

대니얼은 두 형의 뒤를 따르며 샌들 끝으로 마르고 돌투성이인 땅바닥을 툭툭 찼다. 지치고 지루했으며 이곳 숲속에서 무엇을 하고 있는 것인지 알 수 없었다. 세 아이는 협곡에 돌을 던지거나 나무에 올라갔다. 막대기 끝을 날카롭게 깎기도 했다. 대니얼은 이제 무엇을 더 해야 할지 알 수 없어 그저 두 형만 따라다니고 있었다.

오늘 하루는 대체로 형편없는 날이었다. 점심 때 먹은 아이스크림은 좋았지만, 그게 다였다. 대니얼의 가족을 제외한 모두가 재미있는 일을 하러 나갔고, 대니얼네는 정말 아무것도 하지 않았다. 그저 엄마랑 마을에 가서 점심을 먹고 돌아왔을 뿐이며, 엄마는 낮잠을 잤고 루시는 정말 이상하게 굴었고 아빠는 그와 놀아주지 않았다. 그러다 저녁 식사 자리에서 제이크와 이선의 엄마가 일정을 앞당겨 **오늘 밤** 집에 돌아가겠다고 모두에게 알렸는데, 그건 정말 불공평해 보였다. 그 말은 이제 별장에 남는 건 대니얼과 누나, 남자아이들이 싫다고 여섯 번이나 말한 오데트가 전부라는 뜻이기 때문이었다.

어젯밤 무언가 나쁜 일이 벌어졌지만 두 형 모두 그 일이 무엇인지 대니얼에게 말하려 들지 않았다. 우연히 들은 어른들의 말에 따르면, 제이크 형이 몸이 좋지 않아서 아빠들이 그를 별장으로 실어 날라야 했다. 그리고 오늘 형은 화가 났다. 형의 엄마가 영국으로 돌아갈 계획을 발표한 후 특히 그랬다. 모든 것이 **젠장 어쩌고, 제길 저쩌고**였다. 제이크 형은 늘 조금 제정신이 아닌 듯 보였는데, 오늘은 제대로 이상하게 행동하고 있었다. 마치 더는 아무래도 상관없는 듯했다. 평소보다 훨씬 더 예측이 불가능한 존재가 되어 있었다. 그런데 한편으로는, 대니얼도 그 이유는 알 수 없지만, 이상하게도 제이크 무리의 일원이라는 사실에 한층 흥분이 되었다. 이번만은 외부인이 아닌 내부자인 것이다.

갑자기 제이크 형이 몸을 웅크리고 앉았고 이선 형도 똑같이 했다. 저 앞으로 나무 사이에 한 남자가 등을 보이고 있었다. 제이크와 이선의 아빠였다.

"제이크? 이선? 이제 별장으로 돌아가야지? 짐을 싸야 해." 앨리스터가 숲에 대고 외쳤다.

"숙여!" 제이크가 작은 소리로 쉬쉬거렸다.

세 사람은 덤불 뒤에 납작하게 엎드린 채 앨리스터를 지켜보았다. 앨리스터는 사방을 둘러보고 서서 한 손으로 턱수염을 쓰다듬고 있었다.

다시 외쳤다. "제이크? 이선? 갈 시간이야. 얼른 나와."

마지막으로 한 번 더 주위를 둘러본 다음 고개를 젓고 숲속으로 더 깊이 들어가며 세 사람과 멀어졌다.

잠시 후, 제이크가 몸을 일으켰다가 무릎을 구부리고 앉았고 두 사람도 똑같이 했다.

"너네 아직 라이터 갖고 있냐?" 제이크가 물었다.

"응." 이선은 주머니를 뒤적이더니 파란색 플라스틱 빅 라이터를 내밀었다.

대니얼도 고개를 끄덕였다. 붉게 달아오르는 얼굴을 형들이 알아채지 못하기를 바랐다.

"응."

사실 대니얼은 무리의 일원이 되었다는 의미로 두 형이 준 작은 노란색 라이터를 본의 아니게 잃어버리고 말았다. 분명 방에 두었는데, 어제 찾아보니 사라지고 없었다. 침대 밑도, 침대 옆 서랍도, 텅 빈 여행가방도 다 뒤져보았지만 아무 데도 보이지 않았다. 제이크와 이선에게는 물어보고 싶지 않았다. 그걸 잃어버리다니 참 바보 같다고 생각할 테니까. 라이터는 세 사람이 함께 밖에서 놀다가 주머니에서 떨어진 게 분명했다.

라이터는 어마어마한 비밀이었기에, 엄마나 아빠에게 혹시 보았느냐고 물어볼 수도 없었다. 그런 '위험한 물건'을 가지고 있었다는 사실을 알게 되면 엄청난 꾸지람을 들을 테니까. 지난 며칠 사이 엄마와 아빠는 모두 살짝 이상해서, 마치 두 사람의 문제 말고는 어느 것에도 관심을 갖지 못하는 듯했지만 말이다. 엄마는 내내 슬퍼 보였고 아빠는 어딘가에 정신이 팔려 있었다. 아빠에게 뭔가를 말하면 듣고 있다는 듯이 눈을 맞추었지만 사실 듣고 있지 않았다. 그러니까 이런 식이었다. 대니얼의 눈을 뚫어져라 바라보다가 전혀 상관없는 말을 늘어놓았다.

그래도 제이크와 이선에게는 말하지 않을 참이었다.

이선이 라이터를 내밀고 기다란 불꽃을 일으켰다.

"아직 연료가 엄청 많이 남았어. 집에 가기 전에 재미를 좀 보는 게 좋겠어."

세 사람 앞쪽에서 오데트가 빈터로 어슬렁 걸어 들어오고 있었다. 여름용 핑크빛 원피스를 입은 그녀가 길고 붉은 머리에 쓴 작은 왕관이 반짝였다.

작은 오데트가 혼자 숲속에 있으니 길을 잃은 것처럼 보인다고 대니얼은 생각했다.

제이크가 이선에게 고개를 돌려 씩 웃으며 라이터를 다시 주머니에 넣었다.

"나한테 좋은 생각이 있어. 따라와." 제이크가 속삭였다.

65

이지가 나를 따라 다이닝 룸에 들어섰고, 우리는 커다란 식탁 끝에 앉았다. 통유리창이 펼쳐져 있어 나는 마치 처음 보는 풍경인 양 창밖을 내다보았다. 무언가 너무도 추한 일이 벌어지기에는 숨이 턱 막힐 만큼 아름다운 장소였다. 어느새 구름이 남쪽으로 한층 더 가까이 다가왔다. 불길하게 가까웠다. 구름은 회색과 검은색의 벽을 이뤄 하늘의 빛을 얼룩덜룩 가리고 있었다. 별장은 조용했다. 로언은 보아하니 우리 모두에게 기운을 북돋워주려고 주방에서 칵테일을 만들고 있었고, 다른 사람들은 아래 정원과 포도밭에 흩어져 있었다.

이지가 입을 열었다. "아까는 무슨 첩보 영화를 찍는 사람처럼 굴어서 미안. 다들 보는 앞에서 말하고 싶지 않았어."

"물론 그렇겠지." 감정을 싣지 않고 대답하려 애썼다.

이지가 숨을 훅 내뿜자 이마에 들러붙어 있던 앞머리가 들렸다.

"정말 힘든 일이야, 케이트. 그래도 내가 생각을 많이 해봤는데, 여러 상황을 고려해봤을 때 이게 옳은 일인 것 같아. 우리는 오랜 친구 사이니까."

"그래."

더는 아니지.

평소 나는 감정을 억누르는 데 능했다. 하지만 지금 내 분노는 너무도 뜨거워서 차마 이지를 쳐다볼 수조차 없었다. 너무도 오래 분노를 억누르고 참아왔기에, 마침내 그 분노가 표출되는 순간, 어떤 일이 벌어질지는 나조차도 알 수 없었다. 게다가 저 나쁜 년은 내게 미안한 감정을 느끼는 듯한 얼굴을 하고 있었다. 마치 우리 두 사람 모두에게 힘든 일이 될 거야라고 말하는 듯 슬픈 미소를 옅게 띠고 있었다. 마치 그 미소를 기다리고 있었던 것처럼, 내 안에서 분노가 끓어오르기 시작했다. 지금 당장 식탁 맞은편으로 가서 그녀에게 한바탕 퍼부어주고 얼굴을 세게 갈기고 싶은 것을 가까스로 눌러 참았다.

이지, 네가 어떻게 이럴 수 있니?

나는 그녀를 때리지 않았다. 두 손을 단단히 깍지 낀 채 무릎에 올려둘 뿐이었다. 내게 무슨 일이 일어날지, 그녀가 내게 무슨 말을 할지 알고 있다. 이미 알고 있으면 더 쉬운 일이 될까? 위안이 될까? 그런 것 같지는 않다. 지난 일주일에 걸쳐 끊임없이 자유낙하를 하던 내 인생이 마침내 땅에 추락하려 한다. 그 충격이 무서우면서도, 동시에 끝을 마주할 각오가 되어 있다.

"케이트, 이 말을 어떻게 꺼내야 할지 모르겠어. 너한테 말해야 할지 머리가 아프도록 고민을……."

내가 이지의 말을 잘랐다. 이지는 이 순간을 누릴 자격이 없다. 먼저 통보하는 쪽이 된다는 만족감을 만끽할 자격이 없다.

"이지, 네가 무슨 말을 하려는지 알아."

놀라움의 파문이 그녀의 얼굴에 일었다.

"정말?"

"시간은 좀 걸렸지만 결국 알아냈어."

"아, 그렇구나. 네가 모르는 줄 알았는데." 이지의 목소리에서 당혹감이 묻어났다.

"숀이 말해줬니?"

이지는 천천히 고개를 끄덕였다.

"응."

"숀은 비밀로 하고 싶어 했지? 저녁 식사 전에 너희 두 사람이 언쟁하는 모습을 봤어."

"그렇다기보다 숀은…… 당분간 말하지 않는 편이 낫다고 생각했어."

"그랬겠지."

이지는 다음에 할 말을 신중히 고르는 듯 망설였다. "언제부터 알았니?"

"지난주부터 대강은 알았고 다 안 지는 며칠 안 됐어. 화요일에 숀이 너한테 메시지를 보냈던 거, 기억나? 만나자는 메시지 말이야. 그건 숀이 보낸 게 아니었어. 나였지."

"화요일?"

"숀의 휴대전화 잠금을 풀었다가 메신저에서 너희 둘이 나눈 대화를 보았어. 둘 사이에 무슨 일이 벌어지고 있는지 보여주는 비밀스러운 흔적이었지." 월요일 아침 헤릭 협곡에서 우리가 나눈 대화가 떠오르자 다시금 배신감에 분노가 치밀었다. "왜 월요일에 내게 그냥 말하지 않았니? 나한테 조금은 솔직했어야 하지 않아? 왜 오늘까지 기다린 거야?"

이지가 얼굴을 찌푸렸다. "글쎄, 우선 화요일에는 알아차리지 못……."

문이 벌컥 열리더니 로언이 뛰어들었다. 놀란 두 눈을 동그랗게 뜨고 있었다.

"너희 둘! 맙소사, 얼른 와봐. 지금 당장!"

그 말만 남기고 로언은 하이힐을 달가닥거리며 별장 뒤편으로 사라져버렸다.

이지와 나는 벌떡 일어나 로언을 따라 발코니로 나갔다. 이곳에 도착한 이래 처음으로 태양이 구름 뒤로 자취를 감추었다. 거대한 검은 구름이 하늘을 뒤덮고 있었다. 바람에 힘이 실리면서 머리칼이 내 얼굴을 채찍질했고, 곧 닥쳐올 천둥 번개를 동반한 폭풍의 압력으로 대기가 들끓는 듯했다.

"너희! 저거 보여?" 로언이 숨을 헐떡이며 말했다.

우리는 로언이 가리키는 방향으로 고개를 돌렸다. 저 아래 포도밭이 끝나는 곳, 줄지어 늘어선 포도나무들이 숲이 시작되는 경계와 만나는 지점이었다.

연기가 나고 있었다.

66
오데트

오데트는 나뭇잎으로 만든 둥지 속에 웅크리고 앉아 두 팔로 무릎을 단단히 감싸고 있었다.

조용히 있어야지, 숨소리도 내지 않을 테야. 남자아이들이 놀이에 끼워준 적은 처음이다. 사실, 남자아이들에게 놀자고 말은 했지만 그저 깔깔 웃으며 저리 가라고 할 줄 알았다. 그런데 그러지 않았다. 남자아이들은 좋다고, 같이 놀아도 된다고 말했고, 오데트가 술래 말고 숨는 역할을 하겠다고 했을 때조차 싫은 기색을 내비치지 않았다. 물론 술래잡기가 아니긴 했다. 술래잡기는 아기들이나 하는 놀이이고, 지금 하는 놀이는 그보다 훨씬 재미있는 정어리 게임이다. 한 사람이 숨는 동안 다른 사람들은 눈을 감은 채 50까지 세야 한다. 그런 다음 모두가 홀로 오데트를 찾아 나서야 하고, 그러다 누군가가 처음으로 숨은 오데트를 발견하면, 나머지 사람들은 그 사람도 함께 찾아야 한다. 두 사람은 아기 생쥐처럼 딱 붙어서 함께 숨어 있어야 한다. 그렇게 숨는 사람이 한 명, 한 명 늘다가 혼자 남게 되는 술래가 패자가 되는 것이다. 하지만 모두가 포기할 때까지 오데트가 오래 숨어 있을 수만 있다면, 오데트가 승자가 된다.

남자아이들은 오데트에게 숲속에 숨으라고, 그러면 자신들이 찾겠다고 말했다.

오데트가 숨기에 아주 좋은 장소를 알아냈으니, 남자아이들은 한 시간을 돌아다닌다고 해도 자신을 찾지 못할 터였다. 잠자리에 들 시간까지 찾는다 해도 어림없는 일이었다. 오데트는 숲속 살짝 움푹 꺼진 지점에 있었다. 커다란 통나무가 쓰러진 자리였다. 오데트는 작고 꽤 유연한 몸을 나무줄기 중앙에 난 구멍에 밀어 넣고, 바스락거리는 나뭇잎과 솔잎으로 작은 둥지를 만들었다. 햄스터나 뭐 그런 동물이 된 듯했다. 덤불에 시야가 가려져 밖이 잘 보이지 않았지만, 엄마가 가지 말라고 했던 작은 길과 빈터는 그런대로 알아볼 수 있었다.

오데트는 숨는 데 능했다. 하루 종일 숨을 수도 있었다. 남자아이들에게 자신도 이런 놀이를 할 만큼 컸음을, 그들과 함께 어울릴 수 있고 다 큰 소녀가 될 수 있음을 보여줄 터였다. 마음만 먹으면 그들이 하는 놀이에서 이길 수도 있었다.

나무줄기에서는 우스운 냄새가, 아빠가 집에서 불을 피울 때 쌓아두는 장작처럼 퀴퀴하고 메케한 냄새가 났다. 캄캄했고 작은 벌레도 몇 마리 있었다. 징그러운 벌레는 나무껍질 속을 위아래로 분주히 기어 다녔지만, 오데트는 별로 신경 쓰지 않았다. 벌레가 가까이 오면, 거미나 파리 같은 곤충이 나올 때 아빠가 하는 그대로 하면 될 테지. 신발 한 짝을 벗어서 뒤축으로 철썩 후려치면 된다. 그러면 더는 벌레가 없다. 엄마는 유리잔과 엽서로 벌레를 가둬두었다 방생하려 했지만 아빠는 결코 그러는 법이 없었다. 그저 후려칠 따름이었다.

오데트는 턱을 무릎에 괴고 앉아 정어리가 뭘까 생각해보았다. 대니얼 오빠는 정어리가 물고기라고 했지만 사실일 리 없었다. 물고기는 바다에 사니까. 혹시 정어리는 일종의 쥐가 아닐까? 아니면 햄스터? 정어리라는 이름은 참 웃긴 것 같았다. 오데트는 루시 언니도 함께 놀면 좋겠다고 생각했다. 언니는 너무 예뻤다. 지금껏 본 사람 중에서 가장 예뻤다. 루시 언니는 공주처럼 보였다. 아니, 어쩌면 공주보다 훨씬 더 아름다운지도 몰랐다. 이번 휴가를 보내는 동안, 오데트는 루시 언니가 친언니여서 매일 함께 놀고 서로 머리를 묶어주고 자매가 하는 모든 일을 할 수 있다면 좋을 텐데 하는 생각을 가끔 했다. 하지만 이 놀이를 시작할 때는 루시 언니가 없어서 같이 놀자고 할 수 없었다.

오데트가 얼어붙었다. 어떤 소리가 들렸다. 길을 따라 발소리가 가까워지고 있었다. 웃고 떠드는 소리, 낮은 목소리. 어른들인가? 아니다. 남자아이들이었다.

오데트는 꼼짝도 하지 않으려 애썼다. 생일 파티에서 게임을 할 때처럼 몸을 움직이지 않고 숨을 꾹 참으며 남자아이들이 지나가기를 기다렸다. 남자아이들은 낮은 목소리로 말하고 있었다. 나무줄기에 난 틈을 통해 훔쳐보니 길을 걷는 그들의 발이 보였다. 한 줄로 걸으면서 지나치는 나무마다 막대기로 툭툭 치고 있었다. 오데트는 화가 나서 두 뺨이 달아올랐다. 남자아이들이 함께 있으면 안 되었다. 따로 찾아야 했다. 팀을 이루어 찾는 것은 반칙이었다. 공정하지 않았다. 남자아이들이란 늘 반칙을 하게 마련이었다. 그래서 남자아이들과 놀기 싫었던 것이다. 원래도 놀기 싫었는데.

오데트는 여기에서 기어 나와 저들에게 한마디 해주고 싶었다. 제대로 된 규칙을 알려주고, 정어리 게임을 제대로 하라고 말해주고 싶었다. 게임을 하려면 제대로 해야지. 하지만 그렇게 되면 쓰러진 통나무 속에서 찾은 자신만의 비밀 장소가 탄로 날 터였다.

남자아이들의 발소리가 숲속 깊은 곳으로 멀어져갔다. 그들이 자리를 떴다는 확신이 들자, 오데트는 나무줄기 안에서 몸을 살짝 움직여 조금 더 편안한 자세를 취했다. 나무껍질이 매끄럽게 곡선을 이룬 부분에 등을 기댔다. 사실 여기 안에 있으니 꽤나 좋았다. 인형들을 데려와 제대로 된 작은 둥지를 만들어 티파티를 열 수도…….

남자아이들이 돌아왔다. 이번에는 반대 방향에서 오고 있었다. 조금 전과 마찬가지로 시끄럽게 떠들더니 서로에게 조용히 하라고 쉿 소리를 내고는 키득거렸다. 그렇게 가까이 왔으면서도 오데트가 안에 있는 줄도 모르고 나무줄기 옆에 서 있는 게 분명했다! 오데트는 한 손으로 입을 막아 피식 나오려는 웃음을 막았다. 남자아이들이란 이리도 멍청하다.

조용한 숲속에 제이크 오빠의 목소리가 크게 울려 퍼졌다.

"여기도 오데트가 없네. 정말 미스터리다. 오데트가 어디로 갔는지 모르겠어. 협곡에 내려갔는지도 몰라." 다른 두 남자아이에게서 코웃음이 삐져나왔다.

나뭇잎을 밟으며 터벅터벅 걷는 발소리가 또다시 멀어졌다.

혹시나 남자아이들이 돌아올까 봐, 오데트는 작은 구멍으로 계속해서 밖을 내다봤다. 오데트를 바로 옆에 두고도 몰랐다! 오데트가 이길 것이다. 나중에 남자아이들이 얼마나 가까이까지 왔는지 말해주면 정말 웃길 터였다.

비밀 장소에 있으니 따뜻하고 편안했다. 게다가 그동안 별장 침대에서는 잠을 이루기 어려웠다…… 때로는 너무 딱딱하고 또 때로는 너무 말캉말캉한 것이 집에서 쓰던 침대와 달랐고, 늘 함께하던 장난감이 없어서 마음이 편안해지지도 않았다. 하지만 여기 쓰러진 나무 속 둥지는 정말로 꽤나 편안했다. 나뭇잎 몇 개가 살짝 따끔거리긴 했지만 말이다. 별장 침대보다 이곳에서 더 편안한 마음이 들었다.

눈꺼풀이 무거웠다.

저절로 눈꺼풀이 감기고 있었다.

* * *

오데트는 잠이 들었다는 사실도 깨닫지 못한 채 깨어났다. 나무껍질에 기대고 있던 어깨가 아팠고, 바깥의 빛이 약간 달랐다. 그래도 아무도 오데트를 찾지 못했다. 남자아이들 중 그 누구도 오데트가 어디에 숨었는지 짐작조차 하지 못했다. 오데트의 승리였다.

바깥 숲속이 점점 더 시끄러워지고 있었다.

여러 사람의 목소리가 들렸다. 아이들의 이름을 하나하나 외치고 있었다.

오데트의 이름을 외치고 있었다.

"오데트! 어디 있니?"

오데트는 저들이 지금 무엇을 하는지 알았다. 오데트를 속여서 밖으로 나오도록, 어디에 숨었는지 드러내도록 하려는 것이다. 오데트를 바보로 만들 셈이었다.

오데트는 혼자 미소를 지었다. 남자아이들보다 똑똑하다는 사실을 보여주리라. 그런데 무언가 나쁜 냄새가 났다. 엄마가 토스트를 태워서 집에 경보음이 울렸을 때 나던 냄새였다. 하지만 오데트는 속아 넘어가지 않을 터였다. 남자아이들이 어떤지 잘 알고 있으니까.

이제야 술래가 되었는데, 이렇게 쉽게 포기할 수는 없지.

저 멍청한 남자아이들 좋으라고 나가겠어?

누구 좋으라고 나가겠어?

67

잠시 우리 세 사람은 그저 가만히 서서 지켜볼 따름이었다.

자욱한 연기가 피어오르며 포도밭을 휘감아 짙은 잿빛 구름으로 산비탈을 뒤덮었다. 오렌지색 불길이 숲 근처 포도나무를 날름거렸다. 우리가 지켜보는 사이 불길은 이 포도나무에서 저 포도나무로 스멀스멀 옮겨 가고 있었다. 숲속에도 불길이 어른거렸다. 늦은 오후의 후텁지근한 공기 속에서 확 타오르며 춤을 추고 있었고, 그 열기에 하늘이 뒤틀리고 크게 굽이치고 있었다. 저 아래 모든 것이, 몇 킬로미터에 걸친 모든 것이 몇 주 동안 계속된 여름 햇살에 바싹 말라 있었다. 모두 타들어갈 준비가 되어 있었다.

로언이 가장 먼저 움직였다.

"어떡해! 애들이 저 아래 있잖아! 모두 다 저기 있다고!" 극심한 공포가 실린 목소리였다.

로언이 쏜살같이 돌계단으로 달려가 한 번에 두 계단씩 내려갔고 이지와 내가 바짝 뒤따랐다. 포도밭으로 난 철문을 통과하려던 우리는 반대편에서 오던 앨리스터와 부딪칠 뻔했다. 벌건 얼굴에 숨을 헐떡이며 부상을 입지 않도록 보호하려는 듯 왼팔을 오른팔로 감싸 안고 있었다.

"휴대전화를 가져와야겠어요. 소방서에 신고해야 해요." 앨리스터가 옆쪽으로 비켜서며 말했다.

"괜찮아요?" 이지가 앨리스터의 등에 대고 소리쳤다.

앨리스터는 걱정하지 말라는 듯 손사래를 치고 별장을 향해 비틀비틀 걸어갔다.

우리는 철문을 통과해 포도밭으로 내달렸다. 이지가 선두에 서고, 그 뒤를 내가 뒤따랐다. 내 어깨 너머로는 로언이 보였다. 우리가 불길을 향해 허둥지둥 언덕을 내려갈 때, 내 바로 뒤에서 겁에 잔뜩 질린 로언의 목소리가 들렸다.

"오데트! 오데트! 엄마가 갈게!"

아무도 보이지 않았다. 아이들도, 남자들도, 그 누구도 보이지 않았다. 짙은 잿빛 연기가 포도밭 저 아래와 숲속에서 피어오르고, 오렌지색 불꽃이 혀를 날름거리며 숲속 나무와 숲 인근 포도나무들을 핥고 있는 모습만이 보였다. 이 광경과 관련해 무언가가 뇌리에 박혔지만 생각할 시간이 없었다. 게다가 내 머릿속은 대니얼과 루시 걱정으로 가득 차 있었다.

계속해서 내달리는 우리를 향해 연기가 덩굴손처럼 뻗어 나와 질식할 것만 같았다. 크고 거친 숨소리가 내 귀에까지 들렸고, 숲을 향해 전력질주하는 사이 플립플롭이 발에서 벗겨져 날아가버렸다. 돌투성이 땅에 발이 긁히는 줄도 모르고 달렸다.

숲 입구에 다다르자 이지가 뒤를 돌아보며 외쳤다. "내가 제니퍼를 찾을게."

그러고는 왼쪽으로 방향을 틀어 숲에 들어갔다.

나는 오른쪽으로 가서 죽 늘어선 포도나무를 헤치며 구불구불한 길을 걸었다.

"대니얼! 루시! 어디 있니?" 앞으로 한 손을 휘저으며 연기 구름을 뚫고 나아갔다.

대답이 없었다.

극심한 공포감이 담즙처럼 목구멍 깊숙한 곳에서 올라오기 시작했다. 연기도 위험하고 불길이 멀리 퍼진다면 그 또한 위험할 테지만, 정말 위험한 것은 빈터 끝자락에 숨겨져 있었다. 절벽에서 헛디디면 30미터 아래 바위로 추락하게 된다. 연기와 혼란 속에 잘못된 방향으로 단 한 번 혼란스러운 발걸음을 내딛는 것만으로.

"대니얼! 루시! 엄마 목소리 들려?"

불길은 탁탁, 쉬익 소리를 내며 이 나뭇가지에서 저 나뭇가지로 성큼성큼 옮겨붙고 있었고, 그 강한 열기가 얼굴까지 확 끼쳤다. 매운 연기를 폐에 가득 들이마시자 바로 기침이 나왔다. 목구멍을 찢는 연기에 콜록대고 헛구역질을 하다가 목이 막혀

버리기 전에 다시 아이들을 부르려 안간힘을 썼다.

나무 사이로 떠다니는 연기에 눈까지 따끔거렸다. 연기는 점점 더 짙어지고 있었다.

저기다.

한 아이가 비명을 지르고 있었다. 겁에 질렸을 때 나오는 새된 목소리.

그 아이가 태어날 때 이후로 수년간 느끼지 못했던 두려움이 엄습했다. 아주 작고 조용하고 입술이 퍼렇던 아이. 산파가 목에 감은 탯줄을 풀고 품에 안았는데도 아무 움직임이 없었다. 아이가 숨을 쉬기만을 간절히 바랐다. 아이의 울음소리를 들을 수만 있다면 내 목숨을 가져간대도 좋았다. 그저 울음소리를 들을 수만 있다면. 본능적인 두려움이 내 심장을 움켜쥔 채 쥐어짜고, 또 쥐어짜다가 내 안에서 피가 다 빠져나가는 기분이었다. 숨을 고를 수 없었다. 공포는 너무도 가까이 다가와 목덜미에서 그 뜨거운 숨결이 느껴질 지경이었다. 어쩌면 지금이 내 세계가 멈추는 순간일 수도 있겠다는 공포였다. 침묵이 흘렀다. 의사와 간호사가 분주히 움직여 능숙한 손놀림으로 내 아기가 목숨을 붙들 수 있도록 안간힘을 썼다. 하지만 여전히 아무 소리도 들리지 않았다. 침묵만이 감돌았다. **제발 저 아이가 울게 해주세요. 제발 아무 문제도 없게 해주세요. 울음소리를 들을 수만 있다면 뭐든, 뭐든 다 할게요.** 그리고 마침내, 경이롭게도 아이가 울음을 터뜨렸다. 목구멍 깊은 곳에서 올라오는 격렬한 울음소리가 기진맥진한 채 침상에 누운 내 귀를 뚫고 들어왔다. 그 순간,

내 가슴은 순수한 사랑으로 가득찼고, 뜨거운 눈물이 양 볼을 타고 흘렀다. 그렇게 내 품에 들어온 아이는 작고 완벽했다. 엉망이 된 얼굴은 보랏빛이었고, 온 힘을 다해 우는 소리는 세상에서 가장 아름답게 들렸다. 쩌렁쩌렁 울리는 힘찬 목소리, 생명력으로 터질 듯한 목소리였다.

그 아이가 지금 울고 있다.

"엄마! 엄마!"

나는 아들의 목소리가 들리는 쪽으로 몸을 돌렸다. 길을 벗어나 오른쪽 숲속으로 무턱대고 뛰어들었다. 연기 때문에 두 눈에서 눈물이 줄줄 흘렀다.

"대니얼! 엄마가 갈게!"

"엄마!" 대니얼이 다시 소리쳤다. 겁에 질려 잔뜩 굳은 목소리였다.

왼편으로 움직임이 느껴졌다. 빈터 근처에 사람들이 연기에 휩싸여 있었는데, 모두 성인이었다. 당장은 저들을 신경 쓸 겨를이 없었다.

대니얼이, 내 아들이, 바로 앞에 있었다.

내 아들이 저기 있었다. 나무를 헤치며 휘청휘청 내게 다가오고 있었다. 더러운 얼굴에 눈물 자국이 줄줄 나 있었다. 나는 대니얼의 작은 손을 꼭 잡았고, 우리 두 사람은 콜록대면서 연기를 헤치며 숲을 통과해 다시 포도밭으로 나왔다.

"얼른! 더 높이 올라가야 해!" 옆에서 비틀대는 대니얼을 끌어당기며 외쳤다.

언덕을 반쯤 올라 연기와 불길로부터 충분히 멀어졌을 때, 우리는 멈춰 서서 숨을 가다듬었다.

"누나는 어디 있니? 루시 어디 있냐고?" 내가 숨을 헉헉대며 물었다. 목이 쓰라렸다.

"모르겠어요. 누나 못 봤어요."

"어디 다친 데는 없니? 어디 아픈 데 없어?" 나는 대니얼 옆에 무릎을 구부리고 앉아 살폈다. 머리를 뒤로 쓸어 넘겨 이마를 확인하고, 눈에 보이는 상처가 있는지 머리와 두 팔도 살펴보았다.

"목이 좀 아파요."

"다른 데는?"

"없어요." 대니얼이 땅을 내려다보았다. "우리…… 우리가 오데트를 쓰러진 통나무에 두고 왔어요."

"뭐?"

"정어리 게임을 하고 있었는데 제이크 형이 오데트를 골려주자고 했어요. 오데트가 숨도록 한 다음에 일부러 찾지 말자는 거예요." 대니얼의 입에서 말이 마구 쏟아져 나와 서로 엉키고 있었다. "오데트가 어디 있는지 알면서도 모른 척했는데 오데트는 협곡 근처 통나무에 있었어요. 괜찮대요? 나는 아직……."

연기 속에서 손이 불쑥 나왔다. 맨가슴이었고, 티셔츠를 끌어올려 입과 코를 가리고 있었다.

두 팔에 루시가 들려 있었다. 머리를 아빠의 가슴팍에 기댄 모습이었다.

"숀! 이리로!" 내가 소리쳤다.

숀은 우리를 향해 언덕을 뛰어올라 우리 딸을 조심스레 땅에 내려놓았다. 루시는 샌들 한 짝이 벗겨지고 팔에는 길게 긁힌 자국이 있었다. 의식이 있었지만, 고통에 입을 굳게 다문 모습이었다.

"루시, 괜찮니?" 내가 물었다.

"발목을 삐었어요."

숀이 입가까지 끌어 올린 티셔츠를 밑으로 내렸다.

"누가 소방서에 신고했어?"

"앨리스터가 했어."

"저 아래 몇 명이나 남았지?"

"모르겠어. 그런데 대니얼 말이, 오데트가 쓰러진 나무줄기에 숨어 있대. 오데트를 봤어?"

내 질문에 대답이라도 하듯, 연기 속에서 어떤 여자의 목소리가 들려왔다.

"오데트! 오데트! 어디 있니?" 로언은 공포에 사로잡혀 이성을 잃고 처절하게 외쳐대고 있었다.

숀이 일어섰다.

"다시 가볼게. 우리 아기들을 찾아야지." 숀이 내게 말했다.

숀은 다시 티셔츠를 올려 코를 덮고는 연기 속으로 뛰어들어 언덕을 내려갔다.

68

남편이 별장 아래를 뒤덮은 잿빛 연기 구름 속으로 사라지는 모습을 지켜봤다. 불길이 번지면서 연기는 점점 더 짙어지고 있었다. 남쪽에서 불어오는 따뜻한 바람에 기다란 불길이 넓게 퍼지며 이 나뭇가지에서 저 나뭇가지를 빠르게 핥아댔다.

몸조심해. 숀이 다시 위험으로 뛰어들었을 때, 다른 사람의 아이를 찾으려 스스로를 위험에 빠뜨렸을 때 외쳤어야 했다. 하지만 나는 그러지 못했다. 이유는 모르겠다. 아무 말도 하지 못했다. 그저 앉아서 떠나는 숀을 지켜볼 뿐이었다. 숀은 앞뒤 재지 않고, 두려움 없이 다시 연기 속에 뛰어들었다. 무엇이 기다리고 있을지 알 수 없는 숲속으로 달려 들어갔다.

혹시 이게 내가 마지막으로 보는 숀의 모습일까.

제발 괜찮아야 해, 숀. 당신이 무슨 짓을 했든, 우리 사이에 무슨 일이 있었든, 당신이 내가 아닌 누굴 선택했든, 이런 식으로 끝내고 싶지는 않아.

마을 어딘가에서 소방차의 두 가지 음으로 이루어진 사이렌 소리가 울려왔다.

서둘러요.

불길은 계속해서 춤사위를 이어나갔고, 파란 하늘은 연기로 캄캄해지고 있었다. 바람이 잠시 방향을 바꾸어 연기 구름을 다시 우리 쪽으로 밀어내는 탓에 목이 타들어가는 듯하면서 눈물이 앞을 가렸다. 연기를 들이마시자 머리가 지끈지끈 아팠다.

1분이나 되었을까, 아니 어쩌면 1분도 채 지나지 않은 시점에 다시 연기의 가장자리에서 어떤 움직임이 나타났다. 그 움직임은 갑자기 살아 있는 살과 피로, 어떤 형체로 합쳐졌다. 성인의 몸이었다.

러스가 비틀대며 연기를 빠져나왔다. 두 팔로 오데트를 와락 움켜잡은 모습이었다.

러스 뒤로 로언이 뛰어오고 있었다. 티셔츠를 끌어 올려 입과 코를 가린 채 두 사람을 따라 언덕을 올랐다. 우리 옆에 다다른 세 사람은 모두 털썩 쓰러져 꼼짝도 하지 않은 채 헐떡대고, 훌쩍이고, 콜록대며 안도할 뿐이었다. 로언은 오데트의 상태를 확인하려 러스에게서 아이를 부드럽게 떼어내려 했지만, 오데트는 자신의 목숨이 달린 일인 양 삿갓조개처럼 딱 들러붙어 있었다.

숀이 마지막으로 나타났다. 질식할 듯한 연기에 한 팔을 앞으로 휘젓고 있었다. 비틀비틀 언덕을 올라와 기진맥진해 내 옆으로 쓰러졌고, 입을 가린 티셔츠를 밑으로 내렸다.

"다들 나온 거야? 모두 빠져나왔어?" 숀이 숨을 고르려 애쓰며 헐떡거렸다.

"그런 것 같아."

"좋아. 다들 괜찮지?"

"응. 애들한테 물 좀 주고 루시는 발목을 봐주면 될 것 같아."

나는 고개를 돌려 숀을 제대로 보았다. 얼굴과 몸통이 흙으로 얼룩졌고 땀에 젖어 번들거렸다. 충혈된 두 눈에는 아직 흥분이 어려 있었고, 두 무릎이 까져 피를 흘리고 있었다. 가슴과 오른쪽 뺨에는 작게 수직으로 긁힌 상처가 있었다.

숀은 심하게 기침을 하더니 땅에 침을 뱉었다.

"숀?" 놀라서 제대로 목소리가 나오지 않았다.

숀은 두 눈을 동그랗게 뜨고 열심히 불길을 응시하느라 내 말을 듣지 못한 듯했다.

"숀?"

그의 고개가 탁 하고 꺾이더니 나를 향했다.

"응?"

"괜찮아? 피가 나는데."

숀은 손사래를 쳤고, 나는 그가 아드레날린 분비로 떨고 있음을 알아차렸다.

"별거 아냐. 망할 덤불에 넘어졌어. 내가 어디로 가고 있는지도 안 보였거든. 지금 저 아래에서는 얼굴 앞에 손을 들이대도 안 보일 정도야."

우리는 잠시 불을 뚫어져라 보았다. 불길이 우리의 넋을 완전히 빼놓고 있었다.

"빌어먹을. 도대체 어쩌다가 불이 난 거야?" 숀이 낮게 탄식했다.

"좋은 질문이야." 목이 쓰라리고 머리가 너무도 심하게 쿵쿵 울려서 논리적으로 생각할 수가 없었다. 그래도 처음 불길을 보았을 때 머릿속을 스치고 지나간 생각이 문득 떠올랐다. 그저 그 의미가 무엇인지 알지 못할 뿐이었다. 아직은 알지 못했다.

* * *

제니퍼가 별장에서 미네랄 생수를 한 묶음 가지고 내려왔고, 우리는 앉은 자리에서 물을 마시며 목구멍의 연기를 씻어 내렸다. 소방대원들이 작업에 들어갔다.

파란색 안전복과 빨간색 안전모 차림의 프랑스 소방대원들이 남은 불길을 향해 호스로 물을 뿌리자, 불과 몇 분 전만 해도 그을어가던 주변 나무들과 활활 타던 세 줄의 포도나무가 흠뻑 물을 뒤집어썼다. 소방대원들은 옆 마을 마갈라스의 자치 소방단에서 왔다고 했다. 차고 옆을 돌아온 소방차가 저 끝에서 조심조심 포도밭 가장자리로 진입하고 있었다. 앨리스터가 소방대원들을 안내했고, 대원들이 신속하고 효율적으로 불을 잡아가는 사이 대장과 이야기를 나누었다.

대니얼은 남자아이들이 으레 소방관에게 품게 마련인 경외감에 젖어 지켜보고 있었다.

"구급차도 와요?"

"이분들이 그런 일도 다 하실 거야, 대니얼." 내가 말했다.

"최고다."

키 크고 근엄한 얼굴의 선임 소방관이 자신을 베르나르 르핀이라고 소개한 다음 구급상자를 가져와 아이들을 살폈다. 우리 가운데 가장 프랑스어가 유창한 로언이 통역사 역할을 하는 사이, 르핀은 루시에게 발목을 지지할 수 있도록 발등부터 발목까지 붕대를 감아주었고, 앨리스터에게는 팔의 작은 화상 부위에 약을 발라주었다. 숀은 손사래를 치며 베이고 긁힌 상처의 치료를 거부했다. 직접 닦아내겠다고 고집을 부렸다.

르핀은 구급상자를 꾸리고 동료들의 작업 상황을 점검하러 성큼성큼 언덕을 내려갔다. 이제 불은 완전히 꺼졌고, 혹시 잔불이 다시 살아나지 않도록 숲과 주변 지역에 물을 흠뻑 뿌리고 있었다. 소방대원들은 숲속을 저벅저벅 걸으며 작업이 제대로 되었는지 살폈다. 불길이 타오르던 자리가 충분히 정확히 진화되었는지 확인하는 것이다. 아직 폭풍우가 닥치기 전이었고 오후의 더위는 여전히 잔인했으며 찜통 같은 습기가 정수리를 내리누르고 사방에서 옥죄어 오는 듯했다.

몇 분 후 돌아온 르핀은 로언에게 이런저런 몸짓을 하며 꽤 길게 무언가를 설명했다. 빠른 속도와 단호한 표정으로 볼 때,

로언은 지금 프랑스의 화재 안전 수칙을 지키지 않았다며 질책을 듣고 있는 듯했다.

결국 로언은 우리에게 고개를 돌려 애처로운 미소를 지었다. "밖에서 바비큐를 구워 먹거나 담배꽁초를 버리면 안 된대. 밖에서 불을 피우면 안 되고, 분리수거함 외에는 어디에도 유리병을 버리면 안 된대. 또 애들이 성냥이나 라이터, 담배에 손대지 않도록 하래."

"물론이지." 나는 르핀에게 고개를 끄덕여 보였다.

로언이 덧붙였다. "아, 우리 일행의 소재가 모두 확인됐는지 물어보네."

지난 20분간 공포와 혼란 속에 있었기에, 그제야 머릿수를 세는 일을 깜빡 잊었음을 깨달았다. 내 자식이 무사한지 확인하는데 급급해서, 극적으로 도착한 소방대원들에게 정신이 팔려서, 연기 속에서 숨을 몰아쉬기 바빠서, 확인해볼 생각조차 하지 못했다. 르핀이 물어봐서 다행이었다.

나는 빠르게 머릿수를 세며 우리 열두 명이 빠짐없이 자리에 있는지 확인했다.

일단 셌는데…….

어라? 이럴 리가 없는데.

한 번 더 세어보았다.

열한 명이었다.

69

나는 머리를 비우려 고개를 저었다.

열한 명뿐이네. 열두 명이 아니라. 분명 별장 어딘가에 있겠지?

르핀이 입은 소방복의 가슴 주머니에서 무전기가 치직 소리를 내며 살아났다. 젊은 목소리가 숨을 헐떡이며 급히 르핀의 이름을 반복해서 부르고 있었다. 르핀이 응답하자 그의 동료로부터 프랑스어가 마구 쏟아져 나왔다. 르핀은 두 가지 질문으로 응수했다. 두 가지 빠른 답변이 이어졌다.

로언이 한 손을 날려 입을 막았다.

르핀이 로언에게 얼른 같이 가자는 신호를 보냈다. 나도 일어났다. 얼음같이 차가운 손가락이 심장을 말아 쥐는 듯했다.

대니얼도 함께 가겠다는 듯이 내 손을 잡았다.

르핀이 손가락 하나를 흔들고 고개를 저었다.

"농 마담. 파 아베크 르 갸르송."

아이는 안 된다.

발아래 세상이 무너지는 기분이었다.

대니얼이 불안한 표정으로 나를 올려다봤다.

"뭐래요?"

"너는 우선 여기 있으래. 아빠랑." 목소리가 떨려 나왔다.

나는 대니얼의 손을 놓은 다음 르핀을 따라 언덕을 내려가 까맣게 된 숲으로 갔다. 숲은 불길에 그을리고 물에 흠뻑 젖어 있었다. 가장 가까이에 있는 작은 나무들이 뒤틀리고 새까맸다. 르핀이 로언과 함께 선두에 서고 앨리스터와 내가 한 줄로 서서 바짝 뒤따랐다.

두 다리가 고무가 된 것처럼 힘이 없고 후들거렸다. 울퉁불퉁한 포도밭에 한 발씩 내디딜 때마다 다리가 내 몸을 이기지 못하고 무너질 것만 같았다. 숲으로 가는 내내 우리의 발소리만이 유일한 소리였다. 샌들과 플립플롭이 흙과 돌과 나뭇잎을 저벅저벅 밟는 소리가 숲속을 울렸다. 뛰어다니는 남자도, 사이렌도, 다가오는 헬리콥터 모터 소리도, 절박하게 움직이는 소리도, 생사를 가르는 긴급 상황도 없었다.

그저 우리 세 사람과 르핀뿐이었다. 감정 없는 얼굴로 앞장선 르핀은 방수포를 넣고 밀봉한 비닐 주머니를 겨드랑이에 낀 채였다.

커다란 참나무와 플라타너스를 휘감은 거친 흙길이 나왔다.

움푹 꺼진 지점에 들어갔다가 올라와서 다시 돌고, 커다란 바위와 오데트가 숨어 있던 쓰러진 통나무를 지났다. 한쪽으로 기울어진 채 땅바닥에 처박힌 표지판에는 빛바랜 붉은 글자로 '**주의**'라고 쓰여 있었다. 빈터와 절벽 끝에 다다라 르펀이 이끄는 대로 절벽의 석회암 경사면을 깎아서 만든 계단을 내려갔다. 내려가는 내내 두 다리가 금방이라도 풀썩 꺾일 것 같았다. 새삼 내가 별장에 온 후로 처음 협곡에 내려가본다는 생각이 들었다.

저 소방관이 로언에게 뭐라고 말했는지 나는 알지 못했다. 프랑스어를 잘 몰랐으니까. 하지만 동시에, 나는 **알았다**. 내 의지에 반하여, 내 존재를 이루는 세포 하나하나에 반하여, 우리가 무엇을 발견할지 알았다. 내 앞에 선 로언은 벌써 살짝 흐느끼고 있었다. 그녀는 걷는 내내 어깨를 들썩였고, 두 팔은 가슴 앞으로 단단히 팔짱을 끼고 있었다. 그런 로언을 보고 있자니 나도 더는 참을 수가 없었다. 협곡을 향해 반쯤 내려온 지점에서 눈물이 터졌다. 계단을 다 내려왔을 때는 나 역시 흐느끼고 있었다.

출동한 소방관들 가운데 가장 어린 사람이 거기 있었다. 가슴 앞에 모자를 양손으로 들고 있었다. 열여덟 살을 갓 지난 듯 보이는 얼굴이 유령처럼 창백했다. 금방이라도 눈물이 쏟아질 듯했다.

우리가 가까이 다가가자 소방관은 두 눈을 바닥에 떨구고 한 발 옆으로 물러났다.

"마담." 남자가 목멘 소리로 간신히 말했다.

그녀가 거기 있었다. 절벽 아래, 매끈한 바위 위로 두 팔을 펼친 모습이었다.

미동도 없었다.

이지였다.

70

바닥에 등을 대고 누운 이지의 머리 주위로 검붉은 피가 둥근 원을 그렸다.

이지는 두 눈을 뜨고 있었지만 아무것도 보고 있지 않았다. 협곡 아랫부분을 이루는 평평한 바위에 떨어져 한 다리가 다른 다리 밑으로 접어 들어가 있었고, 두 팔을 한쪽으로 내던진 모습이었다. 머리 뒤쪽에서 서서히 피가 흘러나와 바위의 가장자리로, 아래에서 졸졸 흐르는 개울로 뚝뚝 떨어졌다. 짙은 핏방울은 물과 섞여 희미해지며 상류에서 흘러나오는 물과 함께 휩쓸려 내려갔다. 파리 한 마리가 이지 주변에서 윙윙대더니 그녀의 기괴하게 꺾인 팔 밑으로 고인 피를 살짝 비켜난 지점에 자리를 잡았다. 나는 거칠게 손을 휘저어 파리를 쫓아냈고, 이지의 머리 주위로 모여드는 파리들도 찰싹 때려서 잡았다.

로언이 르핀에게 빠르고 긴급한 어조로, 짧은 질문을 쉴 새 없이 쏟아냈다. 하지만 르핀은 로언을 바라보며 천천히, 유감이라는 듯 고개만 저을 뿐이었다. 이지의 숨이 끊어진 것이다.

앨리스터가 살짝 뒤로 물러났다. 충격에 얼굴이 얼어붙어 있었다. 로언과 나는 팔짱을 낀 채로 천천히 시체에 다가갔다. 하지만 보고 싶지 않았다. 보면 현실이 될 테니까. 영원히 사실이 될 테니까.

우리 친구.

“맙소사. 말도 안 돼.” 내 목소리가 이상하게 들렸다. 마치 내 몸 밖에서 나온 것처럼 내 목소리가 아닌 듯했다.

로언은 눈앞의 상황을 믿지 못하겠다는 듯 몸을 바들바들 떨고 있었다. 한 손으로 입을 틀어막고 괴로워하며 흐느끼는 낮은 울음소리가 협곡 벽에 부딪쳐 되울렸다. 내가 로언을 껴안았고 우리는 몇 분 동안 서로를 붙들고 울면서 애써 서로를 위로하려 했다. 우리 두 사람 모두 그 어떤 것도 위로가 되지 않는다는 사실을 알았다. 알면서도 그만둘 수가 없었다.

흐느끼던 로언이 먼저 입을 떼었다. “어쩌다가…… 어쩌다가 떨어진 거야?”

“모르겠어. 믿을 수가 없어. 어떻게 이지가…….”

문장을 끝맺을 수조차 없었다. 내가 이 현장의 일부가 아니라, 허공에 둥둥 떠서 현장을 내려다보는 듯한 기분이었다. 전에도 일을 하면서 시체를 여러 번 봤지만(늘 있는 일은 아니지만,

내가 하는 일에서 피할 수 없는 부분이기도 하다) 내가 아는 사람의 시체를 본 건 처음이었다. 내게 의미가 큰 사람, 내 역사, 내 과거, 내 인생의 많은 부분을 함께 공유한 사람의 시체를 본 건 이번이 처음이었다.

르핀이 목을 가다듬고 프랑스어로 나직이 말하자, 로언은 속삭임에 가까운 낮은 목소리로 대답하며 고개를 끄덕였다. 내가 파악하기로, 르핀은 로언에게 시신의 신원을 확인해달라고 요청하고 있었다. 로언이 한 번 더 고개를 끄덕이고는 프랑스어로 뭐라고 대답했다. 목소리가 갈라지고 있었다.

르핀이 한 손을 살짝 로언의 팔에 가져다 댔다. 굳어 있던 표정이 누그러지고 있었다.

"제 슈이 브레몽 데졸리, 마담."[40]

그러고는 방수포를 부드럽게 펼쳐서 조심히 시신을 덮었다.

으스러진 이지의 몸을 보는 일도 견딜 수 없었지만, 그렇다고 그녀의 몸을 덮는 일도 내키지 않았다. 마치 이제 사람이 아니라고 최종 선고를 내리는 듯했다. 그 작은 동작 하나로 이지는 우리를 초월한 존재가 되어버렸다. 살릴 수 있다는 그 모든 희망과 반평생 동안 우리를 한데 묶어온 우정 어린 유대까지도. 나는 무의식적으로 무릎을 꿇고 앉아 이지의 죽 뻗은 팔을 쓰다듬었다. 서늘했다. 피부가 밀랍 같았지만, 그래도 만져보니 온기가 남아 있었다.

---

40) '정말 유감입니다, 부인.'이라는 뜻.

내 친구. 한 시간 전만 해도 나는 식탁에 그녀와 마주 보고 앉아 분노를 억제하려 애쓰고 있었다. 그녀에게 욕을 퍼붓고 싶은 걸 참느라고 무릎 위 두 손을 꼭 움켜쥐고 있었다.

그리고 지금, 그녀의 시체를 마주하고 있다.

왠지 모르게 내 잘못인 양 느껴졌다. 내 탓이다. 이지를 향한 내 의심과 악감정과 분노가 그녀를 절벽 끝으로 내몬 것이다.

미안해, 이지. 정말 미안해.

"이지의 가족에게 알려야 해. 이지한테 오빠가 있잖아, 아일랜드 영사관에 전화하자." 로언이 떨리는 목소리로 말했다.

"그 문제는 경찰이 알아서 할 거야."

"마담?" 르핀이 미안해하는 미소를 지으며 내게 시체에게서 물러나라고 손짓하고 있었다.

"아 네, 미안합니다. 파르동." 나는 자리에서 일어났다.

"왜 그래?" 로언이 물었다.

"여기…… 아무것도 만지면 안 되는 것 같아."

"아. 그렇지."

르핀이 다시 로언에게 말을 걸었고, 로언은 나를 위해 통역해 주었다.

"지역 경찰국에 전화해서 사건을 보고할 거래. 또 경찰이 올 때까지 부하 직원 한 명이 여기 있을 거래. 여기…… 이지랑."

앨리스터가 처음으로 입을 열었다. 생기 없는 목소리였다.

"우리가 이지를 별장에 데리고 올라가야 하지 않나요? 들것을 만들면 되잖아요. 나뭇가지나 뭐 그런 걸 몇 개 주워서…….”

내가 그의 말을 잘랐다. 직업적 본능이 발휘되고 있었다.

“안 돼요.”

“그냥 여기에 둘 수는 없잖습니까!”

“증거를 모두 보존해야 해요. 경찰도 모든 것이 있는 그대로 남아 있기를 원할 테고요.”

“증거라뇨? 무슨 뜻입니까?” 혼란스러운 목소리였다.

“그게…….” 차마 입 밖에 내지 못하고 잠시 망설였다. 이런 말을 해야 하는 이 상황이 견딜 수 없이 싫었다. “여기가 범죄 현장일 수도 있거든요.”

71

아무도 아무 말도 할 수 없었다.

거실에 모인 우리 모두는 충격에 휩싸여 어찌할 바를 모른 채 침묵에 잠겨 있었다. 아래 협곡에서 가지고 올라온 끔찍한 소식을 받아들이려 애쓸 뿐이었다. 몇 명은 서로의 어깨에 팔을 두른 채 울었고, 몇 명은 멍하니 카펫만 바라보았다. 내 옆에 가까이 붙어 앉은 루시와 대니얼도 서로 손을 잡고 울고 있었다. 남매가 손을 잡은 건 몇 년 만의 일이었다.

베지에 경찰서의 경찰 두 명이 신고를 접수했으니 한 시간 내로 도착할 것이라고, 르펀이 우리에게 말했다. 경찰이 올 때까지 소방관 한 명이 협곡에 남을 거라고 약속했지만, 그는 막판에 소방관을 철수시켰다. 인근 D909에서 발생한 교통사고에 출동하려면 팀 전원이 필요하다는 이유에서였다. 방수포에 덮인 이지의 시신은 붉고 흰 테이프로 표시되어 있었고, 앨리스터가 자진해서 남아 경찰이 올 때까지 현장이 그대로 보존되도록 지키기로 했다. 르핀은 우리에게 단단히 당부하고 떠나갔다. 그 누구도 시신을 건드리거나 옮겨서는 안 된다고 했다.

마침내 러스가 입을 열었다.

"범죄 현장? 정말인가요?"

"범죄 현장일 가능성이 있다는 거죠." 내가 말했다.

"나는 사고라고 생각했어요."

숀이 침울하게 고개를 끄덕였다. 얼굴에 눈물 자국이 가득했다. 비탄에 잠겨 무너진 얼굴로 말했다. "나도 마찬가지예요."

나는 이미 흠뻑 젖은 티슈로 눈물을 훔쳤다.

"그래요. 하지만 경찰은 모든 가능성을 열어둔 상태에서 시작해야 할 거예요. 거기에서부터 다시 나아가는 거죠. 사고라고 결론짓기 전에 다른 모든 선택지를 제거해야 해요. 영국 경찰이라면 그렇게 할 거예요."

제니퍼는 두 아들과 나란히 앉아 서로 손을 꼭 붙잡고 있었다. 정면을 응시하고 있었지만, 아무것도 보고 있지 않았다. 커다란 충격에 온몸의 힘이 빠져나가 기진맥진한 모습이었다. 우리 모두 마찬가지였다.

"이지가 죽었다니 믿을 수 없어." 제니퍼가 혼잣말에 가깝게 말했다.

"그런데 사고가 아니라면 어떻게 되는 거죠? 정말 다른 이유로 그렇게 된 거라면?" 러스가 물었다.

"이를테면?" 숀이 말했다.

또다시 긴 침묵이 이어졌다. 아무도 입을 열고 싶어 하지 않았다. 결국 내가 총대를 메기로 했다.

나직이 말했다. "살인이죠."

"얘는, 말도 안 돼, 안 그래요?" 로언이 거실을 둘러보았다.

"말도 안 되죠." 숀이 불쑥 말했다.

"말도 안 되지." 러스도 거들었다.

"말도 안 돼." 제니퍼도 같은 생각이었다.

나는 거실에 둘러앉은 얼굴을 하나하나 찬찬히 살폈다. 한 시간 전만 해도 열두 명이었던 우리는 이제 열 명이 되었다. 친구와 가족. 로언과 러스, 제니퍼, 제이크와 이선, 루시, 대니얼, 꼬맹이 오데트.

그리고 숀. 내 옆에 앉아서 내 어깨에 그의 억센 팔을 두르고 있었다.

살인의 의미를 모르지 않았음에도, 그제야 살인의 극악무도함이 와닿았다. 거실의 모든 눈이 나를 향하는 기분이었다.

이지는 내 남편과 관계를 맺고 있었고, 두 사람의 불륜을 나에게 고백하려고 마음을 굳힌 상태였다. 내 남편이 저지른 간통과 거짓말을 폭로해, 우리 결혼생활에 파국을 불러오기 직전이었다.

그런 이지가 죽어버렸다.

남편의 오른쪽 뺨 윗부분에 긁힌 자국이 있었다. 관자놀이부터 귀까지 작은 수직선이 세 줄 그어져 있었다. 줄 사이의 간격은 좁았고, 벌겋게 부어 있었다. 나도 모르게 자꾸만 그 상처에 시선이 갔다. 남편은 연기와 혼란 속에서 우리 아이들을 찾다가 가시 돋친 덤불에 넘어져 긁혔다고 말했다. 하지만 내 눈에는 넘어져서 생긴 상처로 보이지 않았다. 너무도 규칙적으로 균일하게, 곧게 그어진 선이었으니까.

내 눈에는 손톱자국처럼 보였다.

이내 추악하고 뒤틀린 생각이 스멀스멀 머릿속으로 들어왔다. 이지는 왼손잡이야. 왼손잡이라면 가해자의 오른쪽 얼굴을 할퀼 테고…….

불이 시작된 뒤 숲에 가장 오래 홀로 있던 사람이 숀이었다. 홀로 숲에 다시 들어가서 홀로 나왔다. 나는 그가 숲에서 무얼 하고 있었는지 보지 못했다. 아무도 본 사람이 없다. 숀이 어쩌다 저렇게 다쳤는지 아무도 보지 못했다.

어쩌면 숀은 숲에 있는 내내 혼자가 아니었을 수도 있었다.

뇌에서 논리 영역을 담당하는 부분이 끔찍하고도 그럴듯한 시나리오를 하나 내놓았다. 파운드푸티지[41] 기법을 쓴 영화처럼 머릿속에 장면이 그려지고 있었다. 아무리 애를 써도 떨쳐낼 수 없었다. 영사기를 끌 수 없었다. 애를 쓰면 쓸수록 소리가 더 크게 들렸고 화면은 더 밝아졌으며 내용은 전보다 더 설득력 있

41) 잊혀 있던 진실이 담긴 영상을 누군가가 발굴해 관객에게 보여준다는 설정의 페이크 다큐멘터리.

게 다가왔다. 일찍 집으로 돌아가야 한다는 통보에 화가 난 제이크와 이선이 숲에서 성냥을 가지고 놀다가 불을 낸다. 어쩌다 보니 한 곳도 아닌 두 곳에 불이 일어난다. 그래서 내가 처음 불을 보고 아찔했던 것이다. 불이 타오르는 지점이 한 곳이 아니었기 때문이다. 10미터 정도 거리를 두고 두 지점에서 불길이 타오르고 있었다. 10대 형제가 누가 더 빨리 불을 붙일 수 있는지를 두고 경쟁한 것일까? 형제는 불이 커지자 당황해서 타오르는 불길을 내버려두고 도망간다. 연기와 혼란 속에서 숀은 절벽 근처에 있는 이지를 발견한다. 이지가 숀을 발견했을 수도 있다. 우연히 만난 두 연인은 다시금 말다툼을 시작한다. 이지는 둘 사이를 알리고 싶어 한다. 반면에 숀은 필사적으로 계속 비밀을 묻어두려 한다. 감정이 격해지고, 상황은 악화일로를 걷는다. 이지는 늘 기운이 넘치지만, 숀은 그녀보다 거의 30센티미터나 크고 힘도 훨씬 세다. 이지가 최후통첩을 던진다. 어쩌면 이지가 숀의 뺨을 때리려는 걸 숀이 막으려고 했을 뿐인지도 모른다. 두 사람이 절벽 끝에 위험할 정도로 가까이 있다는 사실을 깨닫지 못했을 뿐인지도 모른다. 그러다가…….

갑자기 나는 숀이 내 몸에 손을 대는 것을 견딜 수가 없다.

머릿속에서 시나리오가 계속 돌아간다. 암울하고도 생생한 장면 장면이 펼쳐지고, 생각이 길어질수록 점점 더 현실이 되어간다. 팔 뒤쪽으로 털이 쭈뼛 선다.

숀, 무슨 짓을 한 거야?

맙소사, 도대체 무슨 짓을 저질렀냐고?

72

숀이 내 어깨에 두른 팔이 새삼 견딜 수 없을 정도로 덥게 느껴졌다. 그는 몸에 열이 많아서 추운 밤이면 우리의 침대를 데우곤 했다. 피가 뜨거운 아일랜드 남자인 그가 내 차가운 영국인의 가슴을 녹인다고, 나는 오랫동안 농담 삼아 말하곤 했다.

피가 들끓는 거야? 살인자처럼?

차마 소파에서 일어서지는 못하고 살짝 몸을 움직여 그와 거리를 두었다.

"말이 되든 안 되든, 경찰이 결국 살인으로 가닥을 잡는다면 바로 용의자를 추려낼 거야." 나는 목소리에 감정을 싣지 않으려고 애썼다.

"용의자 누구?" 로언이 말했다.

"뭐, 여기 있는 사람들이지."

로언은 고개를 젓고 있었다. "우리 중에 한 사람?"

"맞아."

모두가 그 말의 의미를 곰곰이 생각하는 사이 또다시 불편한 침묵이 맴돌았다.

로언이 결국 침묵을 깼다. "그렇다면 우리 이야기를 확실히 짚고 넘어가야 할 것 같아."

"우리 이야기라니? 무슨 뜻이야?" 내가 말했다.

"그냥…… 있잖아. 무슨 일이 벌어졌는지 말이야."

나는 그 어떤 이야기보다 숀의 이야기를 듣고 싶었다. 의심하고, 추측하고, 사실의 절반만 아는 상태에서 남은 절반을 스스로 알아내려 애쓰는 일에 질려버렸다. 숀의 휴대전화에서 메시지를 발견한 게 닷새 전이고, 닷새 동안 괴로워하고 거짓말하느라 가슴이 피멍이 들었지만 결국 이런 비극적인 사태를 피하지 못했다. 그렇기에 이제 숀의 진실을 듣고 싶었다. 내 친구를 위해서라도 들어야 했다. 하지만 동시에 그의 입에서 나올 말이 두렵기도 했다.

"진실을 말하는 게 어때?" 내가 말했다.

"내 말이 그거야." 로언이 말했다.

"좋아. 진실." 나는 고개를 돌려 남편을 바라보았다. 두 눈이 다시 그의 옆얼굴에 수직으로 긁힌 세 줄에 끌렸다. "당신부터 시작하는 게 어때, 숀?"

"나?"

"숲에서 이지를 봤어?"

숀은 어깨를 으쓱하며 고개를 저었다. "못 본 것 같아. 길에서 한참 벗어난 곳에서 루시를 발견했고, 그 후 다시 숲에 갔을 때는 벌써 러스가 오데트를 데리고 나오는 길이었어."

거짓말.

뜻밖에 로언이 고개를 끄덕이고 있었다. "우리가 나올 때 숀이 다시 빈터로 향하는 거, 나도 봤어요."

"그다음에는?"

"그다음에는 다른 사람이 더 있는지 주변을 조금 더 살폈어. 하지만 그쯤 되자 연기가 너무 자욱해서 아무것도 보이지 않았지. 그때 정말 바보처럼 가시덤불에 넘어졌고, 아, 이제 여기서 나가야 할 때가 됐구나 생각했지."

"이지는 못 본 거야?" 내가 다시 한번 물었다.

"못 봤어. 나도 봤으면 좋겠어." 숀의 목소리가 갈라져 나왔다.

"누구, 이지를 본 사람 없어요?"

모두가 고개만 저었다.

"이지가 떨어지는 걸 본 사람은요?"

침묵뿐이었다.

내 직업 덕분에, 여기 있는 다른 누구도 모르는 무언가를 알고 있었다. 고층 건물의 창밖으로든, 옥상에서든, 절벽 끝에서든, 높은 곳에서 사람을 밀어서 떨어뜨린 사건은 수사관으로서는 조사하기 힘든 업무다. 떨어지기 전에 몸싸움을 하지 않은 이상 사실상 법의학적 증거가 남지 않기 때문이다. 살인 무기도 없이 그저 중력만 작용했을 뿐인 데다, 가해자의 옷에 피가 튀지도 않고 방어흔도 없다. 피해자와 범인을 이어주는 과학적 증거가 없는 것이다. 목격자나 CCTV, 자백 없이는 피해자가 사고로 떨어진 게 아님을 입증해 보이기가 정말 어렵다.

범죄과학의 관점에서 볼 때, 높은 곳에서 사람을 밀어서 떨어뜨리는 일은 거의 완벽한 살인 방법이다.

이런 이야기를 친구들에게 한 적이 있던가? 와인 한 병을 나눠 마시며 알딸딸한 채로 이런저런 얘기를 하다가 언급한 적이 있던가? 런던경찰청에서 범죄과학수사관으로 처음 훈련을 받기 시작했을 때, 친구들은 수사 절차에 대해 궁금해했다. 경찰을 다루는 텔레비전 프로그램 중 어느 것이 범죄과학 면에서 가장 현실적이냐고 묻기도 했다. 친구들은 내가 아주 흥미로운 일을 하고 있다고 생각했다.

하지만 내가 이런 구체적인 사실까지 말했을까? 그럴 수도, 아닐 수도 있었다. 기억이 나지 않았다. 친구들보다는 숀에게 말했을 확률이 높다는 생각이 들었다.

나는 생각을 떨쳐내며 말을 이었다. "좋아요, 불은 어쩌다 난 거죠?" 고개를 돌려 제이크와 이선을 보았다. "너희 둘, 너희가 불을 냈니?"

형제가 어떤 반응을 보이기도 전에 제니퍼가 불쑥 끼어들었다. 잔뜩 분개한 목소리였다.

"잠깐만! 왜 내 아들한테 묻는 거야?"

"숲에 있었으니까."

"모든 애들이 숲에서 놀고 있었어."

"너희, 뭐라도 본 게 있니?"

두 아이 모두 고개를 저으면서도 나와 눈을 맞추려 들지 않았다.

"누구, 불이 어떻게 시작됐는지 본 사람 있어요?"

다들 고개를 저었다.

제니퍼가 말했다. "마을 아이들일 수도 있어. 협곡을 통해서 올라온 거지."

"좋아, 오늘 오후 숲에서 동네 아이들을 본 사람 있나요?"

제니퍼는 어깨를 으쓱해 보였다. "내가 봤다고는 못 하겠네. 못 봤어."

"꼭 오늘이 아니어도 이번 주에 숲에서 동네 아이들을 본 사람 있어요?"

못 봤다고 웅얼거리는 소리가 거실에 맴돌았다.

"우선 경찰을 기다리는 편이 낫지 않아요?" 러스가 말했다.

어깃장을 놓는 그에게 짜증이 나서 쏘아붙였다.

"우리가 아는 사실을 모아야 해요. 어쩌다 이지가 그렇게 됐는지 알아내야죠."

숀이 내 어깨에서 팔을 내렸다.

"소방관 한 명이 빈터에서 이지의 안경을 발견했어요. 협곡 가장자리 근방에서요. 증거 수집용 비닐봉지에 넣더라고요."

로언이 고개를 끄덕였다. "나도 봤어요. 안경알 하나가 산산조각이 났더라고요."

"혼란스러운 와중에 안경을 잃어버린 것 같아요. 게다가 연기도 자욱하니 방향을 잃은 거죠. 달리던 중이었을 수도 있고." 숀이 설명을 보탰다.

어느새 그의 목소리는 차갑고 냉담한 어조를 띠고 있었다.

거짓말하지 마, 나는 속으로 생각했다.

그런데 또다시 로언이 고개를 끄덕였다. "연기가 엄청났어요. 어쩌면 이지는 그저 절벽 끝을 보지 못한 것일 수도 있어요."

로언은 몇 분 사이 세 번이나 이런 반응을 보였다. 숀이 어떤 말을 할 때마다 그를 두둔했다. 왜지? 무슨 의미일까?

스스로 묻자마자 답이 나왔다. 현재 상황에서 지극히 냉소적이고 잔인하며 부당한 답이었지만, 내 인생이 그렇게 바뀌어버린 걸 어쩌나? 이제 내 머리는 이런 식으로 돌아가고 있었다.

스캔들을 원하지 않는 거야. 그렇지, 로언? 추악한 불륜도, 살인도, 범죄 수사도 아닌, 그저 비극적인 사건으로 남길 바라는 거야. 소중한 계약과 수백만 파운드를 향한 궤도에서 너를 이탈시킬지 모를, 그 어떤 것도 원하지 않는 거지.

73

정신을 차린 듯한 제니퍼가 앉은 자리에서 몸을 더 꼿꼿이 세웠다.

"좋아. 형사들이 또 무엇을 알고 싶어 할까?" 콕 집어 나를 보며 물었다.

"프랑스 경찰의 절차는 잘 모르지만, 우리 모두에게 진술을 받고, 일부 사실을 규명하고, 현장을 보고 나서 그걸 토대로 결론을 내리려 할 거야."

"또 뭐가 있니, 케이트?"

"무슨 뜻이야?"

제니퍼가 소파에 푹 늘어져 있는 두 아들을 보았다. "자, 어른들이 이야기하는 동안 어린 친구들은 아래층 오락실에 가 있는 게 어때? 가서 음료수도 마시고 DVD나 뭐 그런 것도 보고, 어떻게 생각하니? 제이크, 엄마를 위해서 그렇게 해줄래?"

제이크는 어깨를 한번 으쓱하더니 일어섰고, 이선도 뒤따랐다. 그러자 루시와 대니얼도 자리에서 일어났다. 루시는 동생의 손을 잡고 계단으로 이끌었다. 이제 아이 다섯 가운데 오데트만 남았는데, 엄지를 입에 넣고 엄마의 무릎에 딱 들러붙어서 가슴팍에 머리를 기대고 있었다. 보통 때 같으면 쉬지 않고 재잘거렸을 테지만, 불이 나 별장에 돌아온 이후로는 오데트의 목소리를 듣지 못했다. 지금 오데트는 말을 하지도, 움직이지도 않았다. 로언은 딸의 길고 붉은 머리칼을 쓰다듬을 뿐이었다. 모두를 향해 내 아기는 나랑 같이 있을 거야라고 말하는 몸짓이었다.

제니퍼가 로언에게 연민 어린 미소를 보내고는 다시 내게 고개를 돌렸다.

"잘 들어, 케이트. 나는 이지의 죽음이 사고라는 것을 알아. 우리 모두 사고사임을 알아. 다만 우리가 꼭 경찰에 말할 필요는 없는 몇 가지가 있다고 생각해."

"이를테면?"

"정말 내가 말하길 바라니?"

아이들 대부분이 자리를 뜬 가운데, 이제 우리 일행 중 여섯 사람, 나와 제니퍼, 로언, 오데트, 러스, 숀만이 남았다. 모두의 눈이 나를 향하자, 두 뺨이 붉게 달아올랐다. 하지만 안 될 건 또 뭐가 있는가? 다 밝히면 왜 안 되는가? 더는 상관없었다. 아무것도 그다지 신경 쓰이지 않았다. 오늘의 비극에 비하면 지난

주의 그 모든 사건은 아득하고 사소한 문제였다.

"말해야 한다면."

"그러니까, 우리가 어제 카페에서 나눈 이야기 같은 거 말이야." 제니퍼는 잠시 주저하더니 이내 말을 이었다. "이지가 숀과 바람이 난 것 같다고 네가 말했잖아."

러스가 번쩍 고개를 들었다.

"뭐라고요?"

옆자리에서 숀이 두 손으로 머리를 감쌌다. "맙소사. 아니야. 정말 아니야."

러스가 말했다. "바람이라니요? 도대체 이 무슨?"

나는 고개를 돌려 남편을 보았다.

"숀, 당신 휴대전화에서 메시지를 봤어. 코럴 걸이 보낸 메시지를, 우리가 여기 도착한 날 보았지. 그 여자가 계속 생각난다고, 계속 이렇게 갈 수는 없다고, 케이트가 뭔가 의심하지는 않느냐고, 그런 내용의 메시지였어."

아무도 숨소리조차 내지 않았다.

숀은 고개를 저으면서도 아무 말이 없었다.

"메시지를 처음 본 바로 그때 그 자리에서 당신한테 물어봤다면 좋았을걸. 하지만 나는 겁이 났어." 다시금 눈물이 터져 두 뺨을 타고 흘러내렸다. "속 시원히 털어놓고 당신에게 따졌더라면 좋았을걸. 맙소사, 내가 그렇게 했다면, 어쩌면 이지는 지금 살아 있을지도 몰라."

로언이 다가와 내 옆에 앉았다. "자책하지 마, 케이트."

"내가 아는 거라고는 상대 여자가 너희 셋 가운데 한 명이라는 사실뿐이었어. 실은 처음에는 그게 너라고 생각했어, 로언."

"알아. 하지만 틀렸잖아." 로언이 남편을 쏘아보았다. "당신도 틀렸고, 러스."

"네가 아니라는 거, 이제 알아. 그다음에는 어쩌면 제니퍼가 코럴 걸일지도 모른다는 생각이 들었어. 대니얼이 찍은 영상이 있는데 거기서 두 사람이 함께 있는 모습이 포착됐거든. 두 사람은 또 마을로 오랜 시간 산책을 다녀오기도 했고. 하지만 나는 확실한 증거를 원했어. 그래서 숀이 자는 사이 그의 휴대전화로 코럴 걸에게 숲에서 만나자는 메시지를 보냈지. 그런데 나타난 사람은 제니퍼가 아니었어. 이지였지."

"맙소사. 그게 언제였죠?" 러스가 나지막이 물었다.

"이틀 전이에요. 화요일이죠. 이지가 숲에 모습을 드러냈을 때, 나는 어찌할 바를 몰랐어요. 이번에도 내가 틀린 것처럼 보였으니까. 완전히 정신이 나가버렸죠. 그렇게 별장에 돌아와보니 숀이 의도적으로 휴대전화를 망가뜨렸더라고요. 주머니에 넣은 채로 수영장에 뛰어들어서 말이죠. 그래서 숀에게 따질 수도 없었어요."

로언이 말했다. "사실이에요, 숀?"

숀은 두 눈을 바닥에 고정한 채 고개만 저을 뿐이었다.

제발 그냥 내게 말해. 더는 기만하지 마. 더는 거짓말을 하지 마.

"말해줘, 숀. 진실을 알아야 하겠어." 내가 애원하다시피 말했다.

"아니야." 속삭이는 듯한 목소리였다.

"못 믿겠어. 왜 내 눈도 못 보는 건데?"

숀이 고개를 들어 나를 보았다. 충혈된 두 눈에 눈물이 그렁그렁했다. "아니라고 했잖아. 사실이 아니야."

나는 고개를 저었다. 상황이 이 지경에 이르렀는데도 숀은 실토할 수 없는 것일까? 내가 결혼한 이 남자에게 무슨 일이 벌어진 걸까? 얼마나 오래전부터 우리는 어긋난 채로 지내왔던 걸까?

지금 우리를 보라고. 배신당한 아내와 절망에 빠진 불륜남이잖아. 우리가 아끼던 친구의 죽음 앞에서 사실상 우리는 유력한 두 명의 용의자야.

내가 입을 열었다. "부인해봤자 소용없어. 이지가 내게 직접 털어놓으려던 참이었으니까. 오늘 밤 저녁 식사를 마치고 우리 둘만 따로 대화하자고 했어. 개인적으로 할 말이 있다면서. 이지가 내게 뭐라 말하려는데, 그때 모든 일이 조금 이상하게 돌아가기 시작했어. 불이 났고 또……."

"지금의 상황이 된 거지." 로언이 조용히 말했다.

숀이 불쑥 내뱉었다. "나는 이지에게 아무 짓도 하지 않았어. 맹세해. 결코 이지를 해치지 않았다고."

제니퍼가 숀에게 연민 어린 미소를 보냈다. "나도 알아요, 숀. 우리 모두 알고 있어요."

우리 모두?

제니퍼가 말을 이었다. "이런 이야기를 꺼내서 미안해, 케이트. 나는 그저 경찰이 왔을 때 이 이야기는 아예 언급하지 않는 편이 나을 거라고 생각했어. 너한테 어떤…… 동기가 있는 걸로 보일 수 있으니까?

"나는 절대 이지를 해치지 않았어!"

"알아. 내 말이 바로 그거야. 경찰에게 다 알리면, 경찰은 진짜 범인을 찾아야 할 시간에 헛수고를 하게 될 테니까. 그건 우리 모두가 바라지 않는 일이잖아. 이지의 이름이 타블로이드 신문에 오르내리는 일을 유가족이 겪는다는 건 생각만 해도 끔찍해."

"나도 같은 생각이야." 로언이 거들었다.

나는 손바닥의 두둑한 부분으로 눈물을 닦아냈다. "일이 벌어지고 있을 때 나는 숲에서 이지를 보지도 못했어."

제니퍼가 내 무릎을 토닥거렸다. "아무도 못 봤어, 케이트. 네 잘못이 아니야."

그때 로언의 무릎에 앉아 있던 오데트가 엄마의 귀에 대고 무언가를 속삭였다. 로언이 얼굴을 찌푸렸다.

"얘야, 다시 말해봐."

오데트는 세차게 고개를 흔들었다.

"어서, 우리 딸. 괜찮아. 엄마가 약속할게."

오데트가 입을 엄마의 귀에 가까이 가져가고는 다시 한번 속삭였다. 조금 전보다 큰 목소리였지만, 다른 사람이 들을 수 있을 정도는 아니었다.

"확실하니? 진짜, 진짜 확실해?" 로언이 조심스레 물었다.

오데트가 고개를 끄덕였다. 엄마와 계속 눈을 맞추며 자그마한 턱을 살짝 떨어뜨리는, 거의 보이지 않을 만큼 작은 움직임이었다.

"뭔데 그래? 오락실에 가서 다른 애들이랑 놀고 싶대?" 내가 물었다.

"그게 아니라, 오데트가…… 얘가 뭐를 봤대. 나무줄기에 숨어 있을 때 절벽 끝에서 이지를 봤대. 혼자가 아니었대." 로언의 얼굴이 어두워졌다.

멀리서 천둥이 우르릉거려 나는 움찔했다.

"누구? 누구랑 있었는데?"

오데트가 우리를, 우리 모두를 바라보았다. 마치 우리를 처음 본다는 듯이 녹갈색 눈을 동그랗게 뜨고 있었다. 머뭇거리던 오데트가 천천히 손을 들어 가리켰다.

74

옆자리의 남편이 바짝 긴장했다. 두 주먹을 불끈 쥐었고 내게 닿은 팔의 근육이 팽팽히 당겨졌다.

숀, 당신이 저지른 짓을 본 사람이 있어. 살아 있는 진짜 목격자가 있다고.

하지만 경찰이 과연 성인 남자의 말보다 다섯 살배기 여자아이의 말에 더 신빙성이 있다고 생각할까?

기소되면 남편은 어떤 반응을 보일까, 나는 멍하니 궁금해했다. 프랑스 교도소에 갇힌 그를 면회하게 될까? 아이들은 면회를 가겠다고 할까? 교도소는 어디가 될까? 형량은 얼마나 나올까? 아니면 영국으로 인도될까?

오데트는 눈을 깜박이지 않았다. 말을 하지도, 울지도, 얼굴을 가리지도 않았다.

다만 손을 들어 가리킬 뿐이었다.

손가락을 떨고 있었다. 손 전체가 떨리고 있었다. 오데트의 집게손가락이 맞은편 소파에 앉은 한 사람을 지목했다.

제니퍼였다.

거실의 모든 눈이 그녀에게 쏠리는 사이 시간의 흐름이 느려진 듯했다.

"뭐?" 제니퍼는 혼란스러운 듯 어정쩡한 미소를 지었다.

마침내 오데트가 목소리를 되찾았다. "두 사람은 소리를 지르고 있었어요. 서로 못된 말을 했어요. 그리고 그때 연기가 불어와서 앞이 안 보였고 연기가 사라졌을 때는 제이크랑 이선네 엄마만 거기 서 있었어요. 다른 이모는 없었어요."

"사실이 아니야. 나는 절벽 근처에도 간 적이 없어." 제니퍼가 반박했다.

로언이 다시 고개를 돌려 딸을 보았다.

"오데트, 네가 본 이모가 다른 사람일 수도 있을까? 다른 언니, 오빠의 엄마는 아니었을까?"

오데트는 고개만 저을 뿐 아무 말도 하지 않았다.

"루시 언니네 엄마는 아니었을까?" 로언이 나를 가리켰다.

"아니, 아니야. 키 큰 금발 이모였어." 오데트가 고개를 절레절레 저었다.

제니퍼가 말했다. "루시도 금발이야."

"제이크랑 이선네 엄마라고!" 오데트가 발끈해서 소리 질렀다.

"오데트는 꽤 확신하는 것 같아. 제니퍼 너였다는 걸." 로언이 말했다.

제니퍼가 두 손을 들어 올렸다.

"빌어먹을, 오데트는 다섯 살이야. 가장 신뢰할 만한 목격자라고는 할 수 없을 것 같은데, 안 그래?"

"오데트는 거짓말 안 해."

"관심을 받고 싶어서 안달이 난 애잖아! 오데트는 일주일 내내 그랬어. 다들 너무 착해서 지적하지 않았을 뿐이라고!" 제니퍼가 언성을 높였다.

"뭐라고? 어디서 감히 내 딸한테……." 로언의 얼굴이 분노로 붉어졌다.

"지금도 저렇게 버릇없이 굴잖아! 그저 관심을 얻으려고!"

"네 두 아들처럼 모범 시민이 되는 것보다는 나은 것 같은데?"

"네가 어떻게 나한테! 너야말로 스스로 무슨 말을 하는지도 모르는구나." 제니퍼가 로언에게 삿대질을 해댔다.

"어젯밤 내내 토사물 위에서 뒹굴던 게 네 장남인데, 어떻게 내 아이를 비난할 수 있느냐 말이야!"

연이어 비난하고 맞비난하는 두 사람의 높은 목소리가 서로 겹치기 시작했다. 부딪치고 충돌하며 벽에서 튕겨져 울리고 있었다.

"이 문제에 내 아들을 끌어들일 권리가 너한테……."

"내 딸에 대해 이러쿵저러쿵할 권리가 너한테……."

"네 딸은 버르장머리 없는……."

러스도 목에 핏대를 세우고 참전했다.

"빌어먹을, 겁도 없이 감히……."

"그래, 나 겁 없다! 자기 딸이 물에 빠질 수도 있는 상황에서 술에 진탕 취해 있던 주제에 누구……."

"어디서 순 개소리를……."

"게다가 불이 난 걸 내 아들한테……."

"우리 모두가 알기로는 네 아들들이 처음부터 불을 냈을 가능성이……."

"우리 모두가 알기로는 네가 오데트한테 날 봤다고 말하라고 시켰을 가능성이……."

"내가 시킨 거라고? 너 제정신이……."

돌연, 로언이 말을 멈추었다.

오데트가 두 손으로 귀를 꼭 막은 채 숨죽여 울고 있었다. 굵은 눈물이 주근깨가 난 두 뺨을 타고 흐르고 있었다.

로언이 떨리는 손으로 딸의 머리를 쓰다듬으며 달랬다. "쉬이. 괜찮아, 우리 아가. 엄마가 미안해. 더는 소리 안 지를게. 정말 미안해. 괜찮아."

다시금 침묵이 내려앉았다. 고성은 멈췄지만 거실에 감도는 긴장은 불쾌한 냄새처럼 좀처럼 가실 줄을 몰랐다.

결국 제니퍼가 두 손을 들었다. "나는 그저 케이트를 도와주고 이지를 위해 옳은 일을 하려고 했을 뿐이야. 그게 다야."

"우리도 알아. 모두가 충격에 휩싸여 있어서 그래." 내가 말했다.

"하지만 오데트가 왜 내가 이지랑 있는 모습을 봤다고 생각하는지 정말 모르겠어. 나는 두 아들을 숲에서 데리고 나오는 데 정신이 팔려 있었다고."

오데트를 신뢰할 만한 목격자로 볼 수 없다는 점은 부정하기 어려웠다. 부모로서 우리 모두는 서로의 자식에 대해 말할 때 결코 솔직해져서는 안 된다는 사실을 오래전에 터득했다. 우리가 한 번이라도 서로에게 완전히 솔직할 수 있다면, 이곳에 도착한 날부터 오데트가 버릇없이 군 건 사실이었다. 그게 오데트의 방식이었다. 툭하면 성질 부리고, 음식 앞에서 야단법석 떨고, 잠이 들 때까지 누가 꼭 옆에 있어야 한다고 고집을 부렸다. 그 모든 것은 부모로부터 관심을 얻기 위한 행동이었다. 부모가 자식보다는 휴대전화에 집중하고 있으니 말이다.

그렇다고 해도…….

그렇다고 해도, 오데트는 **확신하고** 있었다. 절벽 끝에서 이지와 있는 제니퍼를 **분명히** 보았다고 했다. 연기가 자욱하긴 했지만, 오데트는 절벽을 볼 수 있을 만큼 충분히 가까이 있었다. 두 사람이 다투는 소리를 들을 만큼 충분히 가까이 있었다.

두 사람은 소리를 지르고 있었어요. 서로 못된 말을 했어요. 그리고 그때 연기가 불어와서 앞이 안 보였고 연기가 사라졌을 때는 제이크랑 이선네 엄마만 거기 서 있었어요. 다른 이모는 없었어요.

들어맞지 않았다. 말이 되지 않았다. 내가 아는 바와 들어맞지 않았다.

몇 분 전까지만 해도, 나는 내 결혼의 심장부에 놓인 추악하고 더러운 진실을 발견했다는 사실을 받아들이고 있었다. 경찰에 거짓말하지 않고, 증거를 숨기지 않고, 내가 알게 된 모든 것을 부정하지 않으리라 다짐하고 있었다. 내 남편이, 내 아이들의 아버지가, 온 마음을 다해 사랑한 남자가, 함께 늙어가고 싶었던 남자가 나를 배신했고, 그 배신이 어떤 식으로든 살인으로 번졌다는 사실을 받아들이고 있었다.

하지만 오데트의 말은 내가 받아들인 사실과 들어맞지 않았다.

그리고 또 다른 무언가가 있었다. 내 눈길이 닿지 않는 곳에 무언가가 더 있었다. 무언가가 있음을 감지할 수 있었지만, 똑바로 보려 할 때면 시야에서 미끄러져 사라져버렸다.

내내 모든 것을 잘못된 방향으로 보고 있었다면? 며칠 전만 해도 로언을 의심했다가, 그다음으로 제니퍼를, 그리고 다시 이지를 의심했다. 일주일 내내 잘못 생각해왔던 것이다. 이제 내 친구가 죽어버린 상황에서, 어쩌면 나는 **아직도** 제대로 짚지 못하고 있는지도 몰랐다. 내가 감정을 앞세우고 있었다면? 만약 내가 '일할 때 쓰는 뇌'(손이 좋아하는 표현이다)를 꺼두지 않고 여기서 내내 활용했다면?

수사관의 자격을 얻고 처음으로 불려 나간 범죄 현장이 떠올랐다. 빈집털이 사건이었다. 특별히 별난 사건은 아니었지만, 강도가 보석과 현금, 전자제품을 대량으로 훔쳐 가면서도 과학적 증거를 단 한 톨도 남기지 않았다. 지문도, 족적도, DNA도 전혀 남지 않았다. 주도면밀한 일처리였다. 이 사건은 결국 철저한 자작극임이 드러났다. 「CSI 마이애미」의 팬이던 집주인이 보험금을 노리고 벌인 사건이었다. 몇 개월 뒤 그가 '도난당한' 롤렉스시계를 착용한 사진이 강도가 들었다고 추정된 시점 이후에 찍힌 것으로 밝혀졌던 것이다.

하지만 당시 일한 지 일주일밖에 되지 않은 애송이었던 나는 완전히 속아 넘어갔다. 그리고 지금 이 순간 질문 하나가 뇌리를 떠나지 않고 있었다. 내가 또다시 속은 건가?

불과 몇 시간 전에 다이닝 룸에서 이지와 나눈 대화로 생각이 옮겨 갔다. 이지가 뭐라고 했더라? 실제로 뭐라고 말했지?

정말 힘든 일이야, 케이트. 그래도 내가 생각을 많이 해봤는데, 여러 상황을 고려해봤을 때 이게 옳은 일인 것 같아.

이 말을 어떻게 꺼내야 할지 모르겠어. 너한테 말해야 할지 머리가 아프도록 고민을…….

화요일에는 알아차리지 못…….

무엇을 알아차리지 못했을까? 그때는 내가 그녀의 잘못을, 숀의 배신을 이미 눈치챘다는 사실을 이지가 알아차리지 못했다는 뜻인 줄 알았다. 하지만 어쩌면 나는 성급히 틀린 결론을 내린 것일 수도 있었다.

창밖에서는 천둥소리가 점점 더 가까워지고 있었다. 머릿속에서 무언가가 딸깍 맞아떨어지면서 분명해졌다. 그리고 드디어 마침내 내가 상황을 제대로 보기 시작했다는 생각이 들었다.

75

나는 맞은편 소파에 앉은 친구들을 찬찬히 살폈다. 로언은 딸의 무릎을 살살 흔들면서 달래주고 있었다. 러스는 아직 아귀다툼의 여파가 남아 있는지 말보로 담뱃갑을 손바닥으로 철썩철썩 때리고 있었다. 제니퍼는 또다시 금방이라도 눈물을 쏟을 듯했다. 양 볼이 붉으락푸르락했다.

"제니퍼, 왜 애들을 보냈어?" 내가 물었다.

"응?"

"10분 전에 말이야. 애들 네 명을 아래층 오락실로 내려보냈잖아."

제니퍼는 어깨를 으쓱했다. 심란한 얼굴이었다.

"애들이 들으면 안 될 이야기가 나올 거라고 생각했어." 제니퍼가 로언을 쏘아보았다. "애들을 보내서 참 다행이지 뭐야."

"그것뿐이니?"

"10대 아이들이 누군가의 죽음에 따른 슬픔을 처리하기란 정말 힘든 일이잖아. 애들한테는 새로운 경험이고. 나는 애들이 이미 속상한 것 이상으로 마음을 더 많이 다치지 않기를 바랐어. 큰 충격을 받아서 도대체 무슨 일이 벌어졌는지 이해하려고 애쓰고 있잖아. 또……." 제니퍼가 잠시 망설였다. "너를 난처하게 만들고 싶지 않기도 했고."

"나는 다 이해해. 그리고 고마워." 이제 내가 망설일 차례였다. "……그런데 이유가 하나 더 남았잖아?"

"뭐에 대한 이유?"

"애들을 이 대화에서 따로 떼어놓은 이유."

"무슨 말인지 모르겠다."

"내 말은, 이 모든 게 애들과 무슨 관련이 있느냐는 거야."

제니퍼가 어깨를 으쓱했다.

"아무 관련도 없어. 애들이 이번 주, 우리 모두와 함께 이곳에 있었다는 사실만 빼면."

머릿속에서 톱니바퀴가 맞물려 돌아가고 있었다. 내 딸의 눈물. 해변에서 나눈 대화. 페이스북의 부고 페이지. 풀밭에 널브러져 밤하늘을 응시하던 이선. 술에 잔뜩 취해 일어나지도 못하던 제이크. 협곡에서 제이크를 데려온 이지.

제이크가 토할 것 같다며 멈춰 설 때마다 자꾸 대화를 하려고 했다고, 이지는 말했다.

무슨 대화를?

온갖 이야기를 다 했어.

온갖 이야기.

"궁금했어, 지난밤 제이크가 이지에게 뭐라고 말했는지. 술에 취했을 때 말이야." 내가 말했다.

"나야 모르지."

"정말? 전혀 몰라?"

거의 감지할 수 없었지만, 거의 보이지 않았지만, 완전히 감지할 수 없고 볼 수 없는 것은 아니었다. 제니퍼의 눈 밑 근육이 살짝 씰룩거렸다.

"상태가 얼마나 안 좋았는지 너도 봤잖아. 고주망태가 되어서 대부분 거의 알아들을 수 없는 말만 했어."

"이선 말로는 제이크가 '인사불성'이 되려고 마셨다는데. 제이크가 왜 그랬을까?"

"그 애들은 10대잖아. 한계를 시험하면서 새로운 경험을 찾아다니는 거야."

나는 전략을 바꿨다.

"제이크랑 이선이 알렉스 베일리라는 애를 아니?"

무언가가 번쩍하고 제니퍼의 얼굴을 스치는 것을 본 듯했다. 아주 짧은 순간 나타났다가 이내 사라졌다. 이번 주 내내 내 판단력이 너무도 많이 빗나간 만큼 이번에도 그 찰나의 스침을 눈여겨보지 못할 뻔했다.

"몰라. 아니, 모르는 것 같아. 그 남자애가 우리 애들이랑 같은 학교에 다니니?"

이번에도 그다지 진실하게 들리지는 않았지만, 일단은 그냥 내버려두기로 했다.

내가 질문을 이어갔다. "불은? 왜 하필 오늘일까? 어떻게 시작됐을까?"

화가 치민 제니퍼가 두 손을 들어 올렸다. "그 이야기는 이미 했잖아. 뭔데, 도대체? 스무고개라도 하자고?"

"한 곳에서 불이 나는 건 사고로 생각해볼 수 있겠지만, 내가 보기에는 불이 서로 다른 두 곳에서 시작된 것 같거든. 그리고 이런 생각이 들기 시작했어. 제이크랑 이선이……."

제니퍼가 자리에서 일어났다. 두 눈에 눈물이 그렁그렁했다.

"그만해! 우리가 친구로 지낸 세월이 얼마니? 너희 모두 내 자식에 대해서 말을 너무 함부로 하더라. 이번뿐만이 아니야. 너무 끔찍하고 가슴 아파서 내가 듣고 있는 말이 정말 너희 입에서 나오는 게 맞는지 믿기지가 않을 정도야. 우리 모두 이지에게 일어난 일로 충격을 받고 가슴이 무너졌어. 너희만큼이나 나도 힘들다고."

나는 두 손을 올려 진정하라는 제스처를 취했다.

"내 말 아직 안 끝났어, 제니퍼. 처음에는 네 두 아이가 두 곳에 불을 냈다고 생각했어. 그런데 그게 아니라면, 다른 무언가를 의미한다면?"

"이를테면요?" 러스가 물었다.

"두 곳에 불을 낸 건 불이 확실히 붙으라고 그런 거예요. 한동안 계속 타오르고, 또 연기가 많이 나야 하니까요. 금세 진화할 수 없는 수준으로 만들려고요."

"굳이 왜요?"

"주의를 다른 곳으로 돌리기 위해서요. 연막을 치는 거죠."

"말 그대로 연기로 막을 쳤네요."

"정확해요." 나는 러스의 아내를 향해 고개를 돌렸다. "로언, 우리 세 사람이 처음 연기를 발견하고 포도밭을 내달렸던 거, 기억해? 나랑 너, 이지 말이야."

"겁에 질려서 정신이 나갔던 게 기억나."

"하지만 우리가 숲속으로 뛰어 들어갈 때, 이지가 우리한테 마지막으로 했던 말은 기억하겠지?"

로언의 표정이 변했다. 눈으로 제니퍼를 흘끔 보더니 다시 나를 보았다.

"이지는 제니퍼를 찾겠다고 했어. 제니퍼가 두 아들을 찾는 걸 돕겠다고 했지."

"맞아. 나도 그렇게 기억해."

침묵이 오래 머물렀다.

"그래서? 그래서 뭐?" 제니퍼가 따지고 나섰다.

내가 대답했다. "이지는 너를 찾으러 갔어. 너를 도우려고. 그리고 이지는 너를 찾은 게 맞아. 오데트가 몇 분 후 너희 두 사람이 함께 있는 모습을 봤다고 했으니까."

제니퍼는 문 쪽으로 옮겨 가고 있었다.

"나는 이런 이야기 들을 필요 없어. 말도 안 되는 얘기니까!"

목소리가 파르르 떨리고 있었다. "내 친구는 무시무시하고 끔찍한 사고로 죽었는데, 너희는 탓할 사람을 찾는 데만 혈안이 됐어. 케이트, 이지의 죽음에 대해 비난할 사람이 필요하다면 네 가정이나 더 면밀히 들여다보는 게 어때? 이 모든 일이 일어나는 동안 너는 어쩌고 있었지? 일주일 동안 네 남편의 뒤를 밟은 사람이 바로 너잖아, 남편이 네 절친 중 한 명과 놀아나고 있다는 사실을 알아낸 사람도 바로 너고, 이 문제로 이지와 정면으로 부딪친 사람이야말로 다름 아닌 너야. 경찰에게 이 모든 걸 말해봐. 경찰이 너를 어떻게 생각할지 궁금한걸?"

며칠 만에 처음으로, 이상하게 평온한 기분이 들기 시작했다. "그래, 우리는 정확히 네가 말한 그대로 할 거야. 우리는 경찰한테 있는 그대로 다 말할 거야."

제니퍼는 내게 연민이 섞인 불신의 눈빛을 쏘았다.

"행운을 빌게, 친구야."

그녀는 이 말과 함께 홱 돌아서며 제이크와 이선에게 각자의 방으로 가서 짐을 싸라고 큰 소리로 외쳤다.

뜻밖에도 숀이 벌떡 일어나 제니퍼를 따라 나갔다. 몇 초 뒤, 목소리를 최대한 낮춘 상태에서 격렬한 언쟁을 벌이는 소리가 들려왔다.

로언이 오데트를 러스에게 건네주고는 내 옆에 와서 앉았다.

"괜찮아, 케이트?"

"아니, 안 괜찮아. 너는?"

"나도 마찬가지야." 로언은 내 손을 꼭 움켜쥐고 적당한 말을 찾으려 고심하는 눈치였는데, 내가 기억하기로 내 친구가 이런 모습을 보인 적은 한 번도 없었다. "정말 제니퍼가 그랬을까?"

나는 어깨를 으쓱했다.

"솔직히 말하자면, 나도 모르겠어. 하지만 경찰이 결정할 문제야. 우리가 아니라."

"하지만 이제 우리는 어떡해?" 로언이 목소리를 한층 낮추고 속삭였다. "제니퍼가 그런 짓을 할 수 있는 사람이라면, 다음에 또 무슨 짓을 할지 누가 알겠어?"

로언에게 해줄 말이 없었다. 우리는 익숙한 세계를 항해하다가 가장자리로 밀려나 미지의 세계로 들어섰고, 우리를 집까지 데려다줄 지도도 없었다. 우리에게 남은 선택지라고는 그저 계속 나아가는 일뿐이었다.

"로언, 우리는 경찰이 도착할 때까지 여기 그대로 있어야 해. 그사이에 나는 숀과 이야기를 해볼 거야. 몇 가지 답을 찾아야 하거든."

숀은 주방에 있었다. 제니퍼가 그를 구석으로 몰아넣고 있었다. 내가 문가에 모습을 드러내자 열띠게 오가던 말들이 자취를 감췄다.

"나는 바람을 조금 쐬어야겠어, 숀. 같이 발코니로 나갈래?"

숀이 고개를 끄덕였다. 마치 자신의 영혼이 이미 지옥으로 떨어졌음을 알고 교수대로 향하는 사람처럼 보였다.

"그러자." 부드러운 목소리였다.

이제 진실을 들을 차례였다.

76

바깥 공기는 습기를 머금어 탁했고, 남쪽에서 불어오는 폭풍은 땅에 짙은 그림자를 드리우고 있었다. 폭풍은 빠르게 밀려와 곧 우리의 머리 위를 지날 터였다. 그래도 아직은 저녁의 태양이 강렬하고 가차 없는 지중해의 열기를 별장에 전하고 있어, 우리는 발코니에 발을 내딛기가 무섭게 피부가 익기 시작했다. 숀과 나는 의자를 두 개 발견해 발코니 끝으로 가서 앉았다. 우리 아래로 프랑스의 시골 풍경이 펼쳐졌다. 선명한 초록색과 짙은 갈색의 물감으로 그린 수채화처럼 보였다.

"숀, 내가 다른 말을 더 하기 전에 우리 사이에 한 가지만 분명히 해두고 싶어."

"그래." 자신 없는 목소리였다.

"내가 살면서 당신만큼 신뢰한 사람은 없었어. 부모님이나 언니도 당신만큼은 아니었지. 당신한테만 말한 사실이 있고, 우리가 공유한 것이 있어. 나는 당신을 전적으로 신뢰해."

숀은 고개만 끄덕일 뿐 아무 말도 하지 않았다.

"하지만 이번주에 당신을 향한 내 믿음은 한계점까지 시험에 들었어. 이제 상황이 결코 예전과는 같지 않으리라고 생각한 지점까지 갔지. 우리가 예전으로 돌아갈 수 없는 지점까지 말이야. 그래도 나는 아직 우리가 다시 예전처럼 돌아갈 가능성이 있다고 생각해. 당신 생각은 어때?"

숀은 마른침을 삼켰다.

"우리가 다시 돌아갈 수 있기를 바라."

"당신이 나를 신뢰한다면, 우린 다시 돌아갈 수 있어. 당신은 나를 믿어야 해. 무슨 일이 벌어지고 있는지, 당신은 바로 지금 이 자리에서 내게 말해야 해. 나는 진실이 필요해."

"알아."

"그리고 신께 내 인생을 걸고 맹세하는데, 당신이 내게 완전한 진실을 말하지 않으면, 그러니까 **전부** 말하지 않으면, 영국 집에 도착하자마자 바로 이혼 소송을 제기할 거야. 나 역시 몹시 괴로울 테지만, 그래도 할 거야."

숀이 다급히 말했다. "안 돼. 그러지 마"

"그럼 이제부터는 비밀이 있어서는 안 돼."

숀이 고개를 끄덕였다. "더는 비밀이 없도록 할게."

"좋아."

숀은 다리에 힘이 풀린 듯 의자에 털썩 주저앉았다. 무언가를 너무도 오래 참고 말하지 않은 나머지 에너지가 모두 소진된 듯했다. 그가 입을 열었을 때 목소리는 귓속말보다 겨우 조금 큰 정도였다.

"내가 한 게 아니야. 나는 이지를 절벽에서 밀지 않았어."

나는 두 손으로 그의 커다란 오른손을 잡았다. "나도 알아, 숀. 당신이 아니라는 거 알아."

숀은 고개를 들어 놀란 듯 눈을 깜박였다. "알아?"

"응."

"하지만 당신은 내가 그런 걸로……."

"더는 그렇게 생각 안 해. 마침내 몇 가지를 알아냈거든." 이 말은 진실과는 거리가 멀었다. 하지만 그가 털어놓도록 밀어붙이려면 그는 내가 안다고 생각해야 했다. "다만 내가 알아낸 조각들을 올바른 위치에 맞추려면 당신의 도움이 필요해."

숀은 의자에 등을 기대고 앉아 하늘을 올려다봤다. 머리 위로 먹구름이 모여들고 있었다.

"엉망진창이야. 빌어먹을, 엉망진창이라고." 숀이 다시 시선을 내려 나를 보았다. "당신이 알렉스 베일리를 언급했을 때, 내가 계속 이렇게 가봤자 소용없다는 사실을 알았어. 다 끝났다는 사실을 말이야."

"말해줘. 전부 다."

숀은 두 손으로 마른세수를 하고 크게 숨을 내뱉고는, 잠시 저 멀리 캄캄한 언덕을 내다보더니 다시 내게로 눈길을 돌렸다.

"몇 주 전에 시작된 일이야."

"계속해봐."

잠시 주저하다가 말을 이었다.

"나는 하프 마라톤을 준비하려고 밖에서 뛰고 있었어. 늦은 시간이었고, 골프장 근처의 조용하고 작은 뒷길이었지. 그렇게 뛰는데 교차로에 멈춘 차 한 대의 뒷모습이 보였어. 불도 켜져 있고, 엔진도 계속 돌아가는 채로 그냥 그렇게 계속 서 있는 거야. 차만 있을 뿐 주위에 나와 있는 사람은 없었어. 그저 길을 잃었거나 뭐 그런 줄로만 알았어. 계속 달리던 내가 차와 일직선상에 놓이고 나서야, 운전석에 앉은 사람이 전화 통화를 하는 모습과 그 앞으로 도로에 내팽개쳐진 산악자전거 한 대가 눈에 들어왔어. 형체를 알아볼 수 없을 정도로 찌그러져 있었지. 다시 운전석을 돌아봤더니 운전자가 누구인지 알아보겠더라고."

나는 어제 일을 떠올렸다. 대니얼은 홀로 별장에 남겨졌고, 제니퍼는 두 아들이 결코 차를 끌고 나갔을 리 없다고 주장했다.

"제이크였구나, 그렇지?"

"맞아. 제니퍼의 차였고. 내가 운전석 창문을 두드리려는데, 갑자기 제이크가 차에 기어를 넣더니 쏜살같이 가버렸어. 마치 동굴 밖으로 빠져나오는 박쥐 같았지. 결국 나랑 잔뜩 뒤틀린 자전거만 남게 됐는데, 가만 보니 자전거 주인도 있는 거야. 충돌할 때 충격으로 저 멀리 도로 측면의 산울타리로 날아간 거지. 나는 그때 정말 놀랐던 것 같아. 청년을 살펴봤는데 아직 맥박은 있었지만 상태가 심각했어. 헬멧을 쓰지 않았고 얼굴은 피범벅이었지. 구급차를 부르려고 휴대전화를 꺼내서 번호를 누르는데 전화가 걸려오더라. 제니퍼였어. 펑펑 울면서, 방금 본 것을 말하지 말아달라고, 자신의 차 번호를 알려주지 말라고, 이 일에서 제이크를 빼달라고 애원했어. 젠장, 나는 어떻게 해야 할지 판단이 서지 않았어. 제니퍼가 그렇게나 속상해하니까."

나는 겨우 호흡을 가다듬었다.

"그래서 결국 제니퍼의 말대로 한 거구나."

"어떻게 해야 할지 판단이 서지 않았다니까! 옳은 일을 하고 싶었는데 제니퍼는 완전히 제정신이 아니었어. 제니퍼를 돕고 싶었고, 그래서 전화를 끊고 나서 경찰에 전화를 건 다음 청년과 자전거를 발견했다고만 말했지. 그게 다였어."

"차나 운전자는 언급하지 않았구나."

숀이 고개를 끄덕였다. 바람이 그의 머리칼을 채찍질하고 있었다. "제니퍼가 너무 흥분해서 그러니까, 그 정도로만 하는 게 맞는 일이라고 생각했어."

"경찰한테 거짓말을 한 거네?"

"지금은 너무 후회하고 있어."

단 한 번의 작은 거짓말이, 친구를 돕기 위해 저지른 단 한 번의 작은 기만이 우리 모두를 이곳으로 이끌었다. 크나큰 슬픔에 산산이 부서진 채 경찰이 도착하기만을 기다리는 상황으로.

"그래서 당신이 나가서 뛰는 일을 중단한 거였구나. 나는 당신이 바람을 피우느라 에너지를 아끼려고 그런 건 줄 알았어. 맙소사. 나는 정말 바보였어." 나는 고개를 절레절레 저었다.

"우리는 메신저에 가짜 프로필을 만들어서 계속 연락을 했어. 혹시 당신이나 앨리스터가 우리 휴대전화를 볼 경우에 대비해서 말이야. 우리는 서로에게 상황을 업데이트했어. 나는 경찰 수사와 관련해 당신에게서 얻을 수 있는 정보를 모았고, 상황이 위험해지면 우리가 어떻게 대처하면 좋을지 고민했어. 자전거 주인은 집중치료실에 있었고, 그가 회복하기를 모두가 바랐어."

나랑 다시 얘기하자

K가 뭔가 의심하지는 않고?

K는 전혀 모르고 있어. 하지만 계속 이렇게 갈 수는 없어.

우리, 프랑스에서 결정하는 거야. 어떻게 할지 생각해보자.

이 일에만 온 신경이 다 가 있어.

"제니퍼가 코럴 걸이었어. 당신 휴대전화에서 본 메시지가 바로 그거였어."

"제니퍼네 가족이 영국으로 이주하기 전에 제니퍼가 다닌 학교가 LA에 있는 코럴 베이 초등학교인가 뭐 그랬다나 봐."

"그러면 화요일에 내가 당신 휴대전화의 잠금을 풀어서 코럴 걸을 불러낸 일은 어떻게 된 거지? 나온 사람은 이지였잖아."

숀이 바닥을 내려다보았다.

"당신이 별장으로 들어가자마자 휴대전화를 확인해 당신이 한 행동을 알아챘어. 겨우 제니퍼에게 새 메시지를 보내서 못 오게 막았지. 그 일을 계기로 당신이 무슨 일이 벌어지고 있는지 다 안다는 확신이 들어 나는 크게 당황했어. 그래서 제니퍼에게 이지를 대신 올려 보내 저녁 준비를 시작할 수 있도록 하자고 제안했지."

"이지는 부탁받은 대로 한 거네."

숀의 얼굴이 일그러졌다. 금방이라도 다시 무너질 것만 같았다.

"이지는 그저 도움이 되려 했을 뿐이야."

"숀, 자전거 주인 말이야, 알렉스 베일리가 맞지?"

그는 고개만 끄덕일 뿐 아무 말도 하지 않았다.

그때 직장에서 내 책상을 스쳐 간 파일이 떠올랐다. 알렉스 베일리라는 이름이 익숙했던 이유다. "그 아이는 언제 죽었어?"

"어제. 아이의 친구들이 페이스북에 부고 페이지를 열었어."

불현듯 이지가 제이크를 떠받치고 정원을 올라오려 애쓰는 모습이 떠올랐다. "그래서 제이크가 잔뜩 취하고 싶었던 거구나. 그래서 인사불성이 되려고 했던 거였어."

"제이크는 알렉스가 병원에 아직 살아 있고 곧 회복하리라고 생각했을 때만 해도 잘 버텨주고 있었어. 어제저녁 수구 경기를 마친 후에야 알렉스가 결국 세상을 떠났다는 사실을 알게 되었지."

제이크와 이선이 물속에 있는 동안 두 아이의 휴대전화가 몇 초마다 삐 소리를 내면서 소셜 미디어에 새로 뜬 알림을 전해 온 일이 생각났다. 알렉스의 소식이 또래 사이에 산불처럼 퍼지고 있던 것이었다.

"알렉스 소식이 소셜 미디어에 도배가 된 거지?"

"알려지지 않은 곳이 없었지. 수영장에서 나온 제이크가 알렉스가 죽었다는 사실을 알게 됐고 그렇게 그만…… 정신이 나가 버린 거야."

또 하나의 조각이 맞춰졌다.

"그래서 제이크가 고주망태가 됐고, 이지가 제이크를 발견했을 때 제이크가 다 말한 거야, 그렇지? 술에 취한 나머지 자기가 사람을 죽였다고 털어놓은 거지."

"다 알게 된 이지가 오늘 오후 제니퍼를 대면했어. 제니퍼는 비밀로 해달라고 애원했지만, 이지는 말을 들으려 하지 않았어. 비슷한 사고로 약혼자를 잃은 아픔이 있으니까."

나는 사람이 빽빽이 들어찬 교회를 떠올렸다. 앉을 자리가 없던 그곳에서, 이지는 마크를 잃은 충격에서 헤어나지 못하고 있었다. 결혼식이 코앞이었는데. "뺑소니였고, 끝내 운전자를 찾지 못했지. 또다시 그런 일이 벌어졌는데 이지가 눈감아줄 리가 없잖아, 안 그래?"

"100만 년이 지나도 용납할 수 없는 일이지."

"누가 관련된 일이든 이지가 절대 결코 눈감아주지 않을 단 하나의 범죄가 바로 뺑소니인 거야. 자기가 겪은 일이니까." 나는 깊이 숨을 들이마셨다. "오늘 오후에 이지가 내게 말하려고 했는데 내 의심에 과도하게 사로잡힌 나머지 제대로 듣지 않았어. 그때 불이 시작됐고."

"그래."

구름이 해를 덮었다. 바람이 더 강해지면서 기온이 몇 도씩 떨어지고 있었다.

"불길이 강해서 쉽게 진화할 수 없도록 한 곳 이상에 서로 거리를 두고 불이 시작된 건 전형적인 방화의 양상이야. 전에 방화 사건을 다룰 때 본 적이 있어. 고의로 낸 불로 보는 게 맞아. 10대가 장난을 치다가 불이 났다고 볼 수는 없어." 나는 고개를 저었다. "불을 본 순간 무언가가 이상하다는 걸 바로 알았어."

"나는 제니퍼가 그런 짓까지 할 줄은 전혀 몰랐어. 제니퍼가 어디까지 갈 수 있는 사람인지 알지 못했어."

"무슨 수를 써서라도 내가 알게 되는 일만은 막으려 했던 거야."

"그러네."

그림이 점점 더 분명해지고 있었다. 하지만 아직 내가 이해하지 못한 한 가지 결정적인 지점이 있었다.

"제니퍼와 앨리스터는 우리 친구고, 우리는 제이크와 이선이 잘되기를 바라잖아. 그건 이해해. 하지만 내가 이해할 수 없는 건, 당신은 왜 나한테 말하지 않았느냐 하는 거야."

숀이 답이 빤하지 않느냐는 듯 나를 뚫어져라 보았다.

"당신이라는 사람, 당신이 하는 일 때문이지. 당신이 어떤 사람인지 아니까. 진실, 온전한 진실, 오로지 진실만을이라고 외치는 사람이잖아. 사고 현장에 증거를 수집하러 나간 사람도 하필 당신 동료 중 한 명이었고. 내가 당신한테 말했더라면, 당신은 난감한 처지에 놓였을 거야. 그리고 우리 둘 다 당신이 어떤 사람인지 잘 알잖아. 당신의 세계에서는 모든 것이 흑과 백으로 나뉘지. 당신은 나를 딱 5초 만에 경찰서까지 끌고 가서 진술을 번복하도록 했을 거야."

나는 숀의 말을 잠시 곰곰이 생각했다.

"당신 말이 맞을지도 모르겠네."

"내 말이 맞지."

"나 같은 직업을 가진 사람들은 법의 테두리를 벗어날 수 없어. 누구도 그럴 수 없지."

"당신 말이 맞을지도 몰라. 그게 아니라도 내가 당신한테 말하지 않은 이유가 또 있어. 훨씬 더 중요한 이유야."

"중요한 증언을 누락하고, 경찰이 끔찍한 사고를 수사하는 걸 방해해놓고 또 어떤 이유가 있을 수 있다는 거야?"

"케이트, 그건 말이야, 사고가 아니었어. 우리 딸이 제이크에게 부탁한 일이었어." 숀이 천천히 말했다.

77
대니얼

대니얼은 누나에게 마지막으로 문자 메시지를 받아본 게 언제인지 기억도 나지 않았다. 어쩌면 아예 받아본 적이 없을지도 몰랐다. 영국에 있을 때 누나는 대니얼에게 말을 걸기는커녕, 문자 메시지를 보내기는커녕, 대니얼이 같은 공간에 있다는 사실조차 거의 알아채지 못했다. 그런데 여기 휴가를 보내러 온 별장에서는 달랐다. 지난밤 대니얼은 누나에게 사탕을 주었고, 누나와 좋은 대화를, 그러니까 온갖 것에 대해서 제대로 된 대화를 나눴다. 대니얼은 누나와 나누는 제대로 된 대화를 좋아했다. 누나를 약 올리는 일을 즐기는 것도 사실이지만, 동시에 누나를 우러러보았고 설명하기 어려운 방식으로 자랑스러워했다. 그리고 누나가 대니얼에게 잘해줄 때는 정말 잘해줬다. 그렇게 사려 깊고 친절하며 다정할 수가 없었다. 하지만 대부분의 시간은 그 좋은 누나가 어디로 가버린 건지 궁금해하며 보냈다.

대니얼이 오늘 마을에서 젤리를 또 샀으니까, 어쩌면 또 한 번 누나와 대화를 나눌 수 있을지도 몰랐다. 협곡에서 그런 일을 겪어서 그런지 당장이라도 정말 누나와 대화를 나누고 싶었다. 이지 이모를 생각할 때면 이상하게 목구멍에 딱딱한 혹이 느껴졌다. 아이의 두 눈이 다시 눈물을 쏟을 듯 불안하게 움직였다. 이지 이모는 협곡으로 떨어져 머리를 부딪쳤고 이제 이모는…….

이제 혼자 있을 때는 그 일을 생각하고 싶지 않았다.

누나와의 대화가 간절했다. 대니얼이 휴대전화를 움켜잡았다. 액정에 금이 간 오래된 아이폰으로, 지난번 새 휴대전화로 바꾼 아빠를 졸라서 물려받은 것이다.

그때 기적처럼 문자 메시지 수신을 알리는 핑 소리가 났다.

괜찮아? 우리 막내의 기분을 띄워주려고 준비한 게 있어.

침대에 다리를 꼬고 앉은 대니얼은 씩 웃으며 답장으로 웃는 얼굴과 뽀뽀 이모티콘을 각각 세 개씩 보냈다. 복도를 껑충껑충 달려 누나의 방문 앞에 섰다. 살짝 노크를 했지만 누나는 안에 없었다. 빈방이었다. 다시 문자 메시지를 보냈다.

어디야?

루시의 답장이 바로 왔다. 대니얼은 메시지를 읽고 얼굴을 찌푸렸다. 최대한 빨리 답장을 입력해서 보냈다.

허락받은 거야?

당연하지.

대니얼이 다시 미소를 지었다. 누나에게 선물을 받아본 적이 있기나 한지 기억도 나지 않았다. 아기였을 때 받았을 수는 있겠지만, 사실 기억은 없었다. 누나가 밖에 나가 자기 돈을 써서 선물을 샀다는 생각만 해도 이상하게 가슴이 따뜻해졌다. 생각만으로도 조금 더 행복해졌다.

우리 막내의 기분을 띄워주려고 준비한 게 있어, 누나는 말했다.

대니얼은 누나가 무엇을 준비했을지 궁금했다. 사탕이었으면 좋겠다. 어쩌면 수영장에서 쓸 튜브나 해변에서 쓸 플라스틱 원반일 수도 있었다. 대니얼은 원반던지기를 잘했으니까.

대니얼은 자신의 방에 뛰어 들어가 마을 슈퍼마켓에서 산 하리보 젤리를 집어 들고 곡선 계단을 내려와 1층에 도착했다. 엄마와 아빠는 아직 발코니에서 대화에 깊이 몰두해 있었다. 극비 사항이라도 이야기하는지 머리를 맞대고 있었다. 왠지 두 사람을 방해해서는 안 될 것 같았다. 그래서 대니얼은 다시 별장에 들어가 오락실로 내려간 다음 수영장으로 바로 통하는 옆문으로 나갔다. 주위에 아무도 없었다. 바람이 수영장 물에 작은 파도를 일으키고 있었고, 커다란 먹구름이 하늘을 채우며 해를 가려서 휴가를 왔다기보다는 영국 집에 있는 듯한 느낌을 주었다. 구름 때문에 주변이 이미 이상할 만큼 어두워서, 잠자리에 들 시간이 다 된 것만 같았다.

정원을 지나면서 제이크가 지난밤 여기저기 쏟아놓은 토사물을 요리조리 피해 다녀야 했다. 어른들은 아직 경황이 없어서 이걸 치워야겠다는 생각을 못 하는 모양이었다. 이제 철문을 지나 포도밭에 들어섰다.

언덕을 반쯤 내려왔을 때 거의 머리 바로 위에서 천둥이 요란하게 울려 대니얼은 움찔했다.

이어서 비가 내렸다.

처음에는 몇 방울이 투둑 떨어지는 정도였다. 옆에 늘어선 포도나무를 자박자박 적시고 그의 이마와 양 볼에 따뜻한 물방울이 떨어졌다. 하지만 비의 양은 점점 빠르게 늘어 한 방울이 떨어지면 그다음에는 두 방울이 떨어지더니 몇 분이 채 되기도 전에 머리 위에서 폭풍이 몰아치며 비가 마구 쏟아졌다. 잠시 대니얼은 뒤돌아 별장에 돌아갈까 생각했다. 하지만 루시가 저 아래 숲에서 기다리고 있었다. 대니얼은 누나를 실망시키고 싶지 않았다. 게다가 누나에게는 선물이 있었다.

대니얼은 돌아가는 대신, 달리기로 했다.

번개가 번쩍하고 골짜기를 가로질렀고 또 한 번 천둥이 쾅 치며 맹렬히 하늘을 찢었다. 소리가 너무 커서 대니얼은 달리는 내내 머리를 어깨까지 한껏 움츠렸다. 천둥이 바로 위에서 내리치는 듯, 정수리에 꽂히는 듯 요란했다.

숲의 가장자리, 풀이 타들어간 지점 근처에 다다라, 대니얼은 멈춰 서서 숨을 골랐다. 비가 나뭇잎을 마구 내리치며 끊임없이 소음을 쏟아내고 있었고, 티셔츠는 이미 흠뻑 젖었다. 빗물에 머리칼이 두피에 딱 들러붙었고 안경은 빗방울로 얼룩졌다. 안경을 벗어 축축한 티셔츠로 닦아보았지만, 쓰자마자 다시 얼룩이 졌다. 마치 와이퍼가 느리게 움직이는 차의 앞 유리를 통해 밖을 내다보는 것만 같았다. 대니얼은 숲을 가만히 들여다보았다.

저기. 나무 사이로 누나의 찰랑이는 금발이 언뜻 보였다.

누나가 있는 곳으로 발걸음을 옮겼다.

78

내가 잘못 들은 줄 알았다.

"루시가 뭘 했다고?"

숀은 눈을 피하지 않았다.

"루시랑 알렉스 베일리가 사귀는 사이인 거, 몰랐어?"

"뭐라고? 몰랐어!"

"루시가 완전히 홀딱 반했어. 럭비 선수로 뛰는 잘생긴 녀석이거든. 사라센인가 하는 규모가 큰 아카데미 소속이고."

"왜 루시가 나한테는 한마디도 하지 않았지?"

"우리가 허락하지 않을 거라고 생각했지. 그 녀석 때문에 GCSE 시험에 집중하지 못할 테니까. 아무튼, 둘은 한 달 전에 헤어졌는데 그 자식이…… 그놈이 루시의 영상을 가지고 있으면서 친구들한테 유포하고 있었어."

갑자기 척추 끝부터 오한이 들었다. 얼음같이 차가운 손가락이 내 피부를 훑는 듯했다.

"어떤 영상?"

"가장 나쁜 영상."

며칠 전 우리가 나눈 대화가 떠올랐다.

네가 나오는 영상이니, 루시?

엄마가…… 엄마가 보지 않았으면 하는 그런 거니?

루시는 내게 말했다. 내게 말하려 했다. 하지만 나 자신의 문제에 과도하게 사로잡힌 나머지 알아채지 못했다.

"세상에." 나도 모르게 한숨이 나왔다. "계속해봐."

"러스와 로언의 집에서 열었던 바비큐 파티, 기억해? 휴가 계획을 세우려고 우리가 다 모였잖아."

"그날따라 루시가 유난히 투덜대고 소리를 질러댔던 기억이 나. 일어나서도 옷 입을 생각을 안 해서 우리가 30분이나 늦었지."

"오후 내내 제이크가 강아지마냥 루시를 졸졸 쫓아다닌 것도 기억해? 그러다 두 아이가 한 시간 동안 사라졌지. 러스가 업무용으로 정원 끝에 독서실처럼 만들어놓은 공간에 들어가서 말이야."

"대니얼이 그걸 가지고 루시를 놀려댔지."

"그랬지." 숀이 하늘을 올려다봤다. 어느새 먹구름이 우리 머리 위로 불길하게 걸려 있었다. 바람이 세차게 불기 시작했다.

"안으로 들어가자. 곧 하늘에 구멍이 뚫릴 것 같아."

우리는 다이닝 룸에 들어가 긴 식탁 끄트머리에 자리를 잡았다. 몇 시간 전만 해도 내가 이지와 앉았던 자리다. 이지를 떠올리기만 해도 가슴에 납덩이를 얹은 것처럼 가슴이 무거웠다. 또다시 눈물이 나올 것 같아서 눈을 깜박여 참아냈다.

숀이 내게 손을 내밀었다.

"당신, 휴대전화 갖고 있지?"

나는 주머니에서 휴대전화를 꺼내 잠금을 풀어주었다.

"뭐 하려고?"

숀은 내게서 휴대전화를 받아 비디오볼트라는 사이트에 접속한 다음 그의 ID로 로그인했다.

"제이크는 자기가 아는 여자아이들의 자연스러운 모습을 사진으로 남기는 버릇이 있었어. 나중에 보려고 말이지. 루시의 모습도 몇 장 찍었어. 루시가 모르는 사이에 짧은 동영상도 몇 개 찍었지."

찾던 것을 발견한 숀이 휴대전화를 옆으로 돌려 우리가 다 볼 수 있도록 들어 올렸다.

"이게 뭐야?"

"우선 봐."

영상이 시작됐다. 제목도, 도입부도 없는 영상에는 휴대전화로 찍은 영상 특유의 덜커덩거림이 있었다. 누군가의 무릎에서 찍었는지 루시를 올려다보는 각도였다. 루시는 화면 좌측 가까이에 있어 명확하게 알아볼 수 있었다. 뒤쪽에 나무판자로 된

벽이 보였다. 아마도 러스의 업무용 독서실 내부인 듯했다. 루시 앞에는 낮은 탁자가 있었고 그 위에는 러스가 즐겨 마시는 코냑이 한 병 있었다. 소파에 푹 앉은 우리 딸은 가슴이 깊이 파인 상의의 한쪽 끝이 어깨로 내려온 상태였고 두 뺨은 분노로 얼룩덜룩했다.

"빌어먹을, 알렉스 베일리는 쓰레기야. 그런데 걔는 어떤 처벌도 받지 않고 그냥 빠져나가. 모든 여자아이들이 선망하는 엄청난 럭비 선수니까. 누군가가 단 한 번만이라도, 내가 느끼는 그대로 그 자식이 느끼게 해줬으면 좋겠어. 단 하루라도, 단 한 시간만이라도 말이야. 이용당한 기분, 더러운 기분, 내가 가치 없는 존재가 된 것 같은 기분을 걔도 똑같이 느꼈으면 좋겠어. 차라리 죽고 싶은 기분 말이야. 나는 그 자식이……." 얼굴은 눈물범벅이고 발음이 살짝 뭉개지고 있지만 무슨 말을 하는지 또렷이 알아들을 수 있다. 루시가 한 손을 공중에 휘젓는다. 목소리가 흔들린다. "버스에 깔렸으면 좋겠어. 절벽에서 떨어졌으면 좋겠어. 빌어먹을 그냥……."

루시는 코냑을 따른 잔을 들어 꿀꺽 마시고는 탁자에 쾅 하고 내려놓는다.

"나는…… 난 그 빌어먹을 자식이 콱 뒈져버렸으면 좋겠어!"

루시가 두 손으로 머리를 감싸 쥐고 몇 초간 침묵이 이어진다. 영상에서 잡음만 쉭쉭거린다. 제이크의 목소리가 침묵을 깬다. 카메라와 가까워 목소리가 크게 잡힌다.

"내가 해줄게."

루시는 반쯤 웃음을 터뜨리며 콧방귀를 뀐다. 고개를 든다.

"뭐?"

"네가 원한다면, 그 자식을 처리해주겠다고. 내가 해줄게. 듣자하니 제길, 그 자식은 죽어도 싼 놈이네." 짐짓 태연함을 꾸민, 10대 특유의 허세로 가득한 거친 목소리다.

루시는 제이크가 지금 농담을 하는 것인지 판단이 서지 않아 얼굴을 찌푸린다.

"진심이야?"

"그 자식이 밖에서 자전거를 타면서 훈련하는 모습을 이선이 봤대. 거기가 어디인지 나는 알아. 교통사고를 내줄까?"

루시는 몸을 앞으로 숙인 채 두 눈을 빠르게 깜박인다. 혀로 윗입술을 할짝댄다. 코냑을 한 모금 더 마시고, 뒤로 기대고, 한 손으로 금발을 쓸어내린다. 길게 뻗은 다리를 꼰다.

"응. 그렇게 해줘." 무심하면서도 결연한 목소리. 처음 들어보는 차갑고 딱딱한 어조다.

영상이 끝나면서 화면이 캄캄해졌다.

나는 잠시 그대로 앉아 방금 내가 무엇을 보았고 그게 무슨 의미인지 이해하려 했다. 우리 딸이 부추긴 일의 무게를 파악하려 애썼다. 살인 교사라니. 우리 딸. 우리의 똑똑하고, 재능 있고, 아름다운 딸이. 이 영상이 세상에 알려진다면, 루시는 어떤 이의 죽음에 연루되었다고 간주될 수 있었다. 기소될지도 몰랐다. 우리 딸의 명예는 땅에 떨어지고 앞날에 어두운 그림자만 드리울 것이다.

"잠깐만, 이 영상이 인터넷 어딘가에 이미 떠도는 거야? 몇 명이나 본 거야?"

"영상이 올라온 곳은 잘 알려지지 않은 파일전송 사이트야. 비공개로만 볼 수 있도록 설정되어 있지. 기본적으로 영상을 보려면 비밀번호가 필요하다는 의미야. 나랑 제니퍼만 갖고 있는 비밀번호지. 제니퍼가 내게 영상 링크를 보냈고, 제이크가 사건에 관련되어 있다는 사실이 알려지면, 제약을 풀고 유튜브에 올리는 데 30초면 된다고 말했어. 전 세계가 영상을 볼 수 있도록 말이야. 제이크가 저지른 범죄를 정당화하기 위해서지."

"제니퍼가 이 영상으로 내내 당신을 협박해온 거야?"

"응."

숀의 휴대전화에서 본 메시지가 떠올랐다.

당신이 한 말이 계속 생각나.

한마디, 한마디가 다 진심이었어.

"루시는 자기가 찍히고 있다는 걸 몰랐지?"

"몰랐지."

"자전거를 탄 알렉스를 차로 들이받은 사람이 제이크라는 사실은 알아?"

숀이 고개를 저었다.

"제이크에게 그렇게 해달라고 부추기는 영상이 있다는 것도 모르고 있어. 제니퍼와 제이크, 나, 이렇게만 영상의 존재를 알고 있지."

"나도 알고."

"당신도 알고. 이제 당신도 알았으니, 우리가 어떻게 해야 할까? 제니퍼는 어쩌지?" 숀이 시계를 확인했다. "곧 경찰이 도착할 거야."

나는 내 남편을 바라보았다. 용감하고 다정하며 가족을 보호하기 위해 최선을 다하는 내 남편이었다. 가슴이 벅차오르고 있었다.

"우리가 어떻게 해야 하는지 알잖아, 숀. 당신은 내내 알고 있었어."

숀은 한참 생각한 뒤, 자리에서 일어났다.

"맞아. 알고 있어." 그가 고개를 끄덕였다.

마지막으로 한 가지가 마음에 걸렸다.

"숀, 콘돔은 왜 가지고 있었던 거야? 당신 여행가방에서 발견했어."

숀은 혼란스러워 보였다.

"나는 가방에 콘돔을 넣지 않았어. 맹세해."

"당신 전에 누가 가방을 썼지?"

질문이 입을 떠나기도 전에 답이 튀어나왔다.

"루시, 독일 여행 갈 때 가져갔지."

"맞아. 여름학기 때."

숀이 천천히 대답하고는 주위를 둘러봤다. "그런데 애들은 어디에 있지?"

"오락실?"

"내가 가서 한번 보고 올게."

숀이 지하로 향했고 나는 휴대전화를 들어 '아이폰 찾기' 앱을 불러왔다.

앱이 실행되면서 위치를 찾을 수 있는 기기 두 개로 내 아이들의 휴대전화가 나타났다.

나는 루시의 휴대전화를 선택하고 위치 추적기가 마법을 부리길 기다렸다.

몇 초 후, 지도가 별장 부지 서쪽의 협곡 근처에 루시가 있음을 보여주었다. 천둥과 번개를 동반한 비가 내리는 와중에 루시가 거기 있을 리 없었다. 절벽 끝에 선 루시를 생각하는 것만으로도 극심한 공포가 밀려왔다. 알렉스에게 학대받은 기억을 떠올리며 자기혐오로 가득차서, 이용당하고 더럽혀져 가치 없는 존재가 된 기분에 젖어 있을 것이다. 자신이 부추긴 일에 대한 후회로 질식할 듯 위태롭게 서 있을지도 모른다. 나는 루시에게 빠르게 문자 메시지를 보내고는 일어섰다. 빗속으로 뛰어들 준비를 하면서.

그때 숀이 돌아왔다. 근심에 잠겨 잔뜩 찌푸린 얼굴이었다.

"애들이 방에 없어."

나는 휴대전화를 들어 지도에 뜬 루시의 휴대전화 아이콘을 보여주었다.

"이유는 모르겠는데, 루시가 다시 협곡에 내려갔어. 흠뻑 젖었을 거야."

루시가 문가에 나타났다. 울어서 눈이 벌겠다.

"내 휴대전화 본 사람 있어요? 아까 거실에 충전해두고 갔는데 다시 오니 어디에도 안 보여요."

나는 다시 휴대전화에서 대니얼의 휴대전화 아이콘을 선택했다. 앱이 신호를 찾는 동안 심장이 흉곽을 때릴 듯 쿵쿵 뛰고 있었다.

앱이 내 아들의 휴대전화가 있는 위치에 초점을 맞추어 보여주는 순간, 심장이 목구멍으로 튀어나올 것만 같았다.

79
대니얼

대니얼이 달렸다.

비가 억수같이 쏟아지고 있었다. 비는 주변의 나뭇잎과 발밑 땅을 세차게 두드리며 두툼한 소음의 벽을 만들어내는 듯했다. 이제 대니얼은 제대로 젖었다. 수영장에 뛰어든 것이나 다름없었다. 흠뻑 젖지 않은 부분이 조금도 없었으니까. 루시 누나에게 우산이 있기를 바랐다. 그러면 남매가 함께 우산을 쓰고 비가 멈추길 기다릴 수 있을 테니까.

대니얼은 비로 얼룩진 안경을 통해 눈을 가늘게 뜨고 내다보았다. 절벽 끝 부근에 그녀가 있었다. 그곳은 이지 이모가…… 이지 이모에게 일어난 일은 생각하고 싶지 않았다. 너무 슬프니까. 누나가 왜 다시 이곳에 오자고 했는지, 대니얼은 이해할 수 없었다. 하지만 누나는 대니얼에게 줄 선물을 갖고 있었고, 특별한 문자 메시지도 보내주었다. 그래서 온 것이었다. 대니얼은 손에 하리보 봉지를 쥐고 있다는 사실을 깨닫고는 등 뒤로 숨겼다. 깜짝 선물이 될 터였다.

쓰러진 커다란 나무 옆 빈터에 들어서면서 속도를 늦추었다. 누나가 절벽 끝에 서 있었다. 대니얼에게 등을 보인 채였고, 긴 금발이 머리에 들러붙어 있었다. 대니얼은 속도를 늦추어 걸으며 숨을 고르려 했다. 누나가 천천히 뒤로 돌았다.

대니얼이 최고의 미소를 지어 보였다. 여기에 누나가 있었다.

어, 누나가 아니었다.

루시가 아니었다.

이 상황을 이해하기까지, 왜 이런 일이 일어났는지 깨닫기까지 잠시 시간이 걸렸다. 대니얼은 퍼붓는 빗속에서 눈을 깜박이며 그녀를 올려다보았다. 루시가 아니다. 제이크와 이선의 엄마, 제니퍼다. 빗속에서 화장이 얼룩지고 번져 두 눈에서 검은 물이 흐르고 있다.

제니퍼가 여기 있다니 조금 이상했다. 그리고 그녀는 루시의 것과 꼭 닮은 휴대전화를 들고 있었다. 그러니까, 똑같았다.

"안녕하세요. 우리 누나를 보셨나요?"

제니퍼가 대니얼에게 미소를 지었다.

"루시는 오는 길이야." 제니퍼는 대니얼이 등 뒤로 보낸 손을 가리켰다. "대니얼, 거기 뭘 갖고 있니?"

대니얼은 젤리 봉지를 내밀어 보여주었다.

"루시 누나한테 줄 선물이에요."

"다정하기도 해라. 있잖아, 이모도 너한테 줄 선물이 있단다."

"뭔데요?"

제니퍼가 주머니에 손을 넣었다.

"얘야, 깜짝 놀랄 거야."

대니얼이 한 발자국 가까이 다가갔다. 제니퍼 이모의 번진 화장과 미소는 어렸을 때 생일파티에서 한 번 본 적이 있는 광대를 떠오르게 했다. 광대는 늘 웃고 있지만 그 미소는 가짜였다. 기분 좋으라고 웃는 거겠지만 실제로는 징그럽고 소름 끼칠 뿐이었다. 그때부터 대니얼은 줄곧 광대를 무서워했다.

"루시 누나가 오는 길이라는 건 어떻게 아세요?"

"루시가 말해줬어." 제니퍼가 더 가까이 오라고 손짓했다. "깜짝 선물, 궁금하지 않니?"

"음, 알겠어요."

제니퍼가 손을 내밀고 손바닥을 펼치자 투명한 노란색 플라스틱 라이터가 나왔다.

"네 거 맞지? 이제 연료가 그리 많이 남지 않았어, 미안. 그래도 훌륭한 불길을 만들어내기에는 충분하지, 안 그러니?"

대니얼은 두 눈을 깜박거리며 빗방울을 털어냈다. 자기도 모르게 말이 튀어나왔다.

"이모가 불을 낸 거였어요?"

제니퍼는 라이터를 대니얼에게 더 가까이 내밀었다. 입꼬리를 한껏 끌어 올리고 있었다.

“이모가 빌려 가서 화가 난 건 아니지?”

“괜찮아요. 상관없어요. 감사해요.”

대니얼이 라이터를 향해 손을 뻗는 사이, 제니퍼의 다른 손이 불쑥 나와 아이의 팔을 꽉 움켜잡았다. 철골로 대니얼의 손목뼈를 쥐어트는 듯한 아귀힘이었다.

제니퍼는 라이터를 떨어뜨리고 대니얼을 절벽 끝으로 끌고 갔다.

80

대니얼의 모습을 찾아내기 전에 목소리부터 들었다. 산비탈에서 포효하는 폭풍우를 뚫고 아이의 비명이 들려왔다.

"아악, 아파요! 엄마! 아빠! 도와주세……."

그리고 아무 소리도 들리지 않았다.

빗물이 개울을 이루어 협곡을 향해 줄기줄기 퍼붓고 있었다. 휘갈기는 비에 비틀거리다 나무 사이로 언뜻 보이는 형체를 발견했나 싶었지만, 이내 젖은 땅에 발이 미끄러져 철퍼덕 넘어졌다. 재빨리 몸을 일으켰지만 팔다리는 진흙범벅이 되어 있었다. 다시 돌진해 빈터에 다다랐다.

심장이 멈추는 듯했다.

제니퍼가 절벽 끝에서 대니얼을 붙잡고 있었다. 바위가 뾰족하게 튀어나온 절벽 끝에 대니얼의 발이 반쯤 걸쳐져, 샌들 앞코가 허공에 걸려 있고 균형을 잡으려 두 팔을 뻗은 상태였다. 아이의 티셔츠 뒷면이 제니퍼의 주먹에 단단히 접혀 들어갔고, 그녀의 강인한 오른팔은 헬스장에서 갈고 닦은 근육이 두드러졌다.

한 번만 슬쩍 밀면 대니얼은 아래로 떨어질 터였다.

대니얼이 고개를 돌려 어깨 너머로 나를 보았다. 두 눈에 공포가 가득했고, 방금 한 대 맞았는지 뺨이 붉게 타오르고 있었다. 큰 키의 제니퍼 옆에서 아이는 작고 여위고 약해 보였다.

“엄마!” 극심한 공포에 사로잡힌 대니얼이 숨을 가쁘게 쉬면서 말했다.

나도 무언가 말을 하려 했지만 두려움에 턱이 단단히 잠겨 아무 말도 나오지 않았다. 공포가 내 안을 휘감고 있었다. 가슴을 채우고, 목구멍을 채우며, 담즙이 입까지 올라왔다. 구역질이 났다. 항복의 표시로 두 손을 들어 올린 채 대니얼과 제니퍼를 향해 한 발자국 다가갔다.

“다가오지 마!” 제니퍼가 소리 질렀다. 그녀의 두 눈은 야수처럼 기이한 빛으로 번들거리고 있었고, 나는 두려움에 차갑게 굳어버리고 말았다. 제니퍼가 미친 것처럼 보였다. 마치 그녀 안에서 무언가를 늘이고 또 늘이다가 결국에 뚝 끊어지고 만 것만 같았다.

나는 멈춰 섰다.

“제니퍼, 제발, 제발 아이를 해치지 마. 내가 이렇게 빌게.”

내 목소리는 얇고 가냘파서 제니퍼에게 가닿지도 못하는 것 같았다. "괜찮아, 대니얼. 다 괜찮을 거야."

제니퍼가 나를 노려보았다.

"손이 너한테 말했지, 그렇지? 다 이야기했지?"

"그래."

"그렇다면 내가 너한테 뭘 좀 보여줘야겠어. 너를 이해시켜야 하니까."

"제발 절벽 끝에서 조금만 뒤로 물러나줘."

제니퍼는 고개를 저었다.

"케이트, 우리가 이곳에 처음 왔을 때를 기억해? 제이크가 이곳, 이 지점, 내가 지금 서 있는 바로 여기에 있던 때를 말이야."

"응. 기억해."

"그때 내가 제이크에게 한 말을 기억해?"

기억을 뒤져보았지만 100년 전 일만 같았다.

"모르겠어…… 다만 우리는 제이크가 안전하기를, 모든 아이가 안전하기를 바랐잖아."

"그때 나는 제이크에게 중요한 말을 했어. 무엇을 하든 아래만 쳐다보지 말라고. 아래를 내려다보면 떨어지고 말 테니까."

"맞아. 이제 기억이 나." 내가 숨을 헐떡이며 말했다.

"자, 내 아들은 이제 아래를 내려다보고 있어, 케이트. 지금 네 아들처럼 내 아이는 심연을 들여다보고 있다고. 그리고 네가 내 아들을 살릴 수 있는 유일한 사람이야. 기분이 어때? 누군가의 자식이 죽느냐 사느냐를 좌지우지할 힘이 너한테 있다는 사실이?"

"제니퍼, 너와 나 모두 제이크를 살릴 수 있어. 너한테는 두 아들이 전부를 의미한다는 거 알아. 대니얼이 내게 전부를 의미하듯이 말이야."

"네 아들, 내 아들. 둘 다 똑같아. 그렇지? 우리 각자에게 같은 의미를 지니지. 그래서 내가 너를 이해시킬 무언가를 찾아야 했던 거야." 제니퍼가 자유로운 손으로 공포에 사로잡힌 내 아들을 가리켰다. "네가 우리의 비밀을 지키도록 설득할 방법. 너도 네 아이들을 위해서라면 똑같이 할 거잖아, 그렇지?"

"나를 믿어, 제니퍼. 나도 이해……."

"네가 경찰이나 네 동료들에게 알린다면, 이게 바로 네가 나의 제이크에게 저지르게 되는 짓이야." 제니퍼가 손가락 마디마디가 하얗게 될 만큼 세게 틀어쥔 대니얼의 티셔츠를 흔들자, 절벽 끝에 선 대니얼의 몸이 휘청거렸다. 대니얼은 균형을 잡으려 미친 듯이 두 팔을 풍차처럼 돌리고 있었다. 안경이 벗겨져 빙글빙글 회전하다가 협곡에 떨어졌다. "무슨 뜻이냐 하면, 네가 제이크를 망치게 되리라는 거야. 제이크는 분명 감당 못 해. 제이크를 죽이는 일이 될 거야. 네 손으로 직접 죽이는 거나 마찬가지지."

또다시 담즙이 목구멍으로 넘쳐 구역질이 나올 뻔했다. 쉴 새 없이 후드득 떨어지는 빗물이 내 눈물을 감춰주었다.

"제발, 제니퍼!"

우리 오른쪽의 나무 사이에서 로언이 천천히 모습을 드러냈다. 처음 보는 한 남자와 함께였다. 20대 초반 정도로 보이는 젊은 남자로 호리호리하고 깔끔하게 면도한 모습이었다. 남자는 제니퍼가 경찰 신분증을 볼 수 있도록 지갑을 열어서 앞으로 내밀었다. 그가 제니퍼에게 프랑스어로 뭐라 말했지만, 제니퍼는 그에게 눈길 한 번 제대로 주지 않고 다시 내게 관심을 돌렸다.

"약속해, 케이트."

"약속할게. 뭐든지 다 할게. 제발." 내 목소리가 갈라지고 있었다.

"네 아들의 목숨을 걸고 맹세해."

"내 아들의 목숨을 걸고 맹세할게. 누구에게도 절대 입도 뻥긋하지 않을 거야."

갑자기 대니얼이 절벽 끝에서 뒤뚱거렸다. 한순간 나는 아이가 제니퍼를 자기 쪽으로 끌어당기리라고 생각했지만 제니퍼가 몸에 힘을 주어 버텼고 마지막 순간에 그를 도로 잡아끌었다.

"맙소사, 제발 대니얼을 돌려줘, 제니퍼!"

제니퍼가 절벽에서 물러나 내 아들을 다시 내게 돌려주도록 할 수만 있다면, 나는 무슨 말이든 했을 터였다.

젊은 경찰이 다시 제니퍼를 향해 빠르게 프랑스어를 쏟아냈다.

로언이 말했다. "형사가 말하길 옆에서 물러나래, 제니퍼."

하지만 제니퍼는 나만 뚫어져라 보고 있었다.

"이지가 너한테 말하려 했어. 다 말하려 했다고. 나는 이지가 말하게 놔둘 수 없었지만 이지는 말귀를 알아듣지 않았어. 내 입장을, 제이크의 입장을 살피려 들지 않았다고." 제니퍼는 강경한 말투가 되었다. “내가 그러려고 한 게 아니야…… 이지가 그렇게 된 건, 네가 생각하는 것과는 달라. 이지는 미끄러졌을 뿐이야.”

“나는 너를 믿어, 제니퍼. 정말이야.”

“진심이야?”

“그렇고말고. 물론이야.”

제니퍼가 미소를 짓나 싶었지만, 그 미소는 단 1초 만에 일그러지며 입가에서 사라졌다. “케이트, 그거 알아? 너는 늘 지나치게 정직해. 지나치게 엄격하지. 그리고 너는 항상 거짓말을 끔찍이도 못해.”

“거짓말이 아니야!”

번개가 치며 하늘이 번쩍했다. 우리 머리 위로 천둥이 또 한 번 하늘을 찢을 듯이 폭발했다.

바로 그 순간 또 하나의 형체가 우리 왼쪽의 나무 사이에서 튀어나왔다. 재킷과 청바지 차림에 턱수염을 기르고 몸이 다부진 남자, 그가 두 팔을 벌리며 제니퍼와 대니얼을 향해 전속력으로 달려오고 있었다.

모든 것이 슬로모션으로 펼쳐지는 듯하다.

턱수염을 기른 남자의 재킷이 펄럭이면서 벨트에 찬 권총과 수갑이 드러난다. 남자가 프랑스어로 무언가를 명령한다. 이제 남자는 흠뻑 젖은 땅에 미끄러져 중심을 잃고 앞으로 휘청거린다. 두 손바닥을 펼치고 달려들면서 아이가 떨어지는 것을 막으려 한다, 뭐라도 잡으려 한다. 하지만 남자는 너무 느리고 너무

굼뜨다. 그들 사이의 거리가 너무도 멀다. 나도 달리기 시작하지만 두 발이 무겁다. 제니퍼가 턱수염을 기른 남자를 향해 고개를 돌리며 뒤로 움찔한다. 다른 경찰도 달려들어 그녀를 붙잡는다. 그녀의 팔을 잡고 그녀의 가슴을 팔로 감싼다.

제니퍼가 대니얼의 셔츠를 놓친다. 두 손이 대니얼을 향해 허우적거리다 허공을 붙잡는다. 대니얼은 이미 균형을 잃어 몸이 기울어지고 있다. 두 팔을 펼쳐 뭐라도 잡으려고 뻗는다. 대니얼은 빠르게, 너무 빠르게 떨어지고 있고 우리는 너무 느리다.

내가 볼 수 있는 것은 내 아들의 얼굴뿐이다. 내가 들을 수 있는 것은 단 한 마디뿐이다.

"엄마!"

마지막 순간에 나를 돌아보며 깡마른 두 팔을 쭉 뻗고, 두 손으로 무언가를 쥐려 한다. 겁에 질린 두 눈을 휘둥그렇게 뜨고 있다. 절벽 끝 너머로 사라지고 있다. 어느새 그 자리에서 보이지 않는다.

내 아들이,

추락하고 있다.

한 달 후

81

영국의 청회색 하늘 아래, 우리는 교회 묘지 사이를 천천히 걸었다.

검은 옷을 입은 조문객 수백 명이 비탄에 빠진 창백한 얼굴로 침묵 속에 움직이고 있었다. 이날 이곳에서 대화는 아무런 의미도 가치도 없었다. 친구들과 가족이 모였다. 갓난아기와 유아, 어린이와 10대, 부모와 조부모, 나이 든 사람과 어린 사람이 모였다. 어린 사람이 너무도 많았다. 지나치게 많았다.

칼날이 내 심장에 스윽 꽂히듯이 내가 마지막으로 이 교회 안에 있던 때가 떠올랐다.

대니얼의 세례식 때였다.

또다시 눈물이 났고, 루시의 팔이 스윽 들어와 나를 떠받치는 게 느껴졌다. 우리는 돌로 만들어진 아치형 출입구를 통해 줄지어 들어갔고 앞줄에 자리를 잡았다. 질질 끄는 발소리와 속삭대는 대화로 소란스러운 가운데 오르간 음악이 부드럽게 깔리고 있었다. 우리가 이곳에 있어야 한다는 사실을 믿기 어려웠다. 견딜 수 없는 일을 견뎌야 한다는 사실을 참을 수 없었다. 우리가 이리도 어린 사람을 잃고 슬픔 속에 여기 있는 건 옳지 않았고, 자연스럽지 않았다. 이렇게 되어서는 안 됐다. 정상적인 순서가 뒤바뀌어버렸다.

그럼에도, 우리는 이곳에서 마지막으로 작별 인사를 할 준비를 하고 있었다.

그 일이 있은 후 나는 매일 울었다. 아무리 작은 일에도 눈물이 터졌다. 매일 밤 악몽에 시달리다 아침을 맞으면, 두 뺨이 눈물에 젖어 있었다. 계속 울기만 하느라 멍했고, 충격과 슬픔에 속이 에었다. 일을 할 수도, 먹을 수도 없었다. 잠도 거의 자지 못했다. 내가 안다고 생각한 모든 것이 알고 보니 틀린 것이었고, 이제 그 무엇도 예전과 같지 않을 터였다.

로언이 내 옆에 나타나 우리는 서로를 껴안았다. 그녀의 임신 사실이 얼추 드러나기 시작하고 있었다. 그동안 로언은 아무에게도 임신 사실을 알리지 않았다. 새 사업 파트너는 물론, 남편에게도 말하지 않았다. 내가 별장에서 발견한 임신 테스트기는 로언의 것이었다. 러스가 찾지 못할 곳에 버려둔 것이었다. 로언은 내게 새로 티슈를 한 장 건네고 내 손을 꼭 쥔 다음 러스와 오데트가 있는 좌석으로 갔다. 뒷줄에서 수군대는 소리가 들려왔다. 서로에게 제니퍼가 어디에 있는지 물으며, 짧은 대화를 속삭이듯 주고받고 있었다.

제니퍼는 왜 여기 없는 거야?

못 들었어?

아, 그 이야기 정말 끔찍하더라.

사실일까?

믿기지가 않아.

그러다 우리가 바로 앞에 앉아 있다는 사실을 알아채고는 돌연 입을 다물었다.

제니퍼는 여기 없었다. 있을 리가 없었다. 그 일이 일어난 이후로 줄곧 베지에의 교도소에 머물고 있으니까. 그리고 검찰이 제니퍼의 혐의를 두고 다투는 동안은 그녀가 보석을 기대할 수 없었다. 우리는 모종의 시나리오에 동의했다. 루시와 제이크가 기소되는 일이 없도록 무슨 일이 있었는지를 설명하기 위해 시나리오를 꾸며낸 것이다. 다른 모든 것에 대해 우리가 침묵을 지킨다는 조건이 붙었다. 제니퍼를 떠올리자 분노로 몸이 차갑게 식었다.

하얀 백합으로 뒤덮인 작은 관이 우리 앞 제단 옆으로 조심스레 놓였다. 숀이 다른 상여꾼들과 함께 뒤로 물러났고, 다 같이 십자가를 향해 몸을 돌리고 머리를 숙였다. 어떻게 숀에게는 그럴 힘이 남아 있는지, 나는 결코 알지 못할 터였다.

내게 돌아온 숀의 얼굴은 잿빛이었다.

루시가 숀 옆에서 조용히 울었다. 루시는 결국 내게 알렉스 베일리에 대해 털어놓았다. 두 사람 사이에 무슨 일이 있었고, 그가 루시에게 무슨 일을 저질렀는지를. 루시는 내게 갈비뼈 아래로 난 오래된 상처를, 그가 죽었다는 소식을 듣고 새로 그은 팔뚝의 상처를 보여주었다. 루시는 오늘 피아노로 드뷔시의 곡을 연주하기로 했다. 하지만 장례식에서 연주 순서가 됐을 때 과연 루시가 감당할 수 있을까, 나는 확신할 수 없었다. 나는 분명 이런 공개적인 장소에서 무언가를 읽거나, 헌사를 바치거나, 뭐든 혼자서 할 수 있는 상태가 아니었다. 숀이 우리 두 사람을 대표해서 발언할 터였다.

우리는 숀이 할 말을 의논했다. 조문객들 앞으로 걸어 나가 성서대에서 무슨 말을 하면 좋을까. 함께한 인생, 추억, 감정…… 할 말이 너무도 많다. 하지만 말은 너무도 무력하다. 말은 서툴고 뭉툭하다. 우리의 사랑을, 우리의 상실감을, 우리의 고통을 표현할 수단으로서 절망스러울 정도로 조악하다. 하지만 이제 우리에게 남은 것이라고는 말뿐이다.

떠돌던 내 마음이 다시 프랑스로 향하고, 한 남자아이를 떠올린다. 나의 용감한 아들을, 운명의 그날 하루 전에 있던 일을 떠올린다. 나는 아이의 손과 팔에서 베이고 긁힌 상처를 보았다. 무릎에 진흙과 피가 묻어 있었고, 얼굴은 눈물범벅이었다. 아이의 티셔츠는 찢겨 있었다. 아들은 아드레날린으로 계속해서 바들바들 떨면서도, 무슨 일이 있었는지 내게 결코 말하려 들지 않았다. 나중에야 아들의 도전에 대해 알게 됐다. 절벽 끝에 초승달 모양으로 난 틈을 뛰어넘었다는 사실을.

형들 무리의 일원이 된다는 '신고식.'

다만 아이의 도약력은 너무나 미약했고…….

순전한 공포의 순간, 생명줄을 붙잡으려 허우적거린 아이의 두 손.

가장자리 밑으로 고리 모양을 이루는 두꺼운 나무뿌리. 딱 작은 남자아이의 몸무게를 지탱할 수 있을 만큼 질긴 나무뿌리.

그 나무뿌리를 기억해둔 덕분에 다음 날 아이는 폭풍우 속에서 목숨을 구할 수 있었다. 대니얼이 신고식을 치렀던 바로 그 장소에서, 나는 눈앞에서 아들이 사라지는 모습을 지켜본다. 제니퍼가 내 아들을 놓자 아이는 협곡으로 추락하며 마지막 순간 나를 돌아본다. 하지만 나를 보려고 몸을 돌리는 게 아니다. 아이는 나무뿌리를 잡으려, 생명줄을 붙잡으려 몸을 돌리고 있다. 프랑스 경찰 두 명이 아이를 다시 안전한 곳으로 끌어 올리는 사이, 겁에 질린 아이의 두 눈은 절대 내 눈을 떠나지 않는다.

모범생치고는 나쁘지 않죠, 엄마. 대니얼은 훌쩍대며 말했다.

나 역시 훌쩍대며 말했다. **응, 하나도 나쁘지 않은걸?**

옆에서 대니얼이 내 손을 꼭 잡은 채 장례식 순서를 찬찬히 살피고 있다. 이제 붕대도 풀었다. 내가 살짝 손에 힘을 주자 대니얼도 한 번, 두 번 힘을 준다. 우리만의 암호다.

대니얼 옆으로는 이지를 그리도 들뜨게 한 새 애인, 크리스가 앉아 있다.

아니, 그녀의 본명은 크리스틴이다.

물론 나는 프랑스에서 이지의 새 애인을 남자로 **넘겨짚었지**

만, 이지가 실제 그렇게 말한 적은 없다. 이지가 왜 그리도 비밀스러웠는지 이제 나는 안다. 자세히 밝히지 못할 이유가 있었다. 이지는 그녀만의 속도로, 그녀만의 방식으로 우리에게 말하고 싶었던 것이다. 이지는 인생의 새로운 장이 펼쳐지기를 고대했고, 그녀에게 찾아온 두 번째 기회를 만끽할 생각에 들떠 있었다.

하지만 이제 이지의 이야기는 결코 듣지 못할 것이다.

목사가 자리에서 일어났다.

"친애해 마지않는 여러분, 우리는 오늘 이소벨 마거릿 오루크, 여러분에게 보다 친숙한 이름으로는 이지의 삶을 기리고 경의를 표하기 위해 이곳에 모였습니다. 사랑스러운 딸이자, 헌신적인 여동생, 애정이 넘치는 고모, 진정하고 충실한 친구였죠."

목이 막혀왔다. 다시 눈물이 흐를 것만 같았다. 하지만 이번에는 두 눈이 계속 말라 있었다.

진정하고 충실한 친구.

82

장례식 다음 날 이메일이 한 통 도착했다. 처음 보는 주소였다.

제목은 **잊지 말 것**이라고만 되어 있었다.

본문에는 동영상 링크만 한 줄 있었다. 링크를 보는 순간 어떤 영상인지, 발신인이 누구인지 바로 알았지만 그래도 클릭해 보았다. 이제 대사를 다 외울 정도였지만, 영상을 다시 끝까지 보았다. 영상을 보는 내내 1초 간격으로 머리가 아파왔다.

"교통사고를 내줄까?"

대답으로 들리는 루시의 목소리.

"응. 그렇게 해줘."

영상의 존재는 여전히 비밀에 부쳐지고 있다. 여전히 비밀번호로 보호되는 비공개 영상으로 존재하며, 나와 숀, 제니퍼, 물론 제이크까지 단 네 사람만 현재 영상이 존재한다는 사실을 안다.

다시 제목을 읽어보았다.

잊지 말 것.

내가 우리의 비밀을 지키겠다고 제니퍼에게 맹세한 것을 잊지 말라는 의미였다. 내가 그녀에게 약속을 했고, 제니퍼는 나를 믿어도 된다는 사실을 알았다. 나라는 사람을, 내가 어떤 사람인지를 잘 알았기 때문이다. 주사위처럼 정확하고, 약속을 하면 굳게 지키는 사람이라는 것을.

하지만 우리는 모두 비밀 때문에 사람이 무슨 짓까지 할 수 있는지, 가장 절친한 친구에게, 인생의 절반 동안 이어온 우정에 무슨 짓을 저지를 수 있는지 똑똑히 보았다. 이제 제니퍼와 나를 한데 묶고 있는 비밀 역시 우리 사이를 갈기갈기 찢어놓았다. 나는 프랑스에서 돌아온 후로 많은 생각을 했다. 비밀과 거짓말, 우리가 저지른 일에 대한 책임 따위를 생각했다. 우리를 따라다니는 유령을, 우리가 남긴 폐해를 생각했다.

정의를 생각했다.

일링 교외의 거리에 차를 세워두고 앉은 지금도 그것에 대해 생각하고 있다.

어떤 면에서는 내게 잊지 말라는 메일을 보낸 제니퍼가 고마웠다. 상황을 완벽하게 파악하는 데 도움이 되었으니까. 이지와 알렉스 베일리에 대한 정의를 부정해야 루시가 안전하다는 사실에 혹시나 내가 의구심을 품을 수도 있으니까 말이다. 운전대를 잡은 사람은 루시가 아니었음에도, 루시가 경솔하게 던진 말

한마디는 영원히 내 딸의 주변을 맴돌 것이다. 아이의 밝은 미래를 파괴할 잠재력을 품은 채로.

그 말은 남은 평생 동안 거짓말을 해야 한다는 뜻이었다.

아니면 내가 먼저 선수를 치거나.

제니퍼는 그녀 나름의 선택을 했다. 그녀는 자식을 보호할 수만 있다면 모든 것을 희생시키려 했다. 심지어 내 아들까지 죽이려 들었다. 말하자면 그녀는 내게 이런 방법도 있다는 것을 보여준 것이다.

이제 내가 선택할 차례였다.

진정하고 충실한 친구.

두 사람이 죽었다. 두 사람이 목숨을 빼앗겼다. 이들의 죽음에 대해 처벌받지 않고 넘어가도록 놔둔다면, 우리는 패배한 것이나 다름없었다. 두 사람이 사랑했던 사람들은 죽음의 이유를 알아야 마땅했다. 진실, 온전한 진실, 오로지 진실만을 알아야 했다.

뭐, 진실을 전부 알려줄 수는 없지만.

이지의 가족에게 정의가 실현되어야 마땅했다. 알렉스 베일리의 가족도 마찬가지였다.

그리고 지금 내가 아는 바로는, 정의를 실현하는 데 도움의 손길이 필요할 때가 있다.

* * *

마지막으로 한 번 더 거리를 위아래로 살피면서, 차에서 나와 아침의 이슬비 속으로 들어갔다. 심장이 거칠게 뛰고 있었다. 우산을 펼쳐서 머리 위로 낮게 쓰고 집으로 난 짧은 진입로를 따라 걸어간 다음, 옆문을 통해 정원을 지나 뒷문으로 갔다. 나는 집게로 서류를 끼운 판을 들고 숄더백을 메고 있었다. 목에는 신분증을 걸고, 안에 흰색 블라우스를 받쳐 입은 바지 정장 차림에 무테안경을 쓴 모습이었다. 특별히 눈여겨보지 않는 이상, 나는 그저 집집마다 문을 두드리며 성가시게 구는 익명의 자선기금 모금자로 보일 터였다. 더 나쁘게는, 한 표를 부탁하는 지방의회 의원이나 《파수대》를 나누어주려는 여호와의 증인으로 생각할 수도 있었다.

집은 철길을 바로 뒤에 두고 있었고, 양옆에 있는 이웃집에서 내다보이지 않는 위치였다. 주머니에서 일회용 라텍스 장갑과 비닐 덧신을 꺼내 손에 끼우고 신발에 신었다.

어떤 흔적도, 지문도 남지 않도록.

다른 주머니에서 뒷문 열쇠를 꺼냈다. 몇 년째 갖고 있던 열쇠였다. 마지막으로 한 번 더 거리를 돌아본 다음 문을 열고 들어갔다. 고양이 두 마리, 피클과 메이지가 곧바로 내게 다가왔고 종종걸음으로 주방에 들어가는 나를 따라와 정강이에 대고 몸을 비볐다. 두 고양이에게 나는 앨리스터와 제니퍼가 집을 비울 때 밥을 주는 사람에 불과했다. 내 도착은 곧 밥을 의미했다.

"얘들아, 오늘은 아니야. 미안." 내가 뒷문을 닫으며 말했다.

집 안을 빠르게 돌아다니며 방마다 사람이 없는지 다시 한번 확인했다. 오늘 아침 모두 나가는 모습을 보긴 했지만 확실히 해두고 싶었다. 두 아이는 학교에, 앨리스터는 회사에 가서 모두 몇 시간 동안은 집에 돌아오지 않을 예정이었다. 지금 이런 일을 하려는 나 자신이 싫었다. 소름 끼치게도 친구의 빈집을 몰래 돌아다니는 내가 싫었다. 그래도 해야 했다. 루시를 보호하려면, 내 가족을 보호하려면.

해야 할 일은 두 가지였다.

첫째, 자동차.

나는 복도에서 차고로 연결된 문을 열고 나갔다. 제이크가 뺑소니를 친 뒤 제니퍼와 숀이 메신저로 비밀리에 주고받은 메시지에 따르면, 숀은 제니퍼에게 며칠 동안은 차를 수리하지 말라고 조언했다. 의심스러운 행동으로 보이리라는 판단에서였다. **그 녀석이 퇴원하고 모든 상황이 조금 진정될 때까지 몇 주 기다리는 편이 나아.** 숀의 신중함이 이제 고맙게 느껴졌다. 제니퍼의 파란색 볼보가 여기 차고에 있었다. 자동차 앞쪽의 오른편 흙받기와 보닛에 아직 작은 손상이 남아 있었다. 알렉스 베일리를 들이받은 차체가 움푹 패고 긁혀 있었다. 누군가가 씻어내려 한 것으로 보였지만, 그래도 상관없었다. 피의 작은 흔적까지 모두 없애기란 사실상 불가능한 일이니까. 가방에서 도구를 꺼내 차가 손상된 부분에서 페인트를 살짝 벗겨내고는 증거용 비닐봉지에 넣고 봉했다.

다음으로, 제이크의 침실로 올라갔다.

숀이 내게 설명해주었다. 모든 파일은, 서류든, 영상이든, 이메일이든, 고유의 발자국을 남겨. 흔적이 남는다는 얘기야. 적당한 도구가 있고 무엇을 찾는지 알고 있다면, 특정 파일의 전체 생활 주기를 그려낼 수 있지. 전체 족보를 파악할 수 있다고. 사본을 몇 개나 만들었고 어디로 보내고 어디에 저장했는지를 포함해서 말이야. 숀은 알렉스 베일리의 계정을 해킹한 다음 똑같은 과정을 밟아 벌거벗은 우리 딸이 등장하는 영상의 사본을 추적하고 삭제했다.

하지만 루시가 범행을 교사하는 장면이 담긴 영상이 훨씬 더 중요했다.

나는 제니퍼가 이 영상의 사본을 아주 최소로 해두었을 것임을 알았다. 알렉스 베일리가 심한 부상을 입고 병상에 누워 있는 상황에서, 유죄를 입증하는 영상의 사본이 유포된다면 매우 위험할 터였다. 이번만은 내가 옳았다. 숀이 조사한 결과, 비디오볼트에 올린 영상 외에 추가 파일은 단 두 개였다. 휴대전화로 찍은 원본 MP4 파일과 컴퓨터에 저장한 사본 한 개가 다였다. 이메일로 보낸 사본도 없었다. 매우 위험한 행동이니까.

아이들 학교에서는 휴대전화 소지를 엄격히 금지했다. 학교에 가지고 가려면 일주일 동안 압수당할 것을 각오해야 했다. 루시의 말을 빌리자면 **일주일 동안 사회적 죽음**을 각오해야 했다. 압수 조치는 효과적인 억제책으로 작용하는 듯했다. 제이크의 휴대전화가 내가 바라던 바로 그 위치에 있었으니. 그의 침실 충전기에 꽂혀 있었다. 나는 충전기를 빼내고 숀이 내게 준 장치를 꺼냈다. 메모리 스틱만 한 크기에 케이블이 달린 장치였다. 장치를 제이크의 휴대전화에 꽂자 화면 잠금이 풀리고 처음에는 캄캄해졌다가 다시 하얗게 되더니 짧은 메시지가 나타났다.

초기화 상태로 돌아가시겠습니까? 확인/취소

확인을 누르자 휴대전화 화면이 다시 캄캄해지며 모든 파일과 모든 앱, 모든 사진, 모든 영상이 삭제되었다. 휴대전화가 갓 태어난 상태로 되돌아간 것이다. 휴대전화를 다시 충전기에 꽂고 처음 발견한 위치에 가져다 두었다.

이제 사본 두 개가 남았다.

나는 작은 서재에 들어가 컴퓨터를 켜고 장치를 USB 포트에 삽입했다.

PC에 블루스크린을 실행하시겠습니까? 확인/취소

확인을 눌렀다.

화면이 캄캄해지더니 몇 줄의 코드가 여러 번 번쩍인 다음 삐 소리를 냈다. 한번, 두 번. 화면이 파란색이 되었다. 나는 모든 키를 눌렀다. PC를 끄고 재부팅했다. 다시 블루스크린이 떴다. 커서도, 마우스도, 화면보호기도, 아무것도 없었다.

숀의 말대로, 죽음의 파란 화면이 되었다.

이제 남은 사본은 하나였다.

몇 년 전, 제니퍼는 가족과 해외에 있는 사이 자동차 보험이 만료되자 안절부절못하며 내게 바로 이 컴퓨터에서 그녀의 계정에 접속해 보험을 갱신해달라고 부탁했다. 그녀의 가족이 런던 개트윅 공항에서 집으로 출발하기 전에 보험이 갱신되어야 한다고 했다. 제니퍼는 그녀의 모든 비밀번호를 적어둔 A4용지 몇 장을 검은 플라스틱 바인더에 클립으로 고정해두고 있었다.

서랍장의 둘째 칸을 열어 다량의 입출금 내역서 밑에 손을 집어넣었고, 검은 플라스틱 바인더를 찾아냈다. 예전 그 자리에 있었다. 예전 그대로의 제니퍼였다. 비밀번호 목록의 맨 아래에 비디오볼트 사이트에서 쓰는 그녀의 아이디와 비밀번호가 새로 추가되어 있었다. 나는 싸구려 선불 휴대전화를 꺼내 똑같이 생긴 선불 휴대전화에 문자 메시지를 보냈다. 두 휴대전화는 모두 곧 쓰레기 매립지로 향할 터였다.

15킬로미터 정도 떨어진 런던 중심부에서, 내 남편이 그의 컴퓨터로 작업에 들어갔다. 2분 후, 곧 내다 버릴 선불 휴대전화로 문자 메시지가 핑 하고 들어왔다.

처리했어.

나는 내 휴대전화를 꺼내 제목이 **잊지 말 것**인 이메일로 들어가 영상 링크를 클릭했다. 오늘 아침에만 벌써 두 번째였다.

오류.

파일 없음.

나는 이메일로 돌아가 다시 링크를 클릭했다. 파일이 사라졌다는 사실을 재차 확인하기 위해서였다.

오류.
파일 없음.

이제 파일은 단 한 개도 남지 않았다.

마침내 나는 침실과 차고를 다시 살펴 모든 물건을 원위치에 두었는지 확인한 다음, 다시 주방으로 향했다. 고양이 두 마리가 조리대에 앉아 나를 뚫어져라 보며 여전히 밥을 기대하고 있었다. 나는 밥그릇에 건사료를 약간씩 놓아주고 선불 휴대전화로 남편에게 빠르게 답장을 보냈다.

여기도 완료했어.

뒷문을 열고 밖으로 나온 다음 비닐 덧신과 라텍스 장갑을 벗어 도로 재킷 주머니에 넣었다. 우산을 펴고 서류판을 겨드랑이에 끼운 채로 옆문을 닫고 내 차로 돌아갔다. 이제 굵어진 빗줄기가 쉴 새 없이 쏟아지며 여름의 끝과 서늘하고 흐린 가을의 시작을 알리고 있었다.

차의 시동을 걸고, 출발했다.

루시가 범죄에 연루됐음을 보여주는 동영상 증거가 사라지면 제니퍼가 어떻게 나올지 알고 있었다. 제니퍼는 모든 책임을 뒤집어쓸 것이다. 이지와 알렉스의 죽음도 자기 잘못이라고 할 것이다. 하나의 죄를 인정하는 순간 다른 하나의 죄도 인정하게 되는 셈이니까. 제니퍼가 자신의 아들을 범죄와 관련이 없는 것으로 하려면, 루시도 연루되지 않은 것으로 두어야 한다. 제니퍼는 아들을 막아주는 인간방패가 될 것이다.

그래도 최소한 이지에게는 정의가 실현되는 셈이었다.

그것만으로도 충분하길 바랐다.

83

포스터 경사

헤일리 포스터 경사는 9월의 은은한 햇살 아래 눈을 가늘게 뜬 채 차를 세우고 주차했다.

"자, 이제 몇 번째 집이지?"

동료인 신참 순경이 무릎에 놓인 파일을 열고 종이를 손가락으로 쓸어 내려갔다. 그가 사복 경찰이 된 첫 주 동안 포스터 경사가 그를 데리고 다니며 어린아이한테 하듯이 하나하나 가르쳐주는 중이었다. 종이에 죽 나열된 이름과 주소는 대부분 파란색 볼펜으로 지저분하게 큼지막한 체크 표시가 되어 있었다.

"열세 번째네요. 이 집 다음에 세 곳만 더 가면 됩니다."

"로브, 13이 내 행운의 숫자인 건 아나?"

"정말입니까?"

“아니, 가자. 해치우자.” 포스터 경사는 크게 한숨을 내쉬며 안전띠를 풀었다.

포스터 경사가 차에서 내려 젊은 순경에게 목록을 받아 들었다. 두 사람은 길을 건너고 집으로 난 짧은 진입로를 걸었다. 이 근방을 차로 돌면서 문을 두드리고 체크 표시를 하며 이름을 지워나가는 일에 착수한 지 이틀 째였다. 포스터 경사는 슬슬 수색 범위를 넓혀야 하나 고민하고 있었다. 이 주소가 모두 불발로 돌아간다면, 범위를 확대해 런던 서부와 북부 전체를, 그래도 소득이 없다면 계속해서 지역을 늘려가야 할 터였다. 베일리 군의 사망 이후 언론의 관심이 커지고 결과를 내놓으라는 당국자들의 압박이 커지면서, 그의 뺑소니 사건이 우선순위에 올랐다. 다행히도 이번 주 초에 사망자의 자전거를 과학적 기법을 동원해 더욱 면밀히 재수사한 결과, 자전거 뼈대에 박힌 짙은 파란색 페인트 조각을 극소량 확인할 수 있었다. 추가로 분석한 결과 이 페인트는 볼보 V40에 해당하는 것으로 나타났다.

페인트 조각은 초동 수사에서 놓친 부분이었다.

일링과 액턴, 웸블리에 등록된 볼보 V40 차량은 총 열여섯 대였다. 이 세 지역은 사건 발생 장소와 인접하기에, 경찰은 이곳에서부터 탐문수사를 재개하기로 했다.

포스터 경사는 손에 쥔 목록을 살펴본 다음 초인종을 눌렀다.

턱수염을 기른 남자가 문을 열었다. 40대 후반 정도로 보였고, 관리가 잘되지 않은 모습에 눈은 벌겠다.

“네?”

"앨리스터 마시 씨 되시나요?"

"그런데요?"

포스터 경사가 지갑을 들어 경찰 신분증을 보여주었다.

"저는 포스터 경사입니다. 그리고 이쪽은……." 그녀가 동료를 가리켰다. "매케빗 순경이고요. 저희가 잠시 들어가도 될까요?"

"왜죠?"

"저희는 지금 뺑소니 사건을 수사하고 있습니다. 10대 소년이 자전거를 타고 가다 차에 치여 죽었죠. 사건 현장이 여기서 멀지 않아요. 신문이나 방송에서 접하셨을 것 같기도 합니다만?"

"맞아요. 그런데 그 일이 나랑 무슨 관련이 있다고 그러시죠?" 앨리스터가 몸을 조금 더 꼿꼿이 세웠다.

"파란색 볼보 V40을 소유하고 계시죠?" 포스터 경사가 차량등록번호를 읽어 주었다.

앨리스터가 가슴 앞으로 팔짱을 꼈다.

"아니요."

포스터 경사가 목록을 다시 확인했다.

"여기 등록이……."

"제 아내 차예요."

"제니퍼 마시 씨요?"

"맞습니다."

"차가 여기 있나요?"

"차고에 있어요."

"저희가 한번 봐야 할 것 같습니다."

포스터 경사는 잠시 저 남자가 안 된다고 하리라고 생각했다. 하지만 남자는 이내 빠르게 고개를 끄덕였다. "그러시죠."

"아내분도 계시나요? 아내분과도 이야기를 나누고 싶은데요."

"아내는…… 없어요. 지금은 여기 없습니다."

"언제쯤 오시는지 알 수 있을까요?"

앨리스터가 고개를 저었다.

"아니요." 그의 목소리가 낮아지고 있었다. "제니퍼는…… 프랑스에 있어요. 돌아오려면 시간이 조금 걸릴지도 모릅니다."

"휴가 중이신가요?"

"휴가였죠. 최소한 처음에는 말이에요. 하지만 어쩌다 보니 계획보다 다소 오래 남게 됐어요."

"그런가요? 혹시 이유를 여쭤도 될까요?"

앨리스터가 두 형사를 번갈아 보았다. 어깨가 축 처지고 있었다.

"아무래도 들어오시는 게 좋을 것 같네요, 형사님들."

앨리스터는 두 형사를 안으로 안내한 다음 부드럽게 문을 닫았다.

감사의 말

이 작품에 대한 여러 구상이 하나로 합쳐지기 시작한 때가 기억난다. 내 생일이었다. 아내와 점심 식사를 길게 하면서 이야기와 등장인물, 줄거리, 장소를 논의하고 있었다. 그때 한동안 머릿속을 떠돌던 여러 요소가 딱딱 맞아떨어지기 시작했다. 그런 만큼 내 아내 샐리에게, 늘 그렇듯 고맙다는 말을 전하고 싶다. 아내의 오랜 친구인 샬롯과 제니퍼, 레이철에게도 감사의 인사를 전한다. 이 네 친구가 길게 주말여행을 다닌다는 사실은 전적으로 우연의 일치다(정말로!).

나의 훌륭한 에이전트 커밀라 볼턴에게 늘 감사하다는 말을 전한다. 그녀의 경험과 지도, 열정이 이 소설이 탄생하는 데 중요한 역할을 했다. 달리 앤더슨의 또 다른 동료들, 실라와 마리,

크리스티나, 로재나, 로야에게도 고맙다고 말하고 싶다. 당신들은 최고야.

보니에르 재퍼의 훌륭한 편집자 소피 옴과, 마거릿 스테드는 이 이야기가 모든 면에서 더 나아질 수 있도록 도움을 주었다. 이 작품뿐만 아니라 이전 두 편의 소설이 탄생하는 막후에서 열심히 일해준 제니 로스웰과 프란체스카 러셀, 펠리스 매케온에게도 감사를 전한다.

무엇보다 이 책을 선택해준 독자 여러분께 감사의 인사를 전한다. 이 책을 친구에게 추천하거나 이 책에 대해서 좋은 말을 해준 모든 분에게 진심 어린 감사를 전한다.

마찬가지로, 이 이야기에 시공간을 투자해준 블로거 여러분, 독자와의 대화를 요청한 도서관 관계자 여러분, 행사에서 발언하도록 초대해준 축제 조직위, 모두에게 감사의 인사를 전한다. 워터 스톤스 노팅험의 댄 돈슨, 이 책의 출간을 기념해 훌륭한 행사를 열어주고 내가 가장 좋아하는 작가 중 한 명인 마이클 코넬리를 만날 기회를 마련해주어 얼마나 기뻤는지 모른다.

의학 부문의 조언을 아끼지 않은 질 새어 박사에게도 감사의 말을 전한다. 또한, 프랑스의 탁월한 와인 제조자인 폴 보이어에게도 감사한다. 그는 랑그도크의 모든 것에 대해 이야기해주는 데 시간을 아끼지 않았다(그의 유기농 와인을 적극 추천하는 바이다). 동료 작가인 다이앤 제프리에게도 감사를 전한다. 프랑스어 부분에서 도움을 주었고, 프랑스 경찰과 관련한 질문에 답을 해준 마이클 모런을 연결해주었다. 오티냐크나 그 주변 지역을 다녀온 적이 있는 사람이라면 극의 흐름을 위해 지리적으로 몇 군데 임의로 바꾼 부분이 있다는 사실을 알아차릴 테지만, 그래도 여전히 오티냐크는 아름답고 멋진 프랑스 남부의 마을이다.

내 아이 소피와 톰에게, 첫 독자가 되어주어서, 아무도 보지 못한 것들을 알아봐주어서 고맙다고 말하고 싶다. 지속적인 지지를 보내주는 어머니와 아버지에게도 감사의 뜻을 전한다. 또한 영국과 해외에서 내 책을 홍보해주는 제니와 버나드, 존과 수에게도 감사를 표한다(너희들은 정말 수수료를 받아야 해).

이 책을 형 랠프와 올리에게 바친다. 우리는 자라면서 함께 많은 휴가를 보냈다. 다행히도, 두 형은 제이크와 이선과는 전혀 달랐다(딱 한 번 나를 정원에 난 구멍에 파묻긴 했지만 말이야). 몇 년간 글을 쓰는 동안 격려의 말을 해줘서, 내 글에 대한 생각을 말해주고 관심을 보여주어서 고마워. 내가 맥주 살게.

작가의 말

이 작품을 선택해준 독자 여러분에게 뭐라 감사의 말씀을 드려야 할지 모르겠다! 내가 이 이야기를 쓰면서 즐거워한 만큼 여러분도 즐겁게 읽었기를 바란다.

휴가로 다른 어떤 나라보다 프랑스를 많이 찾았고, 프랑스를 배경으로 소설을 써볼까 생각해왔다. 몇 년 전 가족과 함께 베지에 북쪽의 오티냐크 마을에 머물렀고 그때의 기억은 가장 좋았던 여름휴가 중 하나로 남아 있다. 그래서 세 번째 책의 무대를 어디로 할지 생각할 때 당연히 프랑스의 오티냐크 마을을 선택하게 되었다.

여성 네 명에 대한 생각이 머릿속에 있었다. 이들은 10대 때부터 절친이며 좋은 일이든 나쁜 일이든 모든 것을 공유해왔다.

평생 가리라 생각한 그런 우정인 것이다.

네 사람의 인생에 어떤 일이 벌어져야 그 단단한 유대 관계가 깨질 수 있을까? 결국 무엇 때문에 우정을 배신하게 될까? 사랑 때문일까? 돈 때문일까? 아니면 복수를 위해서일까? 아니면 또 다른 이유가 있을까? 이것이 바로 『홀리데이』의 핵심을 이루는 생각이었다.

다음에 집필할 심리 스릴러는 가족을 지키려 싸우는 한 남자의 이야기이다.

새로운 사람이 등장하면서 가족이 분열될 위기에 처한다. 제임스는 딸의 남자친구를 소개받게 되어 아주 기뻐한다. 스물두 살의 애비는 새 남자친구와 사랑에 빠져 정신을 못 차리고 있다. 아빠, 우리 약혼했어요! 똑똑하고 일에서 성공했으며 잘생긴 라이언은 완벽한 사윗감으로 보인다.

다만 한 가지 문제가 있으니…….

라이언에게는 무언가 이상한 점이 있다. 웃음 뒤에 가려진 그늘이 있는 것이다. 그리고 이런 이상한 점은 제임스의 눈에만 보이는 듯하다.

딸이 사이코패스에게 휘둘리고 있다는 생각에 겁이 난 제임스는 자신의 어두운 과거는 숨긴 채로 라이언의 어두운 과거를 캐기 시작한다. 하지만 아무도 그의 말을 믿어주지 않고, 오히려 라이언이 '운명의 남자'라고 확신하는 딸과 점점 더 멀어질 뿐이다.

제임스는 라이언이 운명의 남자와는 거리가 멀다는 것을 안다. 그는 괴물을 보면 바로 알아챌 수 있기 때문이다…….

시간을 내어 『홀리데이』를 읽어준 독자 여러분에게 다시 한번 감사의 말을 전하며, 다음 작품도 사랑해주길 바란다.

홀리데이

1판 1쇄 인쇄 2022년 7월 4일
1판 1쇄 발행 2022년 7월 18일

지은이 T. M. 로건 **옮긴이** 천화영
펴낸이 김영곤 **펴낸곳** (주)북이십일 아르테

책임편집 원보람 **디자인** 김형균
아르테출판사업본부 문학팀 최연순 임정우
해외기획실 최연순 이윤경
출판마케팅영업본부 본부장 민안기
출판영업팀 이광호 최명열
마케팅2팀 나은경 정유진 박보미 백다희
제작팀 이영민 권경민

출판등록 2000년 5월 6일 제406-2003-061호
주소 (우 10881) 경기도 파주시 회동길 201(문발동)
대표전화 031-955-2100 **팩스** 031-955-2151

아르테는 (주)북이십일의 문학 브랜드입니다.

ISBN 978-89-509-0192-9 03840